U0438164

中國小説史研究之檢討

譚帆 著

上海古籍出版社

圖書在版編目(CIP)數據

中國小説史研究之檢討 / 譚帆著. —上海：上海古籍出版社，2020.6
ISBN 978-7-5325-9652-2

Ⅰ.①中… Ⅱ.①譚… Ⅲ.①小説史－中國－文集 Ⅳ.①I207.409-53

中國版本圖書館 CIP 數據核字(2020)第 097796 號

中國小説史研究之檢討
譚　帆　著

上海古籍出版社出版發行

（上海瑞金二路 272 號　郵政編碼 200020）

(1) 網址：www.guji.com.cn
(2) E-mail：guji1@guji.com.cn
(3) 易文網網址：www.ewen.co

上海展强印刷有限公司印刷

開本 787×1092　1/16　印張 21.75　插頁 5　字數 334,000
2020 年 6 月第 1 版　2020 年 6 月第 1 次印刷
印數：1—1,500

ISBN 978-7-5325-9652-2

I・3493　定價：98.00 元

如有質量問題，請與承印公司聯繫
電話：021-66366565

自　序

　　這是一部論文集，收錄筆者自1998年以來公開發表的中國小説史研究論文16篇，分"文體研究"、"術語研究"、"小説學研究"、"評點研究"和"'四大奇書'研究"五個欄目。因這五個方面的論文均涉及對中國小説史研究的反思，包括觀念、視角和方法等，故以《中國小説史研究之檢討》爲書名。

　　本書基本反映了筆者從事中國古代小説史研究的大致軌迹：我最早從事的小説史研究專題是"評點研究"，1994年，我師從郭豫適教授在職攻讀博士學位，研究方向是中國小説史，以"小説評點"爲選題，1998年通過博士論文答辯，以後不斷增補修改，於2001年出版《中國小説評點研究》（華東師範大學出版社）。2000年，受聘復旦大學中國古代文學研究中心，參與黄霖教授主持的"中國文學學史"研究項目，負責"小説學"部分，《中國分體文學學史·小説學卷》（與王冉冉、李軍均合作）於2013年由山西教育出版社出版。2001年，我撰寫了《"演義"考》一文，《文學遺產》2002年第2期刊出，論文發表後，獲得了一些同行謬讚，由此萌生了對小説文體術語作系統考察的想法，於2005年申報上海市哲學社會科學基金，獲得通過；2012年，由我及以學生爲主體的團隊合作完成的論著《中國古代小説文體文法術語考釋》獲選"國家哲學社會科學成果文庫"，於2013年由上海古籍出版社出版。與此同時，大約在2011年，我主持申報了國家社科重大研究項目"中國小説文體發展史"，順利獲批，這一研究專題一直延續至今，擬於今年年底完成。本書所選的就是上述研究專題中已公開發表并聚焦小説史研究觀念與方法的代表性論文，書中所設立的前四個欄目正對應上述四個研究專題。本書的第五個欄目"'四大奇書'研究"選録的是兩篇會議論文，一是參加2004年由台灣中研院文哲研究所主辦的"經典轉化與明清叙事文學學術研討會"，我提交的論文是《"四大奇書"：明代小說經典之生成》；二是參加 2005 年由復旦大學中文系主辦的"第二屆中國文論國際學術研討會"，我提交的論文是《論明人對"四大奇書"的文本闡釋》。因這兩篇論文在研究觀念與方法上符合本書之宗旨，故一并收錄。近年來，在從事上述研究專題的同時，我的研究和閱讀興趣已慢慢轉向筆記及筆記體小說，我近年所帶的博士研究生和合作的博士後研究人員也逐步聚焦這一領域。目前已經完成的博士論文和博士後出站報告有：《唐宋筆記小說研究》（周瑾鋒）、《晚明筆記體小說研究》（張玄）、《清前四朝筆記體小説研究》（宋世瑞）、《清代筆記觀初探》（岳永）和《明代筆記序跋編年輯錄》（張淼）等，希望未來數年我們能在這一研究領域有更多的收穫。

本書也是筆者多年來對中國小說史研究的理論思考。就研究觀念與方法而言，這些思考主要涉及三個方面，現擇要摘錄如下：

首先是對中國小説史研究的整體反思。

20 世紀以來的中國小説史研究取得了豐厚的研究成果，開啓了現代意義上的中國小説學術史，其貢獻毋庸置疑，但在對中國小説史的一些大的判斷上也有明顯的"偏差"乃至"失誤"。譬如關於中國小説文體源流的闡釋，小説學術史上就有不少頗爲流行的觀念，概括起來主要有：以"虛構"爲標尺，認爲唐代傳奇是中國古代小説中最早成熟的文體，所謂小説的"文體獨立"、"小説文體的開端"等都是在中國古代小説研究中耳熟能詳的表述。以"故事"爲基準，"故事"的長度和敘事的曲折程度是衡量小説文體價值"高低"的標準，於是"粗陳梗概"的筆記體小説自然與"叙述婉轉"的傳奇體小説分出了在文體上的"高下"，傳奇體小説成了文言小説中最爲成熟的文體形態。三是從"虛構"、"故事"和"通俗"三方面立論，認爲以"章回體"爲主的白話通俗小説爲中國古代小説的主流文體，并在"凡一代有一代之文學"觀念的影響下，構擬了"唐詩、宋詞、元曲、明清小説（指白話通俗小説）"的"一代文學"之脈絡，還循此推演出了中國古代小説文體實現了"由雅入俗"之變遷的結論——通俗小説由此而成了中國古代小説的主流文體。以上這些思想觀念已然成了中國小説史研究中的"定論"，但實際情況却是大可辨析的。鑒此，我們提出如下原則：中國古代小説文體之源流是一個"歷史存在"，小説文體源流研究就是要盡可能地理出這一個變化的綫索，但"變化的綫索"不等於古代小説文體就有一個"發展"的進程。"發展"的觀念是以"進化論"爲基礎的，它"先驗"地確認了歷史現象都有一個"孕育"、"產生"、"成熟"、

"高潮"、"衰亡"的發展規律。這種"機械性"的觀念不利於"還原"古代小說文體源流的真實面貌。古代小說文體是一個複雜的"歷史存在":它既是歷時的,"筆記體"、"傳奇體"、"話本體"和"章回體"等各有自己產生的時代,由此形成了一個流變的綫索;同時它又是"共時"的,小說文體之間不是前後更替,而是"共存共榮"。(《論中國古代小說文體研究的四種關係》)再譬如關於小說研究的古今差異,從總體來看,中國小說研究的古今差異除了研究方法、理論觀念等之外,最爲明顯的是對研究對象重視程度的差異:由"重文輕白"漸演爲"重白輕文",從"重筆記輕傳奇"變而爲"重傳奇輕筆記"。中國古代小說乃"文白二分",文言一系由"筆記"、"傳奇"二體所構成,而在漫長的古代中國,小說之"重文輕白"、"重筆記輕傳奇"是一以貫之的傳統;20世紀以來中國古代小說研究的基本格局則是"重白輕文"和"重傳奇輕筆記"。而觀其變化之迹,一在於思想觀念,如梁啓超"小說界革命"看重小說之"通俗化民";一在於研究觀念,如魯迅等"虛構之叙事散文"的小說觀念與傳奇小說、白話小說更爲符契。這一格局對中國小說史研究產生了深遠影響,中國現代學術史範疇的"小說"研究由此生成。然而這一格局也在某種程度上使中國小說研究與傳統中國小說之"本然"漸行漸遠。(《術語的解讀:中國小說史研究的特殊理路》)

其次是對中國小說史研究觀念的思考。

20世紀以來中國小說史之梳理大多以西方小說觀爲圭臬,或折衷於東西方小說觀之差異而仍以西方小說觀爲參照。然而一種理論觀念與方法的引進必然要有一個"適應"和"轉化"的過程,它所能產生的實際效果取決於兩個基點的支撑:一是理論方法本身的精妙程度及其普適性,二是與研究對象的契合程度及其本土化。中國古代小說實有其自身之"譜系",與西方小說及小說觀頗多鑿枘之處,强爲曲説,難免會成爲西人小說視野下之"小說史",而喪失了中國小說之本性。譬如,作爲一種理論學説標誌的經典術語的對譯就要充分考慮各自的内涵及其相互之間的關聯,否則難免圓鑿而方枘,而難以達到實際的效果,或者對研究對象有所遮蔽和貶損。在20世紀的中國小說史研究中,"小說"與"novel"的對譯、"叙事"與"narrative"的對譯均存在較大問題,"novel""虛構之叙事散文"的内涵與"小說"在傳統中國的所指之間存在著很大的差異,故"小說"與"novel"的對譯實際縮小了古代"小說"之外延,而外延的縮小所帶來的是對古代小說史的"遮蔽",這或許是20

世紀中國小說史研究的最大弊端。在運用叙事理論探索中國古代小說的研究領域，"叙事"與"narrative"的對譯所帶來的弊端也非常明顯。杰拉德·普林斯認爲：叙事"可以把它界定爲對於一個時間序列中的真實或虛構的事件或狀態的講述"。（杰拉德·普林斯：《叙事學——叙事的形式與功能》）浦安迪謂："'叙事'又稱'叙述'，是中國文論裏早就有的術語，近年用來翻譯英文'narrative'一詞。""當我們涉及'叙事文學'這一概念時，所遇到的第一個問題就是：什麽是叙事？簡而言之，叙事就是'講故事'。"（浦安迪：《中國叙事學》）然而這一符合"narrative"的解釋是否完全適合傳統中國語境中的"叙事"？或者說，"叙事"在傳統中國語境中是否真的僅是"講故事"？經過我們考索，"叙事"在中國古代的内涵絶非單一的"講故事"可以涵蓋，這種豐富性既得自"事"的多義性，也來自"叙"的多樣化。就"事"而言，有"事物"、"事件"、"事情"、"事由"、"事類"、"故事"等多種内涵；而"叙"也包含"記録"、"叙述"、"解釋"（陳列所釋"事"之成說以解釋之）等多重理解。對"叙事"的狹隘理解是20世紀以來形成的，并不符合"叙事"的傳統内涵，與"叙事"背後藴含的文本和思想更是相差甚遠。尤其在對中國古代小說的認識上，"叙事"理解的狹隘直接導致了認識的偏差，這在筆記體小說的研究中表現尤爲明顯。（《"叙事"語義源流考——兼論中國古代小說的叙事傳統》）再譬如對於小說戲曲關係的研究，20世紀的中國古代小說戲曲研究取得了豐碩的成果，就研究觀念及其方法角度言之，古代小說戲曲研究成果的豐厚，除徹底打破了中國傳統視小說戲曲爲"小道"的觀念之外，實得力於兩大研究觀念的確立：一是"叙事文學"觀念，二是"通俗文學"觀念。這兩大觀念在小說戲曲研究領域的確立大大開拓了小說戲曲的研究視野，可以毫不誇張地說，20世紀中國古代小說戲曲研究中一大批重要學說和成果的産生大多緣於這兩大研究觀念的倡導和張揚。但當我們對20世紀古代小說戲曲研究作出深入回顧和反思時，我們也發現，"叙事文學"和"通俗文學"觀念的確立對於古代小說戲曲研究而言其實是一把"雙刃劍"：它一方面確實抓住了古代小說戲曲的基本特性，促成了小說戲曲研究中全新格局的形成；然而它同樣也是以捨去小說戲曲各自的"個性"爲代價的。故20世紀古代小說戲曲研究以"叙事文學"和"通俗文學"觀念爲指導思想所帶來的弊端已日益明顯。（《稗戲相異論——古典小說戲曲"叙事性"與"通俗性"辨析》）

再次是對中國小說史研究方法與研究視角的梳理。

20世紀以來，中國小説史研究之方法與視角可謂豐富多彩，對推進中國小説史研究起到了巨大的作用，而衡量一個理論方法的標準實則主要看其能否契合對象，且能否真實地揭示對象之内涵。對於理論方法的梳理和反思也是本書頗多關注的，我們僅舉二例。譬如關於小説理論批評研究，從宏觀角度言之，20世紀的小説理論批評研究經歷了一條從附麗於文學批評史學科到獨立發展的過程。這一進程決定了小説理論批評研究的基本格局和思路，即在整體上它是中國文學批評史研究在小説領域的延伸，而研究格局和思路也是文學批評史研究的"翻版"，以批評家爲經、以理論著作及其觀念爲緯成了小説理論批評研究的常規格局。這一研究格局有一定的合理性，但忽略了理論批評在"小説"領域的特殊性。而我們拈出"小説學"一詞來取代"小説理論批評"，目的正是以"小説學"的"寬泛"來調整以往小説理論批評研究的"偏仄"。中國小説學研究主要由三個層面所構成，即：小説文體研究、小説存在方式研究和小説的文本批評，這三個層面構成了小説學研究的整體内涵。而我們以這三個層面作爲小説學的研究對象，其目的一方面是爲了突破以往的研究格局，同時更重要的是爲了使小説學研究更貼近中國小説史的發展實際，將中國小説學研究與中國小説史研究融爲一體，從而勾勒出一部更實在、更真切的古人對"小説"這一文學現象的研究歷史。(《"小説學"論綱——兼談20世紀中國古代小説理論批評研究》)由於受中國文學批評史研究格局的影響，長久以來我們的小説理論批評研究一直以"理論思想"爲主要對象，於是對各種"學説"的闡釋及其史的鋪叙成了小説理論批評研究的首務，原本豐富多樣的古人對於小説的研究被主觀分割成一個個理性的"學説"，一部中國小説理論批評史也就成了一個個理論學説的演化史。而在這種研究格局中，中國小説批評史上最富色彩、對小説傳播最具影響的"文本批評"却被忽略了，這無疑是20世紀中國小説理論批評研究中的一大缺憾。所謂"文本批評"是指在中國小説批評史上對單個作品的品評和分析，它著重闡釋的是單個作品的情感内涵和藝術形式，這在中國小説批評尤其是明清通俗小説批評中是占主流地位的批評方式。故一部中國小説批評史，其實主要就是對單個小説文本闡釋的歷史。(《論明人對"四大奇書"的文本闡釋》)再譬如小説評點研究。近年來小説評點研究有了較大的發展，其研究價值得到了普遍的認可，但綜觀近年來的小説評點研究，也暴露出了兩方面的問題：一是小説評點研究過於集中在李卓吾、金聖歎、毛宗崗、張竹坡、脂硯齋等評點大家，而對小說評點的整體情況、發展脈絡尚缺乏必要的資料清理和史跡縷述，致使大量的評點著作至今湮沒無聞；二是將小說評點研究完全等同於小說理論批評研究，而對小說評點作了單一化的處理。(《中國古代小說評點的價值系統》)我們認爲，中國古代小說評點是一個獨特的文化現象，而非單一的文學批評，評點在中國小說史上雖然是以"批評"的面貌出現的，但其實際所表現的内涵遠非文學批評就可涵蓋。小說評點在中國小說史上所起到的作用遠遠超出了"批評"的範圍，形成了"批評鑒賞"、"文本改訂"和"理論闡釋"等多種格局，而其價值也顯現爲"傳播價值"、"文本價值"和"理論價值"三個層面。(《小說評點的解讀》)

　　以上不憚繁瑣地臚列了筆者的研究狀況，又以提要的方式摘錄了筆者對中國小說史研究的主要看法，這種臚列和摘錄於讀者而言或許是多餘和重複，但於筆者而言却是一次回顧和清理，對以後的研究工作或有裨益。需要特別指出的是，本書是一部論文集，觀點和材料在書中尚有一些重複，如對於古代"小說"概念的考索主要見於《"小說"考》一文，但在《術語的解讀：中國小說史研究的特殊理路》和《"小說學"論綱——兼談 20 世紀中國古代小說理論批評研究》等文章中亦有涉及；關於中國古代通俗小說的"文人化"問題在《稗戲相異論——古典小說戲曲"叙事性"與"通俗性"辨析》和《"四大奇書"：明代小說經典之生成》兩篇中也有重疊，考慮到單篇論文的完整性，這次收錄没作删改，敬祈讀者見諒！在整理過程中，各篇文章基本保留原樣，主要的改訂工作是完善注釋體例、核對原書引文和修正誤植錯字，引文出處則大多改爲近年的通行本，這一工作由虞思徵和張頓兩位承擔。個別篇章還增加了標題，以求全書之統一。本書由華東師範大學中文系資助出版，責任編輯鈕君怡小姐做了很多辛勤的工作，在此一并致謝！

　　本書所收錄論文的時間跨度正好二十年，最早的一篇是發表於 1998 年的《中國古代小說評點的價值系統》(《文學評論》1998 年第 1 期)，最近的一篇是發表於 2018 年的《"叙事"語義源流考——兼論中國古代小說的叙事傳統》(《文學遺産》2018 年第 3 期)。這二十年，我也從"不惑"而"耳順"，歲月匆匆，令人唏嘘！當然，歲末將臨，編成此書，還真是賞心樂事！期待讀者諸君的批評指正。

譚　帆
2018 年 12 月

目 録

自 序 ··· 1

文體研究

論中國古代小説文體研究的四種關係 ······················ 3
    一、"中"與"西"的關係 ··· 4
    二、"源"與"流"的關係 ··· 8
    三、"動"與"静"的關係 ··· 13
    四、"内"與"外"的關係 ··· 18

稗戲相異論
    ——古典小説戲曲"叙事性"與"通俗性"辨析 ············ 23
    一、"詩心"與"史性":小説戲曲的本質差異 ··············· 24
    二、"詞餘"與"史餘":小説戲曲本體觀念之對舉 ········· 29
    三、雅俗之間:小説戲曲的文人化進程 ······················ 33

術語研究

術語的解讀:中國小説史研究的特殊理路 ················ 43
    一、術語與中國小説之特性 ···································· 44

二、術語與中國小說之文體 ………………………………… 49
　　三、術語與20世紀中國小說之研究 ………………………… 55

中國古典小說文法術語考論 ……………………………………… 61
　　一、小說文法術語的演化軌迹 ………………………………… 62
　　二、小說文法術語的獨特系統 ………………………………… 65
　　三、小說文法術語的文化成因 ………………………………… 68
　　四、小說文法術語的價值呈現 ………………………………… 71

"叙事"語義源流考
　　——兼論中國古代小說的叙事傳統 ………………………… 75
　　一、"叙事"原始 ……………………………………………… 76
　　二、作爲史學的"叙事" ……………………………………… 79
　　三、作爲文學的"叙事" ……………………………………… 85
　　四、小說"叙事"的獨特内涵 ………………………………… 91
　　五、古代小說的叙事傳統 …………………………………… 96

"小說"考 ………………………………………………………… 101
　　一、"小說"是"小道" ……………………………………… 101
　　二、"小說"是野史傳説 …………………………………… 107
　　三、"小說"是一種表演伎藝 ……………………………… 112
　　四、"小說"是虛構的叙事散文 …………………………… 117
　　五、"小說"是通俗叙事文體的統稱 ……………………… 121

"演義"考 ………………………………………………………… 124
　　一、"演義"考原 …………………………………………… 124
　　二、明人的"演義"觀 ……………………………………… 128

三、"演義"：通俗小説之謂也 ………………………… 132
四、清人對明代"演義"觀之延續 …………………… 137

小説學研究

"小説學"論綱
——兼談20世紀中國古代小説理論批評研究 ………… 145
一、小説的"名"與"實" ……………………………… 145
二、"小説學"之由來及其研究對象 ………………… 150
三、小説文體研究 …………………………………… 152
四、小説存在方式研究 ……………………………… 156
五、小説文本批評 …………………………………… 160

小説學的萌興
——先唐時期小説學發覆 ………………………… 164
一、"小道可觀"：小説學的思想基礎 ……………… 164
二、子書與小説學 …………………………………… 168
三、史學與小説學 …………………………………… 173
四、小説家的"自供" ………………………………… 179

論明代小説學的基礎觀念 ……………………………… 185
一、"小説"與"演義" ………………………………… 185
二、"補史"與"通俗" ………………………………… 190
三、"虛實"與"幻真" ………………………………… 193
四、"奇書"與"才子書" ……………………………… 201

評點研究

小説評點的解讀 ……… 207
一、小説批評爲何以評點爲主體形式 ……… 207
二、小説評點的獨特個性 ……… 214
三、小説評點的研究格局 ……… 218

中國古代小説評點的價值系統 ……… 221
一、文本價值：小説評點的重要層面 ……… 221
二、傳播價值：小説評點的基本功能 ……… 225
三、理論價值：小説評點的思想建樹 ……… 231

論中國古代小説評點之類型 ……… 236
一、書商型：小説評點的商業性 ……… 236
二、文人型：小説評點的主體性 ……… 245
三、綜合型：小説評點的導讀性 ……… 251

中國古代小説評點形態論 ……… 259
一、明代小説評點之形態 ……… 259
二、清代小説評點之形態 ……… 266
三、小説評點形態之分解："評林"與"集評" ……… 270
四、小説評點形態之分解："讀法"與"圈點" ……… 273

"四大奇書"研究

"四大奇書"：明代小説經典之生成 ……… 283
上篇：評價體系之轉化與小説經典之生成 ……… 285

下篇：文人之改訂與小説品位之提升 ………………………………… 291

論明人對"四大奇書"的文本闡釋 ……………………………………… 298
　　一、"庶幾乎史"：《三國演義》的文本闡釋 ……………………………… 298
　　二、"忠義"之辨：《水滸傳》的文本闡釋 ………………………………… 305
　　三、"求放心"：《西遊記》的文本闡釋 …………………………………… 309
　　四、"逸典"：《金瓶梅》的文本闡釋 ……………………………………… 315

附　錄

在小説戲曲研究領域的堅守與開拓
　　——譚帆教授訪談（劉曉軍） ……………………………………… 323

收録論文發表情况 ……………………………………………………… 333

文體研究

論中國古代小說文體研究的四種關係

稗戲相異論
——古典小說戲曲「敘事性」與「通俗性」辨析

論中國古代小説文體研究的四種關係

中國古代小説的文體研究早在20世紀二三十年代就引起了小説研究者的注意,如魯迅《中國小説史略》頗多關注小説文體的演進,提出了不少小説的文體或文類概念,對後世的小説研究影響深遠。胡懷琛《中國小説研究》單列專章《中國小説形式上之分類及研究》,將古代小説劃分爲"記載體"、"演義體"、"描寫體"、"詩歌體"四種體式。① 鄭振鐸《中國小説的分類及其演化趨勢》則將古代小説分爲"筆記小説"、"傳奇小説"、"平話小説"、"中篇小説"、"長篇小説"五種形式。② 而日本學者青木正兒在其《中國文學概説》中提出了"筆記小説"、"傳奇小説"、"短篇小説"、"章回小説"的小説文體概念。③ 可見小説文體之分類已在當時成爲小説研究的重要內涵,并形成了相對統一的區分中國古代小説文體的核心概念。雖然這些概念折中於傳統與西學之間,帶有明顯的西方小説痕跡,如"短篇小説"、"中篇小説"等,但畢竟爲後世的小説文體研究奠定了基礎,一些在後世小説文體研究中已然固定的概念如"筆記小説"、"傳奇小説"、"話本小説"("平話小説")、"章回小説"等在此時期均已出現,且逐步爲學界所認同和接受,成爲中國小説史研究中約定俗成的概念術語。小説文體研究在以後的小説研究領域中曾經歷了一段頗爲漫長的沉寂階段,在相當長的時間內,古代小説研究主要沿著作家作品考訂、思想藝術分析、題材類型和創作流派研究等方向展開,文體研究主要停留在篇章體制特徵的介紹層面。學界重提小説文體研究大致是在

---

① 胡懷琛:《中國小説研究》第三章《中國小説形式上之分類及研究》,商務印書館1929年版。
② 鄭振鐸:《中國小説的分類及其演化的趨勢》,《學生雜誌》1930年1月第17卷第1號。
③ [日]青木正兒:《中國文學概説》,開明書店1938年版。

20世紀八九十年代,其因緣主要有二:一是觀念的改變,學界反思以往"重内容輕形式"的研究格局,文體研究重新成爲大家關注的重要對象;二是西方小説研究"文體學"、"叙事學"等理論方法的引進。兩者合力促成了中國小説史研究從題材引向了文體,開拓了中國古代小説研究的視野和領域。如石昌渝《中國小説源流論》、董乃斌《中國古典小説的文體獨立》等專著均有開創之功。① 同時,小説史研究中還出現了一批分體小説史專著,②但這些分體小説史或主要羅列作家作品,或主要概括幾個發展階段的創作態勢、題材主題、藝術特色,并未把小説文體從整個創作中獨立出來加以考察,只是以"分體"的形式按照傳統研究思路撰寫小説史。進入新世紀以來,小説文體研究有了長足的發展,③尤其值得注意的是出現了一批明確以"文體研究"爲標目的小説研究論著,④相關論文更是舉不勝舉,借鑒西方"文體學"、"叙事學"理論研究中國古代小説文體也呈興旺之勢。所有這些都説明了中國古代小説文體研究已進入了一個新的階段。梳理中國古代小説文體研究的歷史脈絡,我們認爲,小説文體研究的進一步深入或許還需解決三個問題:"細化"、"深化"和"本土化"。具體而言,中國古代小説文體研究應著重處理四種關係:"中"與"西"的關係、"源"與"流"的關係、"動"與"静"的關係和"内"與"外"的關係。以下我們分而論之。

一、"中"與"西"的關係

中國古代小説研究"中"與"西"的關係問題乃"老生常談",但却又無法

---

① 石昌渝:《中國小説源流論》,三聯書店1994年版。董乃斌:《中國古典小説的文體獨立》,中國社會科學出版社1994年版。

② 浙江古籍出版社出版"中國小説史叢書",含苗壯《筆記小説史》(浙江古籍出版社1998年版);薛洪勣《傳奇小説史》(浙江古籍出版社1998年版);蕭欣橋、劉福元《話本小説史》(浙江古籍出版社2003年版);陳美林等《章回小説史》(浙江古籍出版社1998年版)。

③ 如劉勇强《中國古代小説史叙論》(北京大學出版社2007年版)、林崗《口述與案頭》(北京大學出版社2011年版)、陳文新《中國小説的譜系與文體形態》(中國社會科學出版社2012年版)、李舜華《明代章回小説的興起》(上海古籍出版社2012年版)等對小説文體都有比較深入的闡發。

④ 如王慶華《話本小説文體研究》(華東師範大學出版社2006年版)、李軍均《傳奇小説文體研究》(華中科技大學出版社2007年版)、馮汝常《中國神魔小説文體研究》(三聯書店2009年版)、劉曉軍《章回小説文體研究》(華東師範大學出版社2011年版)、紀德君《中國古代小説文體生成及其他》(商務印書館2012年版)。

"繞開"。這是晚清以來一直延續、至今仍未能解決的問題,影響了一個世紀以來中國小説史學科的生成和學科内涵的構成。其中有兩個方面最爲人注目且影響深遠,一是關於"小説"的觀念,二是關於小説的研究方法和價值標準。

經由晚清的過渡,中國古代小説研究建立了"現代"學術框範,開啓了"全新"的"現代小説學術史",而所謂"現代學術"的建立和開啓其實在很大程度上就是小説研究的"西化"——以西方的觀念和方法從事中國傳統小説的研究。

一般認爲,現代"小説"之觀念是從日本逆輸而來的,"小説"一詞的現代變遷是將"小説"與"novel"對譯的産物。近代以來,小説之研究受日本影響顯而易見,其中最爲本質的即是小説觀念,而梁啓超和魯迅對後來小説之研究影響最大。經過梁啓超等"小説界革命"的努力,小説地位有了明顯的提升,雖然近代以來人們對傳統中國小説仍然頗多鄙薄之辭,但"小説"作爲一種"文體"的地位有了根本性的改變,"小説爲文學之最上乘"的言論在20世紀初的小説論壇上成了一個被不斷强化的觀念而逐步爲人們所接受。① 而魯迅等的小説史研究更是以新的文學史觀念和小説觀念爲其理論指導,其中最爲主要的即是小説乃"虚構之叙事散文"這一特性的確立。故小説地位的確認和"虚構之叙事散文"特性的明確是中國古代小説研究形成全新格局的首要因素。這一新的研究格局對於中國小説史學科的構建意義是深遠的,其價值也毋庸置疑。但由此帶來的問題也不容忽視:將小説與"novel"對譯,其實只是汲取了中國古代"小説"的部分内核,它所對應的主要是元明以來的長篇章回小説。因爲"novel"本身就是指西方十八、十九世紀以來興起的長篇小説,它與章回小説有外在的相似點,如虚構故事、散體白話、長而分章等,故而如果僅將章回小説與"novel"比附而確認其特性和價值,尚情有可原。但問題是,20世紀以來的中國小説史的學科構建從一開始就"放大"了"novel"的比照功能,將其顯示的特性作爲觀照中國古代小説的準繩。

20世紀以來對於中國古代"小説"觀的認識基本順循西人的路數。但人們也無法回避"小説"在中國古代的豐富内涵及其指稱對象的複雜性質,於

---

① 楚卿:《論文學上小説之位置》,載1903年9月6日《新小説》第7號,上海書店複印本,1980年。

是探尋"小説"的語源及其流變成了學界綿延不絶的課題,尤其是近三十年來,考訂"小説"的文章充斥於報刊。但不無遺憾地看到,人們雖然承認了"小説"在中國古代的豐富與複雜,然西人的"小説"觀仍然是横亘在絶大部分研究者心目中一根無可逾越的標尺。要麼是從"進化"的角度梳理"小説"的流變,探尋其最終符合西人"小説"觀的發展脈絡;要麼便乾脆以"兩種小説觀"標目,認爲中國古代有小説家的"小説觀"和目録學家的"小説觀",前者是指"作爲散文體叙事文學的小説",後者"并不是文學意義上的小説","是屬於子部或史部的一類文體",而其中之"分水嶺就是實録還是虚構"。更讓人遺憾的是,當人們區分了這兩類"小説"之後,研究的重心就自然轉向了前者,而僅將後者視爲"只是文學意義上的小説的胚胎形態"加以適當的追溯。① 不難看出,在這種研究路向中起決定作用的仍然是西人的小説觀。

頗具諷刺意味的是:當國人一個世紀以來熱衷於以西方小説觀念解讀中國小説時,海外漢學家對此却作出了無可奈何的解釋:"期望中國小説與其西方對應文類彼此相似的讀者,必然會感到吃驚。儘管翻譯家和漢學家慣常用'novel'一詞稱中國的'小説',但這只是因爲没有更好的詞兒。"②需要特别指出的是,此處"小説"是指元明以來的章回小説,章回小説尚且與"novel"難以"彼此相似",更遑論其他了。

研究方法和價值標準的"西化"在 20 世紀以來的中國古代小説研究中也是非常明顯。早在 1905 年,定一在分析中西方小説異同并以西方觀念評判中國小説時就説出了一句頗有經典意義的話:"以西例律我國小説。"③這一非常精確的概括不幸"一語成讖",成了 20 世紀以來中國古代小説研究的絶好"注脚"。自晚清以來,"西學東漸"是中國古代小説在研究方法和價值標準上的"常態",雖然"西學"隨時代變化而有不同,但"東漸"始終如一。如在晚清時期,西方小説理論是梁啓超等提倡小説改良、小説革命的"利器",西方的小説價值觀和小説類型觀不斷輸入,成爲評判中國小説的基本語彙。

---

① 詳見石昌渝:《中國小説源流論》第一章《小説與小説文體諸要素》,三聯書店 1994 年版。特别指出的是,石先生的宏著是國内較早專門研究小説文體的論著,影響深巨。其中關於小説觀的論述代表了當時的主流看法。
② 周發祥:《西方的中國小説文體研究——關於"小説"文體的辨析》,見國學網 http://www.guoxue.com/xueren/sinology/wenzhang/xfdzgxs.htm。
③ 定一:《小説叢話·定一十一則》,《新小説》1905 年第二年第三號,第 170 頁。

"五四"時期,隨著西方"文學觀念"的引進,小說成爲純文學之一種(詩歌、散文、小說、戲劇),西方以"人物、情節、環境"爲小說三元素的理論在當時頗有影響,"西方小說理論的興盛,意味著對中國小說的批評從思想層面向文體層面的深入,而古代小說一旦在文體層面納入了西方小說的分析與評價體系,它要得到客觀的認識勢必更加困難了"①。30年代"典型理論的廣泛運用","表明以刻畫'人物'爲中心的寫實小說被視爲小說創作中的'正格',而人物典型化的理論,環境與人物關係的理論,特別是恩格斯的'典型環境與典型性格'的理論也成爲最有影響力的小說理論。這一理論在此後的幾十年中幾乎成了評價中國古代小說的不二法門,小說人物論也成了小說研究的主流"②。一直到"改革開放"的新時期,隨著國門的重新打開,西方理論又呈興旺之勢,"文體學"、"叙事學"等大量引入,取代了以往以典型理論爲核心的現實主義小說理論,成了古代小說研究的思想"新貴"。

小說觀念的"西化"對中國小說文體研究的影響是顯見的。近年來,學界開始反思這一現象,提出了不少富有建設性的意見。對此,筆者同意學者林崗的基本判斷:"遮蔽"。在其《口述與案頭》一書中,著者分析了中國小說的兩大傳統——口述傳統與案頭傳統,認爲中國小說的重要源頭來自於"文人的案頭世界",即形成以"筆記"爲主流的小說文體,這種小說文體是中國小說的"正身",但"西學東漸"遮蔽了"本土的小說概念"及小說文體。著者分析道:"隨著小說觀念的西方化,中國漢語文學源遠流長的小說傳統逐漸沉入了文學邊緣的世界,從前是文學諸體裁的正宗……在一部煌煌的文學史裏,只處於被網羅的'放逸'的位置,其正面的名聲和顯赫的身世一朝不再。西來小說觀念的普及的確遮蔽了中國古代語境下小說的真實面目。"并申言要"正本清源","重新探討作爲案頭文學傳統的古代小說及其觀念"③。

研究方法和價值標準的"西化"對中國小說文體研究的影響也是顯見的。我們僅舉一例:長期以來,我們對於古代小說的研究往往取用西方叙事文學的研究格局,持"思想、形象、結構、語言"的四分法來評價中國古代小

---

① 劉勇强:《一種小說觀及小說史觀的形成與影響——20世紀"以西例律我國小說"現象分析》,《文學遺產》2003年第3期。
② 劉勇强:《中國古代小說史叙論》,北京大學出版社2007年版,第555頁。
③ 此處的"小說"主要是指"筆記體小說"。見林崗:《口述與案頭》第六章《小說家的興起與文人的案頭世界》,北京大學出版社2011年版。

説,且"思想"的深刻性、"形象"的典型性、"結構"的完整性和"語言"的性格化在小説研究中幾乎成了恒定的標尺,并由此判定其價值。這一評判路徑和價值尺度其實與古代小説頗多悖異。譬如,這一格局和路徑勉強適用於以"話本"、"章回"爲主體的白話小説領域,以此評判"筆記體小説"簡直無從措手,甚至對"傳奇小説"也并不適合。又如,中國古代的白話小説絶大部分是通俗小説,而通俗小説有自身的規範與追求,"思想"的深刻性、"形象"的典型性、"結構"的完整性和"語言"的性格化其實與通俗小説大多沒有太大關係。在這一尺度的"篩選"和"過濾"下,符合標準的其實已寥寥無幾。人們感歎,爲什麼20世紀的古代小説研究集中於《三國》、《水滸》、《紅樓夢》等少數幾部?道理其實很簡單,真正"作祟"的、起決定作用的就是我們持有的研究路徑和價值標準。

由此可見,小説觀念的以"西"釋"中"和研究方法、價值標準的以"西"律"中"是20世紀以來中國古代小説研究中一個非常突出和普遍的現象,對中國古代小説文體研究已然産生了深遠的影響,而回顧、反思這一現象對促進中國古代小説文體研究的深入發展有重要意義。我們認爲,反省古代小説研究中的西來觀念,儘量還原被"遮蔽"的中國古代小説,回歸中國傳統的小説語境是古代小説研究的當務之急。落到小説文體研究領域,則要拓寬小説文體的研究範圍,不再以"虛構的叙事散文"作爲衡量小説文體的唯一準則,尤其要加强"筆記體小説"的文體研究。在研究方法和價值尺度上,不能一味"西化",而要以貼近"古人"、貼近"歷史"、貼近"文體"自身爲原則,努力尋求"本土化"的理論方法和"西學"的本土化路徑。同時,運用"分類指導"的原則,對不同的小説文體采用不同的研究方法和價值標準,從而梳理出符合中國古代小説"本然狀態"的文體史。

二、"源"與"流"的關係

受西方小説觀之影響,"虛構的叙事散文"成了20世紀以來中國古代小説研究中"小説"觀念的基本內涵,并以此爲鑒衡追溯中國古代小説之源流。於是,"虛構"與"故事"成了梳理中國古代小説文體源流的核心,而"虛構"之尺度和"故事"之長度也便順理成章地成了考核小説文體"成熟"與否的首要標誌,在小説文體的源流問題上形成了一些頗爲流行的思想觀念。研究中國古代小説文體之源流首先得辨析這些思想觀念。

一是以"虛構"爲標尺,唐代傳奇是中國古代小説中最早成熟的文體。所謂小説的"文體獨立"、"小説文體的開端"、小説文體的"成熟形態"等都是在中國古代小説研究中耳熟能詳的表述,這種思想觀念已然成了中國古代小説文體研究中的"定論"。此論較早由魯迅先生所創立:"傳奇者流,源蓋出於志怪,然施之藻繪,擴其波瀾,故所成就乃特異。其間雖亦或托諷喻以紓牢愁,談禍福以寓懲勸,而大歸則究在文采與意想,與昔之傳鬼神明因果而外無他意者,甚異其趣矣。"①又謂:"唐代傳奇文可就大兩樣了,神仙人鬼妖物,都可以隨便驅使;文筆是精細,曲折的,至於被崇尚簡古者所詬病;所叙的事,也大抵具有首尾和波瀾,不止一點斷片的談柄;而且作者往往故意顯示著這事迹的虛構,以見他想象的才能了。"②然魯迅先生僅指出傳奇文體與志怪之區別,雖有"成就乃特異"、"見他想像的才能"等表述,但尚未把傳奇文體視爲最早成熟的小説"文體形態",只是指出"虛構"是唐傳奇區別以往小説的一個重要標誌而已。後人據此延伸,進一步放大了"虛構"在小説文體構成中的地位,甚至視爲衡量小説文體的決定性因素,由此得出傳奇乃小説文體的"開端"等涉及小説文體源流的關鍵性結論。其實,中國古代小説本來就有兩種傳統,形成兩種"叙事觀",兩者如清代紀昀所言有"著書者之筆"和"才子之筆"的差異,前者重在"記録",是"既述見聞,即屬叙事",不可"隨意裝點"的筆記體小説的叙事特性。後者追求"虛構",是可使"燕昵之詞、蝶狎之態,細微曲折,摹繪如生"的傳奇體小説的叙事特性。③ 兩者本各有其"體性",無須强作比附,而以單一的"虛構"爲目標,判定其或爲"孕育"、或爲"成熟"更屬不倫不類。對此,浦江清先生的一段論述至今仍有意義:"現代人説唐人開始有真正的小説,其實是小説到了唐人傳奇,在體裁和宗旨兩方面,古意全失。所以我們與其説它們是小説的正宗,無寧説是别派,

---

① 魯迅:《中國小説史略》,人民文學出版社1973年版,第55頁。
② 魯迅:《六朝小説和唐代傳奇文有怎樣的區别——答文學社問》,見魯迅:《且介亭雜文二集》,人民文學出版社1973年版,第87頁。
③ (清)盛時彦:《〈姑妄聽之〉跋》,見(清)紀昀:《閲微草堂筆記》,上海古籍出版社1980年版,第472頁。

與其説是小説的本幹,無寧説是獨秀的旁枝吧。"①故筆記體和傳奇體是中國古代小説的兩種著述方式,體現了不同的叙事觀念。兩者之間雖有傳承關係,但不能以"虚構"作爲梳理小説文體源流關係的準則。

二是以"故事"爲基準,"故事"的長度和叙事的曲折程度是衡量小説文體"成熟"與否的標誌。於是"粗陳梗概"的筆記體小説自然與"叙述婉轉"的傳奇體小説分出了在文體上的"高下",傳奇體小説成了文言小説中最爲成熟的文體形態。此説的提出大概亦與魯迅先生相關。魯迅謂:"小説亦如詩,至唐代而一變,雖尚不離於搜奇記逸,然叙述宛轉,文辭華艷,與六朝之粗陳梗概者較,演進之迹甚明,而尤顯者乃在是時始有意爲小説。"②魯迅先生對筆記體小説和傳奇體小説在故事形態上的總結是精確的,"粗陳梗概"與"叙述宛轉"很好地概括了兩者在故事形態上的特性。而對於兩者之優劣對比,魯迅先生則比較審慎,僅以"演進之迹甚明"加以表述。今人對此的研究則又一次放大了魯迅先生的判斷,將"故事"及其長度曲折視爲判定文體高下的準則。甚至將兩者的演進過程比擬爲"猿進化爲人"的過程:"唐代小説絶非傳奇一體,仍還有'叢殘小語'式的志怪小説和作爲志人小説後裔的其餘筆記小説。猿進化爲人,猿還存在,人猿共存是文學史上并不限於小説的現象。"而在以"故事"爲基準的視野下,甚至六朝志人小説也"無法與志怪匹敵",因爲"它的簡短程度比志怪還甚,它只是切取生活的一個很小片段,很少能表現一個比較完整的過程和形象結構"。③ 這種以"故事"來判定小説文體的做法在當今小説研究中較爲普遍,甚至視爲定則。於是在這種觀念的指導下,人們追溯小説文體源流時首先認定傳奇乃中國古代小説文體最早的"成熟形態",而將以往的小説文體統統歸入尚在母體中孕育的小説文體"胚胎",并命之曰"古小説",從而完成了一次對中國古代小説文體的源流追溯。以"故事"的長度爲依據,20世紀以來人們還習慣於用西方的"短篇小説"、"中篇小説"和"長篇小説"來爲古代小説分類,據此,那些"叢殘小語"、"比類爲書"④且

---

① 浦江清:《論小説》,見《浦江清文録》,人民文學出版社1958年版,第186頁。
② 魯迅:《中國小説史略》,人民文學出版社1973年版,第54頁。
③ 李劍國:《唐稗思考録》,見《唐五代志怪傳奇叙録》,南開大學出版社1993年版,第1—2頁。
④ (清)章學誠《文史通義·詩話》"唐人乃有單篇,别爲傳奇一類"句後自注云:"專書一事始末,不復比類爲書。"見(清)章學誠著,葉瑛校注:《文史通義校注》卷五《内篇五·詩話》,中華書局1985年版,第560頁。

"粗陳梗概"式的筆記體小説則難以歸入,因爲無論是"故事"的長度還是"叙述"的曲折,筆記體小説的絶大部分都難以滿足其"要求"。誠然,"故事"是小説的基本屬性,但如何對待"故事",不同的小説文體有著相異的"體性"規範。在古代小説的諸種文體中,大致形成了兩種"故事觀":一種以筆記體小説爲代表,筆記體小説的所謂"故事"其實是指某種"事件",這種事件或是歷史人物的逸聞軼事,或是歷史人物的言語行爲,或是得自傳聞的神怪之事。① 而對這些"事件"的叙述方式,筆記體小説采用的是"記録"——隨筆載録,不作點染。因而筆記體小説的所謂"故事"不求完整曲折,往往是一個片段、一段言行、一則傳聞。另一種則以傳奇、話本和章回體小説爲代表,所謂"故事"就是一個有"首尾"、有"波瀾"的完整情節。兩者之差異可謂大矣!其實難以作相互比照,更不能强分軒輊,以彼律此。故源流梳理要以各自的"體性"爲准的,故事完整但冗繁拖沓者比比皆是,而"簡淡數言,自然妙遠"的筆記體小説同樣顯示著中國古代小説的精華。② 誰能説《世説新語》在文體上還不成熟而仍處於"孕育"狀態呢!

三是從"虚構"、"故事"和"通俗"三方面立論,則以"章回體"爲主的白話通俗小説是中國古代小説的主流文體,"它的創作業績,體現了中國古代小説的主要成就,是中國文學史上具有代表意義的文體"③。并在"凡一代有一代之文學"觀念的影響下,構擬了"唐詩、宋詞、元曲、明清小説(指白話通俗小説)"的"一代文學"之脈絡。而在中國古代小説文體源流的梳理中,循此又推演出中國古代小説文體實現了"由雅入俗"之變遷的結論——通俗小説由此而成了中國古代小説的主流文體。這一觀念實際上促成了中國古代小説研究的"古今之變":由"重文輕白"變爲"重白輕文",白話通俗小説及其文體成了小説研究之主流。20世紀以來中國小説文體研究的這一"時代特性"

---

① (唐)劉知幾《史通·雜述》劃分"偏記小説"爲十類,其中"逸事"、"瑣言"、"雜記"三類即爲"筆記體小説"。"逸事"主要載録歷史人物逸聞軼事,如和嶠《汲塚紀年》、葛洪《西京雜記》等;"瑣言"以記載歷史人物言行爲主體,如劉義慶《世説》、裴榮期《語林》等;"雜記"則主要載録鬼神怪異之事,如祖台《志怪》、劉義慶《幽明》等。(明)胡應麟《少室山房筆叢·九流緒論》將"小説家"分爲六類,其中"志怪"相當於劉知幾所言之"雜記","雜録"相當於劉知幾所言之"逸事"、"瑣言",再加上"叢談"中兼述著神怪的筆記雜著均可看作"筆記體小説";《四庫全書總目提要》"小説家序"則歸入三派:"迹其流別,凡有三派,其一叙述雜事;其一記録異聞,其一綴輯瑣語也。"
② (清)紀昀:《姑妄聽之自序》,《閲微草堂筆記》,上海古籍出版社1980年版,第359頁。
③ 陳美林、馮保善、李忠明:《章回小説史》,浙江古籍出版社1998年版,第16頁。

是明顯的,而究其原因,一在於思想觀念,如梁啓超"小説界革命"看重的就是小説的"通俗化民",以後,"通俗性"、"大衆化"、"民間性"等觀念始終是中國古代小説研究的價值"標簽";一在於研究觀念,如"虚構之叙事散文"的小説觀念無疑更適合於白話通俗小説。如何看待中國古代小説或小説文體研究的這一"古今之變"？誠然,我們無需重審通俗小説的歷史地位,通俗小説在中國古代文學史上所取得的成就已毋庸置疑。但由此所産生的"錯覺"——中國古代小説是以"通俗文學"爲主流的小説形態——則不能忽視,否則就不能"還原"歷史。我們且不説中國古代小説本身就源於兩個傳統:文人的"案頭"傳統和民間的"口述"傳統。文人小説和通俗小説一直并存於中國古代小説史上,其間地位成就之消長容或有之,但從没形成通俗小説一統天下的格局。故以"通俗"來看待小説文體不符合歷史實際,因爲文人小説本身"是歷代文人士大夫精神生活中高雅的玩意兒,絶不是下里巴人一類的俗物"。① 而就通俗小説自身來看,其間之"文人化"或"雅化"的趨向也十分清晰,可以説,"文人化"是中國古代通俗小説發展中的一條明晰的綫索。而其關節點則在晚明,晚明文人高度關注通俗小説,且主要之關注點在文體,其目標是試圖改變通俗小説的"説話遺存"而將其變爲案頭的"文人小説",這尤其表現在對明代"四大奇書"的改編整理。清代以來,通俗小説的文人化更成爲一個突出的現象,最終形成了《紅樓夢》、《儒林外史》等高度文人化的小説巨著。② 由此,我們不能過度放大通俗小説的文體地位,片面將通俗小説視爲中國古代小説的主流文體;更不能以"雅俗之變"來看待中國古代小説文體之源流。

辨析了上述在古代小説文體源流研究中的幾個流行觀念後,我們可以正面提出對小説文體源流研究的看法了:首先,中國古代小説文體之源流是一個"歷史存在",小説文體源流研究就是要盡可能地理出這一個變化的綫索;但"變化的綫索"不等於古代小説文體就有一個"發展"的進程,"發展"的觀念是以"進化論"爲基礎的,它"先驗"地確認了歷史現象都有一個"孕育"、

---

① 以上觀點參考林崗《口述與案頭》第六章《小説家的興起與文人的案頭世界》(北京大學出版社2011年版)的相關論述。
② 浦安迪曾將這一"文人化"進程中出現的優秀通俗小説單列,稱之爲"奇書文體"。詳見[美]浦安迪:《中國叙事學》,北京大學出版社1996年版。

"產生"、"成熟"、"高潮"、"衰亡"等發展規律,這種"機械性"的觀念不利於"還原"古代小説文體源流的真實面貌。古代小説文體是一個複雜的"歷史存在",它既是"歷時"的,"筆記體"、"傳奇體"、"話本體"和"章回體"等各有自己產生的時代,由此形成了一個流變的綫索。但同時它又是"共時"的,小説文體之間不是前後更替,而是"共存共榮"。故而"源流"研究不能等同於"發展"研究,而要以清理、還原爲首務。其次,古代小説文體的源流研究固然需要一定的思想觀念爲基礎,但不能以單一的觀念如"虚構的敘事散文"這一西來思想爲指導。以此爲指導必然會對小説文體之源流貼上"孕育"、"成熟"等價值標簽,這不符合歷史本然。因爲重視"虚構"的是小説,不重視甚至貶斥"虚構"的同樣也是小説,故而梳理古代小説文體源流的基礎觀念主要應是古人對於"小説"的認識觀念。第三,中國古代小説文體的"本源"是多元的,其形態也是多樣的,各文體形態之間其實絶大部分并無嚴格意義上的傳承關係,而維繫古代各小説文體之間的内在邏輯是中國古代小説貫穿始終的"非正統性"和"非主流性"。中國古代小説文體不是"一綫單傳",也非"同宗變異",因此,古代小説文體源流之研究應該在簡要梳理小説文體變化綫索的基礎上,將研究重心放在各文體形態自身的"追本清流"上,理出各小説文體自身的源流,從而揭示其各自的"體性"特徵。

三、"動"與"静"的關係

研究中國古代小説文體的"動""静"關係基於這樣的思想觀念:古代小説諸文體均有各自的文體屬性,即都有相應的"形制"和"成規",但古代小説諸文體之屬性并非"一蹴而就",更非"一成不變"。它既有各自的成型之過程,也有明顯的變異之迹象。申言之,古代小説文體之屬性是始終處在一個"動態"的過程中,"動態"的關鍵在"作家",落實在"文本"。故而古代小説文體研究既要關注"静"的形制與成規,更要重視"動"的作家與文本的差異性。

較早提出關注小説文體形成"動態特徵"的是學者劉勇强,在《古代小説文體的動態特徵與研究思路》一文中,劉氏呼籲古代小説文體研究要"重視文體構成方式形成的動態過程與運用的實踐特性"。并提出了"動態特徵"的四種表現:第一,"小説文體的動態特徵首先表現在它既有成規、又不拘一格的創作中,這是與小說的敘事文學性質、主要是它的題材類型和人物塑造等聯繫在一起的";第二,"小說文體的動態特徵還表現在它具有很强的個性化色彩。每個小說家創作理念的不同,必然顯示出不同的敘事風格,而這同樣會投射到文體上";第三,"小說文體的動態特徵又表現在它是不斷演進的,而非因襲僵化的。一方面,任何一種小説體式的產生都不是一蹴而就的,都有其發展過程。另一方面,小説文體不斷相互影響、滲透,也造成小説文體的變動不居";第四,"小説文體的動態特徵還與小説的語體有關,這一點在宋以後通俗小説中表現得尤爲明顯,因爲在這些小説的創作中,往往正是由於題材的特點決定了語體的特點并從而使其成爲文體的一個外部表徵"。① 劉氏對小説文體"動態特徵"的概括已比較詳盡,本文無意對此再作系統論述,只是試圖在此基礎上提出幾點看法,權作引申之意。

其一,研究中國古代小説文體的"動""静"關係要關注單個小説作品的"文本差異性",尤其是一些經典性的小説文本往往是某種小説文體的"標本"和"樣板",故這些經典文本在小説體制上自身的沿革過程常常也是某種小説文體逐步趨於成熟和穩定的過程。

我們以"章回體"小説爲例:"章回體"小説在文體上的成熟和穩定大致是在明末清初,而其標誌是"四大奇書"的不斷改訂所產生的影響和輻射作用奠定了"章回體"小説的文體形態。這些改訂的内容包括:出於"説話"形制需要的詩詞被大量删削;整理加工小説回目,使其對仗精緻;小説體制的固定和藝術化;小説語言的精細和雅致等。如容與堂本《水滸傳》對作品作了較多的改訂(在正文中不直接删去,只標出删節符號,加上適當的評語),其所做的主要工作有:一、對作品中一些與小説情節無關的詩詞建議删去,并標上"要他何用"、"無謂"、"這樣詩也罷"、"極俗,可删"等字樣。二、對作品中過繁的情節和顯屬不必要的贅語作删改,使敘述流暢,文字潔净。對作品中一些不符合人物身份、性格的行爲和言語作修改。三、對作品中顯有評話痕迹的内容作删節。又如崇禎本《金瓶梅》删去"詞話本"中的大量詞曲,使帶有明顯"説話"性質的《金瓶梅》由"説唱本"演爲"説散本"。再如《西遊證道書》對百回本《西遊記》中人物"自報家門式"的大量詩句也作了删改,從

---

① 劉勇强:《古代小説文體的動態特徵與研究思路》,《文學遺產》2006年第1期。

而使作品從話本的形式漸變爲讀本的格局。對回目的修訂也是此時期小說改訂的一個重要方面,這一工作明中葉就已開始,至此時期漸趨完善。如毛氏批本《三國演義》"悉體作者之意而聯貫之,每回必以二語對偶爲題,務取精工"①。回目對句,語言求精,富於文采,遂成"章回體"小說之一大特色,而至《紅樓夢》達峰巔狀態。明末清初的文人選取在通俗小說發展中具有典範意義的"四大奇書"爲對象,他們對作品形式的修訂在某種程度上即可視爲完善和固定了"章回體"小說的形式體制,并對後世的"章回體"小說創作起了示範作用。故梳理"四大奇書"各自的文本"差異"不僅能夠觀照其自身的文本變化,也在很大程度上顯示了"章回體"小說的文體演進及其"體性"特徵。

其二,研究中國古代小說文體的"動""靜"關係還要關注小說文體的"作家差異性"。一種小說文體固然有其基本的文體形制和規範,但一方面,這種小說文體的基本形制和規範是"歷史地"形成的,大多體現爲後人對這種小說文體的綜合概括,揭示的僅是一種整體的特性,而相對缺少"動態流程"的描述。另一方面,某種小說文體創作的最終運用實踐者是個體的作家,忽略作家個體因素的文體描述往往是一種浮表的現象。故關注小說文體的"作家差異性"無疑是小說文體研究的一個重要原則。

譬如關於唐代傳奇的文體特性,自宋趙彥衛《雲麓漫鈔》謂唐傳奇文體"可以見史才、詩筆、議論"之後,後世大多以此來概括唐傳奇的文體特性。所謂"史才"指傳奇小說的敘事性,"詩筆"可理解爲傳奇語言的詩性特徵和詩賦等的插入,"議論"則是敘述者或作者對情節的感慨評價。這一評論可謂抓住了唐傳奇文體的典型特徵,所以影響深遠。但細加考索,我們便可得知,"史才"、"詩筆"、"議論"三者在唐傳奇創作中并非處於同一層面,體現"史才"之敘事是唐傳奇之主體,顯示唐人才情之"詩筆"也是唐傳奇創作之常態(引用詩賦等則并不平衡),而"議論"其實不是唐傳奇文體之必備要素。同時,由於作家的個體差異,三者在具體的創作中更是各有側重,且形成了相應的階段性特徵。如在初盛唐時期,引用詩賦等僅少數作品,但到了中唐

---

① (明)羅貫中著,(清)毛綸、毛宗崗評,劉世德、鄭銘點校:《三國志演義·凡例》,中華書局1995年版,第7頁。

時期,引用詩歌的傳奇作品已大幅增加,尤其在單篇流傳的傳奇作品中更成爲主流形式。"議論"在初盛唐傳奇小說作品中所占的比重亦無足輕重,只有極少一部分傳奇中有點滴議論,但在中唐時期單篇流傳的傳奇小說中,"議論"亦成傳奇小說之主流。那爲何中唐時期的傳奇小說尤其是單篇流傳的傳奇小說中,"詩筆"與"議論"會大量增多呢? 這其實與中唐時期傳奇作家的身份以及傳奇作家的群體特性密切相關。中唐時期的傳奇作家,尤其是單篇傳奇作家,其社會身份有了明顯變化,如魯迅所言:"惟自大曆以至大中中,作者雲蒸,鬱術文苑,沈既濟、許堯佐擢秀于前,蔣防、元稹振采于後,而李公佐、白行簡、陳鴻、沈亞之輩,則其卓異也。"①在這些傳奇作家中,不乏當時文苑的名公鉅子,而"著文章之美,傳要妙之情"也成了當時傳奇創作的普遍追求。於是,體現作者才情的"詩筆"和表達文人主體思想的"議論"成爲當時傳奇文體的主要特性也就在情理之中了。②

其三,研究中國古代小說文體的"動""静"關係還有一個現象不容忽視,那就是小說集(或小說選本)的"文體雜糅性"。這包含兩層意思:一是中國古代小說的傳播除"章回體"小說之外,大多是以小說集(或小說選本)的形式出現的,小說作品的集合(或選擇)體現了編選者對小說文體的認識,故研究小說文體不能忽視小說集(或小說選本)的存在及其功能。二是大量的小說集(或小說選本)都不是單一的小說文體作品的集合,而具有一種文體的"雜糅性",這種"文體雜糅性"的背後顯示了怎樣的文體觀念? 它對中國古代小說文體的發展產生了怎樣的影響? 這無疑也是研究中國古代小說文體"動""静"關係的題中應有之意。我們可以舉兩個例子加以說明:

一是明人編選的通俗類書。《國色天香》、《萬錦情林》、《燕居筆記》等既選錄傳奇小說,也選錄話本小說,胡士瑩先生對此作了統計:"《國色天香》等書選刊的傳奇小說,唐、宋、元、明人作品都有,除去重複,包括話本十三篇,總共刊出了小說八十九篇,這對當時的市民來說,數量不算少了。在這八十九篇小說中,傳奇文與話本雜糅在一起,因爲在明代人看來,兩者是没有什

---

① 魯迅:《唐宋傳奇集·序例》,文學古籍刊行社 1956 年版,第 8 頁。
② 參見李軍均:《傳奇小說文體研究》第三章《唐五代傳奇小說文體分析》,華中科技大學出版社 2007 年版。

麼區分的。"①其實，不獨傳奇、話本雜糅，其他文類的雜糅情況也非常普遍，這從其選文來源便可窺其一般。如《艷異編》采自史書者凡 60 篇，《古今譚概》取材於歷代正史、稗官野史、筆記雜傳、笑話寓言，《舌華錄》更用書 240 餘種，其中既有小説笑話，亦有史書地志、諸子文集。可見，這種文體的"雜糅性"是此時期的一個重要特色，尤其是傳奇與話本的雜糅更是小説文體史上值得重視的現象。②

二是明清以來的小説集（或小説選本）。明人所編《虞初志》是一部梁朝到唐朝的志怪筆記體小説與傳奇小説的總集，雜糅"筆記"和"傳奇"。蒲松齡的文言小説集《聊齋志異》收小説 491 篇，其中筆記體小説約有 296 篇，傳奇體小説約有 195 篇，③亦體雜"筆記"和"傳奇"。清人效仿《虞初志》而成《虞初》系列，如張潮所輯之《虞初新志》、鄭醒愚所輯之《虞初續志》、黃承增所輯之《廣虞初新志》等，此類書籍雜糅"古文傳記"和"傳奇"，如《虞初新志》所選篇目大多出自如魏禧、侯方域、徐芳等古文大家之手，"是由敘事性的古文或筆記變異而成"，④《虞初續志》則采自"國朝各名家文集暨説部等書"，但其大多取自"文集"，僅有少部分取自"説部"，實際上是一種帶有傳奇性的古文。對此，程毅中先生有一段評述："清代古體小説的另一派，是古文家的人物傳記以及基本紀實的雜錄筆記，前人也都稱之爲小説。傳記文與傳奇體小説歷來有割不斷的聯繫，清初張潮編的《虞初新志》就是一部代表作。繼之而起的有《虞初續志》、《廣虞初新志》、《虞初廣志》、《虞初近志》、《虞初支志》等，收集了不少傳記體的文章，成爲'虞初'系列的文選。"⑤

由上述二例可知，小説集（或小説選本）的"文體雜糅性"是一個普遍的現象。這一現象實際昭示了古代小説文體史上的兩個重要信息：一是小説文體之間的逐步"融合"，如傳奇的"俗化"傾向在宋代就已發端，元明中篇傳

---

① 胡士瑩：《話本小説概論》，中華書局 1980 年版，第 411 頁。
② 除了《國色天香》等通俗類書，一些小説選本同樣也是雜糅"傳奇"和"話本"，"像《清平山堂話本》中的《藍橋記》、《風月相思》、《翡翠軒》（鄭西諦先生藏殘本）。萬曆書林熊龍峰編刊四種話本中，也夾有《馮伯玉風月相思》的傳奇文一篇。馮夢龍輯"警世通言"四十卷，其中有傳奇文兩篇：第十卷《錢舍人題詩燕子樓》，第二十九卷《宿香亭張浩遇鶯鶯》。《醒世恒言》也有《隋煬帝逸遊召譴》（第二十四卷）一篇"。見葉德均：《戲曲小説叢考》下冊《讀明代傳奇文七種》，中華書局 1979 年版，第 539 頁。
③ 石昌渝：《中國小説源流論》，三聯書店 1994 年版，第 213 頁。
④ 陳文新：《中國文言小説流派研究》，武漢大學出版社 1993 年版，第 203 頁。
⑤ 程毅中編：《古體小説鈔》（清代卷），中華書局 2001 年版，第 563—564 頁。

奇在很大程度上表現出了受說話藝術影響的文體痕迹。而《聊齋志異》"一書兼有二體",非獨指稱《聊齋志異》既有"傳記類"的傳奇小説,也有"志怪類"的筆記體小説;也指稱其"用傳奇法以志怪"或以"筆記小説文體寫傳奇小説"①的"融合"特性。二是小説文體功能的"趨同",如明代的通俗類書將衆多小説文體乃至其他文類融爲一體,其首要標準即爲"趨同"的文體功能,或"廣見聞",或"娛情""娛樂",或"勸誡""垂訓"。故小説集(小説選本)的"文體雜糅性"實際昭示的是小説史上的文體"融合性"。

四、"內"與"外"的關係

　　研究中國古代小説文體的"內""外"關係是將小説文體置於相對寬泛的歷史文化背景中加以審視,主要探討影響小説文體生成及流變的多種歷史文化現象,如小説文體與古代其他文體之關係,小説文體與小説傳播、雅俗文化的諸種聯繫等。進而揭示小説文體發生、流變的成因和規律,屬於小説文體的外部研究以及溝通內部與外部關係的綜合研究。

　　處理中國古代小説文體研究的"內""外"關係首先要強調一個基本原則:外部研究不能純然等同於背景研究,將小説文體置於相對寬泛的歷史文化背景中加以審視并非要求僅爲小説文體研究提供一個寬泛的歷史文化背景。長期以來,當我們探究一個文學現象或文體現象時往往習慣於"鋪叙"一個背景框架,如"政治"、"經濟"、"思想"、"文化"等,這種"宏大叙事"其實大多不能落到實處,容易流於"表面"和"膚廓"。故研究古代小説文體的"內""外"關係首先要實現兩個改變:一是在研究內容上變"背景研究"爲"成因研究",二是在表述方式上變"描述性"爲"探究性"。前者追求研究內容的"實在性",使得一般性的背景史料經過甄選"內化"爲小説文體研究的有機組成部分;後者強化表述方式的"考辨性",從而讓小説文體的"成因研究"更具學術內涵。我們試以晚明章回小説的"按鑒體"爲例:在明代章回小説中,自《三國志通俗演義》流行後,歷史演義創作繁盛,致可觀道人在《新列國志

---

　　① "我以爲與其説《聊齋》用傳奇小説的方法,不如説是用筆記體小説文體寫傳奇小説,所以不妨換一種表述方式,説《聊齋》是筆記體傳奇小説。"見石昌渝:《中國小説源流論》,三聯書店1994年版,第215頁。

叙》中有"其浩瀚幾與正史分鑣并架"之歎。① 這些歷史演義大多冠以"按鑑演義"之名,"按鑑體"遂成創作之風尚,幾乎是歷史演義共同的編創方式。那作家爲何"按鑑"? 其創作背景如何? 對此,我們大可循著宏大的歷史文化背景加以梳理,但其實,真正影響"按鑑體"生成的原因無非是兩個:一是晚明以來《通鑑》類史傳的盛行爲作家創作歷史演義提供了題材、主題、叙述方式等可資"模仿"的"文本",創作的便利是"按鑑體"風行的首要成因,故其文體大多似小説而非小説,似史傳而非史傳。二是商業性的考慮,"明代歷史演義中的許多'按鑑'之作存在高舉'按鑑'大旗虚張聲勢的成分。這些作品主要出版於明代刻書業非常發達的金陵、建陽等地區,而尤以建陽爲甚,其作者也多數身兼作者與書商兩職。在書商型作者的眼裏,歷史演義不僅僅是傳播歷史知識的普及讀物,更重要的是它必須爲書坊主帶來可觀的經濟效益"。故"按鑑體"小説充斥著大量粗糙的作品,雖數量較大,但大多文學價值不高,詳細厘清制約其創作的商業操作性即可明瞭"按鑑體"小説的成因及其特性。②

如果我們循著這個原則來探究中國古代小説文體的"内""外"關係,那小説文體的"内""外"關係主要涉及兩個方面:

第一,研究中國古代小説文體的"内""外"關係要著重探究古代小説的文體淵源,理清小説文體與其他文體的源流關係,從而揭示小説文體之"譜系"。但中國古代小説文體是一個複雜的"歷史存在",從語體而言,可分文言與白話兩大系列,細分之,更有"筆記體"、"傳奇體"、"話本體"和"章回體"等大體格局。這兩大系列和四分格局既分出了中國古代小説文體的語體和形制特性,又區別了中國古代小説文體的格調和風格特點。由此,我們對於古代小説文體淵源的研究也要區別對待,一方面,我們不否認中國古代小説文體有"同源現象",如"史傳"對中國古代小説文體的影響可謂是全方位的,一以貫之的,故探究古代小説之文體淵源絕對離不開對"史傳"的梳理。但另一方面,中國古代小説的諸種文體均有自身的特性,受其他文體影響的程

---

① (明) 可觀道人:《新列國志叙》,(明) 馮夢龍編:《新列國志》,上海古籍出版社 1987 年版,第 1 頁。
② 劉曉軍:《"按鑑"考》,見譚帆等:《中國古代小説文體文法術語考釋》,上海古籍出版社 2013 年版,第 177—178 頁。

度、多寡也是各異的。如同樣受"史傳"的影響,"筆記體"與"傳奇體"自然有別,"章回體"受"史傳"影響也得區別對待,如歷史演義小說是一種"顯性"的影響,但人情小說等其他章回小說類型受"史傳"的影響則是"隱性"的、間接的。因此,從研究方法而言,梳理和探究中國古代小說的文體淵源應注意如下兩個問題:一是要避免文體淵源追溯的"細大不捐",而對某一小說文體的淵源作出全方位、多側面的梳理,并以"多祖現象"或"合力形成"等表述來判定古代小說的文體淵源。如對唐傳奇文體的淵源追溯,除了常規的"志怪"、"雜傳"之外,還延伸到了"辭賦"、"詩歌"、"說唱"、"佛教敘事文學"、"古文"等多種領域,這樣的追溯固然全面,但容易流於"表面","全面"有餘而"深入"不足。且不同文體的影響在内涵上是有差異的,如"志怪"對"傳奇"的影響,自魯迅先生"傳奇者流,源蓋出於志怪"的判斷之後,"傳奇"出於"志怪"幾成定論,但細考之,"志怪"對"傳奇"的影響更多的是在題材上,而非落實在文體上,浦江清先生甚至以"古意全失"來說明其文體之差異。而同屬唐代文人熟稔的文體,詩歌、辭賦、古文對傳奇創作的影響是不言而喻的。故這樣的文體追溯其實意義不大。二是探究古代小說的文體淵源要分清主次、重點突破,既要落實到文體,更要關注到文類乃至文本。如對於唐傳奇的文體追溯應以先唐"雜傳"爲主體,而"章回體"小說的文體追溯更要區別對待,"史傳"對"章回體"小說的影響固然重要,然從體制而言,"說話"對"章回體"的影響可能更爲關鍵。同時,同是"史傳"的影響,不同的小說類型受"史傳"的影響也是各別的,因此,對於"章回體"小說的文體追溯也可更"細化"一些,如"按鑒體"對應的"史傳"應是《通鑑》類史書,其文體淵源應以此爲中心;《水滸傳》在敘事方式上受《史記》影響更大些,而對《三國演義》文體的淵源梳理則不能脫離陳壽的《三國志》。而上述兩方面的思考無非想說明一個問題:古代小說文體淵源的研究切忌大而無當,空洞無物,故既要關注文體,更要關注文類和文本。

　　第二,研究中國古代小說文體的"内""外"關係還要探究影響小說文體生成和變化的文化現象,揭示影響小說文體生成和變化的文化成因。然則影響小說文體生成和變化的文化現象也是一個複雜多元的存在,其表現形態也多種多樣,有表現爲思想觀念的,有表現爲制度機構的,也有表現爲作家的創作心態和趣味的。故而對於小說文體文化成因的探討要從小說文體生成和變化的實際情況出發，作出有針對性的追究和"個案化"的處理。譬如上文提到的晚明文人對"四大奇書"的文本修訂實際奠定了"章回體"小説的文體形態。這一現象的文化成因最爲本質的即是晚明以來的部分文人改變了評價通俗小説的思想觀念。這些思想觀念包括：强化通俗小説的作家獨創性，凸顯通俗小説的情感寄寓性和追求通俗小説的文學性。而這無疑促成了通俗小説評價體系的轉化，也是通俗小説文體走向成熟的必要的思想基礎。又如明末《歡喜冤家》、《鼓掌絶塵》、《宜春香質》、《弁而釵》、《載花船》等話本小説在文體形態上普遍出現入話體制退化，叙事韻文運用大量減少，體制章回化、篇幅大增，情節更加豐富曲折等"適俗化"現象。這種文體形態變化的主要成因就是晚明以來書坊對通俗小説創作和傳播的控制，以書商及其周圍下層文人爲主體的創作隊伍有獨特的創作旨歸，濃厚的商業傳播意識和讀者接受意識無疑是其中最爲首要的因素，故而文體的變化實際表現爲對小説商業傳播性的考慮和對普通市民審美趣味的迎合。再如在中國古代小説史上綿延不絶、貫穿始終的"筆記體"小説，其文體特徵頗爲明顯，大致可概括爲：以記載鬼神怪異之事和歷史人物軼聞瑣事爲主的題材類型，"資考證、廣見聞、寓勸戒"的價值定位，"據見聞實録"的寫作姿態，以及隨筆雜記、簡古雅贍的篇章體制。何以形成這一文體特點？值得花大力氣加以探究，而從多個層面進行考索。如從宏觀角度言之，"筆記體"小説的文體特性一方面奠基於先秦"小説家"的著述方式，"小説家不以深刻思索現實世界爲追求，而以搜奇記逸、耀辭呈采爲本務。那些逸聞異事，零零星星者被小説家搜集起來，發而爲筆……於是筆記文體應運而生"①。另一方面則受到傳統史學的影響，從本質上説，"筆記"的大量產生就是對"正史"的一種補充，"筆記體"小説雖在題材上越出了"史"的範疇，但仍然受到史學之影響，其文體的價值定位、寫作姿態乃至簡淡博雅的叙述特徵無一不受史學之侵染。而從微觀角度來看，劉義慶《世説新語》與魏晉風尚息息相關已毋庸贅言，紀昀《閲微草堂筆記》的文體特性則與其個人的創作心態及趣味密不可分。《閲微草堂筆記》是紀昀的晚年之作，其嘗言："今老矣，無復當年之意

---

① 林崗：《口述與案頭》，北京大學出版社 2011 年版，第 190 頁。林氏又謂："戰國之際，百家争鳴，諸子文體無非三類：一是語録箴言體，如《論語》、《老子》；二是論説體，如《韓非》、《荀子》；三是小説家采用的筆記體。"可參看，同上書第 189 頁。

興,惟時拈紙墨,追録舊聞,姑以消遣歲月而已。"①雖爲"自謙"之辭,却也道出了作品所體現的文體之特質,故探究紀昀晚年的著述心態和趣味或許能把握作品形成獨特文體性質的原因。其"尚質黜華"、"雍容淡雅"、"偏於議論"②和"雋思妙語"等文體特性③,乃至前人指其"生趣不逮"④的評論均可在此依稀尋到根據。總而言之,探究小説文體的生成及其變化與外部文化現象之關係,其視角可大可小,而以"落到實處"爲不二法門。

以上我們探討了中國古代小説文體研究所應注意的四種關係。至此,我們可以回應本文開首提出的一個議題:中國古代小説文體研究的"細化"、"深化"和"本土化"。所謂"細化"是要求對小説文體的研究要以"文本"爲基礎,以作家及其"文本"的個性爲探討小説文體特性的根基,"文本—文類—文體"是小説文體研究的邏輯順序。故小説文體史的梳理要立足於古代小説"文本"個體的累積史。所謂"深化"是指古代小説文體研究不僅要梳理描述小説文體生成與變化之"形態",還要探究形成這種"形態"的深層原因,而對於涉及的多方面文化現象,更要以"切實"爲要務。所謂"本土化"一方面是指研究對象的"本土化",即還原古代小説之"實際存在";同時也指研究方法、價值標準之"本土化",在借鑒外來觀念和方法的同時,努力尋求藴含本土文化之内涵和符合本土"小説"之特性的研究視角、方法和評價標準。也許,解決了這些問題,我們可以回歸本原,從而探究梳理真正意義上的中國古代小説文體史。

(原文載《學術月刊》2013 年第 11 期)

---

① (清) 紀昀:《姑妄聽之自序》,(清) 紀昀:《閱微草堂筆記》,上海古籍出版 1980 年版,第 359 頁。
② 劉勇強先生對《閱微草堂筆記》"偏於議論"及"議論"與"叙事"之關係有很好的論述,參見劉勇強:《"言"、"曰"之間:〈閱微草堂筆記〉的叙事策略》,《明清小説研究》2013 年第 1 期。
③ "《閱微草堂筆記》雖'聊以遣日'之書,而立法甚嚴,舉其體要,則在尚質黜華,追蹤晉宋;……然較以晉宋人書,則《閱微》又過偏於論議。蓋不安於僅爲小説,更欲有益人心,即與晉宋志怪精神,自然違隔;……惟紀昀本長文筆,多見秘書,又襟懷夷曠,故凡測鬼神之情狀,發人間之幽微,托狐鬼以抒己見者,雋思妙語,時足解頤;間雜考辨,亦有灼見。叙述復雍容淡雅,天趣盎然,故後來無人能奪其席,固非僅借位高望重以傳者矣。"見魯迅:《中國小説史略》,人民文學出版社 1973 年版,第 184 頁。
④ "《聊齋》以傳紀體叙小説之事,仿《史》、《漢》遺法,一書兼二體,弊實有之,然非此精神不出,所以通人愛之,俗人亦愛之,竟傳矣。雖有乖體例可也。紀公《閱微草堂》四種,頗無二者之病,然文字力量精神,别是一種,其生趣不逮矣。"(清) 馮鎮巒:《讀聊齋雜説》,(清) 蒲松齡著,張友鶴輯校:《聊齋志異(會校會注會評本)》,上海古籍出版社 2011 年第 2 版,第 15—16 頁。

稗戲相異論

——古典小說戲曲"敘事性"與"通俗性"辨析

20世紀的中國古典小說戲曲研究取得了豐碩的成果①,就研究觀念及其方法角度言之,古典小說戲曲研究成果的豐厚除徹底打破了中國傳統視小說戲曲爲"小道"的觀念之外,實得力於兩大研究觀念的確立:一是"敘事文學"觀念,二是"通俗文學"觀念。這兩大觀念在小說戲曲研究領域的確立大大開拓了小說戲曲的研究視野,可以毫不誇張地說,20世紀中國古典小說戲曲研究中一大批重要學說和成果的產生大都緣於這兩大研究觀念的倡導和張揚。"敘事文學"觀念的確立促成了小說戲曲研究中對故事本體和行爲主體的重視,尤其是戲曲文學的研究大大突破了傳統曲學的藩籬,而小說研究也打破了以往零散瑣碎、點滴賞評的格局。小說和戲曲這兩種文體被同置於"敘事文學"這一大的文類概念之中,使得對"敘事性"的重視成了20世紀小說戲曲研究的共同格局和特徵,對小說戲曲研究產生了深遠的影響。從"通俗文學"角度看待小說戲曲,尤其是宋元以來的白話小說和雜劇南戲,是中國文學批評史上一貫的傳統。并非自20世紀開始,但20世紀小說戲曲研究中,"通俗文學"觀念的確立却有一個與傳統觀念大異其趣的重要前提:它是建立在充分認可乃至有意拔高"通俗文學"地位和價值的基礎之上的。以"敘事文學"和"通俗文學"的觀念來研究古典小說戲曲是合理的,從性質而言,小說和戲曲都是敘事文學,敘事性是這兩大文學門類的重要屬性,亦是它們區別於其他文學形式的標誌。從藝術風格和表現形態而言,小說和戲曲在整體上屬於通俗文學範疇,而不是根本意義上的文人自咏自歎

---

① 本文所謂"小說"主要是指宋元以來的白話小說,即話本小說和章回小說,而不多涉及文言小說。

之作，它們均以讀者爲本位爲其基本的生存狀態。同時，小說與戲曲在中國古代還有著相近的遭遇，其地位、狀態也大致相同。據此，古往今來視小說戲曲爲相近之文學品類者代不乏人：李漁稱小説爲"無聲戲"，也即無聲之戲曲；蔣瑞藻在《小説考證》中説小説與戲曲"異流同原，殊途同歸者也"①；黃人（摩西）更直稱"小説爲工細白描之院本，院本爲設色押均（韻）之小説"②。然而，任何文學樣式都有其特殊性，以"叙事文學"和"通俗文學"觀念對小説戲曲作一體化看待有其合理性，但僅抓住了小説戲曲的某些共性，而漠視了小説戲曲在"叙事文學"和"通俗文學"這一大的前提之下的獨特個性。故當我們對 20 世紀古典小説戲曲研究作出深入回顧和反思時，我們也發現，"叙事文學"和"通俗文學"觀念的確立對於古典小說戲曲研究而言其實是一把"雙刃劍"：它一方面確實抓住了古典小説戲曲的基本特性，促成了小説戲曲研究中全新格局的形成；然而它同樣也是以部分捨去小説戲曲各自的"個性"爲代價的。故 20 世紀古典小説戲曲研究以"叙事文學"和"通俗文學"觀念爲指導思想所帶來的弊端已日益明顯。本文提出"稗戲相異論"這一論題正是試圖在承認"叙事文學"和"通俗文學"這一研究觀念具有重要價值的前提下，揭示小説戲曲在"叙事性"和"通俗性"上各自的獨特性，并在這基礎上對小説戲曲的研究格局提出新的設想。

一、"詩心"與"史性"：小説戲曲的本質差異

我們先從"叙事文學"的角度來看小説戲曲的差異。作爲中國古典文學中"叙事文學"的兩大主幹，小説戲曲其實在精神實質上存在著本質的差異，這種差異簡言之可作這樣表述：戲曲的主體精神實質是"詩"的，小説的主體精神實質是"史"的。戲曲在叙述故事、塑造人物上包含了強烈的"詩心"，小説則體現了強烈的"史性"。

怎樣理解這一差異，我們不妨作進一步的推論：

---

① 蔣瑞藻：《小説考證》附録《戲劇考證》，古典文學出版社 1957 年版，第 263 頁。
② 黃人：《中國文學史》第二編《略論·文學華離期》，東吴大學堂講義，國學扶輪社（上海）1906 年版。黃人：《文學史》講義《華離期及曖昧期》，轉引自羅時進主編：《世紀東吴：苏州大學學報論文選萃》（上），苏州大學出版社 2016 年版，第 2 頁。

我們認定戲曲的主體精神實質是"詩"的,在敘述故事、塑造人物上包含了強烈的"詩心"據以兩方面的理由。第一,戲曲的外在形態乃是"以曲爲本位",而所謂"以曲爲本位"一方面表現爲"曲"是戲曲藝術諸要素中的核心成分,它是戲曲藝術用於表現故事、抒情言志的主要藝術手段,脫離了"曲"的本位性,古典戲曲也便失去了它的自身特性,而"曲"在本質上是詩性的。同時,古典戲曲藝術的結構形式是一種情節結構和音樂結構的組合體,而這種組合體的基本要素便是"曲","曲"既要體現戲曲情節的內在發展,以"曲"這一詩體的形式來推演情節,又要表現音樂的自身構成,還要使情節結構與音樂結構有機地統一起來。正因爲古典戲曲"以曲爲本位",故"曲"在劇本創作中據主導和正宗地位。劇作家通過"曲"馳騁才情、抒寫情感和推演情節,而"填詞"也幾乎成了戲曲文學創作的代名詞了。第二,戲曲在表現形式中體現出了濃烈的詩歌韻味,極爲強調抒情藝術中的主體性這一本屬於詩歌藝術的創作原則,而作爲敘事文學最基本的要求——故事情節的客體性制約——在戲曲創作中倒被相對淡化。一個極爲顯明的事實是:古典戲曲的故事本體在創作手法上所接續的是傳統"寓言"的創作原則,"這戲文一似莊子寓言"①、"要之傳奇皆是寓言"②、"傳奇無實,大半皆寓言耳"③等表述在古代戲曲史上不絕如縷。將戲曲故事稱之爲"寓言",將戲曲與寓言相比照,實際所要強化的正是戲曲創作中的主體表現性。何以言之?我們且看"寓言"的精神實質:從形式表象而言,"寓言"是一種觀念與敘事的組合體。這種觀念就創作者來說是一種先於故事與形象的純乎理性的概念,而就欣賞者而言,這種觀念又是一種超越故事與形象之外的、需憑藉聯想與想像而獲致的"言外之意"。故"寓言"中的故事和形象在某種程度上僅是一種藉以表現某種觀念的"喻體",它不必完滿地追求自身的客觀性與內在邏輯性。同時,正因爲"寓言"有其明確的寄寓性和觀念指向性,其藝術形象便常常是某種觀念的濃縮賦形,是象徵性的和類型化的。古典戲曲接續寓言的藝術精神,故同樣是"敘事文學",戲曲在故事本體上表現出了獨特的品貌。而古人將戲

---

①　(明)丘濬著,周偉明、王瑞明點校:《丘濬集·伍倫全備忠孝記》,海南出版社2006年版,第4790頁。
②　(明)徐復祚:《曲論》,《中國古典戲曲論著集成》(四),中國戲劇出版社1959年版,第234頁。
③　(清)李漁:《閑情偶寄·詞曲部·結構第一·審虛實》,《中國古典戲曲論著集成》(七),中國戲劇出版社1959年版,第20頁。

曲稱之爲"曲"、將戲曲的故事本體稱之爲"寓言",兩者其實是二而爲一的,它所要強化的正是戲曲藝術的"詩化"特徵。誠然,"寓言"是一種叙事藝術,但在中國古典叙事文學中,"寓言"是一種最富於寫意性、象徵性的藝術樣式,"寓言"的精神實質乃是最大限度地摒棄叙事藝術所固有的客體性制約,而將叙事結構落實到創作歸旨上,從而完成寓言藝術的象徵性和寓意性。而這正是古典戲曲的故事本體所刻意追求的。王國維評元雜劇云:"其作劇也,非有藏之名山、傳之其人之意也。彼以意興之所至爲之,以自娛娛人。關目之拙劣,所不問也,思想之卑陋,所不諱也,人物之矛盾,所不顧也。彼但摹寫其胸中之感想與時代之情狀,而真摯之理與秀杰之氣,時流露於其間。"①可謂深中肯綮之論,也在很大程度上契合明清時期的傳奇創作。

  我們評價小説的主體精神實質是"史"的,小説在叙述故事、塑造人物上體現了強烈的"史性"則緣於三方面的因素。首先,從小説的外部形態而言,古代小説是"以故事爲本位"的,而所謂"以故事爲本位"是指小説以"故事"爲其本質屬性,抽去了"故事"這一内涵,小説也便喪失了它的本體特性。同時,小説之表現内容無論是得自傳聞,還是據正史演繹,其結構亦無論以哪種方式叙述,都是圍繞"故事"加以展開的。相對來説,詩詞在古代小説中雖然也佔有一定比重,但畢竟是一種外在的東西,是一種繼承"説話"藝術傳統、出自於小説"形制"需要的"附加物",而并未真正滲透到小説的内在精神中去,不會影響小説的本質屬性。② 中國古代小説"以故事爲本位",而"故事"又帶有強烈的歷史内涵,故真正影響小説創作的是"史"。如同戲曲中的"曲"是"詩性"的那樣,小説中的"故事"是"史性"的。其次,中國古代小説有濃烈的"史性"特徵,故在小説創作中追求故事情節本身的客體性,而不以作家的主觀情感抒發爲目的。所謂"客體性"原則是指在小説創作中應尊重小説故事本體自身的客觀性和真實性。這一"史性"原則最爲明顯地體現於歷史小説創作中,在歷史小説創作中,所謂"客體性"即指歷史真實性,故小説與史實之關係的所謂"虚實"問題始終是小説家們無法回避的關鍵問題。在中國古代小説史上,所謂"虚實"問題的探討是由《三國演義》等歷史演義的

---

  ① 王國維:《宋元戲曲史·元劇之文章》,商務印書館 1915 年版,第 140—141 頁。
  ② 《紅樓夢》中的詩詞突破了這一格局,較多以詩詞表達人物的内心情感,但這種突破在小説史上非常少見。

創作所引發的,自《三國演義》問世之後,以正史爲題材的小説創作頗爲興盛,在創作觀念和創作方法上均受到《三國演義》的深深影響。庸愚子蔣大器作於弘治七年(1494)的《三國志通俗演義序》首先以"事紀其實,亦庶幾乎史"來評判《三國演義》的特色,與該序同時刊行的修髯子《三國志通俗演義引》亦以"羽翼信史而不違"來確立作品與所謂"信史"的内在關係。歷史小説創作是否一定要"事紀其實",在人們的觀念中也不盡一致,如熊大木:"或謂小説不可紊之以正史,余深服其論。然而稗官野史實記正史之未備,若使的以事迹顯然不泯者得録,則是書竟難以成野史之餘意矣。"①認爲小説固然應以正史爲標尺,但亦不必拘泥於史實,小説與史書是兩種不同的文本形態,應區别對待。但也有人認爲小説創作應恪守"信史"的實録原則,如余邵魚創作的《列國志傳》,自謂其作《列國傳》"起自武王伐紂,迄今秦并六國,編年取法麟經,記事一據實録。凡英君良將,七雄五霸,平生履歷,莫不謹按《五經》并《左傳》、《十七史綱目》、《通鑑》、《戰國策》、《吴越春秋》等書,而逐類分紀",并宣稱"其視徒鑿爲空言以炫人聽聞者,信天淵相隔矣"。② 陳繼儒《叙列國傳》也爲其申説:"《列傳》始自周某王之某年,迄某王之某年。事核而詳,語俚而顯,諸如朝會盟誓之期,征討戰攻之數,山川道里之險夷,人物名號之真誕,燦若臚列。即野修無系朝常,巷議難参國是,而循名稽實,亦足補經史之所未賅,譬諸有家者按其成簿,則先世之産業厘然,是《列傳》亦世宙間之大賬簿也。如是雖與經史并傳可也。"③在對小説與史實之關係的認識上,可觀道人評馮夢龍《新列國志》的一段話最爲通達,其云:"本諸《左》、《史》,旁及諸書,考核甚詳,搜羅極富,雖敷演不無增添,形容不無潤色,而大要不敢盡違其實。"④由此可見,在小説與史實的關係上,無論是哪一種意見,強化小説與"史性"原則的關係是小説創作中一貫的傳統。第三,在一些非歷史題材的小説創作中,小説家和小説批評家也大都習慣於將小説與歷史

---

① (明)熊大木:《大宋演義中興英烈傳序》,引自朱一玄編,朱天吉校:《明清小説資料選編》(上),南開大學出版社2012年版,第151頁。
② (明)余邵魚:《題全像列國志傳引》,(明)余邵魚:《春秋五霸七雄列國志傳》《古本小説集成》》,上海古籍出版社1994年版,第3—5頁。
③ (明)陳繼儒:《叙列國傳》,引自朱一玄編,朱天吉校:《明清小説資料選編》(上),南開大學出版社2012年版,第4頁。
④ (明)可觀道人:《新列國志叙》,(明)馮夢龍:《新列國志》,上海古籍出版社1987年版,第2頁。

相比較。如金聖歎評《水滸傳》："某常道《水滸》勝似《史記》，人都不肯信。殊不知某却不是亂說。其實《史記》是以文運事，《水滸》是因文生事。"①就是《金瓶梅》、《紅樓夢》等世情小說，人們亦自然地與史書相對比，張竹坡評《金瓶梅》即以爲"《金瓶梅》是一部《史記》，然而《史記》有獨傳，有合傳，却是分開做的。《金瓶梅》却是一百回共成一傳，而千百人總合一傳，内却又斷斷續續，各人自有一傳"②。二知道人也認爲《紅樓夢》與《史記》相比有其獨到的價值："太史公紀三十世家，曹雪芹只紀一世家。太史公之書高文典册，曹雪芹之書假語村言，不逮古人遠矣。然雪芹紀一世家，能包括百千世家，假語村言，不啻晨鐘暮鼓，雖稗官者流，寧無裨於名教乎？"③至晚清，小說家們更在與史書的比照中來確認小說創作的特性與地位："書之紀人事者謂之史；書之紀人事而不必果有此事者，謂之稗史。"且認爲："有人身所作之史，有人心所構之史，而今日人心之營構，即爲他日人身之所作。則小說者又爲正史之根矣。"④而就描寫之特性言之，則小說勝於史書："小說者，以詳盡之筆寫已知之理者也……故最逸；史者，以簡略之筆寫已知之理者也，故次之。"⑤以上言論在中國古代小說史上一脈相承，不絕如縷，這充分說明了中國古代小說在創作觀念和創作特性上充滿了"史性"的特徵。

中國古代小說戲曲形成的上述差異使得同樣作爲叙事文學的小說戲曲體現了相異的藝術特性。這種差異性的根源來自於兩者藝術淵源與文學淵源的不同。古代戲曲是在說唱藝術、滑稽戲和歌舞戲等基礎上完成自身藝術形態的，在這多種藝術要素中，又以說唱藝術表現故事的叙事體詩爲其主幹，而說唱藝術的叙事體詩又直接承繼了古代詩歌的藝術傳統，因此詩、詞、曲相沿相續的觀念在中國古代幾爲不易之論，而古代戲曲家的創作正是秉持這一觀念的。小說的藝術淵源則不然，古代小說最爲重要的藝術淵源是

---

① （清）金聖歎：《讀第五才子書法》，《貫華堂第五才子書水滸傳》，黑龍江人民出版社1997年版，第2頁。
② （清）張竹坡：《批評第一奇書〈金瓶梅〉讀法》，《張竹坡批評金瓶梅》，齊魯書社1991年版，第35頁。
③ （清）二知道人：《紅樓夢說夢》，一粟編：《古典文學研究資料彙編·紅樓夢卷》，中華書局1963年版，第102頁。
④ 嚴復、夏曾佑：《本館附印說部緣起》，原連載於1897年11月10日至12月11日之天津《國聞報》，引自劉孝嚴主編：《中華百體文選》第5册第9卷，中國文史出版社1998年版，第246—248頁。
⑤ 夏曾佑：《小說原理》，原載1903年6月25日《繡像小說》第三期，轉引自劉孝嚴主編：《中華百體文選》第5册第9卷，中國文史出版社1998年版，第256頁。

神話傳説與史書,但神話傳説一則在古代并不發達,同時在其自身的演化中又常常作了"史"或傾向於"史"的更易。相反,史書在古代中國極爲成熟和發達,故史書對小説的影響更爲重要。中國古代史書對小説的影響表現在題材、體裁和表現形式等多方面,而正是這多重影響確立了古代小説的"史性"品格。

二、"詞餘"與"史餘":小説戲曲本體觀念之對舉

古代小説戲曲在其精神實質上的差異不僅表現在各自的創作中,同時在本體觀念上也得到了深刻的反映。"詞餘"和"史餘"是古代戲曲小説在各自的發展過程中最爲典型的本體觀念,兩者之對舉在觀念形態上凸顯了古代戲曲小説及其研究格局的内在差異。

所謂"詞餘"觀念是以"詩歌一體化"觀念爲背景的。"詞"者,"詩之餘"也;"曲"者,"詞之餘"也。故所謂"詞餘"的觀念也就是"曲"的觀念,戲曲是"曲",是中國古代詩歌發展進程中一種特殊的"詩體"。這是中國古代戲曲史上佔據主導地位的本體觀念,深深影響了中國古代戲曲創作的發展,也深深制約了中國古代戲曲研究史的進程。當然,中國古代戲曲本體觀念是複雜的,絶非"詞餘"或"曲"的觀念所能涵蓋,但"詞餘"或"曲"的觀念確乎是古代戲曲史上最具影響力的本體觀念。爲了確認這一本體觀念在古代戲曲觀念中的主導地位,我們不妨先簡要縷述一下古代戲曲觀念的演進歷史。

古代戲曲的本體觀念從劇本文學成熟的宋元開始,大致經歷了三個時期,形成了三種相對獨立的戲曲本體觀念,即"曲"的觀念、"文"的觀念和"劇"的觀念。① 從宋元到明代中葉,在戲曲論壇上佔據主導地位的是"曲"的觀念,人們將戲曲藝術視作是詩歌的一種,或者説戲曲就是"詩歌"。此一時期,劇作家們將戲曲創作主要看成是"曲"的創作,而戲曲研究論著所注目的中心也是戲曲藝術中"曲"的部分,包括"曲"的作法和唱法。一個比較顯明的事實是:人們在研究對象上往往是戲曲與散曲不分。元代周德清的《中原

---

① 詳見譚帆、陸煒:《中國古典戲劇理論史》(修訂版)第二章《中國古典戲劇理論的宏觀系統》,華東師範大學出版社 2005 年版。

音韻》、夏庭芝的《青樓集》、鍾嗣成的《錄鬼簿》,明代朱權的《太和正音譜》、徐渭的《南詞敍錄》乃至王驥德《曲律》,其研究對象均是散曲和戲曲的合成體——"曲","曲"是詩歌,是文辭與音樂的統一,是一定格式的詩歌與某種音樂的統一。而此時當人們追溯戲曲的源流時,亦往往視戲曲與詩歌同宗,何良俊《四友齋叢說》卷三十七《詞曲》謂:"詩變而爲詞,詞變而爲歌曲,則歌曲乃詩之流別。"王驥德《曲律》在其論著的開首也標有"論曲源"一款,從音樂文學的角度把戲曲的源流一直追溯到上古,形成了"詩、詞、曲"相沿相續的"詩歌一體化"傾向。明中葉以後,一方面是傳統的"曲"的觀念在進一步固定和強化,同時,隨著戲曲評點的出現,人們也開始注意到戲曲藝術的敍事性,"文"的觀念即敍事文學的觀念逐步出現,尤其在明末清初,當金聖歎、毛聲山父子對《西廂記》、《琵琶記》的敍事藝術作出深入賞評時,戲曲藝術的敍事性才得以深入地探討。一直到清初,"劇"的觀念即綜合藝術的觀念在李漁的《閑情偶寄》中得以確立,李漁《閑情偶寄》"詞曲部"所論述的已不再是傳統的"曲","結構"、"詞采"、"音律"、"賓白"、"科諢"、"格局"六款所討論的是整個的戲曲文學。而《閑情偶寄》的"演習部"和"聲容部"更將戲曲研究伸向了舞臺表演,戲曲作爲一種綜合藝術得到了系統的研究,故在李漁的觀念中,所謂戲曲是一種故事與曲文統一并訴諸舞臺表演的綜合藝術。至此,中國古代戲曲的本體觀念得以向多元方向延伸。然而,戲曲史上"文"的觀念和"劇"的觀念的出現其實并未真正撼動"曲"的觀念的主導地位。在明中後期,當"文"的觀念開始出現時,呂天成在《曲品》中仍然按照"音律"與"詞華"的標準給戲曲作品評等第張曲榜。祁彪佳《遠山堂曲品·敍》所體現的評判標準更說明問題:"韻失矣,進而求其調;調訛矣,進而求其詞;詞陋矣,又進而求其事。"音韻詞華是主要的,敍事性只居第三位。一直到晚清,劉熙載《藝概·詞曲概》仍然秉持著"曲"的觀念。

"詞餘"觀念或曰"曲"的觀念深深制約了中國古代對於戲曲藝術的研究格局。中國古代戲曲本體觀念以"詞餘"觀念或曰"曲"的觀念爲中心,而"曲學"——對於"曲"的創作法則和演唱法則的探究也便成了古代戲曲研究的中心內涵。吳梅曰:"聲歌之道,律學、音學、辭章三者而已。"[①] "律學"當指

---

① 吳梅:《童伯章〈中樂尋源〉敍》,《吳梅戲曲論文集》,中國戲劇出版社 1983 年版,第 476 頁。

"曲譜","音學"主要指"曲韻","辭章"則指對文辭及文辭與音律關係的探討,再加上"唱法"一端,構成了古代戲曲研究的中心。這一研究格局自元代周德清《中原音韻》發端,經明初朱權《太和正音譜》等曲學著作的深化,至明中後期形成熱潮。沈璟的戲曲格律研究、王驥德《曲律》對曲學研究的系統化、戲曲史上著名的"沈湯之争"等均主要圍繞曲學展開,李漁《閑情偶寄》亦以"詞采"、"音律"兩章詳細討論曲學問題。一直到近代,吳梅的戲曲研究仍以曲學爲主體,其《顧曲麈談》、《曲學通論》可謂是對傳統曲學的總結之作。相對而言,戲曲史上對於戲曲"叙事性"的探討比較薄弱,金聖歎等戲曲評點家對於戲曲文學的賞讀雖頗多注目戲曲的故事本體,但這種文本賞讀對戲曲史發展的實際影響甚爲微小。李漁《閑情偶寄》提出"結構第一",并對戲曲的情節結構作出了細緻闡發,但《閑情偶寄》的這一理論追求在中國戲曲史上誠爲空谷足音,是"特例"而非"常規","填詞首重音律,而予獨先結構"。① 從李漁的語氣中正可看出這其實是一種對曲學研究的反撥或補足,在戲曲研究中是非主流的。

　　與戲曲史上的"詞餘"觀念相對舉,在中國小説史上居於主導地位的本體觀念是"史餘"觀念。所謂"史餘"觀念是從小説"補史"功能的角度看待小説的,即小説在表現範圍和價值功能上可補"史"之不足。這一觀念并不從通俗小説開始,在中國小説史上可謂延續久遠,但文言小説和通俗小説的"史餘"觀念有著明顯的差異。"史餘"觀念在桓譚、班固有關小説概念和小説功能的闡釋中已露端倪,其中已蘊含了小説可補經史之闕的認識。至漢末魏晉時期,隨著文人雜史、雜傳和雜記創作的風行,小説"補史"意識更爲昭晰,葛洪《西京雜記跋》謂:《西京雜記》乃"裨《漢書》之闕"②。郭憲《漢武帝別國洞冥記序》亦謂《洞冥記》是"籍舊史之所不載者,聊以聞見,撰四卷,成一家之書,庶明博君子,該而異焉"③。"裨《漢書》之闕"、"籍舊史之所不載者"均已明確説明小説的補史意義。王嘉評張華《博物志》乃"捃采天下遺逸"④,而自署其書爲《拾遺記》,亦已闡明小説的拾遺補闕功能。至唐代,劉

---

① (清)李漁:《閑情偶寄・詞曲部・結構第一》,《中國古典戲曲論著集成》(七),中國戲劇出版社1959年版,第10頁。
② (晉)葛洪:《西京雜記》,中華書局1985年版,第45頁。
③ (東漢)郭憲:《漢武帝別國洞冥記》,中華書局1991年版,第1頁。
④ (晉)王嘉:《拾遺記》,中華書局1981年版,第210頁。

知幾《史通》在理論上作出了更細緻的闡釋,其拈出"偏記小説"一辭與"正史"相對舉,且認爲其"自成一家,而能與正史參行"①。而唐宋小説家更進一步張揚了這一功能,李肇《唐國史補自序》謂其撰《國史補》乃"慮史氏或闕則補之意"②。宋鄭文寶撰《南唐近事》乃慮"南唐烈祖、元宗、後主三世,共四十年……君臣用舍,朝庭典章,兵火之餘,史籍蕩盡,惜乎前事,十不存一",故將"耳目所及,志於縑緗,聊資抵掌之談,敢望獲麟之譽"?③ 明確其撰述的"補史"目的。由此可見,將小説視爲對"史"拾遺補闕的觀念乃源遠流長,漢末以還雜史筆記小説的創作風行正緣此而來。

　　通俗小説的"史餘"觀念即繼承了這一傳統,但其理論指向有顯明的不同。如果説,文言小説的"史餘"觀念著重於小説乃是對"史"的拾遺補闕,是對"史"不屑著錄的内容的記録。那麽,通俗小説的"史餘"觀直接針對的是以《三國演義》爲代表的講史演義。評論對象的變更自然引出了不同的理論趨向。"正史之補"也好,"羽翼信史"也罷,通俗小説的"史餘"觀均以"通俗"爲其理論歸結。將"史"通俗化,以完成"史"所難於承擔的對民衆的歷史普及和思想教化,是通俗小説"史餘"觀的一個重要特點。如林瀚在萬曆己未(1619)刻本《批點隋唐兩朝志傳序》中提出小説"正史之補"的説法④,在他看來,小説之所以可爲"正史之補",關鍵亦在於"兩朝事實使愚夫愚婦一覽可概見耳"的通俗性。明人由《三國演義》及講史演義的風行而接續了傳統的"史餘"觀念,又因講史演義特殊的文體特性將"補史"之功能定位在"通俗性"上,而不再以"拾遺補闕"作爲小説基本的"補史"功能。這一内涵的轉化使"通俗"這一範疇在明清小説學中越來越受到小説家的重視,并深深影響了小説的發展。

　　作爲中國古代居於主導地位的小説本體觀念,"史餘"觀念也深深地影響了古代的小説理論批評,我們甚至可以説,古代小説理論批評在很大程度

---

① (唐)劉知幾著,(清)浦起龍釋:《史通通釋·雜述》,上海古籍出版社 2009 年版,第 253 頁。
② (唐)李肇:《國史補》,中華書局 1991 年版,第 1 頁。
③ (宋)鄭文寶:《南唐近事》,中華書局 1985 年版,第 1 頁。
④ 林瀚《批點隋唐兩朝志傳序》末署:"賜進士第資政大夫南京參贊機務兵部尚書致仕前支部尚書國子祭酒春坊諭德兼經筵講官同修國史三山林瀚撰。"林瀚(1434—1519)爲明弘治、正德年間之顯宦,此序是否真出自其手筆,尚多疑問。此序真僞之考訂詳見陳洪:《中國小説理論史》,安徽文藝出版社 1992 年版。

上正是圍繞著"史餘"觀念而展開的。我們姑舉古代小説理論範疇爲例對此作一説明：相對於詩學、詞學乃至曲學而言，小説理論批評範疇比較貧乏，往往是對傳統文學理論範疇的"移植"，如"教化"、"幻奇"等，而小説評點家使用的範疇術語又有較大的隨意性，缺少相對意義上的理論延續。但在中國古代小説理論史上，那些最貼近小説文體特性的有限的理論範疇却大多以"史餘"觀念爲中心，如"演義"、"虚實"、"補史"、"通俗"。可以説，這四大理論範疇構成了中國古代小説理論體系的四個"鏈結"，"演義"爲文體概念①，"虚實"指創作特性，"補史"爲價值功能，"通俗"指表現形式。而這四大理論範疇無一不從"史餘"觀念延伸或演化而來，實際上是從不同側面支撐著"史餘"這一在中國古代小説理論批評中據主導地位的小説本體觀念，故這四大範疇均是與"史餘"觀念相表裏的，對中國古代通俗小説的創作和發展進程影響深遠。

三、雅俗之間：小説戲曲的文人化進程

從"通俗文學"角度看待小説戲曲，兩者之間的差異也是十分明顯的，這我們可以采用一種視角——"小説戲曲的文人化進程"來梳理小説戲曲的内在差異。所謂"文人化"本文擬作這樣界定："文人化"原則并不僅僅指小説戲曲文辭的典雅，它的第一要義是小説戲曲創作中文人主體性的張揚，即作家在創作過程中體現出明確的文人本位性，突出其通過小説戲曲之創作來實現作爲文人所固有的價值。具體而言，是指在創作過程中體現出作者對現實、歷史、人生的思考，表現他們的憂患意識和責任感。"文人化"的第二要義是在藝術形式上追求一種相對完美、穩定的藝術格局和在語言風格上實現一種與文人自身身份相合的雅化原則。以此來衡定小説戲曲的文人化進程，其中之差異顯而易見。

宋元以來，中國古代之雅俗文學明顯趨於分流，從邏輯上講，所謂雅俗文學之分流是指通俗文學逐漸脱離正統士大夫文人之視野而向著民間性演

---

① 一般認爲"演義"爲小説類型概念，指稱"歷史演義"這一小説類型，但其實古人是將"演義"視作小説文體概念的，"演義"即指通俗小説這一文體。

進。宋元時期,這種演進軌迹是清晰可見的,話本講史、雜劇南戲、諸宮調等,其民間色彩都十分濃烈。因而從分流的態勢來看待通俗文學的這一段歷史及其所獲得的杰出成就,那我們完全有理由這樣認爲:中國通俗文學的成就是文學走向民間性和通俗化的結果。然而,我們也應看到,民間性和通俗化誠然是通俗文學在宋元以來獲得其藝術價值的一個重要因素,但雅俗文學之分流在很大程度上也會使通俗文學逐漸失却正統士大夫文人的精心培育,而這無疑也是通俗文學在其發展過程中的一大缺失。因此,如何在保持民間性和通俗化的前提下求得其思想價值和審美品位的提升,是通俗文學在發展過程中所面臨的一個重要課題。宋元以後,通俗文學在整體上便是朝著這一方向發展的,尤其是作爲通俗文學主幹的戲曲和小説,但兩者的發展進程并不同步和平衡。

　　戲曲的文人化進程非常明顯。中國古代戲曲就其發展脈絡而言,大致可分爲三個時代:雜劇時代、傳奇時代和地方戲時代。從元代到明初,雜劇藝術佔據了中國戲曲藝術的中心位置,而早於雜劇産生的南戲此時期却在南方民間默默地滋長著。至元末明初,隨著雜劇藝術的日益衰微,"荆、劉、拜、殺"和《琵琶記》躍起於劇壇,於是,戲曲藝術的中心位置逐步由雜劇藝術轉向了由南戲演化而來的傳奇藝術,傳奇藝術在明清兩代延續久遠。一直到清中葉以後,傳奇藝術隨著昆腔的衰落和傳奇文學創作的荒蕪,其藝術生命力慢慢地趨於消歇。而活躍於民間的地方戲因其豐富性和民間性而贏得了觀衆的青睞,它不斷地從成熟的戲曲藝術中吸取養料來壯大自己,從而逐漸地主宰了戲曲舞臺。從雜劇到傳奇再到地方戲,中國戲曲藝術有其藝術傳承的整體性,同時也體現了相對獨立的階段性。就劇本文學而言,所謂戲曲的文人化進程主要涉及雜劇和傳奇兩個時代。不難發現,中國古代戲曲自元代雜劇以後并未完全循著民間性和通俗化一路發展,而是比較明顯地顯示了一條逐漸朝著文人化發展的創作軌迹。這種進程就其源頭而言發端於元代,這便是馬致遠劇作對於現實人生的憂患意識和高明劇作中重視倫常、維持風化的教化意識,這兩種創作意識開啓了明代戲曲文人化的發展進程。丘濬的《五倫全備記》、邵燦的《香囊記》等理學名儒的戲曲創作,將高明《琵琶記》中的風化主題引向極端;而李開先、梁辰魚等的劇作則對馬致遠作品中的現實憂患意識作了進一步深化。如李開先《寶劍記》,如果將元代的水滸戲與《寶劍記》作一比較，我們便不難發現，元代水滸戲所表現的是大衆化的除暴安良，而《寶劍記》則體現了强烈的政治憂患意識，有濃烈的文人個體意識滲融其間，一般認爲這是明傳奇走向高潮的前奏，此後的戲曲創作在表現風格、藝術内涵等方面基本上都沿此而發展。至萬曆年間，戲曲的文人化成爲一時之風尚，大批文人劇作家投身於戲曲創作，使戲曲文學的文人化傾向更爲濃郁，湯顯祖"臨川四夢"正是其中之代表。萬曆以後，戲曲史上曾有一股回歸大衆化的趨向，如吳炳、阮大鋮、李漁的創作，他們都强調戲曲的故事性、可讀性與可看性，然而文人化的進程猶未中止，在清初"南洪北孔"的筆下，這一文人化的進程終於被推向了高潮。誠然，明清傳奇文學的發展是一個複雜的現象，但以上簡約的描述却是傳奇文學發展中一條頗爲明晰的主綫，這條主綫構成了中國古代戲曲文學中的一代之文學——文人傳奇時代。

與戲曲相比較，通俗小說的文人化進程要比戲曲來得緩慢，通俗小說創作并沒有形成像文人傳奇那樣一個獨立的創作時代。綜觀通俗小說的發展歷史，其文人化進程是有迹可尋的，尤其是它的兩端：元末明初的《三國演義》、《水滸傳》和清乾隆時期的《紅樓夢》、《儒林外史》，通俗小說的文人化可說是有一個良好的開端和完滿的收束，但在這兩端之間，通俗小說的文人化却經歷了一段漫長且緩慢的進程。明代嘉靖以後，隨著《三國演義》和《水滸傳》的刊行，通俗小說的創作在明中後期形成了一股熱潮，然而《三國演義》和《水滸傳》所引發的這一股創作熱潮并未完全循著這兩部作品所體現的"文人化"的創作路向發展。相反地，倒是激起了一股"通俗"的小說創作思潮，無論是歷史演義還是英雄傳奇，也無論是神魔小說還是初起的言情小說，世俗性、民間性都是其共同的追求。如果說，戲曲文人化在明中後期已成風尚，那此時期的通俗小說仍然彌漫著濃烈的民間性與通俗性，就是明代"四大奇書"和"三言二拍"都未能在整體上真正消融小說的"通俗"特性。小說戲曲在文人化進程中的這一"時間差"是中國小說戲曲在自身發展進程中的一個顯明事實，對各自的發展起到了決定性的作用。故通俗小說真正的"文人化"進程是從晚明開始的，且不直接來自創作者，而更主要地緣於文人評點家。我們可以這樣認爲：影響通俗小說發展進程的除了小說家自身外，文人評點家起到了至關重要的作用，充當著一個重要的角色，他們與小說作家一起共同完成了通俗小説藝術審美特性的轉型。在文人評點家的參與下，通俗小説通過評點家的改編和批評，其思想和藝術價值均有了明顯的提高。在此，自李卓吾以還的文人小説評點家如金聖歎、毛氏父子等對小説的評改提高了通俗小説的歷史地位，也使通俗小説提升了文人化的程度。明代"四大奇書"即最後定於文人評點家之手，而成了古代小説的範本，對小説的發展起到了積極的作用，使得長期缺乏高品味文人參與的古代通俗小説終於在清代中葉迎來文人化的高潮，這就是《紅樓夢》和《儒林外史》的出現。至此，小説的文人化才最終成型。然而，這一文人化進程所達到的效果還是有限的，一方面，文人評點家對通俗小説的關注有他自身的選擇，小説史上真正可以讓他們傾情投入評改的作品畢竟有限，故文人評點家對通俗小説的評改主要在"四大奇書"，而"四大奇書"的標舉還不足於真正改變通俗小説的整體面貌。同時，通俗小説史上很少如明清曲壇那樣有大量的上層文人投身於創作，曹雪芹、吳敬梓等在小説史上的出現誠爲難得一遇，故由這種狀況所引起的通俗小説"文人化"程度的淡薄乃不足爲奇。

　　小説戲曲在文人化進程和文人化程度上的差異主要來自於三方面的原因：一是文學淵源的差異。通俗小説源於民間説話，而作爲明清通俗小説直接源頭的宋元話本講史，其本身就沒有如元雜劇那樣，在民間性和通俗化之中包含有文人化的素質，基本上是一種出自民間并在民間流傳的通俗藝術。通俗小説的胚胎中相對缺乏文人化的內涵，故而緣此而來的明清通俗小説就帶有其先天的特性。二是"文本"創作所依托的對象不同。戲曲是一種舞臺藝術，劇本文學的創作必定要受到特定的聲腔劇種的制約。明代以來，戲曲的文人化進程發展迅速，而這恰與南曲的勃興有著密切的關係，尤其是明中葉以後崑腔的興盛更是戲曲文人化的一個重要因素。崑腔柔美、婉麗，以文人性見長，透現出濃郁的書卷氣，它在表現內容和藝術風格上深深制約了劇本文學的創作，劇本文學的文人化正是與崑曲的這一特色相一致的。當然，文人化確實是促成了戲曲審美品位的提升和思想價值的提高，但文人化發展到極致也使戲曲藝術逐步偏離了戲曲藝術的本質屬性——民間性，故清中葉以後崑曲與傳奇創作的同時衰落是一個必然的現象。通俗小説所依托的對象則不然，通俗小説自明中葉以來一直依托於以"書坊"爲中心的商業性傳播，書坊以贏利爲目的，以傳播的大眾化、民間性爲依歸，故在商業傳播的制約下,通俗小説與戲曲文學相比較,其文學商品化的特性更爲强烈,這種特性也妨礙了通俗小説向文人化方向發展。三是創作隊伍的差異。從元雜劇到明清傳奇,主宰著中國戲曲藝術發展進程的是文人劇作家。在元代,由於特殊的社會背景,元代劇作家以其有用之才而寓於"聲歌之末",劇作家在思想品格和藝術品味上均居於時代之前列。故元雜劇雖在總體上是大衆化的藝術樣式,但劇本文學還是充盈著文人的色彩和情調。明代以後,創作者的文人化更趨濃烈,朱權、朱有燉等皇室成員,丘濬、邵燦等理學名儒都投身於戲曲創作。至明萬曆年間,大批文人對戲曲文學表現出了極大的熱情,戲曲創作的文人化可謂達到了高峰,這一境況一直延續到清代中葉。地方戲的興起,使中國古代戲曲的格局發生了根本的變化。其中最爲主要的是由以劇作家(劇本文學)爲中心轉向了以演員(舞臺表演)爲中心,戲曲由此向民間性方向發展,文人化趨於消歇。相對於戲曲文學的創作隊伍,小説的創作者則以下層文人爲主,當明代萬曆年間的文人士大夫緊緊把握著戲曲發展之脈搏的時候,小説創作的主體則是書坊主及其周圍的下層文人,這一境況可以説一直延續在小説史上,故下層文人始終是小説創作的主流隊伍。至近代,這一格局才有所改變。

如果我們把上述分析作一收攏,那我們可以對小説戲曲在文人化進程和文人化程度上的差異作這樣的歸納:從雜劇到傳奇,戲曲文學發展的主流趨向是文人化;其中民間性、通俗性的重視常常是以"反撥"的面目出現的,體現爲在文人化的前提下有意向"下"拉的傾向。而從宋元話本到明清章回,小説的主流傾向則是通俗性,文人化的重視恰恰表現爲在通俗性的前提下有意向"上"提的趨向。如同戲曲史上以"民間性"、"通俗性"反撥戲曲文學的文人化是局部的一樣,小説史上以"文人化"提升通俗小説的藝術品味其實也是局部的、非主流的。

綜上所述,作爲中國古代敘事文學和通俗文學的兩大主幹,小説戲曲在"敘事性"和"通俗性"兩方面均存在著明顯的差異。這種差異在古代戲曲小説的本體觀念中也得到了明確的反映,"詞餘"觀念與"史餘"觀念的對舉正清晰地説明了這一問題。那戲曲小説的這種差異性對戲曲小説研究是否應有所制約呢?20世紀的小説戲曲研究以"敘事文學"觀念和"通俗文學"觀念對這兩種文體作一體化對待是否與這種差異性相矛盾呢？回答應該是肯定的。站在新世紀初來回顧 20 世紀的小說戲曲研究，我們不難看到，"敘事文學"觀念與"通俗文學"觀念的確立爲小說戲曲的研究帶來了全新的格局，對小說戲曲研究的深入和拓展起到過積極的作用。但這種研究觀念所引起的弊端也已日益明顯，綜合起來，這種弊端大約表現在兩個方面：首先，20 世紀的中國小說戲曲研究常常忽略小說戲曲在"敘事性"上的本質差異。"思想、形象、結構、語言"的四分法是 20 世紀研究小說戲曲"敘事性"的共同格局，"思想"的深刻性、"形象"的典型性、"結構"的完整性和"語言"的性格化是小說戲曲研究中幾乎相同的標尺。這一格局和標尺就小說而言有一定道理，然亦難盡人意，但與戲曲文學的本體特性之間有著明顯的距離，實際上難以真正揭示作爲敘事文學的戲曲所具有的本質屬性，而僅僅是以小說的研究格局來套用戲曲。如以"形象"的典型性來分析戲曲也與戲曲的"寓言"特性難相吻合，至於"語言"的性格化則更非"以曲爲本位"的戲曲文學的普遍追求。其次，20 世紀的小說戲曲研究常常模糊小說戲曲在"通俗性"這一點上的非對等關係。同時，"通俗文學"觀念的確立僅表現在觀念形態上，而缺乏相應的理論和方法的支撐，其表現爲：它在觀念形態上拔高了"通俗文學"的歷史地位，然其研究方法仍然采取的是"雅文學"的研究路數，包括價值評判與形態分析。

　　由此，中國古代小說戲曲研究欲求得深入和發展，對於 20 世紀小說戲曲研究的反思和在這基礎上尋求新的研究思路確乎是一個必要的前提。對此，我們擬提出這樣幾個設想與學界共同探討：首先，從"通俗文學"的角度研究小說戲曲迫切需要建立一種與"通俗文學"相適應的研究模式，在思想方法上爲"通俗文學"研究設定相關的研究視角、評判標準和價值體系。其次，從"通俗文學"角度研究小說戲曲要打破小說戲曲各自的文體限制。"通俗文學"其實不是一個文體概念，而是一個"文類"概念，它涉及小說戲曲等多種文體，但又不能以文體來界定，實際上是指一種在"價值功能"、"表現內容"、"審美趣味"和"傳播接受"等方面基本趨於一致的文學類型或文學現象。故在小說戲曲研究中，那些充分"雅化"的作品如《牡丹亭》、《紅樓夢》、《儒林外史》等應逐步淡化，不再以這些作品作爲"通俗文學"研究的中心，從而梳理出符合通俗文學自身特性的發展綫索和揭示通俗文學的自身"經典",如李漁的小説戲曲、《三俠五義》等。以《牡丹亭》《紅樓夢》等作爲"通俗文學"的"經典"實際上是掩埋了"通俗文學"的自身"經典"和模糊了通俗文學自身的發展規律,它往往使通俗文學的研究脈絡不清且"經典"不明。第三,作爲"叙事文學"的小説戲曲研究要努力尋求和確立一種符合小説戲曲自身民族特性的"叙事文學"理論及其研究框架。20世紀對小説戲曲"叙事性"的研究在思想方法上所接受的主要是來自西方的文學觀念和文學研究方法,但小説戲曲有著濃重的本民族的特色,與西方的文學觀念及其理論方法其實并不完全適應。對於中國"叙事學"的研究近年來已受到了相當的關注,也出現了一些研究成果,但要求得深入,還有兩方面的情況值得注意:一是要密切關注小説戲曲各自的文體特性,對小説戲曲不能加以一體化對待。如以"詩性"原則探討戲曲作爲叙事文學的本質特性,梳理曲體與戲曲叙事性的關係;而以"史性"原則探討小説"叙事性"的内涵,并由此確認小説戲曲在"叙事性"上的獨特品格。二是文體研究的"細化"。中國古代小説戲曲文體都是複雜豐富的,就小説而言,其文體有"傳奇體"、"話本體"和"章回體"等的區別,戲曲也起碼有"雜劇體"和"傳奇體"的不同,這些在小説戲曲大的"文體"概念下的局部"文體"均有自身的文體淵源和形態特色,故局部的"文體形態"研究要加强,并在相互的比較中梳理小説戲曲文體形態的發展史。只有這樣,所謂中國"叙事學"的建立才有一個扎實的基礎和充分的依據。總之,我們期待著新的研究格局和思路的不斷出現,也期待著新的研究成果的不斷問世。

(原文載《文學遺產》2006年第4期)

術語研究

術語的解讀：中國小說史研究的特殊理路

中國古典小說文法術語考論

「叙事」語義源流考
——兼論中國古代小說的叙事傳統

「小説」考

「演義」考

術語的解讀：
中國小說史研究的特殊理路

　　從20世紀初開始，小説研究漸成爲中國古典文學研究之"顯學"，而自魯迅先生《中國小説史略》問世後①，"小説史"研究也越來越受到研究界之關注。近一個世紀以來，小説史之著述層出不窮，"通史"的、"分體"的、"斷代"的、"類型"的，名目繁多，蔚爲壯觀。然就理論角度言之，一個不容忽視的現實是："小説史"之梳理大多以西方小説觀爲參照，或折衷於東西方小説觀之差異而仍以西方小説觀爲圭臬。流播所及，延而至今。然而，中國小説實有其自身之"譜系"，與西方小説及小説觀頗多鑿枘，強爲曲説，難免會成爲西人小説視野下之"小説史"，而喪失了中國小説之本性。近年來，對中國小説研究之反思不絶於耳，出路何在？梳理中國小説之"譜系"或爲有益之津梁，而術語正是中國小説"譜系"之外在呈現。所謂"術語"是指歷代指稱小説這一文體或文類的名詞稱謂，這些名詞稱謂歷史悠久，涵蓋面廣。對其作出綜合研究，在某種程度上可以考知中國小説之特性，進而揭示中國小説之獨特"譜系"，乃小説史研究的一種特殊理路。自《莊子·外物》"小説"肇端，至晚清以"説部"指稱小説文體，小説之術語可謂多矣。大別之，約有如下數端：一是由學術分類引發的小説術語，如班固《漢書·藝文志》列"小説家"於"諸

---

　　① 胡從經《中國小説史學史長編》（香港中華書局1999年版）認爲發表於《月月小説》第11期（1907年）的天僇生《中國歷代小説史論》是"最早在理論上倡導小説史研究"的文章。而從現有論著來看，最早對中國小説史進行歷史清理的是日本學者笹川臨風的《支那小説戲曲小史》（東京東華堂1897年發行），國人的最早著述是張静廬的《中國小説史大綱》（泰東圖書局1920年版），魯迅《中國小説史略》於1923—1924年由北京大學新潮社出版。但從影響而言，開小説史研究之風氣者無疑是魯迅的《中國小説史略》。詳見黄霖、許建平等：《20世紀中國古代文學研究史·小説卷》第四章《"中國小説史"著作的編纂》，東方出版中心2006年版。

子略",乃承《莊子》"小説"一脈,後世延伸爲"子部"之"小説";劉知幾《史通》於"史部"中詳論"小説","子""史"二部遂成中國小説之淵藪。"説部"、"稗史"等術語均與此一脈相承。此類術語背景最爲宏廓,影響最爲深遠,是把握中國小説"譜系"之關鍵。二是完整呈現中國小説文體之術語,如"志怪"、"筆記"、"傳奇"、"話本"、"章回"等,此類術語既是小説文體分類的客觀呈現,又顯示了中國小説的文體發展。三是揭示中國小説發展過程中小説文體價值和文體特性之術語,如"演義"本指"言説",宋儒説"經"(如《大學衍義》、《三經演義》)即然,而由"演言"延伸爲"演事",即通俗化地叙述歷史和現實,乃強化了通俗小説的文體自覺。四是由創作方法引伸出的文體術語,如"寓言"本爲"修辭",是言説事理的一種特殊方式,後逐步演化爲與小説文體相關之術語;"按鑒"原爲明中後期歷史小説創作的一種方法,推而廣之,遂爲一階段性的小説術語,所謂"按鑒體"。由此可見,小説術語非常豐富,基本呈現了中國小説之面貌。

一、術語與中國小説之特性

近代以來,"小説史"之著述大多取西人之小説觀,以"虚構之叙事散文"來概言中國小説之特性,并以此爲鑒衡追溯中國小説之源流,由此確認了中國小説"神話傳説——志怪志人——傳奇——話本——章回"之發展綫索和内在"譜系"。此一綫索和"譜系"確爲近人之一大發明,清晰又便利地勾畫出了符合西人小説觀念的"中國小説史"及其内在構成。然則此一綫索和"譜系"并不全然符合中國小説之實際,其"抽繹"之綫索和"限定"之範圍是依循西方觀念之產物,與中國小説之傳統其實頗多"間隔","虚構之叙事散文"只是部分地界定了中國小説之特性,而非中國小説之本質屬性。

那中國小説之本質屬性是什麼呢?以"小説"和"説部"爲例①,我們即可明顯地看出中國小説的豐富性和獨特性。

首先,中國小説是一個整體,在其長期的發展過程中,無論"文白",不拘

---

① 在中國古代,具有"通名"性質的小説術語主要有兩個:"小説"和"説部"。其他術語或指稱某一小説文體,如"筆記"、"傳奇"等,或具有階段性之特徵,如"演義"、"按鑒"等,唯有"小説"、"説部"可以基本籠括中國小説之全體,故以此來抉發中國小説之特性有其合理性。

"雅俗",古人將其統歸於"小説"(或"説部")名下,即有其内在邏輯來維繫,其豐富之性質遠非"虚構之敘事散文"可以概言。

作爲一個"通名"性質的術語,"小説"之名延續久遠,其指稱之對象頗爲複雜。清人劉廷璣即感歎:"小説之名雖同,而古今之别則相去天淵。"① 概而言之,主要有如下内涵:一、"小説"是無關於政教的"小道"。此由《莊子·外物》發端,經班固《漢志》延伸,確立了"小説"的基本義界:即"小説"是無關於大道的瑣屑之言;"小説"是源於民間、道聽途説的"街談巷語"。此"小説"是一個範圍非常寬泛的概念,大致相對於正經著作而言,大凡不能歸入正經著作的皆可稱之爲"小説"。後世"子部小説家"即承此而來,成爲中國小説之一大宗。二、"小説"是指有别於正史的野史和傳説。這一觀念的確立標誌是南朝梁《殷芸小説》的出現,清姚振宗《隋書經籍志考證》卷三十二云:"案此殆是梁武作通史時事,凡此不經之説爲通史所不取者,皆令殷芸别集爲《小説》,是此《小説》因通史而作,猶通史之外乘也。"② 而唐劉知幾的理論分析更爲明晰:"是知偏記小説,自成一家,而能與正史參行,其所由來尚矣。爰及近古,斯道漸煩,史氏流别,殊途并騖。"③ "偏記小説"與"正史"已兩兩相對,以後,司馬光撰《資治通鑑》,明言"遍閲舊史,旁采小説"④,亦將小説與正史對舉。可見"小説"與"史部"關係密切,源遠流長。三、"小説"是一種由民間發展起來的"説話"伎藝。這一名稱較早見於南朝宋裴松之注《三國志》所引《魏略》中"誦俳優小説數千言訖"⑤一語,"俳優小説"顯然是指與後世頗爲相近的説話伎藝。《唐會要》卷四言韋綬"好諧戲,兼通人間小説"⑥,唐段成式《酉陽雜俎》續集卷四記當時之"市人小説"⑦,均與此一脈相承。宋代説話藝術勃興,"小説"一詞遂專指説話藝術的一個門類。⑧ 以"小説"指稱説話伎

---

① (清)劉廷璣撰,張守謙校點:《在園雜志》,中華書局2005年版,第82—83頁。
② (清)姚振宗:《隋書經籍志考證》,《二十五史補編》第四册,中華書局1955年版,第5537頁。
③ (唐)劉知幾著,(清)浦起龍通釋:《史通通釋·雜述》,上海古籍出版社2009年版,第253頁。
④ (宋)司馬光:《資治通鑑·進資治通鑑表》,中華書局1956年版,第9607頁。
⑤ (晉)陳壽撰,(宋)裴松之注:《三國志》卷二十一《魏書·王衛二劉傅傳》,中華書局1959年版,第603頁。
⑥ (宋)王溥:《唐會要》卷四,中華書局1955年版,第47頁。
⑦ (唐)段成式:《酉陽雜俎》,中華書局1981年版,第240頁。
⑧ (宋)吴自牧《夢粱録》卷二十《小説講經史》:"説話者謂之'舌辯',雖有四家數,各有門庭。且小説名'銀字兒',如煙粉、靈怪、傳奇、公案、朴刀杆棒發發蹤參之事。"見(宋)孟元老等:《東京夢華録(外四種)》,文化藝術出版社1998年版,第306頁。

藝，與後世作爲文體的"小説"有別，但却是後世通俗小説的近源。四、"小説"是虛構的叙事散文。此與現代小説觀念最爲接近，而這一觀念已是明代以來通俗小説發展繁盛之產物。"説部"亦然，作爲小説史上另一個具有"通名"性質的術語，"説部"之名亦源遠流長，其指稱之對象亦復與"小説"相類。一般認爲，"説部"之體肇始於劉向《説苑》和劉義慶《世説新語》，而"説部"之名稱則較早見於明王士貞《弇州四部稿》。所謂"四部"者，即《賦部》、《詩部》、《文部》和《説部》。明人鄒迪光撰《文府滑稽》，其中卷九至卷十二亦名爲《説部》。至清宣統二年（1910），王文濡主編《古今説部叢書》十集六十册，乃蔚爲大觀。① 清人朱康壽《〈澆愁集〉叙》曾對"説部"指稱之沿革作了歷史清理，認爲"説部"乃"史家別子"、"子部之餘"。② 清人李光廷亦分"説部"爲"子"、"史"二類。③ 近代以來，"説部"專指"通俗小説"，王韜《海上塵天影叙》云："歷來章回説部中，《石頭記》以細膩勝，《水滸傳》以粗豪勝，《鏡花緣》以苛刻勝，《品花寶鑒》以含蓄勝，《野叟曝言》以誇大勝，《花月痕》以情致勝。是書兼而有之，可與以上説部家分争一席，其所以譽之者如此。"④顯然，"説部"指稱之小説也遠超我們對小説的認識範圍。

由此可見，作爲"通名"之"小説"、"説部"，均從學術分類入手，逐步延伸至通俗小説，由"子"而"史"再到"通俗小説"乃"小説"、"説部"指稱小説之共

---

① 詳見劉曉軍：《"説部"考》，載《學術研究》2009年第2期。
② （清）朱康壽《〈澆愁集〉叙》："説部爲史家別子，綜厥大旨，要皆取義六經，發源群籍。或見名理，或佐紀載；或微詞諷諭，或直言指陳，咸足補正書所未備。自《洞冥》、《搜神》諸書出，後之作者，多鉤奇弋異，遂變而爲子部之餘，然觀其詞隱義深，未始不主文譎諫，於人心世道之防，往往三致意焉。乃近人撰述，初不察古人立懦興頑之本旨，專取瑰談詭説，衍而爲荒唐俶詭之辭。於是奇益求奇，幻益求幻，務極人合所未見，千古所未聞之事，粉飾而論列之，自附於古作者之林，嗚呼悖已！"見（清）鄭弢：《澆愁集》，黃山書社2009年版，第4頁。
③ （清）李光廷《蕉軒隨録序》："自稗官之職廢，而説部始興。唐、宋以來，美不勝收矣。而其別則有二：穿穴罅漏、爬梳織悉，大足以抉經義傳疏之奧，小亦以窮名物象數之源，是曰考訂家，如《容齋隨筆》、《困學紀聞》之類是也；朝章國典，遺聞瑣事，鉅不遺而細不棄，上以資掌故而下以廣見聞，是曰小説家，如《唐國史補》、《北夢瑣言》之類是也。"見（清）方濬師撰，盛冬鈴點校：《蕉軒隨録 續録》，中華書局1995年版，第1頁。
④ （清）王韜：《海上塵天影叙》，見（清）鄭弢：《海上塵天影》，上海古籍出版社《古本小説集成》據復旦大學圖書館藏光緒三十年石印本影印，第2頁。相似之表述尚有梁啟超《譯印政治小説序》："今中國識字人寡，深通文學之人尤寡，然則小説學之在中國，殆可增七略而爲八，蔚四部而爲五者矣。"見光緒二十四年十一月十一日《清議報》第一册，中華書局1991年9月影印本，第54頁。康有爲《日本書目志・小説門》"識語"："易逮於民治，善入於愚俗，可增《七略》爲八，四部爲五，蔚爲大國，直隸《王風》者，今日急務，其小説乎？僅識字之人，有不讀經，無有不讀小説者。"見（清）康有爲撰，姜義華編校：《康有爲全集》（第三集），上海古籍出版社1992年版，第1212頁。

有脈絡。其中最切合"虛構之叙事散文"這一觀念的僅是通俗小説。故以"虛構"、"叙事"等標尺來追尋中國小説之源流其實并不合理,乃簡單化之做法,這種簡單化的做法使我們對中國小説性質的認識無限地狹隘化。而中國小説"神話傳説——志怪志人——傳奇——話本——章回"之發展綫索和内在"譜系"正是這種"狹隘化"認識的結果,"小説"之脈絡固然清晰,但却是捨去了中國小説的豐富性和獨特性。

其次,中國小説由"子"而"史"再到"通俗小説",而在這一"譜系"中,"子"、"史"二部是中國小説之淵藪,也是中國小説之本源。

從班固《漢書·藝文志》始,歷代史志如《隋書·經籍志》、新舊《唐書》及《四庫全書總目》等大多隸"小説家"於"子部"。"子部"之書本爲"言説","小説家"亦然,故《隋書·經籍志》著錄之"小説家"大多爲"講説"之書(餘者爲"博識類"),《舊唐書·經籍志》因之。史志"子部小説家"之著錄至《新唐書·藝文志》而一變,除承續《隋志》外,一些本隸於"史部·雜家"類之著述及少數唐代傳奇集(唐人視爲偏於"史"之"傳記")被闌入"子部小説家";至此,"小説家"實際已揉合"子"、"史",後世之公私目錄著錄之"小説家"大抵如此。① 而其中之轉捩乃魏晉以來史部之發展及其分流,"雜史"、"雜傳"之繁盛引發了史學界之反思,劉勰《文心雕龍·史傳》、《隋書·經籍志》、劉知幾《史通》等均對此予以撻伐,於是一部分本屬"史部"之"雜史"、"雜傳"類著述改隸"子部小説家"。宋元以來,中國小説之"通俗"一系更是討源"正史",旁采"小説",所謂"正史之補"的"史餘"觀念在通俗小説發展中綿延不絶。故"子"、"史"二部實乃中國小説之大宗。而"子"、"史"二部與叙事之關係亦不可不辯,案"説"之本義有記事以明理之内涵,晉陸機《文賦》曰:"奏平徹以閑雅,説煒曄而譎狂。"李善注曰:"説以感動爲先,故煒曄譎誑。"方廷珪注曰:"説者,即一物而説明其故,忌鄙俗,故須煒曄。煒曄,明顯也。動人之聽,忌直致,故須譎誑。譎誑,恢諧也。"② 故中國小説有"因言記事"者,有"因事記言"者,有"通俗演義"者。"因言記事"重在明理,即"子之末流"之小説;"因事記言"重在記録,乃"史之流裔";而"通俗演義"方爲"演事",爲"正史之

---

① 參見潘建國:《中國古代小説書目研究》第二章《歷代公私目錄與古代文言小説的著錄及其觀念之嬗變》,上海古籍出版社2005年版。

② (晉)陸機著,張少康集釋:《文賦集釋》,人民文學出版社2002年版,第99—118頁。

補",後更推而廣之,將一切歷史和現實故事作通俗化敘述者統名之曰"演義"。

第三,中國小說揉合"子"、"史",又衍爲"通俗"一系,其中維繫之邏輯不在於"虛構",也非全然在"敘事",而在於中國小說貫穿始終的"非正統性"和"非主流性"。

無論是"子部小說家"、"史部"之"偏記小說"還是後世之通俗小說,其"非正統"和"非主流"乃一以貫之。小說是"小道",相對於"經國"之"大道",是"子之末流";小說是"野史",與"正史"相對,是"史家別子"。此類言論不絕如縷。茲舉清人二例申述之,紀昀於《四庫全書總目提要》"子部小說家類二"有"案語"曰:"紀録雜事之書,小說與雜史,最易相淆,諸家著録,亦往往牽混。今以述朝政軍國者入雜史;其參以里巷閑談、詞章細故者,則均隸此門。《世説新語》,古俱著録於小說,其明例矣。"①"雜史"之屬本在史部不入流品,而"小說"更等而下之。在《四庫全書簡明目録》"小說家"類的評論中,紀昀更是明辨了所謂"小說之體":"(《朝野僉載》)其書記唐代軼事,多瑣屑猥雜,然古來小說之體,大抵如此。""(《大唐新語》)《唐志》列諸雜史中,然其中諧謔一門,殊爲猥雜,其義例亦全爲小說,非史體也。""(《菽園雜記》)其雜以詼嘲鄙事,蓋小說之體。"②其中對小說"非主流"、"非正統"之認識已然明晰。清羅浮居士《蜃樓志序》評價白話小說亦然:"小說者何別乎大言?言之也,一言乎小,則凡天經地義,治國化民,與夫漢儒之羽翼經傳、宋儒之正誠心意,概勿講焉;一言乎説,則凡遷、固之瑰瑋博麗,子雲、相如之異曲同工,與夫艷富、辨裁、清婉之殊科,宗經、原道、辨騷之異制,概勿道焉。其事爲家人父子、日用飲食、往來酬酢之細故,是以謂之小;其辭爲一方一隅、男女瑣碎之閑談,是以謂之説。然則最淺易、最明白者,乃小説正宗也。"③在中國古代,"小説"出入"子"、"史",又別爲通俗小說一系,雖文類龐雜,洋洋大觀,但"非正統"、"非主流"依然如故。浦江清對此的評斷最爲貼切:"有一個觀念,從紀元前後起一直到十九世紀,差不多兩千年來不曾改變的是:小説者,乃

---

① (清)永瑢等:《四庫全書總目》,中華書局1965年版,第1204頁。
② (清)永瑢等:《四庫全書簡明目録》,上海古籍出版社1985年版,第531、550頁。
③ (清)羅浮居士:《蜃樓志序》,見(清)庾嶺勞人:《蜃樓志》,百花文藝出版社1987年版,第1頁。

是對於正經的大著作而稱,是不正經的淺陋的通俗讀物。"①於是,小説之功能在中國古代便在於它的"輔助性","正統"、"主流"著述之輔助乃小説之"正格"。故"資考證"、"示勸懲"、"補正史"、"廣異聞"、"助談笑"是中國小説最爲普遍之價值功能②,從"資"、"示"、"補"、"廣"、"助"等語詞中我們不難看出小説的這種"輔助"作用。

綜上,將中國小説之特性定位於"虚構之叙事散文",并以此作爲研究中國小説之邏輯起點實不足以概言中國小説之全體;以"神話傳説——志怪志人——傳奇——話本——章回"作爲中國小説之"譜系"亦非中國小説之"本然狀態",脱離"子"、"史"二部來談論中國小説之"譜系"實際失却了中國小説賴以生存的宏廓背景和複雜内涵;而小説"非正統"、"非主流"之特性更是顯示了小説在中國古代的存在價值和生存狀態。

二、術語與中國小説之文體

中國小説文體源遠流長,且品類繁多,各有義例。梳理其淵源流變,前人已頗多述作③,概而言之,一是從語言和格調趣味等角度分小説爲文白二體;二是在區分文白之基礎上,再加細分,以如下劃分最具代表性:"古代小説可以按照篇幅、結構、語言、表達方式、流傳方式等文體特徵,分爲筆記體、傳奇體、話本體、章回體等四種文體。"④古人對"文白二體"在術語上各有表述,而四種文體在中國小説史上亦各有其"名實",即均有相應之術語爲之

---

① 浦江清:《論小説》,《浦江清文録》,人民文學出版社1958年版,第193頁。
② 這種多元的價值功能就是在通俗小説中也得到認可,如晚清王韜評《鏡花緣》:"《鏡花緣》一書,雖爲小説家流,而兼才人、學人之能事者也……觀其學問之淵博,考據之精詳,搜羅之富有,於聲韻、訓詁、曆算、輿圖諸書,無不涉歷一周,時流露於筆墨間。閱者勿以説部觀,作異書觀亦無不可……竊謂熟讀此書,於席間可應專對之選,與它説部之但叙俗情羌無故實者,奚翅上下床之別哉?"見(清)王韜:《鏡花緣圖像序》,(清)李汝珍:《繪圖鏡花緣》,中國書店1985年版,第1頁。
③ 如胡懷琛《中國小説研究》(商務印書館1933年版)第三章《中國小説形式上之分類及研究》劃分爲記載體、演義體、描寫體、詩歌體;鄭振鐸《中國小説的分類及其演化趨勢》(載《學生雜誌》1930年1月第17卷第1號)劃分爲短篇小説(筆記、傳奇、評話)、中篇小説、長篇小説;青木正兒《中國文學概説》(開明書店1938年版)第二章《文學序説》(二)"文學諸體之發達"劃分爲筆記小説、傳奇小説、短篇小説、章回小説。石昌渝《中國小説源流論》(三聯書店1994年版)、孫遜、潘建國《唐傳奇文體考辨》(《文學遺產》1999年第6期)均將小説文體分爲"筆記"、"傳奇"、"話本"和"章回"四體。
④ 孫遜、潘建國:《唐傳奇文體考辨》,《文學遺產》1999年第6期,第35頁。

"冠名",雖然其"冠名"或滯後,如"傳奇"之確認在唐以後,"章回"之名實相應更爲晚近;或"混稱",如"話本"、"詞話"、"傳奇"等均有混用之現象。然細加條列,仍可明其義例,分其畛域,故考索術語與中國小說文體之關係對理解中國小說之特性亦頗多裨益。鑒於學界對此已有一定研究,系統梳理亦非單篇著述所可概言,兹僅就術語與中國小說文體關係緊密者,舉數例作一討論:

一是"演義"與中國小說文體之發展關係密切。在中國小說史上,白話小說(含章回與話本)之興起乃中國小說發展之一大轉捩,如何界定其文體性質是小說家們迫切關注的問題,"演義"這一術語的出現即順應著小說發展之需要,實則是旨在强化白話小說在中國小說史上的"文體自覺"。

"演義"作爲白話小說之專稱始於《三國志通俗演義》,本指對史書的通俗化,漸演化爲專指白話小說之一體。這一"文體自覺"主要表現在兩個方面:首先是"明其特性"。"演義"一詞非始於白話小說,章太炎序《洪秀全演義》謂:"演義之萌芽,蓋遠起于戰國,今觀晚周諸子説上世故事,多根本經典,而以己意飾增,或言或事,率多數倍。"[①]并將"演義"分成"演言"與"演事"兩個系統,所謂"演言"是指對義理之闡釋,而"演事"則是對史事的推演。明代以來,白話小説繁盛,"演義"便由《三國志通俗演義》等歷史小説逐步演化爲指稱一切白話小説,而其特性即在於"通俗"。雉衡山人《東西兩晉演義序》云:"一代肇興,必有一代之史,而有信史、有野史。好事者蒐取而演之,以通俗諭人,名曰'演義',蓋自羅貫中《水滸傳》、《三國傳》始也。"[②]故"通俗"是"演義"區別於其他小説的首要特性,《唐書演義序》説得更爲直截了當:"演義,以通俗爲義也者。故今流俗即目不掛司馬班陳一字,然皆能道赤帝,詫銅馬,悲伏龍,憑曹瞞者,則演義之爲耳。演義固喻俗書哉,義意遠矣。"[③]其次是"辨其源流","演義"既以通俗爲歸,則其源流亦應有別。緑天館主人《古今小説叙》謂:"若通俗演義,不知何昉。按南宋供奉局,有説話人,如今

---

① (清)章炳麟:《洪秀全演義・章序》,(清)黄小配:《洪秀全演義》,上海古籍出版社1981年版,第1頁。
② (明)雉衡山人:《東西兩晉演義序》,(明)雉衡山人著,趙興茂、胡群耘點校:《東西晉演義》,上海古籍出版社1991年版,第1頁。
③ (明)陳繼儒:《唐書演義序》,見劉世德等編:《古本小説叢刊》第28輯《唐書志傳題評》影印世德堂刊本,中華書局1991年版,第1頁。

説書之流。其文必通俗,其作者莫可考。泥馬倦勤,以太上享天下之養。仁壽清暇,喜閱話本,命内璫日進一帙,當意,則以金錢厚酬。於是内璫輩廣求先代奇迹及間里新聞,倩人敷演進御,以怡天顔。然一覽輒置,卒多浮沉内庭,其傳布民間者,什不一二耳。然如《玩江樓》、《雙魚墜記》等類,又皆鄙俚淺薄,齒牙弗馨焉。暨施、羅兩公,鼓吹胡元,而《三國志》、《水滸》、《平妖》諸傳,遂成巨觀。"①以"通俗"爲特性,以説話爲源頭,以"教化"、"娛樂"爲功能是"演義"的基本性質,這一"文體自覺"對白話小説的發展無疑是有積極作用的。可見,"文白二體"是中國小説最顯明之文體劃分,古人從"特性"、"源流"、"功能"角度辨别了"演義"(白話小説)之性質,其義例、畛域均十分清晰。

二是"筆記"爲中國小説之一大體式,是文言小説之"正脈",但"筆記"一體尚隱晦不彰,究明"筆記"之名實可以考知"筆記體小説"之源流義例。

"筆記"一體之隱晦乃事出有因,一者,"筆記"在傳統目録學中并未作爲一個"部類"名稱加以使用,一般將此類著作歸入"子部・雜家"、"子部・小説家",或"史部・雜史"、"史部・雜傳記"等,也即"筆記"乃"隱"於"子"、"史"二部之中,其"名實"并不相應。二者,"筆記"之内涵古今凡"三變",其實際指稱亦複多變不定。"筆記"一辭源出魏晉南北朝,"辭賦極其清深,筆記尤盡典實。"②"今之常言,有文有筆,以爲無韻者筆也,有韻者文也。"③故筆記或泛指執筆記叙之"書記"④,或泛指與韻文相對之散文,而非特指某種著述形式。至宋代,"筆記"始爲書名而成爲一種著述體例,宋祁《筆記》肇其端,宋以降蔚然成風。此類著作大多以隨筆劄記之形式,議論雜説、考據辨證、記述見聞、叙述雜事。相類之名稱還有"隨筆"、"筆談"、"筆錄"、"漫錄"、"叢説"、"雜誌"、"劄記"等。宋以來,對"筆記"之界定亦時有之,洪邁《容齋隨筆》卷一釋"隨筆"就涉及了此類著述之體例:"予老去習懶,讀書不多,意

---

① (明)緑天館主人:《古今小説叙》,(明)馮夢龍編,恒鶴等點校:《古今小説》,上海古籍出版社1992年版,第1—2頁。
② (梁)王僧孺:《太常敬子任府君傳》,引自(唐)歐陽詢編:《藝文類聚》卷四九,上海古籍出版社1982年版,第879頁。
③ (梁)劉勰:《文心雕龍・總術》,(梁)劉勰著,范文瀾注:《文心雕龍注》,人民文學出版社1958年版,第655頁。
④ (梁)蕭子顯:《南齊書・丘巨源傳》:"議者必云筆記賤伎,非殺活所待;開勸小説,非否判所寄。"見中華書局1972年版,第894頁。

之所之,隨即紀録,因其後先,無復詮次,故目之曰隨筆。"①《四庫全書總目》將"筆記"作爲指稱議論雜説、考據辨證類雜著的別稱:"雜説之源,出於《論衡》。其説或抒己意,或訂俗訛,或述近聞,或綜古義,後人沿波,筆記作焉。大抵隨意録載,不限卷帙之多寡,不分次第之先後。興之所至,即可成編。"②20世紀初以來,"筆記小説"連用③,成爲一個相對固定的文類或文體概念。1912年,王文濡主編《筆記小説大觀》,收書二百多種,以"子部小説家"爲主體,擴展到與之相近的"雜史"、"雜傳"、"雜家"類著作。"筆記小説"由此被界定爲一個龐雜的文類概念。1930年,鄭振鐸撰《中國小説的分類及其演化的趨勢》一文,將"小説"劃分爲短篇小説(筆記、傳奇、評話)、中篇小説、長篇小説,其中,"筆記小説"被界定爲與"傳奇小説"相對應的文言小説文體類型:"第一類是所謂'筆記小説'。這個筆記小説的名稱,係指《搜神記》(干寶)、《續齊諧記》(吳均)、《博異志》(谷神子)以至《閲微草堂筆記》(紀昀)一類比較具有多量的瑣雜的或神異的'故事'總集而言。"④至此,"筆記小説"乃作爲一個文體概念流行開來。

　　"筆記"從"泛稱"到"著述形式"再到"文類文體概念",其内涵和指稱對象是多變的,而"筆記"在目録學中又非單獨之"部類",這一境況致使"筆記"一體隱晦不彰。然則"筆記"作爲"小説"文體類别還是有迹可循的,其作爲"小説"文體概念也有其理據。而其關捩或在於辨其"名實","名實"清則筆記一體之源流義例隨之豁然。而筆記一體之"名實之辨"實爲"體用之辨",以"小説"爲"體"(内容價值),以"筆記"爲用(形式趣味)。

　　所謂以"小説"爲"體"是指從内容價值角度可以爲"筆記體小説"劃分範圍。這在唐代劉知幾《史通》中就有明確表述,在《雜述》一篇中,劉知幾劃分"偏記小説"爲十類,其中"逸事"、"瑣言"、"雜記"三類即爲"筆記體小説"。"逸事"主要載録歷史人物逸聞軼事,如和嶠《汲冢紀年》、葛洪《西京雜記》、顧協《瑣語》、謝綽《拾遺》等;"瑣言"以記載歷史人物言行爲主體,如劉義慶

---

① (宋)洪邁:《容齋隨筆》,上海古籍出版社1978年版,第1頁。
② (清)永瑢等:《四庫全書總目》,中華書局1965年版,第1057頁。
③ 在古代文獻中,"筆記"和"小説"絶少連用,南宋史繩祖《學齋占畢》卷二:"前輩筆記小説固有字誤或刊本之誤,因而後生末學不稽考本出處,承襲謬誤甚多。"此"筆記小説"爲并列詞組。
④ 鄭振鐸:《中國小説的分類及其演化的趨勢》,見《鄭振鐸古典文學論文集》,上海古籍出版社2009年版,第331頁。

《世説》、裴榮期《語林》、孔思尚《語録》、陽玠松《談藪》等;"雜記"則主要載録鬼神怪異之事,如祖台《志怪》、劉義慶《幽明》、劉敬叔《異苑》等。① 明代胡應麟《少室山房筆叢·九流緒論》將"小説家"分爲六類,其中"志怪"相當於劉知幾所言之"雜記","雜録"相當於劉知幾所言之"逸事"、"瑣言",再加上"叢談"中兼述雜事神怪的筆記雜著均可看作"筆記體小説";《四庫全書總目提要》"小説家序"謂:"迹其流别,凡有三派,其一叙述雜事,其一記録異聞,其一綴輯瑣語也。"②三派都可歸入"筆記體小説"。而筆記之價值亦有説焉,曾慥《類説序》:"小道可觀,聖人之訓也……可以資治體,助名教,供談笑,廣見聞,如嗜常珍,不廢異饌,下箸之處,水陸具陳矣。"③《四庫全書總目提要》"小説家序"稱:"中間誣謾失真,妖妄熒聽者,固爲不少,然寓勸戒、廣見聞、資考證者,亦錯出其中。"④所謂以"筆記"爲"體"是指從形式趣味角度爲"筆記體小説"界定其特性。《史通·雜述》謂:"言皆瑣碎,事必叢殘。固難以接光塵於《五傳》,并輝烈於《三史》。古人以比玉屑滿篋,良有旨哉。"⑤紀昀《姑妄聽之自序》謂:"陶淵明、劉敬叔、劉義慶,簡淡數言,自然妙遠。"⑥均表達了筆記的形式旨趣。

概而言之,"筆記體小説"的主要文體特性可概括爲:以記載鬼神怪異之事和歷史人物軼聞瑣事爲主的題材類型,"資考證、廣見聞、寓勸戒"的價值定位,"據見聞實録"的寫作姿態,以及隨筆雜記、簡古雅贍的篇章體制。

三是中國小説之諸種文體有不同的價值定位,這同樣體現在"術語"的運用之中。古人將"傳奇"與"筆記"劃出畛域,又將"演義"專指白話小説,即有價值層面之考慮,其目的在於確認文言小説爲中國小説之正宗,筆記又爲文言小説之正脈。

譬如"傳奇"。在中國古代,"傳奇"作爲一個術語,内涵頗爲複雜,既可指稱小説文體,也可指稱戲曲文體,還可表示一種創作手法。在小説領域,

---

① (唐)劉知幾著,(清)浦起龍通釋:《史通通釋·雜述》,上海古籍出版社2009年版,第253—255頁。
② (清)永瑢等:《四庫全書總目》,中華書局1965年版,第1182頁。
③ (宋)曾慥:《類説序》,(宋)曾慥編纂,王汝濤校注:《類説校注》,福建人民出版社1996年版,第1頁。
④ (清)永瑢等:《四庫全書總目》,中華書局1965年版,第1182頁。
⑤ (唐)劉知幾著,(清)浦起龍通釋:《史通通釋·雜述》,上海古籍出版社2009年版,第257頁。
⑥ (清)紀昀:《姑妄聽之自序》,(清)紀昀:《閲微草堂筆記》,上海古籍出版1980年版,第359頁。

"傳奇"首先是作爲書名標示的,如裴鉶《傳奇》(元稹《鶯鶯傳》亦名《傳奇》);宋元以來,專指一種題材類型,爲說話伎藝"小說"門下類型之一種(如"煙粉"、"靈怪"、"傳奇"),以表現男女戀情爲其特色;以後又指稱文言小說之一種體式,專指那種"叙述宛轉,文辭華艷"的小說作品。但綜觀"傳奇"一辭在小說史上的演變,我們不難看到一個"奇怪"的現象:當人們用"傳奇"一辭指稱與"傳奇"相關之書籍、創作手法乃至文體時,往往含有一種鄙視的口吻。我們且舉數例:宋陳師道《後山詩話》:"范文正公爲《岳陽樓記》,用對語說時景,世以爲奇。尹師魯讀之,曰:'《傳奇》體爾!'"①此針對由裴鉶《傳奇》引伸的一種創作手法,而其評價明顯表現出不屑之口吻。元虞集以"傳奇"概括一種小說文體,然鄙視之口吻依然,其《道園學古錄》卷三十八《寫韻軒記》謂:"蓋唐之才人,於經藝道學有見者少,徒知好爲文辭。閒暇無所用心,輒想像幽怪遇合、才情恍惚之事,作爲詩章答問之意,傅會以爲說。盍簪之次,各出行卷以相娛玩。非必真有是事,謂之'傳奇'。"②明胡應麟專門評價裴鉶《傳奇》,謂:"唐所謂'傳奇'自是小說書名,裴鉶所撰,中如藍橋等記,詩詞家至今用之,然什九妖妄寓言也。裴晚唐人,高駢幕客,以駢好神仙,故撰此以惑之。其書頗事藻繪,而體氣俳弱,蓋晚唐文類爾。"③對"傳奇"之鄙視以清代紀昀最爲徹底,其《四庫全書總目提要》摒棄"傳奇"而回歸"子部小說家"之純粹(歐陽修《新唐書·藝文志》將唐代傳奇闌入"子部小說家")。而在具體評述時,凡運用"傳奇"一辭,紀昀均帶有貶斥之口氣,如"小說家類存目一"著録《漢雜事秘辛》,提要謂:"其文淫艷,亦類傳奇。"《昨夢録》提要云:"至開封尹李倫被攝事,連篇累牘,殆如傳奇,又唐人小說之末流,益無取矣。"④而細味紀昀之用意,傳奇之"淫艷"、"冗沓"、"有傷風教"正是其受摒棄之重要因素,其目的在於清理"小說""可資考證"、"簡古雅贍"、"有益勸戒"之義例本色,從而捍衛"小說"之傳統"正脈"。⑤

"演義"亦然。將"演義"專指白話小說,突出中國小說的"文白二分"也有價值層面之因素。雖然人們將"演義"視爲"喻俗書",但在總體上没能真

① (宋)陳師道:《後山詩話》,見(清)何文焕輯:《歷代詩話》,中華書局 2004 年版,第 310 頁。
② (元)虞集:《道園學古録》,商務印書館 1937 年版,第 645 頁。
③ (明)胡應麟:《少室山房筆叢·莊嶽委談下》,中華書局 1958 年版,第 555 頁。
④ (清)永瑢等:《四庫全書總目》,中華書局 1965 年版,第 1216—1217 頁。
⑤ 參見胡之昀:《論唐代的筆記雜録》,華東師範大學 2005 年碩士論文。

正提升白話小説之地位,"演義"之價值仍然是有限的。這只要辨别"演義"與"小説"之關係便可明瞭,"演義"與"小説"是古人使用較爲普遍的兩個術語,兩者之間的關係大致這樣:"小説"早於"演義"而出現,其指稱範圍包括文言小説和白話小説兩大門類,"演義"則是白話小説的專稱。而在價值層面上,"演義"與"小説"則有明顯的區别。我們且舉二例以説明之:明萬曆年間的胡應麟曾對"演義"與"小説"作過區分,其所謂"小説"專指文言小説,包括"志怪"、"傳奇"、"雜録"、"叢談"、"辨訂"、"箴規"六大門類,而"演義"則指《水滸傳》、《三國志通俗演義》等白話小説。《莊嶽委談下》云:"今世傳街談巷語有所謂演義者,蓋尤在傳奇、雜劇下。"又云:"惟關壯繆明燭一端,則大可笑,乃讀書之士,亦什九信之,何也?蓋繇勝國末,村學究編魏、吳、蜀演義,因傳有羽守邱見執曹氏之文,撰爲斯説,而俚儒潘氏又不考而贊其大節,遂致談者紛紛。案《三國志》羽傳及裴松之注,及《通鑑》、《綱目》,并無其文,演義何所據哉?"①其鄙視之口吻清晰可見。而清初劉廷璣的判定則更爲斬釘截鐵:"演義,小説之别名,非出正道,自當凛遵諭旨,永行禁絶。"②胡、劉二氏對小説(包括文言白話)均非常熟悉,且深有研究,其言論當具代表性。

要而言之,從術語角度觀照中國小説文體,可以清晰地梳理出中國小説之文體構成和文體發展,且從價值層面言之,術語也顯示了小説文體在中國古代的存在態勢,那就是"重文輕白"、"重筆記輕傳奇",這一態勢一直延續到晚清。

三、術語與 20 世紀中國小説之研究

20 世紀以來,小説研究取得了豐碩的成果,形成了自身的特色,我們完全可以認爲,20 世紀是中國小説研究史上最爲豐收的一個世紀,小説研究從邊緣逐步走向了中心,而小説作爲一種"文體"也在中國文學創作中漸據"主體"之地位。促成這一轉變的有多種因素,而其中最爲關鍵的仍然在術語——"小説"與"novel"的對譯。

---

① (明)胡應麟:《少室山房筆叢·莊嶽委談下》,中華書局 1958 年版,第 565、571 頁。
② (清)劉廷璣撰,張守謙校點:《在園雜志》,中華書局 2005 年版,第 125 頁。

一般認爲,現代"小說"之觀念是從日本逆輸而來的,"小說"一辭的現代變遷是將"小說"與"novel"對譯的産物。從語源角度看,最早將小說與"novel"對譯的是英國傳教士馬禮遜的《華英字典》(1822),在日本,出版於1873年的《外來語の語源》、《附音挿図英和字彙》也收有"novel"的譯語"小說",但兩者影響均不大。而真正改變傳統小說内涵、推進日本現代小說發展的是坪内逍遥(1859—1935)的《小說神髓》(1885)。坪内逍遥"試圖把中國既有的'小說'概念和戲作文學(日本江户後期的通俗小說)統一到'ノベル'(novel)這一西方的新概念上來"①。由此,"小說"在傳統基礎上被賦予了新的内涵,即以西方"novel"概念來限定"小說"之内涵。近代以來,中國小說之研究和創作受日本影響是顯而易見的,其中最爲本質的即是小說觀念,而梁啓超和魯迅對後來小說之研究和創作影響最大。②

"小說"與"novel"的對譯對20世紀中國小說研究史和小說創作史都有深遠的影響,在某種程度上我們可以說,它使中國小說學術史和中國小說創作史翻開了新的一頁。從研究史角度而言,經過梁啓超等"小說界革命"的努力,小說地位有了明顯的提升,雖然近代以來人們對傳統中國小說仍然頗多鄙薄之辭,但"小說"作爲一種"文體"的地位有了根本性的改變,"小說爲文學之最上乘"的言論在20世紀初的小說論壇上成了一個被不斷强化的觀念而逐步爲人們所接受。③ 正是由於這一觀念的推動,近代以來的小說研究開啓了不少前所未有的新途,如王國維嘗試運用西方美學思想來分析中國傳統小說,雖不無牽强,却是開風氣之先;胡適以考據方法研究中國小說,雖方法是傳統的,但運用考據方法研究中國小說則是以對小說價值的重新體認爲前提的;而魯迅等的小說史研究更是以新的文學史觀念和小說觀念爲

---

① 詳見何華珍:《"小說"一詞的變遷》,香港中國語文學會《語文建設通訊》第70期(2002年5月),第51—53頁。

② 何華珍:《"小說"一詞的變遷》(《語文建設通訊》第70期):"戊戌變法失敗後,梁亡命東瀛。航海途中,偶翻日人小說《佳人之奇遇》,由於滿紙漢字,梁氏當時雖還不識日文,却也能看個大概。抵日後,創辦《清議報》(1898年),發表《譯印政治小說序》,翻譯《佳人之奇遇》;繼之,又創辦《新小說》(1902年),發表《論小說與群治之關係》。可見,'新小說'的興起,不但與梁啓超有關,而且與日本密不可分。"魯迅作《中國小說史略》受鹽谷温之影響也是顯見的,而鹽谷温之中國小說研究已是"折衷於當時東西方不同的小說史觀和方法來進行工作的。"見黃霖、許建平等:《20世紀中國古代文學研究史·小說卷》第四章"中國小說史"著作的編纂,東方出版中心2006年版。

③ 楚卿:《論文學上小說之位置》,原載1903年9月6日《新小說》第7號,引自劉孝嚴主編:《中華百體文選》第5册第9卷,中國文史出版社1998年版,第259頁。

其理論指導。而所有這些研究方法之新途都和"小說"與"novel"的對譯關係密切,小說地位的確認和"虛構之叙事散文"特性的明確是中國小說研究形成全新格局的首要因素。這一新的研究格局在20世紀的中國小說研究史上,雖每個時期有其局部之變化,但總體上一以貫之。從創作史角度來看,"小說"與"novel"的對譯也促成了中國小說創作質的變化,在這一過程中,如果說,梁啓超等所倡導的"新小說"只是著重在小說表現内涵上的"新變",其文體框架仍然是"傳統"的,所謂"新小說"乃"舊瓶裝新酒";那麽,以魯迅爲代表的小說創作則完成了中國小說真正意義上的"新舊"變遷,開啓了全新的現代小說之格局。而小說新格局的産生在根本意義上是中國小說"西化"的結果。郁達夫在其《小說論》中即明確表示:"中國現代的小說,實際上是屬於歐洲的文學系統的",而現代小說也就是"中國小說的世界化"。①

由此可見,"小說"與"novel"的對譯,表面看來似乎只是一個語詞的翻譯問題,實則藴涵了深層次的思想内核,是中國小說研究和創作與西方小說觀念的對接,中國現代學術史範疇的"小說"研究和中國現代文學範疇的"小說"創作均以此作爲"起點",其影響不言而喻,其貢獻也不容輕視。然而,當我們回顧梳理這一段歷史的時候,我們也不無遺憾地發現,由"小說"與"novel"對譯所帶來的"小說"新内涵在深刻影響中國小說研究和創作的同時,也對中國小說研究和創作帶來了不少"負面"影響,尤其在小說研究和創作的"本土化"方面更爲明顯。這主要表現在如下兩個方面:

一是小說研究的"古今"差異所引起的研究格局之"偏仄"。20世紀以來中國小說研究的"時代特性"是明顯的,古今之研究差異更是十分鮮明。從總體來看,中國小說研究的古今差異除了研究方法、理論觀念等之外,最爲明顯的是研究對象重視程度的差異:由"重文輕白"漸演爲"重白輕文",從"重筆記輕傳奇"變而爲"重傳奇輕筆記"。而觀其變化之迹,一在於思想觀念,如梁啓超"小說界革命"看重小說之"通俗化民";一在於研究觀念,如魯迅等"虛構之叙事散文"的小說觀念與傳奇小說、白話小說更爲符契;而50年代以後之"重白輕文"、"重傳奇輕筆記"則是思想觀念與研究觀念合并影

---

① 詳見劉勇强:《一種小說觀及小說史觀的形成與影響——20世紀"以西例律我國小說"現象分析》,《文學遺産》2003年第3期。

響之產物。在20世紀的中國小說研究中,白話通俗小說成了小說研究之主流,而在有限的文言小說研究中,傳奇研究明顯佔據主體地位,其研究格局之"偏仄"成了此時期小說研究的主要不足。更有甚者,當人們一味拔高白話通俗小說之歷史地位的時候,所持有的從西方引進的小說觀念却是一個純文學觀念(或雅文學觀念),這種研究對象與研究觀念之間的"悖離"致使20世紀的白話通俗小說研究也不盡人意,其中首要之點是研究對象的過於集中,《水滸》、《三國》、《紅樓夢》等有限幾部小說成了人們津津樂道的小說研究主體。文言小說研究亦然,當"虛構的叙事散文"成爲研究小說的理論基礎時,"叙述婉轉"的傳奇便無可辯駁地取代了"粗陳梗概"的筆記小說之地位,雖然筆記小說是傳統文言小說之"正脈",但仍然難以避免被"邊緣化"的窘境。其實,浦江清早在半個世紀前就提出了不同的看法:"現代人說唐人開始有真正的小說,其實是小說到了唐人傳奇,在體裁和宗旨兩方面,古意全失。所以我們與其說它們是小說的正宗,無寧說是別派,與其說是小說的本幹,無寧說是獨秀的旁枝吧。"①惜乎沒能引起足夠的重視。由此可見,20世紀中國小說研究的這一"古今"差異對中國小說研究的整體格局有著很大的影響。

二是小說内涵之"更新"所引起的傳統小說文體之"流失"。隨著小說與"novel"的對接,人們開始嘗試研究小說的理論和作法,而在研究思路上則由"古今"之比較演爲"中外"之比較,并逐步確立了以西學爲根基的小說創作理論。劉勇强在《一種小說觀及小說史觀的形成與影響》一文中對此作了分析:"五四"時介紹的西方以"人物、情節、環境"爲小說三元素的理論在當時頗有影響,"清華小說研究社的《短篇小說作法》,郁達夫的《小說論》,沈雁冰的《小說研究 ABC》等,都接受了這種新的三分法理論。西方小說理論的興盛,意味著對中國小說的批評從思想層面向文體層面的深入,而古代小說一旦在文體層面納入了西方小說的分析與評價體系,它要得到客觀的認識勢必更加困難了"。② 其實,這種影響非獨針對中國傳統小說之批評,它對當時小說創作之影響更爲强烈,尤其"要命"的是,這些小說理論的研究者往往又

---

① 浦江清:《論小說》,《浦江清文録》,人民文學出版社1958年版,第186頁。
② 劉勇强:《一種小說觀及小說史觀的形成與影響——20世紀"以西例律我國小說"現象分析》,《文學遺產》2003年第3期。

是小說的創作者,理論觀念的改變無疑也會改變他們的創作路數,所謂現代小說的產生正是以這一背景為依托的。於是,在這一"中外"小說及小說觀念的大衝撞中,傳統小說文體被無限地"邊緣化"。一方面,傳統章回體小說"隱退"到小說主流之外,蟄伏於"言情"、"武俠"等小說領域,且在"雅俗"的大框架下充任著不入流品的"通俗小說"角色;同時,頗具中國特色的筆記體小說在中國現代小說史上更是越來越難覓蹤影。筆記體小說固然良莠不齊,但優秀的筆記體小說所體現出的創作精神、文體軌範、叙述方式、語言風格却是中國傳統小說之菁華。近年來,當作家們感歎小說創作難尋新路,讀者們激賞孫犁、汪曾祺小說別具一格的傳統風神時,人們自然想到了中國文言小說之"正脈"的筆記體小說。然而,一個世紀以來對傳統小說文體的"抑制"和在西學背景下現代小說的"一支獨秀",已從根本上顛覆了中國古代小說之傳統。這或許是 20 世紀初中國小說研究者在開闢新域時所沒有料到的結局。

以上我們從"術語與中國小說之特性"、"術語與中國小說之文體"和"術語與 20 世紀中國小說之研究"三個方面清理了術語與中國小說之關係。由此,我們大致可以延伸出如下觀點:一、中國古代小說是一個整體,無論"文白",不拘"雅俗",古人將其統歸於"小說"之名,即有其內在邏輯來維繫,其中"子"、"史"二部是中國古代小說之淵藪,今人以"虛構之叙事散文"觀念來梳理和限定中國古代小說其實不符合中國小說之實際。二、中國小說乃"文白二分",文言一系由"筆記"、"傳奇"二體所構成,而在漫長的古代中國,小說之"重文輕白"、"重筆記輕傳奇"是一以貫之的傳統。三、20 世紀以來中國小說研究的基本格局是"重白輕文"和"重傳奇輕筆記",而形成這一格局的根本乃是"小說"與"novel"的對接,這一格局對中國小說研究產生了深遠影響,中國現代學術史範疇的"小說"研究由此生成,同時也影響了現代小說的創作。然而,這一格局也在某種程度上使中國小說研究和創作與傳統中國小說之"本然"漸行漸遠。其實,從小說術語的解讀中,我們已不難看到,中國傳統小說是一個非常廣博的系統,是中國傳統文化中的重要組成部分,她雖然始終處於"非主流"、"非正統"的地位,但其所體現的文化內核還是非常豐富的,尤其與"子"、"史"二部之關係異常緊密。而當我們僅從"虛構之叙事散文"來看待和限定中國傳統小説時,我們的研究和創作在很大程度上"失去"了與傳統中國小説的血脈聯繫,其中最爲突出的是"失去"了中國小説的"豐贍"和中國小説家的"博學"。

(原文載《文藝研究》2011 年第 11 期)

中國古典小說文法術語考論

在中國古典小說術語中,除了指稱小說史上相關文體的專門術語諸如"小說"、"傳奇"、"演義"、"話本"等之外,還有大量獨具特色的小說文法術語,如"草蛇灰綫"、"羯鼓解穢"、"獅子滚球"、"章法"、"白描"等,這類文法術語既是中國古代小說評點家所總結的小說叙事技法,同時又是小說評點家評判古代小說的一套獨特的批評話語,最能體現中國傳統小說批評之特色。近代以來,隨著小說評點在小說論壇上的逐漸"消失"和西方小說理論的大量湧入,文法術語漸漸脱離了小說批評者的視綫,人們解讀中國古代小說已習慣於用西方引進的一套術語,如"性格"、"結構"、"典型"、"叙事視角"等,并以此分析中國古代小說,可以説,這一套術語及其思路通貫於百年中國小説研究史,對中國古代小說史之研究產生了重大的影響,而中國傳統小說批評的文法術語倒逐漸成了一個"歷史的遺存"。20世紀以來,中國古代小說文法術語雖也引起了研究者的注意,但否定者居多,如胡適《水滸傳考證》認為這些技法"有害無益",認為"讀書的人自己去研究《水滸》的文學,不必去管十七世紀八股選家的什麼背面鋪粉法和什麼橫雲斷山法"[①]。魯迅在《談金聖歎》一文中對金聖歎將小說批評"硬拖到八股的作法"也深為不滿,而50年代以來長期批判文學創作的所謂"形式主義",小說文法術語更是難以進入研究者的視野。一直到20世紀80年代以後,文法術語才進入了真正的研究之中。其實,文法術語作為中國古代小說叙事法則的獨特呈現,它在中國古代小說史上曾產生過重要的作用,也是中國古代小說批評中最具小說本體特性的批評內涵,值得加以深入探究。

---

① 胡適:《中國章回小說考證》,安徽教育出版社1999年版,第4、8頁。

一、小説文法術語的演化軌迹

在中國古代，小説文法術語是伴隨小説評點的發展而發展的，其命運亦與小説評點相仿，自晚明至晚清，經歷了由少量徵引到蔚爲大觀再到陳陳相因并最終"消亡"的過程。

在小説評點興起之前，小説評論中雖偶有藝術評賞，但真正涉及文法批評的極少，如"講論處不傭搭、不絮煩；敷演處有規模、有收拾。冷淡處提掇得有家數，熱鬧處敷演得越久長"①，"《水滸傳》中間抑揚映帶、回護咏歎之工，真有超出語言之外者"②，還没有形成完整的小説文法術語。

小説評點興起之後，由於評點形式的傳統制約，文法批評走向了自覺，小説的文法術語由此也逐步形成。在小説評點初期，文法批評最突出的是《水滸傳》"容與堂本"和"袁無涯本"，尤其是"袁無涯本"更值得重視。通觀《水滸傳》"容與堂本"，具有明確文法意味的術語主要有"同而不同"、"點綴"、"傳神"、"鋪序"、"伸縮次第"、"過接無痕"等。而《水滸傳》"袁無涯本"則提出了包括"寫生"、"詳略虛實"、"皴法"、"埋根"、"逆法"、"離法"、"銷繳法"、"關映"、"傳神"、"蛛絲燕泥"、"映帶"、"烘染"、"緩急"、"點綴"、"賓主"、"錯綜開宕"、"入題"、"叙事養題"、"疊叙"、"脱卸"、"轉筆"、"藕絲蛇蹤"、"閑筆"、"點染"、"急來緩受"、"映照"、"疏密互見"、"水窮雲起"、"頰上三毫"、"形擊"、"犯"、"擒縱"、"極省法"、"立題"、"襯貼"等大量文法術語，在術語來源的廣泛性、涉及藝術環節的寬廣性以及總結的深刻性方面均較"容本"出色，對以後的小説文法批評影響深遠。

崇禎十四年(1641)金聖歎批本《水滸傳》問世，康熙十八年(1679)毛氏父子完成《三國志通俗演義》的批點，康熙三十四年(1695)張竹坡批點《金瓶梅》，這五十餘年是中國古代小説評點的黄金時期，也是古代小説文法批評的繁盛時期。此時期的小説文法批評最爲成熟和發達，古代小説文法術語的主體部分也在此時期得以完成，而其中尤以金聖歎、張竹坡的小説文法批評最爲出色，代表了古代小説文法批評的最高成就。相對而言，毛氏父子的

---

① (宋)羅燁：《醉翁談録》，古典文學出版社1957年版，第5頁。
② (明)胡應麟：《少室山房筆叢·莊嶽委談下》，中華書局1958年版，第572頁。

《三國演義》批點由於過多承續金聖歎的《水滸傳》批點,故在文法批評的貢獻上略遜一籌。具體表現爲:一、金聖歎和張竹坡的小説文法術語極爲豐富,尤其是善於創造性地總結古代小説的創作文法,并提出相應的文法術語。如"容與堂本"《水滸傳》中有"同而不同"法、"袁無涯本"《水滸傳》中有諸多"犯"法,二者在金聖歎筆下即集中爲所謂的"避犯法";"容與堂本"中的"過接無痕"、"袁無涯本"中的"脱卸"與"轉筆",在金聖歎筆下則成了"鸞膠續弦"法;"袁無涯本"中的"省文法"在金聖歎筆下演變爲"極省法"與"極不省法";"袁無涯本"中的"藕絲蛇蹤"、"埋根"二法在金聖歎筆下則以"草蛇灰綫"法來取代。與此相應,金聖歎和張竹坡還善於在細讀小説文本基礎上,根據小説自身藝術特徵提出新的文法術語,如由金聖歎提出并由張竹坡廣爲運用的"白描"法、"極大章法"("大章法"),由張竹坡結合世情小説描寫特徵而提出的"影寫法"、"趁窩和泥"法等等,大大地豐富了小説的文法術語。二、金聖歎、張竹坡提出的文法術語涉及了小説藝術的諸多環節,對古代小説叙事法則的總結可謂具體入微,如有關小説整體結構布局的文法術語有"草蛇灰綫"、"橫雲斷山"、"鸞膠續弦"、"水窮雲起"、"長蛇陣法"、"文字對峙"、"遥對章法"等;涉及到具體描寫方式的文法有"大落墨法"、"背面傅粉法"、"加一倍法"、"烘雲托月法"、"明修暗度法"、"欲擒故縱法"等;涉及到文勢鋪墊與轉接的文法有"回環兜鎖"法、"冷題熱寫"法、"趁水生波"法、"移雲接月"法、"片帆飛渡"法等。其他小説創作過程中諸如埋伏照應、寫生傳神、襯托點染等環節的文法亦多有歸納,且大都成了後世小説文法術語的固定稱謂。三、金聖歎與張竹坡的小説評點有著自覺的文法批評意識和豐富的文法批評實踐,對以後的小説文法批評影響深遠。古代小説文法批評中相當多的術語或直接或間接均來源於金聖歎和張竹坡的小説評點,甚至可以説,金聖歎之《水滸傳》評點、張竹坡之《金瓶梅》評點是中國古代小説文法術語的"資料庫"。毛氏父子的《三國志演義》評點、脂硯齋的《紅樓夢》評點明顯承接金聖歎批本,而馮鎮巒、但明倫等的《聊齋志異》評點、黄小田等的《儒林外史》評點、張新之等的《紅樓夢》評點也基本上能在金聖歎或張竹坡那裏找到對應的小説文法術語,可見其影響之深遠。

在文法批評的高峰期過後,小説文法批評總體上籠罩在金聖歎和張竹坡的"陰影"之中,而文法術語基本呈現陳陳相因之勢。其中金聖歎的影響尤爲明顯，如金氏注重的小説"章有章法，句有句法、字有字法"的觀念在此後的小説文法批評中不絶如縷，張書紳《新説西遊記·總批》謂："《西遊》一書，不惟理學淵源，正見其文法井井。看他章有章法，字有字法，句有句法，且更部有部法，處處埋伏，回回照應。不獨深於理，實更精於文也。後之批者非惟不解其理，亦并没注其文，則有負此書也多矣。"①其語調、筆法與金聖歎如出一轍。而由金氏所奠定的小説文法術語在此時亦爲評點家所承繼，如《紅樓夢》甲戌本第一回眉批有云："事則實事，然亦叙得有間架，有曲折，有順逆，有映帶，有隱有見，有正有閏，以至草蛇灰綫、空谷傳聲、一擊兩鳴、明修棧道、暗度陳倉、雲龍霧雨、兩山對峙、烘雲托月、背面傅粉、千皴萬染諸奇。書中之秘法，亦不復少。余亦於逐回中搜剔刳剖，明白注釋，以待高明，再批示誤謬。"②同時，文章學對小説文法的影響更爲强烈，這在張書紳《新説西遊記》評點中表現得最爲明顯，其《總批》謂："一部《西遊記》共計一百回，實分三大段；再細分之，三段之内又分五十二節，每節一個題目，每題一篇文字。其文雖有大小長短之不齊，其旨總不外於明新止至善。"③而在具體的評論中更是比比皆是，如"文無反正旁側，亦不成爲文"（第十三回前評）、"文章有正筆有補筆，亦要騰挪地步"（第十四回末評）、"一扇兩用，寫出無窮的妙意"（第五十九回末評）、"又合制藝兩截之法"（第六十九回末評）、"兩截過渡之法"（第七十回夾評）等。此時期在小説文法批評中值得一提的作品主要有《紅樓夢》脂硯齋批本、張書紳《新説西遊記》、陳忱《水滸後傳》批本、《紅樓夢》張新之批本、《儒林外史》黄小田批本、《聊齋志異》但明倫批本等。

　　小説的文法批評傳統一直延續至清末，由於小説評點外部環境的變化，小説的文法批評已難有明顯的發展，而文法術語也基本上承繼有餘，更新不足。一方面，小説文法批評的整體風格仍然是金聖歎等人所開創的路數，文章學的"八股"習氣在小説文法批評中更呈蔓延之勢；而更爲重要的是，晚清小説評點有很大一部分是附麗於小説報刊連載形式的，而報刊連載方式在讀者閱讀過程中所形成的文本連續意識與單看一部完整小説相比無疑要降

---

① （清）張書紳：《新説西遊記·總批》，上海古籍出版社1994年版，第20頁。
② （清）曹雪芹著，（清）脂硯齋評批，黄霖校點：《脂硯齋評批紅樓夢》第一回眉評，齊魯書社1994年版，第6頁。
③ （清）張書紳：《新説西遊記·總批》，上海古籍出版社1994年版，第12頁。

低不少,這對於慣常以抉發小說起結章法、埋伏照應、對鎖章法等技巧內容爲主要特徵的小說文法批評來說也是極爲不利的。因爲讀者在看完一期報刊所載小說內容後,很有可能對上一期小說評點中出現的諸如伏筆、伏綫等文法提示毫無印象,因此此類文法批評也就形同虛設,而難以真正產生批評意義。同時,晚清以來,"新小說"的出現和西方理論觀念的引進,更使傳統小說文法批評陷於尷尬之境地。"以古文家或准古文家眼光讀小說,自然跟以西方小說理論家眼光讀小說有很大差距。前者關心字法、句法、章法、部法;後者則區分情節、性格、背景。"①這一新舊交替的小說現狀致使傳統小說文法批評難以找到其存在空間,從而最終導致小說文法批評趨於消亡,而小說的文法術語也逐步爲一套新的、西化的"批評話語"所取代。

二、小說文法術語的獨特系統

小說文法批評自明中葉以來延續長久,至清末逐漸退出了歷史舞臺,而綜觀這數百年的小說文法批評,文法術語也構成了自身的獨特系統,這是中國古代小說敘事法則的獨特呈現,反映了古代小說自身的創作法則。

繁富蕪雜的小說文法術語主要涉及如下幾個方面:

一是小說結構的"伏筆照應",強調小說事件描寫的緊湊完整。古代小說批評者認爲,事件描寫在小說創作過程中的意義十分重要,包括事件的開端與結尾、人物的出場與結局、故事的鋪叙和展開等等,均須以或明或隱的形式加以映合照應,以求事件的完整,避免情節的散亂無章。涉及到的文法術語包括:"伏筆"、"前掩後映"、"草蛇灰綫"、"長蛇陣法"、"鸞膠續弦"、"一擊空谷八方皆應"、"手寫此處眼照彼處"、"隔年下種"、"遥對章法"、"起結章法"、"牽綫動影"、"鬥笋"等等。以"草蛇灰綫"爲例,"草蛇灰綫"是古代小說文法術語中運用比較普遍的一個,而之所以得到如此重視與古人的小說創作原則是緊密關聯的。作爲體制篇幅較大的小說文體,其"叙事之難,不難

---

① 陳平原:《中國小說敘事模式的轉變》,見《陳平原小說史論集》(上),河北人民出版社 1997 年版,第 357—358 頁。

在聚處,而難在散處"①,故在小説創作中最爲重要的即是"目注此處,手寫彼處",如評點者所云:"文章最妙是目注彼處,手寫此處。若有時必欲目注此處,則必手寫彼處。"②"文字千曲百曲之妙。手寫此處,却心覷彼處;因心覷彼處,乃手寫此處。"③"所謂文見於此,而屬於彼也。"④"眼觀彼處,手寫此處,或眼觀此處,手寫彼處,便見文章異常微妙。"⑤可見,"目注此處手寫彼處"是小説創作普遍追求的藝術傾向,有助於叙寫"散處之難",可將分散於作品不同部位的細部單元加以有機鈎連,形成一個内在的統一體,而注重"草蛇灰綫"之法正有利於實現小説的這種創作效果。

二是小説情節的"脱卸轉换",旨在實現小説創作中人物、事件或情境之間的巧妙承接與轉换。體現這一内涵的小説文法術語大致有:"水窮雲起"、"横雲斷山"、"移雲接月"、"雲穿月漏"、"趁水生波"、"雲斷月出"、"暗渡陳倉"、"移堂就樹"、"手揮目送"、"金蟬脱殼"、"片帆飛渡"、"羯鼓解穢"、"急脈緩受"、"欲擒故縱"等等。對小説情節"脱卸轉换"的重要性,評點者多有提及,如金聖歎云:"文章妙處,全在脱卸,脱卸之法,千變萬化。"⑥張新之曰:"此書每於緊拍處用別事截斷。蓋一説盡,便無餘味可尋也,亦文章善尋轉身法。"⑦《野叟曝言》評曰:"回頭一著,其妙無倫,讀者須於轉换處著意求之。"⑧可以説,"脱卸轉换"是古代小説追求情節曲折、懸念迭起、引人入勝等文體特性的内在要求。如"羯鼓解穢"乃强調小説叙事格調的轉换,而"水窮雲起"强調的則是在小説叙事過程中要善於"絶境轉换",從而營造出驚奇交迭、悲喜相生的審美效果。

---

① (明)羅貫中原著,(清)毛宗崗評改,穆儔等標點:《三國演義》(毛宗崗評本)第四十一回總評,上海古籍出版社1989年版,第524頁。
② (清)金聖歎:《讀第六才子書西廂記法》,(元)王實甫原著,(清)金聖歎批改,張國光校注:《金聖歎批本西廂記》,上海古籍出版社1986年版,第13頁。
③ 秦修容整理:《金瓶梅(會評會校本)》第二十回張竹坡批語,中華書局1998年版,第277頁。
④ (清)陳其泰評,劉操南輯:《桐花鳳閣評〈紅樓夢〉輯録》,天津人民出版社1981年版,第147頁。
⑤ (清)哈斯寶評,亦鄰真譯:《新譯〈紅樓夢〉回批》第十五回批語,引自朱一玄編:《紅樓夢資料彙編》,南開大學出版社2001年版,第791頁。
⑥ (明)施耐庵著,(清)金聖歎批改:《第五才子書水滸傳》第五十一回夾評,上海古籍出版社1994年版,第2875頁。
⑦ 馮其庸纂校訂定:《八家評批紅樓夢》第二十六回張新之批語,文化藝術出版社1991年版,第590頁。
⑧ (清)夏敬渠著,黃克校點:《野叟曝言》,人民文學出版社1997年版,第1036頁。

三是小説敘寫的"蓄勢敷衍"和"對比襯托"。"蓄勢"指爲展開後文情節而預先進行的鋪墊，"敷衍"則指對敘寫對象淋漓盡致的刻畫。"蓄勢"的小説文法大致有："敘事養題"、"養局"、"逼拶法"、"反跌法"（"逆法離法"）、"那輾法"、"月度回廊法"、"極不省法"等；"敷衍"的小説文法則有"大落墨法"、"獅子滾球法"等。如"獅子滾球"法，這是對古代小説特定藝術文法的形象稱謂，它強調在小説敘事過程中應針對重要的敘事關節（或爲情節，或爲人物形象，或爲特定情境）作往復回環的敘寫，以獲得一種循環跌宕的藝術美感。而"對比襯托"更是古代小説敘寫中十分注意的創作文法，小説文法術語中諸如"急與緩"、"疏與密"、"虛與實"、"奇與正"、"賓與主"、"濃與淡"、"生與熟"、"冷與熱"等強調互補關係的術語都是此種文法的體現。圍繞這種互補關係還衍生出其他小説文法，如"映襯"、"烘雲托月"、"背面鋪粉"、"影寫法"等，也是強調通過對立面的敘寫來達到對敘寫對象本身的描寫，以獲得以彼寫此、以此寫彼的敘述效果。

　　四是小説人物的"傳神寫生"，強調小説人物描寫的逼真效果和本質揭示。相關文法術語大致有："傳神"、"頰上三毫"、"綿針泥刺"、"白描"、"鐘鼎象物"、"追魂攝影"、"繪聲繪影"、"畫龍點睛"等等。此類文法大多源於畫論，如"白描"，作爲古代繪畫的一種藝術文法，本指北宋李公麟開創的一種繪畫風格，移用於小説領域，專指人物形象的描寫技巧和特色。如陳其泰《紅樓夢》第七回中夾批："一筆而其事已悉，真李龍眠白描法也。"①《花月痕》第十七回末評："此回傳秋痕、采秋，純用白描，而神情態度活現毫端，的是龍眠高手。"②其中承傳之關係十分明晰。

　　五是小説語言的"絶妙好辭（詞）"。相對其他小説文法，古人對小説語言的評判比較零散，也缺少相應的文法術語，除了籠統的"字法"、"句法"和"趣"、"妙"、"機趣"等直觀評述之外，使用相對比較普遍的是"絶妙好辭（詞）"。"絶妙好辭"典出《世説新語·捷悟》楊修解讀蔡邕對曹娥碑文的八字評價，云："黃絹，色絲也，於字爲'絶'。幼婦，少女也，於字爲'妙'。外孫，女子也，於字爲'好'。韲臼，受辛也，於字爲'辭'。所謂'絶妙好辭'也。"③

---

① （清）陳其泰評，劉操南輯：《桐花鳳閣評〈紅樓夢〉輯録》，天津人民出版社1981年版，第67頁。
② （清）魏秀仁著，（清）棲霞居士評：《花月痕》，上海古籍出版社1994年版，第376頁。
③ 余嘉錫撰，周祖謨、余淑宜整理：《世説新語箋疏》，中華書局1983年版，第580頁。

"絕妙好詞"源於周密所編詞選《絕妙好詞》,而廣泛使用於小說評點,金聖歎《水滸傳》評本、毛氏父子《三國演義》評本、《紅樓夢》張新之姚燮評本、《聊齋志異》馮鎮巒評本等均以"絕妙好辭(詞)"評價小說語言,觀其評判之旨趣,大致可見古人對小說語言的審美追求,即"生動諧趣"和"清約秀妙"。

中國古代小說文法術語主要由上述五個方面構成,這五個方面的小說文法術語雖然不脱現代小說學"情節、人物、語言"三分法之框架,因爲作爲敘事文學的古代小說(尤其是通俗小說)與現代小說之間自有其"共性"在,但從中亦不難看出古代小說文法術語所體現的傳統內涵和自身特色。

三、小說文法術語的文化成因

從中國古代小說文法術語的發展歷史和構成情況中我們不難看出:古代小說文法術語乃植根於中國傳統文化之中,又在小說文體的制約下形成自身的文法批評傳統和文法術語系統的;同時,古代小說的文法批評和文法術語也有其自身的"言說"方式,即以形象化的表述來闡明理性的創作思想。這確乎是一個獨特的批評傳統。那中國古代小說的文法批評和文法術語何以會形成這一格局呢?我們認爲,古代小說的文法批評和文法術語之所以會形成這一格局大致有兩方面的因素:一是與文法術語的來源有關係;二是與小說"文法"的特殊性質密切相關。

中國古代小說文法術語雖然數量衆多,但真正屬於小說批評自身的文法術語却并不多見,多數承襲其他文體或藝術門類。簡言之,它是在大量借鑒書畫理論、堪輿理論、兵法理論的基礎上,又以文章學(含古文和時文)爲其核心內涵,從廣義的"文章"角度來觀照小說的。

在中國古代,書畫一體,其藝理大致相通。① 古代書畫理論對小說文法批評的影響主要體現在以下幾方面:一是以書畫創作中的"傳神寫生"來評價小說的逼真描寫,小說文法批評中廣爲出現的諸如"點睛"、"頰上添毫"、"繪風繪水"、"白描"等術語即是如此。二是以書畫創作過程中的具體技藝

---

① 如清人董棨明確指出:"畫即是書之理,書即是畫之法。"(清) 董棨:《養素居畫學鉤深》,引自俞劍華編著:《中國畫論類編》,人民美術出版社 1957 年版,第 254 頁。

來揭示小説藝術的細部描寫文法。古代書畫創作"不外乎用筆、用墨、用水"①三個層面,書畫技藝基本上圍繞這三者而展開,皴、渲、點、染、襯、托等構成了創作過程中的常見技藝,而小説文法批評中反復出現的諸如"烘染"、"渲染"、"點染"、"絢染"、"勾染"、"襯染"、"染葉襯花"、"烘雲托月"、"追染"、"襯疊點染"、"千皴萬染"、"三染"、"倒皴反剔"、"點綴"、"烘托"、"正襯"、"反襯"等術語均是對書畫技藝術語的沿用。三是以書畫創作觀念上的辯證法來揭示小説藝術的相應手法與構思布局。書畫創作觀念中諸如逆與順、露與藏、濃與淡、疏與密、生與熟、連與斷、虛與實等對立統一的辯證法在小説文法批評中即以"逆法"、"藏閃法"、"濃淡相生"、"疏密相間"、"生熟停匀"、"橫雲斷山"、"山斷雲連"等名目出現。從上述三方面可以看出,書畫理論對小説文法批評的影響可謂是全方位的,它使得原本較爲抽象的文學文法更具形象而易爲人所接受。

堪輿理論作爲一種古人普遍篤信的文化傳統,被援引入小説文法法批評亦不足爲奇。堪輿理論對小説文法批評的影響主要體現爲以下兩方面:其一,以尋察"龍脈"之所在的類似方式來觀照小説創作的整體結構特徵,揭示小説創作應將小説情節的演進變化視爲一條隱性而靈動的生命綫,抓住了此條生命綫,也就抓住了小説叙寫成敗的關鍵,從而使小説情節構成一個有機統一的整體。小説文法批評中時常出現的諸如"千里來龍"、"伏脈千里"、"草蛇灰綫"、"文脈回龍"等術語均與堪輿理論中的"龍脈"之説緊密相關。其二,堪輿理論中具體步驟的相關術語也被沿用至小説文法批評中,用以描述小説創作具體的細部環節。如"伏案"、"立案"、"顧母"、"結穴"、"脱卸"、"急脈緩受"等文法術語即屬於此種情形。綜合上述兩種內涵,可以看出堪輿理論主要影響小説創作的結構觀念。

兵法與文人本無必然關聯,但出於事功報國和文化素養等因素的影響,文人也大多熟知兵法,故在文學批評中留下了衆多兵法影響的痕迹②,小説批評亦然。兵法理論影響小説文法批評主要在二端:一是以諸如"行文如行

---

① (清)松年:《頤園論畫》,引自俞劍華編著:《中國畫論類編》,人民美術出版社1957年版,第325頁。
② 參見吳承學:《古代兵法與文學批評》,《文學遺產》1998年第6期。

兵,遣筆如遣將"、"絕妙兵法,却成絕妙章法"①、"文章一道,通於兵法"、"兵法即文法"②等觀念來說明小説文法之特性,以凸顯小説敘事手法類似兵法謀略的奇特性;二是援引兵法術語來評價小説的叙事特色,如"常山率然"、"奇正相生"、"明修暗度"、"避實擊虚"、"欲擒故縱"等文法術語。兵法理論進入小説文法批評一方面使得小説批評更爲生動,同時也比較貼切自然。

　　文章學主要是指自南宋以來較爲興盛的古文評點與時文評點中的相關理論,它側重於就古文、時文的寫作規律與寫作技巧作細緻入微的抉發與總結,諸如結構綫索、謀篇布局、勾連轉換等寫作環節都是評點的重心所在。小説文法批評接受文章學的影響主要體現在以下幾點:一是文章學批評觀念的借鑒與轉化,例如"相題有眼,捽題有法,搗題有力"③、"看小説,如看一篇長文字,有起伏,有過遞,有照應,有結局,倘前後顛倒,或強生支節,或遺前失後,或借鬼怪以神其説,俱屬牽強"④、"小説作法與制藝同"⑤。二是對文章學中結構論的借鑒與轉化,文章學中的起承轉合的觀念、伏筆照應的觀念、段段勾連的觀念等結構要素均得到突出強調,例如"此章兩回,實分四大節看。三藏化齋一段是起,八戒忘形一段是承,打死蜘蛛一段是轉,千花洞一段是合。起承轉合,寫出文章之奇;反正曲折,畫出書理之妙"⑥、"首尾大照應、中間大關鎖"⑦、"必先令聞其名,然後羅而致之,方不爲無因。於是有劉二撒潑一事,此截搭渡法也。但渡要渡得自然,不要渡得勉強"⑧。三是以諸如"開闔"、"抑揚"、"跌宕"、"頓挫"、"錯綜"、"翻轉"等文章學常見的寫作手法來審視小説創作的文法運用,這在小説評點中比比皆是。出現這樣的

---

①　(明)施耐庵著,(清)金聖歎批改:《第五才子書水滸傳》第十八回、第六十七回夾評,上海古籍出版社 1994 年版,第 997、3746 頁。

②　分別見(清)馮鎮巒《讀聊齋雜説》及卷七《宦娘》篇夾評,(清)蒲松齡著,張友鶴輯校:《聊齋志異(會校會注會評本)》,上海古籍出版社 2011 年第 2 版,第 14、986 頁。

③　(明)施耐庵著,(清)金聖歎批改:《第五才子書水滸傳》第四十六回批語,上海古籍出版社 1994 年版,第 2607 頁。

④　(清)蘇庵主人:《繡屏緣·總評》,上海古籍出版社 1994 年版,第 369 頁。

⑤　(清)韓邦慶著,典耀整理:《海上花列傳·例言》,人民文學出版社 1982 年版,第 3 頁。

⑥　(清)張書紳:《新説西遊記》第七十三回批語,上海古籍出版社 1994 年版,第 2341 頁。

⑦　(清)毛宗崗:《讀〈三國志〉法》,見(明)羅貫中原著,(清)毛宗崗評改,穆儔等標點:《三國演義》(毛宗崗評本),上海古籍出版社 1989 年版,第 14 頁。

⑧　(清)文龍:《金瓶梅》評本第九十四回批語,見劉輝:《〈金瓶梅〉成書與版本研究》,遼寧人民出版社 1986 年版,第 270 頁。

影響,既與晚明以來文人習慣以"時文手眼"批評文學的風氣密切相關,同時小說自身藝術成就的相對提升也提供了借鑒文章學展開批評的可能空間。

而古代小說文法批評形成"形象化"的"言說"特性則與"文法"的獨特性質密切相關。章學誠謂:"塾師講授《四書》文義,謂之時文,必有法度以合程式。而法度難以空言,則往往取譬以示蒙學,擬於房室,則有所謂間架結構;擬於身體,則有所謂眉目筋節;擬於繪畫,則有所謂點睛添毫;擬於形家,則有所謂來龍結穴,隨時取譬。然爲初學示法,亦自不得不然,無庸責也。"①《紅樓夢》脂硯齋評點亦有類似表述:"此回似著意,似不著意,似接續,似不接續,在畫師爲濃淡相間,在墨客爲骨肉停匀,在樂工爲笙歌間作,在文壇爲養局、爲別調。前後文氣,至此一歇。"②這種"法度難以空言",必欲"取譬"以言說的特性決定了文法批評的論說方式和術語生成。

四、小說文法術語的價值呈現

由此可見,中國古代小說的文法批評及其所形成的文法術語是非常豐富的,而其價值也不容輕視。概而言之,古代小說文法術語之總體價值體現在如下幾個方面:

其一,小說文法術語雖然大多源於書畫、兵法、堪輿和文章學等傳統文化領域,但因了小說自身的文體内涵和藝術特性,小說的文法術語往往豐富了"術語"的傳統内涵,具有一定的理論建構意義。小說文法術語的運用對於古代文學批評而言有著一定的建構意義,這主要體現爲小說文法術語在小說文體的制約下,以小說叙事法則爲鑒衡,重構了原有的批評範疇或概念。我們以"虛實"爲例,"虛"與"實"是中國古代文學批評中的常規術語,在諸多批評家筆下反復出現。"大而別之,它主要包括兩方面的内涵:一是藝術形象中的虛實關係,在這裏,所謂'實'是指藝術作品中了然可感的直接形象,所謂'虛'則指由直接形象所引發經由想象、聯想所獲得的間接形象,中國古典美學對此強調'有無相生'、'虛實相間',從而創造有餘不盡的藝術妙

---

① (清)章學誠著,葉瑛校注:《文史通義校注》,中華書局1985年版,第509頁。
② (清)曹雪芹著,(清)脂硯齋評批,黄霖校點:《脂硯齋評批紅樓夢》第七十二回回前評,齊魯書社1994年版,第1118頁。

境。""'虛實'範疇的另外一方面內涵是指藝術表現中的'虛構'與'真實'的關係問題。"①而古代小說文法批評中的"虛""實"内涵則與此不同,更接近實踐操作層面。如《三國志演義》毛評本第五十一回前評有云:"妙在趙子龍一邊在周瑜眼中實寫,雲長、翼德兩邊在周瑜耳中虛寫,此叙事虛實之法。"②《金瓶梅》張竹坡評本第五十一回前評:"黄、安二主事來拜是實,宋御史送禮是虛,又兩兩相映也。"③《結水滸全傳》第一百三十二回批語:"首篇既用實叙,此篇自應虛寫,此定法也。"④可見,作爲一種藝術文法,小說批評中"虛實"問題以正面直接詳寫爲"實",以側面映帶爲"虛",這顯然豐富和補充了"虛實"範疇的既有内涵。其他如"奇正"、"賓主"、"有無"、"疏密"、"自注"、"蓄"等術語均是如此。

　　其二,小說文法術語蘊含了豐富的小說叙事思想,是中國古代文學叙事理論的重要組成部分。中國古代叙事理論形成了"戲曲"、"小說"和"史"鼎足而三的局面。古代文學中的叙事理論則主要體現在戲曲批評與小說批評之中,但相對而言,在以"曲學理論"、"劇學理論"和"叙事理論"爲核心構建的古代戲曲理論中,"叙事理論"是最爲薄弱的。⑤ 在這一背景之下,小說評點的叙事思想在古代叙事理論中地位就尤爲突出,而叙事法則的總結在小說文法批評中也體現得最爲明顯。儘管在批評體式上戲曲要多於小說(戲曲批評中除了評點之外還出現了"曲品"、"曲話"、"曲律"等專門形式),但事實上關於人物形象的刻畫、情節的新奇曲折以及結構的變化更新等方面的叙事法則,戲曲批評相對來説較少關注,或探討得并不充分⑥;而小說文法批評對叙事技巧的總結則要全面深入得多,故而古代叙事理論的顯著成績還是存在於小說文法批評之内。從上一節對小說文法術語構成的分析中可知,小說文法術語所蘊含的理論思想大多是小說的叙事思想和叙事法則,而

---

　　① 譚帆、陸煒:《中國古典戲劇理論史》(修訂版),華東師範大學出版社2005年版,第150頁。
　　② (明)羅貫中原著,(清)毛宗崗評改,穆儔等標點:《三國演義》(毛宗崗評本)第五十一回前評,上海古籍出版社1989年版,第656頁。
　　③ 秦修容整理:《金瓶梅(會評會校本)》第五十一回張竹坡批語,中華書局1998年版,第672頁。
　　④ (清)俞萬春著,(清)范辛來、邵祖恩評:《結水滸全傳》第一百三十二回批語,上海古籍出版社1994年版,第2522頁。
　　⑤ 譚帆、陸煒:《中國古典戲劇理論史》(修訂版),華東師範大學出版社2005年版,第148頁。
　　⑥ 金聖歎的《西厢記》評點突出文法批評現象是個例外,而在其他戲曲評點中,文法批評并不那麼突出,而重在探討曲律、唱腔、曲辭等問題的曲論專著更是對此關注甚少。

之所以出現這種現象,還是與批評對象的文體特性密切相關。我們認爲:"戲曲的主體精神實質是'詩'的,小説的主體精神實質是'史'的。戲曲在叙述故事、塑造人物上包含了強烈的'詩心',小説則體現了強烈的'史性'。"① 故以詩體形式——"曲"來推演情節發展的戲曲,和以追求自身情節完滿性的小説相比,兩者所構成的叙事樣式顯然是有差異的,由此,小説的文法批評更關注小説的叙事法則也是一個十分自然的事情。

其三,小説的文法批評及其文法術語因其獨特的思想内涵和表述方式,促進了小説文本的傳播,提升了小説閲讀的品質。小説評點促進小説的傳播,評點在某種程度上是小説的"促銷手段",這已成爲人們的共識,毋庸贅言。而小説評點之所以獲得這一價值,一方面當然是由於評點者對小説文本的獨特解讀對讀者所產生的影響和引導;同時,小説評點者解讀文本所持有的批評話語——文法術語,也起到了至關重要的作用。這大致包括兩方面的内涵:一是小説文法術語來源比較廣泛,如文章學術語的大量援引吻合當時讀者的趣味和學養,而書畫、兵法、堪輿等術語的運用無疑增強了小説評點的生動性與可讀性,或設喻精巧,或形象生動,或别具一格,從而促進了小説評點本的傳播。且以小説文法術語中援引最爲普遍也最爲今人所詬病的八股文法術語爲例,其中也頗有富於機趣的評論。如張書紳《新説西遊記》第六十九回總評云:"看他寫爲富,句句是個爲富;寫不仁,筆筆是個不仁;寫不富,處處是個不富;寫爲仁,字字是個爲仁。把文章只作到個化境,却又合制藝兩截之法,此所以爲奇也。"②第七十回夾評又評道:"以下是從爲富轉到不富,不仁轉到爲仁,乃兩截過渡之法。"③評者以八股文法"作譬"頗富機趣,也較爲妥帖,易爲讀者所接受。二是小説文法術語在借鑒其他門類概念術語的同時,對小説自身獨特的叙事法則加以總結,揭示小説文本的藝術品格,同時賦予小説評點頗具價值的導讀功能,從而提升了小説評點的傳播價值。論者指出:"聖歎評小説得法處,全在識破作者用意用筆的所在,故

---

① 詳見譚帆:《稗戲相異論——古典小説戲曲"叙事性"與"通俗性"辨析》,《文學遺產》2006年第4期。
② (清)張書紳:《新説西遊記》第六十九回總評,上海古籍出版社1994年版,第2207—2208頁。
③ (清)張書紳:《新説西遊記》第七十回夾評,上海古籍出版社1994年版,第2222頁。

能一一指出其篇法、章法、句法,使讀者翕然有味。"①"《三國演義》一書,其能普及於社會者,不僅文字之力,余謂得力於毛氏之批評,能使讀者不致如豬八戒之吃人參果,囫圇吞下,絕未注意於篇法、章法、句法。"②《水滸》可做文法教科書讀。就金聖歎所言,即有十五法:……若無聖歎之讀法評語,則讀《水滸》畢竟是吃苦事。"③其所指出之價值非爲溢美,也是有其理據的。

以上我們簡略梳理了中國古代小説文法術語的基本情況。從中不難看出,古代小説文法術語源遠流長,内涵豐富,是中國古代小説叙事法則的獨特呈現,也是中國古代小説批評的主流話語,對中國古代小説的創作和傳播均産生了重要的作用。作爲一個"歷史的遺存",小説文法術語當然有其明顯的弊病,如濃重的"八股"習氣、陳陳相因的格套、内涵的不確定性等,這也引起了後人之詬病。但無論如何,作爲一個曾經在中國小説史上產生過重要影響的批評話語和思想系統,值得我們加以重視,尤其在"以西例律我國小説"的大背景下,更需要探究中國古代小説批評的思想傳統和話語系統。

(原文載《文學遺産》2011年第3期,与楊志平合作)

---

① 夢生:《小説叢話》,《雅言》1914年第7期,引自朱一玄編:《金瓶梅資料彙編》,南開大學出版社1985年版,第395頁。

② 觚庵:《觚庵漫筆》,原載《小説林》1908年第11期,引自朱一玄編:《明清小説資料選編》,南開大學出版社2006年版,第110頁。

③ 定一:《小説叢話·定一十一則》,《新小説》1905年第二年第三號,第171—172頁。

"叙事"語義源流考
——兼論中國古代小説的叙事傳統

"叙事"一詞乃中國固有之術語,語出《周禮》,後在史學、文學領域廣泛使用,成爲中國古代史學和文學的重要術語之一,尤其在小説等叙事文學發達的明清時期,有關叙事的討論更是創作者和批評者的常規話語。近年來,隨著西方叙事理論的引進,以叙事理論觀照中國古代文學(尤其是小説)的現象非常普遍,已然成了研究方法之"新貴",對推進中國古代文學(尤其是小説)的研究起到了積極的作用。但無可否認,一種理論方法的引進必然要有一個"適應"和"轉化"的過程,它所能產生的實際效果取決於兩個基點的支撑:一是理論方法本身的精妙程度及其普適性,二是與研究對象的契合程度及其本土化。本文無意對近年來的叙事理論研究和運用叙事理論探究中國古代文學(尤其是小説)的現狀作出評價,我們僅關注以下問題:作爲一種理論學説標誌的經典術語的對譯要充分考慮各自的内涵及其相互之間的關聯,否則難免圓鑿而方枘,而難以達到實際的效果,或者對研究對象有所遮蔽和貶損。相關例證在20世紀的中國文學研究中不勝枚舉,典型者如"小説"與"novel"的對譯,"novel""虚構之叙事散文"的内涵與"小説"在傳統中國的所指之間存在著很大的差異,故"小説"與"novel"的對譯實際縮小了古代"小説"之外延,而外延的縮小所帶來的是對古代小説史的"遮蔽",而作爲術語的"小説"自身也被部分"遮蔽"了,這或許是20世紀中國小説史研究的最大弊端。其實,在叙事理論研究和運用叙事理論探索中國古代文學(尤其是小説)的研究領域,"叙事"與"narrative"的對譯同樣存在這一問題。杰拉德·普林斯認爲叙事"可以把它界定爲:對於一個時間序列中的真實或虚構的事件或狀態的講述。"①浦安迪謂："'叙事'又稱'叙述',是中國文論裏早就有的術語,近年來用來翻譯英文'narrative'一詞。""當我們涉及'叙事文學'這一概念時,所遇到的第一個問題就是:什麽是叙事?簡而言之,叙事就是'講故事'。""叙事就是作者通過講故事的方式把人生經驗的本質和意義傳示給他人。"②然則這一符合"narrative"的解釋是否完全適合傳統中國語境中的"叙事"?或者説,"叙事"在傳統中國語境中是否真的僅是"講故事"?更爲值得注意的是,在"叙事"與"narrative"的語詞對譯中,起支配地位和作用的明顯是後者,如浦安迪所云:"我們在這裏所研究的'叙事',與其説是指它在《康熙字典》裏的古義,毋寧説是探索西方的'narrative'觀念在中國古典文學中的運用。"③這種語詞對譯中的"霸權"無疑會損害語詞各自的準確性,進而影響研究的深入開展和合理把握。由此,對傳統中國語境中"叙事"的研究誠是一個有益且亟需的課題。對於這一問題的研究,近年來有所開展,且取得了不俗的成績,產生了不少有價值的研究成果。④ 本文擬從術語語義變遷的視角梳理"叙事"在中國古代的源流,也涉及相關叙事文本和叙事學內涵。我們的擬想思路爲:"叙事"原始,分析"叙事"作爲術語的產生發展及其相關語詞;解析"事"在傳統叙事領域的多重內涵;作爲史學的"叙事"和作爲文學的"叙事",分別闡釋"叙事"在中國傳統文史兩大領域各自的思想內核;進而引出本文的歸結:中國古代小説的叙事傳統。

一、"叙事"原始

"叙事"作爲語詞由"叙"和"事"二詞素構成。⑤ "叙"之本意爲次第,即順

---

① [美]杰拉德·普林斯(Gerald Prince)著,徐强譯:《叙事學——叙事的形式與功能》,中國人民大學出版社 2013 年版,第 2 頁。
② [美]浦安迪:《中國叙事學》,北京大學出版社 1996 年版,第 4—6 頁。
③ [美]浦安迪:《中國叙事學》,北京大學出版社 1996 年版,第 4 頁。
④ 如董乃斌《中國古典小説的文體獨立》(中國社會科學出版社 1994 年版)、楊義《中國叙事學》(人民出版社 1996 年版)、傅修延《先秦叙事研究——關於中國叙事傳統的形成》(東方出版社 1999 年版)、王平《中國古代小説叙事研究》(河北人民出版社 2001 年版)、王靖宇《中國早期叙事文研究》(上海古籍出版社 2003 年版)、高小康《中國古代叙事觀念與意識形態》(北京大學出版社 2005 年版)等。尤其是董乃斌先生主編的《中國文學叙事傳統研究》(中華書局 2012 年版),分別從漢字構型、古文論、歷史紀傳、詩詞賦樂府、散文、戲曲和章回小説等方面頗爲深入地梳理和分析了中國古代的叙事傳統。
⑤ 以下對"叙"與"事"的解釋可參閱楊義《中國叙事學》(人民出版社 1996 年版)、傅修延《先秦叙事研究——關於中國叙事傳統的形成》(東方出版社 1999 年版)、周建渝《"叙事"概念在史傳與文學批評中的運用》(李貞慧主編:《中國叙事學——歷史叙事詩文》,臺灣清華大學出版社 2016 年版)等相關論述。

序。《説文解字》："叙，次弟也。"①"叙"之表叙述之意較早見於《國語·晉語三》："紀言以叙之，述意以導之。"②而"事"之最初含義既指職官，如《戰國策·趙策》："趙太后新用事，秦急攻之。"③《韓非子·五蠹》："無功而受事，無爵而顯榮。"④故《説文解字》云："事，職也。"⑤亦表事件，如《禮記·大學》："物有本末，事有終始。"⑥在中國古代，將"叙"（"序"）與"事"連綴成"叙事"或"序事"者較早出現在《周禮》，凡六見，其指稱内涵雖與後世之"叙事"有一定差異，但也可以明顯感到其中所藴含的關聯。這是"叙事"（"序事"）最早的集中出現，其内涵在"叙事"語義流變中具有重要意義。其中值得注意者主要有三：

首先，《周禮》中有關"叙事"（"序事"）的材料，其内涵非常豐富，涉及祭祀、樂舞、天文、政事等多個領域和"小宗伯"、"樂師"、"大史"、"馮相氏"、"保章氏"、"内史"等多種職官；而就"叙事"（"序事"）所指涉的行爲而言，則主要包括兩個内涵：一是所謂"叙事"就是安排、安頓某種事情。如"小宗伯之職，掌建國之神位……掌衣服、車旗、宫室之賞賜，掌四時祭祀之序事與其禮"⑦。何爲"序事"？鄭玄注曰："序事，卜日、省牲、視滌、濯饎爨之事，次序之時。"⑧則所謂"序事"者，乃有序安排四時祭祀之事，包括卜取吉日（"卜日"）、省視烹牲之鑊（"省牲"）、檢查祭器洗滌及祭品烹煮（"視滌、濯饎爨"）等相關工作。又如"大史掌建邦之六典，以逆邦國之治……正歲年以序事，頒之于官府及都鄙，頒告朔于邦國"⑨，何爲"正歲年"？鄭玄注："中數曰歲，朔數曰年。"賈公彦疏："云'正歲年'者，謂造曆正歲年以閏，則四時有次序，依曆授

---

① （清）段玉裁：《説文解字注》，上海古籍出版社1981年版，第126頁下欄。
② （吴）韋昭注：《國語》，王雲五主編《國學基本叢書》，商務印書館1935年版，第114頁。
③ （清）程夔初：《戰國策集注》，上海古籍出版社2013年版，第198頁。
④ （清）王先慎：《韓非子集解》，《諸子集成》第5册，中華書局1954年版，第345頁。
⑤ （清）段玉裁：《説文解字注》，上海古籍出版社1981年版，第116頁下欄。
⑥ （宋）朱熹撰，徐德明校點：《四書章句集注》，上海古籍出版社2001年版，第4頁。
⑦ （漢）鄭玄注，（唐）賈公彦疏：《周禮注疏·春官·小宗伯》，上海古籍出版社2010年版，第698—704頁。
⑧ （漢）鄭玄注，（唐）賈公彦疏：《周禮注疏·春官·小宗伯》，上海古籍出版社2010年版，第704頁。
⑨ （漢）鄭玄注，（唐）賈公彦疏：《周禮注疏·春官·大史》，上海古籍出版社2010年版，第997—1000頁。柳詒徵《國史要義》云："《周官》太史之職，賅之曰正歲年以叙事。此叙事二字，固廣指行政，而史書之以日系月，以月系時，以時系年，所以紀遠近别同異者，亦賅括於其内矣。"柳詒徵：《國史要義》，上海古籍出版社2007年版，第12頁。

民以事,故云以序事也。"①通俗講,所謂"序事"是指大史要調整歲和年的誤差,按季節安排民衆應做的事,并把這種安排頒給各官府及采邑。二是所謂"叙事"明顯蘊含"叙述"某種"事件"的成分。如"保章氏掌天星,以志星辰日月之變動,以觀天下之遷,辨其吉凶……以詔救政,訪序事。"鄭玄注:"訪,謀也。見其象則當豫爲之備,以詔王救其政,且謀今歲天時占相所宜,次序其事。"賈公彦疏:"云'詔'者,詔,告也,告王改修德政。""云'訪序事'者,謂事未至者,預告王,訪設今年天時也相所宜,次叙其事,使不失所也。"②此處所謂"序事"即據天文向王陳説吉凶并預先布置相關政事或農事。再如"内史掌王之八枋之法,以詔王治……掌叙事之法,受納訪,以詔王聽治。"鄭玄注:"叙,六叙也。納訪,納謀於王也。"賈公彦疏:"云'叙,六叙也'者,案:《小宰職》有六序。六序之内云'六曰以序聽其情',是其聽治之法也。"③則所謂"叙事"者,謂内史掌奏事之法,依次序接納群臣的謀議向王進獻。而其中對災異的辨析、"以詔王聽治"所接納的謀議,叙述事件的成分可謂無處不在。

第二,在《周禮》中,"叙事"("序事")所涉及的行爲具有明顯的空間性和時間性,强調以"時空"之秩序安排事物或安頓事件。④ 如"樂師掌國學之政……凡樂,掌其序事,治其樂政",鄭玄注:"序事,次序用樂之事。"賈公彦説得更爲明白:"云'掌其序事'者,謂陳列樂器,及作之次第,皆序之,使不錯謬。"⑤故所謂"序事"者,是謂"樂師"在用樂之時,負責在空間上陳列樂器和在時間上確定作樂之次第。又如"馮相氏,掌十有二歲、十有二月、十有二辰、十日、二十有八星之位,辨其叙事,以會天位",鄭玄注曰:"辯其叙事,謂若仲春辯秩東作,仲夏辯秩南僞,仲秋辯秩西成,仲冬辯在朔易。會天位者,

---

① (漢)鄭玄注,(唐)賈公彦疏:《周禮注疏·春官·大史》,上海古籍出版社2010年版,第999頁。
② (漢)鄭玄注,(唐)賈公彦疏:《周禮注疏·春官·保章氏》,上海古籍出版社2010年版,第1019—1024頁。
③ (漢)鄭玄注,(唐)賈公彦疏:《周禮注疏·春官·内史》,上海古籍出版社2010年版,第1024—1025頁。
④ 楊義《中國叙事學》:"在語義學上,叙與序、緒相通,這就賦予叙事之叙以豐富的内涵,不僅字面上有講述的意思,而且也暗示了時間、空間的順序以及故事綫索的頭緒。"楊義:《中國叙事學》,人民出版社1997年版,第11頁。周建渝《"叙事"概念在史傳與文學批評中的運用》:"'叙'乃次叙之一種,'次叙'乃依次而叙,或按照所叙對象的順序進行叙述。這個順序,或指先後順序,此涉及時間性質;或指方位、等級、層次順序,此涉及空間性質。"見李貞慧主編:《中國叙事學——歷史叙事詩文》,第67頁。
⑤ (漢)鄭玄注,(唐)賈公彦疏:《周禮注疏·春官·樂師》,上海古籍出版社2010年版,第863—867頁。

合此歲月日辰星宿五者,以爲時事之候。"①"東作"、"南僞"、"西成"、"朔易"均指春夏秋冬相應之政事或農事,其中所體現的時間性清晰可見。同時,無論"叙"還是"序",都包含了濃重的"秩序"、"規範"之意,而這正是後世"叙事"和"叙事學"最爲基本的要求。且看《周禮·天官·小宰》的一段表述:

> 以官府之六叙正群吏。一曰以叙正其位,二曰以叙進其治,三曰以叙作其事,四曰以叙制其食,五曰以叙受其會,六曰以叙聽其情。

鄭玄注:"叙,秩次也,謂先尊後卑也。"賈公彦疏:"凡言'叙'者,皆是次叙。先尊後卑,各依秩次,則群吏得正,故云正群吏也。"②可見,所謂"次叙"雖然以"尊卑之常"爲基礎,但強調"秩序"和"次叙"是一致的。還需注意的是,在《周禮》中,涉及"叙事"("序事")的史料均在《春官·宗伯第三》,如此集中恐怕并非無因,《周禮》分天、地、春、夏、秋、冬(冬官缺)六官,分掌治、教、禮、政、刑、事六典,春官是"禮官",《叙官》云:"惟王建國,辨方正位,體國經野,設官分職,以爲民極。乃立春官宗伯,使帥其屬而掌邦禮,以佐王和邦國。"③主要執掌"吉、凶、賓、軍、嘉"等五禮,而"秩序"正是"禮"最爲重要的内涵和追求。

第三,在《周禮》涉及"叙事"("序事")的六條材料中,有關"事"的内涵已呈現多樣化的特色。其中包括:事物(如陳列之樂器)、事情(如安排作樂之次序、檢查祭祀之工作)、事件(如災異吉凶之事)等。

二、作爲史學的"叙事"

《周禮》之後,"叙事"("序事")作爲一般用語的使用基本消失,代之而起的是"叙事"進入"文本"領域,用作"文本"寫作和評價的術語,這最初出現在

---

① (漢)鄭玄注,(唐)賈公彦疏:《周禮注疏·春官·馮相氏》,上海古籍出版社2010年版,第1007頁。
② (漢)鄭玄注,(唐)賈公彦疏:《周禮注疏·天官·小宰》,上海古籍出版社2010年版,第76頁。
③ (漢)鄭玄注,(唐)賈公彦疏:《周禮注疏·春官·大宗伯》,上海古籍出版社2010年版,第619頁。

史學領域,并伴生出"記事"、"紀事"等語詞。

"史"與"叙事"關係密切。"史"、"事"在《説文解字》中均隸"史部",《説文》云:"史,記事者也。"①可見"史"的最初含義即指史官,而其職責就是"記事"。當然,史官之職不限於"記事",劉知幾《史通·史官建置》云:"尋自古太史之職,雖以著述爲宗,而兼掌曆象、日月、陰陽、管數。"②王國維《釋史》云:"史爲掌書之官,自古爲要職。"③可見,記載史事、掌管天文和管理文獻是"史"("史官")的三重職能。而落實到"文本","史"既以"著述爲宗",則"記事"當然是其首務,故宋代真德秀直接將"叙事"之源頭引向"古史官",其云:

> 按叙事起于古史官,其體有二:有紀一代之始終者,《書》之《堯典》、《舜典》與《春秋》之經是也,後世本紀似之。有紀一事之始終者,《禹貢》、《武成》、《金滕》、《顧命》是也,後世志記之屬似之。又有紀一人之始終者,則先秦蓋未之有,而昉于漢司馬氏,後之碑誌事狀之屬似之。④

以"叙事"、"序事"與"記事"、"紀事"兩組語詞評價史著文本最早大多出現在漢代,"紀事"出現於《史記·秦本紀》:"十三年,初有史以紀事,民多化者。"⑤"叙事"見於揚雄《法言》:"文麗用寡,長卿也;多愛不忍,子長也。"注曰:"《史記》叙事,但美其長,不貶其短,故曰多愛。"⑥"記事"語出《漢書·藝文志》"小説家"注《青史子》:"古史官記事也。"⑦"序事"則見於《後漢書》:"若固之序事,不激詭,不抑抗,贍而不穢,詳而有體,使讀之者亹亹而不厭,信哉其能成名也。"⑧漢以來,"叙事"("序事")、"記事"("紀事")在史著文本中廣

---

① (清)段玉裁:《説文解字注》,上海古籍出版社1981年版,第116頁下欄。
② (唐)劉知幾著,(清)浦起龍通釋:《史通通釋·史官建制》,上海古籍出版社2009年版,第284頁。
③ 王國維:《觀堂集林》卷六《釋史》,謝維揚、房鑫亮主編:《王國維全集》第八卷,浙江教育出版社2009年版,第175頁。又:《周禮》:"府六人,史十有二人。"鄭注云:"史,掌書者。"見(漢)鄭玄注,(唐)賈公彥疏:《周禮注疏·天官·序官》,上海古籍出版社2010年版,第9頁。
④ 真德秀:《文章正宗·綱目》,元至正元年(1341)高仲文刻明修本。清代章學誠也有類似看法:"古文必推叙事,叙事實出史學。"見(清)章學誠著,倉修良編:《文史通義新編·上朱大司馬論文》,上海古籍出版社1993年版,第637頁。
⑤ (漢)司馬遷:《史記·秦本紀》,中華書局1982年版,第179頁。
⑥ (漢)揚雄撰,汪榮寶注疏,陳仲夫點校:《法言義疏》,中華書局1987年版,第507頁。
⑦ (漢)班固撰,(唐)顏師古注:《漢書》卷三十《藝文志》,中華書局1962年版,第1744頁。
⑧ (南朝宋)范曄撰,(唐)李賢等注:《後漢書》卷四十《班彪列傳》,中華書局1965年版,第1386頁。

爲運用,成爲史學批評的重要術語,且兩組四個語詞基本通用,未有太明顯之差別。①

"叙事"在史學中用分二途:一是作爲對史書和史家的評價術語,尤其針對史家。二是作爲史著寫作法則之術語。

作爲對史書和史家的評價術語,"叙事"是古代史學中判別一部史書或一個史家優劣的重要途徑和標準。劉知幾甚至認爲:"夫史之稱美者,以叙事爲先。"②故從"叙事"角度評價史書和史家者在中國古代不絶如縷,沈約《宋書》評王韶之《晉安帝陽秋》:"善叙事,辭論可觀,爲後代佳史。"③房玄齡等《晉書》評陳壽:"時人稱其善叙事,有良史之才。"④劉知幾《史通》謂:"夫識寶者稀,知音蓋寡。近有裴子野《宋略》、王劭《齊志》,此二家者,并長於叙事,無愧古人。"⑤評《左傳》:"蓋左氏爲書,叙事之最。"⑥《新唐書》評吳兢:"兢叙事簡核,號良史。"⑦可見,所謂"善叙事"、"長於叙事"是具備"良史之才"和成爲"良史"的重要條件和標尺。

作爲史著寫作法則之術語,古代史學中圍繞"叙事"而展開的討論主要涉及三個層面:"實錄"、"勸善懲惡"和叙事形式。

先看兩則引文:

> 司馬遷記事,不虛美,不隱惡。劉向、揚雄服其善叙事,有良史之才,謂之實錄。⑧
>
> 微而顯,志而晦,婉而成章,盡而不汙,懲惡而勸善,左氏釋經,有此

---

① 最爲典型者是唐代史學家劉知幾,其《史通》基本通用諸語詞作爲其史學評論的術語:如"《春秋》則傳以解經,《史》、《漢》則傳以釋紀。尋茲例草創,始自子長,而樸略猶存,區分未盡。如項王宜傳,而以本紀爲名,非惟羽之僭盜,不可同於天子;且推其序事,皆作傳言,求謂之紀,不可得也","觀丘明之記事也,當桓、文作霸,晉、楚更盟,則能飾彼词句,成其文雅。及王室大壞,事益縱横,則《春秋》美辭,幾乎翳矣。觀子長之叙事也,自周已往,言所不該,其文闊略,無復體統"。見(唐)劉知幾著,(清)浦起龍通釋:《史通通釋·列傳、叙事》,上海古籍出版社 2009 年版,第 41—42、154 頁。
② (唐)劉知幾著,(清)浦起龍通釋:《史通通釋·叙事》,上海古籍出版社 2009 年版,第 152 頁。
③ (梁)沈約:《宋書》卷六十《王韶之傳》,中華書局 1974 年版,第 1625 頁。
④ (唐)房玄齡等:《晉書》卷八十二《陳壽傳》,中華書局 1974 年版,第 2137 頁。
⑤ (唐)劉知幾著,(清)浦起龍通釋:《史通通釋·叙事》,上海古籍出版社 2009 年版,第 154 頁。
⑥ (唐)劉知幾著,(清)浦起龍通釋:《史通通釋·摸擬》,上海古籍出版社 2009 年版,第 206 頁。
⑦ (宋)歐陽修、宋祁等:《新唐書》卷一百三十二《吳兢傳》,中華書局 1975 年版,第 4529 頁。
⑧ (晉)陳壽撰,(宋)裴松之注:《三國志》卷十三《魏書·鍾繇華歆王朗傳》,中華書局 1959 年版,第 418 頁。

五體。其實左氏敘事,亦處處皆本此意。①

這兩則引文所涉及的內涵在史學敘事中至爲重要,是古代史學敘事的兩個重要原則,即:"書法不隱"的"實錄"和"勸善懲惡"的"史意"。

所謂"書法不隱"的"實錄"準則最早見於《左傳》,《左傳》宣公二年記載孔子針對晉國史官董狐所書"趙盾弒其君"一事評價道:"董狐,古之良史也,書法不隱。"②"書法不隱"即指史官據事直書的記事原則,這一準則被後世奉爲作史之圭臬,所謂"不虛美,不隱惡"、"文直而事核"的"實錄"境界,成爲中國古代史學敘事的一個重要標準。"勸善懲惡"的"史意"最早見於《左傳》對《春秋》一書的評價和《孟子》對《春秋》之"義"的揭示。《孟子·離婁下》:"王者之迹熄而《詩》亡,《詩》亡然後《春秋》作……其事則齊桓、晉文,其文則史。孔子曰:'其義則丘竊取之矣。'"③何謂"《春秋》之義"?《左傳·成公十四年》作了總結:"《春秋》之稱微而顯,志而晦,婉而成章,盡而不汙,懲惡而勸善,非聖人誰能修之。"④被後人稱之爲《春秋》"五志"。劉熙載謂:"其實左氏敘事,亦處處皆本此意。"可見,"勸善懲惡"的"史意"亦爲史家敘事的一個重要原則。

案"實錄無隱"與"勸善懲惡"貌雖異而實一致,"實錄無隱"是指秉筆直書,無所隱諱,所謂"南史抗節,表崔杼之罪;董狐書法,明趙盾之愆"⑤。故劉勰要求史家"辭宗丘明,直歸南、董"⑥。然南史、董狐之"實錄"乃最終系於政治道德評判,從而體現史家的"勸善懲惡"之旨,故"直筆"是"表","勸懲"是"實",所謂"實錄"是以"勸善懲惡"爲內在依據的,"勸善懲惡"是古代史家最崇高的理想和目的。

關於敘事形式,史學史上討論最爲詳備的是劉知幾,其《史通》單列《敘事》篇,專門探究史著的敘事形式,這是古代史學中一篇重要的敘事專論。細究劉知幾《史通》,關於敘事形式,有如下三點需要關注:

---

① (清)劉熙載著,袁津琥校注:《藝概注稿》,中華書局2009年版,第4頁。
② 楊伯峻編注:《春秋左傳注·宣公二年》,中華書局1990年版,第663頁。
③ (清)焦循撰,沈文倬點校:《孟子正義·離婁下》,中華書局1987年版,第572—574頁。
④ 楊伯峻編注:《春秋左傳注·成公十四年》,中華書局1990年版,第870頁。
⑤ (唐)令狐德棻等撰:《周書》卷三十八《柳虯傳》,中華書局1971年版,第681頁。
⑥ (南朝梁)劉勰撰,詹鍈義證:《文心雕龍義證·史傳》,上海古籍出版社1989年版,第620頁。

其一,《叙事》篇雖以"叙事"作爲篇名,但討論叙事形式之範圍并不寬廣,基本在叙事的語言修辭範疇。觀其論述之脈絡,此篇大致可分爲四段:開首以"夫史之稱美者,以叙事爲先"領起,以下則"區分類聚,定爲三篇",即以三個專題分論叙事問題。計分:"尚簡",闡釋"叙事之工者,以簡要爲主"的道理和實踐;"用晦",説明"省字約文,事溢於句外","一言而巨細咸該,片語而洪纖靡漏"的叙事"用晦之道";"戒妄",指出史著叙事"或虚加練飾,輕事雕彩;或體兼賦頌,詞類俳優"的弊端。① 故從語言修辭角度闡釋"叙事"是劉知幾《叙事》篇的基本脈絡,而綜觀《史通》,劉知幾將《叙事》與《言語》、《浮詞》三篇合爲一組,實有意旨相近、互爲參見之意。又:劉氏雖以"尚簡"、"用晦"、"戒妄"分别論述叙事法則,而其核心乃在於"簡要",故"簡要"是劉知幾《叙事》一篇之主腦。其對"簡要"之追求有時近乎嚴苛,"《漢書·張蒼傳》云:'年老,口中無齒。'蓋於此一句之内去'年'及'口中'可矣。夫此六文成句,而三字妄加"②。劉知幾以"簡要"爲叙事之綱符合中國古代史學之實際,縱觀歷來對史著叙事之評判,"簡要"之標準乃一以貫之,如《舊唐書·吴兢傳》:"叙事簡要,人用稱之。"③趙翼《廿二史劄記》評《金史》:"行文雅潔,叙事簡括。"④王鳴盛《十七史商榷》言:"史家叙事貴簡潔。"⑤《四庫全書總目提要》評《新安志》:"序事簡括不繁,(其序事)又自得立言之法。"⑥不一而足。

其二,《史通》論述史著叙事尚有《書事》一篇,探討史家"書事之體",可謂與《叙事》篇相表裏。浦起龍按:"《書事》與《叙事》篇各義。《叙事》以法言,《書事》以理斷。"⑦前句言"各義",確然;後句以"法言"、"理斷"區分,則非! 其實,《叙事》篇重在"叙",《書事》篇重在"事",兩篇融和,方爲"叙事"之合璧。該篇詳細論述了史家對所叙之"事"的要求及歷來史著在叙"事"方面之弊端。就所叙之"事"而言,分析了荀悦"五志":"達道義"、"彰法式"、"通古今"、"著功勳"、"表賢能"。干寶"釋五志":"體國經野之言則書之,用兵征

---

① (唐)劉知幾著,(清)浦起龍通釋:《史通通釋·叙事》,上海古籍出版社2009年版,第152—167頁。
② (唐)劉知幾著,(清)浦起龍通釋:《史通通釋·叙事》,上海古籍出版社2009年版,第158頁。
③ (後晉)劉昫等撰:《舊唐書》卷一百二《吴兢傳》,中華書局1975年版,第3182頁。
④ (清)趙翼著,王樹民校證:《廿二史劄記校證》卷三十一,中華書局2013年版,第721頁。
⑤ (清)王鳴盛著,黄曙輝點校:《十七史商榷》卷六十八,上海古籍出版社2013年版,第955頁。
⑥ (清)永瑢等:《四庫全書總目》,中華書局1965年版,第598頁。
⑦ (唐)劉知幾著,(清)浦起龍通釋:《史通通釋·書事》,上海古籍出版社2009年版,第217頁。

伐之權則書之,忠臣烈士孝子貞婦之節則書之,文誥專對之辭則書之,才力技藝殊異則書之。"再"廣以三科,用增前目","三科"謂:"敘沿革"、"明罪惡"、"旌怪異",即"禮儀用舍,節文升降則書之;君臣邪僻,國家喪亂則書之;幽明感應,禍福萌兆則書之"。認爲"以此三科,參諸五志,則史氏所載,庶幾無闕"。① 可見,在劉氏看來,所謂"事"者非獨"事件"之謂也,至少還包括"體國經野之言"、"文誥專對之辭"及"禮儀用舍,節文升降"的制度沿革。

其三,劉知幾雖然以專文論述"敘事",且從"尚簡"、"用晦"、"戒妄"三方面詳論敘事的特性,但其實,劉氏并不太爲看重敘事形式層面的内涵。嘗言:"夫史之敘事也,當辯而不華,質而不俚,其文直,其事核,若斯而已可也。必令同文舉之含異,等公幹之有逸,如子雲之含章,類長卿之飛藻,此乃綺揚繡合,雕章縟彩,欲稱實録,其可得乎?"②從其"若斯而已可也"、"欲稱實録,其可得乎"的語氣中不難看出其中所蘊含的價值趨向。在他看來,一部史書的成功與否主要取決於歷史本身,所謂:"言嫭者其史亦拙,事美者其書亦工。必時乏異聞,世無奇事,英雄不作,賢儁不生,區區碌碌,抑惟恒理,而責史臣顯其良直之體,申其微婉之才,蓋亦難矣。"③故在"敘事"之兩端——"事"與"文"的關係上,劉知幾是"事"、"文"兩分,且明顯地"重事輕文"。④

其實,在中國傳統史學中,不獨"事"、"文"兩分,更爲典型的是"義"、"事"、"文"三分,并將對"史意"的追求看成爲史家敘事之首務。清代章學誠《文史通義·言公》上篇云:"載筆之士,有志《春秋》之業,固將惟義之求,其事與文,所以藉爲存義之資也……作史貴知其意,非同於掌故,僅求事文之末也。"⑤在《申鄭》篇中又進而指出:"夫事即後世考據家之所尚也,文即後世詞章家之所重也。然夫子所取,不在彼而在此,則史家著述之道,豈可不求義意所歸乎!"⑥明確地以"求義意所歸"爲史學的最高目標。故在這種背景下,傳統史學對"敘事"的探究并不細密,所謂"敘事"的要求更多的落實於原

---

① (唐)劉知幾著,(清)浦起龍通釋:《史通通釋·書事》,上海古籍出版社 2009 年版,第 212—213 頁。
② (唐)劉知幾著,(清)浦起龍通釋:《史通通釋·鑒識》,上海古籍出版社 2009 年版,第 191 頁。
③ (唐)劉知幾著,(清)浦起龍通釋:《史通通釋·敘事》,上海古籍出版社 2009 年版,第 154 頁。
④ 章學誠也有類似看法:"敘事之文,作者之言也。爲文爲質,惟其所欲,期如其事而已矣。"(清)章學誠著,葉瑛校注:《文史通義校注》,中華書局 1985 年版,第 508 頁。
⑤ (清)章學誠著,葉瑛校注:《文史通義校注》,中華書局 1985 年版,第 171—172 頁。
⑥ (清)章學誠著,葉瑛校注:《文史通義校注》,中華書局 1985 年版,第 464 頁。

則層面,這便是:"實錄"、"勸善懲惡"和"簡要"。

三、作爲文學的"叙事"

在中國古代,"叙事"内涵最爲豐贍的是在文學領域,對"叙事"問題討論最多的也是在文學領域①,且完成了一個重要轉折——對叙事形式的重視。其中有幾個節點值得重視:

首先,據現有史料,在文學領域比較集中地談論"叙事"大概是在齊梁時期。② 以"叙事"評價各體文學者日趨豐富,"叙事"之指稱範圍也日益繁複,且在"辯體"過程中,逐漸凸顯了文學各體之叙事特性和風貌。先看引文:

> 傅毅所制,文體倫序;孝山、崔瑗,辨絜相參。觀其序事如傳,辭靡律調,固誄之才也。③

> 自後漢以來,碑碣雲起……其叙事也該而要,其綴采也雅而澤。清詞轉而不窮,巧義出而卓立。察其爲才,自然而至矣。④

> 建安哀辭,惟偉長差善,《行女》一篇,時有惻怛。及潘岳繼作,實鍾其美。觀其慮贍辭變,情洞悲苦,叙事如傳,結言摹詩,促節四言,鮮有緩句:故能義直而文婉,體舊而趣新。⑤

> 次則箴興於補闕,戒出於弼匡,論則析理精微,銘則序事清潤,美終則誄發,圖像則贊興。⑥

上述四則引文及其相關文獻蘊含兩個共性:突出叙事文體的特性,注重

---

① 此處所謂"文學"不取當今的純文學觀念,比較近似《文選》"事出於沉思,義歸乎翰藻"的文學觀念,亦與宋以來的文章概念相類似。
② (西晉)孫毓評《詩經·大雅·生民》:"《詩》之叙事,率以其次。既簸糠矣,而甫以踩,爲踩黍當先,踩乃得春,不得先春而後踩也。既踩即釋之氽之,是其次。"其中已出現"叙事",但尚不普遍,且從經學立論。引自(漢)毛亨傳,(漢)鄭玄箋,(唐)孔穎達疏,(唐)陸德明音釋:《毛詩注疏》,上海古籍出版社2013年版,第1546頁。
③ (南朝梁)劉勰撰,詹鍈義證:《文心雕龍義證·史傳》,上海古籍出版社1989年版,第431頁。
④ (南朝梁)劉勰撰,詹鍈義證:《文心雕龍義證·史傳》,上海古籍出版社1989年版,第450頁。
⑤ (南朝梁)劉勰撰,詹鍈義證:《文心雕龍義證·哀弔》,上海古籍出版社1989年版,第470—471頁。
⑥ (梁)蕭統編,(唐)李善注:《文選·序》,上海古籍出版社1986年版,第2頁。

叙事文體的形式。"誄"、"碑"、"哀"、"銘"均爲叙事文體,都體現了對某種事件的叙述,故以"叙事如傳"、"叙事也該而要"和"序事清潤"作描述性評價。而因各種文體之性質有不同,故又著重辨析其叙事個性,如"詳夫誄之爲制,蓋選言錄行,傳體而頌文,榮始而哀終","夫屬碑之體,資乎史才,其序則傳,其文則銘"。"哀"則因其對象"不在黄髮,必施夭昏"(指年幼而死者),故所叙之事件有其特殊性,"幼未成德,故譽止于察惠;弱不勝務,故悼加乎膚色"。其形式,則"情主於痛傷,而辭窮乎愛惜","必使情往會悲,文來引泣,乃其貴耳"。以"潤"概言"銘"之叙事特色,不獨蕭統,陸機《文賦》曰"銘博約而温潤"①,劉勰《文心雕龍·銘箴》曰"銘兼褒贊,故體貴弘潤"②。"清潤"、"温潤"、"弘潤"基本同義,均指因"銘兼褒贊"而在叙事上體現的特殊品格,既指涉所叙之事件的選擇,也兼及語言、風格等形式内涵。齊梁時期對於叙事文的重視及其文體辨析對後世影響深巨,實則開啓了後代暢論叙事文體的傳統。唐宋以降,隨著文體的不斷豐富和文章學的成熟,叙事文體及其理論辨析得到了空前的重視和發展。

　　此時期除直言"叙事"("序事")之外,蕭統《文選》在體制上還有一特異之處,亦體現"叙事"的獨特内涵,這就是"《文選》在録入獨立文體的作品時,一并'剪截'了史書所叙産生此作品之'事',稱之爲'序'"。如《文選》賦"郊祀類"録揚雄《甘泉賦》,其起首云:"孝成帝時,客有薦雄文似相如者。上方郊祀甘泉泰時、汾陰后土,以求繼嗣。召雄待詔承明之庭。正月,從上甘泉還,奏《甘泉賦》以風。"此段文字即從《漢書·揚雄傳》"剪截"而來,用於叙説《甘泉賦》産生之"事"。③ 在此,所謂"叙事"不過是陳説某種背景或緣起而已,而這種獨立的"序"對後世影響甚大,作家在文學創作尤其是抒情文體創作中加"序"在後代蔚然成風。這在宋詞創作中尤爲突出,宋詞小序,或鋪排背景,或陳述緣起,或介紹過程,或補足本事,或議論抒情,體現了"叙事"的多樣性。④

　　其次,大約從唐代開始,文學批評已將"叙事"作爲文學的一大脈流與

---

① (梁)蕭統編,(唐)李善注:《文選·陸機〈文賦〉》,上海古籍出版社1986年版,第766頁。
② (南朝梁)劉勰撰,詹鍈義證:《文心雕龍義證·銘箴》,上海古籍出版社1989年版,第420頁。
③ 參見胡大雷:《"左史記言,右史記事"與文體生成——關於叙事諸文體録入總集的討論》,《中山大學學報(社會科學版)》2015年第4期。
④ 參見趙曉嵐:《論宋詞小序》,《文學遺産》2002年第6期。

"緣情"并列。《隋書》云:"唐歌虞咏,商頌周雅,叙事緣情,紛綸相襲,自斯已降,其道彌繁。"①頗有意味的是,唐宋以來,素來被視爲"緣情"一脈的詩歌領域也不乏以"叙事"評判詩歌的史料,《文鏡秘府論》謂:"是故詩者,書身心之行李,序當時之憤氣。氣來不適,心事不達,或以刺上,或以化下,或以申心,或以序事,皆爲中心不决,衆不我知。由是言之,方識古人之本也。"②其中有兩個現象值得關注:

一是在詩歌創作中直接以"叙事"名題,這在唐詩中就十分普遍。《全唐詩》以"叙事"名題者不勝枚舉,如韓翃《家兄自山南罷歸獻詩叙事》、杜牧《奉送中丞姊夫儔自大理卿出鎮江西叙事書懷因成十二韻》、趙嘏《叙事獻同州侍御三首》、鄭谷《叙事感恩上狄右丞》、韋應物《張彭州前與緱氏馮少府各惠寄一篇多故未答張已云没因追哀叙事兼遠簡馮生》、方干《自縉雲赴郡溪流百里輕棹一發曾不崇朝叙事四韻寄獻段郎中》等。其内容豐富,或記事,或追憶,均以叙事遣懷爲其特性。而所謂"叙事"者,非謂叙述一段史實,一個故事,或表現一個人物之行狀,而是借某事(或"某人")爲事由,叙寫一個過程和一段情懷。試舉韋應物《張彭州前與緱氏馮少府各惠寄一篇多故未答張已云没因追哀叙事兼遠簡馮生》以證之,詩曰:

君昔掌文翰,西垣復石渠。朱衣乘白馬,輝光照里閭。
余時忝南省,接諫愧空虚。一別守兹郡,蹉跎歲再除。
長懷關河表,永日簡牘餘。郡中有方塘,涼閣對紅蕖。
金玉蒙遠貺,篇詠見吹嘘。未答平生意,已没九原居。
秋風吹寢門,長慟涕漣如。覆視緘中字,奄爲昔人書。
髮鬢已云白,交友日彫疏。馮生遠同恨,憔悴在田廬。③

詩中所叙與詩題契合,其叙寫之人物(韋應物、張彭州、馮少府)和事件(未答張馮之書函、張亡故、與馮天各一方),其實都是韋氏表達其情懷(憶往事、悼

---

① (唐)魏徵等:《隋書》卷三十五《經籍四》,中華書局 1973 年版,第 1090 頁。
② [日]遍照金剛:《文鏡秘府論·論文意》,人民文學出版社 1975 年版,第 132 頁。
③ (唐)韋應物:《張彭州前與緱氏馮少府各惠寄一篇多故未答張已云没因追哀叙事兼遠簡馮生》,見(清)彭定求等編:《全唐詩》卷一百九十一,中華書局 1960 年版,第 1967 頁。

亡友、歎憔悴)的事由。

二是宋代的詩學批評對"敘事"內涵的重視，并直接提出詩歌的"敘事體"等概念：

> 劉後村云：《木蘭詩》，唐人所作也。《樂府》中，惟此詩與《焦仲卿妻詩》作敘事體，有始有卒，雖辭多質俚，然有古意。①
>
> 蔡寬夫《詩話》云：子美詩善敘事，故號詩史。其律詩多至百韻，本末貫穿如一辭，前此蓋未有。②
>
> 《生民詩》是敘事詩，只得恁地。蓋是敘，那首尾要盡。③

此處所謂"敘事體"專指那些敘寫事件"有始有卒"、"本末貫穿"、"首尾要盡"的詩歌作品，故其"敘事"與上文所述迥然相異。

復次，在中國古代，文學創作喜用故實和典故，稱之爲"事類"。④ 摯虞《文章流別論》云："古詩之賦，以情義爲主，以事類爲佐。"⑤劉勰《文心雕龍·事類》謂："事類者，蓋文章之外，據事以類義，援古以證今者也。"⑥而由對"事類"的重視出現了許多專供藝文習用的"類書"，如《北堂書鈔》、《藝文類聚》、《初學記》等。在這些類書中，有專門對"事類"的解釋，這種解釋有時徑稱爲"敘事"，值得我們充分注意。"類書"在中國古代源遠流長，一般認爲，由魏文帝曹丕召集群儒編纂的《皇覽》乃類書之始祖，歷代編纂不輟，蔚爲大觀。"類書"之功能或臨時取給用便檢索，或儲材待用備文章之助，還能輯錄佚書，校勘古籍。"類書"之體例前後有異，大致而言，唐前類書，偏於類事，不重采文。歐陽詢《藝文類聚序》謂："前輩綴集，各抒其意。《流別》、《文選》，專取其文；《皇覽》、《遍略》，直書其事。文義既殊，尋檢難一。"《藝文類聚》乃

---

① (宋)蔡正孫：《詩林廣記》前集卷六，中華書局 1982 年版，第 121 頁。
② (宋)胡仔纂集，廖德明校點：《苕溪漁隱叢話》前集卷十八，人民文學出版社 1981 年版，第 119 頁。
③ (宋)黎靖德編，王星賢點校：《朱子語類》卷八十一，中華書局 1986 年版，第 2129 頁。
④ 一般而言，"事類"即指故實或典故，但劉勰《文心雕龍·事類》所述還包括引用前人或古書中的言辭。參見陸侃如、牟世金譯注：《文心雕龍譯注》(下)，齊魯社 1982 年版，第 220 頁。
⑤ 郭紹虞主編：《中國歷代文論選》(上)，中華書局 1962 年版，第 157 頁。
⑥ (南朝梁)劉勰撰，詹鍈義證：《文心雕龍義證·事類》，上海古籍出版社 1989 年版，第 1407 頁。

開創新局,取"事居其前,文列於後"之新例,使"覽者易爲功,作者資其用"。①《藝文類聚》先例一開,後起者仿效紛紛,"事""文"并舉遂成"類書"之常規,兼有"百科全書"與"資料彙編"之效。②

《初學記》乃唐玄宗李隆基命集賢學士徐堅等撰集,凡三十卷。體例祖述《藝文類聚》又有所推進,其每一子目均分"叙事"、"事對"和"詩文"三個部分,其中"事"、"文"并舉承續《藝文類聚》,"叙事"部分則更爲精細和條貫。胡道静評曰:"其他類書,只是把徵集的類事,逐條抄上,條與條之間,幾乎没有聯繫,因此僅僅是個資料匯輯的性質。《初學記》的'叙事'部分,雖然也徵集類事,然而經過一番組造,把類事連貫起來,成爲一篇文章。"③故《四庫全書總目》評其"叙事雖雜取群書,而次第若相連屬"④,誠非虛譽。試舉"文章"之"叙事"爲例:

文章者,孔子曰:焕乎其有文章。子貢曰:夫子之文章,可得而聞也。見《論語》。蓋詩言志,歌永言。見《尚書》。不歌而誦謂之賦。古者登高能賦,山川能祭,師旅能誓,喪紀能誄,作器能銘,則可以爲大夫矣。三代之後,篇什稍多。又訓誥宣于邦國,移檄陳于師旅,箋奏以申情理,箴誡用弼違邪,贊頌美於形容,碑銘彰於勳德,謚册襃其言行,哀弔悼其淪亡,章表通於下情,箋疏陳於宗敬,論議平其理,駁難考其差,此其略也。⑤

《初學記》之"叙事"在"叙事"這一術語的語義源流中有著頗爲特殊的内涵。其可注意者在兩個方面:一爲"事"的事物性,二爲"叙"的解釋性(陳列所釋"事"之成説以解釋之)。故簡言之,類書之所謂"事"者,非故事、事件之謂也,乃事物之謂也,而所謂"叙事"者,亦解釋事物之謂也。胡道静評曰:《初學記》"的'叙事'部分似劉宋顔延之和梁元帝蕭繹的《纂要》","因爲它們

---

① (唐)歐陽詢:《藝文類聚》,中華書局1965年版,第27頁。
② 胡道静:《中國古代的類書》,中華書局1982年版,第8頁。
③ 胡道静:《中國古代的類書》,中華書局1982年版,第96頁。
④ (清)永瑢等:《四庫全書總目》,中華書局1965年版,第1143頁。
⑤ (唐)徐堅:《初學記》卷二十一文部,中華書局1962年版,第511頁。

富於對事物的解釋性。《纂要》并不是類書,但和類書接近,《隋書·經籍志》著錄顏書於子部雜家類,和《博物志》《廣志》《博覽》《古今注》《珠叢》《物始》等書列在一起,蓋視爲解釋名物之書"。① 可謂切中肯綮。

第四,兩宋時期,文章總集勃興,不僅數量繁多,在文章收錄方面也頗多新意,其中叙事文的大量闌入即爲一大特色。"《文苑英華》"等宋人總集與《文選》相比,明顯多出傳、記二體",宋代"文章學内部越來越重視叙事性,叙事性文章也大爲增多"。② 而真德秀《文章正宗》將文章分爲"辭命"、"議論"、"叙事"、"詩賦"四大類,則標誌了以"叙事"作爲文類名稱的誕生,在"叙事"的語義流變史上具有重大意義。

《文章正宗》以"叙事"作爲文類③,體現了"叙事"的多樣性。全書"叙事"類共收錄文章 123 篇,包括《左傳》《史記》等史傳文章,以及碑誌、行狀、記、序、傳等文體,基本籠括了"叙事"的相關文體,可見"叙事"作爲文章之一大類的概念和意識已經確立。而細審其具體篇目,更可看出"叙事"的多重内涵,且不論《左傳》《史記》之文,碑誌、行狀之篇,那些重在議論的如韓愈《送李願歸盤谷序》,偏於寫景的如柳宗元《鈷鉧潭記》等,真德秀均一并收入,可見其對"叙事"認識的寬泛。尤可注意者,真德秀《文章正宗》以史入總集,消解了文章與史的區别,强化了史的"叙事文"性質。"史"入總集以兩宋爲始,而真德秀《文章正宗》更在觀念上加以確認,并在技術和體例上完成了"史"作爲"叙事文"的改造。胡大雷分析道:

> (《文章正宗》)解決了以往"記事之史,系年之書"不成"篇翰"的問題。……破《左傳》以"年"爲單位的記事而以"叙事"爲單位,篇題爲"叙某某本末",如第一篇《叙隱桓嫡庶本末》,或"叙某某",如《叙晉文始霸》。這些"叙事",或爲一年之中多種事的某一選錄,或爲一事跨兩年度的合一,如"左氏"《叙晉人殺厲公》就是把成公十七年和成公十八年事合在一起爲一篇。又其破《史記》以"人"爲單位的"記事",節錄爲以

---

① 胡道静:《中國古代的類書》,中華書局 1982 年版,第 94 頁。
② 吳承學:《中國古代文體學研究》,人民出版社 2011 年版,第 321 頁。
③ 胡大雷先生將真德秀《文章正宗》之"叙事"看成文體,此説或可商榷,其實以"文類"看待或許更爲準確,《文章正宗》分各種文體爲"辭命"、"議論"、"叙事"和"詩賦"四類,其中"叙事"即相關叙事文體的文章"類聚"。

"事"爲單位者,篇題爲"叙某某",如《叙項羽救鉅鹿》《叙劉項會鴻門》,雖然其亦有"某某傳",但却是拆《史記》合傳整篇而單録一人之傳者,如《屈原傳》,且删略了原文所録屈原的《懷沙之賦》以及篇末的"太史公曰",即"贊"體文字。總之,其"叙事"的構成是一事一篇,或一人一事一篇,其"叙事"作爲文體可謂以"篇翰"方式生成。①

還可值得重視的是,真德秀《文章正宗》雖"以明義理、切世用爲主"②,然亦以提供"作文之式"爲其目的,而這"作文之式"自然包括叙事之形式内涵,故"事文并舉"是真德秀在"叙事"領域的明顯追求,開啓了後世叙事文創作及其理論批評對叙事形式的重視。《綱目》云:"獨取左氏、《史》、《漢》叙事之尤可喜者,與後世記序傳志之典則簡嚴者,以爲作文之式。若夫有志于史筆者,自當深求《春秋》大義而參之以遷、固諸書,非此所能該也。"③可見,真德秀并不排斥叙事形式,叙事之"可喜"和"典則簡嚴"也是其選文的重要標準,尤其是"史",其所擇選者更是爲作文之用,而非"有志于史筆者","史"之文本遂成文章之軌範。宋明以來,史著之叙事尤其是《左傳》和《史記》成爲了各體文學共同的叙事典範和仿效對象,在日益繁盛的文章學中談論叙事文體和叙事法則更是成爲常規,而在這一格局的形成過程中,《文章正宗》可謂功莫大焉。

四、小説"叙事"的獨特内涵

宋以後,有關"叙事"的討論仍在繼續,但作爲一個概念術語,其思想内涵和論述思路在此前已基本奠定,"叙事"的語義源流實際構成了如下格局:一是關於史學的;二是關於文章的,涉及碑誌、行狀、記、序等諸叙事文體,亦包括文章化的"史著";三是關於詩的,有涉及抒情詩的,如詩中以"叙事"名

---

① 胡大雷:《"左史記言,右史記事"與文體生成——關於叙事諸文體録入總集的討論》,《中山大學學報(社會科學版)》2015年第4期。
② (宋)真德秀《文章正宗·綱目》謂:"正宗云者,以後世文辭之多變,欲學者識其源流之正也。……夫士之於學所以窮理而致用也,文雖學之一事,要亦不外乎此。故今所輯以明義理、切世用爲主,其體本乎古,其指近乎經者,然後取焉,否則辭雖工亦不録。"元至正元年(1341)高仲文刻明修本。
③ (宋)真德秀:《文章正宗·綱目》,元至正元年(1341)高仲文刻明修本。

題的詩,也有涉及"有始有卒"、"本末貫穿"的"叙事體"的;四是《初學記》中的"叙事",此雖不普遍,但其隱性影響不容忽視。① 檢索宋以後有關"叙事"的史料,此時期對"叙事"的討論正是接續了這一內涵和格局,但變化也是明顯的,而其中最爲重要的是小説成了"叙事"討論的中心文體,"叙事"的傳統內涵在小説中得以融合和發展。

比如在史學領域,"叙事"仍然作爲一個評價和寫作的術語加以使用,在大量的史學及目錄學著作中屢屢出現,其中"叙事"的基本內涵和原則未有太大改變,但也出現了不少有意味的變化。如"簡要"一直是史學叙事之不二標尺,此時期則略有異議,趙翼提出:"凡叙事,本紀宜略,列傳宜詳。"② 王鳴盛則提醒:"史家叙事貴簡潔,獨官銜之必不可削者,任意削之則失實。"③ 更有意思的是,對一向尊榮謹嚴的史家叙事,黃宗羲以有"風韻"來評價史著列傳:"叙事須有風韻,不可擔板。今人見此,遂以爲小説家伎倆。不觀《晉書》、《南北史》列傳,每寫一二無關係之事,使其人之精神生動,此頰上三毫也。史遷伯夷、孟子、屈、賈等傳,俱以風韻勝。"④ 這或許是宋以來史著"文章化"的結果。

文學領域亦然,文章學中談論叙事者日益深入和細密,并進一步凸顯了《左傳》、《史記》等經典作品的叙事典範性;詩歌領域中則仍然關注抒情詩中的"叙事"問題和"叙事體"詩的叙事特性。如茅坤在《唐宋八大家文鈔》中喜用"叙事"評價文章,稱"宋諸賢叙事,當以歐陽公爲最,何者?以其調自史遷出",而"蘇氏兄弟議論文章,自西漢以來當爲天仙,獨於叙事處不得太史公法門"。⑤ 盧文弨亦謂:"夫善叙事者,莫過於馬、班,要在舉其綱領,而於糾紛

---

① 《初學記》中的"叙事"強化"事"的事物性和"叙"的解釋性(陳列所釋"事"之成説以解釋之),將"叙事"視爲對於事物的解釋,這在古代"叙事"語義流變中是個特例。但其隱性影響值得重視,即唐以後雖然很少再這樣使用"叙事"一詞,但"叙事"的事物解釋性內涵已在具體的創作中得以體現,尤其在小説領域,如"博物性"是筆記體小説的重要特性,其成因或許與此相關,而近代以來對筆記體小説"博物性"的詬病乃囿於對"叙事"的狹隘理解。另外,白話小説家習慣於(且喜好)在章回小説中鋪陳事物,這在《金瓶梅》、《紅樓夢》、《鏡花緣》、《野叟曝言》等文人化程度較高的小説中表現得尤爲強烈。這種鋪陳事物或作叙述事件之延伸和補充,或僅爲"炫才",但濃重的"博物性"構成了這類小説的一個重要特性,也成爲了小説"叙事"的一個有機組成部分,或可稱之爲"博物叙事"。這是古代小説叙事的一個重要傳統,值得加以重視。限於篇幅和本文性質,筆者對此將另文專門申述,此不贅。
② (清)趙翼:《陔餘叢考》卷十三,中華書局1963年版,第238頁。
③ (清)王鳴盛著,黃曙輝點校:《十七史商榷》卷六十八,上海古籍出版社2013年版,第955頁。
④ (清)黃宗羲著,陳乃乾編:《黃梨洲文集·雜文類·論文管見》,中華書局1959年版,第481頁。
⑤ (明)茅坤編:《唐宋八大家文鈔》,上海古籍出版社1987年版,第14頁。

蟠錯之處，自無不條理秩如。"① 又如在詩歌領域，自唐詩中出現大量以"叙事"名題的作品後，所謂"抒情詩中的叙事"成爲了"叙事"語義場域中的一個獨特内涵，此内涵在宋以後的詩歌創作中得以延續，明清詩歌中以"叙事"名題者亦屢屢出現。如《秋夜得李叔賓書見慰叙事感懷》②、《退齋左轄招飲雲居古冲適轉右轄復招宗陽之燕即叙事和韻各一首》③、《宜晚社成長句叙事》④、《浙江試竣叙事抒懷六首》⑤、《與張芥航河帥叙事抒懷》⑥、《與内子瑞華叙事抒懷八章》⑦等，其"叙事"内涵與唐詩并無二致。⑧ 這些論述雖然在"叙事"語義的認識上殊少歧義，但也提出了不少有價值的新見，如劉熙載《藝概》對"叙事"的探討更爲細密："叙事有特叙，有類叙，有正叙，有帶叙，有實叙，有借叙，有詳叙，有約叙，有順叙，有倒叙，有連叙，有截叙，有預叙，有補叙，有跨叙，有插叙，有原叙，有推叙，種種不同。惟能綫索在手，則錯綜變化，惟吾所施。"⑨ 王夫之對詩歌"叙事"與"比興"的關係也有精彩認識，其評庾信《燕歌行》云："句句叙事，句句用興用比，比中生興，興外得比，宛轉相生，逢原皆給。"⑩ 而納蘭性德對咏史詩中"叙事"與"議論"關係的闡發更顯獨特："古人咏史，叙事無意，史也，非詩矣。唐人實勝古人，如'江流石不轉，遺恨失吞吴'、'武帝自知身不死，教修玉殿號長生'、'東風不假周郎便，銅雀春深鎖二喬'、'此日六軍同駐馬，當時七夕笑牽牛'，諸有意而不落議論，故佳。若落議論，史評也，非詩矣。宋已後多患此病。愚謂唐詩宗旨斷絶五百餘年，此亦一端。"⑪

此時期有關"叙事"的討論最值得關注的是小説領域。

---

① （清）盧文弨：《抱經堂文集》卷四《皇朝武功紀盛序》，商務印書館1937年版，第40頁。
② （明）彭堯諭：《西園前稿》卷之一，明刻本，第22頁b。
③ （明）邵經濟：《泉厓詩集》卷十，明嘉靖張景賢、王詢等刻本，第9頁a。
④ （明）朱樸：《西村詩集》卷上，清文淵閣四庫全書本，第36頁a。
⑤ （清）穆彰阿：《澄懷書屋詩抄》卷一，清道光刻本，第11頁a。
⑥ （清）穆彰阿：《澄懷書屋詩抄》卷三，第14頁a。
⑦ （清）湯鵬：《海秋詩集》卷二十，清道光十八年刻本，第10頁b。
⑧ 兹舉《與内子瑞華叙事抒懷八章》之一以概之："瘦影伶俜怯見秋，西風吹雨上簾鈎。手調藥裹元多病，面對菱花只解愁。雲滿一枝簪影活，天寒九月杵聲柔。流傳只有詩家婦，每誦秦徐句未休。"見（清）湯鵬：《海秋詩集》卷二十，清道光十八年刻本，第10頁b。
⑨ （清）劉熙載著，袁津琥校注：《藝概注稿》，中華書局2009年版，第190頁。
⑩ （清）王夫之：《古詩評選》卷一，上海古籍出版社2011年版，第68頁。
⑪ 康奉、李宏、張志主編：《納蘭成德集》卷十八《渌水亭雜識》，北京古籍出版社2006年版，第561頁。

以"叙事"評價小説和分析小説創作始於明代。在白話小説領域,較早以"叙事"("序事")評價作品的史料見於李開先《詞謔》:"《水滸傳》委曲詳盡,血脈貫通,《史記》而下,便是此書。且古來更無有一事而二十册者,倘以奸盜詐僞病之,不知序事之法,史學之妙者也。"①在文言小説領域較早出自謝肇淛《五雜俎》:"晉之《世説》,唐之《酉陽》,卓然爲諸家之冠,其叙事文采足見一代典刑,非徒備遺忘而已也。"②胡應麟《少室山房筆叢》則同時以"叙事"評價文言和白話小説,如評《夷堅志》"其叙事當亦可喜"③,評《水滸傳》"述情叙事,針工密緻"④,都把"叙事"看成爲評價小説的重要徑路。而其興盛則始於小説評點,小説評點在晚明興起,其因繁多,但明代以來文章學的影響不容忽視,文章學重視文法,小説評點接續之,以叙事文法爲主體,實際開創了小説批評之新路。"容本"和"袁本"《水滸傳》評點是其開端,"容本"回評:"這回文字没身分,叙事處亦欠變化,且重復可厭,不濟,不濟。"⑤而"袁本"是小説評點史上較早歸納小説文法的批評著作,其提出的諸如"叙事養題"、"逆法"、"離法"等可視爲小説評點史上文法總結之開端。以後相沿成習,對於小説叙事的評價和文法總結在小説評點中蔚然成風,并逐漸延伸至文言小説領域。有意味的是,小説家們也常常用"叙事"一詞穿插其創作之中,兹舉幾例:

　　説話的,你以前叙事都叙得入情,獨有這句説話講脱節了。⑥
　　這也是天霸見第二人來,滿想"一箭射雙雕",因又祭上一鏢,不意智明躲得快,不曾打中,只在肩頭上擦了一下,依舊被他逃走。這就是智亮被擒,施公免禍的原委。若不補説明白,看官又道小子叙事不清了,閑話休提。⑦

---

① (明)李開先著,卜鍵箋校:《李開先全集·詞謔》,文化藝術出版社2004年版,第1276頁。
② (明)謝肇淛:《五雜俎》,上海書店出版社2001年版,第264頁。
③ (明)胡應麟:《少室山房筆叢·九流緒論下》,中華書局1958年版,第379頁。
④ (明)胡應麟:《少室山房筆叢·莊嶽委談下》,中華書局1958年版,第572頁。
⑤ 《容與堂李卓吾先生批評忠義水滸傳》,上海人民出版社1975年版,第543頁。
⑥ (清)李漁著,李聰慧點校:《十二樓》,《拂雲樓》第二回,中華書局2004年版,第102頁。
⑦ 佚名:《施公案》第440回,北京燕山出版社1996年版,第1490頁。

晚明以來，對於"叙事"的理論探討主要集中在兩個時段，各針對兩部作品。一是明末清初，金聖歎於崇禎年間完成《水滸傳》評點，對小説"叙事"問題作出了深入解析，其以叙事爲視角、以總結文法爲主體的評點方式和思路在小説評點史上產生了深遠影響。清初毛氏父子評點《三國演義》，"仿聖歎筆意爲之"，直接繼承了金聖歎評點《水滸傳》的傳統，在《三國演義》的評點中廣泛探討了小説的叙事問題，提出了諸多有價值的見解。金聖歎、毛氏父子的評點傳統以後在張竹坡、脂硯齋等小説評點中得以延續，形成了小説史上談論"叙事"問題的一脈綫索。二是清代乾隆以來，隨著《聊齋志異》的風行和《閱微草堂筆記》的問世，紀昀提出"小説既述見聞，即屬叙事"的命題①，批評《聊齋志異》的叙事特性，由此引發對筆記體小説"叙事"問題的爭執和討論。這一場討論由紀昀發端，其門下盛時彥鼓動，而以嘉慶年間馮鎮巒評點《聊齋志異》對紀昀的反批評作結。而其中對於"叙事"問題討論最爲深入，在"叙事"語義流變中最值得重視的是金聖歎和紀昀的相關論述。

金聖歎對"叙事"問題的貢獻主要在三個方面：一是明確認定"叙事"是小説的本質屬性，他稱小説爲"文章"其實就是指"叙事文"，故其評點就是從"叙事"角度批讀《水滸傳》、評價《水滸傳》，而其所謂"叙事"即指"叙述事件或故事"；二是在《水滸傳》評點中總結了大量的叙事法則，諸如"倒插法"、"夾叙法"、"草蛇灰綫法"、"背面鋪粉法"等，歸納總結的叙事法則在古代小説史上可謂最爲詳備；三是在"事"、"文"二分的前提下，明顯表現出"重文輕事"的傾向。② 在金聖歎看來，小説創作"無非爲文計不爲事計也，但使吾之文得成絶世奇文，斯吾之文傳而事傳矣"③。因此，小説之叙事應專注於"文"，務必寫出"絶世奇文"，故在"事"與"文"的關係上，金聖歎明顯地傾向於後者，而小説叙事之本質即在於寫出一篇有"故事"的絶世奇文。金聖歎的上述觀點或許有所偏頗，但在叙事理論史上是有其獨特價值的，從劉知幾

---

① （清）盛時彥：《〈姑妄聽之〉跋》，見（清）紀昀：《閱微草堂筆記》，上海古籍出版社1980年版，第472頁。
② 參見高小康：《中國古代叙事觀念與意識形態》之《金聖歎與叙事作品評點》，北京大學出版社2005年版。
③ （明）施耐庵著，（清）金聖歎批改：《第五才子書水滸傳》第二十八回回評，上海古籍出版社1994年版，第1560頁。

的"重事輕文",到真德秀的"事文并舉",再到金聖歎的"重文輕事",叙事形式日益受到了重視;而就古代小說史而言,這種觀點也合轍於明末清初文人對通俗小說叙事形式的改造,甚至可視爲這一"改造"行爲的理論綱領,故而這也是古代通俗小說文人化進程中的重要一環。

紀昀有關"叙事"的論述緣於對《聊齋志異》的批評,語出其門下盛時彦的《姑妄聽之跋》,在其中由盛時彦轉述的一段文字中,集中體現了紀昀對小說"叙事"的認識。首先,紀昀所謂"小說"是指筆記體小說,與"傳記"(即"傳奇")相對,認爲"小說"有其自身的文體規範,與"傳記"在表現内涵(即"事")方面并無嚴格的區分,其區别之關鍵在於"叙事"。其次,紀昀提出了小說"叙事"的特性:"小說既述見聞,即屬叙事,不比戲場關目,隨意裝點。"①"述見聞",明確了小說的表現内涵在於記録見聞;而觀"既述見聞,即屬叙事"之語序,尤其是"既述"、"即屬"之關聯詞,則"叙事"似有特指。此"叙事"何指?紀昀并未明説,實則即是古代延續長久的筆記體小說的叙事傳統,其特性即爲上句之"述見聞"和下句之"不比戲場關目,隨意裝點"。故簡言之,在紀昀看來,所謂筆記體小說之"叙事"即爲"不作點染的記録見聞"。并以此爲準繩,對《聊齋志異》作出了批評,認爲其"隨意裝點"違背了筆記體小說"述見聞"的叙事本質:"今燕昵之詞、媟狎之態,細微曲折,摹繪如生。使出自言,似無此理;使出作者代言,則何從而聞見之?"②紀昀對小說叙事的認識有其合理性,他實際所做的是對小說(筆記體小說)叙事傳統的"捍衛"和正統地位的確認,以反撥唐代以來"古意全失"③的傳奇(傳記)對筆記體小說叙事的"侵蝕"。

五、古代小說的叙事傳統

至此,對於古代範疇的"叙事"的歷史梳理和理論辨析大致可以告一段

---

① (清)盛時彦:《〈姑妄聽之〉跋》,見(清)紀昀:《閱微草堂筆記》,上海古籍出版社 1980 年版,第 472 頁。

② (清)盛時彦:《〈姑妄聽之〉跋》,見(清)紀昀:《閱微草堂筆記》,上海古籍出版社 1980 年版,第 472 頁。

③ 浦江清云:"現代人説唐人開始有真正的小說,其實是小說到了唐人傳奇,在體裁和宗旨兩方面,古意全失。"參見浦江清:《論小說》,《浦江清文録》,人民文學出版社 1958 年版,第 186 頁。

落。而在上述梳理和辨析的基礎上,我們擬對古代小説的叙事傳統作出簡要的描述,以作本文之歸結。所謂"古代小説的叙事傳統"有兩個含義,從外部而言,是指古代小説所接續的是怎樣的叙事傳統;而就内部來看,則指古代小説形成了怎樣的叙事傳統。中國古代小説大致可以分爲"筆記體"、"傳奇體"、"話本體"和"章回體"四大文體,而檢索古代小説史料,有關"叙事"的討論很少關注"傳奇體"和"話本體"小説,主要涉及的是"筆記"和"章回"兩種小説文體,故以下的討論主要涉及以"章回體"爲代表的白話小説和以"筆記體"爲代表的文言小説。又,古代小説的叙事傳統是一個極大的論題,非本文所能涵蓋,學界對此也論述頗多,毋庸重複,故本文僅就與"叙事"史料相關的問題作一簡要梳理。

　　筆記體小説的叙事傳統頗爲明晰,從叙事的精神層面而言,筆記體小説接過了史學的叙事傳統,即"實録"、"勸善懲惡"和"簡要"的叙事原則,但又有所變異。如"實録"在筆記體小説多表現爲"據見聞實録"的記述姿態,這些耳聞目睹的傳聞,雖不免虛妄,但只要"據見聞",即屬"實録"。《國史補》自序:"因見聞而備故實。"①洪邁《夷堅乙志序》:"若予是書,遠不過一甲子,耳目相接,皆表表有據依者。"②均表明了記録見聞的寫作態度,故筆記體小説之"實録"在於叙述過程的真實可靠與否,而不在於事件本身之真實。又如"勸善懲惡"亦爲筆記體小説之叙事宗旨,但又不拘於此,曾慥《類説序》:"可以資治體,助名教,供談笑,廣見聞。"③《四庫全書總目》"小説家叙":"中間誣謾失真,妖妄熒聽者,固爲不少,然寓勸戒、廣見聞、資考證者,亦錯出其中。"④而"簡要"的要求則與史學一脈相承,叙事"簡要"、"簡潔"、"簡净"的評語在筆記體小説的評論中隨處可見。就叙事範圍層面來看,筆記體小説可謂容納了"叙事"語義幾乎所有的内涵,記録故事、陳説見聞、叙述雜事,乃至綴輯瑣語、解釋名物均爲筆記體小説的叙事範圍,形成了筆記體小説無所不包的叙事特性,故"叙事的多樣性"是筆記體小説叙事的重要特性和傳統。清劉廷璣《在園雜志》謂:"自漢、魏、晉、唐、宋、元、明以來,不下數百家,皆文

---

① (唐) 李肇:《唐國史補·序》,中華書局1991年版,第1頁。
② (宋) 洪邁:《夷堅志·夷堅乙志序》,中華書局1981年版,第185頁。
③ (宋) 曾慥:《類説序》,(宋) 曾慥編纂,王汝濤校注:《類説校注》,福建人民出版社1996年版,第1頁。
④ (清) 永瑢等:《四庫全書總目》,中華書局1965年版,第1182頁。

辭典雅,有紀其各代之帝略官制,朝政宮幃,上而天文,下而輿土,人物歲時,禽魚花卉,邊塞外國,釋道神鬼,仙妖怪異,或合或分,或詳或略,或列傳,或行紀,或舉大綱,或陳瑣細,或短章數語,或連篇成帙,用佐正史之未備,統曰'歷朝小說'。讀之可以索幽隱,考正誤,助詞藻之麗華,資談鋒之銳利,更可以暢行文之奇正,而得敘事之法焉。"①劉氏以"得敘事之法"作爲筆記體小說的功能之一,而所謂"敘事之法"包括上述"或列傳,或行紀,或舉大綱,或陳瑣細,或短章數語,或連篇成帙"的所有内涵,可謂深得筆記體小說敘事之奧秘。今人治小說者,以"敘事"劃定筆記體小說之疆域,又囿於對"敘事"内涵的狹隘理解,對筆記體小說的"雜"多有貶斥,殊不知筆記體小說的"雜"正是其"敘事"多樣性的自然結果。

　　學界論及章回小說的敘事傳統,一般都以"史"和"説話"爲觀照視角,認爲章回小說接續了"史"和"説話"的敘事傳統并形成了以"史"和"説話"爲根柢的敘事特性。此説在學界頗爲流行,亦無異議,是確然不易之論。但細審之,實際還有可議之處,一者,史著例分"編年"、"紀傳"二體,而章回小說除歷史演義尤其是"按鑑演義"一脈在敘事體例上承續編年之外,一般都與編年體史書無關,然《左傳》又向來被看成"小說之祖",其何以影響章回小說之創作? 其説不明。二者,將"説話"視爲章回小說之源起有三個因素:章回小說起源於"講史"、"説話"體制的延續、敘事方式上的説話人"聲口"。此三個因素亦確然無疑,深深影響了章回小說敘事特性的生成。然細考之,亦有説焉,"説話"誠然是影響章回小說敘事的重要因素,"説話"之"遺存"也固然無處不在,但縱觀章回小說的發展史,"去説話化"却是章回小說發展中一個不容忽視的重要現象。可以説,章回小說敘事的成熟過程正是與"去説話化"的過程相重合的。晚明以來,文人對章回小說的改造大多是以去除章回小說的説話"遺存"爲首務,這其中當然也包括敘事形式。而到了清代《紅樓夢》、《儒林外史》等小說的崛起,所謂"説話"已不再是小說敘事的主流特徵,故"説話"對章回小說的影響主要是外在的"敘事體制"。"史"影響章回小說敘事也確乎無可非議,但不是原汁原味的"史",而是經過"改造"的"史"。上文説過,南宋以來的文章總集大量選入史著文本,包括以"事"爲核心的編年

―――――
① (清)劉廷璣撰,張守謙校點:《在園雜志》,中華書局2005年版,第83頁。

體和以"人"爲核心的紀傳體,其中以《左傳》和《史記》最得青睞,史著文本遂得"改造",包括觀念上的"文章化"和操作上的"節錄",其目的在於作文之用,而其核心即爲展示事件叙述和人物紀傳的種種"文法"。這一觀念爲小説評點者所繼承,并付諸實踐。晚明以來文人對章回小説改造的另一重要工作就是以史著之文章標準批改小説,一方面他們把章回小説也稱之爲"文章",與史著文本一樣看待,又把章回小説之叙事與史著相比附,更以史著叙事文法之精神改造章回小説。而這一過程正是章回小説叙事走向成熟的關捩:弱化"説話"的叙事體制,强化文章化的"史著"叙事,并由此劃出了章回小説叙事的新階段。故"史"影響章回小説叙事最爲重要的是宋以來史著的"文章化"。

　　以上我們對"叙事"的語義源流作了比較詳盡的梳理,也涉及相關叙事文本和叙事理論。通過梳理和辨析,我們大致可以得出如下結論:一、"叙事"在《周禮》中是作爲一般用語加以使用的,自史學用爲專門術語後,"叙事"的這一用法已基本消失。但《周禮》中"叙事"的精神内核已融入了作爲史學和文學專用術語的基本内涵之中,如"叙事"的"秩序性"、"時空性"和"事"的多義性等都是後來討論"叙事"的重要内涵,尤其在文學領域。故《周禮》的"叙事"與史學、文學之"叙事"在精神内核上乃一脈相承。二、"叙事"在史學和文學領域呈"分流"而又"融和"之勢,"分流"者,畢竟史學和文學分屬不同領域,其差異顯而易見;"融和"者,一源於文學中碑誌、行狀、記、序等諸體乃史之餘緒,與史有千絲萬縷的關係,二緣於自《文選》以來的"史"入文章,尤其是《文章正宗》的"史"、"文"一體。"叙事"在文學領域的内涵最爲豐富,尤其在小説的批評和創作領域。三、"叙事"内涵絕非單一的"講故事"可以涵蓋,這種豐富性既得自"事"的多義性,也來自"叙"的多樣化。就"事"而言,有"事物"、"事件"、"事情"、"事由"、"事類"、"故事"等多種内涵;而"叙"也包含"記録"、"叙述"、"解釋"(陳列所釋"事"之成説以解釋之)等多重理解。對"叙事"的狹隘理解是20世紀以來形成的,并不符合"叙事"的傳統内涵,與"叙事"背後藴含的文本和思想更是相差甚遠。尤其在對中國古代小説的認識上,"叙事"理解的狹隘直接導致了認識的偏差,這在筆記體小説的研究中表現尤爲明顯。四、"叙事"語義的古今差異可謂大矣,故"叙事"與

"narrative"的對譯實際"遮蔽"了"叙事"的豐富内涵①,而厘清"叙事"的古今差異正是爲了更好地把握中國古代文學尤其是古代小説的自身特性。

(原文載《文學遺産》2018 年第 3 期)

---

① 周建渝先生認爲:"這一概念(指《周禮》中的"叙事"——引者)的原有涵義,可釋作'按照一定順序叙述事務、事件或事情。'此一涵義,與西方現代叙事學語境中 narrating 或 narrative 有相通之處。英文 narrating 一詞,意指一個或數個事件的講述或關連……至於 narrative 一詞,亦即'通過叙述者呈現的一個或數個真實或虛構事件之目標與行爲,結果與過程……'比較文學界或中文學界將英文 narrating 或 narrative 譯作'叙事'或'叙事文',當已看到兩者間相通之處,儘管兩者内涵與外延并非完全相同,甚至差異很大,例如西方叙事學論叙事,關注叙事人的作用、叙事模式等更爲廣泛的問題,中國傳統文獻論叙事,則更多地視之爲文法(或筆法)。"(見周建渝《"叙事"概念在史傳與文學批評中的運用》,李貞慧主編:《中國叙事學——歷史叙事詩文》,第 69 頁。)所論頗多啓發,但仍可商榷。按照一定順序叙述事務、事件或事情,這是"叙事"在中國古代的基本涵義,然據上文考訂,"叙事"之義涵遠遠超出此範圍,將 narrating 或 naraative 與"叙事"對譯,僅截取了兩者在此義涵上的"相通之處",而忽略了"叙事"在中國古代的豐富性以及這種豐富性在創作中的實際表現。故這種對譯實際"遮蔽"了"叙事"在古代的豐富内涵,不利於揭示中國古代文學尤其是古代小説的獨特性質。且《周禮》中的"叙事"也尚無明確的"按照一定順序叙述事務、事件或事情"的内涵,其對《周禮》"叙事"的理解或難免有"narrative"的先入之見。

"小説"考

"小説"一辭歧義叢生,乃古代文學文體術語中指稱範圍最爲複雜者之一。清人劉廷璣即感歎:"小説之名雖同,而古今之別,則相去天淵。"① 今人對"小説"一辭的析解或以今義爲准,以今律古;或以古義爲准,以古律古;或古今義折中。論述甚夥,歧異亦繁,尚有進一步探討梳理之必要。我們擬順循"小説"一辭指稱對象之變更於縱橫兩端梳理"小説"内涵之演變,既揭示其歷時發展演變之迹,又展示其共時交錯并存之現象,力求將"小説"一辭回歸其原有的歷史文化語境,而作原原本本的清理。

一、"小説"是"小道"

"小説"是無關於政教的"小道"。此爲先秦兩漢時期確立的最早的"小説"觀,對後世影響深遠。

"小説"一辭最早作爲社會一般用語見諸於先秦諸子,《莊子·外物》謂:"夫揭竿累,趨灌瀆,守鯢鮒,其於得大魚難矣,飾小説以干縣令,其於大達亦遠矣。""飾小説以干縣令,其於大達亦遠矣",意爲"粉飾淺識小語以求高名,那和明達大智的距離就很遠了"。② 此處之"小説"指與"明達大智"相對舉的"淺識小語",亦即淺薄之論。《荀子·正名》亦謂:"故知者論道而已矣,小家珍説之所願皆衰矣。"③ "小家珍説"即"小説","知者",智也。"小家珍説"亦指與"知者論道"相對的淺薄之言。可見"小説"一辭產生於諸子論争中,是

---

① (清)劉廷璣:《在園雜志》,中華書局2005年版,第82—83頁。
② 陳鼓應:《莊子今注今譯》,中華書局1983年版,第707—708頁。
③ (清)王先謙撰,沈嘯寰、王星賢點校:《荀子集解》,中華書局1988年版,第429頁。

其互相駁難、貶低對方之鄙稱,泛指與智者所言高深之理相對應的淺薄之論。①

"小説"明確作爲文類概念較早見於班固《漢書·藝文志》"諸子略"之"小説家"。《莊子·天下篇》、《淮南子·要略篇》、《史記·太史公自序》引司馬談《論六家要旨》劃分諸子派別,均無"小説家"之稱。學界通常認爲,"小説家"應爲劉歆、班固增入。《漢志》以"辨章學術,考鏡源流"爲原則,對衆典籍進行分類。"小説"歸於"諸子略",表明它與諸子著作性質相似或相近,基本可做子書看待。而諸子之作大多爲闡明某種道理的"入道見志之書"②,小説家在文類性質上也應基本與之相似,主要爲論説性文字。《漢志》"小説家"小序稱:"小説家者流,蓋出於稗官,街談巷語,道聽塗説者之所造也。孔子曰:'雖小道,必有可觀者焉!致遠恐泥,是以君子弗爲也。'然亦弗滅也。閭里小知者之所及,亦使綴而不忘。如或一言可采,此亦芻蕘狂夫之議也。"③"街談巷語,道聽塗説者之所造"、"閭里小知者之所及",均指此類作品爲社會下層之"小知者"所作。"小道"、"芻蕘狂夫之議"則指此類作品談論的爲淺薄之道理。而所謂"小道",是與諸子九家相對而言。《諸子略序》云:"諸子十家,其可觀者九家而已……《易》曰:'天下同歸而殊塗,一致而百慮。'今異家者,各推所長,窮知究慮,以明其指。雖有蔽短,合其要歸,亦《六經》之支與流裔。"④諸子九家爲"《六經》之支與流裔",談論的是治國平天下、有關政教的"大道",而"小説家"則僅爲於"治身理家,有可觀之辭"的"小道"。可見,《漢志》"小説家"的内涵實際上與先秦"小説"一辭一脈相承,指與諸子相似,主要是記載社會下層人士談説某些淺薄道理的論説性著作。《漢志》著録之"小説十五家,千三百八十篇"與上述内涵界定基本一致。如《伊尹説》"其語淺薄,似依托也",《黄帝説》"迂誕依托",《師曠》"見《春秋》,其言淺薄,本與此同,似因托之"。⑤《封禪方説》、《虞初周説》、《待詔臣安成

---

① 《論語·子張》:"子夏曰:'雖小道,必有可觀者焉;致遠恐泥,是以君子不爲也。'"楊伯峻:《論語譯注》,中華書局1980年版,第200頁。
② (南朝梁)劉勰撰,詹鍈義證:《文心雕龍義證·諸子》,上海古籍出版社1989年版,第622頁。
③ (漢)班固撰,(唐)顔師古注:《漢書》卷三十《藝文志》,中華書局1962年版,第1745頁。
④ (漢)班固撰,(唐)顔師古注:《漢書》卷三十《藝文志》,中華書局1962年版,第1746頁。
⑤ 具體論證參見王慶華:《論〈漢書·藝文志〉小説家》,《内蒙古社會科學(漢文版)》,2001年第6期。

未央術》、《待召臣饒心術》則多爲方士的"機祥小術"。① 故明胡應麟謂:"漢《藝文志》所謂小説,雖曰街談巷語,實與後世博物、志怪等書迥別,蓋亦雜家者流,稍錯以事耳。"②《漢志》對"小説家"的界定應反映當時比較普遍的一種認識,如張衡《西京賦》:"匪爲翫好,乃有祕書。小説九百,本自虞初。"③桓譚《新論》:"若其小説家合叢殘小語,近取譬論,以作短書,治身理家,有可觀之辭。"④"小説"一辭從先秦的社會普通用語到漢代的文類概念,應主要源於文獻整理過程中文類指稱的需要。"諸子略"對文類的劃分主要以各家不同的思想主旨取向來確定,但對無關政教的"小道"之作却無類可歸,故借用"小説"指稱此類著作。⑤

先秦兩漢時期奠定之"小説"義界在後世廣爲延續,影響深廣。魏晉南北朝時期,"小説"一辭亦或指稱"小道",或指稱論説"小道"的著作。如徐幹《中論·務本》:"夫詳於小事而察於近物者,謂耳聽乎絲竹歌謠之和,目視乎雕琢采色之章,口給乎辯慧切對之辭,心通乎短言小説之文,手習乎射御書數之巧,體鶩乎俯仰折旋之容。"⑥《宋書》卷六十二《王微傳》引王微《報廬江何偃書》:"小兒時尤粗笨無好,常從博士讀小小章句,竟無可得,口吃不能劇讀,遂絶意於尋求。至二十左右,方復就觀小説,往來者見床頭有數帙書,便言學問,試就檢,當何有哉。"⑦《南齊書》卷五十二《文學·丘巨源傳》載丘巨源致尚書令袁粲的書信:"議者必云筆記賤伎,非殺活所待;開勸小説,非否判所寄。"⑧劉勰《文心雕龍·諧隱》:"然文辭之有諧隱,譬九流之有小説。蓋

---

① 余嘉錫稱:"向、歆校書,遠在張道陵、于吉之前,道教未興,惟有方士,雖亦托始於黃帝,未嘗自名爲道者。而方士之中,又復術業不一,其流甚繁。向、歆部次群書,以其論陰陽五行變化終始之理者入陰陽家,采補導引服餌之術,則分爲房中神仙二家,而於一切占驗推步禳解卜相之書,皆歸之《數術略》。惟《封禪方説》、《未央術》、《虞初周説》等書,雖亦出於方士,而巫祝雜陳,不名一格,幾於無類可歸,以其爲機祥小術,閭里所傳,等於道聽塗説,故人之小説家。"見余嘉錫:《小説家出於稗官説》,《余嘉錫論學雜著》上册,中華書局 1963 年版,第 278 頁。
② (明)胡應麟:《少室山房筆叢·九流緒論下》,中華書局 1958 年版,第 371 頁。
③ (梁)蕭統編,(唐)李善注:《文選·張衡〈西京賦〉》,上海古籍出版社 1986 年版,第 68 頁。
④ 引自《文選·江淹〈雜體詩·李都尉陵〉》李善注,見(梁)蕭統編,(唐)李善注:《文選·江淹〈雜體詩〉》,上海古籍出版社 1986 年版,第 1453 頁。
⑤ 當然,《漢志》所録"小説"也具有相應的"史"的特徵與功能。如《周考》後注"考周事也",《青史子》後注"古史官記事也",但從"小説"歸於"諸子略"的書籍分類而言當以論説性爲主體,參見譚帆等:《中國古代小説文體文法術語考釋·"稗史"考》,上海古籍出版社 2013 年版,第 228—238 頁。
⑥ (漢)徐幹:《中論》,遼寧教育出版社 2001 年版,第 37 頁。
⑦ (梁)沈約:《宋書》卷六十二《王微傳》,中華書局 1974 年版,第 1669 頁。
⑧ (梁)蕭子顯:《南齊書》卷五十二《文學·丘巨源傳》,中華書局 1972 年版,894 頁。

稗官所采，以廣視聽。"①均指這一内涵。

隋唐以來，一方面"小説"指稱"小道"或指稱論説"小道"的著作的用法依然被使用，如《全唐文》卷六百七十一白居易《黜子書》："臣聞仲尼没而微言絶，七十子喪而大義乖，大義乖則小説興，微言絶則異端起，於是乎歧分派别，而百氏之書作焉……斯所謂排小説而扶大義，斥異端而闡微言，辨惑嚮方、化人成俗之要也。"②《全唐文》卷八百一陸龜蒙《蟹志》："今之學者，始得百家小説，而不知孟軻、荀、楊氏之道。或知之，又不汲汲於聖人之言，求大中之要，何也？百家小説，沮洳也。孟軻、荀、楊氏，聖人之瀆也。六籍者，聖人之海也。苟不能捨沮洳而求瀆，由瀆而至於海，是人之智反出水蟲下，能不悲夫？"③《王安石全集》卷七十三《答曾子固書》："故某自百家諸子之書，至於《難經》、《素問》、《本草》諸小説，無所不讀。農夫女工，無所不問。"④另一方面，在公私書目著録過程中，《漢志》之義界使"小説"成爲範圍非常寬泛的概念，成了容納無類可歸的"小道"、"小術"之作的淵藪。《隋志》"小説家叙"稱：

> 小説者，街説巷語之説也。《傳》載輿人之誦，《詩》美詢于芻蕘。古者聖人在上，史爲書，瞽爲詩，工誦箴諫，大夫規誨，士傳言而庶人謗。孟春，徇木鐸以求歌謡，巡省觀人詩，以知風俗。過則正之，失則改之，道聽塗説，靡不畢紀。《周官》誦訓"掌道方志以詔觀事，道方慝以詔辟忌，以知地俗"；而訓方氏"掌道四方之政事，與其上下之志，誦四方之傳道而觀衣物"，是也。孔子曰："雖小道，必有可觀者焉，致遠恐泥。"⑤

此界定在文字上與《漢志》大體相同，然兩者之内涵已有較大差異。《漢志》"街談巷語，道聽塗説者之所造"是指社會下層人士所造作的"小道"，而《隋志》之指稱乃載録各類社會人士的言説，此類言説可以"知風俗"、"正過

---

① （南朝梁）劉勰撰，詹鍈義證：《文心雕龍義證·諧隱》，上海古籍出版社1989年版，第556頁。
② （清）董誥等：《全唐文》，中華書局1983年版，第6849頁。
③ （清）董誥等：《全唐文》，中華書局1983年版，第8414頁。
④ （宋）王安石：《臨川先生文集》卷七十三《答曾子固書》，中華書局1959年版，第779頁。
⑤ （唐）魏徵等：《隋書》卷三十四《經籍三》，中華書局1973年版，第1012頁。

失"。無疑,這是對《漢志》"小説家"文類觀的延申。與此相應,其著録之作品亦基本以集綴人物言説的瑣言類爲主,如《雜語》、《郭子》、《雜對語》、《瑣語》、《笑林》、《世説》、《辯林》等。在正統史家眼中,此類作品基本定位爲難登大雅之堂的"小道",如劉知幾《史通·書事》:"又自魏、晉已降,著述多門,《語林》、《笑林》、《世説》、《俗説》,皆喜載調謔小辯,嗤鄙異聞,雖爲有識所譏,頗爲無知所説。"①另有一少部分無類可歸的藝術器物介紹類如《古今藝術》、《器准圖》、《水飾》等,也按照"小道"的原則被歸了進來;此外,載録不經的歷史傳聞如《燕丹子》、《小説》和雜鈔雜説類《雜書鈔》、《座右方》等也被歸入"小説"。顯然,《隋志》"小説家"的内涵和指稱已與《漢志》迥然有別,一方面,它重新確立了以集綴人物言説應對的瑣言爲文類主體的觀念,另一方面,它實際上成了容納無類可歸的"小道"、"小術"之作的淵藪。

在宋代公私書目中,"小説家"的主體主要指志怪、傳奇、雜記等敘事類作品,但同時也包含了少部分筆記雜著等非敘事類作品,這無疑也是《漢志》"小説家"之遺響。以《四庫全書總目》"雜家類"的相關著録爲參照系可以看出,《新唐志》、《郡齋讀書志》、《直齋書録解題》中"小説家"非敘事類作品的著録對象基本與"雜家"的"雜考"、"雜説"、"雜纂"的文類性質相當,如"雜考"有《緗素雜記》、《資暇集》(《郡齋讀書志》),《能改齋漫録》、《鼠璞》(《直齋書録解題》),《刊誤》、《蘇氏演義》(《新唐書·藝文志》);"雜説"有《封氏聞見録》、《尚書故實》、《夢溪筆談》、《冷齋夜話》、《師友談記》(《郡齋讀書志》),《麈史》、《曲洧舊聞》、《春渚紀聞》、《石林燕語》、《巖下放言》、《却掃編》、《雲麓漫抄》、《游宦紀聞》、《老學庵筆記》(《直齋書録解題》);雜纂有《紺珠集》、《類説》(《郡齋讀書志》)。"辨證者謂之雜考,議論而兼敘述者謂之雜説……類輯舊文,塗兼衆軌者謂之雜纂。"②這三類著作基本都屬議論考證性質的筆記雜著。在這三類作品中,"雜説"顯然佔據了主導地位。"雜説"類作品大量興起於北宋,"自宋以來,作者至夥",體例隨意駁雜、内容包羅萬象,"大抵隨意録載,不限卷帙之多寡,不分次第之先後。興之所至,即可成編","或抒己意,或訂俗訛,或述近聞,或綜古義"③,議論雜説、考證辨訂、記述見聞,無

---

① (唐)劉知幾著,(清)浦起龍通釋:《史通通釋·摸擬》,上海古籍出版社 2009 年版,第 214 頁。
② (清)永瑢等:《四庫全書總目》,中華書局 1965 年版,第 1006 頁。
③ (清)永瑢等:《四庫全書總目》,中華書局 1965 年版,第 1057 頁。

所不能,經史子集、典章制度、天文地理、志怪雜事,無所不包。另外,家訓、家範類作品兩栖於"小説家"和"雜家",可看作兩者共有的一種文類,如《新唐志》"小説家"著録了《盧公家範》、《誡子拾遺》、《開元御集誡子書》,《直齋書録解題》"雜家"著録了《續顔氏家訓》、《袁氏世範》、《石林家訓》。

　　在宋代目録學中,"雜家"之雜考、雜説、雜纂性著作與"小説家"非敘事類作品的著述類型和文類性質大體相當,在《四庫全書總目》中,兩者基本被合并爲"雜家"的"雜考之屬"、"雜説之屬"、"雜纂之屬"。從某種意義上説,同一著述類型的雜考、雜説、雜纂性著作被分别劃歸了"雜家"和"小説家"兩種不同的文類。這就很容易造成"雜家"和"小説家"著録此類作品時的混雜不清、相互出入,如《資暇集》,《新唐志》、《郡齋讀書志》入"小説家",《直齋書録解題》則入"雜家"。不過,作爲不同的文類,兩者在古人心目中却也有著相互區别的規定性。一般地説,"雜家"之考證辨訂、議論雜説、抄録編纂主要以經、史或諸子爲對象,體例較嚴謹,功用價值定位相對較高。"小説家"則多以雜事、掌故、俗説、詩文、神怪等"小道"爲對象,體例駁雜,功用價值定位相對較低。例如,宋代程大昌之《考古編》與吴曾之《能改齋漫録》同爲考證辨訂之作,多被當時書目分别著録於"雜家"和"小説家"。究其原因,應爲兩者考訂之内容有别。《考古編》:"雜論經義異同及記、傳謬誤,多所訂證。"①《能改齋漫録》:"書中分事始、辨誤、事實、沿襲、地理、議論、記詩、謹正、記事、記文、方物、樂府、神仙鬼怪,共十三類。"②《意林》與《紺珠集》同爲雜纂之作,但《意林》"采諸子"而成,"比《子抄》更爲取之嚴,録之精"③,而《紺珠集》"其書皆抄撮説部,摘録數語,分條件繋,以供獺祭之用"④。因此,宋代書目普遍將《意林》和《紺珠集》分别歸入"雜家"和"小説家"。

　　明清書目中的"小説家"也基本沿襲了宋人的界定,其非敘事類作品的著録依然以雜考、雜説、雜纂爲主,如焦竑《國史經籍志》"小説家"著録有唐宋之《刊誤》、《資暇集》、《蘇氏演義》、《老學庵筆記》、《塵史》、《紺珠集》、《類説》、《曲洧舊聞》,明代之《芥隱筆記》、《七修類稿》、《讀書筆記》、《楊子卮

---

① (清)永瑢等:《四庫全書總目》,中華書局 1965 年版,第 1020 頁。
② (清)永瑢等:《四庫全書總目》,中華書局 1965 年版,第 1018 頁。
③ (清)永瑢等:《四庫全書總目》,中華書局 1965 年版,第 1060 頁。
④ (清)永瑢等:《四庫全書總目》,中華書局 1965 年版,第 1060 頁。

言》、《丹鉛六集》、《學林就正》、《史乘考誤》、《類博雜言》、《瑾户録》等;《千頃堂書目》"小説家"著録了《五雜俎》、《少室山房筆叢》、《留青日札》、《桐薪》、《戲瑕》、《六硯齋筆記》、《丹鉛總録》、《藝林伐山》、《應庵隨意筆録》、《讀書日記》等。這些著作在《四庫全書總目》中也大都被歸入了"雜家"之"雜考"、"雜説"、"雜纂"。明代胡應麟《少室山房筆叢》將"小説家"分爲"六類",其中三類即指稱非敘事性作品,"小説家一類,又自分數種……一曰叢談,《容齋》、《夢溪》、《東谷》、《道山》之類是也。一曰辨訂,《鼠璞》、《雞肋》、《資暇》、《辨疑》之類是也。一曰箴規,《家訓》、《世範》、《勸善》、《省心》之類是也"①。"叢談"、"辨訂"基本相當於"雜説"和"雜考","箴規"則主要爲家訓、家範、善書。顯然,胡氏對"小説家"非敘事類作品的認識也與宋明書目的著録基本一致,實際上反映宋明人比較普遍的一種"小説"文類觀。然而,"小説"文類觀念相對比較一致的共識并没有帶來文類劃分的界限清晰、區分明確。明清書目"小説家"對非敘事性作品的具體著録範圍也不盡一致,或寬或窄,有出有入,在"雜家"和"小説家"之間依然存在著與宋元書目相似的種種混雜現象。

綜上,小説是"小道",無關於政教,是中國小説史上最早值得重視的命題,它確立"小説"乃"子之末"的認識觀念,對中國古代小説在指稱範圍和價值判斷上均產生了深遠影響。尤其在價值判斷上,"小道可觀"這一命題在很大程度上給小説文體(無論是言説的還是敘事的)立下了一根無可逾越的"標尺",在很大程度上規定了小説在中國文化史上的基本位置,中國古代小説始終處於一個尷尬的位置和可憐的地位也正與此相關。

二、"小説"是野史傳説

"小説"是野史、傳説,有别於正史。此爲"小説"的一種新義界,這一觀念的確立標誌是南朝梁《殷芸小説》的出現,這是中國古代較早用"小説"一辭作爲書名的書籍。② 劉知幾《史通·雜説中》稱:"劉敬昇《異苑》稱晉武庫

---

① (明)胡應麟:《少室山房筆叢·九流緒論下》,中華書局1958年版,第374頁。
② 《舊唐書·藝文志》、《新唐書·藝文志》"小説家"類著録《小説》十卷,題劉義慶撰,已佚,劉義慶早殷芸六十八年,但此書未見《隋書·經籍志》著録,亦未見他書徵引,故學界尚懷疑此書之真實性。

失火,漢高祖斬蛇劍穿屋而飛,其言不經。致梁武帝令殷芸編諸《小説》。"①姚振宗《隋書經籍志考證》卷三十二也稱:"案此殆是梁武作通史時事,凡不經之説爲通史所不取者,皆令殷芸別集爲小説,是此小説因通史而作,猶通史之外乘也。"②顯然,殷芸借"小説"爲自己的著作命名是對原有文類概念的借用,但更是一種個人化的創新。通過借用,"小説"一辭被特別引申爲不經的歷史傳聞,指稱那些虛妄荒誕的雜史、野史。"小説"被如此借用應源於《漢志》所言之"街談巷語,道聽塗説者之所造也",這一句話被特意引申爲"街談巷語,道聽塗説"的歷史傳聞,從而賦予"小説"一辭以新的内涵。

殷芸對"小説"一辭的引申和借用,唐初以來便逐漸被人們所接受,"小説"指正史之外的野史、傳説開始成爲一種文類觀念。如李延壽《北史》卷一百《序傳》:"然北朝自魏以還,南朝從宋以降,運行迭變,時俗汙隆,代有載筆,人多好事,考之篇目,史牒不少,互陳見聞,同異甚多。而小説短書,易爲湮落,脱或殘滅,求勘無所。"③顯然,此處之"小説短書"應指魏宋以來大量"互陳見聞"的雜史、雜傳之流。唐以來,"小説"指正史之外的雜史、野史發展成爲一種非常普遍的文類概念,如劉知幾《史通·雜述》:"是知偏記小説,自成一家,而能與正史參行,其所由來尚矣。"劉餗《隋唐嘉話自序》:"余自髫卯之年,便多聞往説,不足備之大典,故繫之小説之末。"④李肇《唐國史補自序》:"《公羊傳》曰:'所見異辭,所聞異辭。'未有不因見聞而備故實者。昔劉餗集小説,涉南北朝至開元,著爲《傳記》。予自開元至長慶,撰《國史補》,慮史氏或闕則補之意,續《傳記》而有不爲。"⑤參寥子《唐闕史序》:"故自武德、貞觀而後,呎筆爲小説、小録、稗史、野史、雜録、雜紀者多矣。貞元、大曆已前,捃拾無遺事;大中、咸通而下,或有可以爲誇尚者、資談笑者、垂訓誡者,惜乎不書於方册。輒從而記之,其雅登於太史氏者,不復載録……討尋經史之暇,時或一覽,猶至味之有菹醯也。"⑥陸希聲《北户録序》:"近日著小説者

---

① (唐)劉知幾著,(清)浦起龍通釋:《史通通釋·雜説中》,上海古籍出版社2009年版,第449頁。
② (清)姚振宗:《隋書經籍志考證》,《二十五史補編》第四册,中華書局1955年版,第5537頁。
③ (唐)李延壽:《北史》卷一百《序傳》,中華書局1974年版,第3344—3345頁。
④ (唐)劉餗撰,程毅中點校:《隋唐嘉話》,中華書局1979年版,第1頁。
⑤ (唐)李肇:《唐國史補》,上海古籍出版社1978年版,第3頁。
⑥ (唐)高彦休撰,陳尚君、楊國安整理:《唐闕史》,車吉心主編:《中華野史·唐朝卷》,泰山出版社2000年版,第795頁。

多矣,大率皆鬼神變怪荒唐誕委之事,不然則滑稽詼諧,以爲笑樂之資。"①至北宋初年,歐陽修等人編撰《新唐書·藝文志》就基本承襲了唐人的"小說"文類觀念,《藝文志序》明確稱:"至於上古三皇五帝以來世次,國家興滅終始,僭竊僞亂,史官備矣。而傳記、小說,外暨方言、地理、職官、氏族,皆出於史官之流也。"②以此内涵爲依據,《新唐志》著録了大量原應隸屬史部雜傳雜史類的作品。至此,"小說"指"正史之外的野史、傳說"成爲了中國傳統文言小說觀的主體和主流。

"小說"的義界轉換——由無關政教的"小道"到有別於正史的野史、傳說,應主要源於魏晉南北朝和唐代史部的發展分流和史學理論的發展成熟。魏晉南北朝和唐代史部的發展分流和史學理論的發展成熟,使得一部分史學價值低下的野史雜傳類作品逐漸爲史部所不容。這自然就產生了將此類作品逐出史部,并爲之重新命名的需要,即:"小說"之"正史之外的野史、傳說"的義界實際上是將部分"雜史"、"雜傳"類作品從史部中剥離出來,而重新劃歸"小說家"的結果。

魏晉南北朝時期,史學獲得巨大發展,私家撰述成風,分化分流出大量各種類型的雜史雜傳,"但中世作者,其流日煩,雖國有册書,殺青不暇,而百家諸子,私存撰録","爰及近古,斯道漸煩,史氏流别,殊途并騖"。③ 史部的發展分流在《隋書·經籍志》"雜史"、"雜傳"類的"小序"中揭示得非常充分:"靈、獻之世,天下大亂,史官失其常守。博達之士,憋其廢絶,各記聞見,以備遺亡。是後群才景慕,作者甚衆。"④"又漢時,阮倉作《列仙圖》,劉向典校經籍,始作《列仙》、《列士》、《列女》之傳,皆因其志尚,率爾而作,不在正史。後漢光武,始詔南陽,撰作風俗,故沛、三輔有耆舊節士之序,魯、廬江有名德先賢之贊。郡國之書,由是而作。魏文帝又作《列異》,以序鬼物奇怪之事,嵇康作《高士傳》,以叙聖賢之風。因其事類,相繼而作者甚衆,名目轉廣。"⑤

隨著史部的不斷發展分化和大量各種流别的雜史雜傳著作的興起,一

---

① (唐)段公路:《北户録》,中華書局1985年版,第1頁。
② (宋)歐陽修、宋祁:《新唐書·藝文志》,中華書局1975年版,第1421頁。
③ (唐)劉知幾著,(清)浦起龍通釋:《史通通釋·采撰、雜述》,上海古籍出版社2009年版,第107、253頁。
④ (唐)魏徵等:《隋書》卷三十三《經籍二》,中華書局1973年版,第962頁。
⑤ (唐)魏徵等:《隋書》卷三十三《經籍二》,中華書局1973年版,第982頁。

些史學家和學者也開始不斷以"信史"、"實錄直書"、"勸善懲惡"、"雅正"等正統史學原則來批判其中的怪誕、虛妄和鄙俗。如梁代劉勰《文心雕龍·史傳》就指出:"蓋文疑則闕,貴信史也。然俗皆愛奇,莫顧實理。傳聞而欲偉其事,錄遠而欲詳其迹,於是棄同即異,穿鑿傍説,舊史所無,我書則傳,此訛濫之本源,而述遠之巨蠹也。"①以"文疑則闕"的"信史"原則指責一些史書隨意采錄傳聞以聳動視聽而不加考核征實的不良傾向。唐初《隋志》在"雜史"、"雜傳"小序中也對此類著作批評説:"體制不經,又有委巷之説,迂怪妄誕,真虛莫測。""雜以虛誕怪妄之説。"②"妄誕"、"虛誕"、"真虛莫測"顯然是指此類著作大量以"傳聞"為素材,而違背了史家之"實錄"原則;"迂怪"、"怪妄"則指這些著作大量載錄鬼神怪異內容,與正統史學"不語怪力亂神"的原則相悖。

唐代史學發達,官修前代史有《梁書》、《陳書》、《北齊書》、《周書》、《隋書》、《晉書》,私修前代史有李延壽的《南史》、《北史》,合稱"唐初八史"。太宗貞觀初年,高宗顯慶元年,高宗龍朔年間,武后長壽、長安年間均曾由官方組織大規模修撰當代史。個人撰述的歷史著作更是數量驚人。歷史著作的大量湧現,修史熱情的空前高漲,促使唐人不斷對史學進行反思。唐中宗景龍年間,劉知幾《史通》較全面地闡述了史書的源流、體例、編撰方法、史家修養及諸書得失等,標誌著中國古代史學理論的發展成熟。該書以"國史"的編纂為中心進一步系統批判了史書中的怪誕、虛妄和鄙俗性內容,基本否定了部分"虛妄傳聞"、"怪力亂神"、"詼諧小辯"的雜史雜傳類作品。劉氏的觀點并非一家之言,代表了正統史學比較普遍的一種價值判斷和理論認識。在這樣比較成熟的史學觀念觀照之下,史家更加注重史料的可信性和取材的雅正,愈來愈以嚴肅冷峻的態度記事存人,一部分"苟載傳聞,而無銓擇"、"苟談怪異,務述妖邪"、"詼諧小辯"的雜史雜傳著作類型就容易因史學價值非常低下而為史家所不容。這些作品被逐出史部之後,歸屬和命名問題自然就成為一種迫切的需要,而這正好為"小説"一辭的舊詞新用提供了契機。實際上,殷芸將史部中的"不經之説"單獨輯出而將其命名為"小説"實際上

---

① (南朝梁)劉勰撰,詹鍈義證:《文心雕龍義證·史傳》,上海古籍出版社 1989 年版,第 609 頁。
② (唐)魏徵等:《隋書》卷三十三《經籍二》,中華書局 1973 年版,第 962、982 頁。

就是要把此類作品與正統史書區別開來。

北宋初年,《新唐志》"小説家"著録的雜史雜傳類作品就與上述史學觀念存在著顯而易見的對應關係。一方面,將原屬於《隋志》史部"雜傳類"的一批志怪書改隸小説家,如戴祚《甄異傳》、袁王壽《古異傳》、祖沖之《述異記》、劉質《近異録》、干寶《搜神記》、梁元帝《妍神記》、祖台之《志怪》、孔氏《志怪》、荀氏《靈鬼志》、謝氏《鬼神列傳》、劉義慶《幽明録》、東陽無疑《齊諧記》等。另一方面,收録了大量唐代史學價值非常低下的志怪、瑣聞、雜録、傳奇類作品,如唐臨《冥報記》、王方慶《王氏神通記》、陳翱《卓異記》、谷神子《博異志》、沈如筠《異物志》、牛肅《紀聞》、牛僧孺《玄怪録》、李復言《續玄怪録》、陳翰《異聞集》、李隱《大唐奇事記》、段成式《酉陽雜俎》、康軿《劇談録》、高彦休《闕史》、裴鉶《傳奇》等。這些作品與劉氏反對的"虛妄傳聞"、"怪力亂神"、"詼諧小辯"類雜史雜傳作品基本一致。也就是說,史學與史學理論的發展不僅爲"小説"新内涵的出現提供了契機,而且直接促成了其對應的指稱對象。

宋以降,"小説"被看作正史之外的野史傳説更成爲一種普遍的認識觀念,司馬光《進資治通鑑表》稱:"遍閲舊史,旁采小説。"①沈括《夢溪筆談》卷四《辨證二·蜀道難》:"蓋小説所記,各得于一時見聞,本末不相知,率多舛誤,皆此文之類。"②陳言《潁水遺編·説史中》:"正史之流而爲雜史也,雜史之流而爲類書、爲小説、爲家傳也。"③同時,因"小説"與"雜史"、"雜傳"同屬"野史之流",文類性質非常接近,容易相互混淆,故怎樣將這些同屬"野史之流"的文類區分開來,自然成了一個不得不辨的問題。《通志·校讎略》之《編次之訛論十五篇》謂:"古今編書所不能分者五:一曰傳記,二曰雜家,三曰小説,四曰雜史,五曰故事。凡此五類之書,足相紊亂。"④《文獻通考》卷一百九十五《經籍考二十二》亦謂:"莫謬亂於史,蓋有實故事而以爲雜史者,實雜史而以爲小説者。"⑤如何區分? 晁公武《郡齋讀書志》卷九《傳記類》謂:"《藝文志》以書之紀國政得失、人事美惡,其大者類爲雜史,其餘則屬之小

---

① (宋)司馬光編著,(元)胡三省音注:《資治通鑑·進書表》,中華書局1956年版,第9607頁。
② (宋)沈括:《夢溪筆談》,上海書店出版社2009年版,第29頁。
③ (明)陳言:《潁水遺編》,中華書局1985年版,第31頁。
④ (宋)鄭樵:《通志》,中華書局1987年版,第834頁。
⑤ (元)馬端臨:《文獻通考》,中華書局1986年版,第1648頁。

説。然其間或論一事、著一人者,附於雜史、小說皆未安,故又爲傳記類,今從之。"而《四庫全書總目》對此的分析最爲細緻,"雜史類序"稱:"然既繫史名,事殊小說。著書有體,焉可無分。今仍用舊文,立此一類。凡所著錄,則務示別裁。大抵取其事繫廟堂,語關軍國。或但具一事之始末,非一代之全編;或但述一時之見聞,只一家之私記。要期遺文舊事,足以存掌故、資考證、備讀史者之參稽云爾。若夫語神怪,供詼啁,里巷瑣言,稗官所述,則別有雜家、小說家存焉。"①

將"小說"視爲有別於正史的野史、傳說直接促成了中國古代小說"史之餘"觀念的形成和發展,故"補史"是中國古代小說一個重要的價值功能,也是促成中國古代小說發展繁榮的一個重要因素。"補史"觀念在古代雜史筆記和通俗小說之間有一定差異,如果說,傳統的"補史"觀念著重於小說乃是對正史的拾遺補闕,是對正史不屑載錄的內容的叙述,其所要完成的是輔助正史的補闕功能。那麼,通俗小說的"補史"觀則直接針對的是以《三國演義》爲代表的講史演義,評論對象的變更自然引出了不同的理論趨向,"正史之補"也好,"羽翼信史"也罷,通俗小說的"補史"觀均以"通俗"爲其理論歸結,將正史通俗化,以完成對民衆的歷史普及和思想教化。

三、"小說"是一種表演伎藝

在中國古代,"小說"還曾作爲一個口頭伎藝名稱,指稱民間發展起來的"說話"伎藝。這一名稱較早出現於三國時期,《三國志·魏書》卷二十一《王粲傳》裴松之注引《魏略》云:"太祖遣淳詣植。植初得淳甚喜,延入坐,不先與談。時天暑熱,植因呼常從取水自澡訖,傅粉。遂科頭拍袒,胡舞五椎鍛,跳丸擊劍,誦俳優小說數千言訖,謂淳曰:'邯鄲生何如邪?'"②"俳優小說"顯然爲當時流行的一種伎藝。從當時其他相關史料來看,該伎藝應以講說故事爲主,與後世的"說話"伎藝頗爲相近,如《三國志·魏書》卷二十一注引《吳質別傳》:"酒酣,質欲盡歡。時上將軍曹真性肥,中領將軍朱鑠性瘦,質

---

① (清)永瑢等:《四庫全書總目》,中華書局1965年版,第460頁。
② (晉)陳壽撰,(宋)裴松之注:《三國志》卷二十一《魏書·王粲傳》,中華書局1959年版,第603頁。

召優,使說肥瘦。真負貴,耻見戲……"①《北史》卷四十三《李崇傳》附《李諧傳》子李若:"若性滑稽,善諷誦。數奉旨咏詩,并使說外間世事可笑樂者,凡所話談,每多會旨……帝每狎弄之。"②《南史》卷六十五《始興王叔陵傳》:"夜常不卧,執燭達曉,呼召賓客,說人間細事,戲謔無所不爲。"③《隋書》卷五十八《陸爽傳》附侯白:"好學有捷才,性滑稽,尤辯俊,舉秀才,爲儒林郎,通脱不恃威儀,好爲俳優雜說,人多愛狎之。所在之處,觀者如市。"④顯然,"俳優小說"之命名與當時作爲文類概念的"小說"并無聯繫,而屬於另一伎藝名稱系統。"俳優小說"、"說肥瘦"、"俳優雜說"之"說"應指以講說爲主要表演形式,而"小說"之"小"應指講說的內容短小或俗淺。

至唐代,"小說"伎藝已進一步發展爲獨立的、職業化的表演形式。《唐會要》卷四載:"元和十年……韋綬罷侍讀。綬好諧戲,兼通人間小說。"⑤此尚爲民間伎藝,但段成式《酉陽雜俎》續集卷四《貶誤篇》所載則有所不同:"予太和末,因弟生日觀雜戲,有市人小說,呼扁鵲作褊鵲,字上聲,予令座客任道昇字正之。市人言二十年前嘗於上都齋會設此,有一秀才甚賞某呼扁字與褊同聲,云世人皆誤。"⑥此所謂"市人小說"已具職業化表演之性質。顯見,"人間小說"、"市人小說"乃與"俳優小說"一脉相承。

宋代,特别是南宋,"說話"伎藝在瓦舍勾欄等市井娛樂場所獲得巨大發展,伎藝內部的分工越來越細緻,出現了"四家數"之分,且其體制軌範逐漸成熟定型。其中"小說"成爲"說話"伎藝的門類專稱之一。灌圃耐得翁《都城紀勝》"瓦舍衆伎"條:"說話有四家:一者小說,謂之銀字兒,如煙粉、靈怪、傳奇;說公案,皆是搏刀趕棒及發迹變泰之事……最畏小說人,蓋小說人能以一朝一代故事,頃刻間提破。"⑦吳自牧《夢粱錄》卷二十"小說講經史"條:"說話者,謂之舌辯。雖有四家數,各有門庭。且小說名銀字兒,如煙粉、靈

---

① (晉)陳壽撰,(宋)裴松之注:《三國志》卷二十一《魏書·吳質傳》,中華書局1959年版,第609頁。
② (唐)李延壽:《北史》卷四十三《李庶傳》,中華書局1974年版,第1606頁。
③ (唐)李延壽:《南史》卷六十五《宣帝諸子傳》,中華書局1975年版,第1583頁。
④ (唐)魏徵等:《隋書》卷五十八《侯白傳》,中華書局1973年版,第1421頁。
⑤ (宋)王溥:《唐會要》,中華書局1955年版,第47頁。
⑥ (唐)段成式:《酉陽雜俎》,中華書局1981年版,第240頁。
⑦ (宋)灌圃耐得翁:《都城紀勝》,見《東京夢華錄(外四種)》,文化藝術出版社1998年版,第86頁。

怪、傳奇、公案、樸刀杆棒、發發蹤參(發迹變泰)之事。有譚淡子、翁二郎、雍燕、王保義、陳良甫、陳郎婦、棗兒徐二郎等,談論古今,如水之流……但最畏小說人,蓋小說者,能講一朝一代故事,頃刻間捏合。"①其中以《醉翁談録‧小說開闢》對"小說"伎藝的描述最爲詳切:

夫小說者,雖爲末學,尤務多聞。非庸常淺識之流,有博覽該通之理。幼習《太平廣記》,長攻歷代史書。煙粉奇傳,素蘊胸次之間;風月須知,只在唇吻之上。《夷堅志》無有不覽,《琇瑩集》所載皆通。動咍、中咍,莫非《東山笑林》;引倬、底倬,須還《綠窗新話》。論才詞有歐、蘇、黄、陳佳句;説古詩是李、杜、韓、柳篇章。舉斷模按,師表規模,靠敷演令看官清耳。只憑三寸舌,褒貶是非;略傳萬餘言,講論古今。説收拾尋常有百萬套,談話頭動輒是數千回。説重門不掩底相思,談閨閣難藏底密恨。辨草木山川之物類,分州軍縣鎮之程途。講歷代年載廢興,記歲月英雄文武。有靈怪、煙粉、傳奇、公案,兼樸刀、捍棒、妖術、神仙。自然使席上風生,不枉教坐間星拱……説國賊懷奸從佞,遣愚夫等輩生嗔;説忠臣負屈啣冤,鐵心腸也須下淚。講鬼怪令羽士心寒膽戰,論閨怨遣佳人緑慘紅愁。説人頭廝挺,令羽士快心;言兩陣對圓,使雄夫壯志。談吕相青雲得路,遣才人著意群書;演霜林白日升天,教隱士如初學道。噇發迹話,使寒門發憤;講負心底,令奸漢包羞。講論處不滯搭、不絮煩,敷演處有規模、有收拾。冷淡處提掇得有家數,熱鬧處敷演得越久長。曰得詞,念得詩,説得話,使得砌。言無訛舛,遣高士善口贊揚;事有源流,使才人怡神嗟訝。詩曰:小説紛紛皆有之,須憑實學是根基。開天闢地通經史,博古明今歷傳奇。藏蘊滿懷風與月,吐談萬卷曲和詩。辨論妖怪精靈話,分別神仙達士機。涉案槍刀并鐵騎,閨情雲雨共偷期。世間多少無窮事,歷歷從頭説細微。②

從灌圃耐得翁《都城紀勝》、吳自牧《夢粱録》和羅燁《醉翁談録》等相關

---

① (宋)吴自牧:《夢粱録》,見《東京夢華録(外四種)》,文化藝術出版社1998年版,第306頁。
② (宋)羅燁編,周曉薇校點:《新編醉翁談録》,遼寧教育出版社1998年版,第3—4頁。

記載來看，宋代"小說"伎藝主要有以下特徵：首先，"小說"在體制上屬於篇幅短小，在較短的時間內把一個完整故事的來龍去脈講完的伎藝形式，"能講一朝一代故事，頃刻間提破（或捏合）"。其次，在表演形式上，"小說"主要以散說爲主，詩詞韻語的少量插用爲輔，韻語主要爲念誦，在演出中還大量"使砌"。"說得話"中的"話"即"伎藝故事"，而"說得"表明故事主要是靠散說來敷演。"白得詞，念得詩"說明"小說"中的韻文主要爲詩詞等韻文形式，這類韻語顯然無法像諸宫調中的曲詞或詞話中的詩贊那樣大段地叙述故事發展，而只能屬於描摹、評論性的點綴性插用，且"白"、"念"也表明其中的韻語爲念誦而非歌唱。① "使得砌"則表明"砌"在"小說"伎藝中被廣泛運用。"小說"雖然篇幅短小，但對故事的敷演却細緻入微。"講論處不滞搭、不絮煩"、"冷淡處提掇得有家數"指"小說"藝人的概述、評說要言簡意賅。"敷演處有規模、有收拾"、"熱鬧處敷演得越長久"則指"小說"藝人要善於敷演出一段段生動細膩的場景。兩者相比，"小說"伎藝顯然是以細緻的場景化描繪爲主要叙事方式。而"世上多少無窮事，歷歷從頭說細微"實際上也在說明"小說"伎藝對故事刻畫的細緻入微。第三，"小說"的題材比較豐富，且形成了自己獨特的格局。上引各書對"小說"題材的記載不盡相同，存在一定的出入，如《都城紀勝》稱："說公案，皆是搏刀趕棒及發迹變泰之事。"而基本承襲其說的《夢梁録》却把"公案"與"搏刀趕棒"、"發迹變泰"等名稱并列。從《醉翁談録》對"小說"的分類和著録來看，公案類作品主要是摘奸發複、官府審案的内容，與樸刀捍棒類講述江湖英雄傳奇經歷的故事内容有很大的區别。發迹變泰類在《都城紀勝》、《夢梁録》都有記載，而《醉翁談録》却并無此類。這些不同大概是由作者的時代差異造成的。因此，綜合各家之說，"小說"的題材應包括靈怪、煙粉、傳奇、公案、樸刀、捍棒、妖術、神仙、發迹變泰等。

---

① 對於小說中韻文的表達方式，學界有不同的認識。一種以鄭振鐸《明清二代的平話集》、陳汝衡《說書史話》、葉德均《宋元明講唱文學》爲代表，主張和樂歌唱，其依據主要是小說被别稱爲"銀字兒"；一種以嚴敦易《水滸傳的演變》、李嘯倉《宋元伎藝雜考》爲代表，主張"銀字兒"爲哀艷腔調的代稱，其中的韻文純爲念誦，其依據主要爲"白得詞，念得詩"的記載；另外，胡士瑩《話本小說概論》綜合上述兩家之說，認爲小說在初期和樂歌唱，後期則純爲念誦。顯然，因"小說"别稱爲"銀字兒"而判斷其中的韻文以歌唱的方式演出應僅是一種臆測，而從《醉翁談録》的記載和宋元小說家話本的韻文使用情况來看，"念誦說"較符合實際。不過，這是就一般情况而言的，在"小說"中，也有一些體制較特殊的"特例"，如《刎頸鴛鴦會》、《快嘴李翠蓮記》等，其中也可能使用歌唱的成分。

同時，由口頭伎藝"小説"轉化而來的書面文學讀物——小説家話本也被稱爲"小説"，如元刻本《新編紅白蜘蛛小説》末尾題"新編紅白蜘蛛小説"；《清平山堂話本》原名爲《六十家小説》，其中的宋元舊篇卷末常有"新編小説快嘴李翠蓮記終"或"小説……終"的篇末題記。因此，"小説"由口頭伎藝名稱進一步引申爲其對應的話本名稱，而明人在追尋通俗小説的文體淵源時正是依循此一思路的。

明中期以來，一些文人在筆記和小説序跋中追溯通俗小説的歷史淵源時，已明確意識到"小説"一辭指涉兩種不同的對象，一爲講述"一奇怪之事"，有"得勝頭回"和"話説趙宋某年"的專有口頭伎藝名稱；一爲傳統的"子部・小説家"文言筆記或傳奇小説。如郎瑛《七修類稿》卷二十二："小説起宋仁宗時，蓋時太平盛久，國家閑暇，日欲進一奇怪之事以娛之，故小説得勝頭回之後，即云話説趙宋某年。閭閻淘真之本之起，亦曰：'太祖太宗真宗帝，四帝仁宗有道君'。國初瞿存齋過汴之詩，有'陌頭盲女無愁恨，能撥琵琶説趙家'，皆指宋也。若夫近時蘇刻幾十家小説者，乃文章家之一體，詩話、傳記之流也，又非如此之小説。"①即空觀主人《拍案驚奇自序》："宋元時有小説家一種，多采閭巷新事爲宮闈承應談資，語多俚近，意存勸諷。雖非博雅之派，要亦小道可觀。"②馮夢龍《警世通言》卷十九《崔衙内白鷂招妖》可一主人眉批："宋人小説人説賞勞，凡使費動是若干兩、若干貫，何其多也！蓋小説是進御者，恐啓官家裁省之端，是以務從廣大，觀者不可不知。"③

不僅在追溯話本小説的源流時如此，就是當時盛行的章回小説人們也習慣於將"小説"伎藝視爲源頭。天都外臣《水滸傳叙》謂："小説之興，始于宋仁宗。于時天下小康，邊釁未動。人主垂衣之暇，命教坊樂部，纂取野記，按以歌詞，與秘戲優工，相雜而奏。是後盛行，遍于朝野，蓋雖不經，亦太平樂事，含哺擊壤之遺也。其書無慮數百十家，而《水滸》稱爲行中第一。"④綠天館主人《古今小説叙》亦謂："若通俗演義，不知何昉。按南宋供奉局，有説話人，如今説書之流。其文必通俗，其作者莫可考。泥馬倦勤，以太上享天

---

① （明）郎瑛：《七修類稿》，上海書店出版社 2001 年版，第 229 頁。
② （明）凌濛初：《拍案驚奇》，上海古籍出版社 1990 年版，第 3—4 頁。
③ （明）馮夢龍：《警世通言》，上海古籍出版社 1994 年版，第 689 頁。
④ （明）天都外臣：《水滸傳叙》，引自黄霖、韓同文選注：《中國歷代小説論著選》，江西人民出版社 1982 年版，第 124 頁。

下之養。仁壽清暇,喜閲話本,命内璫日進一帙,當意,則以金錢厚酬。於是内璫輩廣求先代奇迹及閭里新聞,倩人敷演進御,以怡天顔。然一覽輒置,卒多浮沉内庭,其傳布民間者,什不一二耳。然如《玩江樓》、《雙魚墜記》等類,又皆鄙俚淺薄,齒牙弗馨焉。暨施、羅兩公,鼓吹胡元,而《三國志》、《水滸》、《平妖》諸傳,遂成巨觀。"①至此,"小説"自伎藝名稱逐步演化爲文體名稱。不難發現,作爲伎藝名稱之"小説"本來屬於另一系統的表演範疇,然有了這一層因緣,"小説"由原來的口頭伎藝名稱逐漸演化爲通俗小説的文體概念。

四、"小説"是虚構的叙事散文

明清時期,通俗小説興起且繁盛,"小説"最終確立了"虚構的有關人物故事的特殊文體"這一内涵。此内涵與近代小説觀念最爲接近,亦與明清小説的發展實際最相吻合,體現了小説觀念的演化。

元末明初,羅貫中、施耐庵在民間長期積累的基礎上,以宋元平話爲底本,創作而成了《三國志通俗演義》、《殘唐五代史演義傳》、《隋唐兩朝志傳》和《水滸傳》等,實現了從宋元平話到章回小説的飛躍,標誌著白話通俗小説的正式誕生。嘉靖元年前後,《三國演義》、《水滸傳》刊印流行,在它們的巨大影響下,很快掀起了歷史演義和英雄傳奇小説的創作熱潮。萬曆二十年左右,《西遊記》刊行,在它的影響下,很快形成了的神魔小説創作流派;在《西遊記》刊行前後,人情小説的開山之作《金瓶梅詞話》也幾乎同時問世,開始以抄本的形式流傳。在明代中後期短短幾十年的時間裏,章回小説經歷由歷史演義、英雄傳奇到神魔小説,再到人情小説的演進過程,并最後形成了四大主流類型齊頭并進的創作態勢,進入到一個全面繁榮的發展階段。在章回小説興起過程中,除歷史演義之外,英雄傳奇、神魔小説、世情小説的開山之作《水滸傳》、《西遊記》、《金瓶梅》,基本都被看作幻設虚構之作。

《水滸傳》刊印行世不久,文人在評點、筆記雜著中就對其憑空虚構的文本特性予以充分揭示,如容與堂本《忠義水滸傳》第一回回評:"《水滸傳》事

---

① (明)馮夢龍:《古今小説》,上海古籍出版社 1990 年版,第 2—4 頁。

節都是假的,説來却似逼真,所以爲妙。"第七十一回眉批:"劈空捏出,條理井井如此,文人之心一至此乎!"第十回回評:"《水滸傳》文字原是假的,只爲他描寫得真情出,所以便可與天地相終始。"①袁無涯《忠義水滸傳發凡》:"是書蓋本情以造事者也,原不必取證他書。"②胡應麟《少室山房筆叢》之《莊嶽委談下》:"元人武林施某所編《水滸傳》,特爲盛行,世率以其鑿空無據。"③

《西遊記》在明萬曆二十年(1592)刊印之初,就被認定爲幻設虛構的"寓言"之作,金陵唐氏世德堂《新刻出像官板大字西遊記》卷首之陳元之《刊西遊記序》稱:"余覽其意,近跡弛滑稽之雄,厄言漫衍之爲也……此其書直寓言者哉?彼以爲大丹之數也……彼以爲濁世不可以莊語也,故委蛇以浮世;委蛇不可以爲教也,故微言以中道理;道之言不可以入俗也,故浪謔笑謔以恣肆……謬悠荒唐,無端崖涯矣。"④

《金瓶梅》問世不久,也很快被看作"于古無征"、"等齊東之野語"的虛構寄托之寓言。廿公《金瓶梅跋》:"《金瓶梅傳》爲世廟時一巨公寓言,蓋有所刺也。"⑤觀海道人《金瓶梅序》:"今子之撰《金瓶梅》一書也,論事,則于古無征,等齊東之野語……至若謂事實于古無征,則小説家語,寓言八九,固不煩比附正史以論列。"⑥

《水滸傳》、《西遊記》、《金瓶梅》爲幻設虛構之作的界説被後世普遍接受和認可。如金聖歎《讀第五才子書法》:"《水滸》是因文生事……因文生事即不然,只是順著筆性去,削高補低都繇我。""只是七十回中許多事迹,須知都是作書人憑空造謊出來。"⑦尤侗《西遊真詮序》:"其言雖幻,可以喻大;其事雖奇,可以證真;其意雖遊戲三昧,而廣大神通具焉。"⑧王陽健《西遊原旨

---

① (明)施耐庵集撰,(明)羅貫中纂修:《李卓吾批評忠義水滸傳》,上海古籍出版社1994年版,第24、2317、327頁。
② (明)袁無涯:《忠義水滸傳發凡》,引自朱一玄編:《水滸傳資料彙編》,南開大學出版社2002年版,第134頁。
③ (明)胡應麟:《少室山房筆叢·莊嶽委談下》,中華書局1958年版,第571頁。
④ 《西遊記》(世德堂本),上海古籍出版社1990年版,第2—6頁。
⑤ (明)廿公:《金瓶梅跋》,引自丁錫根編:《中國歷代小説序跋集》,人民文學出版社1996年版,第1080頁。
⑥ (明)觀海道人:《金瓶梅序》,引自丁錫根編:《中國歷代小説序跋集》,人民文學出版社1996年版,第1109—1110頁。
⑦ (清)金聖歎:《讀第五才子書法》,(明)施耐庵著,(清)金聖歎批評:《第五才子書水滸傳》《古本小説集成》),上海古籍出版社1994年版,第6、11頁。
⑧ (明)陳士斌評:《西遊真詮》,上海古籍出版社1990年版,第4頁。

跋》:"《西遊》寓言也,如《易》辭焉,如《南華》焉,彌綸萬化,不可方物。"①張竹坡《金瓶梅寓意説》:"稗官者,寓言也。其假捏一人,幻造一事,雖爲風影之談,亦必依山點石,借海揚波。故《金瓶》一部,有名人物,不下百數,爲之尋端竟委,大半皆屬寓言。"②四橋居士《隔簾花影序》:"《金瓶梅》一書,雖系寓言……則是書也,不獨深合於六經之旨,且有關於世道人心者不小。"③晴川居士《白圭志序》:"若夫《西遊》、《金瓶梅》之類,此皆無影而生端,虛妄而成文,則無其事而亦有其文矣。"④

在歷史演義創作中,雖然征實求信的觀念佔有比較突出的地位,如余邵魚《題全像列國志傳引》:"編年取法《麟經》,記事一據實録。"⑤熊大木《序武穆王演義》:"以王本傳行狀之實迹,按《通鑑綱目》而取義。"⑥可觀道人《新列國志序》:"大要不敢盡違其實。"⑦但是,不少作者也對增益、緣飾、生發等想像虛構的編創方式持肯定態度,如甄偉《西漢通俗演義序》:"若謂字字句句與史盡合,則此書又不必作矣。"⑧褚人獲《隋唐演義序》:"其間闕略者補之,零星者删之,更采當時奇趣雅韻之事點染之。"⑨而且,這種增益、緣飾、生發的虛構意識也逐漸被歷史演義創作普遍認可。

晚明以降,"小説"爲虛構的故事性文體已基本成爲一種共識,如鴛湖漁叟《説唐後傳序》:"若傳奇小説,乃屬無稽之譚,最易動人聽聞,閲者每至忘食忘寢,戞戞乎有餘味焉。"⑩風月盟主《賽花鈴後序》:"而余謂稗家小説,猶

---

① (清)王陽健:《西遊原旨跋》,引自丁錫根編:《中國歷代小説序跋集》,人民文學出版社1996年版,第1372頁。
② (清)張竹坡:《金瓶梅寓意説》,引自朱一玄編:《金瓶梅資料彙編》,南開大學出版社2002年版,第418—419頁。
③ (清)四橋居士:《隔簾花影序》,引自朱一玄編:《金瓶梅資料彙編》,南開大學出版社2002年版,第693頁。
④ (清)晴川居士:《白圭志序》,引自朱一玄編:《金瓶梅資料彙編》,南開大學出版社2002年版,第573頁。
⑤ (明)余邵魚:《春秋五霸七雄列國志傳》(《古本小説集成》),上海古籍出版社1994年版,第3頁。
⑥ (明)熊大木:《大宋中興通俗演義》(《古本小説集成》),上海古籍出版社1994年版,第2頁。
⑦ (明)馮夢龍:《新列國志》,上海古籍出版社1990年版,第10頁。
⑧ (明)甄偉:《西漢通俗演義序》,轉引自黃霖、韓同文選注:《中國歷代小説論著選》,江西人民出版社1982年版,第206頁。
⑨ (清)褚人獲:《隋唐演義》,上海古籍出版社1990年版,第3頁。
⑩ (清)鴛湖漁叟:《説唐演義後傳》,上海古籍出版社1990年版,第2—3頁。

得與于公史。勸善懲淫,隱陽秋於皮底;駕空設幻,揣世故於筆端。"①平步青《小棲霞說稗》:"填詞小說,大都亡是子虛。"②清代,"小說"這一內涵的指稱對象又進一步泛化,實際上涵蓋了白話通俗小說、彈詞等多種俗文學文體,如梁章鉅《歸田瑣記》卷七"小說":"小說九百,本自虞初,此子部之支流也。而吾鄉村里輒將故事編成七言,可彈可唱者,通謂之小說。"③

除白話通俗小說之外,"小說"的"虛構的有關人物故事的特殊文體"之內涵還曾指稱部分傳奇小說,如明代"剪燈三話"就被明確稱爲"幻設"之寓言。吳植《剪燈新話序》:"余觀宗吉先生《剪燈新話》,其詞則傳奇之流,其意則子氏之寓言也。"④胡應麟稱:"本朝《新》、《餘》等話,本出名流,以皆幻設,而時益以俚俗,又在前數家下。"⑤"《新》、《餘》二話,本皆幻設,然亦有一二實者。《秋香亭記》,乃宗吉自寓,見田叔禾《西湖志餘》。"⑥

明代以來,人們對"小說"作界定還往往突出其娛樂消遣功能,如嘉靖年間洪楩編刊話本小說集《六十家小說》,純以娛樂爲歸,體現了小說文體向通俗化演進的迹象。明代佚名《新刻續編三國志引》亦然:"夫小說者,乃坊間通俗之說,固非國史正綱,無過消遣於長夜永晝,或解悶於煩劇憂態,以豁一時之情懷耳……其視《西遊》、《西洋》、《北遊》、《華光》等傳不根諸說遠矣……客或有言曰:書固可快一時,但事迹欠實,不無虛誑渺茫之議乎?予曰:世不見傳奇戲劇乎?人間日演而不厭,內百無一真,何人悅而衆艷也?但不過取悅一時,結尾有成,終結有就爾。誠所謂烏有先生之烏有者哉。大抵觀是書者,宜作小說而覽,毋執正史而觀,雖不能比翼奇書,亦有感追蹤前傳,以解世間一時之通暢,并豁人世之感懷君子云。"⑦清代褚人獲《封神演義序》:"此書直與《水滸》、《西遊》、《平妖》、《逸史》一般吊詭,以之消長夏、祛睡魔而已。聖門廣大,存而不論可也,又何必究其事之有無哉?"⑧顯見,娛樂功

---

① (清) 白雲道人:《賽花鈴》上海古籍出版社 1990 年版,第 361 頁。
② (清) 平步青:《霞外攟屑》卷九《雙娶》,上海古籍出版社 1982 年版,第 649 頁。
③ (清) 梁章鉅撰,于亦時點校:《歸田瑣記》,中華書局 1981 年版,第 132 頁。
④ (明) 瞿佑:《剪燈新話》,上海古籍出版社 1990 年版,第 3 頁。
⑤ (明) 胡應麟:《少室山房筆叢·二酉綴遺中》,中華書局 1958 年版,第 486 頁。
⑥ (明) 胡應麟:《少室山房筆叢·莊嶽委談下》,中華書局 1958 年版,第 569 頁。
⑦ (明) 酉陽野史:《三國志後傳》,上海古籍出版社 1990 年版,第 1—6 頁。
⑧ (清) 褚人獲:《封神演義序》,引自朱一玄編,朱天吉校:《明清小說資料選編》(上),南開大學出版社 2012 年版,第 482 頁。

能已成爲與虛構同樣重要的"小説"之特性。

五、"小説"是通俗叙事文體的統稱

近代以來,"小説"的指稱對象又進一步泛化,"小説"成了通俗叙事文體的統稱,涵蓋了文言小説和白話小説之外的彈詞寶卷、雜劇傳奇等多種不登大雅之堂的俗文學文體。如天僇生《中國歷代小説史論》:"自黄帝藏書小酉之山,是爲小説之起點。此後數千年,作者代興,其體亦屢變。晰而言之,則記事之體盛於唐……雜記之體興於宋……戲劇之體昌於元……章回、彈詞之體行於明清。"①管達如《説小説》:"文學上之分類:一、文言體……此體之中,又分爲二派:一唐小説,主詞華;一宋小説,主説理。近世著述中,若《聊齋志異》,則唐小説之代表也;若《閱微草堂筆記》,則宋小説之代表也。……一、白話體。此體可謂小説之正宗……此派多用章回體,猶之文言派多用筆記體也。……三、韻文體。此體中復可分爲兩種:一傳奇體,一彈詞體是也。傳奇體者,蓋沿唐宋時之倚聲,而變爲元代之南北曲,自元迄清,於戲劇界中,占重要之位置者也。……彈詞體者,其初蓋亦用以資彈唱。及於今日,則亦不復用爲歌詞,而僅以之供閲覽矣。"②

這種"小説"觀念在當時具有相當的普遍性,如知新主人《小説叢話》:"二十年來所讀中國小説,合筆記、演義、傳奇、彈詞,一切計之,亦不過二百餘種。"③俞佩蘭《女獄花叙》:"中國舊時之小説,有章回體,有傳奇體,有彈詞體,有志傳體,朋興叢起,雲蔚霞蒸,可謂盛矣。"④狄平子《小説新語》:"吾國舊時小説,如《水滸》,如《西廂》,如《紅樓》,如《金瓶》,皆極著名之作。"⑤吳曰法《小説家言》:"小説之流派,衍自三言,而小説之體裁,則尤有别。短篇之小説,取法於《史記》之列傳;長篇之小説,取法於《通鑑》之編年。短篇之體,斷章取義,則所謂筆記是也;長篇之體,探原竟委,則所謂演義是也。至於傳

---

① 天僇生:《中國歷代小説史論》,載《月月小説》1907年第一卷第11期。
② 管達如:《説小説》,載《小説月報》1912年第三卷第5,7期。
③ 知新主人:《小説叢話》,載《新小説》1905年第二卷第8期。
④ 陳平原、夏曉虹編:《二十世紀中國小説理論資料》,北京大學出版社1997年版,第137頁。
⑤ 狄平子:《小説新語》,載《小説時報》1911年第9期。

奇一種,亦小說之家數,而異曲同工。"①將彈詞、戲曲納入小說之後,甚至出現了"曲本小說"這樣的稱謂,老伯《曲本小說與白話小說之宜於普通社會》:"曲本小說,以傳奇小說爲最多……有曲本小說,則負販之流,得以歌曲之唱情,生發思想也。"②當然,也有人對彈詞、戲曲納入"小說"名下持有異議,如別士《小說原理》:"如一切章回、散段、院本、傳奇諸小說是,其書往往爲長吏之所毀禁,父兄之所呵責,道學先生之所指斥。""曲本、彈詞之類,亦攝於小說之中,其實與小說之淵源甚異。"③

彈詞寶卷、雜劇傳奇等多種通俗叙事文學文體被納入"小說"名下,應主要源於這些文體地位低下,與"小說"同屬不登大雅之堂、無關政教的"小道",同時,也應與清中後期通俗文學文體或通俗伎藝名稱的"混稱"、"泛稱"有關。如"平話"本爲以散説形式敷演故事的口頭伎藝的專稱和白話通俗小說的泛稱,但彈詞、南詞等多種説唱伎藝却都被納入到了"平話"名下,王韜《海陬冶遊録》附録下:"滬上女子之説平話者,稱爲先生。大抵即昔之彈詞,從前北方女先兒之流也。"④《瀛壖雜志》卷五:"平話始于柳敬亭,然皆鬚眉男子爲之。近時如曹春江、馬如飛皆其矯矯杰出者。道咸以來,始尚女子,珠喉玉貌,脆管么弦,能令聽者魂銷。"⑤郭麐《樗園銷夏録》卷上:"江浙多有説平話者,以善嘲謔詼諧爲工。浙人多用唱本,有《芭蕉扇》、《三笑姻緣》之類,謂之南詞。"⑥梁章鉅《歸田瑣記》卷七"小説"亦謂:"小説九百,本自虞初,此子部之支流也。而吾鄉村里,輒將故事編成七言,可彈可唱者,通謂之小説。"⑦

綜上所述,從先秦兩漢到明清時期,"小說"一辭的内涵經歷了明顯的演化過程,其中指稱對象錯綜複雜,而上述五個方面基本涵蓋了中國古代"小

---

① 吴曰法:《小説家言》,載《小説月報》1915年第六卷第6期。
② 老伯:《曲本小説與白話小説之宜於普通社會》,載《中外小説林》1908年第二卷第10期。
③ 夏曾佑:《小説原理》,載《繡像小説》1903年第三期。
④ (清)王韜:《海陬冶遊附録》卷上,《香艷叢書》第10册第20集,上海書店出版社2014年版,第460頁。
⑤ (清)王韜:《瀛壖雜志》,王有立主編:《中華文史叢書》第97—98册合訂本,臺灣華文書局1969年版,第246頁。
⑥ (清)郭麐:《樗園銷夏録》卷上,《續修四庫全書》第1179册,上海古籍出版社2002年版,第650頁。
⑦ (清)梁章鉅撰,于亦時點校:《歸田瑣記》,中華書局1981年版,第132頁。

說"之實際内涵。對於"小說"指稱對象繁雜這一特性,近人浦江清先生有一段很好的總結:

> 在文言文學裏,小說指零碎的雜記的或雜誌的小書,其大部分的意旨是核實的,雖然不一定是正確性的文學,内中有特意造飾的娛樂的人物故事,但只占一小部分。用現代的名詞來說明,小說即是筆記文學或隨筆文學。在白話文學裏,小說有廣狹兩義,都可以虚構的人物故事來作爲定義。狹義的小說單指單篇故事或社會人情小說,不包括歷史通俗演義,這種意義只在一個較短的時期裏流行。廣義的小說包括一切說話體的虚構的人物故事書,以及含有人物故事的說唱的本子,甚至於戲曲文學都包括在内,所以不限於散文文學。有一個觀念,從紀元前後起一直到十九世紀,差不多兩千年來不曾改變的是:小說者,乃是對於正經的大著作而稱,是不正經的淺陋的通俗讀物。①

需要特別指出的是:"小說"既是一個"歷時性"的觀念,即其自身有一個明顯的演化軌迹;但同時,"小說"又是一個"共時性"的概念,"小說"觀念的演化主要是指"小說"指稱對象的變化,然這種變化并不意味著對象之間的不斷"更替",而常常表現爲"共存"。如班固《漢志》的"小說"觀一直影響到清代,《四庫全書總目》對"小說"的看法即與《漢志》一脈相承,《總目》所框範的小說"叙述雜事"、"記錄異聞"、"綴輯瑣語"和明清以來的通俗小說在清人的觀念中被同置於"小說"的名下。此一特性或即爲"小說"在中國古代歷史語境中的"本然狀態"。

(原文載《文學評論》2011年第6期,與王慶華合作)

---

① 浦江清:《論小說》,《浦江清文録》,人民文學出版社1958年版,第192—193頁。

"演義"考

"演義"之義界似已有"定論",即"演義"者,歷史演義之謂也,長久以來,殆無疑義。原其始,大約創説於魯迅先生,魯迅先生於中國小説史研究厥功甚偉,而舉其要者,一在於以明確的"小説史意識"揭示中國古代小説之發展歷史;二在於以小説類型觀念梳理古代通俗小説的演化軌迹,所謂"歷史演義"、"神魔小説"、"人情小説"等是也。以"歷史演義"作爲一種小説類型,最早見於魯迅先生的《小説史大略》,指稱《三國演義》、《水滸傳》等作品;《中國小説史略》未用"歷史演義"這一稱謂,而以"講史"稱之;《中國小説的歷史的變遷》一文亦然,稱《三國演義》等作品本於"講史"。後人據此延伸,稱"歷史演義"或"講史演義"。20世紀50年代以來的小説論著和教科書更大多以魯迅先生之學説爲圭臬而少有辨析,并由此確認了"演義"的基本内涵:"演義"是小説類型概念,是指以歷史爲題材的小説作品。然而,中國小説史的實際情形并非完全如此,翻檢明清兩代的小説史料,我們看到,"演義"并不是一個類型概念,而是一種文體概念,以"演義"命名的通俗小説更遠遠超出了歷史題材的範疇。古今認識之差異可謂大矣,"演義"一辭由此不得不詳加考辨,以清其源、正其本。

一、"演義"考原

近人章炳麟於《洪秀全演義序》(1905)一文對"演義"之由來及其演化作了如下闡述:

> 演義之萌芽,蓋遠起于戰國,今觀晚周諸子説上世故事,多根本經

典,而以己意飾增,或言或事,率多數倍。若《六韜》之出于太公,則演其事者也;若《素問》之托于歧伯,則演其言者也。演言者,宋明諸儒因之,如《大學衍義》;演事者,則小說家之能事,根據舊史,觀其會通,察其情僞,推己意以明古人之用心,而附之以街談巷議,亦使田家婦子知有秦漢至今帝王師相之業,不然,則中夏齊民之不知故國,將與印度同列,然則演事者雖多稗傳,而存古之功亦大矣。①

章氏將"演義"分成"演言"與"演事"兩個系統,所謂"演言"是指對義理之闡釋,而"演事"則是對史事的推演,并認爲"演言"由"宋明諸儒因之,如《大學衍義》","演事"則"小說家之能事"。此說有一定的合理性,亦頗具眼力,然章氏將"演言"限定爲宋明諸儒之著述,"演事"局限於"根據舊史,觀其會通,察其情僞"則尚待商榷與完善。

案"演義"一辭較早見於西晉潘岳的《西征賦》:"靈壅川以止鬥,晉演義以獻說。"李善注云:"《國語》曰:靈王二十二年,穀、洛二水鬥,欲毀王宫。王欲壅之,太子晉諫曰:不可。晉聞古之長人,不墮山,不防川。今吾執政實有所辟,而禍夫二川之神。賈逵曰:鬥者,兩會似於鬥。《小雅》曰:演,廣遠也。"②劉宋范曄《後漢書》卷八十三《周黨傳》亦謂:"黨等文不能演義,武不能死君。"③故"演義"之本義是演說鋪陳某種道理并加以引申。後晉劉昫《舊唐書》卷一四四說得更爲明晰:"披圖演義,發於爾志,與金鏡而高懸,將座右而同置。"④南宋朱熹《朱子語類》卷一百二十六亦云:"因語禪家,云:當初入中國,只有《四十二章經》,後來既久,無可得說,晉宋而下,始相與演義。"⑤其中含義可謂一脈相承。

以"演義"作爲書籍之名較早見於唐人蘇鶚的《蘇氏演義》。《蘇氏演義》原作《演義》,《新唐書》收入"子部·小說家類",十卷。《宋史》收入"經解類"和"雜家類",亦題十卷。《四庫全書》據《永樂大典》輯錄,收入"子部·雜家

---

① (清)章炳麟:《洪秀全演義·章序》,(清)黄小配:《洪秀全演義》,上海古籍出版社1981年版,第1頁。
② (梁)蕭統編,(唐)李善注:《文選·潘岳〈西征賦〉》,上海古籍出版社1986年版,第445頁。
③ (南朝宋)范曄撰,(唐)李賢等注:《後漢書》卷八十三《周黨傳》,中華書局1965年版,第2762頁。
④ (後晉)劉昫等:《舊唐書》卷一四四《杜希全傳》,中華書局1975年版,第3922頁。
⑤ (宋)黎靖德編:《朱子語類》,中華書局1986年版,第3028頁。

類",改題《蘇氏演義》,二卷。《提要》云:

> 唐蘇鶚撰。鶚字德祥,武功人,宰相頲之族也。光啓中登進士第,仕履無考。曾撰《杜陽雜編》,世有傳本。此書久佚,今始據《永樂大典》所引裒輯成編。《雜編》特小說家言,此書則於典制名物,具有考證……訓詁典核,皆資博識。陳振孫《書錄解題》稱其"考究書傳,訂正名物,辨證訛繆,可與李涪《刊誤》、李濟翁《資暇集》、邱光庭《兼明書》并驅",良非溢美。①

《演義》重於典制名物的考訂,卷上開首即考"風"之義,云:"風者,告也,號也。《河圖記》曰:風者,天地之使,乃告號令耳,凡風動則蟲生,故風字從蟲。"②包括對歷史典實、地理,甚至動物蟲魚的考訂,如考堯舜之禪讓、"首陽山"之來歷、"烏魚"、"蟋蟀"等。還有許多是對一些具體字彙的釋義,如"措大"、"坊"等。有些涉及人物的考訂有一定的故事性,如對隋代侯白的一則描述:

> 侯白,字君素,魏郡鄴人,始舉秀才,隋朝頗見貴重,博聞多知,諧謔辯論,應對不窮,人皆悅之。或買酒饌求其言論,必啓齒發題,解頤而返,所在觀之如市。越公甚加禮重,文帝將侍從以備顧問。撰《酒律》、《笑林》,人皆傳錄。③

故檢閱《蘇氏演義》之内涵,則所謂"演義"者,釋義考證之謂也。除《蘇氏演義》外,唐人尚有稱佛經注疏為"演義"者,如《大方廣佛華嚴經隨疏演義鈔》四十卷,唐釋澄觀撰,有遼刻本和遼寫本傳世。

至宋代,宋儒釋經之風盛行,《大學衍義》而外,直用"演義"一辭者有劉元剛《三經演義》十一卷,演說《孝經》、《論語》、《孟子》,《宋史·藝文志》"經解類"著録;錢時《尚書演義》,《宋史》卷四七〇"列傳"第一百六十六著録;

---

① (清)永瑢等:《四庫全書總目》,中華書局 1965 年版,第 1016 頁。
② (唐)蘇鶚:《蘇氏演義》,中華書局 1985 年版,第 1 頁。
③ (唐)蘇鶚:《蘇氏演義》,中華書局 1985 年版,第 23 頁。

《宋史》卷四十三還有"比覽林光世《易範》,明《易》推星配象演義"一語①。可見"演義"一辭至此已從釋義考證漸演化爲對經典的闡釋,明胡經《易演義》十八卷、徐師曾《今文周易演義》十二卷、梁寅《詩演義》十五卷與此同義。姑以《詩演義》爲例作一說明,《詩演義》,《明史》著録八卷,《四庫全書》著録十五卷,《提要》云:

> 《詩演義》十五卷,元梁寅撰。寅字孟敬,新喻人。元末屢舉不第,辟集慶路儒學訓導,居二年,以親老辭歸。洪武初,從天下名儒,考定禮樂,寅與焉。書成,賜金幣,將授官,以老病辭退,居石門。事迹具《明史·儒林傳》。是書推演朱子《詩傳》之義,故以演義爲名。前有《自序》,云此書爲幼學而作,"博稽訓詁,以啓其塞,根之義理,以達其機。隱也,使之顯;略也,使之詳。"今考其書,大抵淺顯易見,切近不支。元儒之學主於篤實,猶勝虛談高論、横生臆解者也。②

《詩演義》作者梁寅爲元明間人,此書之《自序》末署洪武十六年(1383),故成書當於明初。是書爲幼學而作,"本以申朱子《集傳》之義","先釋字義,後明一句之旨"。③故所謂《詩演義》者,乃是以通俗化的形式演朱子《詩集傳》之義也。值得注意的是,以"演義"命名的書籍漸由經義進入了文學領域,"演言"一系由此進入了對文學經典的闡釋。如明陸容《菽園雜記》卷十四記載元進士張伯成所作之《杜律演義》、明焦竑《玉堂叢語》卷一載楊慎《絶句演義》等。《菽園雜記》云:"《杜律虞注》,本名《杜律演義》,元進士臨川張伯成之所作也,後人謬以爲虞伯生所注。予嘗見《演義》刻本,有天順丁丑臨川黎送久大序及伯成傳序,其略云:注少陵詩者非一,皆弗如吾鄉先進士張氏伯成《七言律詩演義》,訓釋字理極精詳,抑揚趣致極其切當。蓋少陵有言外之詩,而《演義》得詩外之意也。"④《杜律演義》,張性撰,今存明嘉靖十六年(1537)刻本,題"京口石門張性伯成演"。全書將杜詩按内容分類,每類標出

---

① (元)脱脱等:《宋史》卷四十三《理宗本紀》,中華書局1985年版,第844頁。
② (清)永瑢等:《四庫全書總目》,中華書局1965年版,第128頁。
③ (明)梁寅:《詩演義·凡例》,四庫全書本,第1a、1b頁。
④ (明)陸容:《菽園雜記》卷十四,中華書局1985年版,第172頁。

具體詩題,先錄原詩,繼之訓釋,以作品賞析爲主。今錄《蜀相》一詩之訓釋以概其餘:

> 祠堂,孔明廟也,昭烈即帝位,亮册爲丞相,錄尚書事。成都萬里橋南岸道西有城,故錦官也。亮在草廬,先主凡三往乃見。兩朝,先主、後主之朝也。此公初至成都,訪諸葛廟而賦之也。起句問祠堂在何處可尋,接句自答在城外古柏陰森之處也。次聯咏祠堂之景,"自春色"、"空好音",幽閒之地,少人經過也。因睹此景,追感當時先主之顧草廬,至再至三,如是頻繁者,屈己求賢以爲恢復天下之計也。武侯既出,遂以討賊爲己任,開基濟業,歷事兩君。其言曰竭股肱之力,效忠貞之節,繼之以死,此老臣忠君之心也。先主之計若此之大,武侯之心若此其忠,惜乎渭濱之師(司)馬懿怯戰自守,故未見大捷而武侯死矣,乃千載之遺恨,所以長使英雄之士思之而泣也。前四句咏祠堂之事,後四句咏武侯之事。①

可見所謂"演義"乃是對杜甫詩歌的通俗化闡釋。

二、明人的"演義"觀

就文學角度而言,章氏所謂"演事"一系較早可追溯到唐代的變文,變文爲唐代說唱文學之一體,其體制不一,有散說體、有賦體,亦有駢散結合、說唱并陳的形式,但其內容基本一致,即對於故事的演說,包括佛經故事、歷史故事和當代時事。至宋代說話興起,"演事"一系發展更爲迅速,史稱南宋"說話"有四家,其中"小說"與"講史"對後世影響更大。然唐宋兩代尚未有以"演義"指稱"演事"類書籍者,唐人有稱之爲"變"者,如《漢將王陵變》,亦有稱之爲"話本"者,如《韓擒虎話本》;宋人將演述史事的作品一般稱之爲"講史"、"講史書"和"說史"等,如《都城紀勝》謂:"講史書,講說前代書史文

---

① (元)張性:《杜律演義》,明嘉靖十六年(1537)刻本。

傳興廢爭戰之事。"①亦有稱之爲"演史"者,如周密《武林舊事》卷六"演史丘幾山"。"演史"、"演義",音義最近,以致後人誤以"演義"即"演史"之延伸。②

將通俗小説稱之爲"演義"始於《三國志通俗演義》,而近人視"演義"與"歷史演義"爲同一内涵亦由此而來。庸愚子於弘治七年(1494)撰《三國志通俗演義序》,其云:"若東原羅貫中,以平陽陳壽《傳》,考諸國史,自漢靈帝中平元年,終於晉太康元年之事,留心損益,目之曰《三國志通俗演義》。文不甚深,言不甚俗,事紀其實,亦庶幾乎史,蓋欲讀誦者,人人得而知之,若《詩》所謂里巷歌謡之義也。"③嘉靖元年(1522),司理監刊出《三國志通俗演義》,旋即在社會上產生了很大影響,"演義"一辭也隨之流行。修髯子《三國志通俗演義引》一文率先對"演義"之義界作了闡釋:

史氏所志,事詳而文古,義微而旨深,非通儒夙學,展卷間鮮不便思困睡。故好事者以俗近語隱括成編,欲天下之人入耳而通其事,因事而悟其義,因義而興乎感。不待研精覃思,知正統必當扶,竊位必當誅,忠孝節義必當師,奸貪諛佞必當去。是是非非,了然於心目之下,裨益風教,廣且大焉。④

所謂"以俗近語,櫽括成編,欲天下之人,入耳而通其事,因事而悟其義,因義而興乎感"即指"演義"之特性及其功能。故"演義"一辭在小説領域的最初含義應是以通俗的形式演正史之義,如《三國志通俗演義》就是對陳壽《三國志》的"通俗化",包括"故事"與"語言"。可觀道人《新列國志叙》謂:"羅貫中氏《三國志》一書以國史演爲通俗,汪洋百餘回,爲世所尚。嗣是效

---

① (宋)灌圃耐得翁:《都城紀勝》,見《東京夢華録(外四種)》,文化藝術出版社1998年版,第86頁。
② "演史,亦稱講史,宋元間説話的一種,講説歷代興廢與戰争故事,依據史傳加以敷演,記録時多用淺近文言,成爲講史話本,是我國小説史上最早具有長篇規模的作品,後發展爲演義。"見黄霖、韓同文選注:《中國歷代小説論著選》上册《醉翁談録・舌耕叙引》"演史"注,江西人民出版社1982年版,第90頁。
③ (明)庸愚子:《三國志通俗演義序》,見(明)羅貫中:《三國志通俗演義》,上海古籍出版社1980年版,第1頁。
④ (明)修髯子:《三國志通俗演義引》,見(明)羅貫中:《三國志通俗演義》,上海古籍出版社1980年版,第3頁。

釁日衆,因而有《夏書》、《商書》、《列國》、《兩漢》、《唐書》、《殘唐》、《南北宋》諸刻,其浩瀚幾與正史分簽并架。"①夢藏道人於《三國志演義序》中説得更爲直截:"羅貫中氏取其書(指陳壽《三國志》)演之,更六十五篇爲百二十回。合則連珠,分則辨物,實有意旨,不發躍如。其必雜以街巷之譚者,正欲愚夫愚婦共曉共暢人與是非之公。"②此一含義爲小説作者所信從,甄偉作《西漢通俗演義》即然,其《序》云:

西漢有馬遷史,辭簡義古,爲千載良史,天下古今誦之。予又何以通俗爲耶?俗不可通,則義不必演矣。義不必演,則此書亦不必作矣。又何以楚漢二十年事敷演數萬言以爲書耶?蓋遷史誠不可易也。予爲通俗演義者,非敢傳遠示後,補史所未盡也;不過因閑居無聊,偶閱西漢卷,見其間多牽強附會,支離鄙俚,未足以發明楚漢故事,遂因略以致詳,考史以廣義。③

明代小説創作中的所謂"按鑒演義"者即指這一内涵。然此一含義僅是"演義"的初始義,明人以"演義"指稱通俗小説實則普遍越出了這一規定,即"演義"者,非專指對某一史書的"通俗化",而是對歷史現象、人物故事的通俗化敘述。從現有十餘種以"演義"命名的明人小説中我們即可清晰地看出這一趨向,十餘種小説爲:

《三國志通俗演義》、《大宋中興通俗演義》、《唐書志傳通俗演義》、《三寶太監西洋記通俗演義》、《封神演義》、《征播奏捷傳通俗演義》、《三教開迷歸正演義》、《楊家通俗演義》、《開闢衍繹通俗志傳》(內封中欄題"開闢演義")、《殘唐五代史演義》、《東漢十二帝通俗演義》、《七十二朝人物演義》、《西漢通俗演義》、《孫龐鬥志演義》、《兩漢演義傳》。

---

① (明)可觀道人:《新列國志叙》,(明)馮夢龍:《新列國志》,上海古籍出版社1987年版,第1頁。
② (明)夢藏道人:《三國志演義序》,明崇禎五年遺香堂刊本。
③ (明)甄偉:《西漢通俗演義序》,引自黄霖、韓同文選注:《中國歷代小説論著選》,江西人民出版社1982年版,第199頁。

上述作品除《三國志通俗演義》和《唐書志傳通俗演義》外,餘者均淡化了史書概念。而《三國志通俗演義》後世簡化爲《三國演義》,也就成了一個自然而然、普遍可以接受的事實。

明人以"演義"指稱通俗小説,在概念的内涵上主要涉及兩個方面:一是"通俗性",雉衡山人《東西晉演義序》云:"一代肇興,必有一代之史,而有信史有野史。好事者蒐取而演之,以通俗諭人,名曰'演義',蓋自羅貫中《水滸傳》、《三國傳》始也。"①故"通俗"是"演義"區别於其他小説的首要特性,陳繼儒於《唐書演義序》中説得更爲直截了當:"往自前後漢魏吴蜀唐宋咸有正史,其事文載之不啻詳矣,後是(世)則有演義。演義,以通俗爲義也者。故今流俗即目不掛司馬班陳一字,然皆能道赤帝,詫銅馬,悲伏龍,憑曹瞞者,則演義之爲耳。演義固喻俗書哉,義意遠矣!"②二是"風教性",朱之蕃《三教開迷演義叙》云:"演義者,其取喻在夫人身心性命、四肢百骸、情欲玩好之間,而其究極,在天地萬物、人心底裏、毛髓良知之内……于扶持世教風化豈曰小補之哉。"③無礙居士《警世通言叙》謂:"通俗演義一種,遂足以佐經書史傳之窮。"④東山主人在《雲合奇蹤序》中則以正反兩方面闡述了"演義"之功能:

> 田間里巷自好之士,目不涉史傳,而於兩漢三國、東西晉、隋唐等書,每喜搜攬。於一代之治亂興衰,賢佞得失,多能津津稱述,使聞之者倏喜倏怒,亦足啓發人之性靈,其間讖謡神鬼,不無荒誕,殆亦以世俗好怪喜新,始以是動人耳目。及其終歸滅亡,始識帝王受命自有真,反側子且爽然自失矣。夫邪妄煽惑,何代無之;使於愚夫愚婦之前,談經説史,群且笑爲迂妄,惟以往事彰彰於人耳目者,張惶鋪演,若徐壽輝、陳友諒之徒,乘隙竊發,莫大智勇自矜,乃不數年身死族滅,巫術無靈,險

---

① (明)雉衡山人:《東西晉演義序》,(明)無名氏著,趙興茂、胡群耘點校:《東西晉演義》,上海古籍出版社1991年版,第1頁。
② (明)陳繼儒:《唐書演義序》,見劉世德等編:《古本小説叢刊》第28輯《唐書志傳題評》影印世德堂刊本,中華書局1991年版,第1頁。
③ (明)朱之蕃:《三教開迷演義叙》,潘鏡若:《三教開迷歸正演義》(《古本小説集成》),上海古籍出版社1994年版,第4—8頁。
④ (明)無礙居士:《警世通言叙》,引自黄霖、韓同文選注:《中國歷代小説論著選》,江西人民出版社1982年版,第222頁。

衆失恃，徒爲太祖作驅除耳。倘鑒於此，人人順時安命，不爲邪説之所動摇，斯演義之益，豈不甚偉！①

由此可見，以"通俗"的形式來實施經書史傳對於民衆所無法完成的教化使命，是"演義"的基本特性和價值功能。明人正是以此來確立"演義"的存在依據及其地位的，這一確立對通俗小説的發展有其積極的作用。

三、"演義"：通俗小説之謂也

明人拈出"演義"一辭指稱通俗小説實則爲了通俗小説的文體獨立，故在追溯通俗小説的文體淵源時，人們便習慣地以"演義"一辭作界定，以區別其他小説。緑天館主人《古今小説叙》云："史統散而小説興。始乎周季，盛于唐，而浸淫于宋。韓非、列禦寇諸人，小説之祖也。《吴越春秋》等書，雖出炎漢，然秦火之後，著述猶希。迨開元以降，而文人之筆横矣。若通俗演義，不知何昉？按南宋供奉局，有説話人，如今説書之流，其文必通俗，其作者莫可考。泥馬倦勤，以太上享天下之養。仁壽清暇，喜閱話本，命内璫日進一帙，當意，則以金錢厚酬。於是内璫輩廣求先代奇迹及閭里新聞，倩人敷演進禦，以怡天顏。然一覽輒置，卒多浮沉内庭，其傳布民間者，什不一二耳。然如《玩江樓》、《雙魚墜記》等類，又皆鄙俚淺薄，齒牙弗馨焉。暨施、羅兩公，鼓吹胡元，而《三國志》、《水滸》、《平妖》諸傳，遂成巨觀。"②笑花主人於《今古奇觀序》中亦承其説：

小説者，正史之餘也。《莊》、《列》所載化人、佝僂丈人等事，不列于史。《穆天子》、《四公傳》、《吴越春秋》，皆小説之類也，《開元遺事》、《紅綫》、《無雙》、《香丸》、《隱娘》諸傳，《輶車》、《夷堅》各志，名爲小説，而其文雅馴，閭閻罕能道之。優人黄繙綽、敬新磨等，搬演雜

---

① （明）東山主人：《雲合奇蹤序》，引自丁錫根編：《中國歷代小説序跋集》，人民文學出版社 1996 年版，第 1005 頁。
② （明）緑天館主人：《古今小説叙》，（明）馮夢龍：《古今小説》，上海古籍出版社 1990 年版，第 2—4 頁。

劇,隱諷時事,事屬烏有,雖通於俗,其本不傳。至有宋孝皇以天下養太上,命侍從訪民間奇事,日進一回,謂之說話人,而通俗演義一種,乃始盛行。①

　　從上述引文的追溯中,我們不難看到明人對小說流變的認識觀念,他們以"演義"一辭來指稱通俗小說,其目的正是要強化通俗小說的獨特性和獨立性。由於明人對通俗小說獨立性的強化,故"演義"一辭也便越出了初始專指以歷史爲題材的小說之疆界。一般認爲,"演義"主要是指以歷史爲題材的小說作品,近人以"歷史演義"、"英雄傳奇"、"神魔小說"、"世情小說"來劃歸長篇章回小說之類型後,人們更視"演義"爲"歷史演義"或"講史演義"之專稱。但其實,這一認識并不符合實際情況。在明人看來,無論是歷史題材還是神話傳說,無論是長篇章回還是短篇話本,統統可用"演義"指稱之,上引十餘種書目已說明了這一現象,而在具體的闡述中,史料更是比比皆是。顧起鶴《三教開迷傳引》謂:"顧世之演義傳記頗多,如《三國》之智,《水滸》之俠,《西遊》之幻,皆足以省睡魔而廣智慮。"②天許齋《古今小說識語》云:"本齋購得古今名人演義一百二十種,先以三分之一爲初刻云。"③睡鄉居士《二刻拍案驚奇序》亦云:"至演義一家,幻易而真難,固不可相衡而論矣。即如《西遊》一記,怪誕不經,讀者皆知其謬……即空觀主人者,其人奇,其文奇,其遇亦奇,因取其抑塞磊落之才,出緒餘以爲傳奇,又降而爲演義。"④而凌濛初亦將其《拍案驚奇》稱之爲"演義":"這本話文,出在《空緘記》,如今依傳編成演義一回,所以奉勸世人爲善。"⑤可見在明人的觀念中,不僅《三國演義》、《水滸傳》稱爲"演義",《西遊記》亦可稱爲"演義",甚至連"三言"、"二拍"也可稱之爲"演義"。謝肇淛《文海披沙》卷七中就直稱《西遊記》爲《西遊

---

①　(明)笑花主人:《今古奇觀序》,引自黃霖、韓同文選注:《中國歷代小說論著選》,江西人民出版社1982年版,第263頁。
②　(明)顧起鶴:《三教開迷傳引》,(明)潘鏡若:《三教開迷歸正演義》(《古本小說集成》),上海古籍出版社1994年版,第2頁。
③　(明)天許齋:《古今小說識語》,(明)馮夢龍:《古今小說》,上海古籍出版社1990年版,扉頁。
④　(明)睡鄉居士:《二刻拍案驚奇序》,(明)凌濛初:《二刻拍案驚奇》(《古本小說集成》),上海古籍出版社1994年版,第5—7頁。
⑤　(明)凌濛初:《拍案驚奇》卷二十,上海古籍出版社1994年版,第879頁。

記演義》。① 而在小説的具體題署中，這一迹象也頗爲明晰，且大多以"通俗演義"直稱之。如《包龍圖判百家公案》全稱《新刊京本通俗演義增像包龍圖判百家公案》、《鼓掌絶塵》全稱《新鎸出像批評通俗演義鼓掌絶塵》、《型世言》各卷卷首題"崢霄館評定通俗演義型世言"、《南北兩宋志傳》全稱"全像按鑒演義南北兩宋志傳"、《三國志後傳》題"新鎸全像通俗演義續三國志"、《東西晉志傳》内封横題"通俗演義"、《七曜平妖傳》目次題"新編皇明通俗演義七曜平妖全傳"、《魏忠賢小説斥奸書》正文卷端題"崢霄館評定出像通俗演義魏忠賢小説斥奸書"、《有夏志傳》卷端題"按鑒演義帝王禦世有夏志傳"、《岳武穆盡忠報國傳》内封右欄題"重訂按鑒通俗演義"等，其中有話本小説，也有講史小説。故質言之，"演義"者，通俗小説之謂也。

"演義"專指通俗小説，它與"小説"一辭的關係又如何呢？我們不妨對明人"小説"一辭之使用境况作一鋪叙以明兩者之關係。"小説"一辭源遠流長，其内涵在中國小説史上形成了兩股綫索，一是由《莊子》"飾小説以干縣令，其於大達亦遠矣"肇端，經桓譚"若其小説家，合叢殘小語，近取譬論，以作短書，治身理家，有可觀之辭"和班固《漢志》"小説家者流，蓋出於稗官，街談巷語，道聽塗説者之所造也"的延續和發展，至唐劉知幾《史通》的闡釋，確認了"小説"的指稱對象乃是唐前歸入"子部"或"史部"的古小説，唐及唐以後的筆記小説亦置於這一"小説"概念名下。二是由民間"説話"一系衍生的"小説"概念，如裴松之注《三國志》引《魏略》之"俳優小説"、《唐會要》卷四之"人間小説"、段式成《酉陽雜俎》續集卷四之"市人小説"等，至宋代"説話"藝術繁興，耐得翁《都城記勝》、吴自牧《夢粱録》、羅燁《醉翁談録》均將"小説"指稱通俗的"説話"藝術。明人對於"小説"一辭的使用基本上承上述兩股綫索而來，較早使用"小説"一詞的是都穆在弘治十八年（1505）爲《續博物志》所作的《後記》："山珍海錯無補乎養生，而飲食者往往取之而不棄，蓋飽飲之餘，異味忽陳，則不覺齒舌之爽，亦人情然也。小説雜記，飲食之珍錯也，有

---

① "俗傳有《西遊記演義》載玄奘取經西域，道遇魔祟甚多。讀者皆嗤其俚妄，余謂不足嗤也，古亦有之。"（明）謝肇淛：《文海披沙》卷七《西遊記》，引自朱一玄等編：《西遊記資料彙編》，中州書畫社 1983 年版，第 119 頁。

之不爲大益,而無之不可,豈非以其能資人之多識而怪僻不足論邪。"①在此之前,人們對《剪燈新話》等作品多以"稗官"、"傳奇"、"傳記"稱之,如吳植於洪武十四年(1381)序《剪燈新話》:"余觀宗吉先生《剪燈新話》,其詞則傳奇之流,其意則子氏之寓言也。"②洪武三十年(1397)凌雲翰序《剪燈新話》則謂:"是編雖稗官之流,而勸善懲惡,動存鑒戒,不可謂無補於世。"③而趙弼於宣德三年(1428)作《效顰集後序》,宣稱其《效顰集》乃"效洪景盧、瞿宗吉,編述傳記二十六篇,皆聞先輩碩老所談與己目之所擊者"④。明人普遍使用"小説"一詞大約在嘉靖以後,郎瑛《七修類稿》卷二十二云:"小説起宋仁宗,蓋時太平盛久,國家閑暇,日欲進一奇怪之事以娛之。故小説'得勝回頭'之後,即云'話説趙宋某年'……若夫近時蘇刻幾十家小説者,乃文章家一體,詩話、傳記之流也,又非如此之小説。"⑤《七修類稿》刊於嘉靖二十六年(1547),時《三國志通俗演義》和《水滸傳》均已刊行多年,故郎瑛已將"小説"一辭直指通俗小説。嘉靖三十一年(1552),小説家熊大木刊出《新刊大宋演義中興英烈傳》,在《序》中,他對時人"謂小説不可紊之以正史"的觀點提出駁論,申言"史書小説有不同者,無足怪矣",⑥亦將"小説"指稱通俗小説。而嘉靖年間刊刻的洪楩《六十家小説》更有將文言傳奇和通俗話本同置於"小説"名下的趨勢,該書作爲一部小説集,既選取説經講史話本如《花燈轎蓮女成佛記》和《漢李廣世號飛將軍》,亦取傳奇小説《藍橋記》,只要其可供消遣和娛樂,都不妨稱之爲"小説"。此書分爲《雨窗集》、《欹枕集》、《長燈集》、《隨航集》、《解閑集》和《醒夢集》六集,其選擇趨向已十分明晰。"小説"這一概念在嘉靖以來的變化與通俗小説的崛起密切相關,嘉靖元年(1522),司理監刊《三國志通俗演義》,以後不久,《水滸傳》也開始刊行流傳,刊於嘉靖十年(1531)的李開先《詞謔·時調》即云:"崔後渠、熊南沙、唐荆川、王遵巖、陳

---

① (明)都穆:《續博物志後記》,引自丁錫根編:《中國歷代小説序跋集》,人民文學出版社1996年版,第91頁。
② (明)吳植:《剪燈新話引》,(明)瞿佑:《剪燈新話》,上海古籍出版社1990年版,第3頁。
③ (明)凌雲翰:《剪燈新話序》,(明)瞿佑:《剪燈新話》,上海古籍出版社1990年版,第2頁。
④ (明)趙弼:《效顰集後序》,引自丁錫根編:《中國歷代小説序跋集》,人民文學出版社1996年版,第597頁。
⑤ (明)郎瑛:《七修類稿》,上海書店出版社2001年版,第229頁。
⑥ (明)熊大木:《大宋演義中興英烈傳序》,引自朱一玄編,朱天吉校:《明清小説資料選編》(上),南開大學出版社2012年版,第151頁。

後岡謂：《水滸傳》委曲詳盡，血脈貫通，《史記》而下，便是此書。且古來更未有一事而二十册者。倘以奸盜詐僞病之，不知序事之法，史學之妙者也。"①由《三國》、《水滸》的刊行所發端，通俗小說的創作和刊刻在嘉靖以來有了很大的發展，這一局面致使小說稱謂的使用有了相應的變化，其中之一就是"小說"一辭使用的普遍化。且看以下史料：

  牛溲馬勃，良醫所珍，孰謂稗官小說，不足爲世道重輕哉！（修髯子《三國志通俗演義引》）②
  小說之興，始于宋仁宗。（天都外臣《水滸傳叙》）③
  萬曆四十三年十一月五日，沈伯遠攜其伯景倩所藏《金瓶梅》小說來，大抵市諢之極穢者耳，而鋒焰遠遜《水滸傳》。袁中郎極口贊之，亦好奇之過。（李日華《味水軒日記》卷七）④
  小說，子書流也。然談說理道，或近於經；又有類注疏者。紀述事迹，或通於史；又有類志傳者。他如孟棨《本事》、盧瓌《抒情》，例以詩話文評，附見集類，究其體制，實小說者流也。至於子類雜家，尤相出入。鄭氏謂古今書家所不能分有九，而不知最易混淆者小說也。（胡應麟《少室山房筆叢·九流緒論下》）⑤
  風流小說，最忌淫褻等語以傷風雅，然平鋪直叙，又失當時親昵情景。茲編無一字淫哇，而意中妙境盡婉轉逗出，作者苦心，臨編自見。（《隋煬帝艷史凡例》）⑥
  今小說之行世者，無慮百種，然而失真之病，起于好奇。（睡鄉居士《二刻拍案驚奇序》）⑦

---

① （明）李開先著，卜鍵箋校：《李開先全集·詞謔》，文化藝術出版社2004年版，第1276頁。
② （明）修髯子：《三國志通俗演義引》，見（明）羅貫中：《三國志通俗演義》，上海古籍出版社1980年版，第3頁。
③ （明）天都外臣：《水滸傳叙》，引自黃霖、韓同文選注：《中國歷代小說論著選》，江西人民出版社1982年版，第124頁。
④ （明）李日華：《味水軒日記》卷七，上海遠東出版社1996年版，第496頁。
⑤ （明）胡應麟：《少室山房筆叢·九流緒論下》，中華書局1958年版，第374頁。
⑥ （明）齊東野人：《隋煬帝艷史·凡例》，上海古籍出版社1994年版，第5—6頁。
⑦ （明）睡鄉居士：《二刻拍案驚奇序》，（明）凌濛初：《二刻拍案驚奇》《古本小說集成》，上海古籍出版社1994年版，第2頁。

上述材料始自嘉靖元年(1522),終於崇禎五年(1632),時間跨度過百年,在指稱對象上,有長篇章回小説、志怪傳奇小説、筆記小説和擬話本小説。可見"小説"一辭已成爲當時指稱小説這一文類的基本術語。

"演義"與"小説"是明人使用最爲普遍的兩個術語,兩者之間的關係大致這樣:"小説"早於"演義"而出現,其指稱範圍包括文言和通俗小説兩大門類,故"小説"概念可以包容"演義"概念,反之則不能。"演義"是通俗小説的專稱,而在指稱通俗小説這一對象上,"小説"與"演義"在概念的外延上是重合的。對於這一概念的區分,明萬曆年間的胡應麟曾作過嘗試,他認爲,所謂"小説"專指文言小説,包括"志怪"、"傳奇"、"雜録"、"叢談"、"辨訂"、"箴規"六大門類,而"演義"則指《水滸傳》、《三國志通俗演義》等通俗小説。《莊嶽委談下》云:"今世傳街談巷語,有所謂演義者,蓋尤在傳奇雜劇下。"①又云:"關壯繆明燭一端,則大可笑,乃讀書之士,亦什九信之,何也?蓋由勝國末,村學究編魏、吴、蜀演義,因《傳》有'羽守邳,見執曹氏'之文,撰爲斯説,而俚儒潘氏,又不考而贊其大節,遂致談者紛紛。案《三國志·羽傳》及裴松之注,及《通鑑》、《綱目》,并無其文,演義何所據哉?"②胡應麟的這一劃分有一定的合理性,但其清理是爲了捍衛"小説"的傳統内涵,而在一定程度上蔑視通俗小説。當然,胡氏的劃分在小説史上其實并未起過太大作用,在明中後期,"小説"和"演義"在指稱通俗小説這一對象上是基本通用的。

四、清人對明代"演義"觀之延續

明人以"演義"指稱通俗小説,與"小説"一辭同爲常用之術語,這一强化通俗小説文體獨立的概念對小説的發展頗多裨益,尤其是通俗小説的發展。清以來,對"演義"一辭的闡釋已没有明代那麽熱鬧,基本循明人之觀念而較少改變,但"演義"見之於書名者仍不絶如縷。在清代,較早對"演義"作闡釋的是清初托名馮夢龍所撰的《列女演義序》,其云:

---

① (明)胡應麟:《少室山房筆叢·莊嶽委談下》,中華書局 1958 年版,第 571 頁。
② (明)胡應麟:《少室山房筆叢·莊嶽委談下》,中華書局 1958 年版,第 565 頁。

(《列女傳》)自垂訓以來，歷代寶之，第惜其義深文簡，雖老師宿儒，臨而誦讀，猶苦艱晦不解。矧柔媚小娃、垂髫弱女，縱能識字，未必精文，安能到眼即得其深心，入口便達其微意……因思此中徑路，若無伸引，孰能就將。遂不揣固陋，不避愆尤，於長夏永宵，妄取其義深者演而淺之，文簡者繹而細之。約於一字者，廣詳其本末，該於一語者，遍析其源流。使艱晦者大明，不解者悉著。①

在《序》中，作者從功能和敘述方法兩方面分析了"演義"之特性，但細細體味，也不過是明人觀念的延續而已，如"義深者演而淺之，文簡者繹而細之。約於一字者，廣詳其本末，該於一語者，遍析其源流"無疑是明代甄偉"因略而致詳，考史以廣義"(《西漢通俗演義序》)的翻版，并無更多的發明。由此也說明了明代的"演義"觀已得到了延續。章學誠在《丙辰劄記》中對通俗小說的評判也可看出明人觀念的延續：

　　凡演義之書，如《列國志》、《東西漢》、《說唐》及《南北宋》，多紀實事；《西遊》、《金瓶》之類，全憑虛構，皆無傷也。惟《三國演義》，則七分實事，三分虛構，以致觀者往往爲所惑亂，如桃園等事，學士大夫直作故事用矣。故演義之屬，雖無當於著述之倫，然流俗耳目漸染，實有益於勸懲。但須實則概從其實，虛則明著寓言，不可虛實錯雜如《三國》之淆人耳。②

很明顯，在章學誠的觀念中，所謂"演義"乃通俗小說之全體，而非僅指《三國演義》等以歷史爲題材者。鈕琇在《觚賸續編》中對"演義"的追溯頗有意味："傳奇演義，即詩歌紀傳之變而爲通俗者，哀艷奇恣，各有專家，其文章近於遊戲。大約空中結撰，寄姓氏於有無之間，以徵其詭幻。"③在此，鈕琇以"傳奇"與"詩歌"對舉，"演義"與"記傳"比并，似乎在論證"演義"乃"記傳"之

---

① (明)馮夢龍：《列女演義序》，《古今列女傳演義》(《古本小說集成》)，上海古籍出版社1994年版，第10—15頁。
② (清)章學誠：《丙辰劄記》，(清)章學誠著，馮惠民點校：《乙卯劄記　丙辰劄記　知非日札》，中華書局1986年版，第90頁。
③ (清)鈕琇：《觚賸》續編卷一《言觚·文章有本》，上海古籍出版社1986年版，第169頁。

通俗化,"演義"是以"紀傳"這種歷史題材爲内涵的,然細考之,其所謂"紀傳"不過是指稱一種體式,是以人物和故事爲主體的表現方式而已,并非是指"演義"與歷史題材小説的對應關係,就如戲曲不是詩歌的通俗化一樣。劉廷璣《在園雜志》卷二中的一段言論亦嘗引起後人之誤解,其謂:"再則《三國演義》,演義者,本有其事而添設敷演,非無中生有者比也。"①後人據此認定所謂"演義"即指"本有其事而添設敷演"的歷史題材小説。② 但其實,此處之所謂"演義"者,乃前文《三國演義》的簡稱,非指"演義"之體式。觀劉氏《在園雜志》評判了數十種通俗小説,《三國演義》僅其中之一,而在對衆多通俗小説評判之後,劉氏最後結論云:"演義,小説之別名,非出正道,自當凛遵諭旨,永行禁絶。"③故清人以"演義"指稱一切通俗小説,既是對明人觀念的延續,同時也體現了他們實際的思想認識。蔡元放《東周列國志讀法》謂:"一切演義小説之書,任是大部,其中有名人物縱是極多,不過十數百數,事迹不過數十百件,從無如《列國志》中人物事迹之至多極廣者。"④其中將"演義小説"并舉即説明了這一問題,而時至清後期的天目山樵張文虎猶然這樣表述:"近世演義者,如《紅樓夢》實出《金瓶梅》,其陷溺人心則有過之。"⑤將《紅樓夢》、《金瓶梅》稱之爲"演義",絶非是其觀念上的含混不清。

從清代以"演義"命名的通俗小説中,我們也可看出這一趨向:

《新世宏勳》(順治刻本,嘉慶刻本改題"新史奇觀演義全傳")、《樵史通俗演義》、《後七國樂田演義》、《古今列女傳演義》、《梁武帝西來演義》、《説岳全傳》(正文題"增訂盡忠演義説岳傳")、《隋唐演義》、《二十四史通俗演義》、《説唐演義全傳》、《後三國石珠演義》、《反唐演義傳》、《異説征西演義全傳》、《東漢演義評》、《南史演義》、《北史演義》、《草木春秋演義》、《西周演義》、《萬花樓演義》、《升仙傳演義》、《瓦崗寨演義》、

---

① (清)劉廷璣撰,張守謙校點:《在園雜志》,中華書局 2005 年版,第 83 頁。
② 見趙明政:《明清演義小説理論概説》,《杭州大學學報(哲學社會科學版)》1985 年第 3 期。
③ (清)劉廷璣撰,張守謙校點:《在園雜志》,中華書局 2005 年版,第 125 頁。
④ (清)蔡元放:《東周列國志讀法》,引自黄霖、韓同文選注:《中國歷代小説論著選》,江西人民出版社 1982 年版,第 415—416 頁。
⑤ (清)天目山樵:《儒林外史新評》,引自黄霖、韓同文選注:《中國歷代小説論著選》,江西人民出版社 1982 年版,第 626 頁。

《蓮子瓶演義傳》、《青史演義》、《天門陣演義十二寡婦征西》、《台戰演義》、《掃蕩粵逆演義》、《羊石園演義》、《捉拿康梁二逆演義》、《火燒上海紅廟演義》、《中東大戰演義》、《萬國演義》、《泰西歷史演義》、《通商原委演義》(即《罌粟花》)、《洪秀全演義》、《兩晉演義》、《中外通商始末記演義》、《掌故演義》、《左文襄公征西演義》、《現身說法演義》、《逐日演義》、《吳三桂演義》。

在以上四十種小說書目中,雖然有部分小說確以歷史故事爲其題材,而不像明人那樣,明確地將"二拍"、《型世言》等話本小說直稱爲"演義"。但若作仔細分析,所謂歷史題材者,已是一個非常寬泛的概念,神話、傳說等均已納入歷史題材的範疇,而更多的則純爲虛構,如《新世宏勳》、《樵史通俗演義》叙晚明故事,雖有一定的史實依據,但虛構之成分更爲濃烈;至如《萬花樓演義》、《升仙傳演義》、《蓮子瓶演義傳》等則全屬臆想。故所謂"演義"亦與"歷史題材"者并無直接對應關係,"演義"之義界明清兩代可謂一脈相承。

晚清以來,隨著西方小說類型概念的引入,"歷史小說"作爲一種小說類型與"政治小說"、"科學小說"等得到了廣泛的重視。"演義"這一概念也在這種創作和理論背景中得到了新的審視,而其中最爲重要的是進一步確認了"演義"作爲文體概念的内涵。《中國惟一之文學報〈新小說〉》一文即謂:

> 歷史小說者,專以歷史上事實爲材料,而用演義體叙述之,蓋讀正史則易生厭,讀演義則易生感。徵之陳壽之《三國志》與坊間通行之《三國演義》,其比較釐然矣。①

歷史小說是以"歷史上事實爲材料,而用演義體叙述之",顯然,"歷史小說"是一種小說類型,"演義"是一種文體。而所謂"演義體"者包括叙述方式與語言特色,黃人《小說小話》謂:

> 歷史小說,當以舊有之《三國志演義》、《隋唐演義》及新譯之《金塔

---

① 新小說報社:《中國惟一之文學報〈新小說〉》,載梁啓超主編:《新民叢報》1902年7月十四號。

剖屍記》、《火山報仇録》等爲正格。蓋歷史所略者應詳之,歷史所詳者應略之,方合小説體裁,且聳動閲者之耳目。若近人所謂歷史小説者,但就書之本文,演爲俗語,别無點綴斡旋處,冗長拖沓,并失全史文之真精神,與教會中所譯土語之《新舊約》無異,歷史不成歷史,小説不成小説。謂將供觀者之記憶乎,則不如直覽史文之簡要也;謂將使觀者易解乎,則頭緒紛繁,事雖顯而意仍晦也。或曰:"彼所謂演義者耳,毋苛求也。"曰:"演義者,恐其義之晦塞無味,而爲之點綴,爲之斡旋也,兹則演詞而已,演式而已,何演義之足云。"①

綜觀中國古代通俗小説史,確乎存在一脈以正史爲材料,略加點染或"演義"的小説流派,即明人稱其"按鑒演義"、清人稱其"依史以演義"或"史事演義"者②,此一流派以《三國志通俗演義》爲其起始,至晚清以吴趼人爲代表的歷史小説爲其收束,吴氏之歷史小説"以發明正史事實爲宗旨,以借古鑒今爲誘導"③。正與《三國演義》等歷史小説同趣。這一脈小説可以稱之爲"歷史演義",但僅是演義小説之一部分,兩者是從屬關係而非對等關係。今人視"演義"與"歷史演義"爲同義,正是"含混"了這一層關係。④ 由此,我們不妨再回到開首所提到的魯迅先生的論述,魯迅先生在其《小説史大略》中創"歷史演義"一辭,而在《中國小説史略》和《中國小説的歷史的變遷》中又將"歷史演義"易爲"講史"一辭,這種改易的動機已難以確考,但如作推想,或許與魯迅先生在研究過程中逐步發現"演義"一辭所具有的豐富內涵有關。

通過上述粗略考辨,我們的最終結論是:一、"演義"源遠流長,有"演言"與"演事"兩個系統,"演言"是對義理的通俗化闡釋,"演事"是對正史及

---

① 黄人:《小説小話》,原載《小説林》1907年第一卷,引自朱一玄編:《明清小説資料選編》(上),齊魯書社1990年版,第123頁。
② "依史以演義"一語見托名金人瑞的《三國志演義序》,"史事演義"一語見清徐時棟《煙嶼樓筆記》卷四,引自朱一玄編:《明清小説資料選編》(上),齊魯書社1990年版,第79、85頁。
③ (清)吴趼人:《兩晉演義自序》,載《月月小説》1906年第一號。
④ 《辭海》釋"演義"爲:"舊時長篇小説的一類。由講史話本發展而來,系根據史傳敷演成文,并經過作者的藝術加工。"《辭海》縮印本,上海辭書出版社1980年版,第988頁。

現實人物故事的通俗化敘述。二、"演義"一辭在小說領域,是一個小說文體概念,指稱通俗小說這一文體,而非單一的小說類型概念,故在小說研究中,以"歷史演義"直接對應"演義"的格局應有所改變,"歷史演義"僅是演義小說的一個組成部分。三、"演義"在歷史小說領域,其最初的含義是"正史"的通俗化,所謂"按鑒演義",但總體上已越出這一界限。以上是筆者在整理閱讀明清小說史料時的感想,不妥之處,懇請方家同好指正。

(原文載《文學遺產》2002年第2期)

小說學研究

「小說學」論綱
——兼談20世紀中國古代小說理論批評研究

小說學的萌興
——先唐時期小說學發覆

論明代小說學的基礎觀念

"小説學"論綱

——兼談 20 世紀中國古代小説理論批評研究

對中國古代小説理論批評的研究至今已有七八十年的歷史了,所取得的研究成果是相當豐厚的,尤其是 20 世紀 80 年代以來,這一學科逐步走向了成熟。在新世紀初來回顧這一段歷史和展望今後的發展,我們不難看到,中國古代小説理論批評研究還有許多亟待開拓的課題和須調整的格局。從宏觀角度言之,20 世紀的小説理論批評研究經歷了一條從附麗於文學批評史學科到獨立發展的過程。這一進程決定了小説理論批評研究的基本格局和思路,即在整體上它是中國文學批評史研究在小説領域的延伸,而研究格局和思路也是文學批評史研究的"翻版",以批評家爲經、以理論著作及其觀念爲緯成了小説理論批評研究的常規格局。這一研究格局有一定的合理性,但忽略了理論批評在"小説"領域的特殊性。實際上,中國古代小説理論內涵相對來説比較貧乏,這種理論思想對小説創作的實際影響更是甚微,而單純從理論思想的角度來研究小説理論批評,常會感到它與小説發展的實際頗多"間隔",更與那種重感悟、重單一文本的"評點"方式不相一致。因此,中國小説理論批評研究的新格局或許應是:以文學批評史爲背景,以小説史爲依托,探尋小説理論批評在小説史的發展中所作的實際工作及其理論貢獻,從而將小説理論批評研究融入到小説史研究的整體構架之中。我們拈出"小説學"一詞來取代"小説理論批評"目的正是以"小説學"的"寬泛"來調整以往小説理論批評研究的"偏仄"。

一、小説的"名"與"實"

研究中國小説學,首先碰到的問題是對於"小説"的界定。早在半個世紀以前，浦江清先生就發出了這樣的感慨：

> "小說"是個古老的名稱，差不多有二千年的歷史，它在中國文學本身裏也有蛻變和演化，而不盡符合於西洋的或現代的意義。所以小說史的作者到此不無惶惑，一邊要想采用新的定義來甄別材料，建設一個新的看法，一邊又不能不顧到中國原來的意義和範圍，否則又不能觀其會通，而建設中國自己的文學的歷史。中國文學史的研究，在這過渡的時代裏，不免依違於中西、新舊幾個不同的標準，而各人有各人的見解和看法。①

半個多世紀過去了，浦江清先生的這種"惶惑"在當今的研究中仍然存在。"我們面臨著一個基本選擇：是以'小說'古義爲准，把有關的龐雜議論皆列入小說理論史的範圍呢？還是以'小說'今義爲准，只研究關於這種文學式樣的理論內容呢？"②對此，研究者作出了不同的選擇，有的認爲："中國古代有文言與白話兩個小說系統，與之相應的也有兩種小說理論。""這兩個系統的小說理論互相聯繫、互相滲透，構成了整個中國古代小說的理論體系。"③有的則認爲："我的選擇便取折衷，研究對象的確定以'小說'今義爲准，但注意古義的演變過程及其理論含義。"④這裏實際涉及兩個問題：一是"小說"之名的演化，二是"小說"的名實關係。要明確"小說學"的研究對象，我們首先不得不加以辨析。

"小說"之名歷來紛繁複雜，所指非一，清代劉廷璣即感歎："小說之名雖同，而古今之別，則相去天淵。"⑤但細繹其中，亦有綫索可尋，大別之，約有如下幾種最爲基本的內涵：

一是由先秦兩漢所奠定的有關"小說"的認識。衆所周知，"小說"之名最早見於《莊子·外物》，據現有資料大致考定，從先秦到兩漢，"小說"之名

---

① 浦江清：《論小說》，《浦江清文録》，人民文學出版社 1958 年版，第 180 頁。
② 陳洪：《中國小說理論史·緒論》，安徽文藝出版社 1992 年版，第 1 頁。
③ 周偉民：《中國古代小說理論討論會概述》，見湖北省《水滸》研究會編：《中國古代小說理論研究》，華中工學院出版社 1985 年版，第 355 頁。
④ 陳洪：《中國小說理論史·緒論》，安徽文藝出版社 1992 年版，第 2 頁。
⑤ （清）劉廷璣撰，張守謙校點：《在園雜志》，中華書局 2005 年版，第 82—83 頁。

凡五見,即《莊子》:"飾小說以干縣令。"①《吕氏春秋·慎行·疑似》:"賢者有小惡以致大惡,褒姒之敗,乃令幽王好小說以致大滅。"②張衡《西京賦》:"匪唯玩好,乃有祕書。小說九百,本自虞初。"③桓譚《新論》:"若其小說家合叢殘小語,近取譬論,以作短書,治身理家,有可觀之辭。"④班固《漢書·藝文志》:"小說家者流,蓋出於稗官,街談巷語,道聽塗說者之所造也。"⑤上述五種説法除《吕氏春秋》外均對後世產生重要影響,并奠定了"小說"的基本義界:即"小說"是無關於道術的瑣屑之言;"小說"是一種源於民間、道聽塗説的"街談巷語";"小說"是篇幅短小的"殘叢小語",但對"治身理家"有"可觀之辭"。這一"義界"對後世的影響大致有二:確定了"小說"的基本範圍,"小說"是一種範圍非常寬泛的概念,它是相對於正經著作如經、史著等而言的,大凡不能歸入這些正經著作的歷史傳說、方術秘笈、禮教民俗,又以"短書"面目出現的皆稱之爲"小說"。確認了"小說"的基本價值功能,從整體而言,此時期的"小說"是一個基本呈貶義的"語詞",且不說《莊子》"飾小說以幹縣令"的下句即爲"其於大達亦遠矣",所謂"叢殘"、"短書"亦均爲貶稱。王充《論衡·骨相》云:"若夫短書俗記,竹帛胤文,非儒者所見,衆多非一。"⑥《論衡·書解》又云:"古今作書者非一,各穿鑿失經之實,違傳之質,故謂之叢殘,比之玉屑。"⑦而"街談巷語"、"道聽塗説"更是如此,唐人劉知幾對此一語道破:"惡道聽塗說之違理,街談巷議之損實。"⑧此一"小說"的内涵和外延對後世小說觀念影響甚巨,爲以後"小說"進入史部和子部在觀念上奠定了基礎。

二是"小說"是指有別於正史的野史、傳說。這一史乘觀念的確立標誌是南朝梁《殷芸小說》的出現,清姚振宗《隋書經籍志考證》卷三十二云:"案

---

① (清)郭慶藩撰,王孝魚點校:《莊子集釋》,中華書局 2012 年第 3 版,第 925 頁。
② (秦)吕不韋編,許維遹集釋,梁運華整理:《吕氏春秋集釋》卷第二十二《慎行·疑似》,中華書局 2009 年版,第 608 頁。
③ (梁)蕭統編,(唐)李善注:《文選·張衡〈西京賦〉》,上海古籍出版社 1986 年版,第 68 頁。
④ 引自《文選·江淹〈雜體詩·李都尉陵〉》李善注,見(梁)蕭統編,(唐)李善注:《文選·江淹〈雜體詩〉》,上海古籍出版社 1986 年版,第 1453 頁。
⑤ (漢)班固撰,(唐)顔師古注:《漢書》卷三十《藝文志》,中華書局 1962 年版,第 1745 頁。
⑥ (漢)王充著,黃暉校釋:《論衡校釋·骨相》,中華書局 1990 年版,第 112 頁。
⑦ (漢)王充著,黃暉校釋:《論衡校釋·書解》,中華書局 1990 年版,第 1157 頁。
⑧ (唐)劉知幾著,(清)浦起龍通釋:《史通通釋·采撰》,上海古籍出版社 2009 年版,第 109 頁。

此殆是梁武作通史時事,凡不經之説爲通史所不取者,皆令殷芸别集爲小説,是此小説因通史而作,猶通史之外乘也。"①這是中國最早用"小説"一詞作爲書名的書籍。而在唐宋兩代,人們在理論上對此作出了闡釋。劉知幾謂:"是知偏記小説,自成一家,而能與正史參行,其所由來尚矣。爰及近古,斯道漸煩,史氏流别,殊途并騖,權而爲論,其流有十焉:一曰偏記,二曰小録,三曰逸事,四曰瑣言,五曰郡書,六曰家史,七曰别傳,八曰雜記,九曰地理書,十曰都邑簿。"②"偏記小説"與"正史"已兩兩相對,以後,司馬光撰《資治通鑑》,明言"遍閲舊史,旁采小説"③,亦將小説與正史相對。宋人筆記中大量出現的有關"小説"的記載大多是指這些有别於正史的野史筆記,如陸游:"《隋唐嘉話》云:'崔日知恨不居八座,及爲太常卿,於廳事後起一樓,正與尚書省相望,時號"崔公望省樓"。'又小説載:'御史久次不得爲郎者,道過南宫,輒回首望之,俗號"拗項橋"。如此之類,猶是謗語。'"④如沈括:"前史稱嚴武爲劍南節度使,放肆不法,李白爲之作《蜀道難》。按孟棨所記,白初至京師,賀知章聞其名,首詣之,白出《蜀道難》,讀未畢,稱歎數四。時乃天寶初也,此時白已作《蜀道難》,嚴武爲劍南,乃在至德以後肅宗時,年代甚遠。蓋小説所記,各得于一時見聞,本末不相知,率多舛誤,皆此文之類。"⑤至明代,更演化爲"小説者,正史之餘也"的觀念。⑥ 故在中國小説史上,將"小説"看成爲正史之外的野史傳説是一個延續長久的認識。

三是"小説"是一種由民間發展起來的"説話"藝術。這一名稱較早見於南朝宋裴松之注《三國志》所引《魏略》:"太祖遣淳詣植。植初得淳甚喜,延入坐,不先與談。時天暑熱,植因呼常從取水自澡訖,傅粉。遂科頭拍袒、胡舞五椎鍛、跳丸、擊劍、誦俳優小説數千言訖,謂淳曰:'邯鄲生何如耶?'"⑦"俳優小説"顯然是指與後世頗爲相近的説話伎藝,這種民間的説話在當時

---

① (清)姚振宗:《隋書經籍志考證》,《二十五史補編》第四册,中華書局1955年版,第5537頁。
② (唐)劉知幾著,(清)浦起龍通釋:《史通通釋·雜述》,上海古籍出版社2009年版,第253頁。
③ (宋)司馬光編著,(元)胡三省音注:《資治通鑑·進書表》,中華書局1956年版,第9607頁。
④ (宋)陸游撰,李劍雄、劉德權點校:《老學庵筆記》卷四,中華書局1979年版,第52頁。
⑤ (宋)沈括著,胡道静校證:《夢溪筆談校證》卷四,中華書局1959年,第195頁。
⑥ (明)笑花主人:《今古奇觀序》,引自黄霖、韓同文選注:《中國歷代小説論著選》,江西人民出版社1982年版,第263頁。
⑦ (晉)陳壽撰,(宋)裴松之注:《三國志》卷二十一《魏書·王粲傳》,中華書局1959年版,第603頁。

甚爲流行,如《陳書》載王叔陵"夜常不卧,燒燭達曉,呼召賓客,説民間細事,戲謔無所不爲"①,《魏書》載蔣少游"滑稽多智,辭説無端,尤善淺俗委巷之語,至可蚍笑"②。至《隋書》卷五十八言侯白"好爲誹諧雜説",《唐會要》卷四言韋綬"好諧戲,兼通人間小説"。唐段成式《酉陽雜俎》續集卷四記當時之"市人小説",均與此一脈相承。宋代説話藝術勃興,"小説"一詞又專指説話藝術的一個門類,宋吳自牧《夢粱録》卷二十《小説講經史》:"説話者謂之舌辯,雖有四家數,各有門庭,且小説名銀字兒,如煙粉、靈怪、傳奇、公案、樸刀杆棒、發蹤變泰之事。"宋羅燁《醉翁談録·小説開闢》:"夫小説者,雖爲末學,尤務多聞,非庸常淺識之流,有博覽該通之理。……有靈怪、煙粉、傳奇、公案,兼樸刀、捍棒、妖術、神仙。自然使席上風生,不枉教坐間星拱。"此"小説"即指説話中篇幅短小的單篇故事,以别於長篇的講史,所謂"最畏小説人,蓋小説者,能以一朝一代故事,頃刻間捏合"③。以"小説"指稱説話伎藝,還與後世作爲文體的"小説"有别,但却是後世通俗小説的近源。

四是"小説"是指虚構的有關人物故事的特殊文體。此一概念與近世的小説觀念最爲接近,亦與明清小説的發展實際最相吻合,體現了小説觀念的演化。這也有一個過程:首先是確認"人物故事"爲小説的基本特性,這在宋初《太平廣記》的編訂中已顯端倪,該書之收録以故事性爲先決條件,以甄别前此龐雜的"小説"文類,但仍以"記事"爲準則。隨著宋元説話的興盛,尤其是通俗小説的勃興,這一在觀念上近於"實録"的記事準則便逐漸被故事的虚構性所取代。於是"小説"專指虚構的故事性文體。這在明代已基本確立,如嘉靖年間洪楩編刊的話本小説集《六十家小説》即然,且純以娛樂爲歸,體現了小説文體向通俗化演進的迹象。天都外臣在《水滸傳叙》一文中亦專以"小説"指稱《水滸傳》等通俗小説:"小説之興,始于宋仁宗。于時天下小康,邊釁未動,人主垂衣之暇,命教坊樂部纂取野記,按以歌詞,與秘戲優工,相雜而奏,是後盛行,遍於朝野。蓋雖不經,亦太平樂事,含哺擊壤之遺也。其書無慮數百十家,而《水滸》稱爲行中第一。"④明末清初的小説評點

---

① (唐)姚思廉:《陳書》卷三十六《始興王叔陵傳》,中華書局1972年版,第494頁。
② (唐)李延壽:《北史》卷九十《蔣少游傳》,中華書局1974年版,第2985頁。
③ (宋)吳自牧:《夢粱録》,見《東京夢華録(外四種)》,文化藝術出版社1998年版,第306頁。
④ (明)天都外臣:《水滸傳叙》,引自黄霖、韓同文選注:《中國歷代小説論著選》,江西人民出版社1982年版,第124頁。

也屢屢出現"小説"一詞,而所謂"小説"即指通俗小説,如"這樣好小説替他流芳百世"、"要替做小説的想个收場之法耳"。① 清羅浮居士《蜃樓志序》對"小説"一詞的界定更是明顯地表現出了這一特色:"小説者何? 別乎大言言之也。一言乎小,則凡天經地義,治國化民,與夫漢儒之羽翼經傳,宋儒之正心誠意,概勿講焉。一言乎説,則凡遷、固之瑰瑋博麗,子雲、相如之異曲同工,與夫艷富、辨裁、清婉之殊科,宗經、原道、辨騷之異制,概勿道焉。其事爲家人父子日用飲食往來酬酢之細故,是以謂之小;其辭爲一方一隅男女瑣碎之閑談,是以謂之説。然則最淺易、最明白者,乃小説正宗也。"② 故在明清兩代,"小説"可視爲通俗小説的專稱。

需要特別指出的是:"小説"既是一個"歷時性"的觀念,即其自身有一個明顯的演化軌跡,但同時,"小説"又是一個"共時性"的概念,"小説"觀念的演化主要是指"小説"指稱對象的變化,然這種變化并不意味著對象之間的不斷"更替",而常常表現爲"共存"。如班固《漢志》的"小説"觀一直影響到清代,《四庫全書總目》對"小説"的看法即與《漢志》一脈相承,《總目》所框範的小説"叙述雜事"、"記錄異聞"、"綴輯瑣語"和明清以來的通俗小説在清人的觀念中被同置於"小説"的名下。

二、"小説學"之由來及其研究對象

"小説學",顧名思義,即指有關"小説"的學問和學説,這一名詞較早見於近代的小説批評,如"然則小説學之在中國,殆可增七略而爲八,蔚四部而爲五者矣"③。此所謂"小説學"其實即指"小説"本身而已,而并沒有涉及小説的研究問題。近代以後,"小説學"一詞轉而指稱小説的理論研究。較早以"小説學"命名其小説研究論著的是出版於1923年的《小説學講義》(董巽觀撰),全書分二十章,較爲詳盡地討論小説的創作問題,如"意境"、"問題小説"等。其後,陳景新於1925年出版了題爲《小説學》的論著(上海泰東圖書

---

① (清)李漁編,(清)睡鄉祭酒批評:《連城璧》外編卷之二總評(《古本小説集成》),上海古籍出版社1994年版,第942頁。
② (清)羅浮居士:《蜃樓志序》,見(清)庚嶺勞人:《蜃樓志》,百花文藝出版社1987年版,第1頁。
③ (清)梁啓超:《譯印政治小説序》,原載《清議報》1898年12月23日第一册,引自《梁啓超全集》,北京出版社1999年版,第172頁。

局),另如金慧蓮《小説學大綱》①、徐國楨《小説學雜論》②、黃棘(魯迅)《張資平氏的"小説學"》③等。以"小説學"指稱中國古代的小説理論批評當在近數十年間,寧宗一主編的《中國小説學通論》和康來新的《發迹變泰——宋人小説學論稿》即然④。那"小説學"與"小説理論"、"小説批評"之間有何關聯呢?從《中國小説學通論》來看,其中區别并不明顯,這部書將"小説學"分爲"小説觀念學"、"小説類型學"、"小説美學"、"小説批評學"和"小説技法學"五個部分,其實只是對傳統小説理論批評借用當今的文藝學觀念作横向展開而已,其主要研究對象没有越出傳統小説理論批評的範疇。小説理論與小説批評,這同樣也是兩個内涵不確定、外延十分模糊的概念,在使用上并没相應的區分,如方正耀《中國小説批評史略》用"批評"爲書名,但通觀全書,其基本構架却是以理論觀念來統領的,如第一編"小説批評的萌發時期"(先秦至宋元)分四章:"朦朧的小説觀念"、"幻奇理論的産生"、"實録理論的形成"、"小説功能的發現"。陳洪的《中國小説理論史》相對來説"名實"較爲相符,該書主要是從理論思想上清理中國小説理論史的發展。而一般則將"理論"和"批評"作爲組合詞同爲書名,如王先霈、周偉民的《明清小説理論批評史》、劉良明的《中國小説理論批評史》等。其實,"小説學"、"小説理論"和"小説批評"三者有相互交叉的地方,但也有相對獨立的部分或各自的側重點,如"小説理論"應以有關小説的觀念、範疇和小説的創作理論爲研究對象,它關注的是理論思想的發展歷史。"小説批評"則主要探討的應是對文本的個體闡釋,故"小説批評史"應該著眼於小説文本的闡釋歷史。而"小説學"既以"學"爲名稱,則自然地應側重於"學問"這一層面,當然,所謂"學問"也是一個較爲寬泛的概念,它亦包括"理論"和"批評"兩個層面的内涵,但同時還包括理論批評以外的内涵。簡言之,所謂"小説學"主要側重於小説的學術史研究,它以古人對小説的文體研究、文本批評和對小説存在方式的研究爲主要對象,故一部"中國小説學史"應包括理論層面的文體研究史、鑒賞層面的文本闡釋史和操作層面的小説存在方式史(如小説的著録、選輯、禁

---

① 金慧蓮:《小説學大綱》,天一書院1928年。
② 1929年《紅玫瑰》5卷1、2、5、10、14、29期連載。
③ 1930年《萌芽》1卷4期。
④ 寧著由安徽教育出版社1995年出版,康著由臺灣大安出版社1996年出版。

毀等）。

如上所述，"小説"一詞在中國古代所指稱的對象是相當龐雜的，以致馮夢龍曾發出這樣的感歎："六經國史而外，凡著述皆小説也。"①這當然不切實際，但"小説"外延的寬泛和龐雜是顯而易見的。"小説學"研究面對如此龐雜的對象該作怎樣的取捨無疑是一個非常重要的問題。這裏必須要明瞭的一個前提是：中國小説學史的研究目的在於梳理古人對於"小説"這一對象的認識和研究歷史，而古人對於"小説"的認識是多元的，這種多元的認識就中國小説史而言，無論是"小説"之名，還是"小説"之實，相互之間都是關聯的。故以"小説"的所謂"今義"來確定小説學或小説理論批評的研究對象往往會掩蓋中國小説學史發展的本來面目，從而難以揭示中國小説學史的真實狀態。或許以"名""實"兩端來確定小説學的研究對象會有所幫助，我們的擬想對象是：

（一）以"小説"之名爲觀照對象，全面梳理古人對於"小説"的認識流變、演化及其相互關係。突出古人對於"小説"的發生、分類、地位、功能等的研究，以期將中國小説學史置於一個相對寬泛的文化史背景中加以審視，這一研究對象以"小説"的周邊研究爲主體。

（二）以"小説"之實，即在中國小説史上具有相對文體意義的形式爲研究重心，如唐前對神話傳説、寓言、志怪志人的研究，唐及唐以後對傳奇小説、章回小説的研究和近代人對於小説的整體研究。這一研究對象則以中國小説史的本位研究爲主體。

明確了"小説學"的研究對象，我們可進而討論"小説學"的基本内涵了。上文説過，"小説學"大致包括小説文體研究、小説存在方式研究和小説的文本批評，我們依次分述如下。

三、小説文體研究

"小説"之名既紛繁複雜，則小説文體亦頗難界定，一般就小説語言角度

---

① （明）可一居士：《醒世恒言叙》，（明）馮夢龍著，陽羨生校點：《醒世恒言》，上海古籍出版社1996年版，第1頁。

将小说文体约分爲兩類,即文言小説和白話小説,然則以語言角度區分小説文體猶略顯寬泛。對於小説文體的分類,筆者接受這樣的觀點:"古代小説可以按照篇幅、結構、語言、表達方式、流傳方式等文體特徵,分爲筆記體、傳奇體、話本體、章回體等四種文體,而不同文體的小説,可按照題材分成若干類型,譬如將筆記體小説分爲志怪類、志人類、博物類等,將章回體小説分爲歷史演義類、神魔類、世情類、俠義公案類等。"①這四種小説文體既是平面的小説文體類型,同時又大致體現了中國古代小説的文體發展綫索。中國小説學史正可循此梳理和分析歷代對於小説文體的研究和評判。

中國古代對於小説文體的研究,大別之,可分爲"小説"觀念研究、"小説"的範疇、理論命題研究和"小説"的技法研究。

小説觀念問題歷來受到小説理論批評史研究者的重視,對"小説"這一名稱的理論和歷史梳理至今已頗爲清晰,所謂"小説"一詞所指稱的對象及其流變軌迹已有迹可循。然而其中存在的一個認識"誤差"是:人們常常視小説觀念僅爲"小説"這一名稱所指稱的内涵。這種過於狹隘的認識使得人們對於小説觀念的追溯往往局限在"小説"這一名詞所涉及的内涵和外延的演化,因而人們所揭示的所謂小説觀念的演化史常常表現爲"小説"這一名稱的發展歷史。實際上,小説觀念的研究對象應是中國古代對於"小説"這一文體的本質研究,包括"小説"的本體研究和"小説"的形態研究。故對於小説觀念研究應有一個理念的轉換:即從"小説"作爲一個"名詞"轉換爲"小説"是一種"文體"。這樣,所謂小説觀念的研究或許會落到實處,才能真正揭示中國古人對於"小説"這一文體的認識歷史。如果循著這一思路,我們將看到,小説觀念研究的外延是非常寬泛的,它可以以"小説"這一文體爲中心視點,全面梳理小説在形成過程和發展流變中的相關觀念、術語和理論思想,而不必被"小説"這一名稱所束縛。如《莊子》一書,作爲中國小説理論批評史的研究資料,人們常引用的是"飾小説以干縣令,其於大達亦遠矣"一段話,但其實,此"小説"一詞與小説文體并無干涉。作爲中國小説史上"小説"一詞的首見當然自有其價值,但後人視《莊子》爲"千萬世詼諧小説之祖"并非指其對"小説"一詞的發明,而是指《莊子》一書接近小説的創作實踐。故

---

① 孫遜、潘建國:《唐傳奇文體考辨》,《文學遺産》1999年第6期。

《莊子》一書中有關自身創作特色的揭示更應成爲中國小說觀念史研究的對象，我們在《莊子》中能找出許多比"小說"一詞更有價值的術語，如"寓言"、"卮言"、"志怪"、"曼衍"、"謬悠之説，荒唐之言，無端崖之辭"等，這些術語及其内涵都對後世的小説創作産生了一定影響。

　　小説的範疇和理論命題研究也是當今小説理論批評研究中的重心，尤其在明清小説理論批評研究中，人們對小説評點家的理論思想作出了深入細緻的分析。但要使這一層面的研究引向深入，或許還得注意這樣幾個問題：一是揭示中國古代小説理論範疇的總體特徵，在中國文學理論範疇的背景上尋求小説理論範疇的獨特個性。從整體而言，中國小説理論範疇并不發達，與傳統詩學、詞學乃至曲學相比，相對缺少具有自身文體特性的範疇術語，除了"虚實"、"幻奇"、"教化"等少數命題外，更少在小説理論批評史上一以貫之的理論範疇，就是上述一以貫之的理論命題，其實也是對傳統文學理論範疇的"移植"。而明清小説評點家在評論通俗小説時所使用的範疇術語也有很大的隨意性，缺少相對意義上的理論延續。這一中國小説理論範疇的總體特性，我們毋需諱言，更不必強求其中的所謂體系，去尋求那種空洞的所謂"範疇體系"，而是應該從發生學的角度去探求其原因和梳理其對小説發展所産生的實際影響。二是在小説範疇和理論命題研究中強化"文體"意識，從而使小説範疇和理論命題研究真正切入中國古代小説的實際進程之中。如前所述，中國古代小説大致可以分爲"筆記體"、"傳奇體"、"話本體"和"章回體"四種文體，這四種文體之間既有一定的傳承性，同時又有相對的獨立性，各自形成了自身的文體特性。對這四種小説文體的研究，古人明顯地是以不同的視角和標準加以對待的，從而形成了各自相對獨立的小説文體學説。如對於"筆記體"小説，古人所采用的視角是傳統的"實録"準則，這種"實録"同時又與史學的"實録"準則不盡一致，它主要的是指"記録"，而對傳聞的"記録"同樣也是筆記小説所允許的。故干寶在《搜神記序》中標舉"考先志於載籍，收遺逸於當時，蓋非一耳一目之所親聞睹也，又安敢謂無失實者哉"①。其實并非是干寶有意提倡虚構，而是確認了筆記體小説的基本原則。明乎此，則對紀曉嵐指責《聊齋志異》"一書而兼二體"這一小

---

① （晉）干寶：《搜神記序》，《搜神記》，遼寧教育出版社1997年版，第1頁。

说批评史上的公案就可理解了。纪氏正是区分了笔记与传奇小说两种小说文体的不同,从而对《聊斋志异》提出了不满,而今人对纪昀的指责恰恰是模糊了这两种小说文体。故强化"文体"意识,一方面可以揭示各种小说文体的相关学说,同时又可与中国小说发展的实际状况相一致。三是在对小说范畴和理论命题的研究中,要尽量贴近古人,寻求对小说发展实际有直接价值的理论命题和学说为研究对象。今人对小说理论批评的研究常采用两种方式:或以当今的小说学观念来套用传统小说学,如"性格"、"结构"、"叙述视角"等,于是中国古代小说学命题在某种程度上成了西方小说学的翻版,而忽略了中国小说学自身的本位性;或在古代小说评点家的著作中寻求相关命题,但往往忽略了这些命题与小说发展实际的关系。金圣叹在《水浒》评点中提出的"因缘生法"、"以文运事"等固然有其价值,值得探究,然而将评点家颇为随意的命题作出更为细密的挖掘其实并无太大的意义,诸如"囫囵语"、"趁窝和泥"说等看似新颖,但与小说的发展有几何关联呢?我们强化小说命题研究与小说发展实际的一致正是要求小说命题的研究贴近中国小说的自身发展,从而使小说学研究真正成为小说史研究的一个有机组成部分。如在明清通俗小说史上颇有影响的"奇书"、"才子书"、"世情书"等命题都与小说史的发展直接相关。

小说学中的技法主要是指明中叶以后小说评点家对古代小说创作法则的揭示,它的出现确乎与评点这一形式密切相关,同时又因评点是中国古代小说批评形式的主体而在古代小说批评中延续长久。小说评点之所以重视技法源于两方面的因素,一方面,这是评点形式的传统特色。钱锺书先生谓:"方回《瀛奎律髓》卷一〇姚合《春游》批语谓'诗家有大判断,有小结裹';评点、批改侧重成章之词句,而忽略造艺之本原,常以'小结裹'为务。"①所谓"侧重成章之字句"即指评点重视技法研究。另一方面,这与明清的八股之风和小说评点家对八股文法的长期薰染有关。金圣叹在《第五才子书水浒传·序三》中的一段话正代表性地说明了这两方面的影响:"盖天下之书诚欲藏之名山,传之后人,即无有不精严者。何谓之精严?字有字法,句有句

---

① 钱锺书:《管锥编》第 4 册,中华书局 1979 年版,第 1215 页。

法,章有章法,部有部法是也。"①故以"精嚴"之意識揭示小説之"法"即爲評點之首務。對小説技法作分析品評較早見於明萬曆年間的袁無涯本《水滸傳》,其中提出的《水滸》"叙事養題法"、"逆法離法"、"實以虛行法"等開了小説技法研究的先河。其後,袁于令評點的《隋史遺文》、傳爲李漁評點的《新刻繡像批評金瓶梅》,尤其是金聖歎評點的《第五才子書水滸傳》,將技法研究推向深入和細密。金氏在《讀法》中就標列《水滸》"文法"十五例,又在具體品評中不斷揭示其中蘊涵的文法,以後又經毛批《三國》、張批《金瓶梅》和脂批《紅樓夢》,小説技法研究成了評點中一個非常重要的組成部分。清中葉以後技法研究有所減弱,但仍不絶如縷,故技法研究可謂始終貫穿在小説評點史上。對於這一部分批評史料自胡適先生指責金聖歎批評《水滸》"八股氣"以後,一直受人詬病,建國以後又將其界定爲"形式主義"而一筆抹殺,近年來的小説理論批評研究方逐步得到重視。誠然,古代小説評點中的技法研究確乎有"八股"的痕迹,但技法研究其實是小説批評尤其是通俗小説批評中最具小説本體特性的批評內涵。而小説批評借鑒八股技法理論也使小説的形式批評不斷走向細密和規整,在小説理論批評研究中誠不可偏廢,其價值層面猶如詩學中之"詩格"一體。還須看到的是,小説技法研究中雖然借鑒了八股技法的某些術語,但在批評視角和論述思路上則明顯采用的是"史學"的叙事法則,與史著叙事法的比附幾乎是每一個小説評點家在小説技法研究中的常規思路,而史著與小説在叙事法上的相通又是一個不言而喻的顯著特性。故剔除小説技法研究中陳陳相因、淺俗無聊的內容,以八股技法和史著叙事法的雙重視角研究古代小説技法批評,并將其與中國小説的創作實際結合起來,無疑也是中國小説學研究中一個不可分割的重要組成部分。

四、小説存在方式研究

小説存在方式研究長期以來一直被排除在小説理論批評史的研究範圍

---

① (明)金聖歎:《第五才子書水滸傳·序三》,《第五才子書水滸傳》,上海古籍出版社 1994 年版,第 40 頁。

之外,道理很簡單,所謂小説存在方式研究并不以"理論形態"的面貌出現,故素來重視"理論形態"的小説批評史研究就把小説存在方式研究排除在外。但其實,古人對於小説的認識、把握和研究歷來是雙管齊下的:訴諸於理論形態與在理論觀念指導限制下的具體操作。兩者之間相輔相成,後者還體現爲對前者的檢驗和實踐,故缺其一都不能構成完整的中國小説學史。古人對小説存在方式的研究主要表現在四個方面:著録、禁毁、選輯和改訂。

所謂著録是指"小説"這一文體在歷代公私目録中的存在情況及其價值判斷,這是一種以目録學的形式表達小説觀念和小説思想的獨特方式。這種方式對於中國古代小説學而言,最起碼在兩個方面顯示了獨特的小説理論思想:一是從班固《漢志》到紀昀《四庫全書總目提要》,歷代目録學家對文言小説的著録體現了中國古代對文言小説的認識流變,也顯現了中國古代文言小説的發展歷程。同時,對歷代目録學的清理,可以梳理出"小説"這一文體在目録學中的變異狀態,而這種變異正體現了中國小説觀念的歷史演進。如班固《漢書·藝文志》首次設立"諸子略·小説家",著録《伊尹説》、《鬻子説》、《周考》等十五家"小説"。《隋書·經籍志》承其思路,在四部分類中設"子部·小説家",著録《燕丹子》、《雜語》等"小説"二十五家,又在"史部·雜傳"類著録《述異記》、《搜神記》等多種小説。《舊唐書·經籍志》大致與其相類,"小説"作品亦被分置於"子部·小説家"和"史部·雜傳"類。至宋代,歐陽修等修撰《新唐書·藝文志》將前此書目中歸於兩部的"小説"統一歸於"子部·小説家"中,且還著録了《玄怪録》、《傳奇》等唐人傳奇小説。這一歸并,基本確立了後世目録學中對"小説"的著録位置,也基本確認了文言小説的兩大部類,即"筆記體小説"和"傳奇體小説",還顯示了文言小説與"子"、"史"兩部類的淵源關係。二是梳理通俗小説的著録情況及其演化軌迹可以從一個側面反映通俗小説的地位及其流傳的實際情況。古代通俗小説源於"説話"藝術,就小説文本而言,可以追溯到唐代。唐以後,隨著宋元話本的興起和明清章回小説的繁盛,通俗小説在創作和傳播兩方面都非常發達。但通俗小説的著録却遠遠滯後於創作和傳播。據考,通俗小説的著録較早見於明初,明代約有九種公私書目著録了通俗小説,其中以話本爲主,亦著録了《三國》、《水滸》等明代新創小説。入清以後,通俗小説的著録反而見少,除清初錢曾《也是園書目》設"戲曲小説"類、祁理孫《奕慶藏書樓書目》設"稗乘家"外,一直到清後期,公私書目對通俗小說殊少著録,清代最重要的書目《四庫全書總目提要》對通俗小說未提隻字。直到晚清以後,通俗小說的著録才得以興盛。這一著録的流變軌迹明顯反映了通俗小說在明清兩代的實際地位。但頗有意味的是:明代的皇家書目《文淵閣書目》和《文華殿書目》著録了通俗小說,清初的私家書目《也是園書目》則爲通俗小說獨立設部,這種現象無疑可使我們更細緻地把握通俗小說在明清兩代的實際傳播狀况。①

  小說的禁毁問題主要是在明清兩代,這是傳統的書籍禁毁在小說領域的延續。作爲中國小說學的一個有機組成部分,"禁毁"問題涉及歷朝被禁毁的小說書目和與禁毁相關的官方法令、社會輿論。它在小說學史上有三重價值:首先,歷來對小說的禁毁出自於中央和地方法令,帶有頗爲强烈的意識形態性,這對於以"民間性"爲主流的古代小說而言,體現了上層對小說的一種文化政策和文化限制。這種帶有强制性的政策法規無疑可補足同樣處於"民間"狀態的中國小說理論批評。其次,小說禁毁本身及其相關資料所涉及的面相當寬泛,它上至中央政府,下及民間家庭,内容包括法律、法規、官箴、家訓、清規、學則、鄉約、會章和社會輿論,乃全方位地表現了小說在古代社會的實際存在狀態,從而使我們能更真切地把握古代對於"小說"這一文體的價值判斷。這雖然僅表現了古人對小說存在形態的一種認識,即體現了古代社會對小說的鉗制,但涉及面的寬泛性和對社會的滲透性是其他小說理論批評史料所無法比擬的。複此,小說的禁毁其實是一種文化現象,將禁毁問題納入"小說學"的研究範圍,可以接通小說研究與當時社會文化之間的關係,它起碼涉及這樣幾層内涵:特定社會環境對小說創作及其傳播的影響、有關小說的特殊文化政策、小說與教育等。

  將文學選本視爲一種批評形式,這已成爲一個共識。魯迅先生在《選本》一文中甚至認爲:"凡是對於文術自有主張的作家,他所賴以發表和流布自己的主張的手段,倒不在作文心、文則、詩品、詩話,而在出選本。"②小說選本同樣也是如此。中國古代的小說選本有文言和白話兩大部類,而以文言

---

① 參見潘建國:《古代通俗小說目録學論略》,《文學遺産》2000 年第 6 期。
② 魯迅(署名"唐俟"):《選本》,載《文學季刊》1934 年第 1 卷第 1 期,第 283 頁。

小説選本爲主,在形式上主要包括選集和總集,"叢書"、"類書"也大致可歸入這一類別。就小説學而言,研究小説選本有多方面的價值。一是小説選本本身所體現的小説觀念和小説思想,如明嘉靖年間洪楩編刊的話本小説集《六十家小説》,其中分爲"雨窗"、"欹枕"、"長燈"、"隨航"、"解閑"、"醒夢"六集即已表明對小説娛樂消遣性質的重視。馮夢龍編輯《情史》更是其"情教"學說的集中體現。二是小説選本的分類及其演化是研究中國小説類型的重要史料,尤其是文言小説類型,同時還可與當時的理論表述相互印證。如明陸楫《古今説海》錄前代至明代小説 135 種,分爲四部七家:說選(小錄、偏記)、說淵(別傳)、說略(雜記)、說纂(逸事、散錄、雜纂),其分類與同時代胡應麟的分類頗爲接近,可證這是當時的一種常規分類法。

　　小説的改訂主要是指通俗小説,而改訂又大多出自小説評點者之手,故這是古代小説批評家直接參與小説文本和小説傳播并影響了中國小説發展進程的一個重要現象。小説評點家之所以能對小説文本作出修訂,源於兩方面的因素:一是通俗小説地位的低下和小説作家的湮沒無聞,使評點者對小説文本的修訂有了一種現實可能。二是古代通俗小説世代累積型的編創方式使得小説文本處於"流動"之中。因其是在"流動"中逐步成書的,故成書也非最終定型,仍爲後代的修訂留有較多餘地;同時,因其本身處於流動狀態,故評點者對其作出新的改訂就較少觀念上的障礙。對通俗小説的改訂最集中且成就最高的是在明末清初,而此時期正是通俗小説逐步定型并走向繁盛的時期,尤其是"四大奇書",這在中國通俗小説的發展中具有典範意義。明末清初的小説評點家對"四大奇書"的修訂并使之成爲後世流傳的小説定本在通俗小説的發展史上有重要價值,同時也是小説批評參與小説發展實際的一個重要舉措。但歷來治小説史者,常常把小説創作和小説評點分而論之,叙述小説史者一般不涉及評點對小説文本的影響(有時更從反面批評),而研究小説評點者又每每過多局限於小説評點之理論批評內涵。於是,小説評點家對於小説文本的改訂就成了一個兩不關涉的"空白地帶",這實在是一個研究的"誤區"。故如果我們在小説史的叙述中適當注目評點對小説發展的影響,并對其有一個恰當的評價,那我們所叙述的小説史也許會更貼近中國通俗小説發展的"原生狀態"。

　　總之,我們以小説的存在方式研究作爲小説學的一個組成部分,一方面是爲了彌補以往中國小説理論批評研究中的不足，同時也是爲了使古代小説學的研究更爲圓滿，從而更清晰地梳理出"小説學"在中國小説史發展中所産生的實際影響。

五、小説文本批評

由於受中國文學批評史研究格局的影響，長久以來我們的小説理論批評研究一直以"理論思想"爲主要對象，於是對各種"學説"的闡釋及其史的鋪叙成了小説理論批評研究的首務，原本豐富多樣的古人對於小説的研究被主觀分割成一個個理性的"學説"，一部中國小説理論批評史也就成了一個個理論學説的演化史。而在這種研究格局中，中國小説學史上最富色彩、對小説傳播最具影響的"文本批評"却被忽略了。這無疑是 20 世紀中國小説理論批評研究中的一大缺憾。以理論觀念作爲小説理論批評史研究的主要對象，這本身無可厚非，因爲在古人對小説的研究過程中確實産生了大量有價值的思想觀念，值得探究。但在小説理論批評史研究中，以理論觀念掩蓋小説的文本批評却并不合適。

所謂"文本批評"是指在中國小説批評史上對單個作品的品評和分析，它著重闡釋的是單個作品的情感内涵和藝術形式，這在中國小説批評，尤其是明清通俗小説批評中是占主流地位的批評方式。故一部中國小説批評史，其實主要就是對單個小説文本闡釋的歷史。但在以往的小説理論批評研究中，這一批評方式及其内涵常常被理論觀念的研究所掩蓋，這一"掩蓋"至少有兩方面的"失誤"：

以理論觀念爲研究主體在很大程度上掩蓋了"文本批評"在中國小説理論批評史上的實際存在及其價值。中國古代小説的"文本批評"是建立在對個體小説情感内涵和藝術形式的闡釋之上的，因而古代小説的文本批評明顯地構成了兩條綫索：單個小説文本批評的自身演化綫索和不同小説文本批評的歷史演進綫索。前者體現爲單個小説文本的接受史，後者則顯現爲古代小説文本批評的總體演進歷史。清理和把握這兩種綫索無疑可深切地觀照中國小説史在創作和傳播兩方面的實際狀况。就單個小説文本的接受史而言，不同批評家、不同歷史時期的批評均顯示了獨特的時代情狀和批評家的個性風貌。如《水滸傳》,從"李卓吾評本"到金聖歎評本,再到燕南尚生的《新評水滸傳》,其中體現了明顯的演化軌迹:"李卓吾評本"以"忠義"評《水滸》,旨在抬高《水滸傳》和小説文體的歷史地位;金聖歎以"才子書"評《水滸》則主要從藝術形式角度評判《水滸傳》的藝術價值,而他對"李評本""忠義"的駁難又明顯地表現了明末社會特定的時代狀况;至近代,燕南尚生評《水滸傳》全然捨去了作爲小説文本所應有的藝術分析,而從當時現實政治的需要,從君主立憲的實用角度判定《水滸傳》爲"政治小説"、"社會小説"和"倫理小説"。這一條演化的軌迹既體現了《水滸傳》在中國古代被逐步接受的歷史,同時也顯示了《水滸傳》在接受過程中的時代印記。從小説文本批評的總體演進來看,古代小説的文本批評在對作品的選擇上也有一個明顯的演進綫索:《水滸》、《三國》是最先得到批評家"青睞"的小説作品,一時評本蜂起;其後,《金瓶梅》也逐步得到重視;而在清中葉以後,小説的文本批評幾乎成了以《紅樓夢》爲代表的世情小説的天下了。而這一綫索正是與中國通俗小説的發展實際相一致的。

以理論觀念爲標準研究古代小説批評,還常常使一些相對缺少理論思想而注重小説文本闡釋的批評文本不受重視,甚至被排斥在小説批評研究的視野之外。一個突出的例子是明清《西遊記》的批評文本明顯受到冷落。《西遊記》自"李卓吾評本"之後,有明末清初的"汪象旭評本",至清中葉出現了大量的評點本,如《新説西遊記》、《西遊真詮》、《西遊原旨》等。這一系列的評點本大多以闡釋作品的內涵爲主,以傳統的"三教合一"思想和明中後期以來的"心學"闡釋《西遊記》的思想內涵。其中偏頗甚至荒唐之處不少,但這是明清小説批評中的一個獨特現象,也是《西遊記》在傳播過程中的一個特殊存在,不應排斥在小説批評研究之外。《紅樓夢》批評文本的研究同樣也是如此。在《紅樓夢》傳播史上影響最大的無疑是王希廉、張新之、姚燮三家評本,但這三家評本同樣以闡釋作品的情感內涵與藝術形式爲主,而較少理論思想的發揮和概括,故在小説批評研究中也不受重視。倒是哈斯寶的《新譯紅樓夢》,因其有理論思想的概括而廣受注目,其實,哈斯寶的所謂理論思想大多拾金聖歎之"餘唾",對於《紅樓夢》人物和結構的分析與三家評本相比尚有較大距離。這種研究狀況和價值評判顯見是以理論觀念爲標準所帶來的後果。

故我們強調中國小說學研究中"文本批評"的回歸,正旨在追求小說學研究貼近小說史的發展實際,強化小說批評的文本意識和批評家的個性色彩、時代特性,從而使中國小說學史的研究中能夠清晰地梳理出一個古人對於小說文本闡釋的歷史。

　　在小說批評研究中強調"文本批評"的回歸,其實所要"回歸"的是中國小說批評的實際狀態。上文說過,中國小說批評以"文本批評"爲主體,而這正是由古代小說批評形態所決定的,中國古代文學批評源遠流長,批評形式也豐富多樣,有發爲專論的如陸機《文賦》、劉勰《文心雕龍》,有專注於詩歌一體的如鍾嶸《詩品》,有"話"、有"品"、有"評點",有書信、序跋等,各種批評形式制約了理論思想的生成,而批評形式的多樣性使得中國古代的文學理論思想呈現了豐富多彩的特色。在中國文學批評史的背景上,古代小說批評尤其是明清的通俗小說批評形式相對來說比較單一,小說批評史上沒有出現一部對小說文體進行專題研究的專門論著,具有相對綜合性的"小說話"形式一直到近代方始出現。故小說批評最爲基本的形式是"評點"和序跋,尤以評點爲中國小說批評的主體形式,而無論是評點還是序跋,均以單個小說作品爲批評對象。尤其是評點,這是古代小說批評中一以貫之的批評方法,在中國古代延續了近四百年歷史,與中國古代小說的發展相始終。這種批評方式是傳統詩文評點在小說領域的延伸,但沒有全盤接受詩文評點的傳統。中國古代的詩文評點自唐以來,是作家評、文本評同時并重的,還略帶對文體的研究,而古代小說評點可謂單純的文本批評,是獨立的對於小說文本的賞析和闡釋。故對小說評點而言,其首要的是對文本的闡釋,其次才在這基礎上表達一定的小說理論思想,兩者之間的主次關係極爲明顯,故以理論觀念研究掩蓋文本批評無疑是捨本逐末的行爲,并不符合中國小說批評之實際。

　　還須看到的是,從"文本批評"的角度梳理古代小說批評,可以清晰地看到古代小說批評與小說創作和傳播的高度一致性。中國小說批評的主體綫索正是由對古代小說史上一部部名家名作的文本批評所構成的。明代"四大奇書"、清代的《紅樓夢》、《儒林外史》、《聊齋志異》是古代小說文本批評的主體,正是對這些名作的文本批評形成了古代小說批評的骨幹綫索。而清晰地梳理古人對於這些作品的文本批評及其演化軌跡無疑是中國小說學研究的一個重要任務。

綜上所述，中國小說學研究主要由三個層面所構成，即：小說文體研究、小說存在方式研究和小說的文本批評，這三個層面構成了小說學研究的整體內涵。三者之間既有聯繫，又有相對的獨立性。而我們以這三個層面作爲小說學的研究對象，其目的一方面是爲了突破以往的研究格局，同時更重要的是爲了使小說學研究更貼近中國小說史的發展實際，將中國小說學研究與中國小說史研究融爲一體，從而勾勒出一部更實在、更真切的古人對"小說"這一文學現象的研究歷史。

（原文載《中國社會科學》2001年第4期）

小説學的萌興

——先唐時期小説學發覆

"小説學"之在先唐時期呈現爲一種依附狀態，對於小説的研究和評判主要是在史學和哲學領域，這一狀態與小説在先唐時期的生成與發展相一致。故先唐時期的小説學主要體現爲總體性的把握和評判，大量融合了非"小説"的内涵，而相對缺乏對於小説本體的精深分析。但這種總體性的評判是後世小説學的思想之源，規定和制約了中國小説和小説學的發展進程。同時，先唐時期的小説學是在"小説"名實兩端的分析中展開的，子書和史志中對於"小説"之名的判斷和六朝小説家對於"小説"之實的分析是先唐時期小説學中既相異又相關的兩股綫索。故"名實之辨"是厘清先唐時期小説學的一個重要内容。

一、"小道可觀"：小説學的思想基礎

中國小説學的萌生并不在小説領域，而是表現在哲學思想中，對後世小説學影響最大的無過於《論語·子張》中的一段話：

> 子夏曰："雖小道，必有可觀者焉。致遠恐泥，是以君子不爲也。"①

"小道""可觀"一語遂成後世評定小説這一文體的基本術語，經數千年而不變。"小道"指稱小説的非正統性，"可觀"則有限度地承認小説的價值

---

① （清）劉寶楠：《論語正義》，中華書局1990年版，第738頁。

功能,可謂一語而成定評。然則"小道"一詞在先秦時期本不指稱"小説",甚至亦非指典籍,而是指稱某種思想行爲或行爲方式。《逸周書·太子晉解第六十四》:"如文王者,其大道仁,其小道惠。"①《春秋穀梁傳·隱公元年》:"兄弟,天倫也,爲子受之父,爲諸侯受之君,已廢天倫而忘君父以行小惠,曰小道。"②《左傳·桓公六年》亦謂:"臣聞小之能敵大也,小道大淫。所謂道,忠於民而信於神也。"③可見所謂"小道"是與"大道"相對的思想行爲和行爲方式。《荀子·正論》中的一段表述則更爲明晰:

  故可以有奪人國,不可以有奪人天下;可以有竊國,不可以有竊天下也。可以奪之者可以有國,而不可以有天下,竊可以得國,而不可以得天下。是何也? 曰:國,小具也,可以小人有也,可以小道得也,可以小力持也;天下者,大具也,不可以小人有也,不可以小道得也,不可以小力持也。國者,小人可以有之,然而未必不亡也。天下者,至大也,非聖人莫之能有也。④

這種對於"小道"的認識一直延續到漢及漢以後。賈誼《新書》卷五《傅職》:"天子居處,出入不以禮,衣服冠帶不以制,御器在側不以度,雜綵從美不以彰德,忿怒説喜不以義,賦與嚵讓不以節,小行、小禮、小義、小道,不從少師之教,凡此之屬,少傅之任也。"卷六《容經》:"古者年九歲入就小學,蹍小節焉,業小道焉;束髮就大學,蹍大節焉,業大道焉。"⑤漢以後亦然,《後漢書》卷六八《符融傳》:"時漢中晉文經、梁國黄子艾,并恃其才智,炫曜上京,卧托養疾,無所通接。洛中士大夫好事者,承其聲名,坐門問疾,猶不得見,三公所辟召者,輒以詢訪之,隨所臧否,以爲與奪。融察其非真,乃到太學,并見李膺曰:'二子行業無聞,以豪桀自置,遂使公卿問疾,王臣坐門。融恐

---

① 黄懷信、張懋鎔、田旭東:《逸周書彙校集注》,上海古籍出版社2007年版,第1019頁。
② (晉)范甯集解:《春秋穀梁傳》(《叢書集成初編》),中華書局1985年版,第2頁。
③ (戰國)左丘明撰,(西晉)杜預集解:《左傳》(《春秋經傳集解》),上海古籍出版社1997年版,第88頁。
④ (清)王先謙:《荀子集解》(《新編諸子集成》),中華書局1988年版,第326頁。
⑤ (漢)賈誼撰,閻振益、鍾夏校注:《新書校注》(《新編諸子集成》),中華書局2000年版,第174、229頁。

其小道破義,空譽違實,特宜察焉。'膺然之。二人自是名論漸衰,賓徒稍省。旬日之間,慚歎逃去。後果爲輕薄子,并以罪廢棄。"①可見"小道"是指與"小行"、"小禮"、"小義"相對應的思想行爲,更指那種"恃其才智"、"破義"、"違實"的雕蟲小技。

以"小道"一詞指稱典籍大致是在漢代,尤其是東漢,并逐漸演爲與儒家學說相對的諸子典籍。② 這一演變或與漢以來"獨尊儒術"的思想學術背景相關,《漢書·宣元六王傳》記曰:"(東平王宇)上疏求諸子及《太史公書》,上以問大將軍王鳳,對曰:'……諸子書或反經術,非聖人,或明鬼神,信物怪;《太史公書》有戰國縱橫權譎之謀……皆不宜在諸侯王。不可予,不許之辭宜曰:《五經》,聖人所制,萬事靡不畢載。王審樂道,傅相皆儒者,旦夕講誦,足以正身虞意。夫小辯破義,小道不通,致遠恐泥,皆不足以留意。'"③所謂"小道"遂成與"聖人所制"相對的諸子典籍,甚至將太史公《史記》亦歸入其中。王充《論衡》則以批評的口吻描述了當時儒生將儒家典籍之外的"尺籍短書"比作"小道"的現象:

  彼人問曰:"二尺四寸,聖人文語,朝夕講習,義類所及,故可務知。漢事未載於經,名爲尺籍短書,比於小道,其能知,非儒者之貴也。"儒不能都曉古今,欲各別說其經;經事義類,乃以不知爲貴也。④

將"小道"與"小說"相關涉始於東漢班固,這是一段在中國小說史上廣爲引用的文字,亦引錄如下:

  小說家者流,蓋出於稗官,街談巷語,道聽塗說者之所造也。孔子曰:"雖小道,必有可觀者焉。致遠恐泥,是以君子弗爲也。"然亦弗滅

---

① (南朝宋)范曄撰,(唐)李賢等注:《後漢書》卷六八,中華書局1965年版,第2232—2233頁。
② 以"小道"與"大道"相對來指稱某種學術思想較早見於《莊子》,但《莊子》未用"小道"和"大道"等稱謂,而是以"方術"與"道術"指稱之。所謂"道術"是指古代天人、神人、至人、聖人對大道理進行全面體認的學問,包括宇宙間的一切真理。而所謂"方術"是指後世的百家曲士拘於一方,對大道的某一方面體察的學問。詳見方勇、陸永品《莊子詮評·天下》,巴蜀書社1998年版。
③ (漢)班固撰,(唐)顏師古注:《漢書》卷八十,中華書局1962年版,第3324—3325頁。
④ (漢)王充著,黃暉校釋:《論衡校釋·謝短篇第三十六》,中華書局1990年第1版,第557—558頁。

也。閭里小知者之所及,亦使綴而不忘,如或一言可采,此亦芻蕘狂夫之議也。①

班固將"小道"與"小説"相勾連使"小道"所指稱的内涵自先秦以來的"泛指"而變爲一種"特指",至此,所謂視"小説"爲"小道"的觀念得以成立,并流播廣遠。

以"可觀"一詞評價"小説"一類書籍的較早見於西漢劉向的有關論述,劉向在《列子書録》中肯定《列子》"且多寓言,與莊周相類",并指出其中"《穆王》、《湯問》二篇迂誕恢詭",《力命》、《楊子》"二義乖背,不似一家之書。然各有所明,亦頗有可觀者"。② 在《説苑叙録》中,劉向又對其編集的"淺薄不中義理"的《説苑》、《新序》評價爲"皆可觀"。"可觀"一詞與"小説"相連始見於兩漢之際的桓譚:"若其小説家,合叢殘小語,近取譬論,以作短書,治身治家,有可觀之辭。"③桓譚明確地將"小説家"之撰述評價爲"有可觀之辭",并以"治身治家"來概言"可觀"之内涵,而"治身治家"乃從儒家經典所强調的"修身齊家"一語演變而來。《禮記·大學》云:"古之欲明明德於天下者,先治其國;欲治其國者,先齊其家;欲齊其家者,先修其身。"④桓譚以此立論可見其對"小説"的認可。

"小道可觀"一語從指稱與"大道"相對的思想行爲到與儒家經典相對的諸子百家,再演爲專指諸子百家中特定的一類書籍,這一演變大致在東漢初年得以完成。無論是桓譚還是班固,其所指稱的"小説家"雖與後世的所謂小説頗多歧異,但畢竟是後世小説之濫觴。魯迅先生評班固所録小説十五家"大抵或托古人,或記古事,托人者似子而淺薄,記事者近史而悠繆者也"⑤。"似子而淺薄"、"近史而悠繆"正是先唐時期小説之基本特性,也是後世小説創作的一脈泉源,故可視爲對先秦以來小説創作的實際評價。班固以後,"小道可觀"一語成了後世對小説文體的基本評價,如《隋書·經籍志》

---

① (漢)班固撰,(唐)顔師古注:《漢書》卷三十《藝文志第十》,中華書局1962年版,第1745頁。
② 楊伯峻:《列子集釋》,中華書局2012年版,第268頁。
③ (漢)桓譚:《新論》,上海人民出版社1977年版,第69頁。
④ (宋)朱熹:《四書章句集注·大學章句》,中華書局1983年版,第3頁。
⑤ 魯迅:《中國小説史略》第一篇《史家對於小説之著録及論述》,上海古籍出版社1998年版,第2—3頁。

在論及"小説"時先以"小説者,街説巷語之説也"爲其正名,末即引"雖小道,必有可觀者焉,致遠恐泥"爲其定評。① 宋人曾慥在《類説序》中亦謂:"小道可觀,聖人之訓也。"②并以"資治體,助名教,供談笑,廣見聞"進一步申述"可觀"之内涵。明代小説家更有以"可觀道人"爲其名號者。③ 可見"小道可觀"一詞在中國小説史上流播之廣,影響之深。

"小道可觀"是中國小説學史上第一個值得重視的理論命題,它雖然没有太多的理論内涵可以探究,但它以其論説者的權威性和判斷的直接性對中國小説和小説學産生了深遠影響。這一出自儒家經典《論語》中的一段言論,經班固《漢書·藝文志》的演繹及其與"小説"的勾連,在很大程度上可謂給小説文體立了一根無可逾越的"標尺",規定了小説在中國文化史上的基本位置,後世白話通俗小説地位的進一步下移及其與"史"和儒家教化觀念的攀附無不可從"小道可觀"這一理論命題中尋找到思想的源頭。就中國小説史的發展而言,"小道可觀"乃利弊各具。利者,小説雖曰"小道",但"可觀"一辭始終給小説網開一面,使其在儒家文化一統的背景下得以生存和繁衍。當然,"小道可觀"其"弊"亦莫大矣,中國小説始終處於一個尷尬的位置和可憐的地位也正與此相關。

二、子書與小説學

子書與小説之關係至爲密切。上文所言"小道可觀"中被認爲"小道"的典籍大多是指子書,而後世亦將《莊子》、《列子》、《韓非子》等均視爲"小説之祖"。④ 在歷代的目録學著作中,班固承劉歆《七略》,列"小説家"於"諸子略"之末,漢以後,《七略》流爲四部,歷代史志亦大多將小説隸於"子部"。就中國小説學史而言,子書與小説學之關係約在兩端:"小説"之"名"和"小説"之

---

① (唐)魏徵等:《隋書》卷三十四《經籍三》,中華書局1973年版,第1012頁。
② (宋)曾慥:《類説序》,(宋)曾慥:《類説》,文學古籍出版社1955年影印本,第29頁。
③ (明)可觀道人:《新列國志叙》,(明)馮夢龍:《新列國志》,上海古籍出版社1987年版,第3頁。
④ (宋)黄震《黄氏日鈔·讀諸子》:"莊子以不羈之才,肆跌宕之説,創爲不必有之人,設爲不必有之物,造盡天下所必無之事,用以眇末宇宙,戲薄聖賢,走弄百出,茫無定蹤,固千萬世詼諧小説之祖也。"轉引自鍾肇鵬選編:《宋明讀書記四種》(第十六册),北京圖書出版社1998年版,第566—567頁。(明)緑天館主人《古今小説序》:"史統散而小説興。始乎周季,盛于唐,而浸淫于宋。韓非、列禦寇諸人,小説之祖也。"引自黄霖、韓同文選注:《中國歷代小説論著選》,江西人民出版社1982年版,第217頁。

"實"。"小說"之名首見於子書,與"小說"文體相關之稱謂亦大多見於子書;"小說"之實對"小說"文體形態的分析也奠定於子書。

"小說"之名首見於《莊子·外物》:"飾小說以干縣令,其於大達亦遠矣。"唐人成玄英疏云:"干,求也,縣,高也。夫修飾小行,矜持言說,以求高名令聞者,必不能大通於至道。"①然則此"小說"一詞與後世小說并無直接關係,魯迅謂《莊子》所云"小說"乃"瑣屑之言,非道術所在,與後來所謂小說者固不同"②。可謂知言。故此"小說"實與《荀子》中"小家珍說"一詞相近,《荀子·正名》云:"今人所欲無多,所惡無寡。豈爲夫所欲之不可盡也,離得欲之道而取所惡也哉?故可道而從之,奚以損之而亂,不可道而離之,奚以益之而治。故知者論道而已矣,小家珍說之所願皆衰矣。"③兩者均指瑣屑之言論和淺薄之道理。

從語源而言,"小說"一詞首見於《莊子》,這自有其價值。但後人對《莊子》"小說"一詞的"發明"其實并不太在意,所謂《莊子》爲"千萬世詼諧小說之祖"絕非緣其對"小說"一詞的發明,倒是《逍遙遊》中"志怪"一詞後人屢屢提及。故從中國小說史角度言之,"小說"稱謂之初始應是桓譚、班固之標舉"小說家"。其實,《莊子》一書對中國小說學的貢獻不在小說之"名"而在於小說之"實";《莊子》文筆恣肆、玄虛深弘,其"謬悠之說,荒唐之言"實與後世小說血脈相通,故書中對這一特色的概括和評價可視爲中國小說文體形態批評之源,對後代小說學的實際影響遠在"小說"這一稱謂之上。《莊子》對後代小說文體批評的貢獻主要在兩個方面:

其一,莊子對自身表述形態的描述和對其以形象說理方式的說明是後世小說文體形態批評之源。《寓言》篇云:

寓言十九,重言十七,卮言日出,和以天倪。④

《天下》篇又云:

---

① (清)郭慶藩撰,王孝魚點校:《莊子集釋》,中華書局2012年第3版,第925、927頁。
② 魯迅:《中國小說史略》第一篇《史家對於小說之著錄及論述》,上海古籍出版社1998年版,第1頁。
③ (清)王先謙撰,沈嘯寰、王星賢點校:《荀子集解》,中華書局1988年版,第429頁。
④ (清)郭慶藩撰,王孝魚點校:《莊子集釋》,中華書局2012年第3版,第947頁。

以謬悠之説，荒唐之言，無端崖之辭，時恣縱而不儻，不以觭見之也。以天下爲沉濁，不可與莊語，以卮言爲曼衍，以重言爲真，以寓言爲廣。獨與天地精神往來，而不敖倪於萬物。不譴是非，以與世俗處。其書雖瑰瑋，而連犿無傷也。其辭雖參差，而諔詭可觀。①

　　《寓言》篇以寓言、重言、卮言論述其表述形態之特徵，故常被後人視爲全書之凡例，王夫之即謂"此内外雜篇之序例也"②。而《天下》爲《莊子》末篇，帶有對全書的總結性質，前人評其"乃本經之末序，序其著書之本旨也"③。故其中對表述形態的分析可看成其對《莊子》創作手法的揭示。案"寓言"、"重言"、"卮言"是《莊子》用以闡釋自身學説的基本方法，"寓言"謂寄托寓意之言，以虚構人物出面論述，以具有寄寓性質的故事表現"寂寞無形，變化無常"之大道。"重言"謂先哲時賢之言，其中亦有以故事言説者，借重先哲時賢之言，有止塞天下紛亂言論之目的，所謂"重言十七，所以已言也"④。"卮言"則謂以支離不著邊際之言推演事物之理，用於那些"不可莊語"的天下沉迷之人。⑤ 而"謬悠之説，荒唐之言，無端崖之辭"則指那種玄虚恣縱、虚誕不實、無涯無緒的叙述方式和語言風格。而這些正是後世小説及小説學頗多吸收的内涵。宋洪邁謂："夫齊諧之志怪，莊周之談天，虚無幻茫，不可致詰。逮干寶之《搜神》，奇章公之《玄怪》，谷神子之《博異》，《河東》之記，《宣室》之志，《稽神》之録，皆不能無寓言於其間。若予是書，遠不過一甲子，耳目相接，皆表表有據依者。謂予不信，其往見烏有先生而問之。"⑥其精神可謂一脈相承。

　　其二，《莊子》嗜談怪異，且以"妄言"、"妄聽"爲其釋解，是後世小説尤其是志怪小説創作趣味的精神源泉，也是後世小説家用以抵拒儒家"不語怪力

---

① （清）郭慶藩撰，王孝魚點校：《莊子集釋》，中華書局 2012 年第 3 版，第 1098—1099 頁。
② （清）王夫之：《莊子解·寓言》題解，（清）王夫之著，王孝魚點校：《莊子解》，中華書局 1964 年版，第 246 頁。
③ （明）釋性通：《南華發覆·天下》題解，《續修四庫全書》第 957 册，上海古籍出版社 2002 年版，第 176 頁。
④ （清）郭慶藩撰，王孝魚點校：《莊子集釋》，中華書局 2012 年第 3 版，第 949 頁。
⑤ 前人亦有將《莊子》的表述形態統稱爲"寓言"者，如《史記·老子韓非列傳》："其著書十餘萬言，大抵率寓言也。"魯迅先生《漢文學史綱》亦謂："著書十餘萬言，大抵寓言。"
⑥ （宋）洪邁撰，何桌點校：《夷堅志·夷堅乙志序》，中華書局 2006 年版，第 185 頁。

亂神"聖訓時的精神屏障。

《莊子·齊物論》云:"予嘗爲女妄言之,女以妄聽之。"成玄英疏云:"夫至理無言,言則孟浪,我試爲汝妄說,汝亦妄聽何如?"①"妄言"、"妄聽"遂成歷代小說家肯定小說談鬼述異這一文體特性的理論武器。宋人葉夢得評東坡:"坡翁喜客談,有不能談者,則強之説鬼,或辭無有,則曰:'姑妄言之'。于是聞者無不絶倒。"②洪邁撰《夷堅志》,自謂:"稗官小說家言不必信,固也。信以傳信,疑以傳疑,自《春秋》三傳則有之矣,又況乎列禦寇、惠施、莊周、庚桑楚諸子汪洋寓言者哉!《夷堅》諸志,皆得之傳聞,苟以其説至,則受之而已矣。"③蒲松齡"才非干寶,雅愛搜神,情類黃州,喜人談鬼"④,其創作精神亦緣此而來。袁枚亦自謂:"文史外無以自娛,乃廣采遊心駭耳之事,妄言妄聽,記而存之。"⑤撰成《子不語》一書。而紀昀更將自己的小說"采莊子之語,名曰《姑妄聽之》"⑥。可見他們均以莊子的這一思想爲其創作精神,故《莊子》對中國小說文體形態批評的影響非常深遠。⑦

子書中涉及古代小說文體形態批評的尚有桓譚《新論》和王充《論衡》。桓譚對小說頗多襃揚,其中"若其小説家,合叢殘小語,近取譬論,以作短書,治身理家,有可觀之辭"即揭示了小說的文體形態特徵。首先,桓譚以"叢殘小語"、"以作短書"指稱小說的文體形式,"叢"爲細雜,"殘"爲片言,意謂小說乃是一種形式短小、內容叢雜的文體。其次,桓譚肯定小說"近取譬論",即以外物譬喻來形象説理的手法。這一揭示使桓譚的所謂"小說"具有了一種文體的意義。案"叢殘小語"和"短書"是當時的常用語,一般指稱有違聖人經典的著述。王充對此作了較多文體意義上的闡釋,但在具體評價上兩者却有異趣,如《論衡·書解》:"古今作書者非一,各穿鑿失經之實,傳違聖

---

① （清）郭慶藩撰,王孝魚點校:《莊子集釋》,中華書局 2012 年第 3 版,第 100 頁。
② （宋）葉夢得:《避暑録話》卷一,《宋元筆記小說大觀》第三冊,上海古籍出版社 2001 年版,第 2583 頁。
③ （宋）洪邁撰,何卓點校:《夷堅志·夷堅支丁序》,中華書局 2006 年版,第 967 頁。
④ （清）蒲松齡:《聊齋自志》,張友鶴輯校:《聊齋志異（會校會注會評本）》,上海古籍出版社 2011 年第 2 版,第 1 頁。
⑤ （清）袁枚:《新齊諧 續新齊諧·新齊諧序》,人民文學出版社 1996 年版,第 1 頁。
⑥ （清）紀昀:《〈姑妄聽之〉自序》,（清）紀昀:《閱微草堂筆記》,上海古籍出版社 1980 年版,第 359 頁。
⑦ 以上論述參考了楊義《中國古典小說史論·導言》中的部分觀點,中國社會科學出版社 1995 年版。

人之質,故謂之叢殘。"①《骨相》:"在經傳者,較著可信。若夫短書俗記,竹帛胤文,非儒者所見,衆多非一。"②《謝短》又云:"二尺四寸,聖人文語,朝夕講習,義類所及,故可務知。漢事未載於經,名爲尺籍短書,比於小道,其能知,非儒者之貴也。"③我們再看兩則引文:

  莊周寓言,乃云"堯問孔子";《淮南子》云"共工争帝,地維絶",亦皆爲妄作。故世人多云短書不可用。然論天間,莫明於聖人,莊周等雖虛誕,故當采其善,何云盡棄邪!(《新論·本造》)④
  《淮南書》言:共工與顓頊争爲天子,不勝,怒而觸不周之山,使天柱折,地維絶。堯時十日并出,堯上射九日。魯陽戰而日暮,援戈麾日,日爲却還。世間書傳,多若等類,浮妄虛僞,没奪正是。(《論衡·對作》)⑤

  文中所指基本同一,均就神話寓言作出評論。桓譚也承認寓言爲妄作,但虛誕中可擇善而從,這實爲小説在儒家經傳之外另闢一門徑。而王充有感於讖緯迷信、失實虛誕之風盛行,以《論衡》力矯時弊,提出"疾虛妄"、"歸實誠"的主張。兩者實"道"不相侔。然就小説文體形態而言,他們都對當時"小説"之形態作出了總結和概括,即:所謂"小説"乃是一種内容穿鑿、虛誕,形式短小、叢雜的文體,這亦基本反映當時"小説"的實際情況。
  至此,我們不難看到,所謂"小説"、"小道"和"短書"其實是一個"三位一體"的概念。"小説"是總體稱謂,而"小説"在價值層面上即爲"小道",在形態層面上則爲"短書"。班固《漢書·藝文志》承劉歆《七略》,列"小説家"於"諸子略"可視爲對上述觀念的一次集中顯示。《漢書·藝文志》列十五家小説,大多爲"其言淺薄"或得自"街談巷語"的"叢殘小語",如《伊尹説》、《師曠》自注"其言淺薄",《百家》據劉向《説苑叙録》爲"淺薄不中義理"者,魯迅

---

① (漢)王充著,黄暉校釋:《論衡校釋·書解篇第八十二》,中華書局 1990 年版,第 1157 頁。
② (漢)王充著,黄暉校釋:《論衡校釋·骨相篇第十一》,中華書局 1990 年版,第 112 頁。
③ (漢)王充著,黄暉校釋:《論衡校釋·謝短篇第三十六》,中華書局 1990 年版,第 557—558 頁。
④ (漢)桓譚:《新論》,上海人民出版社 1977 年版,第 1 頁。
⑤ (漢)王充著,黄暉校釋:《論衡校釋·對作篇第八十四》,中華書局 1990 年版,第 1183 頁。

先生評《鬻子說》也爲"其語淺薄，疑非道家言"①。就是"古史官記事"的《青史子》也被劉勰評爲"曲綴以街談"②。可見班固的著錄與上述"小說"、"小道"和"短書"的認識基本相同。

三、史學與小說學

史學對中國小說和小說學的影響更爲強烈。如果說，"小道可觀"、"叢殘小語"確立了小說爲"子之末"的基本位置，那史學則規範了小說爲"史之餘"的基本格局。"子之末"的"小說"在後世衍爲筆記小說一脈，與文學意義上的小說實有分途之迹；而小說作爲"史之餘"在後世則蔚爲大觀，且與白話通俗小說接通了血脈，成爲文學意義上小說之"正統"，故史學對小說之影響更深。就小說學而言，先唐時期的史學對小說學的影響主要在兩個方面："勸善懲惡"的"史意"對小說創作功能的影響，史學家對"傳聞異辭"的批評促成了小說與史乘的分離，從而進一步強化了小說的文體意識。

中國古代史學萌生於春秋戰國，形成於兩漢，魏晉南北朝以來得以蓬勃發展，一些基本的史學觀念均於此時得以形成。其中對後代史學和小說學影響最大的是兩種觀念：一是"勸善懲惡"的"史意"，二是"書法無隱"的"實錄"。這兩種觀念貌似相異，實則互爲表裏而趨於一致。

所謂"勸善懲惡"的"史意"最早見於《左傳》對《春秋》一書的評價和《孟子》對《春秋》之"義"的揭示，《孟子·離婁下》："王者之迹熄而《詩》亡，《詩》亡然後《春秋》作……其事則齊桓晉文，其文則史。孔子曰：'其義則丘竊取之矣。'"③何謂《春秋》之"義"？《左傳·成公十四年》作了總結："《春秋》之稱微而顯，志而晦，婉而成章，盡而不汙，懲惡而勸善，非聖人誰能修之。"④《左傳·昭公三十一年》又云："《春秋》之稱微而顯，婉而辨。上之人能使昭明，

---

① 魯迅：《中國小說史略》第三篇《〈漢書·藝文志〉所載小說》，上海古籍出版社1998年版，第13頁。
② （梁）劉勰：《文心雕龍·諸子》，（梁）劉勰著、范文瀾注：《文心雕龍注》，人民文學出版社1978年版，第308頁。
③ （清）焦循撰，沈文倬點校：《孟子正義·離婁章句下》，中華書局1987年版，第572—574頁。
④ （戰國）左丘明撰，（西晉）杜預集解：《左傳》（《春秋經傳集解》），上海古籍出版社1997年版，第735頁。

善人勸焉，淫人懼焉。是以君子貴之。"①"微而顯"、"志而晦"、"婉而成章"、"盡而不汙"、"懲惡而勸善"被後人稱之爲《春秋》"五志"。"書法不隱"的"實錄"準則最早亦見於《左傳》。《左傳·宣公二年》記載孔子針對晉國史官董狐所書"趙盾弑其君"一事評價道："董狐，古之良史也，書法不隱。"②"書法不隱"即指史官據事直書的記事原則，這一準則被後世奉爲作史之圭臬。班固稱："然自劉向、揚雄博極群書，皆稱遷有良史之材。服其善序事理，辨而不華，質而不俚。其文直，其事核；不虛美，不隱惡，故謂之實錄。"③這一評論《史記》的言論在後世產生了很大影響，"文直而事核"的"實錄"境界，遂成爲中國古代史學批評的一個重要標準，也即劉勰在《文心雕龍·史傳》中標舉的"實錄無隱"之旨。

案"勸善懲惡"與"實錄不隱"雖貌相異而實一致，"實錄無隱"是指秉筆直書，無所隱諱，所謂"南史抗節，表崔杼之罪；董狐書法，明趙盾之愆"④。故劉勰要求史家"辭宗丘明，直歸南董"⑤。然南史、董狐之"實錄"乃最終系於政治道德評判，從而體現史家的"勸善懲惡"之旨，故"直筆"是"表"，"懲惡"是"實"。對此，錢鍾書先生的評述可謂深明底裏：

　　《左傳》宣公二年稱董狐曰"古之良史也，書法不隱"，襄公二十六年又特載南史氏直筆無畏；蓋知作史當善善惡惡矣，而尚未識信信疑疑之更爲先務也。⑥

由此可見，所謂"實錄"是以"勸善懲惡"爲内在依據的，"勸善懲惡"是古代史官、史家最崇高的理想和目的。《史記·太史公自序》："夫《春秋》，上明三王之道，下辨人事之紀，別嫌疑，明是非，定猶豫，善善惡惡，賢賢賤不肖，

---

① （戰國）左丘明撰，（西晉）杜預集解：《左傳》《春秋經傳集解》，上海古籍出版社1997年版，第1592頁。
② （戰國）左丘明撰，（西晉）杜預集解：《左傳》《春秋經傳集解》，上海古籍出版社1997年版，第541頁。
③ （漢）班固撰，（唐）顏師古注：《漢書·司馬遷傳贊》，中華書局1962年版，第2738頁。
④ （唐）令狐德棻等撰：《周書》卷三十八《列傳第三十·柳虯》，中華書局1971年版，第681頁。
⑤ （梁）劉勰：《文心雕龍·史傳》，（梁）劉勰著、范文瀾注：《文心雕龍注》，人民文學出版社1978年版，第288頁。
⑥ 錢鍾書：《管錐篇·史記會注考證·五帝本紀》，中華書局1986年版，第251頁。

存亡國,繼絶世,補敝起廢,王道之大者也。"①袁宏《後漢記·序》亦謂:"夫史傳之興,所以通古今而篤名教也。"②《晉書·陳壽傳》載陳壽死後,梁州大中正尚書郎范頵等上表:"臣等案:故治書侍御史陳壽作《三國志》,辭多勸誡,明乎得失,有益風化。"③所强調的也是"勸善懲惡"之旨。故這種由《春秋》所奠定的追求"史意"的傳統是先唐史學的一個突出現象,對後世的影響極爲深遠。《隋書·經籍志·史部總序》即以"書美以彰善,記惡以垂戒"④爲史學之功能,而清代章學誠在《文史通義》中更將對"史意"的追求看成爲史家之首務,在《言公》上篇中,章氏曰:"夫子因魯史而作《春秋》。孟子曰:'其事齊桓、晉文,其文則史',孔子自謂竊取其義焉耳。載筆之士,有志《春秋》之業,固將惟義之求,其事與文,所以藉爲存義之資也。……作史貴知其意,非同於掌故,僅求事文之末也。"⑤在《申鄭》篇中又進而提出:"夫事即後世考據家之所尚也,文即後世詞章家之所重也。然夫子所取,不在彼而在此。則史家著述之道,豈可不求義意所歸乎?"⑥明確地以"求義意所歸"爲史學的最高目標。

中國古代小説學受史學影響最深的就是這種對"史意"的追求。今人在論及史學與小説及小説理論批評的關係時常常從史學"實録"觀念對小説創作的影響立論,認爲由此引出的"真實"與"虚構"問題是其中最爲重要的内涵。其實不然,"虚構"與"真實"問題固然是小説批評中一個重要的理論命題,也確乎是從史學中引入的,但小説對"史"的攀附從根本而言是爲了求得自身的生存和發展。故以"實録"觀念來衡准小説實難爲小説尋求出路。而要使小説真正與史相攀附只能在小説與史的相近處而非相異處立論,所謂"史之餘"的觀念即由此生成。故所謂"史之餘"者,一者是指小説在"勸善懲惡"這一創作功能上與"史學"同旨,二者是指小説在表現範圍和表現方式上

---

① (漢) 司馬遷:《史記·太史公自序》,(漢) 司馬遷撰;(南朝宋) 裴駰集解;(唐) 司馬貞索隱;(唐) 張守節正義:《史記》,中華書局 1982 年 2 版,第 3297 頁。
② (晉) 袁宏:《後漢紀·序》,(晉) 袁宏撰,張烈點校:《後漢紀》,中華書局 2002 年版,第 1 頁。
③ (唐) 房玄齡等:《晉書》,中華書局 1974 年版,第 2138 頁。
④ (唐) 魏徵等:《隋書》,中華書局 1973 年版,第 992 頁。
⑤ (清) 章學誠著,葉瑛校注:《文史通義校注·内篇二·言公上》,中華書局 1985 年版,第 171—172 頁。
⑥ (清) 章學誠著,葉瑛校注:《文史通義校注·内篇五·申鄭》,中華書局 1985 年版,第 464 頁。

可補正史之不足。而非指小説與"史"一樣具有同等的"實録"價值。

"史之餘"觀念的提出和確立大致是在唐代,故先唐時期的小説學對史學"勸善懲惡"觀念的吸收還是有限的。這一方面是由於小説在先唐時期還處於與"史"的分離過程之中,作爲一個獨立的文體,小説正在與"史"的分離中逐步成型和成熟;同時,先唐小説以志怪爲主體,志怪小説獨特的題材也制約了它對史學中"勸善懲惡"觀念的吸納。故當小説文體在唐代趨於獨立,小説亦向現實人情演進之時,"勸善懲惡"觀念便在小説學中成了一個十分顯眼的命題,并對小説發展産生了深遠的影響。如劉知幾認爲雜記小説雖然"語魑魅之途",但只要"福善禍淫,可以懲惡勸善"①,則仍然可采。李公佐申言自己創作《謝小娥傳》是"足以儆天下逆道亂常之心,足以觀天下貞夫孝婦之節"②。在明清兩代,這種論述更是比比皆是,如瞿佑自評《剪燈新話》:"雖于世教民彝,莫之或補,而勸善懲惡,哀窮悼屈,其亦庶乎言者無罪,聞者足以戒之一義云爾。"③修髯子評價《三國演義》可以"知正統必當扶,竊位必當誅,忠孝節義必當師,奸貪諛佞必當去。是是非非,了然於心目之下,裨益風教,廣且大焉"④。閑齋老人則明言:"稗官爲史之支流,善讀稗官者可進于史,故其爲書亦必善善惡惡,俾讀者有所觀感戒懼,而風俗人心庶以維持不壞也。"⑤

"勸善懲惡"觀念在先唐時期主要還在史學領域,它對小説學的真正影響是在唐代及唐以後。故在先唐時期,史學與小説學關係更爲深切的是史學家對"傳聞異辭"的批評引出了人們對於小説文體的體認。

上文説過,中國古代史學萌生於先秦,形成於兩漢而於魏晉南北朝得以繁盛。在這一過程中,史學雖然始終標舉"信史",但在史料的采集上并未全然捨去"傳聞"和"怪異"的内涵,具有一定的"小説化"傾向。近代陸紹明云:

---

① (唐)劉知幾著,(清)浦起龍通釋:《史通通釋·雜述》,上海古籍出版社 2009 年版,第 256 頁。
② (唐)李公佐:《謝小娥傳》,魯迅校録:《唐宋傳奇集》,文學古籍刊行社 1956 年版,第 96 頁。
③ (明)瞿佑:《剪燈新話·序》,引自朱一玄編:《明清小説資料選編》(下),南開大學出版社 2006 年版,第 956 頁。
④ (明)修髯子:《三國志通俗演義引》,(明)羅貫中:《三國志通俗演義》,上海古籍出版社 1980 年版,第 3 頁。
⑤ (清)閑齋老人:《〈儒林外史〉序》,(清)吴敬梓著,李漢秋輯校:《儒林外史(會校會評本)》,上海古籍出版社 1984 年版,第 763 頁。

"《周易》、《春秋》好言災異,則《周易》、《春秋》亦有小說野史之旨。"①就是被後人奉爲"正史"的《左傳》,其中也帶有頗多的志怪荒誕特徵。清馮鎮巒評曰:"千古文字之妙,無過《左傳》,最喜敘怪異事。予嘗以之作小說看。"②又先秦史書衍出雜史一脈,至漢代已盛行於世。《隋書·經籍志》於雜史類序曰:

> 漢初,得《戰國策》,蓋戰國遊士記其策謀。其後陸賈作《楚漢春秋》,以述誅鋤秦、項之事。又有《越絕》,相承以爲子貢所作。後漢趙曄,又爲《吴越春秋》。其屬辭比事,皆不與《春秋》、《史記》、《漢書》相似,蓋率爾而作,非史策之正也。靈、獻之世,天下大亂,史官失其常守。博達之士,愍其廢絕,各記聞見,以備遺亡。是後群才景慕,作者甚衆。又自後漢已來,學者多抄撮舊史,自爲一書,或起自人皇,或斷之近代,亦各其志,而體制不經。又有委巷之説,迂怪妄誕,真虚莫測。然其大抵皆帝王之事,通人君子,必博采廣覽,以酌其要。③

可見所謂"雜史"乃是有別於正史的史書,其特點是"率爾而作"、"體制不經",又有"委巷之説,迂怪妄誕,真虚莫測",故皆"非史策之正也"。元馬端臨在《文獻通考》中即明言:"雜史者,正史,編年之外,別爲一家,體制不純,事多異聞,言或過實。"④雜史中又有"雜傳"一類,專門記載各色人等,明焦竑云:"雜史、傳記者皆野史之流,然二者體裁自異。雜史,記志編年之屬也,記一代若一時之事;傳記,列傳之屬也,記一人之事。"又云:"流風遺迹,故老所傳,史不及書,則傳記興焉,如先賢、耆舊、孝子、高士、列女,代有其書,即高僧、列仙、鬼神怪妄之説,往往不廢也。"⑤漢以來這一類史書漸多,而以魏晉南北朝爲盛,《隋書·經籍志》"雜傳"類序云:

---

① 陸紹明:《月月小説發刊詞》,慶祺編輯:《月月小説第3號》,光緒三十二年十一月發行,第1頁。
② (清)馮鎮巒:《讀聊齋雜説》,(清)蒲松齡著,張友鶴輯校:《聊齋志異(會校會注會評本)》,上海古籍出版社2011年第2版,《各本序跋題辭》第9頁。
③ (唐)魏徵等:《隋書》卷三三《經籍二》,中華書局1973年版,第962頁。
④ (元)馬端臨:《文獻通考》卷一百九十五《經籍考二十二》,中華書局1986年版,考5647頁。
⑤ (明)焦竑:《國史經籍志·卷三傳記類序》(《叢書集成初編》),商務印書館1939年版,第100頁。

>漢時，阮倉作《列仙圖》，劉向典校經籍，始作《列仙》、《列士》、《列女》之傳。皆因其志尚，率爾而作，不在正史。後漢光武，始詔南陽，撰作風俗，故沛、三輔有耆舊節士之序，魯、廬江有名德先賢之贊。郡國之書，由是而作。魏文帝又作《列異》，以序鬼物奇怪之事，嵇康作《高士傳》，以叙聖賢之風。因其事類，相繼而作者甚衆，名目轉廣，而又雜以虛誕怪妄之説。推其本源，蓋亦史官之末事也。①

雜史、雜傳名雖曰"史"，但實際處於"史"與"小説"之間，或體例爲史然内容多采自傳聞，如《吴越春秋》、《越絶書》等；或内容雖少有怪異成分，但叙述手段純爲"小説家言"，如《燕丹子》、《飛燕外傳》等。先唐時期的史學史和小説史就是這樣處於相互滲透、互爲表裏的複雜關係之中，小説是史乘分流的産物，同時也是史乘之支流。②

面對史學中日益氾濫的"小説化"傾向，史學家對此作出了相應的反思和批評。南朝宋范曄嘗言："丘明至賢，親受孔子，而《公羊》、《穀梁》傳聞於後世。……今論者沉溺所習，玩守舊聞，固執虛言傳受之辭，以非親見實事之道。"③明確將"傳聞"與"實事"對舉。裴松之注《三國志》在魏延本傳與《魏略》史實相左時，亦明言《魏略》"蓋敵國傳聞之言，不得與本傳争審"④。而劉勰在《文心雕龍·史傳》篇中則較早從理論上作出了思考，其云：

>若夫追述遠代，代遠多僞，公羊高云"傳聞異辭"，荀况稱"録遠略近"，蓋文疑則闕，貴信史也。然俗皆愛奇，莫顧實理。傳聞而欲偉其事，録遠而欲詳其迹，於是棄同即異，穿鑿傍説，舊史所無，我書則傳，此訛濫之本源，而述遠之巨蠹也。⑤

---

① （唐）魏徵等：《隋書》卷三十三《經籍二》，中華書局1973年版，第982頁。
② 以上論述參考了李劍國《唐前志怪小説史》中的有關章節，南開大學出版社1984年版。
③ （南朝宋）范曄撰，（唐）李賢等注：《後漢書》卷三十六《鄭范陳賈張列傳》，中華書局1965年版，第1230頁。
④ （晉）陳壽撰，（宋）裴松之注：《三國志》卷四十《蜀書·劉彭廖李劉魏楊傳》，中華書局1959年版，第1004頁。
⑤ （梁）劉勰：《文心雕龍·史傳》，（梁）劉勰著，范文瀾注：《文心雕龍注》，人民文學出版社1978年版，第286—287頁。

在這段理論表述中,劉勰明確地指出了史學中"訛濫"之根源在於人們對歷史文獻處理的失當,即拋棄了傳統"文疑則闕"的"信史"原則。"俗皆愛奇,莫顧實理",於是以"傳聞"爲素材,"棄同即異,穿鑿旁説"。劉勰認爲,"傳聞而欲偉其事,録遠而欲詳其迹"是史學呈現"小説化"傾向的根本因素。這一指斥從史學角度而言是切中其弊端的,也基本符合先唐時期雜史、雜傳的創作實際,可視爲史學界對史學創作的深刻反省。在對史乘分流的揭示上,其中尤以"傳聞而欲偉其事"一語概括其取材和叙述弊端最爲深切著明。

案"傳聞異辭"一詞出自《春秋公羊傳·隱西元年》,意謂傳聞之説往往各異其辭,不足憑信。劉勰以此立論正見出其就史乘分流過程對史學取材的思考。這種思考就思想淵源而言,與孔子"吾猶及史之闕文"、"不語怪力亂神"和"道聽而途説,德之棄也"等思想一脈相承,也與東漢王充在《論衡》中對"傳書"、"不可信"的指斥頗相一致(王充在《論衡·書虛、異虛、感虛》等篇目中對世俗傳聞的"短書小傳"頗多指責),實則是對史書中將荒誕傳聞之事引爲"史實"這一創作傾向的深深不滿。故唐代劉知幾承劉勰之説,在《史通·采撰》篇中明言"惡道聽塗説之違理,街談巷議之損實",并感歎道:"夫以刍蕘鄙説,刊爲竹帛正言,而輒欲與《五經》方駕,《三志》競爽,斯亦難矣。嗚呼!逝者不作,冥漠九泉;毁譽所加,遠誣千載。異辭疑事,學者宜善思之。"①

史學家在對史學創作的反省中拈出"傳聞"一詞來概言正史與雜史在取材上的區别,實際上也即劃出了史書與小説之畛域。雖然他們没有直接從小説角度著眼,但在史乘的分流過程中,雜史、雜傳和雜記實則衍出了後世小説之一脈。故史書"傳信"、小説"傳聞",即成了後世史書與小説之分野。

四、小説家的"自供"

六朝小説家對小説文體自身特徵及其創作追求的思考就是從史學批評中引出的,他們首先認定記録"傳聞"是小説的主要特性。以"傳聞"概括小説之特性較早見於東晉干寶的《搜神記序》,其云:

---

① (唐)劉知幾著,(清)浦起龍通釋:《史通通釋·采撰》,上海古籍出版社 2009 年版,第 109 頁。

雖考先志于載籍，收遺逸于當時，蓋非一耳一目之所親聞睹也，又安敢謂無失實者哉。衛朔失國，二傳互其所聞；呂望事周，子長存其兩說，若此比類，往往有焉。從此觀之，聞見之難，由來尚矣。……今之所集，設有承于前載者，則非余之罪也。若使采訪近世之事，苟有虛錯，願與先賢前儒分其譏謗。①

此段言論可視爲干寶之"小説宣言"，他已明確認定小説乃得自"傳聞"，更不懼人們視之爲"失實"。托名郭憲之《漢武帝別國洞冥記序》亦謂："愚謂古囊餘事，不可得而棄，況漢武帝明俊特異之主。東方朔因滑稽浮誕以匡諫，洞心於道教，使冥迹之奥，昭然顯著。今籍舊史之所不載者，聊以聞見，撰《洞冥記》四卷，成一家之書，庶明博君子，該而異焉。"②這種觀念已被當時小説家所普遍認可，唐代劉知幾對此即驚歎道："苟載傳聞，而無銓擇。由是真僞不别，是非相亂。如郭子横之《洞冥》、王子年之《拾遺》，全構虛辭，用驚愚俗。"③以"傳聞"爲小説之主要特性一方面使小説與史書劃清了界綫，從而強化了小説獨立的文體意識，同時也指出了小説的表現方式在於記錄。故記錄"傳聞"是六朝小説家對小説最基本也是最爲根本的認識，前人即據此判定六朝小説仍非有意虛構，而與唐代傳奇有别。如明胡應麟即謂："凡變異之談，盛於六朝，然多是傳録舛訛，未必盡幻設語。至唐人乃作意好奇，假小説以寄筆端。"④魯迅先生也認爲其時"文人之作，雖非如釋道二家，意在自神其教，然亦非有意爲小説"⑤。這一論斷還是符合實際的，最起碼接近六朝人對於小説的認識觀念。今人有意辯難，謂六朝小説家已有自覺的虛構意識并自覺提倡虛構，其實不確。⑥ 謂其創作有虛構之成分可，而謂其自覺提倡虛構則不可。之所以産生此結論，關鍵在於忽略了六朝人視小説爲記録"傳聞"這一根本特性，又蔽於干寶言論中"失實"、"虛錯"等字眼。其實，干

---

① （晉）干寶：《搜神記序》，（晉）干寶撰，汪紹楹校注：《搜神記》，中華書局1979年版，第2頁。
② （東漢）郭憲：《漢武帝別國洞冥記序》，（漢）郭憲：《漢武帝別國洞冥記》，中華書局1991年版，第1頁。
③ （唐）劉知幾著，（清）浦起龍通釋：《史通通釋·雜述》，上海古籍出版社2009年版，第255頁。
④ （明）胡應麟：《少室山房筆叢·二酉綴遺中》，中華書局1958年版，第486頁。
⑤ 魯迅：《中國小説史略》第五篇《六朝之鬼神志怪書》（上），上海古籍出版社1998年版，第24頁。
⑥ 詳見寧宗一主編《中國小説學通論》第一編第二章《小説觀念的覺醒》，安徽教育出版社1995年版。

實所指是謂"傳聞"具有虛幻不實之特性,而小説既曰"傳聞",就不必因其有"不實"、"虛錯"之處而廢絶之,從而爲小説的存在張目。而上文所引劉知幾評《洞冥》、《拾遺》"全構虛辭","虛辭"者,虛幻不實之辭也,此與"虛構"其實亦無關係。故從史書之"傳信"到小説之"傳聞",是六朝小説家邁出的重要一步,然在觀念上亦僅此而已。先唐以後,以"傳聞"概括小説特色者仍不絶如縷,尤其是筆記小説一脈更以此爲其首要特性,如宋沈括《夢溪筆談自序》:"所録唯山間木蔭,率意談噱,不系人之利害者,下至閭巷之言,靡所不有,亦有得于傳聞者,其間不能無缺謬。"①宋洪邁亦謂:"野史雜説,多有得之傳聞及好事者緣飾。"②明陸容則明確申明:"凡小説記載,多朝貴及名公之事,大抵好事者得之傳聞,未必皆實。"③清代紀昀更是直接引用公羊高原話來爲其小説記載"傳聞"張目:"嗟乎! 所見異詞,所聞異詞,所傳聞異詞。魯史且然,况稗官小説!"④

六朝小説家還對小説的審美特性和價值功能作出了一定的思考。檢索六朝小説家對小説作品的零星議論,人們對此主要涉及兩大問題:小説的娛樂功能和小説的奇異特性。關於小説的娛樂功能,一般以漢代張衡在《西京賦》中的一段話爲其起始:"匪唯玩好,乃有秘書,小説九百,本自虞初,從容之求,實俟實儲。"⑤以"玩好"與"小説"對舉,可見其已認識到娛樂爲小説之功能之一。六朝時期,對於小説娛樂功能的認識日益顯明,或正面倡揚,或反面評説,顯示出以娛樂作爲小説之功能已得到小説家的普遍認同。"建安七子"中的徐幹有一段對小説功能的議論,是從反面評説的:

> 人君之大患也,莫大於詳於小事而略於大道,察於近物而闇於遠數,故自古及今,未有如此而不亂也,未有如此而不亡也。夫詳於小事而察於近物者,謂耳聽乎絲竹歌謡之和,目視乎琱琢采色之章,口給乎

---

① (宋)沈括:《夢溪筆談自序》,《夢溪筆談》(《歷代筆記叢刊》),上海書店出版社2009年版,第1頁。
② (宋)洪邁撰,孔凡禮點校:《容齋隨筆》卷四"野史不可信",中華書局2005年版,第53頁。
③ (明)陸容:《菽園雜記》卷三,中華書局1985年版,第29頁。
④ (清)紀昀:《閲微草堂筆記》卷二十四《灤陽續録六》,上海古籍出版社1980年版,第562頁。
⑤ (漢)張衡:《西京賦》,(梁)蕭統編,(唐)李善注:《文選》,上海古籍出版社1986年版,第68頁。

辯慧切對之辭,心通乎短言小説之文,手習乎射御書數之巧,體騖乎俯仰折旋之容。凡此者,觀之足以盡人之心,學之足以動人之志。①

徐幹此論出自其《中論·務本》篇,而所謂"務本"者,是指君王應以治國大道爲務,而不能沉溺於耳目聲色之娛。他將小説與絲竹歌舞、華章辯言、射御書數相比并,充分顯示出他對小説功能的認識,即小説是用於娛樂的,且有巨大的魅力:"觀之足以盡人之心,學之足以動人之志。"故人君不能沉迷。徐幹不是小説家,他對小説功能的認識基於政治的需要,用於規勸人君,所以對小説頗多貶斥之辭。干寶則以一個小説家的身份明確指出了小説的主要功能在於"遊心寓目",《搜神記序》云:

> 群言百家,不可勝覽;耳目所受,不可勝載。今粗取足以演八略之旨,成其微説而已。幸將來好事之士録其根體,有以遊心寓目而無尤焉。②

干寶以"遊心寓目"概言小説之功能,實際是從"心"、"目"之内在精神需求角度爲小説之存在價值立論。案"遊心"一詞出自《莊子》:"吾遊心于物之初。"③意謂要體悟大道之至真至美,必先忘禍福、外生死,擯棄外界功利而作心之"遊"。干寶以"遊心寓目"指稱小説之功能,即以爲小説之盛行於世乃是由於小説表現的奇人異事符合於人心的自然需求,而只有從"遊心寓目"角度承認小説的存在價值,才會使人不至於見小説而感到詫異(即所謂"無尤")。干寶由此確認了小説具有符合人類娛樂需求這一本能的價值功能。而這種對娛樂性的追求在當時已是一個普遍的境況。如南朝宋裴松之注《三國志》所引《魏略》:"太祖遣淳詣植。植初得淳甚喜,延入坐,不先與談。時天暑熱,植因呼常從取水自澡訖,傅粉。遂科頭拍袒,胡舞五椎鍛、跳丸擊

---

① (魏)徐幹:《中論·務本第十五》,(魏)徐幹撰,孫啓治解詁:《中論解詁》,中華書局 2014 年版,第 288 頁。
② (晉)干寶:《搜神記序》,(晉)干寶撰,汪紹楹校注:《搜神記》,中華書局 1979 年版,第 2 頁。
③ (清)郭慶藩撰,王孝魚點校:《莊子集釋》卷七下《田子方第二十一》,中華書局 2012 年第 3 版,第 712 頁。

劍,誦俳優小説數千言訖,謂淳曰:'邯鄲生何如耶?'"①顯然,人們亦將"誦俳優小説"視爲娛樂性的精神消遣活動。魯迅先生評魏晉志人小説時亦謂:"記人間事者已甚古,列禦寇韓非皆有録載,惟其所以録載者,列在用以喻道,韓在儲以論政。若爲賞心而作,則實萌芽于魏而盛大于晉,雖不免追隨俗尚,或供揣摩,然要爲遠實用而近娛樂矣。"②可見當時風氣已開。

六朝小説家對小説審美特徵的認識主要是揭示了志怪小説的"奇異"特性。這較早見於郭璞對《山海經》的評價,在《山海經叙》一文中,郭璞首先對世人評《山海經》爲"閎誕迂誇,多奇怪俶儻之言"提出了質疑,而以"物不自異,待我而後異,異果在我,非物異也"的理論爲《山海經》的所謂"奇異"申辯,并申言自己爲《山海經》作注是爲了使"逸文不墜於世,奇言不絶於今"③。以後,葛洪自評《神仙傳》"深妙奇異"④,蕭綺評《拾遺記》"愛廣尚奇"⑤、"愛博多奇"、"廣異宏麗"⑥等,均以"奇異"爲志怪小説的首要審美特點。以"奇異"爲文學審美理想并不始於六朝,亦非始於小説領域。在中國文學批評史上,最早標舉"奇異"這一審美理想的是莊子,他以"謬悠"、"荒唐"、"諔詭"等術語概括自身的創作特色,在《知北遊》篇中更以"神奇"與"臭腐"相對舉:"其所美者爲神奇,其所惡者爲臭腐"⑦,明確地以"奇"爲其創作追求。而在屈原的創作中亦處處彌散著瑰麗奇異的色彩,王國維評其作品"豐富之想像力,實與莊、列爲近"⑧。劉師培亦云:屈子之文"叙事紀遊,遺塵超物,荒唐譎怪,複與《莊》、《列》相同"⑨。這一被後人稱爲《莊》、《騷》藝術精神的審美追

---

① (晉)陳壽撰,(宋)裴松之注:《三國志》卷二十一《魏書·王衛二劉傳》,中華書局1959年版,第603頁。
② 魯迅:《中國小説史略》第七篇《〈世説新語〉與其前後》,上海古籍出版社1998年版,第37頁。
③ (晉)郭璞:《注〈山海經〉叙》,周明初點校:《山海經》,浙江古籍出版社2010年版,第193—194頁。
④ (晉)葛洪:《神仙傳自序》,《神仙傳》(《叢書集成初編》),中華書局1991年版,第1頁。
⑤ (梁)蕭綺:《拾遺記序》,(晉)王嘉撰,(梁)蕭綺録、齊治平校注:《拾遺記》,中華書局1981年版,第1頁。
⑥ (梁)蕭綺:《拾遺記·虞舜篇録》,(晉)王嘉撰,(梁)蕭綺録、齊治平校注:《拾遺記》,中華書局1981年版,第27頁。
⑦ (清)郭慶藩撰,王孝魚點校:《莊子集釋·知北遊第二十二》,中華書局2012年第3版,第733頁。
⑧ 王國維:《屈子文學之精神》,周錫山編校:《王國維集》(第一册),中國社會科學出版社2008年版,第29頁。
⑨ 劉師培:《南北文學不同論》,劉師培著:《中國中古文學史講義》(附録),鳳凰出版社2011年版,第259頁。

求無疑是六朝小説家肯定和標舉"奇異"的直接思想源頭,并深深地影響了後代的小説和小説學。唐代傳奇創作繁盛,人們也極力弘揚小説創作的新奇,且由六朝時期强調小説表現超現實的怪幻之奇逐漸被推崇人事之奇的傾向所取代。宋元以來,隨著俗文學創作的興盛,"奇異"這一審美理想已被深深地融入了小説戲曲的創作和理論觀念之中。① 而在小説學中奠定這一審美傾向的無疑是六朝時期的小説家。

六朝小説創作的繁盛,使小説家們對小説這一文體作出了上述思考。一些小説家還據此認定:"小説"在豐富龐雜的典籍中可以自成一"體",已構成了一個獨特的書籍門類。上文所引干寶《搜神記序》云小説"足以演八略之旨"即然,在干寶看來,小説可以在劉歆《七略》基礎上另增一"略"。而干寶試欲增入"小説"而爲"八略"正是六朝小説創作現實的直接反映。晚清梁啓超目睹數千年來小説創作的繁盛,在其《譯印政治小説序》一文中即感歎小説"之在中國,殆可增七略而爲八,蔚四部而爲五者矣"②。其思路正與干寶相仿。

綜上所述,小説學在中國古代的萌生過程中吸納了傳統哲學和史學的思想内涵,"小道可觀"、"叢殘小語"、"勸善懲惡"、"傳聞異辭"等重要的思想觀念均爲唐及唐以後小説家所接受,而六朝小説家以記録"傳聞"、追求"奇異"和"遊心寓目"三方面概括小説之特徵更奠定了後世小説及小説學的基本内涵。故先唐時期是中國古代小説學的重要思想源頭。而從先唐小説之"傳聞"到唐代小説之"傳奇",中國小説史和小説學史將翻開新的一頁。

(原文載《文學評論》2004 年 6 期)

---

① 詳見譚帆、陸煒:《中國古典戲劇理論史》(修訂版)第四章第四節《"奇":情節論》,華東師範大學出版社 2005 年版。
② 梁啓超:《譯印政治小説序》,《梁啓超全集》(第一册),北京出版社 1999 年版,第 172 頁。

論明代小説學的基礎觀念

所謂"基礎觀念"大致包括兩種内涵：首先，"基礎觀念"是指明代小説學中最爲基本的思想觀念，是構成明代小説學思想觀念的内在鏈結，梳理這一系列的觀念，可以尋繹出明代小説學發展的思想脈絡；其次，"基礎觀念"是指對明代小説創作的發展産生過直接影響的思想觀念，制約和影響著明代小説的發展進程。我們從"基礎觀念"角度研究明代小説學基於對明代小説學研究現狀的思考：今人對明代小説學的研究常常采用兩種方式，或以當今的小説學觀念來套用傳統小説學，如"性格"、"結構"、"叙述視角"等，於是明代小説學的思想觀念在某種程度上成了現代小説學的翻版，而忽略了明代小説學自身的本位性；或在明代小説評點家的著作中尋求相關命題，但往往忽略了這些命題與小説發展實際的關係。故我們強調"基礎觀念"是要求明代小説學的研究貼近明代小説的自身發展，使小説學研究與小説發展實際相一致，從而真正成爲明代小説史研究的一個有機組成部分。明人對於小説的認識觀念突出地表現在三個層面上：一是對於"小説"這一文類的概念厘定；二是對通俗小説文體特性和創作風格的分析和評價；三是爲提升通俗小説的"文化品位"和強化通俗小説的"文人性"而作出的理論闡釋與評判。就整體言之，明代小説學中的思想觀念主要針對通俗小説，文言小説并未形成自身獨特的思想觀念，往往是承襲前人之成説而缺乏創新。故本文對基礎觀念的梳理主要針對通俗小説。

一、"小説"與"演義"

"小説"在中國古代是一個龐大的文類，涉及的領域非常廣泛，以致晚明馮夢龍有"六經國史而外，凡著述皆小說也"①的感歎，這當然有所誇張，但由此也可看出小說的龐雜。明人對"小說"這一文類所使用的術語頗多，有以"小說"稱之，有以"演義"稱之，有以"傳奇"或"傳記"稱之，有以"稗官小說"稱之，也有以"小傳"、"外傳"、"志怪"稱之，不一而足。而其中使用最普遍、最爲重要的是"小說"和"演義"兩個術語。

"小說"一辭源遠流長，其內涵在中國小說史上形成了兩股綫索，一是由《莊子》"飾小說以干縣令，其於大達亦遠矣"②肇端，經桓譚"若其小說家，合叢殘小語，近取譬論，以作短書，治身理家，有可觀之辭"③和班固《漢志》"小說家者流，蓋出於稗官，街談巷語，道聽塗説者之所造也"④的延續和發展，至唐劉知幾《史通》的闡釋，確認了"小說"的指稱對象乃是唐前歸入"子部"或"史部"的古小說。唐及唐以後的筆記小說亦置於這一"小說"概念名下。二是由民間"説話"一系衍生的"小說"概念，如裴松之注《三國志》引《魏略》之"俳優小說"、《唐會要》卷四之"人間小說"、段成式《酉陽雜俎》續集卷四之"市人小說"等，至宋代"説話"藝術繁興，耐得翁《都城紀勝》、吳自牧《夢粱錄》、羅燁《醉翁談錄》均將"小說"指稱通俗的"説話"藝術。

明人對於"小說"一辭的使用基本上承上述兩股綫索而來，較早使用"小說"一辭的是都穆在弘治十八年（1505）爲《續博物志》所作的《後記》："小說雜記，飲食之珍錯也，有之不爲大益，而無之不可，豈非以其能資人之多識而怪僻不足論邪。"⑤在這之前，人們對《剪燈新話》等作品多以"稗官"、"傳奇"、"傳記"稱之。明人普遍使用"小說"一辭大約在嘉靖以後，郎瑛《七修類稿》卷二十二云："小說起宋仁宗，蓋時太平盛久，國家閑暇，日欲進一奇怪之事以娛之。故小說'得勝頭回'之後，即云'話說趙宋某年'……若夫近時蘇刻幾十家小說者，乃文章家之一體，詩話、傳記之流也，又非如此之小說。"⑥《七修類稿》刊於嘉靖二十六年（1547），時《三國志通俗演義》和《水滸傳》均已刊

---

① （明）可一居士：《醒世恒言叙》，（明）馮夢龍著，陽羨生校點：《醒世恒言》，上海古籍出版社1996年版，第1頁。
② （清）郭慶藩撰，王孝魚點校：《莊子集釋》，中華書局2012年第3版，第925頁。
③ （漢）桓譚：《新論》，上海人民出版社1977年版，第69頁。
④ （漢）班固撰，（唐）顔師古注：《漢書》卷三十《藝文志第十》，中華書局1962年版，第1745頁。
⑤ （明）都穆：《續博物志後記》，引自丁錫根編：《中國歷代小說序跋集》（上），人民文學出版社1996年，第91頁。
⑥ （明）郎瑛：《七修類稿》（上），中華書局1959年版，第330頁。

行多年,故郎瑛已將"小説"一辭直指通俗小説。嘉靖三十一年(1552),小説家熊大木刊出《新刊大宋演義中興英烈傳》,在《序》中,他對時人"謂小説不可紊之以正史"的觀點提出駁論,申言"史書小説有不同者,無足怪矣"①,亦將"小説"指稱通俗小説。而嘉靖年間刊刻的洪楩《六十家小説》更有將文言傳奇和通俗話本同置於"小説"名下的趨勢,該書作爲一部小説集,既選取了説經講史話本如《花燈轎蓮女成佛記》和《漢李廣世號飛將軍》,亦取傳奇小説《藍橋記》,只要其可供消遣和娛樂,都不妨稱之爲"小説"。此書分爲《雨窗集》、《欹枕集》、《長燈集》、《隨航集》、《解閑集》和《醒夢集》六集,其選擇趨向已十分明晰。"小説"這一概念在嘉靖以來的變化與通俗小説的崛起密切相關,由《三國》、《水滸》的刊行所發端,通俗小説的創作和刊刻在嘉靖以來有了很大的發展,這一局面致使小説稱謂的使用有了相應的變化,其中之一就是"小説"一辭使用的普遍化。

在明中後期,與"小説"一辭相對應,但專用於通俗小説的一個稱謂是"演義"。

"演義"一辭較早見於西晉潘岳的《西征賦》:"靈壅川以止鬥,晉演義以獻説。"②劉宋范曄《後漢書》卷八十三《周黨傳》亦謂:"黨等文不能演義,武不能死君。"③故"演義"之本義是演説鋪陳某種道理。以"演義"作爲書籍之名較早見於唐人蘇鶚的《蘇氏演義》,《蘇氏演義》原作《演義》,重於典制名物。後又有劉義剛《三經演義》十一卷,演説《孝經》、《論語》、《孟子》;錢時《尚書演義》;至元明時期,有胡經《易演義》十八卷、徐師曾《今文周易演義》十二卷、梁寅《詩演義》八卷等。且由經義逐漸進入文學領域,如明陸容《菽園雜記》卷十四記載元進士張伯成所作之《杜律演義》、明焦竑《玉堂叢語》卷一載楊慎《絶句演義》等。

將通俗小説稱之爲"演義"始於《三國志通俗演義》。嘉靖元年(1522),司理監刊出《三國志通俗演義》,隨即在社會上產生了巨大影響,"演義"一辭

---

① (明)熊大木:《大宋演義中興英烈傳序》,引自黄霖、韓同文選注:《中國歷代小説論著選》,江西人民出版社1982年版,第117頁。
② (晉)潘岳:《西征賦》,(西晉)潘岳著,王增文校注:《潘黄門集校注》,中州古籍出版社2002年版,第3頁。
③ (南朝宋)范曄撰,(唐)李賢等注:《後漢書》卷八十三《逸民列傳》,中華書局1965年版,第2762頁。

也隨之流行。案"演義"一辭作爲通俗小說的一種文體概念,其最初的含義應是對陳壽《三國志》的"通俗化",包括"故事"與"語言"。故"演義"者,其初始的含義應是以通俗的形式演正史之義。如夢藏道人於《三國志演義序》中謂:"羅貫中氏取其書(指陳壽《三國志》)演之,更六十五篇爲百二十回。"①但此一含義僅是其初始義,明人以"演義"指稱通俗小說實則普遍越出了這一規定,即"演義"者,非爲僅對某一史書的"通俗化",而是廣泛指稱對歷史現象、人物故事的通俗化敘述。從現有以"演義"命名的明人小說中我們即可清晰地看出這一趨向。故《三國志通俗演義》後世簡化爲《三國演義》也就成了一個自然而然的、普遍可以接受的現實。

明人拈出"演義"一辭指稱通俗小說實則爲了通俗小說的文體獨立,故在追溯通俗小說的文體淵源時,人們便習慣地以"演義"一辭作界定,以區別其他小說。笑花主人於《今古奇觀序》中說:

> 小說者,正史之餘也。《莊》、《列》所載化人、傴僂丈人昔事,不列於史。《穆天子》、《四公傳》、《吳越春秋》,皆小說之類也。《開元遺事》、《紅綫》、《無雙》、《香丸》、《隱娘》諸傳,《睽車》、《夷堅》各誌,名爲小說,而其文雅馴,閭閻罕能道之。優人黄繙綽、敬新磨等,搬演雜劇隱諷時事,事屬烏有,雖通於俗,其本不傳。至有宋,孝皇以天下養太上,命侍從訪民間奇事,日進一回,謂之説話人,而通俗演義一種,乃始盛行。②

從上述引文的追溯中,我們不難看到明人對小說流變的認識觀念,他們以"演義"一辭來指稱通俗小說,其目的正是要強化通俗小說的獨特性和獨立性。

一般認爲,"演義"主要是指以歷史爲題材的小說作品,近人以"歷史演義"、"英雄傳奇"、"神魔小說"、"世情小說"來劃歸長篇章回小說之類型後,人們更視"演義"爲"歷史演義"或"講史演義"之專稱。但其實,這一認識并

---

① (明)夢藏道人:《三國志演義序》,明崇禎五年遺香堂刊本,引自丁錫根編:《中國歷代小說序跋集》,人民文學出版社1996年版,第896頁。
② (明)笑花主人:《今古奇觀序》,(明)抱甕老人:《今古奇觀》,上海古籍出版社1992年版,第1頁。

不符合實際情况。在明人看來，無論是歷史題材還是神話傳説，無論是長篇章回還是短篇話本，統統可用"演義"指稱之。顧起鶴《三教開迷傳引》謂："顧世之演義傳記頗多，如《三國》之智、《水滸》之俠、《西遊》之幻，皆足以省睡魔而廣智慮。"①天許齋《古今小説題辭》云："本齋購得古今名人演義一百二十種，先以三之一爲初刻云。"②凌濛初亦將其《拍案驚奇》稱之爲"演義"："這本話文，出在《空緘記》，如今依傳編成演義一回，所以奉勸世人爲善。"③可見在明人的觀念中，不僅《三國演義》、《水滸傳》稱爲"演義"，《西遊記》亦可稱爲"演義"，甚至連"三言"、"二拍"也可稱之爲"演義"。故質言之，"演義"者，通俗小説之謂也。

明人以"演義"指稱通俗小説，在概念的内涵上主要涉及兩個方面：一是"通俗性"，雉衡山人《東西晉演義序》云："一代肇興，必有一代之史，而有信史、有野史。好事者蒐取而演之，以通俗諭人，名曰'演義'，蓋自羅貫中《水滸傳》、《三國傳》始也。"④故"通俗"是"演義"區别於其他小説的首要特性。二是"風教性"，朱之蕃《三教開迷演義叙》云："演義者，其取喻在夫人身心性命、四肢百骸、情欲玩好之間，而究其極，在天地萬物、人心底裏、毛髓良知之内……於扶持世教風化豈欲小補哉。"⑤由此可見，以"通俗"的形式來實施經書史傳對於民衆所無法完成的教化使命是"演義"的基本特性和價值功能。明人正是以此來確立"演義"的存在依據及其地位的。這一確立對通俗小説的發展具有積極的作用。

"小説"與"演義"是明人使用最爲普遍的兩個文體術語，兩者之間的關係大致是這樣："小説"早於"演義"而出現，其指稱範圍包括文言和通俗小説兩大門類，故"小説"概念可以包容"演義"概念，反之則不能。"演義"是通俗小説的專稱，而在指稱通俗小説這一對象上，"小説"與"演義"在概念的外延

---

① （明）顧起鶴：《三教開迷傳引》，（明）潘鏡若：《三教開迷歸正演義》(《古本小説集成》)，上海古籍出版社1994年版，第2頁。

② （明）天許齋：《古今小説題辭》，引自黄霖、韓同文選注：《中國歷代小説論著選》，江西人民出版社1982年版，第228頁。

③ （明）凌濛初：《拍案驚奇》卷二十"李克讓竟達空函，劉元晉雙生貴子"，上海古籍出版社1996年版，第319頁。

④ （明）雉衡山人：《東西晉演義序》，（明）無名氏著，趙興茂、胡群耘校點：《東西晉演義》，上海古籍出版社1991年版，第1頁。

⑤ （明）朱之蕃：《三教開迷演義序》，（明）潘鏡若：《三教開迷歸正演義》(《古本小説集成》)，上海古籍出版社1994年版，第4—8頁。

上是重合的。

二、"補史"與"通俗"

　　明代小説學中另一組重要的思想觀念是"補史"與"通俗"。這一組思想觀念一方面上承傳統的"補史"觀又有所發展，同時又是直接針對明代通俗小説的創作實際而提出的，這就是以歷史爲題材的小説作品的崛起與風行。

　　明代的通俗小説以《三國演義》與《水滸傳》爲起始，尤其是《三國演義》，其"據正史，采小説，證文辭，通好尚，非俗非虚，易觀易入……陳叙百年，該括萬事"①的創作特色對明代小説的創作有直接影響。所謂"講史演義"在嘉靖以後成了通俗小説創作中最爲興盛的一種小説類型。"補史"觀的重新興起即是這一現象的反映。

　　從"補史"的角度看待小説并不從明人始。在桓譚、班固有關小説概念和小説功能的闡釋中已藴含了小説可補經史之闕的認識。至漢末魏晉時期，文人雜史、雜傳和雜記創作風行，小説的"補史"意識便更爲昭晰。葛洪《西京雜記跋》謂其《西京雜記》乃"裨《漢書》之闕"②。郭憲《漢武帝别國洞冥記序》亦謂："愚謂古曩餘事，不可得而棄……今籍舊史之所不載者，聊以聞見，撰《洞冥記》四卷，成一家之書，庶明博君子，該而異焉。"③"裨《漢書》之闕"、"籍舊史之所不載者"均已明確説明小説的補史意義。王嘉評張華《博物志》乃"捃采天下遺逸"，自署其書爲《拾遺記》，亦已闡明小説的拾遺補闕功能。至唐代，劉知幾《史通》在理論上作出了更細緻的闡釋，其拈出"偏記小説"一辭與"正史"相對舉，且認爲其"自成一家，而能與正史參行"。如"國史之任，記事記言，視聽不該，必有遺逸。於是好奇之士，補其所亡，若和嶠《汲冢紀年》、葛洪《西京雜記》、顧協《瑣語》、謝綽《拾遺》"，如"街談巷議，時有可觀，小説卮言，猶賢於己。故好事君子，無所棄諸，若劉義慶《世説》、裴榮期《語林》、孔尚思《語録》、陽玠松《談藪》"。④然從總體而言，劉知幾對小

---

①　(明)高儒：《百川書志》卷六"史部·野史"，上海古籍出版社2005年版，第82頁。
②　(晉)葛洪：《西京雜記跋》，(晉)葛洪：《西京雜記》(附録)，中華書局1985年版，第45頁。
③　(漢)郭憲：《漢武帝别國洞冥記序》，(漢)郭憲：《漢武帝别國洞冥記》，中華書局1991年版，第1頁。
④　(唐)劉知幾著，(清)浦起龍通釋：《史通通釋·雜述》，上海古籍出版社2009年版，第254頁。

説的"補史"功能頗多貶詞。《史通·采撰》云："晉世雜書,諒非一族,若《語林》、《世説》、《幽明録》、《搜神記》之徒,其所載或詼諧小辯,或神鬼怪物。其事非聖,揚雄所不觀;其言亂神,宣尼所不語。皇朝新撰《晉史》,多采以爲書。夫以干、鄧之所糞除,王、虞之所糠粃,持爲逸史,用補前傳,此何異魏朝之撰《皇覽》、梁世之修《遍略》,務多爲美,聚博爲功,雖取説於小人,終見嗤於君子矣。"①而那些"妄者爲之"的"逸事小説","苟載傳聞,而無銓擇。由是真僞不別,是非相亂。如郭子衡之《洞冥》、王子年之《拾遺》,全構虛辭,用驚愚俗,此其爲弊之甚者也"②。劉知幾以史家的眼光來看待小説,其觀點是有合理内涵的,故其對小説的"補史"功能采取審慎的態度。倒是一些小説家進一步在張揚著這一功能,李肇《唐國史補自序》謂其撰《國史補》乃"慮史氏或闕則補之意"。李德裕作《次柳氏舊聞》是"愧史遷之該博,唯次舊聞。懼其失傳,不足以對大君之問,謹録如左,以備史官之闕云"③。參寥子《唐闕史序》更認爲小説之與經史"猶至味之有葅醢也"④。宋鄭文寶撰《南唐近事序》乃慮"南唐烈祖、元宗、後主三世,共四十年……君臣用舍,朝廷典章,兵火之餘,史籍蕩盡,惜夫前事,十不存一",故將"耳目所及,志於縑緗,聊資抵掌之談,敢望獲麟之譽"⑤,明確其撰述的"補史"目的。張貴謨序《清波雜誌》亦謂該書"多有益風教,及可補野史所闕遺者"⑥。由此可見,將小説視爲對正史拾遺補闕的觀念乃源遠流長,漢末以還雜史筆記小説的創作風行正緣此而來。

明人的小説"補史"觀念既有傳統的影響,更是小説創作現實的反映,故其理論指向有顯明的不同。如果説,傳統的"補史"觀念著重於小説乃是對正史的拾遺補闕,是對正史不屑著録的内容的叙述,其所要完成的是輔助經史的認識教化功能。那麽,明人的"補史"觀直接針對的是以《三國演義》爲

---

① (唐)劉知幾著,(清)浦起龍通釋:《史通通釋·采撰》,上海古籍出版社2009年版,第108頁。
② (唐)劉知幾著,(清)浦起龍通釋:《史通通釋·雜述》,上海古籍出版社2008年版,第255頁。
③ (唐)李德裕:《次柳氏舊聞(外七種)》(《歷代筆記小説大觀》),上海古籍出版社2012年版,第5頁。
④ (唐)高彦休:《唐闕史序》,引自《唐五代筆記小説大觀》(下),上海古籍出版社2000年版,第1327頁。
⑤ (宋)鄭文寶:《南唐近事序》,(宋)鄭文寶編:《南唐近事》(《叢書集成初編》),中華書局1985年版,第1頁。
⑥ (宋)張貴謨:《清波雜誌·張序》,(宋)周煇撰,劉永翔校注:《清波雜誌校注》,中華書局1994年版,第1頁。

代表的講史演義。評論對象的變更自然引出了不同的理論趨向。"正史之補"也好,"羽翼信史"也罷,明人的小說"補史"觀均以"通俗"爲其理論歸結,將正史通俗化,以完成對民衆的歷史普及和思想教化,這是明人小說"補史"觀的一個重要特點。

較早闡釋這一問題的是明弘治年間的庸愚子蔣大器,在爲抄本《三國志通俗演義》所作的《序》中,蔣大器明確地表達了對於小說"補史"的認識觀念:在他看來,正史"昭往昔之盛衰,鑒君臣之善惡,載政事之得失,觀人才之吉凶,知邦家之休戚","有義存焉"。但其"理微義奥","其於衆人觀之,亦嘗病焉"。而以正史爲材料,"亦庶幾乎史"的講史小說却有著有别於正史的"通俗性",它可以使人"讀到古人忠處,便思自己忠與不忠;孝處,便思自己孝與不孝","欲讀誦者,人人得而知之,若《詩》所謂里巷歌謠之義也"。① 蔣大器以後,隨著《三國演義》及講史演義的流行,以此立論者不絶如縷,明嘉靖年間的修髯子張尚德在《三國志通俗演義引》中進一步申述了這一觀點,并明確提出了小說"羽翼信史"的"補史"功能。其云:

> 客問於余:"劉先主、曹操、孫權,各據漢地爲三國,史已志其顛末,傳世久矣。復有所謂《三國志通俗演義》者,不幾近於贅乎?"余曰:"否。史氏所志,事詳而文古,義微而旨深,非通儒夙學,展卷間鮮不便思困睡。故好事者以俗近語隱括成編,欲天下之人入耳而通其事,因事而悟其義,因義而興乎感。不待研精覃思,知正統必當扶,竊位必當誅;忠孝節義必當師,奸貪諛佞必當去。是是非非,了然於心目之下,裨益風教,廣且大焉,何病其贅耶?"客仰而大噱曰:"有是哉,子之不我誣也,是可謂羽翼信史而不違者矣。"②

張氏以"答客問"的形式闡述了他對小說"補史"功能的認識,認爲小說與正史有著同等的價值。而小說對於民衆而言,其超拔處更在於其"以俗近

---

① (明)蔣大器:《三國志通俗演義序》,(明)羅貫中:《三國志通俗演義》,上海古籍出版社1980年版,第1—2頁。
② (明)修髯子:《三國志通俗演義引》,(明)羅貫中:《三國志通俗演義》,上海古籍出版社1980年版,第3頁。

語,隱括成編",可以"不待研精覃思"而能使民衆知所趨崇,故可"羽翼信史","羽翼"者,輔助之謂也。而小説之所以有"輔助"之效,正在於其有正史所不逮的通俗性。林翰在萬曆己未(四十七)刻本《批點隋唐兩朝志傳序》中亦提出小説"正史之補"的説法。在他看來,小説之所以可爲"正史之補",關鍵亦在於"兩朝事實使愚夫愚婦一覽可概見耳"的通俗性。

明人由《三國演義》及講史演義的風行而接續了傳統的"補史"觀念,又因講史演義特殊的文體特性將"補史"之功能定位在"通俗性"上,而不再以"拾遺補闕"作爲小説的基本的"補史"功能。這一内涵的轉化使"通俗"這一範疇在明後期的小説學中越來越受到小説家的重視,并深深影響了小説的發展。人們或以通俗性闡述小説之根本特性,或以包含情感的筆墨描述小説由於通俗所帶來的巨大功效,或乾脆以"通俗"來爲演義小説命名。總之,"通俗"一辭已成爲界定小説的一個重要概念。由此,通俗小説、通俗演義作爲指稱有別於文言小説一脈的小説文體的專稱在中國小説史上逐步固定并長久延用。

三、"虛實"與"幻真"

"虛實"與"幻真"在明代小説學中是兩個既相異而又相關的命題,"虛實"範疇由講史演義所引出,主要討論的是小説與歷史的關係問題;"幻真"範疇則由"虛"所延伸,所針對的既有《三國演義》等講史演義,又有《西遊記》等神魔小説,更有"三言"、"二拍"等注重於現實内涵的作品;而這兩個範疇的最終落脚點均爲小説的真實性問題。

"虛實"範疇是中國古代文學批評中的固有命題,它主要探討兩方面的内涵:一是藝術形象中的虛實關係,在這裏,所謂"實"是指藝術作品中宛然可感的直接形象,所謂"虛"是指由直接形象引發的、由想象聯想所獲得的間接形象,所謂"有無相生"、"虛實相間",從而創造出餘不盡的藝術妙境。這一脈理論的起始是老莊哲學中的"有無相生"論,而在魏晉以來有了廣泛的討論,成爲詩論、畫論、書論中極爲重要的審美原則,是中國古典藝術,尤其是詩歌、書畫藝術的民族傳統。二是指藝術表現中"虛構"與"真實"的關係問題,其中包括"虛構"與"歷史真實"的關係和"虛構"與"客觀事理"的關係。對這一問題的探討同樣有著悠遠的傳統,而成熟當在小説、戲曲等叙事文學發展以後。小説領域對於"虚實"關係的探討主要是指後者。

在明代,所謂"虚實"問題的探討是由《三國演義》等歷史演義的創作所引發的,基本形成了兩種頗爲鮮明的觀點。

一種意見認爲,小説尤其是以歷史爲題材的小説固然應以正史爲標尺,但亦不必拘泥於史實,小説與史書是兩種不同的文本形態,應區别對待。熊大木《序武穆王演義》認爲,小説創作"實記正史之未備","若使的以事迹顯然不泯(«不)得録,其是書竟難以成野史之餘意矣",故其雖然"以王本傳行狀之實迹,按《通鑑綱目》而取義",但并不廢棄與正史相異的内容,而表現這一内容,正是小説作爲"野史"有别於正史之特點,因而"史書小説有不同者,無足怪矣"。① 熊大木的《大宋演義中興英烈傳》是據《精忠録》等小説改寫而成,小説本身并不成功,實際上是雜糅正史材料及小説野史加以點染而成,與《三國演義》之差距不可以道里計。熊氏的其他幾部歷史小説如《唐書志傳》、《全漢志傳》和《南北宋志傳》均可作如是觀。但在"事紀其實,亦庶幾乎史"、"羽翼信史而不違"的理論背景下,熊氏爲"小説不可紊之以正史"所作出的理論辯護却有一定的價值。熊大木的觀點代表了當時的一種思想傾向,他們對這一創作觀念的堅持及其創作實踐實則肯定了小説創作的虚構特色。陳繼儒爲《唐書演義》作序即指出了這一特色:"載攬演義,亦頗能得意。獨其文詞,時傳正史,於流俗或不盡通。其事實,時采譎狂,於正史或不盡合。"② 其實,熊大木作爲一個書坊主出身的小説家取正史爲素材是因其有選材上的便利,而拼合野史傳説、話本小説并以通俗的語言演繹之却是出自商業傳播的考慮,更是由書坊主自身的文化素質所決定的。但這一創作路向是與《三國演義》一脈相承的,因爲以正史爲素材,融合雜史傳説和話本小説的内涵正是《三國演義》的創作秘訣,而庸愚子評其"事紀其實,亦庶幾乎史"、修髯子評其"羽翼信史",不過是抬高其地位的一種手段而已。其中成就之高下則反映了小説家的素質及其對小説創作的投入程度。

---

① (明)熊大木:《序武穆王演義》,《大宋中興通俗演義》(《古本小説集成》),上海古籍出版社 1994 年版,第 2—5 頁。
② (明)陳繼儒:《唐書志傳通俗演義》明唐氏世德堂刊本,引自黄霖、韓同文選注:《中國歷代小説論著選》(上),江西人民出版社 2000 年,第 138 頁。

另一種意見認爲，小説既以歷史爲題材，則創作時應恪守"信史"的實録原則。這也有兩種傾向，一是在創作中仍然走熊大木的老路，但在觀念上則標榜對正史的刻意依附。如余邵魚創作的《列國志傳》，余氏自謂"莫不謹按《五經》并《左傳》、《十七史綱目》、《通鑑》、《戰國策》、《吳越春秋》等書，而逐類分紀"，宣稱"其視徒鑿爲空言以炫人聽聞者，信天淵相隔矣"。①署名陳繼儒的《叙列國傳》也爲其申説，認爲其"事核而詳"，"循名稽實"，是"世宙間之大賬簿"、"雖與經史并傳可也"②。但《列國志傳》的創作其實并非如此，其紕謬、疏漏處比比皆是，可觀道人譏其"此等囈語，但可坐三家村田塍上指手畫脚，醒鋤犁瞌睡，未可爲稍通文理者道也"，"其他鋪叙之疏漏，人物之顛倒，制度之失考，詞句之惡劣，有不可勝言者矣"③。二是在描寫現實政治的時事小説創作中，標榜實録原則以抬高其作品的身價。在明後期，小説史上出現了一批以描寫現實政治爲題材的作品，如《魏忠賢小説斥奸書》、《遼海丹忠録》、《于少保萃忠全傳》、《平虜傳》等，這些作品均以現實政治爲題材，力求忠實反映當時的政治鬥争。在此，崢霄主人創作的《魏忠賢小説斥奸書》頗具代表性，其《凡例》謂："是書自春徂秋，歷三時而始成。閲過邸報，自萬曆四十八年至崇禎元年，不下丈許。且朝野之史，如正續《清朝》、《聖》《政》兩集、《太平洪業》、《三朝要典》、《欽頒爰書》、《玉鏡新譚》，凡數十種，一本之見聞，非敢妄意點綴，以墜綺語之戒。"④其刻意追求真實的傾向非常明顯。他甚至坦言："是書動關政務，事系章疏，故不學《水滸》之組織世態，不效《西遊》之布置幻景，不習《金瓶梅》之閨情，不祖《三國》諸志之機詐。"⑤上述兩種傾向就小説創作而言，其實都墜入了創作的"誤區"，前者因觀念與創作實際的分離導致了作品的拙劣不堪；後者混淆了小説與史書的區別而限制了小説的創作空間。

---

① （明）余邵魚：《題全像列國志傳引》，（明）余邵魚：《春秋五霸七雄列國志傳》（《古本小説集成》），上海古籍出版社1994年版，第3—5頁。
② （明）陳繼儒：《叙列國傳》，引自朱一玄編：《明清小説資料選編》，南開大學出版社2006年版，第4頁。
③ （明）可觀道人：《新列國志叙》，（明）馮夢龍：《新列國志》，上海古籍出版社1987年版，第2頁。
④ （明）崢霄主人：《魏忠賢小説斥奸書凡例》明崇禎元年刻本，引自黄霖、韓同文選注：《中國歷代小説論著選》（上），江西人民出版社1990年版，第239頁。
⑤ （明）崢霄主人：《魏忠賢小説斥奸書凡例》明崇禎元年刻本，引自黄霖、韓同文選注：《中國歷代小説論著選》（上），江西人民出版社1990年版，第239頁。

在"虛實"關係上,晚明可觀道人對《新列國志》的評判和馮夢龍"事真而理不贗,即事贗而理亦真"的觀點代表了明人對歷史小說創作中"虛構"與"歷史真實"關係認識的最高水準。在《新列國志叙》中,可觀道人尖銳地批評了余邵魚的《列國志傳》,高度評價了馮夢龍對《列國志傳》"重加輯演"的《新列國志》,其云:

> 自羅貫中氏《三國志》一書,以國史演爲通俗,汪洋百餘回,爲世所尚。嗣是效顰日衆,因而有《夏書》、《商書》、《列國》、《兩漢》、《唐書》、《殘唐》、《南北宋》諸刻,其浩瀚幾與正史分簽并架,然悉出村學究杜撰……姑舉《列國志》言之……墨憨氏重加輯演,爲一百八回……本諸《左》、《史》,旁及諸書,考核甚詳,蒐羅極富,雖敷演不無增添,形容不無潤色,而大要不敢盡違其實。凡國家之廢興存亡,行事之是非成毀,人品之好醜貞淫,一一臚列,如指諸掌。①

在明代小説史上,從《三國演義》到馮夢龍《新列國志》正好是歷史演義創作的前後兩極,這不僅表現在創作時間上,同時也體現在創作成就上。明代的歷史演義小説以成熟的《三國演義》發端,經歷了嘉靖、萬曆兩朝以書坊主爲主體、以商業傳播爲旨歸的創作過程,至馮夢龍《新列國志》,又復歸於文人創作的成熟階段。故可觀道人對《三國演義》、《列國志傳》和《新列國志》的評判實則是對明代歷史演義的總結和創作經驗的揭示。在他看來,歷史演義大致可分成《三國演義》、"村學究杜撰"的效顰之作和《新列國志》三個階段,而在創作上,歷史演義確乎應依據史書,所謂"以國史演爲通俗演義",但對史書的依附也有相應的"度",即"大要不敢盡違其實",應"敷演不無增添,形容不無潤色",從而創造出形象生動、有血有肉的歷史小説;同時,歷史演義在時代、政迹上要"考核甚詳",但其根本目的是要展示"國家之興廢存亡,行事之是非成毀,人品之好醜貞淫"。這一總結非常貼合歷史演義的創作原理,也是對《三國演義》、《新列國志》等成功的創作經驗的總結。而

---

① (明)可觀道人:《新列國志叙》,(明)馮夢龍:《新列國志》,上海古籍出版社1987年版,第1—2頁。

馮夢龍"事真而理不贗,即事贗而理亦真"的認識則在更高層面上擺正了歷史演義創作中"虛構"與"歷史真實"的關係。

在"虛實"關係的認識上,當明人將目光投向更廣闊的小説領域,而不局限於歷史演義之一隅的時候,其思想就達到了更爲通脱、成熟的境界,尤其是當將《水滸傳》、《西遊記》甚至戲曲文學等同置於一個觀察視野的時候,他們對"虛實"關係的認識就更爲深刻了。較早作出這一評判的是天都外臣的《水滸傳叙》(萬曆十七年,1589),他在分析《水滸傳》與史書記載的關係時即明確認爲小説與史書之虛實關係"不必深辨",要緊的是能否產生"可喜"的效果,而所謂"可喜"者,即指作品在藝術描寫時能給人以一種真實可信的效果。謝肇淛《五雜俎》卷十五評論小説戲曲時更強調"虛實相半"爲創作之"三昧","亦要情景造極而止,不必問其有無也",若"必事事考之正史,年月不合,姓字不同,不敢作也。如此,則看史傳足矣"。他甚至以此來批評《三國演義》等歷史演義小説的不足:"惟《三國演義》與《錢唐記》、《宣和遺事》、《楊六郎》等書,俚而無味矣。何者？事太實則近腐,可以悦里巷小兒,而不足爲士君子道也。"①這一評價就《三國演義》而言,當然有失公允,但其所批評的"事太實則近腐"的觀點是合理的、深刻的,也切中當時小説創作的實際弊端。王圻亦從"虛"處著眼分析《水滸傳》與《西廂記》的成功經驗,認爲"《水滸傳》,從空中放出許多罡煞,又從夢裏收拾一場怪誕,其與王實甫《西廂記》始以蒲東邂會,終以草橋揚靈,是二夢語,殆同機局。總之,惟虛故活耳"。②

署名懷林的《水滸傳一百回文字優劣》中的一段話對小説創作"虛實"關係的認識最爲深刻,他已突破了以往糾纏於小説與史實、小説能否虛構等思路的束縛,以小説反映生活的客觀事理來爲小説創作張目,其云:

> 世上先有《水滸傳》一部,然後施耐庵、羅貫中借筆墨拈出。若夫姓某名某,不過劈空捏造,以實其事耳。如世上先有淫婦人,然後以楊雄

---

① (明)謝肇淛:《五雜俎》卷十五《事部》,《明代筆記小説大觀》(第二册),上海古籍出版社 2005 年版,第 1829 頁。

② (明)王圻:《稗史彙編(選録)》,引自黄霖、韓同文選注《中國歷代小説論著選》,江西人民出版社 1990 年版,第 164 頁。

之妻、武松之嫂實之；世上先有馬泊六，然後以王婆實之；世上先有家奴與主母通姦，然後以盧俊義之賈氏、李固實之。若管營，若差撥，若董超，若薛霸，若富安，若陸謙，情狀逼真，笑語欲活。非世上先有是事，即令文人面壁九年，嘔血十石，亦何能至此哉，亦何能至此哉！此《水滸傳》之所以與天地相終始也歟？①

"幻真"範疇亦爲明代小説學之一大内涵，其中"幻"與"奇"相應，"真"與"正"相契，兩兩相對複又相應，終以"幻中求真"、"返奇歸正"爲歸趨。而由"虛實"向"幻真"的轉化，其轉捩在於"虛"的深化和泛化。胡應麟在描述古代小説之發展時嘗云：

凡變異之談，盛於六朝，然多是傳録舛訛，未必盡幻設語。至唐人乃作意好奇，假小説以寄筆端，如《毛穎》、《南柯》之類尚可，若《東陽夜怪録》稱成自虛，《玄怪録》元無有，皆但可付之一笑，其文氣亦卑下亡足論。宋人所記乃多有近實者，而文彩無足觀。本朝新、餘等話本出名流，以皆幻設而時益以俚俗，又在前數家下。②

胡氏所論單就文言小説而言，但從"虛實"關係厘定小説發展之迹却頗有眼力，所謂"幻設"、"作意好奇"即指小説創作可以突破"實"之束縛而表現虛幻的内容。在明代，通俗小説創作中亦很早就表現出了這一趨向，羅貫中《三遂平妖傳》始開其端，至萬曆二十年(1592)《西遊記》由世德堂刊出，隨即形成了神魔小説的創作風潮。短短數十年間，神魔小説出版刊行近二十部，一時追奇逐幻之風彌漫於説部，且由神魔小説而擴大至其他小説題材領域。天啓元年(1621)，張無咎在爲馮夢龍輯補的《三遂平妖傳》作序時對此總結道：

小説家以真爲正，以幻爲奇。然語有之："畫鬼易，畫人難。"《西遊》

---

① （明）懷林：《水滸傳一百回文字優劣》，（明）施耐庵：《李卓吾先生批評忠義水滸傳》《古本小説集成》，上海古籍出版社1994年版，第1頁。
② （明）胡應麟：《少室山房筆叢・二酉綴遺中》，中華書局1958年版，第486頁。

幻極矣，所以不逮《水滸》者，人鬼之分也。鬼而不人，第可資齒牙，不可動肝肺。《三國志》，人矣，描寫亦工；所不足者幻耳。然勢不得幻，非才不能幻，其季孟之間乎？嘗辟諸傳奇：《水滸》、《西廂》也；《三國志》、《琵琶記》也。《西遊》，則近日《牡丹亭》之類矣。他如《玉嬌梨》、《金瓶梅》，另辟幽蹊，曲終奏雅，然一方之言，一家之政，可謂奇書，無當巨覽，其《水滸》之亞乎。他如《七國》、《兩漢》、《兩唐宋》，如弋陽劣戲，一味鑼鼓了事，效《三國志》而卑者也。《西洋記》如王巷金家神說謊乞布施，效《西遊》而愚者也；至於《續三國志》、《封神演義》等，如病人囈語，一味胡談。《浪史》、《野史》等，如老淫土娟，見之欲嘔，又出諸雜刻之下矣。①

對於這股創作風潮，批評界很早就在理論上加以評述，褒揚者有之，貶抑者有之，并在深入反思小說創作的基礎上提出了"幻中求真"、"返奇歸正"的創作主張。較早對《西遊記》的幻奇特色作出評判的是謝肇淛，他認爲《西遊記》"雖極幻妄無當，然亦有至理存焉"②。而袁于令在《西遊記題辭》一文中更從"幻"與"真"的辨證角度分析了《西遊記》的創作特色："文不幻不文，幻不極不幻。是知天下極幻之事，乃極真之事；極幻之理，迺極真之理。"③袁于令對《西遊記》及其"幻奇"特徵的褒揚是合乎《西遊記》的創作實際的，也指出了小說創作對生活至理的揭示不在於"事"的"真"與"幻"，是一個思想頗爲卓絕的理論見解。然而"幻奇"之事未必都能表現出卓絕的思想內涵，小說史上如"病人囈語，一味胡談"的作品風行也是追求"幻奇"所引出的一個不良後果。故如何"幻中求真"、"返奇歸正"是小說創作面臨的一個緊迫問題。隨著神魔小說創作弊端的逐步出現，也隨著"三言"、"二拍"等注重描寫現實內涵的作品的崛起，追求現實人情之"奇幻"成立晚明的普遍風尚。睡鄉居士《二刻拍案驚奇序》(崇禎五年，1632)謂：

---

① (明)張譽：《平妖傳叙》，引自丁錫根編：《中國歷代小說序跋集》，人民文學出版社1996年版，第1347頁。
② (明)謝肇淛：《五雜俎》卷十五《事部》，《明代筆記小說大觀》(第二冊)，上海古籍出版社2005年版，第1828—1829頁。
③ (明)袁于令：《西遊記題辭》，(明)吳承恩：《西遊記》(李卓吾評本)，上海古籍出版社1994年版，第1頁。

今小説之行世者無慮百種,然而失真之病起於好奇,知奇之爲奇,而不知無奇之所以爲奇,捨目前可紀之事,而馳騖於不論不議之鄉。……至演義一家,幻易而真難,固不可相衡而論矣。有如《西遊》一記怪誕不經,讀者皆知其謬。然據其所載師弟四人各一性情,各一動止,試摘取其一言一事,遂使暗中摹索,亦知其出自何人,則正以幻中有真,乃爲傳神阿堵,而已有不如《水滸》之譏。豈非真不真之關,固奇不奇之大較也哉!即空觀主人者,其人奇,其文奇,其遇亦奇,因取其抑塞磊落之才,出緒餘以爲傳奇,又降而爲演義。此《拍案驚奇》之所以兩刻也。①

序文中對《西遊記》和"二拍"的評價可謂中鵠中的,所謂"幻"與"真"、"奇"與"正"的關係也是對晚明小說創作中一種健康發展路向的真切揭示。對此,徐如翰的《雲合奇蹤序》早在萬曆四十四年(1616)就明確提出:"天地間有奇人始有奇事,有奇事乃有奇文。夫所謂奇者,非奇袤奇怪奇詭奇僻之奇,正惟奇正相生足爲英雄吐氣豪杰壯譚,非若驚世駭俗咋指而不可方物者。"②笑花主人作於崇禎十年(1637)左右的《今古奇觀序》在對明代小説史作了簡略回顧之後,在理論上對"幻真"、"奇正"思想作了一次總結:

　　夫蜃樓海市,焰山火井,觀非不奇,然非耳目經見之事,未免爲疑冰之蟲。故夫天下之真奇,在未有不出於庸常者也。仁義禮智,謂之常心;忠孝節烈,謂之常行;善惡果報,謂之常理;聖賢豪杰,謂之常人。然常心不多葆,常行不多修,常理不多顯,常人不多見;則相與驚而道之,聞者或悲或歎,或喜或愕。其善者知勸,而不善者亦有所慚恧悚惕,以共成風化之美,則夫動人以至奇者,乃訓人以至常者也。③

綜上所述,明人從"虛實"、"幻真"角度觀照了小説的發展歷史,其中雖

---

① (明)睡鄉居士:《二刻拍案驚奇原序》,(明)凌濛初:《二刻拍案驚奇》,古典文學出版社1957年版,第1頁。
② (明)徐如翰:《云合奇蹤序》,引自黃霖、韓同文選注:《中國歷代小説論著選》,江西人民出版社1990年版,第218頁。
③ (明)笑花主人:《今古奇觀序》,(明)抱翁老人:《今古奇觀》,上海古籍出版社1992年版,第2頁。

有一定的分歧，但在總體上形成了一系列基本一致的認識觀念，即：在歷史小説創作中，"敷演不無增添，形容不無潤色，而大要不敢盡違其實"，這以《三國演義》、《新列國志》等爲典範；《水滸傳》的"事虚"而"理實"、《西遊記》的"事幻"而"理真"同樣也爲人所稱道；而"三言"、"二拍"追求"人世之奇"、"人情之奇"則成了人們療救小説創作中趨幻逐奇的良藥。

四、"奇書"與"才子書"

在明代小説史上，還有一組屬於通俗小説評價體系的重要思想觀念，這就是"奇書"和"才子書"。"奇書"和"才子書"觀念是晚明的文人士大夫爲提升通俗小説的"文化品位"和强化通俗小説的"文人性"而作出的理論闡釋與評判，可看成爲相對超越於通俗小説之上的文人對通俗小説的一次價值認可和理論評判，對通俗小説的發展帶有一定的"導向"意義。

"奇書"之概念古已有之，其内涵歷代有異，細考之，約有如下數端：其一，所謂"奇書"是指内容精深，常人難以卒解之書。如《抱樸子·附録》云："考覽奇書，既不少矣，率多隱語，難可卒解。自非至精，不能尋究，自非篤勤，不能悉見也。"①其二，所謂"奇書"是指内容豐贍，流傳稀少之好書。如《北史》卷二七所載："道元好學，歷覽奇書，撰注水經四十卷、本志十三篇。又爲七聘及諸文皆行於世。"②金代劉祁更將"奇書"指稱爲士大夫秘而不宣、視若珍寶之好書："昔人云：'借書一癡，還書亦一癡。'故世之士大夫有奇書多秘之，亦有假而不歸者，必援此。"③其三，所謂"奇書"是指頗爲怪異的書寫文字。《晉書》卷七二謂："太興初，會稽剡縣人果于井中得一鐘，長七寸二分，口徑四寸半，上有古文奇書十八字，云'會稽嶽命'。"④

"才子書"一辭倒是晚明金聖歎的獨創，自《第五才子書水滸傳》刊行以後，成爲清以來指稱小説的一個常規術語。然"才子"一辭却出現較早，《左傳》中即有"高辛氏有才子八人"一語，此"八才子"又稱"八元"，《集解》賈逵

---

① （晉）葛洪著，王明校釋：《抱樸子内篇校釋》附録一《内篇序》，中華書局 1985 年第 2 版，第 367 頁。
② （唐）李延壽：《北史》卷二十七《列傳第十五》，中華書局 1974 年版，第 996 頁。
③ （金）劉祁撰，崔文印點校：《歸潛志》卷第十三，中華書局 1983 年版，第 145 頁。
④ （唐）房玄齡等：《晉書》卷七十二《列傳第四十二》，中華書局 1974 年版，第 1901 頁。

曰:"元,善也。"與"才子"相對,時亦有"不才子"之稱謂,故此所謂"才子"主要指稱有德之士。大約自南北朝始,"才子"一辭較多指稱文墨之士,如《宋書》卷六十七:"自漢至魏,四百餘年,辭人才子,文體三變。"①降及唐代,以"才子"稱呼文人者更是比比皆是。《舊唐書》卷一百六十:"予頃與元微之唱和頗多,或在人口。嘗戲微之云:'僕與足下二十年來爲文友詩敵,幸也,亦不幸也。吟咏情性,播揚名聲,其適遺形,其樂忘老,幸也。然江南士女語才子者,多云元、白,以子之故,使僕不得獨步于吳、越間,此亦不幸也。今垂老復遇夢得,非重不幸耶?'"②而元人辛文房爲唐代詩人作傳,即直接將其書名名爲《唐才子傳》,可見"才子"一辭已成爲文人,尤其是優秀文人之專稱。明人喜結詩派,或以地域,或以年號,詩人群體以"才子"爲名號者充斥於詩壇,如"吳中四才子"③、"嘉靖八才子"④等。金氏選取古今六大才子之文章,定爲"六才子書",正與此一脈相承。

　　由此可見,明人以"奇書"、"才子書"指稱通俗小說確有深意:"奇書"者,內容奇特、思想超拔之謂也;"才子書"者,文人才情文采之所寓焉。故將小說文本稱爲"奇書",小說作者稱爲"才子",既是明代文人對優秀通俗小說的極高褒揚,同時也是對尚處於民間狀態的通俗小說創作所提出的一個新要求。從小說史和小說學史角度言之,這一觀念的出現至少在三個方面強化了通俗小說的文體意識:

　　一是強化了通俗小說的作家獨創意識。明中後期持續刊行的《三國演義》、《水滸傳》、《西遊記》和《金瓶梅》確乎是中國小說史發展中的一大奇觀。在明人看來,這些作品雖然托體於卑微的小說文體,但從思想的超拔和藝術的成熟而言,他們都傾向於認爲這是文人的獨創之作。施耐庵、羅貫中爲《三國演義》和《水滸傳》的作者已是明中後期文人的共識;《金瓶梅》雖署爲不知何人的"蘭陵笑笑生",但這部被文人評爲"極佳"⑤的作品,人們大多傾

---

① (梁)沈約:《宋書》卷六十七《列傳第二十七》,中華書局 1974 年版,第 1778 頁。
② (後晉)劉昫等:《舊唐書》卷一百六十《列傳第一百一十》,中華書局 1975 年版,第 4212—4213 頁。
③ (清)張廷玉等:《明史》卷二百八十六:"禎卿少與祝允明、唐寅、文徵明齊名,號'吳中四才子'。"中華書局 1974 年版,第 7351 頁。
④ (清)張廷玉等:《明史》卷二百八十七:"時有'嘉靖八才子'之稱,謂柬及王愼中、唐順之、趙時春、熊過、任瀚、李開先、呂高也。"中華書局 1974 年版,第 7370 頁。
⑤ (明)袁中道:《游居柿錄》卷之九:"思白曰:'近有一小說,名《金瓶梅》,極佳。'"(明)袁中道著,錢伯城點校:《珂雪齋集》(下),上海古籍出版社 1989 年版,第 1316 頁。

向於出自"嘉靖間大名士手筆"①。而金聖歎將施耐庵評爲才子,與屈原、莊子、司馬遷、杜甫等并稱,也是强化了通俗小説的作家獨創意識。强化作家獨創實際上是承認文人對這種卑微文體的介入,而文人的介入正是通俗小説在發展過程中所亟需的。

二是强化了通俗小説的情感寄寓意識。李卓吾《忠義水滸傳叙》即以司馬遷"發憤著書"説爲理論基礎,評價《水滸傳》爲"發憤"之作。吴從先《小窗自紀》評"《西遊記》,一部定性書,《水滸傳》,一部定情書,勘透方有分曉"②,亦旨在强化作品的情感寄寓意識。謝肇淛《五雜俎》卷十五《事部》評"《西遊記》曼衍虚誕,而其縱横變化,以猿爲心之神,以豬爲意之馳,其始之放縱,上天下地,莫能禁制,而歸於緊箍一咒,能使心猿馴伏,至死靡他,蓋亦求放心之喻,非浪作也"③,突出的也是作品的寄寓性。

三是强化了通俗小説的文學意識。且看金聖歎對所謂"才子"之"才"的分析:

> 才之爲言材也。凌雲蔽日之姿,其初本於破荄分荚;於破荄分荚之時,具有凌雲蔽日之勢;於凌雲蔽日之時,不出破荄分荚之勢,此所謂材之説也。又才之爲言裁也。有全錦在手,無全錦在目;無全衣在目,有全衣在心;見其領,知其袖,見其襟,知其裓也。夫領則非袖,而襟則非裓,然左右相就,前後相合,離然各異,而宛然共成者,此所謂裁之説也。④

金氏將"才"分解爲"材"與"裁"兩端,一爲"材質"之"材",一爲"剪裁"之"裁",其用意已不言自明,他所要强化的正是作爲一個通俗小説家所必備的情感素質和表現才能。他進而分析了真正的"才子"在文學創作中的表現:

---

① (明)沈德符:《萬曆野獲編》卷二十五《詞曲·金瓶梅》,上海古籍出版社2012年版,第549頁。
② (明)吴從先:《小窗自紀》,上海古籍出版社2016年版,第196頁。
③ (明)謝肇淛:《五雜俎》卷十五《事部》,《明代筆記小説大觀》(第二册),上海古籍出版社2005年版,第1829頁。
④ (清)金聖歎:《第五才子書水滸傳·序一》,(明)施耐庵:《第五才子書水滸傳》《古本小説集成》),上海古籍出版社1994年版,第18—19頁。

依世人之所謂才，則是文成於易者，才子也；依古人之所謂才，則必文成於難者，才子也。依文成於易之說，則是迅疾揮掃，神氣揚揚者，才子也；依文成於難之說，則必心絶氣盡，面猶死人者，才子也。故若莊周、屈平、馬遷、杜甫，以及施耐庵、董解元之書，是皆所謂心絶氣盡，面猶死人，然後其才前後繚繞，得成一書者也。①

　　金聖歎將施耐庵列爲"才子"，將《水滸傳》的創作評爲"文成於難者"，實則肯定了《水滸傳》也是作家嘔心瀝血之作，進而肯定了通俗小説創作是一種可以藏之名山的文學事業。清初李漁評曰："施耐庵之《水滸》、王實甫之《西廂》，世人盡作戲文、小説看，金聖歎特標其名曰'五才子書'、'六才子書'者，其意何居？蓋憤天下之小視其道，不知爲古今來絶大文章，故作此等驚人語以標其目。"②亦可謂知言。

　　從"奇書"到"才子書"，明代文人對通俗小説的關注及其評價爲通俗小説確立了一個新的評價體系，總其要者，一在於思想的"異端"，一關乎作家的"才情"，而思想超拔，才情迸發，正是通俗小説得以發展的重要前提。③

　　以上我們從四個方面梳理了明代小説學的"基礎觀念"，我們不難看出，小説學中的理論觀念實際是與小説史的發展密切相關的。故我們只有將小説學研究與小説史研究緊密地結合起來，才能使小説學研究真正落到實處，從而改變以往小説學研究乃至文學批評史研究中的蹈虛不實之弊。

（原文載《中山大學學報》2008 年第 2 期）

---

① （清）金聖歎：《第五才子書水滸傳・序一》，（明）施耐庵：《第五才子書水滸傳》(《古本小説集成》)，上海古籍出版社 1994 年版，第 22—23 頁。
② （清）李漁：《閑情偶寄・詞曲部・詞采第二》，《中國古典戲曲論著集成》(七)，中國戲劇出版社 1959 年版，第 28 頁。
③ 詳見譚帆：《"奇書"與"才子書"——關於明末清初小説史上一種文化現象的解讀》，《華東師範大學學報》(哲社版)2003 年 6 期。

評點研究

小說評點的解讀
中國古代小說評點的價值系統
論中國古代小說評點之類型
中國古代小說評點形態論

小説評點的解讀

評點是中國古代文學批評的一種重要形式，它發端於詩文，盛行於小説戲曲領域，這是中國古代頗富民族特性的文學批評體式，在古代文學史、文學批評史、文學傳播史上都産生了深遠的影響。尤其在通俗小説領域，評點與古代通俗小説的創作、理論批評和出版傳播結下了難解之緣，叙述中國小説史，我們不能抛開評點者對通俗小説所作出的改訂和影響；翻開小説傳播史，我們可以强烈地感到評點對通俗小説傳播所起到的"促銷"作用；而梳理小説理論批評史的發展，評點所提出的小説理論批評思想更是一脈不可或缺的主流綫索。凡此種種，都充分説明了評點在中國小説史上的重要地位。

一、小説批評爲何以評點爲主體形式

評點是中國小説批評的主體形式已是一個不争的事實。就文學批評史角度而言，宋以來的詩學以傳統詩話爲主要體式，評點只是其中一脈分支，雖流傳廣遠，但并不居於主導地位。明清曲學也以曲律、曲話爲基本形式，戲曲評點雖十分興盛，并出現了如金批《西厢》、毛批《琵琶》和"吴吴山三婦"評點《牡丹亭》等評點名作。但就總體而言，由於戲曲藝術獨特的體制所限，專注於文學賞評的戲曲評點與戲曲藝術的自身特性還頗多間隔，因而常常遭人譏評。而古代小説評點則不然，小説評點是古代小説批評的主導形態，不僅數量繁多，且名家名作不絕，可以説，小説評點中的理論思想是古代小説理論批評的主體。那評點何以能成爲小説批評的主體形式？或者説，中國古代小説批評家爲何選擇評點作爲其主要批評形式呢？

中國古代文學批評源遠流長，而文學批評之形式也是不斷變更、豐富多樣的。一般認爲,先秦時期的文學批評隱括於諸子思想之中,兩漢文學批評則大多爲經學之附庸,而魏晉南北朝乃文學批評之自覺時期,這"自覺"實則也包含著批評形式之獨立。《四庫全書總目提要》云:

> 文章莫盛於兩漢,渾渾灝灝,文成法立。無格律之可拘。建安黃初,體裁漸備,故論文之説出焉,《典論》其首也。其勒爲一書傳於今者,則斷自劉勰鍾嶸。勰究文體之源流,而評其工拙。嶸第作者之甲乙,而溯厥師承,爲例各殊。至皎然《詩式》,備陳法律,孟棨《本事詩》旁采故實,劉攽《中山詩話》、歐陽修《六一詩話》又體兼説部。後所論者,不出其五例中矣。①

《提要》對中國古代文學批評之産生和文學批評主要體式的概括基本成立。但無視南宋以來業已流行的文學評點形式則令人遺憾。② 實際上,文學評點一方面在兩宋以來已涉及了多種重要文體,如詩、文、小説和戲曲等,且各自出現了許多重要的評點論著,如文學評點中并不爲人所重的詩文評點一脈也有如吕祖謙《古文關鍵》、真德秀《文章正宗》、謝枋得《文章軌範》、方回《瀛奎律髓》、茅坤《唐宋八大家文鈔》和譚元春、鍾惺《古詩歸》、《唐詩歸》等在文學史上享有一定聲譽的選評著作。同時,在宋以來的文學批評中,"評點"與"話"實際已成爲兩種運用最普遍、影響最深廣的批評形式。如果説,"話"是在傳統的"詩論"、"詩品"、"詩格"的基礎上,借鑒"筆記"的寫作方法而形成的一種批評形式;那"評點"則是以"經注"、"史注"和"文學選評"爲基礎形成的一種批評體式。兩者均産生於宋代,而在後世綿延不絶。我們試申言之:

如果對中國文學批評形式史稍作梳理,我們便不難看到,在《提要》所涉及的五種文學批評體式中,像《文心雕龍》這種"籠罩群言"、"體大而慮周"的文論著作實際上是古今無二、孤標獨立的,這種體系的著述方式并没受到後世文學批評家的普遍認可和采用,故以孤立之"一種"概括推演爲文學批評

---

① (清)永瑢等:《四庫全書總目・集部・詩文評序》,中華書局 1965 年版,第 1779 頁。
② 《提要》没有在《詩文評序》中列評點爲文學批評重要形式之一,南宋以來的詩文評點著作則在"總集提要"中加以論述,然對評點形式本身亦殊少論及。

之一種"體式"其實并不符合實際。而鍾嶸《詩品》"思深而意遠",融"評論"、"品第"和"溯源"爲一體的撰述方式在後世亦不普遍,①尤其是"溯流別"一端,章學誠認爲"非後世詩話家流所能喻也"②。後世詩論著作多汲取其論詩一端而不作形式上的全面繼承,故一般將鍾嶸《詩品》視爲後世詩話之遠源。至於偏於詩法的皎然《詩式》及其他"詩格"類著作乃流行於唐五代,宋以後已呈式微之勢,而重於紀事的《本事詩》雖在後世衍爲"紀事"一類詩評之作,但此種形式亦不普遍。隨著"詩話"的興起,"詩法"、"紀事"等内涵均被融入"詩話"一"體"之中。故一般將《詩式》、《本事詩》等引爲"詩話"形式之近源。由此可見,在宋以來的文學批評史上,自魏晉以來業已形成的文學批評形式并没得到全面的繼承和普遍的采用,而是將其中的基本内涵包容到"詩話"體式之中,詩、詞、曲等的文學批評均以"話"爲最基本而又最重要的形式。故以"評點"和"話"作爲宋以來文學批評的兩種最爲重要的形式是基本符合文學批評實際的。那在古代小説批評中,小説批評家爲何不以"話"而以"評點"爲其主要批評形式呢?概而言之,其原因主要有兩個方面:

其一,"話"這一批評形式在宋以來逐步形成了自身的批評個性和形式特性,而這種特性與中國小説尤其是通俗小説的文體特性并不相吻合。關於"話"的批評特性,清代章學誠在其《文史通義·詩話》中作了這樣的分析:

> 唐人詩話,初本論詩,自孟棨《本事詩》出,乃使人知國史叙詩之意,而好事者踵而廣之,則詩話而通於史部之傳記矣。間或詮釋名物,則詩話而通於經部之小學矣。或泛述聞見,則詩話而通於子部之雜家矣。雖書旨不一其端,而大略不出論辭論事,推作者之志,期於詩教有益而已矣。③

章學誠以"詩話""通於史部之傳記"、"經部之小學"、"子部之雜家"和"大略不出論辭論事"概言"詩話"之特色,頗有見地。郭紹虞先生即以"醉翁

---

① 以"品"命名的文學批評著作在古代并不多見,《二十四詩品》雖以"詩品"爲題,但在評論體式上與鍾嶸《詩品》絶不相類。明代曲論著作吕天成《曲品》和祁彪佳《遠山堂曲劇品》在體式上相近,惜此種形式亦不多見。
② (清)章學誠著,葉瑛校注:《文史通義校注》卷五《内篇五·詩話》,中華書局1985年版,第559頁。
③ (清)章學誠著,葉瑛校注:《文史通義校注》卷五《内篇五·詩話》,中華書局1985年版,第559頁。

曾著《歸田錄》,迂叟亦題涑水聞。偶出緒餘撰詩話,論辭論事兩難分"①,概括北宋詩話的基本特色。就詩話的演變歷史而言,"大抵宋人詩話,自六一創始以來,率多取資閒談,其態度本不甚嚴正。迨其後由述事而轉爲論辭,已在南宋之際,張戒、姜夔始發其緒,至滄浪而臻於完成"②。故從歐陽修到嚴滄浪,詩話這一形式的基本表現内涵已經奠定,即"辭"與"事","論辭"由"詮釋名物"到"摘句批評"再到完整的詩論,"論事"則以考訂詩歌本事和叙述作家軼事爲主。其中更以"摘句批評"和"本事批評"最能體現"話"這一批評形式的特性。

"摘句批評"并不始於詩話,它發端於先秦時期"用詩"和"賦詩"中的"斷章取義"。魏晉以來,"摘句批評"在文學批評中已成爲一種風氣,《世説新語·文學》載:"謝公因子弟集聚,問《毛詩》何句最佳?遏稱曰'昔我往矣,楊柳依依;今我來思,雨雪霏霏。'公曰:'訏謨定命,遠猷辰告。'謂此句偏有雅人深致。"③《南齊書·丘靈鞠傳》亦云:"宋孝武殷貴妃亡,靈鞠獻挽歌詩三首,云'雲横廣階闇,霜深高殿寒'。帝摘句嗟賞。"④同書《文學傳論》稱"張際摘句襃貶",將其與陸機《文賦》、李充《翰林》等相比并,稱"各任懷抱,共爲權衡"。而在鍾嶸《詩品》中,摘句批評更爲成熟。降及唐代,摘句批評亦非常風行,一方面,批評家們沿用"摘句"這一批評方法評論詩歌,同時,更出現了大量的摘取古今佳句并裒而成集的秀句集書籍,如元兢《古今詩人秀句》等。這類書籍或爲讀者提供鑒賞之精品,或爲作者展示創作之範本,創作者還可作爲"隨身卷子"以作"發興"之材料。⑤ 至晚唐宋初,又出現了大批的詩句圖著作,"摘句"趨於獨立。宋以來,"話"這一形式便繼承了"摘句批評"這一傳統,在"詩話"、"詞話"、"賦話"乃至"曲話"中均成爲一種重要的批評方法。⑥

---

① 郭紹虞:《題〈宋詩話考〉效遺山體得絶句二十首》,《宋詩話考》,中華書局 1979 年版,第 3 頁。
② 郭紹虞:《宋詩話考》,中華書局 1979 年版,第 106—107 頁。
③ (南朝宋)劉義慶撰,(南朝梁)劉孝標注,龔斌校釋:《世説新語校釋》,上海古籍出版社 2011 年版,第 465—466 頁。
④ (梁)蕭子顯:《南齊書》卷五十二《列傳第三十三》,中華書局 1972 年版,第 889—890 頁。
⑤ 《文鏡秘府論·論文意》云:"凡作詩之人,皆自抄古人詩語精妙之處,名爲'隨身卷子',以防苦思。作文興若不來,即須看隨身卷子,以發興也。"[日]弘法大師原撰,王利器校注:《文鏡秘府論校注》,中國社會科學出版社 1983 年版,第 290 頁。
⑥ 本節内容參考了張伯偉《摘句論》(《文學評論》1990 年 3 期)、曹文彪《論詩歌摘句批評》(《文學評論》1998 年 1 期)和曹旭《詩品研究》(上海古籍出版社 1998 年版)的有關章節。

"本事批評"亦非由"話"這一批評形式所創立,這種由讀詩而及本事,由本事推知詩意的方法誠由來已久。如《左傳》隱公三年:"衛莊公娶于齊東宮得臣之妹,曰莊姜。美而無子,衛人所爲賦《碩人》也。"①而《毛詩序》可謂是對《詩經》本事的記錄,鍾嶸《詩品》亦頗多詩人軼事的記載。至唐孟棨《本事詩》出,"本事批評"乃蔚爲大觀,孟棨自言詩歌"觸事興咏,尤所鍾情,不有發揮,孰明厥義,因采爲《本事詩》",列"情感、事感、高逸、怨憤、征異、征咎、嘲戲"七題,"各以其類聚之"。② 宋人詩話既以《本事詩》爲近源,則"本事批評"乃其題中應有之意,誠如羅根澤先生在其《中國文學批評史》中所云:"我們知道了'詩話'出於《本事詩》,《本事詩》出於筆記小説,則'詩話'的偏於探求詩本事,毫不奇怪了。"③一般認爲,"詩話"以歐陽修《六一詩話》爲起始,該書乃"居士退居汝陰,而集以資閑談也"④。所謂"資閑談"者即"記事"之謂也。以後司馬光作《溫公續詩話》,其《自題》作謙辭曰:"詩話尚有遺者,歐陽公文章名聲雖不可及,然記事一也,故敢續書之。"⑤後世之"詩話"内容雖富有變化,但"記事"一項仍爲"詩話"之大宗。中國古代文學之創作本事、作家軼事大多賴此得以保存。

　　由此可見,"摘句批評"和"本事批評"是古代"話"這一批評形式最爲基本而又最爲重要的批評方法,然而這種方法適合中國古典詩歌(廣義),却與中國古代通俗小説扞格而不契。何以言之? 其中緣由亦約有二端:一是"摘句批評"是以古代詩歌追求佳句妙語的藝術傳統爲基礎的。陸機《文賦》云:"立片言以居要,乃一篇之警策。"又云:"石藴玉而山輝,水懷珠而川媚。"所指稱的均是佳句妙語在詩文中的重要性。晉以後,追求佳句妙語在詩歌創作中已成傳統⑥,人們"儷采百字之偶,争價一句之奇"。甚而認爲江淹之所謂"才盡",乃在於"爲詩絶無美句"⑦。至唐代,老杜"爲人性僻耽佳句,語不驚人死不休",賈島"兩句三年得,一吟雙淚流",所強化的亦是這一創作傳

---

① (清)洪亮吉撰,李解民點校:《春秋左傳詁》卷五,中華書局1987年版,第192頁。
② (唐)孟棨:《本事詩·序》,古典文學出版社1957年版,第3頁。
③ 羅根澤:《中國文學批評史》,上海書店出版社2003年版,第543頁。
④ (宋)歐陽修:《六一詩話》,(清)何文焕輯:《歷代詩話》,中華書局1981年版,第264頁。
⑤ (宋)司馬光:《溫公續詩話》,(清)何文焕輯:《歷代詩話》,中華書局1981年版,第274頁。
⑥ (宋)嚴羽《滄浪詩話》:"漢魏古詩,氣象混沌,難於句摘,晉以還方有佳句。"(清)何文焕輯:《歷代詩話》,中華書局1981年版,第696頁。
⑦ (唐)李延壽:《南史》卷五十九《列傳第四十九·江淹》,中華書局1975年版,第1451頁。

統,而這一傳統在詩歌史上可謂彌久而不絕。"摘句批評"在"詩話"中之所以成爲最爲重要的批評方法,正是以這一創作傳統爲基礎的,故是一個必然的結果。如果我們以這一創作傳統衡之以中國通俗小説,那我們不難發現,兩者在藝術創作上的差異是十分明顯的。作爲叙事文學,通俗小説所追求的已不是個别辭句的警策和局部語言的精妙,而是整體藝術結構的完善和人物性格的鮮明。故追求"摘句批評"的"話"的形式顯然與通俗小説不相契合。二是"本事批評"是以作家的可考性和文壇上留傳著大量的創作軼事爲前提的,而這恰恰是通俗小説最爲薄弱的,古代通俗小説由於文體地位的低下,大量的作家無可考求,甚至一些名篇巨作的作者至今仍是疑案。許多作家創作通俗小説以後不願公開自己的姓名,或以隨意之名號、或乾脆無署。作家尚且難考,更遑論創作軼事的傳播了,故對於小説批評家而言,最直接、最真切的便唯有文本自身。"本事批評"在通俗小説領域真可謂是無"用武之地"。

　　明瞭了"話"這一批評形式的基本特性和通俗小説的文體特性,那我們不難看到,古代小説批評家不以"話"爲其批評方式是十分自然的。① 其"抛棄""話"這一形式或許是一種明智的行爲。

　　其二,宋以來盛行的"話"這一形式不適合通俗小説,而同樣發端於宋代且亦非常風行的"評點"形式則在批評旨趣和傳播形式上與通俗小説頗相契合。就傳播形式而言,文學評點之興起是以多種傳統學術文化因素爲其根柢的,這是一種在傳統"注釋學"和"文選學"基礎上發展起來,并逐漸形成自身個性的批評形式。傳統注釋學對文學評點影響最大的是經注和史注,經注在形式上奠定了評點的基本格局——附注於經、經注一體,史注體例亦然。這種以閲讀爲歸趨的評注方式是以後文學評點的形態之源,小説評點即緣此發展而來。當然,無論是經注還是史注,其與文學評點相比還是有較大差異的,它們雖然都是以對"文本"的閲讀爲旨歸,然并不以"鑒賞"爲目的,與文學評點之功用相差甚遠。南朝梁昭明太子蕭統主持編選先秦以降之詩文,以"事出於沉思,義歸乎翰藻"爲選録標準,編成我國現存最早的一

---

① 類似"話"這種形式的隨筆性小説批評在一些筆記中也時有出現,如胡應麟《少室山房筆叢》、錢希言《戲瑕》、謝肇淛《五雜俎》等。但畢竟不成氣候。至近代,方較多出現以"叢話"命名的"小説話",如飲冰、夢生、侗生等均有《小説叢話》的同名"小説話"刊於報章,但這已是提倡"小説界革命"的時代了。

部詩文總集——《文選》,對後世文學的發展產生了深遠影響。《文選》名重一時,注釋繼之峰起,"選學"遂極一時之盛,其中又以李善注影響最大,流播最廣。"文選學"的興盛將注釋學引入文學領域,對文學之傳播有深刻影響。但李善等注《文選》仍未脫文字訓詁、校勘輯佚之藩籬,《四庫全書簡明目錄》謂"《文選》爲文章淵藪,善注又考證之資糧"①,可謂的評,釋事訓義乃其重心,而文意之解析和文法之賞評仍付闕如。故從文學批評而言,以李善爲代表的"選學"僅資詩文之閱讀,而乏詩文之賞鑒,還難以真正進入文學批評的範疇。南宋以來,融"文選"與"注評"爲一體的書籍漸次流行。一般認爲,南宋呂祖謙的《古文關鍵》是現存最早的融"選"、"評"爲一體的古文選評本,該書選評了唐宋古文家韓愈、柳宗元、歐陽修、蘇軾等七家文六十餘篇,《古文關鍵》問世後,社會反響較大。踵武者不絕,如樓昉《崇文古訣》、真德秀《文章正宗》、謝枋得《文章軌範》、劉辰翁《班馬異同評》等,可謂一時稱盛。由此,文學評點脫離了傳統注釋學之框範,確立了在文學批評中的自身地位。尤其是劉辰翁的《世説新語》評點,雖僅有少量眉批,但在三言兩語的評説中已能注意人物的神態和語言特性,實開古代小説評點之先河。故文學評點以傳統經注、史注評爲遠源,"文選學"將注釋引入文學領域,對文學評點之影響又遞進一步,而南宋以來的文學選評則基本奠定了文學評點之格局。

從批評旨趣和功能來看,評點的興起是文學批評走向世俗化、通俗化,并追求功利性、實用性的一個重要標誌,這是文學批評所開闢的新域。我們且看幾則評論:

《古文關鍵》"取韓愈、柳宗元、歐陽修、曾鞏、蘇洵、蘇軾、張耒之文,凡六十餘篇,各標舉其命意布局之處,示學者以門徑。"②

《迂齋古文標注》"大略如呂氏《關鍵》,而所取自《史》、《漢》以下,至於本朝,篇目增多,發明尤精當,學者便之。"③

《唐宋八大家文鈔》"坤所選録,尚得煩簡之中。集中評語,雖所見

---

① (清)永瑢等:《四庫全書簡明目錄·集部八·總集類》,上海古籍出版社1985年版,第827頁。
② (清)永瑢等:《四庫全書總目·集部四十》,中華書局1965年版,第1698頁。
③ (宋)陳振孫:《直齋書録解題》,上海古籍出版社1987年版,第452頁。

未深,而亦足爲初學之門徑。一二百年以來,家弦户誦,固亦有由矣。"①

南宋以來的文學評點以選評爲一體,以實用性、通俗性爲歸趣,在宋以來的文學批評中可謂別開生面,贏得了讀者和批評者的廣泛注目。尤其在通俗小説領域,這種批評方式和批評特性深深地契合於通俗小説的文體特性和傳播方式。從整體而言,中國古代通俗小説是一種最能體現"文學商品化"的文體,這是通俗小説區別中國古代其他文體的一個重要標誌。而推進小説文本的商業性傳播無疑也成了小説批評的一個重要功能,南宋以來的文學評點以通俗性和實用性爲其主要特性,正與通俗小説的這種文體特性深深契合。在中國通俗小説史上,一個十分明顯的現象是:當通俗小説在明代萬曆年間走向興盛時,小説的創作、刊刻和批評常常是融爲一體的,而在其中起決定作用的又往往是書坊和書坊主,這無疑是通俗小説發展史上一個極富個性的現象。我們且不説明末那些人們已經熟知的現象和史料,就是入清以後,當通俗小説的文人評點有所發展的時候,書坊的控制依然故我,如煙水散人的《賽花鈴》評點即由書坊主敦請:"今歲仲秋,書林氏以《賽花鈴》屬余點閲。"②蔡元放的《東周列國志》評點亦然:"坊友周君……囑予者屢矣。寅卯之歲,予家居多暇,稍爲評騭,條其得失而抉其隱微。"③由此可見,在通俗小説的發展史上,書坊對於通俗小説的控制是十分強烈的,故對於小説批評體式的選擇無疑也會受到商業傳播性的制約。而評點能與小説文本一起同時進入傳播渠道,其傳播價值和"促銷"功能的優越性十分顯著,故一開始就受到了批評者的"青睞",以後便相沿成習,成了小説批評的主體形式。

二、小説評點的獨特個性

既然評點是古代小説批評的主體形式,那麽,評點就與古代小説批評特性的形成有非常緊密的聯繫,或者説,小説評點的基本特性在很大程度上代

---

① (清)永瑢等:《四庫全書總目·集部四十二》,中華書局 1965 年版,第 1719 頁。
② (清)煙水散人:《賽花鈴題辭》,引自丁錫根編:《中國歷代小説序跋集》,人民文學出版社 1996 年版,第 1271 頁。
③ (清)蔡元放:《東周列國志序》,(清)蔡元放:《東周列國志》,上海古籍出版社 1995 年版,第 4 頁。

表了古代小說批評之特性。那古代小說評點有哪些基本特性呢？概而言之，約有三個方面：

首先，中國古代小說評點是一個獨特的文化現象，而非單一的文學批評。評點在中國小說史上雖然是以"批評"的面貌出現的，但其實際所表現的内涵遠非文學批評就可涵蓋。小說評點在中國小說史，尤其是明末清初的小說創作中所起到的作用遠遠超出了"批評"的範圍，形成了"批評鑒賞"、"文本改訂"和"理論闡釋"等多種格局。尤其是融"評""改"爲一體的格局是小說評點不容忽視的一個重要特性。

小說評點融"評""改"爲一體幾乎貫串於中國小說評點史。在小說評點起步伊始的明萬曆年間，批評家們就以"評""改"作爲其最爲重要而又最爲基本的功能。如刊行《三國志通俗演義》的書坊主周曰校就"購求古本，敦請名士，按鑒參考，再三讎校"①。雖著重於文字考訂，但畢竟已表現出了對文本的修訂，余象斗的《水滸志傳評林》則明確表現了對文本内容的修訂，其《水滸辨》云："今雙峰堂余子改正增評，有不便覽者芟之，有漏者删之，内有失韻詩詞欲削去，恐觀者言其省漏，皆記上層。"②尤其是容與堂本《水滸傳》，該書之評者在對文本作賞評的同時，對作品情節作了較多的改定，但在正文中不直接删去，而是標出删節符號，再加上適當的評語。明末清初的小說評點接續這一傳統并進一步加强了對小說文本的修訂，尤其是對明代"四大奇書"的評點，更體現了評點者對小說文本的"介入"，并在對文本的修訂中突出地表現了評點者自身的思想意趣和個性風貌。如金聖歎對《水滸》的修訂就體現了他的内心矛盾，他既憂慮天下紛亂、揭竿斬木者此起彼伏；又對社會黑暗、奸臣當道深惡痛絶，故其一方面突出"亂自上作"，另一方面却又腰斬《水滸》，并妄撰"驚惡夢"一節。這種批改體現了金氏獨特的主體特性。毛氏父子對《三國演義》的批改進一步强化了"擁劉反曹"的思想傾向，并將這一觀念融入到對作品的删改和修訂之中，從而使毛批本成了《三國演義》文本中最重正統、最文人化的版本。此時期小說評點對文本的"介入"還突出地表現在對通俗小說藝術上的修潤，從情節構架的調整、細節疏漏的補訂

---

① 《三國志通俗演義》（萬卷樓本）封面"識語"，明萬曆十九年（1591）刊本。
② （明）余象斗：《水滸辨》，《水滸志傳評林》（《古本小說集成》），上海古籍出版社1994年版，第2—3頁。

到語言的潤色、回目的加工等。評點者對小說文本的修訂可謂整體上提高了通俗小說的藝術品位,從而使明代"四大奇書"以明末清初的評點本爲其定本在清以後廣泛流行。乾隆以後,小說評點者對文本的修訂已有所降温,但這一現象仍然屢見不鮮。突出者如"紅學"史上的"脂批",評點者對《紅樓夢》稿本的批改是《紅樓夢》流傳史上不容忽視的一個重要現象。他如蔡元放對《東周列國志》的批改、王希廉對《紅樓夢》的"摘誤"、《齊省堂增訂儒林外史》所作的"改訂回目"、"補正疏漏"、"整理幽榜"、"删潤字句"的工作等,都體現了小說評點對小說文本的"介入"。

小說評點融"批""改"爲一體是一個頗爲獨特的現象,因爲評點作爲一種文學批評形式其實并不負有修訂文本的功能,然而這一現象在中國小說評點史上的普遍出現是有其内在原因的。這原因大致表現爲兩個方面:一是通俗小說的文體地位。中國古代通俗小說是一種地位卑下的文體,雖創作繁盛影響深遠,但始終處在中國古代各體文學之邊緣。一方面是流傳的民間性、刊刻的商業性使小說文本在傳播過程中不斷變異,故小說評點在某種程度上就成了一種對小說文本重新修訂和增飾的行爲,而小說創作隊伍的下層性又使這種行爲在一定程度上趨於公開和"合法"。二是通俗小說的編創方式。中國古代通俗小說的編創方式體現了一條由"世代累積型"向"個人獨創型"的發展軌迹,而其中以"世代累積型"的編創方式延續最長、影響最大。這一編創方式是指有很大一部分通俗小說在故事題材和藝術形式兩方面都體現了一個不斷累積、逐步完善的過程,小說文本并非是一次定型和獨立完成的。這種編創方式爲小說評點"介入"小說文本提供了基本的前提。評點對小說文本的"介入"在中國小說史上是一個有意味的現象,這個現象的出現就文學批評的本性而言是并不正常的,但基於中國古代通俗小說創作和傳播的實際情况,這一現象的出現還是有其合理性的。同時,從中國小說史的發展來看,評點以通俗小說文本、尤其是明末清初小說評點對明代"四大奇書"的文本修訂,對通俗小說創作的影響是非常之大的,可以說,它使古代通俗小說的發展邁上了一個新的臺階。

其次,古代小說評點就理論批評一端而言也形成了一個多元的格局,如果以批評功能和批評旨趣爲評判準則,則在總體上構成了三種基本格局:"文人型"、"書商型"和"綜合型"。"文人型"的小說評點强化評點者的主體意識，注重在小説評點中通過小説的規定情境發抒自身的情感思想、現實感慨和政治理想；"書商型"的小説評點則以追求小説的商業傳播爲主要目的；而"綜合型"的小説評點則試圖融合上述兩種思路并以"導讀性"爲其重要歸趣。

小説評點的這一格局是歷史地形成的，因爲小説評點的產生，其最初的動機乃是爲了促使小説的流傳，帶有明顯的商業目的。這與中國古代小説，尤其是通俗小説所特有的藝術商品化的特殊性有關。故小説評點在書坊主的控制下常常以注釋疏導爲其主體，其目的也主要是有利於讀者尤其是下層讀者的閱讀。隨著文人的參與，小説評點在理論批評的層次上有了明顯的提升，但文人最初從事小説評點却是其在閱讀過程中一種心得的記錄，一種情感的投合，而并無有意於導讀或授人以作法，這是小説評點獲得發展并走向成熟的契機。而當將文人閱讀過程中帶有自賞性的閱讀心得與帶有商業功利性的導讀結合起來時，小説評點才最終成了一種公衆性的文學批評事業。這一過程在明代萬曆年間的小説評點中就已完成：余象斗的小説評點開啓了"書商型"小説評點的傳統，李卓吾對《水滸傳》的批讀是"文人型"小説評點的源頭，而在署爲"李卓吾批點"的"容本"、"袁本"《水滸》公開出版時，"綜合型"的小説評點便已奠定了它的基礎。同時，小説評點的這一格局又是在評點史上始終同時并存的，三種評點類型在小説評點的發展中并不表現爲相互取代的關係，而是相互吸收、依存，從而形成了一個多元的評點格局。

小説評點形成多元化的格局也有其内在的因素，而最爲主要的在於小説評點者的隊伍構成。在中國文學批評史上，與其他文體的批評者相比，小説評點者的隊伍構成最爲獨特，在總體上形成了三種主要人物：一是書坊主及其周圍的下層文人。這一類批評者包括書坊主本身，如余象斗、夏履先、袁無涯、陸雲龍等，更多的則是聚合在書坊主周圍的下層文人，這一類人物很少署名，一般假托社會文化名流，如李卓吾、徐文長、湯顯祖、鍾伯敬等，這是小説評點者中的最大多數，從而形成了一脈以小説的商業傳播爲目的評點綫索。二是"文人"，亦包括兩類人，一種是對通俗小説有濃厚興趣的文人士大夫，他們評點小説出自於對小説的興趣甚至癡迷，故其評點小説有強烈的文人色彩，對所評小説的選擇也以小説的思想藝術品位爲準則，這是小説評點中最富價值和最有理論色彩的一類評點本。另一種則是受朋友所托爲其小説作評，如杜濬爲李漁小説作評、許寶善爲杜綱小説作評等。小説評點者中的第三類人物是小說家自身，這在小說評點史上也不絕如縷，如馮夢龍、袁于令、陸雲龍、于華玉、顧石城、陳忱，尤其是近代小說家，幾乎所有著名的小說家多曾爲自己的小說作評，如梁啓超、吳趼人、劉鶚等。小說評點者由上述三類人組成，由於他們各自的批評目的、情感旨趣和思想內涵存在著很大的差異，從而使小說評點呈現出多元化的格局。

　　第三，小說評點在其自身的不斷發展中形成了富於民族特色的批評風格和形式特性。就形式特性而言，小說評點的最大特性是評點對小說文本的依附性，這種源於中國傳統注釋方式的批評格局使得小說評點體現了強烈的傳播性和批評的實用性。而就批評風格而言，小說評點最爲突出的一個特點是機動靈活，形式多樣，它可以從小說的具體情節出發，或長或短，自由發揮，做到心之所欲，筆即隨之，且思無限制，談古論今。心中之塊壘可以借人物故事而得以渲泄，思想議論亦可隨作品情節得以闡發。這種自由的批評格局和靈活的形式特性無疑是小說評點吸引評點者和讀者的一個重要因素。小說評點長久以來深得讀者之喜愛，而其之所以引人入勝，往往并不在於理論上的邏輯論證，更重要的是評點者獨特的審美感悟和藝術情趣，尤其是運用生動靈活和富於情感的語言將這種感悟和情感傳遞給讀者，對讀者具有強烈的感染力。這種寓鑒賞於批評的特性也是小說評點具有旺盛生命力的一個重要因素。

三、小說評點的研究格局

　　明確了小說評點的獨特個性，那我們就可以對小說評點的研究格局作一番清理了。我們認爲，對於小說評點的研究不能取一種單一的視角如"理論批評"的角度進行研究，而是應該充分把握小說評點在中國小說史上的獨特蘊涵，對其作出多元的、整體的研究。具體而言，可以從三種"關係"中梳理和研究古代小說評點。

　　一是從評點與中國古代小說創作史的關係中來揭示小說評點的價值。上文說過，小說評點融"評""改"爲一體，在中國小說史上始終參與著小說的創作。這種對於小說文本的直接參與是中國小說批評的一大特性。整理和研究這一獨特的現象，有利於更清晰地把握中國小說尤其是通俗小說的成長和發展脈絡。故小說評點史研究可以納入中國小說史、中國文學史的研究範疇,把小說評點對小說文本的直接參與視爲一種獨特的創作現象加以對待,這樣的研究或許更能貼近通俗小說創作和發展的實際情況,符合小說評點的固有狀態。

二是從評點與中國古代小說傳播史的關係中研究小說評點的獨特内涵。尤其是對大量并不具備理論價值的小說評點本的研究更應從傳播角度進行梳理。在中國文學批評史上,小說評點者的社會地位最爲低下,很少有一定社會地位的人參與其中,甚至有大量評點者的真實姓名湮没無聞,但正是這一批地位并不顯赫的批評家成了中國文學批評史上最具職業性的批評隊伍,故從傳播角度研究這一歷史文化現象無疑也有相當的價值。就研究方法而言,對於這一批批評者及其批評著作的研究我們不能采用常規的以文學或者文學批評爲本位的研究方法,而應運用歷史研究的方法,將其作爲一種歷史現象加以探究,采用思想史、文化史和傳播史等多種研究方法和研究視角,從發生、傳播、接受等角度全面梳理其歷史文化價值。如對於小說評點者的綜合研究、評點者與書坊主的關係、評點者與小說讀者和作者的關係等,都是富有價值的研究課題。

三是從評點與小說理論批評史的關係中評判其得失。從理論史角度研究小說評點是當今小說評點中最受重視的部分,也是研究比較深入的部分,其中又以對小說評點個案的研究分析最爲充分。但對小說理論史上一些規律性問題的探討還有許多缺憾,而小說評點確乎是深深影響了中國小說理論史的發展進程。小說評點對中國小說理論批評整體風格和特性的形成有重要的影響。我們不難看到,以小說評點爲主體的中國小說理論批評實際形成了一個以"鑒賞"爲中心的批評傳統,它在整體上不以對小說的理論概括和理論架構爲依歸,而是結合作品實際以闡釋作品的思想藝術内涵爲目的,故小說批評對小說的傳播所產生的影響十分強烈。同時,這種以"鑒賞"爲中心的批評格局和傳統又是以小說評點對作品的依附性爲前提的,理論闡釋是在對具體作品的分析評判中附帶完成的。於是我們在中國小說批評史上常常看到這樣一個現象:小說評點的理論藴涵和理論品位往往受制於批評對象的思想藝術水準,評點的品質與所評作品之間表現爲一種"水漲船高"的關係,故而小說批評史上一些重大理論問題的提出幾乎都在《三國演義》、《水滸傳》、《金瓶梅》、《紅樓夢》和《儒林外史》等名作的評點之中。而大量的小說評點文字如果脫離了作品也便失去了實際的價值。中國小說理論批評的這一特點就好處而言，表現爲理論與實際作品的貼近，理論批評對創作現實的直接針砭。但其痼疾亦十分明顯，一些"形而上"的理論命題往往難於得到深入的闡發，而較多的是闡述有關小説的技巧問題，這不能不説是這種批評形態對小説理論構建的制約。①

　　學界對小説評點的研究已持續多年，且已取得了十分豐碩的成果，這對我們進一步研究小説評點提供了良好的基礎。本書(此指《中國小説評點研究》，下同)對小説評點的研究主要在三方面著力：一是從對評點家及其評點著作的個體研究逐步推向綜合融通研究，在古代思想文化和文學背景上探究小説評點的生成機制、形態特色和價值體系。二是將小説評點從以往純作理論批評研究的狹隘範圍中解放出來，用一種綜合的思路來研究小説評點，如從"文本價值"角度探究小説評點與小説藝術發展之關係，從"傳播價值"角度分析評點對小説傳播的影響等。三是以往的小説評點研究基本上是以李卓吾、金聖歎、毛氏父子、張竹坡、脂硯齋等爲主，本書則對小説評點作了大量的歷史研究、史料整理和版本考訂。在具體的敘述和理論構架上則形成爲上下兩編：上編"小説評點總體研究"，探討小説評點的歷史淵源、發展流變、形態特性、基本範型和價值系統。下編"小説評點編年叙録"，以歷史年代爲綫索逐段整理小説評點，并考訂各小説評點本的版本、評點者和主要理論思想。評點作爲一種批評形式在中國古代文學史上曾經産生了重要而又深遠的影響，這一批評形式在當今的文學批評中雖已不占重要地位，但近年來這一批評形式又逐步受到了出版界和批評界的青睞。本書對小説評點的整體研究但願能對當今的文學批評提供一個歷史的參照和借鑒，而這也是筆者從事這一課題研究的初衷之一。

　　(原文載《文藝理論研究》2000 年第 1 期，題《小説評點的解讀——〈中國小説評點研究・導言〉》)

---

① 參見陳洪：《中國小説理論史・緒論》，安徽文藝出版社 1992 年版。

中國古代小説評點的價值系統

評點是中國古代文學批評的一種重要形式。它源自經注,發端於詩文批評,明中葉以後盛行小説批評,對中國古代小説的發展産生了深遠影響。近年來小説評點研究有了較大的發展,其研究價值得到了普遍的認可。但綜觀近年來的小説評點研究,也暴露出了兩方面的問題:一是小説評點研究過於集中在李卓吾、金聖歎、毛宗崗、張竹坡、脂硯齋等評點大家,而對小説評點的整體情況、發展脈絡尚缺乏必要的資料清理和史迹縷述,致使大量的評點著作至今湮没無聞。二是將小説評點研究完全等同於小説理論批評研究,而對小説評點作了單一化的處理。實際上,評點作爲中國小説尤其是通俗小説創作和傳播中的一個重要現象,它的影響遠不能用"理論批評"加以涵蓋。小説評點的價值系統實則應包括三個層面:文本價值、傳播價值和理論價值,這三個層面構成了小説評點價值的綜合形態。本文即從上述三方面清理和分析小説評點的價值系統。

一、文本價值: 小説評點的重要層面

小説評點的文本價值是指評點者通過對小説文本所作出的增飾、改訂等藝術再創造活動,從而使小説評點本獲得了自身獨特的版本價值和文學價值。這有三種表現形態:對作品情感主旨的强化或修正,對作品藝術形式的增飾和加工,對作品體制和文字的修訂。

小説評點的文本價值就其歷史演化而言,經歷了明萬曆年間、明末清初和清乾隆以後三個階段。萬曆年間是通俗小説評點的萌生期,在此時期存

留的二十餘種評本中①,體現文本價值的主要有萬卷樓本《三國演義》、雙峰堂本《水滸志傳評林》、容與堂本與袁無涯本《水滸傳》、醉眠閣本《繡榻野史》等。這些評本大多出自書坊主及其周圍的下層文人之手,其文本價值主要體現爲對文本的修訂。如刊行《三國志通俗演義》的周曰校"購求古本,敦請名士,按鑒參考,再三讎校"②,如《水滸志傳評林》的"改正增評"③,基本上都是一種修訂工作。值得注意的是,此時期的小説評點也開始了對小説内容的增删,尤以容本《水滸》最具特色,該書評點者曾在評點過程中對作品情節作了較多改定,但在正文中不直接删去,而是多設擬删節符號,或句旁直勒,或上下勾乙,并刻上"可删"字樣,這一改定對後世的《水滸》刊本有較大影響。

　　明末清初是小説評點最爲興盛的時期,也是小説評點實現文本價值最爲重要的時期。此時期的小説評點已從書坊主人逐漸轉向文人之手,批評者的主體意識有了明顯的增强,簡約的賞評和單純的修訂已被對作品的整體加工和全面評析所取代。這一特色在明代"四大奇書"的評本中表現得尤爲突出。首先,評點者對小説内容作出了具有强烈主體特性的修正:如金聖歎,金氏批改《水滸》體現了三層情感内涵:一是憂天下紛亂的現實情結,二是辨人物忠奸的政治分析,三是别性情真假的道德判斷。由此,他腰斬《水滸》,并妄撰盧俊義"驚惡夢"一節,以表現其現實憂思,突出"亂自上作",又"獨惡宋江",以李逵等爲"天人"。這三者構成了金批《水滸》強烈的主體特性,并在衆多《水滸》刊本中别具一格。毛氏父子批改《三國演義》亦然,從情節的設置、史料的運用、人物的塑造乃至個別用詞都循著"擁劉反曹"的正統觀念加以改造。④ 其二,評點者對小説文本的形式體制作了整體的加工,使通俗小説(主要指長篇章回小説)在形式上趨於固定和完善。如《西遊證道書》對百回本大量詩句的删汰,如毛本《三國》對回目的加工等,都對小説形式作了藝術上的整理和提高。同時,評點者還對小説文本作了較多加工,

---

　　① 詳見譚帆:《小説評點的萌興——明萬曆年間小説評點述略》,《文藝理論研究》1996年第6期。
　　② 《三國志通俗演義》(萬卷樓本)封面"識語",明萬曆十九年(1591)刊本。
　　③ (明)余象斗:《水滸辨》,《水滸志傳評林》《古本小説集成》),上海古籍出版社1994年版,第2—3頁。
　　④ 參閲秦亢宗:《談毛宗崗修訂〈三國志通俗演義〉》,《三國演義研究論文集》,中華書局1991年版。

如補正小說情節之疏漏,改定小說的語言,甚至調整作品的結構框架等,都使小說在藝術上益顯精緻。總之,此時期的小說評點對明代的通俗小說尤其是"四大奇書"作了一定程度的總結,這種總結既表現在理論批評上,也體現在小說文本上。在某種程度上我們可以這樣認爲:此時期的小說評點是明代通俗小說的真正終結。

乾隆以後,小說評點的文本價值相對降低,如《西遊記》和《紅樓夢》在此時曾一度成爲評點之熱門,但在衆多的《西遊》評本中,唯有《西遊真詮》(乾隆刊本,陳士斌評點)對原文稍加壓縮,而壓縮之內容也僅是書中之韻語和贊語。在《紅樓夢》的諸多評本中,亦僅有《增評補圖石頭記》(光緒年間王希廉、姚燮合評本)一種對小說文本較多指謬,然不對文本作直接修訂,而僅于書前單列"摘誤"一節特加指出。此時期有一定文本價值的小說評本還有多種,如刊於乾隆年間署"秣陵蔡元放批評"的《東周列國志》,乃蔡氏據馮夢龍《新列國志》稍加潤色修訂而成;刊於同治十三年(1874)的《齊省堂增訂儒林外史》亦大多從形式層面對作品進行了加工,如"改訂回目"、"補正疏漏"、"删潤字句"等。① 因此從整體上看,小說評點的文本價值經由明末清初之高峰後,乾隆以後已趨尾聲。

小說評點體現文本價值是古代通俗小說創作獨特文化背景的產物。首先,通俗小說在古代是一種地位卑下的文體,它始終處在古代各體文學之邊緣而未能真正被古代正統文人所接納。這一現象對通俗小說發展的影響有二:一是流傳的民間性,二是創作隊伍的下層性。通俗小說流傳的民間性使其從創作到刊行大多經歷了一段抄本流傳階段,而最終得以刊行的小說由於以"坊刻"爲主,其商業營利性又使小說的刊行頗爲粗糙。這種流傳上的特色使小說評點在某種程度上就成了一種對小說重新修訂和增飾的行爲,而創作者地位的下層性又使這種行爲趨於公開和近乎合法。因此小說評點能獲取文本價值,其首要因素是由於小說地位的低下,這是通俗小說在其外部社會文化環境影響下的一種并不正常的現象。其次,小說評點之能獲取文本價值與通俗小說獨特的編創方式也密切相關。通俗小說的編創方式在其發展過程中體現了一條由"世代累積型"向"個人獨創型"的演化軌迹,而

---

① 參閱譚帆:《論儒林外史評點的源流與價值》,《社會科學戰綫》1996年第6期。

所謂"世代累積型"的編創方式是指有很大一部分通俗小說的創作體現了一個不斷累積、逐步完善的過程,其文本并非一次成型、獨立完成的。這種在民間流傳基礎上逐步成書的編創方式爲小說評點獲取文本價值確立了一個基本前提,這可簡單地表述爲"通俗小說文本的流動性"。正因是在"流動"中逐步成書的,故其成書亦非最終定型,正因其本身處在流動狀態,故評點者對其作出新的增訂就較少觀念上的障礙,雖然評點者常常以得"古本"而爲其增飾作遮掩,但這種狡獪其實是盡人皆知的。這一基本前提爲評點者在對小說進行品評時融入個人的藝術創造提供了很大的空間與便利。"世代累積型"的編創方式曾是明代通俗小說最爲主要的創作方式,進入清代以後,其編創方式雖然逐步地向"個人獨創型"發展,但前者猶未斷絕。由此,小說評點的文本價值便主要表現在明代和對明代小說的評本之中。第三,小說評點獲取文本價值還與點評者的批評旨趣有深切的關係。評點作爲一種批評方法本無對文本作增飾的功能,但因了上述兩層因素,小說評點出現了一種與其他文學批評形態截然不同的趨向:評點者常常將自己的評點視爲一種藝術再創造活動。張竹坡即謂:"我自做我之《金瓶梅》,我何暇與人批《金瓶梅》也哉。"①哈斯寶亦云:"摘譯者是我,加批者是我,此書便是我另一部《紅樓夢》。"②本著這一精神,他們將自己的思想感情、審美趣味都融入到了批評對象之中,而當作品之内涵不合其情感和審美需求時,更不惜改變作品,由此其評點本就獲得了獨立的文本價值。

　　小說評點體現文本價值,這在古代文學批評中確是一個獨特的現象。作爲一種批評形態,評點"介入"小說文本實已超出了它的職能範圍。但評價一種文化現象不能脫離特定的歷史環境,假如將這一現象置於古代俗文學的發展中加以考察,那對其就會有另一番評判了。宋元以後,中國雅俗文學明顯趨於分流,俗文學逐漸脫離正統士大夫文人之視野而向著民間性演進,宋元話本講史、雜劇、南戲和諸宫調等,其民間性都十分濃烈,故從分流的態勢來看待俗文學的這一段歷史及其所取得的突出成果,那我們完全有理由認爲:俗文學的成就是文學走向民間性和通俗化的結果。然而我們也

---

① (清)張竹坡:《竹坡閑話》,《張竹坡批評金瓶梅》,齊魯書社1991年版,第11頁。
② (清)哈斯寶著,亦臨真譯:《〈新譯紅樓夢〉回批·總録》,内蒙古人民出版社1979年版,第135頁。

應看到,民間性和通俗化誠然是俗文學在宋元以來獲得其生命價值的重要因素,但雅俗文學之分流在很大程度上也使俗文學逐漸失去了士大夫文人的精心培育,這無疑也是俗文學在其發展過程中的一大損失。① 古代通俗小說的發展正處在這一境況之中:一方面,通俗小說的文人化進程頗爲緩慢,而小說商品化的特性却日漸强烈,從元末明初的《三國》、《水滸》到康乾時期的《儒林》、《紅樓》,通俗小說的文人化可以説有一個良好的開端和完滿的收束,但在這兩端中間却有一段漫長的歷程。正是在這一背景下,小說評點的文本價值就有了突出的地位。可以說,評點者對小說文本的修訂是通俗小說在很大程度上脱離正統文人視野下的一種補償,它在很大程度上提高了小說的思想和藝術價值,尤其是明末清初對"四大奇書"的評改更是通俗小說在康乾時期迎來黄金時代的一次重要準備。清人黄叔瑛對此評價道:"信乎筆削之能,功倍作者。"②雖有所誇大,但也并非虚言。

二、傳播價值:小說評點的基本功能

小說評點的傳播價值大致表現爲內外兩端:就外在現象而言,是指評點對小說傳播和普及的促進,而就內在形態而言則表現爲評點本身在欣賞層面上對讀者的閱讀影響和指導作用。

傳播價值是小說評點的基本功能,這是小說評點産生之本原和存在之依據,"通作者之意,開覽者之心"③是小說評點的根本目的,故小說評點從一開始就充當了通俗小說在其傳播過程中的促銷工具和商業手段。古代通俗小説之興盛大致是在明中葉以後,此時正是明代商品經濟走向繁榮之際,書坊的盛行即順應著這一歷史潮流;書坊之刻書以供應民衆日常所需爲主,通俗小說也是其中一個重要門類,可以說,通俗小說之刻印和在社會上流通即主要賴於書坊之盛行。據明胡應麟《少室山房筆叢》載,當時刻書之地主要有三:吳、越、閩。而這裏也是通俗小說大量刊印和流播之地。頗有意味的

---

① 參閱陳伯海:《中國文學史之宏觀》,中國社會科學出版社 1995 年版,第 92 頁。
② (清)黄叔瑛:《第一才子書三國志・序》,《官板大字全像批評三國志》(雍正十二年)鬱鬱堂本卷首。引自朱一玄、劉毓忱編:《三國演義資料彙編》,南開大學出版社 2003 年版,第 422 頁。
③ (明)李贄:《忠義水滸全書發凡》,引自黃霖、韓同文選注:《中國歷代小說論著選》,江西人民出版社 1982 年版,第 206 頁。

是，刊刻小説評點本最多的正是這三地書坊，而小説評點之發源又是在這三地書坊中最重商業性的福建書林。明郎瑛謂："蓋閩專以貨利爲計。"①故從發生學角度看，小説評點作爲小説傳播的商業手段誠爲必然之現象。小説評點作爲小説傳播的商業手段有如下表現形態：首先，評點常常作爲小説流通的廣告内容之一而向讀者刊布。刻上"批點"字樣是明清通俗小説刊印的常例，如果評點出自名家手筆那更是書坊主不容輕忽的推銷手段。在書籍封面上書坊主所擬"識語"也是通俗小説刊印時常見的現象，此舉較早見於萬曆十九年(1591)金陵周曰校刊本《新刻校正大字音釋三國志通俗演義》，而在建陽書林余象斗刻本中使用較爲普遍。②這一現象一直到清代後期猶然如此，如天目山樵評點《儒林外史》就在封面和目録後常附"識語"。其次，以名家評點來擴大小説的傳播影響也是通俗小説傳播中重要的商業手段。在書籍刻印中以名人效應來壯大聲威，這本是書坊的一種伎倆，余象斗便是其中的一位老手。他在刊行《曆子品粹》中標"湯會元選集"，在《史記品粹》中則標"朱殿元補注"，以此來抬高書籍之身價，而實際純屬烏有。有趣的是，余氏刊刻小説評點本尚未作假，其"評林"均直署"書坊仰止余象斗批評"或"書林文台余象斗評梓"。但到了明末清初，此類現象却比比皆是了，如"李卓吾"、"陳眉公"、"鍾惺"、"金聖嘆"等都是當時小説評本中常被冒用的人物。在明清通俗小説史上，試圖以評點來壯大小説之聲威者莫過於清初吕熊的《女仙外史》，該書曾得當時顯宦劉廷璣、葉南田、陳奕禧等的賞識，刊刻時則廣集諸家評點，其評點者之夥堪稱古代小説之冠。據筆者粗略統計，該書評點者計有 67 人，其中不乏知名人士，評語總得 264 條。第三，明清通俗小説的刊行有時還以"批本叢書"的形式出現，如明萬曆年間余氏雙峰堂曾連續刊出《三國》、《水滸》的"評林本"，明天啓間積慶堂刊出"鍾惺評"《三國》、《水滸》姐妹本。而《三國》、《水滸》、《西遊》均有李卓吾批本行世，雖未見同一書坊之原刻本，但從現存刻本的外在形態如圖像、行款等看，曾刊過"批本叢書"的可能性仍然不小。③且現已基本考定，此三書之評點乃僞托李

---

① （明）郎瑛：《七修類稿》(下)，中華書局 1959 年版，第 665 頁。
② 如萬曆二十年《按鑒批點演義全像三國評林》，萬曆二十二年《京本增補校正全像忠義水滸志傳評林》，萬曆三十四年《春秋列國志傳》等均有"識語"。
③ 參見[英]魏安：《三國演義版本考》，上海古籍出版社 1996 年版。

卓吾,實大多出自葉晝之手。入清以後,小説評點還出現了一個新氣象,這就是某一評點者對同一作者所撰小説的專門評點,如李漁小説《無聲戲》、《十二樓》和《連城璧》均由睡鄉祭酒杜濬一人評點,杜綱《娛目醒心編》、《南史演義》、《北史演義》的評點者均爲青浦人許寶善,而康熙年間刊印的《炎涼岸》、《生花夢》、《世無匹》三書均由"娥川主人編次"、"青門逸史點評"。這種評者與作者之間相對穩定的格局對小説的流播是不無裨益的。且評者專門批點同一作家的作品又是建立在彼此相知相契的基礎上。① 當然,評點不是通俗小説傳播中唯一的商業手段,從小説之刊本形態而言,與評點相比并者尚有"全像"、"音釋"等名目,故通俗小説的傳播手段是一種綜合形態,但在這綜合形態中,評點無疑佔有十分重要的地位。這種外在的現象充分説明了小説評點所具有的獨特的傳播功能。

小説評點的傳播價值最重要的當然是評點對於讀者閱讀的影響和指導作用。晚清觚庵在論及《三國演義》之所以廣爲流播的原因時,提出了所謂的"三得力",其云:

> 《三國演義》一書,其能普及于社會者,不僅文字之力。余謂得力于毛氏之批評,能使讀者不致如豬八戒之吃人參果,囫圇吞下,絕未注意于篇法、章法、句法,一也。得力于梨園弟子……粉墨雜演,描寫忠奸,足使當場數百十人同時感觸而增記憶,二也。得力于評話家柳敬亭一流人,善揣摩社會心理,就書中記載,爲之窮形極相,描頭添足,令聽者眉色飛舞,不肯間斷,三也。②

其實,小説評點對讀者的影響不獨表現在揭示了所謂的"篇法章法句法",更重要的是評點者將自己的感悟直接傳遞給讀者,并通過其長期的努力,逐步建立了一套通俗小説的鑒賞法則。這包括如下三個方面:

首先,小説評點者要求讀者在小説鑒賞時要"略其形迹,伸其神理"③,不

---

① 見杜濬《連城璧序》、許寶善《南史演義序》、青門逸史《生花夢序》。
② (清)觚庵:《觚庵漫筆》,引自黄霖、韓同文選注:《中國歷代小説論著選》,江西人民出版社1985年版,第322頁。
③ (清)金聖歎:《第五才子書水滸傳·序三》,(明)施耐庵:《第五才子書水滸傳》(《古本小説集成》),上海古籍出版社1994年版,第43頁。

要囿於小説的故事情節,而要深切把握作品的情感主旨。蔡元放即這樣告誡讀者:"善讀書者,必有以深窺乎作者之用心,而後不負乎其立言之本趣。"①因爲在他們看來,通俗小説以情節見長,讀者亦以娛樂爲歸趣,然以此讀小説往往會忽略作者之本意,"即小説一則,奇如《水滸記》,而不善讀之,乃誤豪俠爲盗趣。如《西門傳》,而不善讀之,乃誤風流而爲淫"②。本著這種精神,評點者一方面從理論上歸納小説之"讀法",同時更以大量的筆墨在其評點實踐中爲讀者揭示作品之旨意。金聖歎謂:"《水滸》所叙,叙一百八人,其人不出绿林,其事不出劫殺。"③而其評點即是要略去這種"形迹",而伸明作者之"神理"。毛批《三國》亦然,其《讀法》開首即謂:"讀《三國》者,當知有正統、閏運、僭國之别。"④張竹坡在《金瓶梅》評點中處處標明作者之"喻義"、"寓意",雖不無牽强附會之處,但旨趣昭然,其目的正是要使讀者不獨"止看其淫處",而要看出其中藴涵的"史公文字"⑤。《西遊記》之主旨更成了小説評點的聚訟之點,張書紳云:"此書由來已久,讀者茫然不知其旨,雖有數家批評,或以爲講禪,或以爲談道,更又以爲金丹采煉。多捕風捉影,究非《西遊》之正旨。"⑥故其"欲以數月之晦,注明指趣,破其迷茫,喚醒將來之學者"⑦。故而可以説,爲小説指明其旨意是小説評點者在其評點實踐中的一個重要組成部分。當然,囿於評點者自身的思想局限,其中也魚龍混雜,但那些出色的評點確乎能給讀者以有益的啓示。

其次,評點者在理論與批評實踐中逐步確立了人物形象在小説鑒賞中的中心地位。以人物形象爲中心是小説鑒賞中文體獨立的一個重要標誌,這種批評與鑒賞觀念大致是從明中葉開始出現的,而其中一個重要因素就

---

① (清)蔡元放:《評刻水滸後傳叙》,引自丁錫根編:《中國歷代小説序跋集》,人民文學出版社1996年版,第1512頁。
② (清)艾衲居士著,王秀梅點校:《豆棚閑話·總評》,中華書局2000年版,第113—114頁。
③ (清)金聖歎:《第五才子書水滸傳·序三》,(明)施耐庵:《第五才子書水滸傳》《古本小説集成》),上海古籍出版社1994年版,第43頁。
④ (清)毛宗崗:《讀三國志法》,(明)羅貫中著,(清)毛綸、毛宗崗評:《三國志演義》,中華書局1995年版,第15—16頁。
⑤ (清)張竹坡:《批評第一奇書〈金瓶梅〉讀法》,《張竹坡批評金瓶梅》,齊魯書社1991年版,第42頁。
⑥ (清)張書紳:《新説西遊記·自序》,《新説西遊記》《古本小説集成》),上海古籍出版社1994年版,《自序》第1頁。
⑦ (清)張書紳:《新説西遊記·自序》,《新説西遊記》《古本小説集成》),上海古籍出版社1994年版,第3頁。

是評點在小說領域的引入。小說評點作爲一種批評體式,其中一個最爲重要的特性是對於文本的依附性,它要求批評者隨著情節的發展而情感爲之起伏,因而故事情節的行爲主體——人物便自然而然地成了評點的中心部分,并對讀者的閱讀欣賞産生了深遠影響。金聖歎即謂:"別一部書看過一遍即休,獨有《水滸傳》只是看不厭,無非爲他把一百八個人性格都寫出來。"并認爲,不獨讀者如此,就是作者也"只是貪他三十六個人便有三十六樣出身,三十六樣面孔,三十六樣性格"而撰成此書。[①] 毛氏父子亦認爲,讀者"獨貪看《三國志》者",也是因爲"三國有三奇,可稱三絕:諸葛孔明一絕也,關雲長一絕也,曹操亦一絕也"。故"有此三奇","讀遍諸史,而愈不得不喜讀《三國志》也"。[②] 不獨金、毛二氏如此,實際上,從余氏"評林"開始一直到晚清,小說評點者都是將人物形象作爲其評點重心。余氏"評林"就常常特標"評宋江"、"評李逵"等字樣,以明其評點之旨趣。容與堂批本《水滸傳》在評點時還常常點出人物形象之關節處,并告誡讀者"請自著眼"。董月岩評《雪月梅》更認爲讀者如果不重人物形象之把握,而"走馬看花讀去,便是罪過"[③]。這種對人物的品評在小說評點中都佔有極高的比重,從而確立了人物形象在小說鑒賞中的中心地位。

第三,小說評點者針對讀者閱讀通俗小說只看故事,不重小說文學性的通病,一方面在理論上闡明通俗小說的文學價值,同時在評點實踐中大量歸納"文法",以此對讀者作閱讀之提示。將閱讀通俗小說作爲"消遣"和"娛樂",是古代通俗小說欣賞之通例,也較爲符合通俗小說的文體特性,小說評點者也不否認這一點。但他們對讀者僅"助其酒前茶後雄譚快笑之旗鼓"而置書中"無數方法,無數筋節,悉付之於茫然不知"的境況深表感慨[④],并試圖改變這一欣賞習慣。金聖歎云:"古人作書,每每若干年布想,若干年儲才,又復若干年經營點竄,而後得脫於稿,哀然成一書也。今人不會看書,往往

---

① (清)金聖歎:《讀第五才子書法》,(明)施耐庵:《第五才子書水滸傳》(《古本小説集成》),上海古籍出版社 1994 年版,第 9、3 頁。
② (清)毛宗崗:《讀三國志法》,(明)羅貫中著,(清)毛綸、毛宗崗評:《三國志演義》,中華書局 1995 年版,第 16—17 頁。
③ (清)董月岩:《雪月梅讀法》,(清)陳朗:《雪月梅》,上海古籍出版社 1987 年版,第 465 頁。
④ (清)金聖歎:《第五才子書水滸傳》卷之五《楔子》評語(《古本小説集成》),上海古籍出版社 1994 年版,第 5 頁。

將書容易混帳過去。"因此，閱讀小説"不得第以事視，而不尋文章妙處"。①在小説評點中，對於"文法"的重視即由此生出。尤其是經過金聖歎的評點實踐，揭示"文法"在清代的小説評點中已成爲一個普遍的現象。雖然其中帶有較濃烈的時文選家氣息，但也有某種合理的地方，對讀者閱讀也不無裨益，尤其是對作品"叙事法"的揭示更能爲讀者提供一個提綱挈領式的叙事框架。清人黃叔瑛評毛批《三國》時即謂："觀其領挈綱提，針藏綫伏，波瀾意度，萬竅玲瓏，真是通身手眼。而此書所自有之奇，與前代所未剖之秘，一旦被剥盡致，軒豁呈露。"②細觀毛批《三國》，此亦非虚誇之語。

小説評點的傳播價值是古代文學批評走向世俗化、實用性的產物，這種世俗化和實用性在南宋以來的文學批評中有了較大發展。③ 南宋以來，融"文選"與"注評"爲一體的書籍漸次流行，如吕祖謙《古文關鍵》選取唐宋古文家韓、柳、歐、蘇等七家文六十餘篇，於各篇"各標舉其命意布局之處"，從而"示學者以門徑"。該書還於卷首列《看文要法》八節，開了後世評點"讀法"之先聲。吕祖謙之後，樓昉《崇古文訣》、真德秀《文章正宗》、謝枋得《文章軌範》等不斷問世，文學評點由此逐漸脱離了傳統注釋學之框範，在文學的傳播中充當了一個重要的角色，小説評點正是由此發展而來。但從傳播角度而言，小説評點與古文選評相比尚有不同。古文選評一般并不純以"傳播"爲歸趣，選評者往往以揭示範文之精華爲徑，而以指導寫作爲目的。如《唐宋八大家文鈔》"選録尚得繁簡之中，集中評語雖所見未深，而亦足爲初學之門徑"④。古文評點在指導閱讀鑒賞的基礎上示人以寫作之門徑，這無疑是古文評點與小説評點的一個重要分野。金聖歎在評點不同的文體時就表現出了明顯的區別，其古文選評《才子必讀書》是"因爲兒子及甥姪輩要他做好文字"而爲之的。在《水滸傳》評點中，金氏雖也頗多揭示文法，但其文法却主要是用以指導閱讀的。這種評點中的兩副筆墨仍根植於通俗小説的文體地位，在中國古代，通俗小説雖然頗爲興盛，但在小説評點史上，却絶少

---

① （清）馮鎮巒：《讀聊齋雜説》，（清）蒲松齡著，張友鶴輯校：《聊齋志異（會校會注會評本）》，上海古籍出版社 2011 年第 2 版，《各本序跋題辭》第 17 頁。
② （清）黄叔瑛：《第一才子書三國志·序》，《官板大字全像批評三國志》（雍正十二年）鬱鬱堂本卷首。引自朱一玄、劉毓忱編：《三國演義資料彙編》，南開大學出版社 2003 年版，第 422 頁。
③ 參見吴承學：《評點之興——文學評點的形成和南宋的詩文評點》，《文學評論》1995 年第 1 期。
④ （清）永瑢等：《四庫全書總目·集部四十二》，中華書局 1965 年版，第 1719 頁。

有評點者有意倡導通俗小說的創作，并將自己的評點有意識地作爲小說創作之門徑。故而小說評點基本上是以傳播爲其歸趨，在文學評點史上，其傳播價值確乎要高出於一般的文學評點。

三、理論價值：小説評點的思想建樹

理論價值是當今小說評點研究中最受重視的部分，也是研究最爲充分的部分。但對理論價值的真正重視却是相當晚近了。近代以來，小說評點隨著新的標點形式的出現而在傳統小說和新小說的刊本中消失了，隨之對於小說評點的評判就出現了一種全盤否定的趨向，其中胡適的評論最具代表性。胡氏在其《水滸傳考證》中用"八股選家的流毒"和"理學先生氣"來批評金聖歎的《水滸》評點，這在當時影響很大，故有很長一段時期，小說評點没有進入人們的研究視野。對於小說評點的重視是與文學批評史學科的發展同步的，故理論價值就自然而然地成了評點的研究重心。數十年來從理論角度對小說評點作分析研究的已有不少，對此，本文不作具體的、個案的理論分析，而僅對小說評點的理論價值作總體性的評判。

小說評點的理論價值從總體而言有三個層次：

第一，小說評點中的理論思想是中國古代叙事文學理論之主體。中國古代是詩的王國，抒情文學佔據了古代文學的中心地位。因此，古代文學理論亦以抒情文學理論爲重心，可以説，"詩"、"樂"理論是古代文藝思想之靈魂。相對而言，叙事文學理論要貧弱得多，古代叙事文學理論是以戲曲理論和小説理論爲主體的，但戲曲理論由於其自身藝術形態的限制，叙事理論的發展并不充分。中國古代的戲曲理論包括"曲學理論"、"劇學理論"和"叙事理論"三大體系①，而在這三大體系中又以"曲學理論"爲貫穿始終的總綫索和理論之重心。古代戲曲理論從宋元時期開始發端，但在明中葉以前，戲曲觀念固守"曲學"一隅。他們把戲曲看成爲詩歌的一種，故戲曲研究仍然循著"音律"、"文采"等傳統思路。由此"曲學理論"有了很大的發展，并佔據了戲曲理論的主體地位。到了明代中葉，隨著評點在戲曲領域的引入，人們對

---

① 詳見譚帆、陸煒：《中國古典戲劇理論史》（修訂版）第二章，華東師範大學出版社 2005 年版。

於戲曲的叙事性有了相應的重視，戲曲的"叙事理論"便由此逐步生成。然而，一方面評點没能在戲曲理論批評中取得主導地位，故而叙事理論没能得到充分的發展；同時，隨著明清傳奇文人化的逐步加深，戲曲文學的抒情性仍有所發展，"曲學理論"便自然地仍然成爲戲曲理論之重心。清初李漁在《閑情偶寄》中特標"結構第一"，可看成對這一理論批評格局的有意反撥。故從總體而言，"叙事理論"在古代戲曲理論中是一個最爲薄弱的思想體系。正是在這一背景下，小説評點的理論思想便在古代叙事文學理論中佔據了突出的地位。首先，評點是古代小説理論批評中據於主導地位的批評形態。古代小説批評的基本形態有序跋、筆記、評點等多種，專題論文則到近代才開始出現，故評點無疑是古代小説批評的主體。由於評點這一批評體式的獨特性，小説評點的理論思想是以叙事理論爲主要内涵的，有關情節結構的叙事法則、人物形象的塑造方法等，是這一理論思想中最爲重要的部分。這一現象使古代叙事文學理論有了長足的發展，也豐富和完善了古代文學理論自身的思想格局。其次，小説評點與古代小説相一致，其藝術和思想淵源是以古代史學爲根柢的。古代小説尤其是通俗小説受歷史的影響非常深厚，這不僅表現在題材内容上，也表現在藝術形式和手法上。可以說，歷史——講史——通俗小説構成了一條明顯的演化軌迹。如果説，古代戲曲的精神實質是"詩"的，那麼，古代小説的精神實質是"史"的。古代戲曲以"詩"爲其精神實質，這不僅是指戲曲的表現形態是"以曲爲本位"，即以詩體的形式——"曲"來推演情節，抒發情感，更爲本質的内涵是，戲曲是以"主體性"這一詩歌的本質特徵爲其創作原則的，而作爲叙事文學最基本的規範——故事情節的客體性制約却相對比較淡薄。古代小説的創作原則則反是，它以客體性來制約和規範小説的創作，追求小説情節的真實性和自身完滿性。故而小説評點既以史學爲其思想根柢，又以強化故事情節的通俗小説爲其主要對象，其理論思想便自然地以叙事理論爲其主要内核，從而在中國古代文學思想史上獨樹一幟。

　　第二，小説評點較爲全面地吸收了中國傳統文藝思想中的價值觀念，從而爲通俗小説作價值定位。傳統文藝思想中的價值觀念約有三個層次：功利性、宣泄性和娛樂性，其中又以功利性的價值觀念佔據主導地位。功利性的價值觀是以儒家思想爲其理論依據的，其特點是追求文藝自上而下的教化、自下而上的諷諫這種雙向關係,并強調文藝以維繫個體與社會群體之間的和諧爲目的。這是古代一脈源遠流長、影響深遠的理論思想,是一種合目的性的文藝價值觀念。所謂宣泄性的價值觀則更强調創作主體的情感内涵,要求文藝要充分地表現個體與社會群體之間的矛盾和衝突,從而通過情感的宣泄而獲得一種感性的情感愉悦。司馬遷的"發憤著書"、韓愈的"不平則鳴"、歐陽修的"窮而後工"等都是其中重要的思想命題。而娱樂性的價值觀在文藝的價值取向上則主要包含兩個因素:一是通過文藝來求得感官的刺激和情感愉悦,二是以文藝作爲消遣、娱樂的工具。① 這三種價值觀念在中國古代同時并存,互相影響,共同制約著古代文學的發展。小説評點者在對通俗小説作價值定位時便主要以這三種觀念爲其思想淵源,并作出了合乎通俗小説文體特性的改造。他們首先接過傳統"教化"的旗幟而爲通俗小説張目,申言小説"結構之佳者,忠孝節義,聲情激越,可師可敬,可歌可泣,頗足興起百世觀感之心"②。更從通俗角度張揚小説的教化功能,許寶善《北史演義叙》云:"晉陳壽《三國志》結構謹嚴,叙次峻潔,可謂一代良史。然使執卷問人,往往有不知壽爲何人,《志》屬何代者。獨《三國演義》雖農工商賈、婦人女子,無不爭相傳誦。夫豈演義之轉出正史上哉,其所論説易曉耳。"③正是基於這種認識,評點者爲通俗小説確立了"既可娱目,即以醒心"④的基本價值功能:"娱目"指娱樂消遣,"醒心"即指道德教化。在小説評點史上,評點者還以傳統的"發憤著書"觀念來觀照通俗小説的創作,强調通俗小説創作中作家個體的情感宣泄作用。如"《水滸傳》者,發憤之所作也"⑤,"其言甚激,殊傷雅道,然怨毒著書,史遷不免,於稗官又奚責焉"⑥。張竹坡更直

---

① 詳見譚帆:《試析中國古代文論中的價值觀念》,《文藝理論研究》1991年第4期。
② (清)惺園退士:《齊省堂〈增訂儒林外史〉序》,(清)吴敬梓著,李漢秋輯校:《儒林外史(會校會評本)》,上海古籍出版社1984年版,第767頁。
③ (清)許寶善:《北史演義叙》,(清)杜綱:《北史演義》,上海古籍出版社1989年版,第1頁。
④ (清)自怡軒主人:《娱目醒心編序》,(清)草亭老人:《娱目醒心編》,上海古籍出版社1988年版,第1頁。
⑤ (明)李卓吾:《忠義水滸傳叙》,(明)施耐庵、羅貫中:《容與堂本水滸傳》,上海古籍出版社1988年版,第1488頁。
⑥ (清)金聖歎:《第五才子書水滸傳》十八回總評(《古本小説集成》),上海古籍出版社1994年版,第961頁。

接認爲《金瓶梅》就是一部"泄憤"之書,有著一股濃烈的"憤懣的氣象"①。這種將傳統的宣泄觀念移用於通俗小説的做法實際上是在強化通俗小説創作的作家主體性。在中國古代文學中,所謂雅俗文學之分野其首要之點就在於作家主體性的強弱問題,雅文學的抒情言志,俗文學的娛樂消遣,都關乎作家主體性的強弱。因此,俗文學中作家主體性越強,作品的文人化程度就越高。強調通俗小説創作的宣泄功能大致是在明末清初,而此時正是通俗小説的創作由"累積型"向"獨創型"的過渡時期,故這種觀念對通俗小説的創作無疑也會起到一定的作用。清初以來,尤其是康乾時期,通俗小説創作出現了一個新氣象,這就是作品中作家主體性的加強,《紅樓夢》和《儒林外史》便是其中突出的代表。價值觀念是小説評點中頗爲重要的理論思想,可以説,這是古人在給通俗小説作定位,同時也影響著通俗小説的發展。因此,"教化"、"娛樂"是通俗小説的基本功能,而作家主體性的加強則是通俗小説提高其文化品位的一個重要因素。

第三,小説評點在其長期的發展中逐步形成了獨特的叙事文學理論,這些理論思想雖然如散金碎玉,但細加整理分析則可發現其中所蘊涵的系統性和完整性。諸如小説創作與社會生活的關係、小説之價值功能、小説的審美形態、小説的藝術形式和小説的人物塑造等等,都可以在小説評點中發掘出其中蘊涵的系統的理論思想。這些理論思想近人論述頗多,不再贅述。尤可注意的是,小説評點由於其有著對作品強烈的依附性,故其理論思想形成了與作品類型相對應的理論内涵。中國古代通俗小説的發展有其自身的演化軌迹,但其縱向的變化之迹其實没有橫向的類的展開來得清晰,通俗小説在整體上是循著"英雄傳奇"、"歷史演義"、"神魔小説"和"世情小説"四大類型向前發展的,這是古代頗富民族特色的小説型態。與之相應,小説評點對應著特殊的批評對象,形成了獨特的小説理論的分類學説。李卓吾、葉晝、金聖歎等之於"英雄傳奇",毛氏父子、蔡元放等之於"歷史演義",張竹坡、脂硯齋等之於"世情小説",汪澹漪、劉一明等之於"神魔小説",都在不同對象的制約下形成了獨特的分類學説。這些理論思想既有一定的普泛性,

---

① (清)張竹坡:《批評第一奇書〈金瓶梅〉讀法》,《張竹坡批評金瓶梅》,齊魯書社1991年版,第45頁。

更具強烈的特殊性，構成了古代小說理論的獨特面貌，也是認識和分析古代通俗小說不可或缺的理論材料。

　　以上我們對小說評點的價值系統作了簡單的清理和分析，我們不難看到，小說評點是一個複雜的組合體，而非以單一的理論批評就可涵蓋。實際上，小說評點已經成為一種獨特的文化現象，尤其是在俗文化領域中奠定了自身的地位，故只有從綜合的角度觀照小說評點，才能更貼近小說評點的原生狀態，從而準確地評判其價值。當然，小說評點也是一個魚龍混雜、參差不齊的龐雜領域，評點品質頗不平衡。作為一個介乎於雅俗兩種文化之間的獨特領域，小說評點容納了頗為複雜的創作人員，書商、文人、官僚以及亦文亦商的文化商人，而如金聖歎、毛氏父子、張竹坡等那種嘔心瀝血、性命與之的評點家更在少數。故而大量的評點之作思想平庸、陳陳相因、粗製濫造，甚至作偽造假，從而引起了人們頗多的詬病，這同樣也是一個不能回避的事實。但作為一個在古代曾經頗有影響的文化現象，小說評點的價值是不能低估的，除了其中豐富的理論思想之外，小說評點在創作原則上至少有兩點值得我們注意：一是文學批評對作品的依附性，二是文學批評所應有的強烈的讀者意識。實際上，文學批評不應該是一種純然自足的形式，對作品的針砭、對讀者的影響并與作品一起在讀者中贏得自身的地位，無疑是文學批評的一個重要原則。否則，批評將是一個空中樓閣，或者純然是批評家自身的一種遊戲。對此，古代小說評點無疑可作為一個借鑒。

（原文載《文學評論》1998年第1期）

論中國古代小說評點之類型

　　小說評點之類型在本文中主要是指由於評點者不同的人生道路、藝術素養和批評目的從而在小說評點中所形成的不同的評點類型，這是從評點內容和思想旨趣方面給小說評點所作出的歸納和分析。在古代文學批評史上，小說評點者是一個最爲獨特的批評群體，其人員構成複雜、評點目的各異，又在很大程度上受小說傳播的商業渠道——書坊的影響和控制，故而小說評點是一種具有濃重民間色彩的文學批評行爲。這種濃重的民間色彩又與古代通俗小說的藝術審美品位相一致，從而在中國古代文學藝術史上獨樹一幟。本文據於評點者的自身構成將古代小說評點大致分爲三種類型。

一、書商型：小說評點的商業性

　　小說評點就其人員而言源於二端：一曰書坊主，一曰文人，其流則衍爲書坊與文人的共同參與。雖在其發展過程中有所變化，人員構成亦日益複雜，但書坊的參與仍是小說評點的重要綫索，故書坊主及其周圍的下層文人無疑是小說評點者中的一個重要組成部分。書坊參與通俗小說的創作，同時又將評點視爲小說傳播的一個重要手段，這種將創作與評論系於一身的行爲是明清尤其是明代通俗小說發展史上的一個重要現象，也是明清通俗小說藝術商品化的一個重要表徵。在明清小說評點史上，書坊主及其周圍的下層文人參與小說評點主要有兩種方式：

　　一是書坊主人的直接參與，并明確標出其姓名。這種方式并不多見，筆者在小說評點史上僅見五例，這就是余象斗、夏履先、筆耕山房主人、袁無涯和陸雲龍。

余象斗（約 1560—1637）①，字文台，號仰止山人，福建建陽人。余氏出身於刻書世家，其祖輩在宋時就以刻書而聞名，葉德輝《書林清話》曰：："夫宋刻書之盛，首推閩中，而閩中尤以建安爲最，建安尤以余氏爲最。"②在明萬曆年間達鼎盛狀態，余象斗正是其時余氏刻書之代表人物。嘗自謂："辛卯之秋（萬曆十九年，1591），不佞斗始輟儒家業，家世書坊，鍥笈爲事。"③可見其曾讀書求官，然屢試不第，乃棄儒刻書。這一特殊經歷對其以後從事通俗小説的創作、評論和刊刻都有一定的影響，最起碼在文化修養上奠定了他從事這一工作的基礎。正因其是一個有一定文化的落第文人，故其能在刊刻小説的同時，自己動手編創小説；也正因其是一個以商業牟利爲目的的書坊主，故能迎合普通讀者的需求，較早地將評點引入通俗小説的刊刻之中，并在小説傳播史和小説評點史上獨創了"上評、中圖、下文"這種頗富商業效果的小説刊刻的"評林"體式。

余象斗作爲一個書坊主能在小説創作和評論中留下自己的印迹，是以當時獨特的商業文化背景爲依托的。明葉盛《水東日記》卷二一云："今書坊相傳射利之徒僞爲小説雜書，南人喜談如漢小王光武、蔡伯喈邕、楊六使文廣，北人喜談如繼母大賢等事甚多。"④可見當時書坊刻印小説之盛，并出現了一批編創通俗小説的書坊主人，如熊大木、余邵魚等。將評點引入通俗小説，余象斗是書坊主中的第一人，現存評點本三種，即《水滸》、《三國》"評林"本和《春秋列國志傳》。

以書坊主身份評點小説的另一人物是夏履先，號爽閣主人，明末杭州書坊主人，生平事迹不詳。其評點的小説是刊於崇禎年間的《禪真逸史》，該書署"清溪道人編次，心心仙侶評訂"。清溪道人即明末方汝浩，除本書外，尚有小説《禪真後史》、《掃魅敦倫東度記》行世。正文前有《凡例》八則，題"古杭爽閣主人履先甫識"，其中有云："爽閣主人素嗜奇，稍涉牙後輒棄去。清

---

① 本文關於余象斗的生卒年采用肖東發的考證，見《明代小説家、刻書家余象斗》一文，《明清小説論叢》第四輯，春風文藝出版社 1986 年版。
② （清）葉德輝：《書林清話》，中華書局 1957 年版，第 46 頁。
③ 明萬曆十九年(1591)刻本《新鍥朱狀元芸窗彙輯百大家評注史記品粹》。
④ （明）葉盛撰，魏中平校點：《水東日記》，中華書局 1980 年版，第 213—214 頁。

溪道人以此見示,讀之如啖哀梨,自不能釋,遂相與編次評訂付梓。"①《凡例》後有印,知履先爲夏姓,以此可見評者"心心仙侶"即書坊主人夏履先。全書四十回,以"八卦"爲序分爲八卷,卷各五回,八卷評點者題署不一,依次爲:心心仙侶、筆花居士、西湖漁叟、煙波釣徒、空谷先生、雕龍詞客、繡虎文魔、夢覺狂夫,此均爲夏氏之別號,非爲多人評訂。這在各卷總評中已明顯透出消息,如"乾集總評"云:"心心仙侶抱山榛隰苓想,愀然不樂,乃於筆花齋校《逸史》乾集。"②可知筆花居士即心心仙侶。又書中八則總評一以貫之,前後相續,"坎集總評"曰:"余嘗把一卮,獨酌小齋,讀《逸史》至坎集。""艮集總評"曰:"旨哉,林太空之以澹然號也。吾於艮集而翻得坎之妙。"③均已表明其中評點乃出自一人之手,而在書中標出多個評點者正是書坊主一種特有的商業伎倆。

這種商業伎倆在明末筆耕山房刊刻的《宜春香質》、《弁而釵》、《醋葫蘆》三種評本中亦有體現。此三書的作者和評者題署不一:《宜春香質》題"醉西湖心月主人著,且笑廣芙蓉癖者評";《弁而釵》題"醉西湖心月主人著,奈何天呵呵道人評";《醋葫蘆》之題署更爲複雜,卷一題"西子湖伏雌教主編,且笑廣芙蓉癖者評"、卷二題"伏雌教主編,心月主人評"、卷三題"大堤遊冶評"、卷四題"弄月主人、竹醉山人同評",卷首又有《序》,署"筆耕山房醉西湖心月主人題"。細檢以上複雜的題署,我們不難看出此三書實則是作者自著自刊的,所謂醉西湖心月主人即西子湖伏雌教主,也即就是書坊主筆耕山房主人。而其中二書又有作者自評,據此這衆多的評點者或許也是書坊主的伎倆,故這三書很有可能是書坊主筆耕山房主人自編、自評和自刊的。

在明代小説評點中,除此三位書坊主外,明末蘇州刻書家袁無涯也曾參與了《新鐫李氏藏本忠義水滸傳》的評訂,該書云袁氏得楊定見"卓吾先生所批定《忠義水滸傳》","欣然如獲至寶"而"願公諸世"。④ 但據許自昌《樗齋漫

---

① (明)爽閣主人:《禪真逸史·凡例》,(明)清溪道人:《禪真逸史》,上海古籍出版社1990年版,第2頁。
② (明)爽閣主人:《禪真逸史·乾集總評》,(明)清溪道人:《禪真逸史》,上海古籍出版社1990年版,第70頁。
③ (明)爽閣主人:《禪真逸史·坎集總評》,(明)清溪道人:《禪真逸史》,上海古籍出版社1990年版,第152、239頁。
④ (明)楊定見:《忠義水滸全書小引》,明袁無涯刊本《新鐫李氏藏本忠義水滸傳》卷首。

錄》卷六記載，袁無涯、馮夢龍諸人曾相與校對再三，其中當亦包括評訂在内，其云：

> 傾聞有李卓吾名贄者……乃憤世疾時，亦好此書，章爲之批，句爲之點……李有門人，攜至吳中，吳士人袁無涯、馮夢龍等，酷嗜李氏之學，奉爲蓍蔡，見而愛之，相與校對再三，刪削訛謬。①

又袁中道《游居柿録》卷九云得袁無涯所遺"新刻卓吾批點《水滸傳》"，但與其所知之卓吾批本"稍有增加耳"。可見，袁無涯參與《水滸傳》之評訂乃是無甚疑義的。

陸雲龍在明代小説評點史上的地位亦頗重要。雲龍，字雨侯，號翠娛閣主人，錢塘（今浙江杭州）人，生卒年約爲明萬曆十四年至清順治十年（1586—1653）②。雲龍少時家貧，苦學不輟，重名節，修德行，曾多次應舉，然均鍛羽而歸。崇禎後，絶意仕進，專事著述，兼營刻書。刻書之齋名爲崢霄館，所編刻評訂之古今詩文和晚明小品在當時有很高聲譽，如《明文歸》、《皇明十六家小品》、《翠娛閣評選鍾伯敬合集》等，故其首先是以一個選家和評家而成"名士"的。所著小説主要是《魏忠賢小説斥奸書》、《型世言》等，前者署"崢霄館評定"，可見該書是陸雲龍自編自評的。

在小説評點史上，書坊主直接參與小説的評點我們僅見以上五例，入清以後，這種現象已罕能見到。以此可見，小説評點在經歷了明末清初這一階段以後，已逐步轉入文人之手，文人評點在清以後明顯成爲主流。明代的小説評點在很大程度上控制於書坊主之手，但書坊主畢竟受著文化藝術素養的限制，不是每一個刊刻小説的書坊主都能從事小説評點的。於是在小説評點（主要是明代小説評點）史上，書坊參與小説評點的最常規方式乃是集合其周圍的下層文人從事評點，并大多冒用名人姓氏加以刊刻。

較早采用這一方式的是仁壽堂主周曰校刊刻的《三國志通俗演義》，該

---

① （明）許自昌：《樗齋漫録》卷六，引自朱一玄編：《明清小説資料選編》，南開大學出版社2006年版，第287頁。
② 關於陸雲龍的生卒年采用夏咸淳的考證，見《中國通俗小説家評傳·陸雲龍》，中州古籍出版社1993年版。

書封面"識語"云：

> 是書也刻已數種，悉皆訛舛……輒購求古本，敦請名士，按鑒參考，再三雠校，俾句讀有圈點，難字有音注，地里有釋義，典故有考證，缺略有增補，節目有全像。①

明確說明書中評點乃書坊主"敦請名士"所爲。余象斗在刊刻"評林"本《三國志》時，也說明其中某些評點由"名公"所爲，其《三國辨》一文云：

> 坊間所梓《三國》何止數十家矣，全像者止劉、鄭、熊、黃四姓。宗文堂，人物醜陋，字亦差訛，久不行矣。種德堂，其書板欠陋，字亦不好。仁和堂，紙板雖新，内則人名、詩詞去其一分。惟愛日堂者，其板雖無差訛，士子觀之樂，然今板已朦，不便其覽矣。本堂以請名公批評圈點，校正無差，人物、字畫各無省陋，以便四海内士子覽之。下顧者可認雙峰堂爲記。

以上二則言論明顯帶有廣告意味，但也可看出書坊主對評點的重視，他們已認識到"名公"、"名士"之評點能擴大小説的銷路。由此以後，書坊主便在通俗小説的刊行時以"評點"相號召，且已不滿足用籠統的"名公"、"名士"以廣招徠，而是堂而皇之地"請"出了當時的社會名流，尤其是在公衆中聲名顯赫的人物。此舉最爲盛行的是萬曆中後期到明末這一階段，而被冒用之名家最風行的是李卓吾、陳眉公、鍾伯敬、湯顯祖諸公。據粗略統計，此時期題李卓吾評點的小説約有 10 種，題鍾伯敬評點的小説有 7 種，題陳眉公評點的小説有 4 種，題玉茗堂評點的小説有 3 種，餘如題爲楊升庵、徐文長的亦有數種。不僅在書名中直接標出評點者，有的書坊主還在封面"識語"中特加説明，如刊於萬曆四十三年(1615)的姑蘇龔紹山梓本《春秋列國志傳》在書名中冠上"陳眉公先生批評"字樣，還特加"識語"云："本坊新鐫《春秋列國志傳批評》，皆出自陳眉公手閱。"而其實上述評點大多出自書坊之僞托。

---

① 《三國志通俗演義》(萬卷樓本)封面"識語"，明萬曆十九年(1591)刊本。

在明代，書坊主有時還托名狀元評點以廣招徠，如萬曆年間的朱之蕃。之蕃，字元介，號蘭嵎，南京上元人，萬曆二十三年(1595)進士，殿試第一，授翰林院修撰，仕至吏部右侍郎，協理詹事府事兼翰林院侍讀學士。其所評小說是刊於萬曆年間的《三教開迷歸正演義》，署"九華潘鏡若編次，蘭嵎朱之蕃評訂"，但觀書中評語，僅爲簡略之眉批，托名之可能極大。且朱氏在萬曆時期的書坊中是一個常被冒用的名人，如余象斗刻《史記品粹》就署爲"狀元朱之蕃匯輯，會元湯賓尹校正，翰林黃志清同訂"，而實際純屬烏有。

　　入清以後，明代諸名公已較少被冒用者，然明末清初如馮夢龍、金聖歎、李漁等人又成爲書坊之托名對象，"聖歎外書"字樣便在通俗小說刊本中常常出現。當然，隨著清代的小說評點已逐步從書坊主轉入文人之手，清代以來的書坊僞托現象已慢慢地在趨於消歇。

　　書坊之僞托其實不獨小說領域，這是晚明書坊的一種普遍現象。明末戲曲家沈自晉曾針對當時戲曲出版借名湯顯祖評點之舉作曲加以諷刺："那得胡圈亂點塗人目，漫假批評玉茗堂，坊間伎倆。"① 蘇時學《爻山筆話》亦對當時的僞托之風作了譏評：

> 明人刻古人書，往往僞撰古人評語，如《管子》、《莊子》……等皆有唐宋諸公評，意若古書必藉此而增重者，漸而至於經傳亦僞爲之，今市本所傳有《蘇批孟子》，以爲出於老泉，尤可哂也。②

　　書坊之僞托成風當然不是一個正常的現象，這是文學藝術沾染商業氣息的一個突出表現，但在客觀上也促進了通俗小說的流播，尤其是在通俗小說不被人重視的年代，這種冒用名人評點之舉也在某種程度上抬高了通俗小說的社會地位。何況書坊主本身也有一個文化層次不斷提高的過程，如姑蘇書種堂主袁無涯、杭州崢霄館主陸雲龍在當時社會上都有一定的聲譽，這是集文化名士與刻書家於一身的人物，故而他們加入小說評點者行列對擴大小說的影響有著較大的作用。

---

①（明）沈自晉：《偶作·竊笑詞家煞風景事》，（明）沈自晉著，張樹英點校：《沈自晉集》，中華書局2004年版，第203頁。

②（清）蘇時學：《爻山筆話》，《四庫未收書輯刊·柒輯拾壹册》，北京出版社2000年版，第459頁。

書商型的小說評點有以下三個主要特色：

其一，書商型的小說評點在評點目的上有其自身的追求，主要是爲了促進小說的傳播和有利於普通讀者的閱讀，因而這是一種與發軔期的通俗小說在藝術個性上頗相一致的評點類型，即追求民間性和大衆化。這一種評點類型沒有高深的理論思想的闡述，也很少文人式的個體情感的抒發，主要是簡約的評論、淺陋的注釋，從而適應一般讀者的需求。這也有一個發展過程。在明代，通俗小說的主要門類是歷史演義小說，而其創作者也主要是書坊主及其周圍的下層文人，他們按鑒演義，將歷史著作通俗化。與此相應，小說評點亦在書坊的控制下以疏通文意、注明典實和注音爲主，以便使一般讀者更能曉暢地閱讀小說。這些注評文字極爲通俗易懂，如萬曆年間三台館刊本《全漢志傳》，署"鍾伯敬先生評"，但書中評點頗爲簡易，文中有一名醫孫祖，夾批云："後唐孫思邈善醫，乃其嫡派也。"署名"墨憨齋新編"的《新列國志》亦然，其評點以注地名、官名和注音爲主。其中第一回釋"太宗伯"爲"即今禮部尚書"，釋"太宰"爲"即今吏部尚書"。這種評注無疑是爲了一般讀者的閱讀，而這一特色是明代書商型小說評點的普遍境況。與此同時，書商型的小說評點中評論的成分也日益增强，然也不過是對歷史事實的簡約評述，而很少評點者寄寓其中的情感思想。《兩漢開國中興傳志》評項羽初起云："按羽初起，即有子弟兵八千，又遇龍駒，頃刻之間，軍將雲集，不二三年，爲王稱帝，豈非天耶？"[①]其思想之平庸顯而易見。因而明代小說的書商型評點雖多托名名家者，但有價值的評點却微乎其微。入清以後，書商型的小說評點有所變化，那些注釋性的文字逐步減少并漸趨消失，但小說評點思想的平庸依然故我，就是那些出自文人之手的評點，由於其評點目的的功利性和作品本身的平庸，也難以在評點中迸發出思想的火花，一般都就事論事而作簡略的評述。

其次，書商型的小說評點以對所評小說的鼓吹和小說情節的簡約評述爲主要內容。這一類型的評點由於以小說的傳播爲目的，以招徠讀者的購買爲歸趨，故在具體的評點中，不吝贊美之辭。托名狀元朱之蕃評點的《三

---

① （明）黄化宇校正：《兩漢開國中興傳志》《古本小說集成》），上海古籍出版社 1994 年版，第 41 頁。

教開迷歸正演義》是這樣評價該書的：

> 《西遊》、《水滸》皆小説之崇閎者也，然《西遊》近荒唐之説，而皆流俗之談；《水滸》一遊俠之事，而皆無狀之行。其于世教人心，移風易俗，俄傾神化，何居而得與《破迷正俗演義》相軒輊也。①

《三教開迷歸正演義》叙萬曆年間林兆恩與弟子宗孔、僧寶光、道士袁靈明興三教盛會，創三教合一。全書雜糅神魔、説教和社會批評爲一體，内容頗爲豐贍，時雜詼諧，是一部有一定可讀性的作品。但評點者將其與《水滸》、《西遊》相比，當屬不倫。而突出其説教的一面，更爲不當，書中不時雜以議論，且連篇累牘，難免令人生厭，其實是小説并不成功之所在。這種過於誇張的筆墨在書商型的小説評點中比比皆是，爽閣主人夏履先評《禪真逸史》云："是書雖逸史，而大異小説稗編，事有據，言有倫，主持風教，範圍人心。……乃史氏之董狐，允詞家之班馬。"是書"當與《水滸傳》、《三國演義》并垂不朽，《西遊》、《金瓶梅》等方之劣矣"，②溢美處十分明顯。就是一些出自文人手筆的評點也難免這種商業性的鼓吹，最爲典型的是清代康熙年間吕熊《女仙外史》的評點，該書得六十餘人評點，這本身就包涵了濃烈的商業意味，而其中評點也殊少真正意義上的藝術賞評，大抵以鼓吹爲其評論之主體。廣州府太守葉南田更是贊美《女仙外史》："雖與正史相戾，自有孚洽于人心者，垂諸宇宙而不朽。"③評價不可謂不高，但與實際價值其實相差甚遠。

書商型的小説評點在對作品的鼓吹上不遺餘力，但有價值的思想藝術賞評則相對貧乏。一般而言，這一類的小説評點眉批大多三言兩語，隨手點評，夾批以注釋居多，而回末總批則是對該回情節和人物的簡要評述。有的評語純屬無謂，如釋"三從""在家從父，出嫁從夫，夫死從子"等極爲簡單的内容在評點中亦常常出現。而有的更是趣味低下，如《金蘭筏》評點釋"勾搭

---

① （明）朱之蕃：《三教開迷演義序》，（明）潘鏡若：《三教開迷歸正演義》（《古本小説集成》），上海古籍出版社1994年版。
② （明）爽閣主人：《禪真逸史·凡例》，（明）清溪道人：《禪真逸史》，上海古籍出版社1990年版，第1—2頁。
③ （清）葉南田：《女仙外史跋語》，（清）吕熊：《女仙外史》，上海古籍出版社1991年版，第1072頁。

上手"云:"言語挑動,打動春心,謂之勾搭也。兩人交頸而睡,謂之上手也。"這種内容充分説明了書商型評點的世俗性和民間性。

第三,書商型的小説評點在評點形態上也頗有特色,由於評點者以促進小説的商業傳播爲目的,僅僅視評點爲促銷手段,故在評點中并不投入太多的精力,形式比較簡單。在明代,書商型的小説評點以眉批和夾批爲主,而夾批之評論成分頗爲淡薄,性質與夾注相類。入清以後,夾注形式逐漸消失,書商型的評點形態就以眉批加總評爲主流。總之,這是一種簡易的,甚至可説是簡陋的評點形態。錢鍾書先生在其《管錐編》中論陸雲《與兄平原書》時嘗云:"按無意爲文,家常白直,費解處不下二王諸《帖》。什九論文事,著眼不大,著語無多,詞氣殊肖後世之評點或批改,所謂'作塲或工房中批評'(Workshop criticism)也。"其中"作塲或工房中批評"一語頗類此種"書商型"的評點。①

總括以上三個特點,我們不難看出書商型的小説評點所顯現的那種文學批評的商業性質。那怎樣評價這一評點類型呢? 首先,書商型的小説評點是古代通俗小説藝術商品化的必然結果,没有通俗小説創作和傳播的商業性,書商型的小説評點也就無從立足,故而這一評點類型的出現有其合理性和現實依據。它在通俗小説的發靱時期確乎推動了通俗小説的傳播,尤其是在明萬曆以後的小説傳播中功不可没。可以説,這種文學批評的商業性是與通俗小説的藝術商品化特色相一致的。其次,書商型的小説評點是以小説最普通也是最廣大的下層讀者爲對象的,這是古代通俗小説最基本的欣賞隊伍。同時,這一評點類型涉及面廣,它對所評小説没有過多的選擇限制,故而從讀者和作品兩端而言,書商型的小説評點是古代小説讀者和作者"受惠"最多的評點類型,故也不能因其理論的淺薄和思想的卑陋而隨之否定其應有的傳播價值。當然,文學批評沾染商業性并不是一個合理的現象,文學批評應該是一種高尚的精神活動,它要以敏鋭的眼光、超拔的思想和富於靈氣的語言針砭創作、感染讀者,脱離了這一追求,那文學批評就徒具商業廣告效用了。書商型的小説評點正是過於强化了批評的商業廣告性而失去了批評自身的思想精神和理論生命。因而這是一種有其存在的現實

---

① 錢鍾書:《管錐編》(第 4 册),中華書局 1979 年版,第 1215 頁。

合理性但在很大程度上已迷失文學批評本性的小說評點類型。

二、文人型：小說評點的主體性

李卓吾便是小說評點中文人評點的早期代表人物，當小說評點在書坊主的控制下緩緩行進之時，在書坊主們對小說作簡略的、功利性的賞評注釋時，李卓吾以其慧眼卓識爲小說評點注入了新的血液。他首次將個體的狂傲之性和情感内核貫融到小說評點之中，從而使小說評點成爲了一種帶有個體創造性的批評活動。而隨著通俗小說在文人中的地位日益提高，文人閱讀通俗小說已成常事，尤其是入清以後，上至王公貴族封疆大吏、下至落第士子民間文人，通俗小說大多已爲其几上之常備之書。這種境況刺激了文人對小說的評點，有清一代，文人評點小說不絕如縷，正是以小說的這種閱讀環境爲依托的。在近代，更有文人視評點小說之快樂甚於小說之創作，夢生云：

> 與其作小說，不如評小說。蓋以我之作者，不知費幾許經營籌畫，尚遠不能如前人所作，不如舉前人所經營籌畫成就者，而由我評之，使我評而佳，則通身快活，當與作書相等。……與其評尋常小說，不如評最佳最美之小說，蓋評尋常小說，既需我多少思量，且感得一身不快，不如評最美最佳之小說，頭頭是道，不覺舞之蹈之。①

明清兩代的"文人型"小說評點主要經歷了三個階段：

李卓吾評點《水滸》是"文人型"小說評點的發端。李氏最初接觸該書大約在萬曆十六年（1588），"聞有《水滸傳》，無念欲之，幸寄與之，雖非原本亦可"②。四年後，袁小修訪李卓吾，見其"正命僧常志抄寫此書，逐字批點"③。又四年，他猶然醉心於《水滸》的賞評，"《水滸傳》批點得甚快活人，《西廂》、

---

① 夢生：《小說叢話》，1914年《雅言》第一卷第七期。
② （明）李贄：《復焦弱侯》，《焚書》，中華書局1975年版，第269頁。
③ （明）袁中道：《遊居柿錄》卷之九，（明）袁中道著，錢伯城點校：《珂雪齋集》（下），上海古籍出版社1989年版，第1315頁。

《琵琶》塗抹改竄得更妙"①。一部作品的評點經數年仍在進行,可見其評點是一種不求功利的、自娛的藝術賞評活動,而這正是文人評點通俗小說的最初動機,也是"文人型"小說評點最基本的特性。李卓吾之後,文人評點小說大量增加,致使在明萬曆以後到清康熙的百餘年中,小說評點已經基本改變了書坊控制的格局,文人評點成爲主流。但此時期的文人評點雖然接續了李卓吾的評點傳統,然并未一味沉迷於個體情感的抒寫之中,他們的評點筆觸更多地伸向了對作品情感内涵的把握和作品藝術技巧的揭示,從而起到一種導讀的作用。金聖歎、毛氏父子和張竹坡等即是這種評點的代表人物。故而這一類文人評點已經改變了李卓吾評點的格局,實際已開創了一種新的格局。

"文人型"的小說評點在清中葉以後有了較大發展,這主要有兩種方式:一是表現爲小說評點緣於評點家與小說家之間的個人關係。如"脂批"《紅樓夢》,這是一種帶有個體自賞性的文學批評,這種批評是建立在評點者與作者之間關係非常密切的基礎之上,於是"一芹一脂"成了文學史上的一段佳話。《聊齋志異》的王士禛評點亦有一段獨特的因緣:"先生畢殫精力,始成是書。初就正於漁洋,漁洋欲以百千市其稿。先生堅不與,因加評騭而還之。"②此說真假難辨,但王士禛曾評點《聊齋》却是事實,這種在小說稿本上的評騭使小說評點成了一種帶有私人性的行爲。就古代小說評點史角度而言,評點者與作家之間的關係或表現爲評點者以自身的情感和審美意趣擇取作家作品,從而作出主體性的評判。或表現爲在商業杠杆的制約下,根本無視作家的存在而純作旨在推動小說商業流通的鼓吹。清中葉以來的小說評點在這基礎上出現的這一新格局無疑是小說評點走向文人自賞性和私人性的一個重要標誌。二是表現爲評點者通過一己之閲讀純主觀地闡明小說之義理,此舉較早見於汪澹漪、黄周星評點的《西遊證道書》,而在張書紳的《新說西遊記》和陳士斌的《西遊真詮》中達到極致。張書紳曰:"此書由來已久,讀者茫然不知其旨,雖有數家批評,或以爲講禪,或以爲談道,更又以爲

---

① (明)李贄:《與焦弱侯》,《續焚書》,中華書局 1975 年版,第 34 頁。
② (清)趙起杲:《青本刻聊齋志異例言》,(清)蒲松齡著,張友鶴輯校:《聊齋志異(會校會注會評本)》,上海古籍出版社 2011 年第 2 版,《各本序跋題辭》第 27 頁。

金丹采煉。多捕風捉影,究非《西遊》之正旨。將古人如許之奇文,無邊之妙旨,有根有據之學,更目爲荒唐無益之譚,良可歎也。"① 於是他們注明旨趣,爲之破其迷茫。張書紳認爲《西遊記》一言以蔽之,"只是教人誠心爲學,不要退悔。"② 而陳士斌批注《西遊記》則認爲該書乃"三教一家之理,性命雙修之道"③。衆説紛紜,各執一詞,而離作品之實際内涵越來越遠,幾幾乎將評點成爲他們炫耀才學、呈露學説的工具。

"文人型"的小説評點在清後期又有所發展。一方面,隨著《紅樓夢》、《儒林外史》和《聊齋志異》這三部頗富文人意味的小説成爲評點之中心,小説評點的文人意味有了明顯提升。其中最重要的標誌表現爲對作品主旨的探究仍然是評點者極感興趣的課題,并據於個人的情感思想闡釋作品的表現内涵。如張新之認爲《紅樓夢》"乃演性理之書,祖《大學》而宗《中庸》","是書大意闡發《學》《庸》,以《周易》演消長,以《國風》正貞淫,以《春秋》示予奪,《禮記》、《樂記》融會其中"。④ 其評點的主體性極爲明顯,但這種思想却與《紅樓夢》基本無涉,故以此爲立論依據的張新之評點雖篇幅龐大,然大多是牽强附會的無稽之談。相對而言,陳其泰對作品的把握則比較真切,陳氏將《紅樓夢》與《離騷》、《史記》相提并論,謂"《國風》好色而不淫,《小雅》怨悱而不怒,若《離騷》者,可謂兼之。繼《離騷》者,其惟《紅樓夢》乎",并認爲"《離騷》、《史記》均爲發憤之作,《紅樓夢》亦然"。⑤ 它如《儒林外史》評點和《西遊記》評點等亦將對小説情感主旨的分析視爲評點之首務,從而體現了小説評點的文人意味。另一方面,隨著晚清西方思想的大量輸入,一些激進的文人也以小説評點來發抒其現實感慨和政治理想,從而使小説評點充滿了政治的説教和時代的特徵。梁啓超自評的《新中國未來記》和燕南尚生的《新評水滸傳》是其中的代表。

---

① (清)張書紳:《新説西遊記·自序》,《新説西遊記》(《古本小説集成》),上海古籍出版社1994年版,《自序》第1頁。
② (清)張書紳:《新説西遊記·總論》,《新説西遊記》(《古本小説集成》),上海古籍出版社1994年版,《總論》第2頁。
③ (清)劉一明:《西遊原旨序》,《西遊原旨》(《古本小説集成》),上海古籍出版社1994年版,第42—43頁。
④ (清)張新之:《紅樓夢讀法》,引自朱一玄編:《紅樓夢資料彙編》,南開大學出版社2001年版,第700—701頁。
⑤ (清)陳其泰評,劉操南輯:《桐花鳳閣評紅樓夢輯録》,天津人民出版社1981年版,第43頁。

"文人型"小説評點有其自身的特色,這主要表現在兩個方面:

首先,"文人型"的小説評點是以個體的閲讀興趣爲基礎的,甚至帶有"自賞"的特性。在古代小説評點史上,有一大批主要用以自娱的小説評點者,他們在閲讀小説的同時,往往在小説刊本上加批,以記録閲讀之心得,這種純然用以自娱的評點是古代小説評點的一個重要組成部分,也是古代文人傳統讀書方法在小説領域的延伸。這一類評點無功利性,亦無明顯的目的性,純然表現爲對作品的喜愛,是政事之餘的休閑,是閲讀之時的享受。李卓吾云:"《坡仙集》我有披削旁注在内,每開卷便自歡喜,是我一件快心却疾之書。"①在《焚書》卷六中,李卓吾有《讀書樂》一詩概括了這種閲讀賞評特色:

> 天生龍湖,以待卓吾;天生卓吾,乃在龍湖。龍湖卓吾,其樂何如?四時讀書,不知其餘。讀書伊何? 會我者多。一與心會,自笑自歌;歌吟不已,繼以呼呵。慟哭呼呵,涕泗滂沱。歌匪無因,書中有人;我觀其人,實獲我心。……②

清中葉以後,這種將小説評點視爲個體自賞的現象日益增多,并表現出了明顯的特性:首先是小説評點緣於對作品的深深喜愛和癡迷。王希廉謂:"余之於《紅樓夢》愛之讀之,讀之而批之,固有情不自禁者矣。"③因而他們將小説評點首先看成爲一種個體的消閑和感情的需求,如文龍在《金瓶梅》六十七回回評附記中就這樣説道:"姬人夜嗽,使我不得安眠,早起行香,雲濃雨細。……看完此本,細數前批,不作人云亦云,却是有點心思。使我志遂買山,正可以以此作消閑也。"④其次,正因爲他們將小説評點視爲個體的消閑,故此時期的小説評點除了公開出版的評本之外,未刊行的評點稿本越來越多,道光年間"不下數十家"的《紅樓夢》評本其中多數即爲自賞的稿本,餘

---

① (明) 李卓吾:《寄京友書》,《焚書》,中華書局 1975 年版,第 70 頁。
② (明) 李卓吾:《讀書樂》,《焚書》,中華書局 1975 年版,第 227 頁。
③ (清) 王希廉:《紅樓夢批序》,引自朱一玄編:《紅樓夢資料彙編》,南開大學出版社 2001 年版,第 578 頁。
④ (清) 文龍:《金瓶梅回批》第六十七回,引自黄霖編:《金瓶梅資料彙編》,中華書局 1987 年版,第 480 頁。

如《金瓶梅》有文龍評點稿本,《儒林外史》有黃小田評點稿本等。這一現象的大量出現正說明了小說評點逐步進入了文人自賞領域。復次,由於小說評點用以自賞,故其評點并不追求功利性的一蹴而就,而是反復研讀,間隔批點。常常要花費評點者大量的心血,甚至傾其半生心力,從而在評點過程中獲得一種長久的情感滿足。張新之評點《紅樓夢》花費三十年功夫,陳其泰批點《紅樓夢》亦自十七八歲始,而至四十五歲時終於寫定,前後達二十五年之久。文龍評點《金瓶梅》也有三年時間,不斷批改。而天目山樵平時好讀《儒林外史》,在六十餘歲時開始批點,歷十餘年而不輟。這種長久的批點是此時期小說評點的一個重要現象,充分說明了小說評點的那種自賞特性。

其次,"文人型"的小說評點以個體的閱讀自賞為基礎,而這種自賞又往往追求在作品的規定情境中求得內心的精神快慰,即如李卓吾所謂的那種"一與心會,自笑自歌。歌吟不已,繼以呼呵"的境界,而這種精神快慰的獲得乃是直接抒發鬱結於內心的情感思想。雖然我們對李卓吾評本難辨真偽,但"容本"《批評〈水滸〉述語》云"和尚一肚皮不合時宜,而獨《水滸傳》足以發抒其憤懣,故評之為尤詳",又云"據和尚所評《水滸傳》,玩世之詞十七,持世之語十三,然玩世處亦俱持世心腸也,但以戲言出之耳"①。還是反映了李卓吾評點的精神實質的。② 這一評點精神在小說評點史上的影響非常深遠。與這一特性相一致,文人型的小說評點還充滿了社會評判、道德評判、歷史評判乃至政治理想的宣講,這在近代小說評點中可謂達到了極致,評點在一些小說評本中已成為其宣講政治理想的工具。其中最為突出的是燕南尚生在光緒三十四年(1908)推出的《新評水滸傳》。這一年,正是清廷宣布九年立憲之期限,燕南尚生在其評點中圍繞這一政治主題作了大量的發揮,甚至不惜胡編亂造。且看幾則他對《水滸》人物的"釋名":

宋江: 宋是宋朝的宋,江是江山的江。公是私的對頭,明是暗的反面。紀宋朝的事偏要拿宋江作主人翁,可見耐庵不是急進派一流人物。不過要破除私見,發明公理,從黑暗地獄裏救出百姓來,教人們在文明

---

① (明)懷林:《批評水滸傳述語》,引自丁錫根編著:《中國歷代小說序跋集》,人民文學出版社1996年版,第1467頁。
② 請參見譚帆:《小說評點的萌興——明萬曆年間小說評點述略》,《文藝理論研究》1996年6期。

世界上,立一個立憲君主國。
  史進:史是史記的意思,進是進化的意思。……鑄成一個憲政國家,中國的歷史,自然就進于文明了。
  柴進:柴是吾儕的儕,進是進取的進。柴進捏成周世宗的後代,猶言吾儕沿著這個階級進取,才不愧是黃帝的兒孫。①

  以上所謂"釋名",其生造之意味不言而喻,但評點者以此作爲其政治理想的宣傳則頗爲明顯。這一現象不僅體現了文人評點小說的一貫性,同時更是近代小說和小說批評的重要特徵。
  文人型的小說評點表現爲一種思路,而作爲單個的評點本而言,其實光以表達情感或純然用以自賞的評本極爲少見。在小說評點史上,比較典型的"文人型"評點有李卓吾的《水滸》評點,汪澹漪、劉一明、陳士斌、張書紳等的《西遊記》評點,張新之、王希廉等的《紅樓夢》評點,晚清梁啓超、燕南尚生等的小說評點和那些未刊的賞讀性的評點稿本。
  "文人型"的小說評點在古代的大量出現從正面來看說明了文人對小說的重視,這是小說發展史上一個值得重視的現象。而之所以出現這一現象,一方面與明末清初以來小說評點的文人化傳統有關,同時,它也與清中葉小說創作的整體背景密切相關。中國古代通俗小說在自身的發展過程中經歷了一條由民間性向文人化發展的歷史軌跡,這一演化過程非常緩慢。元末明初《水滸》、《三國》的出現是古代通俗小說在宋元話本基礎上的第一次文人化提升,對後世小說的發展產生了深遠影響。明嘉靖以後《三國》、《水滸》的重新修訂出版以及《西遊記》、《金瓶梅》的出現標誌了通俗小說文人化的相對成熟。而至明末清初,一方面是頗富文人色彩的人情小說逐步佔據了重要地位,使得通俗小說的創作由"世代累積型"逐漸向"個人獨創型"方向演化;同時,小說評點家也對通俗小說作了整體性的修訂整理,尤其是明代"四大奇書"的評點更爲通俗小說的發展提供了一個成功的藝術範例。故通俗小說的文人化在明末清初又遞進了一大步,它爲清中葉迎來文人小說的

------

  ① (清)燕南尚生:《水滸傳命名釋義》,引自朱一玄編:《水滸傳資料彙編》,南開大學出版社2002年版,第350—351頁。

創作高峰奠定了堅實的基礎。清中葉小説的文人性程度是空前絶後的,文人獨創小説已在很大程度上佔據了主導地位,尤其是《紅樓夢》、《儒林外史》更是中國古代小説史上最富文人意味的小説杰作。"文人型"小説評點的出現正是以這種創作背景爲依托的,同時也以自身的觀念和理論批評融入了這一整體性的小説文人化進程之中。然而小説評點中"文人型"的出現尤其是清中葉以後的片面發展所産生的負面影響也不容忽視。在很大程度上我們可以這樣認爲:小説評點中文人性的片面發展也會局部中斷小説評點業已形成的那種文人性與商業嚮導性相結合的批評傳統。小説評點就其本原而言,它的活潑潑的生命力源於其獨特的民間性和通俗性,而文人性的提升只是提高小説評點整體品位的一個重要手段而非終極目的。否則,它給小説評點所帶來的只能是生命的枯萎并逐漸趨於衰竭。馮鎮巒在嘉慶年間就敏鋭地指出了王士禎評《聊齋》以"經史雜家體"的不足,而以"文章小説體"批點《聊齋志異》,①其提倡的正是要使評點向小説本位的回歸。清中葉的《西遊記》評點雖評本紛出,但終未出現象金批《水滸》等那樣的評點定本也正説明了這一問題。而晚清梁啓超、燕南尚生等的小説評點所顯示的弊端則更爲明顯。

三、綜合型:小説評點的導讀性

小説評點中最有價值的是綜合型的評點類型。而所謂"綜合型"是指這一類型的小説評點既不像"文人型"那樣主要以個體的情感表現和内涵闡釋爲目的,也與"書商型"的小説評點以商業傳播爲歸趨的格局相異。這是一種融合上述兩種思路并以"嚮導性"爲其主要特色的評點類型。袁無涯本《水滸傳》中《忠義水滸全書發凡》一文對"評點"的闡釋可視爲這一評點類型的綱領性文字:

> 書尚評點,以能通作者之意,開覽者之心也。得則如著毛點睛,畢露神采;失則如批頰塗面,污辱本來,非可苟而已也。今於一部之旨趣,

---

① 馮鎮巒在《讀聊齋雜説》一文中借友人之口表達了這一看法。

一回之警策,一句一字之精神,無不拈出,使人知此稗家史筆,有關於世道,有益於文章,與向來坊刻,夐乎不同。如按曲譜而中節,針銅人而中穴,筆頭有舌有眼,使人可見可聞,斯評點所最貴者耳。①

在這一段綱領性的文字中,所謂"通作者之意"即以評點者的情感内涵逆推作品的思想主旨,是爲"釋義";"開覽者之心"則指在作品的思想内涵和形式技巧上給讀者以閲讀指導,是爲"傳播"。而總其要者,是在整體上全面開掘作品的思想和形式特徵,從而完成小説評點的"嚮導"目的。

"綜合型"的小説評點亦源遠流長,它是在"書商型"與"文人型"評點的結合過程中萌生并逐漸成熟起來的。上文説過,小説評點的產生,其最初的動機是爲了促使小説的流傳,帶有明顯的商業目的,這是"書商型"小説評點之發源。而隨著文人的參與,小説評點逐步提高了它的理論品位,但文人最初從事小説評點却是其在閲讀過程中一種心得的記録,一種情感的投合,并無意於導讀和授人於作法,這是小説評點走向成熟并獲得發展的契機。而當將文人閲讀過程中帶有自賞性的閲讀心得與帶有商業功利性的導讀結合起來時,小説評點才最終成爲一種公衆性的文學批評事業。這一結合就是"綜合型"小説評點形成之標誌。就現存資料而言,這一結合形成於明代萬曆年間,具體地説,就是由李卓吾閲讀賞評《水滸傳》到"容本"、"袁本"《水滸》評點的公開出版而得以完成的。據此,小説評點中"綜合型"評點類型的出現以"容本"、"袁本"《水滸》評點爲其起始。

"綜合型"的小説評點類型以"容本"和"袁本"《水滸》評點爲起始,其標誌大致有三:一是這兩種評本都是以李卓吾評點的精神血脈爲根底,是在書坊主和下層文人的共同參與下完成的,故其評點體現了文人評點的"主體性"和書商型評點"商業性"的結緣,而這正是"綜合型"評點類型的首要特性。二是這兩種評本奠定了古代小説評點的基本形態,如其卷首總綱性文字類同後世的讀法,正文評點由眉批、夾批和回末總批三部分構成,文中又對小説文字和情節頗多指摘删削,故小説評點形態中的基本要素均在這兩

---

① (明)李贄:《忠義水滸全書發凡》,《李卓吾評忠義水滸全傳》卷首,明萬曆年間袁無涯刊本。引自黄霖、韓同文選注:《中國歷代小説論著選》,江西人民出版社 1982 年版,第 206 頁。

種評本中得以完成。三是這兩種評本實現了古代小説評點在批評内涵上的轉型，即完成了小説評點由訓詁音詮、史實疏證爲主向單純的小説思想藝術賞評爲主的評點格局的轉型。

"容本"、"袁本"以後，"綜合型"的評點類型發展頗快，尤其是歷經金聖歎的《水滸傳》評點、毛氏父子的《三國演義》評點和張竹坡的《金瓶梅》評點，可以説這一評點類型遠遠地跨出了三大步，從而成了小説評點中的主體類型。在清代，受金聖歎、毛氏父子等影響下的小説評點，大多循著"綜合型"評點一路發展，將小説評點的個體情感抒發和對作品的解析結合起來，形成了一批頗有價值的評點之作，其中有些評本雖很少被人提及，但蘊涵的思想内涵還是較爲豐富的。如順治年間托名"貫華堂評"的《金雲翹傳》評本、康熙年間"鴛湖紫髯狂客評"的《豆棚閑話》評本、蘇庵主人自編自評的《繡屏緣》評本、董月岩評點的《雪月梅》評本和水箬散人評閲的《駐春園小史》評本等，都有一定的理論思想價值。

"綜合型"的小説評點在評點功能上與"文人型"的小説評點相一致，亦以表達情感思想爲其重要目的，而在對作品的具體闡釋上，"釋義"便成了他們評點的一個主要内容。金聖歎謂：

<blockquote>
《水滸》所叙，叙一百八人，其人不出緑林，其事不出劫殺，失教喪心，誠不可訓。然而，吾獨欲略其形迹，伸其神理者。蓋此書七十回數十萬言，可謂多矣，而舉其神理，正如《論語》之一節兩節，瀏然以清，湛然以明，軒然以輕，濯然以新，彼豈非《莊子》、《史記》之流哉。①
</blockquote>

在這裏，金聖歎區分了小説作品中"形迹"與"神理"的差異，所謂"形迹"當指小説作品的外在情節框架，而所謂"神理"則指蘊涵在作品情節之中深層次的"義"，金聖歎注重"神理"的探究正是强調了小説評點的"釋義性"。金氏這一評點觀念的提出根植於他對小説創作主體性的認識，在《水滸》評點中，他提出了"文"與"史"的區别："夫修史者，國家之事也，下筆者，文人之

---

① （清）金聖歎：《第五才子書水滸傳·序三》，（明）施耐庵：《第五才子書水滸傳》（《古本小説集成》），上海古籍出版社1994年版，第43頁。

事也",而"國家之事,止於叙事而止,文非其所務也"。文人之事則不然,其"固當不止叙事而已",它必定是"心以爲經,手以爲緯,躊躇變化,務撰而成絶世奇文"。即它可以在"事"的基礎上更多地融入創作主體"志"的内涵,如《史記》:"馬遷之傳伯夷也,其事伯夷也,其志不必伯夷也",而"惡乎志？文是也"。① 換句話説,文者,志也。因而作爲主體創作的"文"必定有著深刻的主體性,故小説評點也便不單是對於"事"的解釋,更多的應是對體現主體特性的"志"的闡發,一句話,小説評點應是"釋義性"的。如下一段話正代表了金氏的這種批評主張：

> 吾特悲讀者之精神不生,將作者之意思盡没,不知心苦,實負良工,故不辭不敏,而有此批也。②

金聖歎的這一主張在"綜合型"的小説評點中有一定的代表性,故而所謂"釋義"也便成了小説評點的一個重要内容,尤其是小説史上的一些重要作品更是他們津津樂道、反復闡釋的對象。如《水滸傳》,自李卓吾以"忠義"高度贊美"水滸"英雄,并認爲《水滸》乃作者"發憤之作"以後,人們對《水滸傳》的主旨作出了深入的解析。金聖歎評點《水滸》即繼承了李卓吾"發憤之作"的思想傳統,但對李卓吾以"忠義"許"水滸"英雄則頗有異議。從對"水滸"一詞的釋名,到腰斬《水滸》并妄增"驚惡夢"一節,金氏在理智上表現出了對世亂紛争的不滿。在其具體評點中,我們能明確地感受到金氏思想中的兩個側面：對明末社會黑暗的强烈憤慨和對揭竿斬木者此起彼伏的深深憂慮。這種思想既反映了明末獨特的社會現實,又真切地表現了一位不達文人希冀寧静生活的特殊心態。故本著這種思想,金聖歎對《水滸》的表現内涵作出了新的"釋義",他既突出"亂自上作",從而揭示作品對社會現實强烈的批判性,并對水滸英雄"逼上梁山"之舉深表同情和理解,但同時又通過妄增"驚惡夢"一節否定了這一行爲的現實合理性。因此在《水滸傳》的評點

---

① （清）金聖歎：《第五才子書水滸傳・第二十八回總評》,（明）施耐庵：《第五才子書水滸傳》《古本小説集成》),上海古籍出版社 1994 年版,第 1557—1558 頁。金氏所謂的"文"與"史"是從"史"的創作集體性和"文"的創作主體性立論的,故其把《左傳》《史記》也列入"文"的範疇。

② （清）金聖歎：《第五才子書水滸傳・楔子總評》,（明）施耐庵：《第五才子書水滸傳》《古本小説集成》),上海古籍出版社 1994 年版,第 6 頁。

中,金聖歎陷入了深深的矛盾之中,他對現實的不滿促使他對《水滸》英雄不吝贊美之詞,而明末紛亂的社會現實又使他在心理上難以真正接受這一行爲。於是,在其具體評點中,我們看到了一個頗有意味的矛盾體:對起義行爲的整體否定和對個體英雄的極力贊美。這是金聖歎受時代情狀和個體心理的雙重制約而無法逾越的矛盾,故其"釋義"也便體現了獨特的時代與個人性質。毛氏父子評點《三國演義》亦然,在蜀魏關係上,他們批評陳壽、司馬光以曹魏爲正統,而肯定朱熹《通鑑綱目》尊蜀漢爲正統的觀點,這一取捨明顯地反映了清初漢族知識份子爲明爭正統的現實內涵。

釋義乃文人評點小說之主要內容,是文人從事小說評點的一個基本目的。釋義是一種文化現象,從古代文化淵源而言,它源於對儒家經典的詮釋。當經典之原意不符某一時代的需要時,人們便不惜穿鑿附會,甚至竄改古書,從而使經典契合於當時的特殊需要。這一類例子舉不勝舉,如宋儒就十分典型,皮錫瑞云:"宋儒體會語氣勝於前人,而變亂事實不可爲訓。"①這種行爲以實用性爲本,但在某種程度上也能"啓動"經典的局部價值以適合當代之需。同時,這也是一種世界性行爲,不獨古代中國如此,美國蘇珊·桑塔格《反對釋義》一文云:

> 釋義最早出現于古代古典文化的後期,那時,神話的威力和可信性被科學啓蒙的"現實主義"世界觀打破了。一旦困擾著後神話時期的意識——即宗教符號的適合性——問題受到質問以後,那些原始狀態的古代文獻就不再被人接受了。釋義便被召喚來,使古代文獻適應"現代"的要求。……釋義本身必須用對人類意識的歷史主義觀點予以評價。在某些文化領域,釋義是一種解放行爲,它是修訂的手段,重新估價的手段,逃避僵死的過去的手段。而在其他文化領域,它却是反動的、魯莽的、膽怯的、窒息的。②

小說評點中釋義的出現和變異與上述觀點是基本一致的。

---

① (清)皮錫瑞:《經學通論》,中華書局1954年版,第86頁。
② [美]蘇珊·桑塔格:《反對釋義》,引自[英]洛奇編:《二十世紀文學評論》(下),上海譯文出版社1993年版,第471—473頁。

在明清小說評點史上,評點者以釋義爲其重要目的使小說評點增添了理論的深度和思想的力度。在中國古代文化思想史上,俗文學是在一定程度上游離於整體意識形態之外的,如戲曲小說中的情愛觀之於傳統倫理思想、價值觀之於傳統義利觀念以及對農民起義的認識、對歷史進化的思考等都有其獨到的思想價值,這一脈思想雖在傳統文化中不占主流地位,但却是意義深遠的思想系統。而小說評點以釋義爲務,雖其中亦在思想上不盡一致,但那些出色的評點之作却是深切地揭示了俗文學中蘊涵的這種思想意義,并與之互爲表裏,將其發揚光大。

"綜合型"的小說評點還明確地以"導讀性"爲其小說評點的根本目的。而所謂"導讀性"是指這樣一種批評觀念:小說評點要求評點者在理解和領悟作品的基礎上給讀者(當然也包括作者)以某種引導,從而影響小說鑒賞和小說創作。因此小說評點有一種橋梁的作用,要力圖溝通作品與讀者之間的關係。

這一批評觀念在金聖歎的文學批評中表現得最爲明晰,在《西廂記》評點中,金氏對文學評點曾有兩個比喻:

> 後之人必好讀書,讀書者,必仗光明。光明者,照耀其書,所以得讀者也。我請得爲光明,以照耀其書,而以爲贈之。
>
> 後之人既好讀書,必又好其知心青衣。知心青衣者,所以霜晨雨夜,侍立於側,異身同室,并興齊住者也。我請得轉我後身便爲知心青衣,霜晨雨夜,侍立於側,而以爲贈之。①

金聖歎以"光明"和"知心青衣"比喻文學評點,可見其對文學評點"嚮導性"的重視,而其所有文學評點都是在實踐著這一批評主張,《水滸》評點正是其中一個很好的範本。金氏以後,小說評點大多以其評本爲模仿對象,故這一批評宗旨成了小說評點的共同追求目標。

以"導讀性"爲評點之宗旨是建立在文學的"可解性"基礎之上的。我國

---

① (清)金聖歎:《第六才子書西廂記・序二・留贈後人》,《貫華堂第六才子書西廂記》,甘肅人民出版社1985年版,第7—8頁。

古代的文學批評素來受莊子哲學思想的影響,莊子云:"可以言論者,物之粗也;可以意致者,物之精也。"①他强調對於客體對象的認識只能以心靈的冥契而難以達之於言表。故而古代的文學批評十分重視對審美客體的"感悟",而文學批評即是對這種"感悟"的直接傳遞,其中難以用語言作出精審詳盡的分析。劉勰即云:"至於思表纖旨,文外曲致,言所不追,筆固知止。"②這種觀念對於抒情文學來説有其合理性,但也使古代的文學批評尤其是詩歌批評帶有一定的神秘性和模糊性。對於文學批評"導讀性"的重視正是針對這一觀念而來的,而其中反駁最强烈的即是"綜合型"評點的代表人物金聖歎,金氏云:

> 僕幼年最恨"鴛鴦繡出從君看,不把金針度與君"之二句,謂此必是貧漢自稱王夷甫,口不道阿堵物計耳。若果知得金針,何妨與我略度。③

金聖歎的文學批評正是以"度人金針"爲其目的,在批點杜甫詩歌時他不無自豪地説:"先生既繡出鴛鴦,聖歎又金針盡度,寄語後人,善須學去也。"④金聖歎的上述觀點在"綜合型"的小説評點中有代表性并影響了以後的小説評點,前人所謂"小説評點之派"即指金氏所開創的這一注重"導讀性"的評點格局。

"綜合型"的小説評點以"導讀性"爲其宗旨,以"可解性"爲小説評點之前提,故在評點内涵上形成了兩個主要方面:一是對作品思想情感的深入解析,於是釋義、考據、索隱等在清以來的小説評點中不絶如縷;二是對作品形式技巧的詳盡分析,所謂"法"的大量揭示即由此而來。

中國古代小説評點形成了"文人型"、"書商型"和"綜合型"三種基本類

---

① (清)郭慶藩撰,王孝魚點校:《莊子集釋》卷六下《秋水第十七》,中華書局 2012 年第 3 版,第 572 頁。
② (梁)劉勰:《文心雕龍·神思》,(梁)劉勰著,范文瀾注:《文心雕龍注》,人民文學出版社 1978 年版,第 495 頁。
③ (清)金聖歎:《讀第六才子書西廂記法》,《貫華堂第六才子書西廂記》,甘肅人民出版社 1985 年版,第 17 頁。
④ (清)金聖歎:《才子杜詩解·韋諷録事宅觀曹將軍畫馬圖引》批語,中州古籍出版社 1986 年版,第 112 頁。

型。這三種類型的同時并存說明了古代小說評點是一個呈多元化方向發展的格局,這是一個融小說評點的理論批評性和商業傳播性爲一體的批評格局,而這又是與古代小說尤其是通俗小說的藝術商品化相一致的。由此,研究小說評點不能以單一的思維角度加以把握,否則對於小說評點的研究和評判便難免偏頗。同時,小說評點的多元化格局及其在古代讀者中的影響也表明了小說批評應該具有"雅"、"俗"兩種趨向,那種重理論、重釋義、重主體情感抒發的雅化批評無疑是小說批評的主流,但那種旨在實用性、世俗性和傳播性的通俗批評也是不可偏廢的批評格局。本文對於小說評點類型的劃分旨在爲古代複雜的小說評點清理出一個演化的綫索和基本的批評格局,但理論上的劃分常常會作繭自縛,從而陷入一種難以自圓的境地,本文的上述劃分即只能針對總體而言。而如果這樣一種清理能使人們認清古代小說評點的多元格局并在小說評點研究中以多元的角度觀照小說評點,那本文的目的也就基本達到了。

(原文載《文學遺産》1999 年第 4 期)

中國古代小説評點形態論

小説評點之形態是指小説評點的外部特徵。評點在古代小説史上經歷了漫長的發展歷史,其形態特徵并非固定劃一,而是有著較爲複雜的形式特性。從形態淵源而言,小説評點形態來源於傳統經注、史評和文選注評,也與古人的讀書方式密切相關。同時,小説評點在與古代小説尤其是通俗小説的結合過程中又逐漸形成了有別於其他文學評點的形態特性。本文對此擬作兩方面的探討:小説評點形態之演化和小説評點形態之分解。

一、明代小説評點之形態

關於小説評點之形態,今人一般作這樣的描述:

> 開頭有個《序》,序之後有《讀法》,帶點總綱性質,有那麽幾條,十幾條,甚至一百多條。然後在每回的回前或回後有總評,就整個這一回抓出幾個問題來加以議論。在每一回當中,又有眉批、夾批或旁批,對小説的具體描寫進行分析和評論。此外,評點者還在一些他認爲最重要或最精彩的句子旁邊加上圈點,以便引起讀者的注意。[①]

這一段描述在總體上抓住了小説評點的形式特性。但這其實僅僅是對小説評點史上一些名著的概括,或者説,這是小説評點中最爲完備的形態,而非小説評點的普遍形態。實際上,評點形態如此完備者在小説評點史上

[①] 葉朗:《中國小説美學》,北京大學出版社1982年版,第13頁。

僅占極少數,大量的小説評點并不具備這一特色。或僅眉批,或僅旁批,或僅回末總評,而"讀法"類文字在小説評點中更在少數。因而小説評點形態并非如以上描述那樣正規劃一,其自身有一個演化的綫索,并根據不同的小説對象形成了不同的評點形態。同時,小説評點在古代小説尤其是通俗小説的發展中有著濃重的商業氣息,故評點形態的形成在某種程度上還受制於讀者的接受和出版的商業考慮。據此,小説評點形態在古代小説的傳播史上就形成了一個頗爲複雜的現象,探尋這一現象不僅能清晰地勾勒出小説評點的演化之迹,也能從一個側面反映出小説藝術的發展軌迹。對於小説評點形態演化的叙述我們將不作明確的階段性劃分,而只在總體上以明清爲界勾勒其演化之迹。

明代小説評點的真正起始是萬曆年間。從萬曆到明末,小説評點形態經歷了這樣一個發展進程:小説評點從一開始帶有濃重的"注釋"意味,表現在形態上是以雙行夾注爲主導形式。以後小説評點由"注"逐步向"評"演化,評點形態也隨之變更,眉批、旁批、總批等形式漸據主導地位,而至崇禎十四年(1641)的金批《水滸》,小説評點之形態趨於完備。在這同時,有兩個相對獨立的現象值得注意,一是余象斗的"評林"本,二是馮夢龍的"三言"評本。

爲通俗小説作注,較早見於嘉靖本《三國志通俗演義》,萬曆十九年(1591),萬卷樓本吸收了嘉靖本的部分内容而作出了更爲詳盡的注評,該書周曰校"識語"云:"句讀有圈點,難字有音注,地里有釋義,典故有考證,缺略有增補。"[①]這五項工作明顯地屬於注釋範疇,而其形式均爲雙行夾注,正文中標有的形式有如下七種:

釋義:正文中比重最大,包括釋地名、注音,釋歷史、典實等。

補遺:正文中出現較少,大多是補正一些歷史事實。

考證:正文中出現較多,内容與"補遺"大同小異,亦爲補正史實。

論曰:正文中偶見,但頗具評論性質。

音釋:主要爲注音,與"釋義"有時相混。

補注:正文中亦不多見,但亦頗有評論色彩。

斷論:正文中亦不多見,然與"論曰"相類,具評論性質。

---

① 《三國志通俗演義》(萬卷樓本)封面"識語",明萬曆十九年(1591)刊本。

在以上七種形式中，其内容主要是注釋，但已呈分化趨向，其中"論曰"、"補注"、"斷論"三項所體現的評論性質實已表明通俗小説注釋由"注"向"評"演化的過渡態勢。當然，萬卷樓本《三國演義》注釋中的所謂評論與一般意義上的小説評論還相去甚遠，基本上都是對歷史現象和歷史人物的史實分析和道德評判。綜觀萬卷樓本的評注形式，我們不難看出其所構成的"釋義"、"考證"、"評論"三位一體的評注形態，這種評注形式實際上是對傳統史注史評的直接延續。劉宋時期，裴松之爲陳壽《三國志》作注開創了此種評注形式，裴氏"奉旨尋詳，務在周悉，上搜舊聞，傍摭遺逸"，"若乃紕繆顯然，言不附理，則隨違矯正，以懲其妄，其時事當否，及壽之小失，頗以愚意有所論辯"①。這種在傳統的名物訓釋基礎上融補遺、考辨和評論爲一體的評注方式在史學體例上有開創之功，對後世影響甚巨，小説評點之起始以注評爲一體也可看出這一影響。尤其是《三國演義》，作爲一部歷史演義小説，其注評的史學影響也從一個側面説明了演義小説與歷史之關係。

這種對小説的注評在明代延續了一段時期，從現存資料而言，體現這一特色的還有如下數種：《全漢志傳》（題"漢史臣蔡伯喈彙編、明潭陽三臺館元素訂梓、鍾伯敬先生批評"）、《京板全像按鑒音釋兩漢開國中興傳志》（題"撫宜黃化宇校正、書林詹秀閩繡梓"）、《列國前編十二朝傳》（題"三臺山人仰止余象斗編集"）、《新列國志》（題"墨憨齋新編"）。

在上述四種刊本中，有這樣幾個共同特色：四部小説均爲歷史演義，評注形式都是雙行夾注，注釋内容以注音、釋義爲主。與萬卷樓本《三國演義》之評注稍有異者，是刊於萬曆三十四年（1606）的《列國前編十二朝傳》增加了回末批注，標明之形式有"釋疑"、"地考"、"總釋"、"評斷"、"鑒斷"、"附記"、"補遺"、"斷論"、"答辯"、"論斷"，但其中内容仍爲史實考訂和音義考釋等。刊於崇禎年間的《新列國志》則注評分開，"注"在正文中爲雙行夾注，内容大多是注地名、官名和注音釋義等，該書《凡例》云："古今地名不同，今悉依《一統志》，查明分注，以便觀覽。"②雖僅言釋地名，但所指其實不止於此，可見該書之注爲獨立之一部分。而"評"則另增眉批和少量旁批，内容爲小

---

① （晉）陳壽撰，（宋）裴松之注：《三國志·上三國志注表》，中華書局1959年版，第1471頁。
② （明）馮夢龍：《新列國志·凡例》，上海古籍出版社1987年版，第2頁。

説人物和情節的簡約評論。這種注評分開的形式是受此前小説評點影響所致,因爲萬曆二十年(1592)以後小説評點已逐步走向成熟,而這一形式的出現也標誌了傳統史注在古代小説領域的解體。由此以後,注釋已不再在小説批評中佔據重要位置,就是在清代的《三國演義》和《東周列國志》等歷史演義小説評點中,簡約的注釋已完全淹没在浩繁的小説評論之中。

小説評點以"注釋"爲其起始,以後"注"便逐漸讓位於"評",這一過程大致在明末基本完成。如果説,小説評點中的"注"來源於傳統史學的影響,那麽,小説評點中的"評"則是源於文人對於小説的閲讀和賞評。那種在閲讀過程中的隨手點評、點滴感悟,是小説評點中思想和藝術評論的真正起始。在明代,從事這一工作而對後世小説評點影響最大的莫過於李卓吾,袁小修謂:"李龍湖方居武昌朱邸(時爲萬曆二十年——引者),予往訪之,正命僧常志抄寫此書(指《水滸》),逐字批點。"①李氏自己亦云:"《水滸傳》批點得甚快活人。"②這種文人個體性的閲讀賞評在當時較爲普遍,憨憨子謂:"余慨然歸取而評品批抹之(指《繡榻野史》)。"③在吴中地區,更有衆多的文人在傳閲、品評著當時的流行小説。而當這種文人個體的閲讀賞評與小説的刊行結合起來時,所謂小説評點就從個體的私人行爲轉化爲一種公衆事業,尤其是當書坊主人集合當時的下層文人參與其間時,小説評點本的刊行便日漸興旺起來。明中晚期小説評點的發展即大致呈這一態勢。

從評點形態而言,合轍於文人閲讀賞評這一特性,小説評點形態最先發展起來的是眉批和旁批,尤以眉批更爲普遍。而這正是古代文人在讀書時的一種習慣行爲。它以簡潔、直截爲特徵,隨感而發,隨手批抹,有著強烈的隨意性和感悟性,故而眉批是小説評點中最爲輕便的形式,也是明代小説評點中運用最爲普遍的形式。從筆者所寓目的明代數十種小説評點本中,眉批幾乎是必有的形式(那些重在釋義的歷史演義除外)。相對而言,小説評點中回前或回末總評的出現要晚一些,因爲眉批重在感悟,總評則意在總結,前者是隨意性的,而後者則是有意識的,在某種程度上已帶有意在刊刻

---

① (明)袁中道:《游居柿録・卷之九》,(明)袁中道著,錢伯城點校:《珂雪齋集》(下),上海古籍出版社1989年版,第1315頁。
② (明)李贄:《與焦弱侯》,《續焚書》,中華書局1975年版,第34頁。
③ (明)憨憨子:《繡榻野史・序》,引自黄霖、韓同文選注:《中國歷代小説論著選》,江西人民出版社1982年版,第196頁。

的商業色彩。故小説評點中"總評"的出現即意味著小説評點已完成了從個體行爲向公衆事業的轉化。據現有資料,明代小説評點中較早出現"總評"這一形式的是刊於萬曆三十八年(1610)的"容與堂本"《李卓吾批評忠義水滸傳》,該書之評點者歷來衆說紛紜,或謂李贄,或謂葉畫,莫衷一是。但細繹書中評點,評點形態如此成熟周全,似乎難於與李贄隨心所之的評點風格相吻合。或許是以李評爲基礎,而在書商授意下由葉畫加工、充實、改造而成。如果此推論成立,那麼,從萬曆二十年李卓吾開始從事《水滸》評點到萬曆三十八年容與堂刊出《水滸傳》李評本,正體現了小説評點從個體行爲向公衆事業的轉化。該書之評點形態包括:

> 首有李卓吾《忠義水滸傳叙》(北京圖書館藏本無此叙),次有署名小沙彌懷林的總論文章四篇(《批評水滸傳述語》、《梁山泊一百單八人優劣》、《水滸傳一百回文字優劣》、《又論水滸傳文字》),正文中有眉批和夾批,回末有總評,署"李卓吾曰"、"卓吾曰"、"禿翁曰"等,正文中字旁大多有圈點,評點者還在正文中多設擬删節符號,或上下鈎乙,或句旁直勒,刻上"可删"二字。①

可見,這是一個評點形態較爲完備的小說評本,基本奠定了古代小説評點的外在形態,其中正文前評論文字的增多是其重要特色,并與正文評點構成了一個有機的整體。"容與堂本"以後,大約在萬曆三十九年左右,袁無涯本《新鐫李氏藏本忠義水滸傳》刊行,該評本正文評點形態相對簡約,僅眉批和旁批,但正文前則有李贄《叙》、楊定見《小引》、《宋鑒》、《宣和遺事》(一節)、袁無涯《發凡》、《水滸忠義一百八人籍貫出身》等多種,這種在正文前文字的增多標誌了小說評點的進一步成熟。

萬曆四十年(1612)以後,小説評點緣此而發展,并據以不同的評點對象採用不同的評點形態,我們試將此時期的小說評點形態情況清單如下("○"爲有,"×"爲無):

---

① 參見袁世碩:《李卓吾批評忠義水滸傳·前言》,(明)施耐庵:《李卓吾批評忠義水滸傳》(《古本小說集成》),上海古籍出版社1994年版。

作品名稱	眉批	夾批	旁批	總評
東西兩晉志傳	○	×	×	×
春秋列國志傳	○	×	×	○
艷異編	○	×	×	×
隋唐兩朝志傳	×	×	×	○
情史	○	×	×	×
韓湘子全傳	×	×	×	○
鍾伯敬先生批評忠義水滸傳	○	×	×	○
于少保萃忠傳	×	○	×	×
"三言"	○	×	×	×
鍾伯敬先生批評三國志	○	×	×	○
李卓吾先生批評西遊記	×	×	○	○
禪真逸史	×	×	×	○
魏忠賢小說斥奸書	○	×	○	○
警世陰陽夢	○	×	×	×
禪真後史	○	×	×	×
隋煬帝艷史	×	×	○	×
隋史逸文	×	×	○	○
東渡記	○	×	×	×
第五才子書水滸傳	○	○	×	○
西遊補	○	×	×	○
醋葫蘆	○	○	○	○
宜春香質	×	×	×	×
弁而釵	×	×	○	×
鼓掌絕塵	×	×	×	○
岳武穆盡忠報國傳	○	×	×	○
新列國志	○	○	○	×

续表

作品名稱	眉批	夾批	旁批	總評
石點頭	○	×	×	×
遼海丹忠錄	○	×	×	○
新平妖傳	○	×	×	×
李卓吾先生批評三國志	○	×	×	○
殘唐五代史演義	×	×	×	○
歡喜冤家	×	○	×	○
七十二朝人物演義	○	×	×	○

在以上 33 種評點本中，其中有眉批的 21 種，夾批的 5 種，旁批的 7 種，總評的 22 種，眉批與總評并存的有 12 種。可見眉批和總評已成爲小説評點的常規形式，其中總評的大量增加説明了小説評點已完全脱離了文人個體閲讀賞評的格局，而成爲了一種有意識、有目的的文學批評活動。

崇禎十四年（1641），金聖歎《貫華堂第五才子書水滸傳》刊行。這是中國古代小説史和小説評點史上的一部重要著作，也是明代小説評點中評點形態最爲完備的評點本。該書之評點形態包括：開首金聖歎《序》三篇（題《序一》、《序二》、《序三》）；次《宋史斷》；次《讀第五才子書法》，計有 69 條；次金聖歎僞託施耐庵《序》（題"貫華堂所藏古本《水滸傳》前自有序一篇，今録之"）；正文有回前總評、夾批和少量眉批，文中有圈點；對小説正文金氏還僞託"古本"作了大量删改。

在評點形態上，金聖歎作了三點改造：一是增加了《讀法》，二是將總評移至回前，三是大量增加了正文中之夾批。這一評點形態突出了小説評點者的主體意識和主觀目的性，它融文本賞讀、理論評判和授人以作法於一體，從而開創了小説評點之派，成了後世小説評點的仿效對象。由此，小説評點的形態構造基本完成。

在明代，小説評點形態還有兩個現象值得注意，一是余象斗的"評林"（我們留待下文詳談），二是馮夢龍的"三言"評本和署"墨憨齋評"的小説評本。這一類小説評本計有：

《警世通言》(署"可一主人評,無礙居士較")
《醒世恒言》(署"可一居士評,墨浪主人較")
《古今小説》(署"綠天館主人評次")
《新列國志》(署"墨憨齋新編")
《石點頭》(署"墨憨齋評")
《新平妖傳》(署"墨憨齋批點")

這五種小説評本在形態上有一共同特色,均爲"一序一眉",即正文前有《序》,文中評點僅爲眉批,且眉批甚簡約,只作感悟式的藝術賞評,而《序》則均爲一篇有價值的小説評論文。這一形式簡明扼要,別開生面,已成晚明署爲"墨憨齋評"之小説評本的慣例("可一居士"、"綠天館主人"學界一般已確認爲馮夢龍),我們對此不妨稱之爲小説評點的"墨憨齋體"。

綜觀明代的小説評點形態,可以歸納出四種基本方式:一是在史注評影響下的歷史演義評注,這一形式是傳統注釋在小説領域的延續和餘波,可看作是史注向小説評點的過渡形態,故而出現不久便隨即消歇;二是由文人隨意賞讀向有意識評批的發展趨向,即在形態上呈這樣一條發展綫索:眉批——總評(包括眉批夾批等)——綜合(讀法、總評、眉批、夾批等),或者説,這是由李卓吾到金聖歎所奠定的小説評點形態;三是"一序一眉"的"墨憨齋體";四是余象斗的"評林體"。在這四種方式中,其中一、四兩種方式明以後就消失了,第二種方式在清代的小説評點中影響深遠,而"墨憨齋體"則在清代得到了部分延續。

二、清代小説評點之形態

清代小説評點形態接續明代之遺而主要呈兩種發展態勢:一是繼承金聖歎的小説評點傳統,在評點形態上更趨豐富完備;二是小説評點形態中眉批加總評明顯居於主流。以下我們依次加以叙述:

清代的小説評點是在金聖歎的影響下發端的,金氏所奠定的小説評點形態在清代刊刻的小説,尤其是一些重要的小説作品如《三國演義》、《金瓶梅》、《西遊記》、《紅樓夢》等的評點中,有著巨大影響并使評點形態日漸豐富完滿。

金聖歎評本《水滸傳》刊刻於明崇禎十四年(1641)，時距明亡僅兩年。入清以後，金氏又完成了《西廂記》(清順治十三年，1656)、《貫華堂選批唐才子詩》(清順治十七年，1660)、《杜詩解》(清順治十七至十八年，1660—1661)、《天下才子必讀書》(清順治十八年，1661)等評點本①，故金聖歎評點的真正影響是在清初，一時仿效者蜂起，遂開小説評點之派。其中尤以康熙時期的毛本《三國》和張本《金瓶梅》影響更大，我們試將這兩種評本的外在形態叙述如下：

(毛本《三國》)開首有序(署"時順治歲次甲申嘉平朔日金人瑞聖歎氏題")、次《凡例》十條、次《讀法》二十六條；正文中有回前總評、夾批。評點者還對原著作了合并回目、改換詩詞、增改情節和文字修潤等工作。

(張本《金瓶梅》)開首《第一奇書序》，次《第一奇書凡例》，次《雜録》，次《竹坡閑話》，次《冷熱金針》，次《金瓶梅寓意説》，次《苦孝説》，次《第一奇書非淫書論》，次《第一奇書金瓶梅趣談》，次《批評第一奇書金瓶梅讀法》，總計一百零八條。正文中有回前總評、夾批和少量旁批。

這兩種評點本代表了清代小説評點的最高成就。在評點形態上，毛氏全盤繼承了金批《水滸》的格局，更"一仿聖歎筆意批之"②，時人評其爲效聖歎所評書之佼佼者。張氏評《金瓶梅》在評點形態上亦本之於金氏《水滸》評本，其中正文前文字增至十種，讀法增至一百零八條，則明顯超越金氏評本。在正文評點中，張氏還據於所評對象的獨特個性，增加了回前總評的篇幅，而減少了文中夾批的容量，并申述理由如下：

> 《水滸》是現成大段畢具的文字，如一百八人，各有一傳，雖有穿插，實次第分明，故聖歎只批其字句也。若《金瓶》，乃隱大段精彩於瑣碎之中，只分别字句，細心者皆可爲，而反失其大段精彩也。③

從金聖歎評點《水滸傳》到張竹坡評點《金瓶梅》，小説評點在形態上明顯地走了三步：金氏在容本《水滸傳》的基礎上奠定了小説評點的形態特性，

---

① 詳見譚帆《金聖歎與中國戲曲批評》第一章，華東師範大學出版社1992年版。
② (清)劉廷璣撰，張守謙點校：《在園雜志》卷二，中華書局2005年版，第83頁。
③ (清)張竹坡：《第一奇書凡例》，《張竹坡批評金瓶梅》，齊魯書社1991年版，第2頁。

此爲第一步；毛本《三國演義》接續金氏之傳統，此爲第二步；而張竹坡《金瓶梅》評點則在此基礎上又有所發展，是古代小説評點中形態最爲完整者。更爲重要的是，張氏的《金瓶梅》評本還完成了小説評點由歷史演義、英雄傳奇向人情小説的重心轉移。從評點形態而言，則表現爲回前總評的增多和總評中人物評論的大量增加。同時，張氏還單列《雜錄》、《寓意説》二文對《金瓶梅》人物的姓名、居處等作了較多的分析，充分表現出了人情小説評點的獨特個性。這一特色對後世評點影響頗大，在《林蘭香》、《紅樓夢》的評點中表現得尤爲突出，此爲第三步。

　　在清代，與上述兩種評本在形態上相仿佛者尚有汪澹漪箋評的《西遊證道書》、張書紳評點的《新説西遊記》、王希廉評點的《新評繡像紅樓夢全傳》、張新之評點的《妙復軒評石頭記》、蔡元放評點的《東周列國志》、寄旅散人評點的《林蘭香》、無名氏評點的《野叟曝言》等。這些評點本篇幅龐大，内容豐贍，其評點對象又大多是古代小説史上的重要作品，故與此前之"容與堂"、袁無涯、金批本《水滸》等，構成了小説評點史上一脉相承的重要系列。這一系列以明代"四大奇書"和清代《紅樓夢》等小説名著的評點本爲主體，在中國古代小説傳播史上影響深遠，而一般所談及的小説評點即大多是指這一系列。

　　當然，這種形態完備、内容豐贍的評點本在清代其實也并不多。因爲小説評點是對個體小説作品的賞評，有著對作品個體強烈的依附性，評點形態的完備與評點内容的豐富與否在很大程度上受制於所評對象的自身特質，而那些在小説史上享有很高聲譽并傳播久遠的作品畢竟還在少數。同時，這一類小説評點本常常過多地表現出了文人借此表現自身情感思想的痼習，尤其在對作品主旨的闡釋上更是連篇累牘，有的離作品本身相去甚遠，這種格局在某種程度上助長了小説評點對讀者的誤導；而評點文字的增多有時也影響了讀者閱讀的連貫性，故而這種繁複的評點形態并未爲小説評點者普遍接受，也未被小説刊刻者和小説讀者所普遍接納，它在清代并不據於主流地位。

　　小説評點形態在清代居於主流地位的是眉批加總評這一形式。據筆者簡略統計(這一統計主要依據上海古籍出版社出版的《古本小説集成》1—5輯、中國文聯出版社出版的《中國通俗小説總目提要》和孫楷第的《中國通俗小說書目》。)從清初到晚清,小說評點中眉批仍爲常規形態,而總評則逐步呈上升態勢,基本上成了小說評點的一種最爲普遍的形式。現列舉清代幾個主要時期的評點情況作爲例證:

順治年間,有評點本 14 種,其中有總評的 8 種。
康熙年間,有評點本 35 種,其中有總評的 26 種。
乾隆年間,有評點本 18 種,其中有總評的 14 種。
嘉慶年間,有評點本 11 種,其中有總評的 8 種。
道光年間,有評點本 7 種,其中有總評的 4 種。
光緒年間,有評點本 29 種,其中有總評的 21 種。

從以上統計中可以看出,小說評點中的總評已成主要形式,它與眉批一起構成了小說評點的主體形式。且總覽清代的小說評點,其中總評大多從回前移至回末,其批評容量也相應減少,基本上是對小說作品作簡要的思想和藝術賞評。

我們將眉批加總評這一形式作爲清代小說評點的主體形態,并不是從小說評點的理論批評品質立論的,而主要指稱這一種評點形態運用的普遍性。眉批加總評這一形式之所以成爲清代小說評點的主體形態,其原因大致有二:一是在中國古代小說史上,像明代"四大奇書"和清代《紅樓夢》那樣的名篇巨著畢竟是鳳毛麟角,大量的是思想藝術相對平庸的作品,這些作品難以真正吸引文人的視綫,并在情感上引起強烈的共鳴。因而文人很少以較大的精力投入到對作品細膩複雜的賞評之中,故没必要以完備的評點形態來評點一部相對平庸的小說作品。而眉批加總評這樣一種簡約的評點形態恰好滿足了這一需要,從清初的才子佳人小說、擬話本小說,清中葉以後的人情小說、歷史演義一直到晚清以書刊形式出版的小說基本上都采用這一評點形式。其二,小說評點的興起和發展是以推動小說的商業傳播爲其主要目的的,評點幾乎已成了小說傳播的一種促銷手段。而通俗小說的主要接受對象乃是廣大的民衆,這種獨特的傳播對象規定了小說評點主要是以世俗性、大衆化的文化傳播爲其基本品位的,故而簡約的形式、粗淺的評論反而更易爲一般讀者和出版商所接受。明乎此,那我們就不難理解古代小說史和小說評點史上所出現的一些獨特現象,如古代小說可謂卷帙浩繁,但真正有思想和藝術價值的則占極少數。小說評點史亦然,評點在小說刊本中極爲普遍,但具有較高理論價值的則少得可憐。然而這種創作數量與品質之間的不平衡并不影響小説和小説評點的廣泛流播,這就是俗文學和俗文化在中國古代所形成的一種獨特現象。因此,如果説,從金聖歎到張竹坡,小説評點體現爲一種文人化的創造,那麽,這一系列的小説評點則表現爲一種大衆化的製作;而大衆化正是古代俗文學和俗文化的一個根本追求,故眉批加總評的評點形態遂成清代小説評點之主流。

三、小説評點形態之分解:"評林"與"集評"

明清小説評點的形態發展大致如上。在這一發展綫索中,還有一些形態問題也值得重視,這些問題大多是上文未經深談,但又較爲重要的評點形式。這大約涉及兩個層面:一是屬於小説評點形態發展中相對獨立或具有階段性特徵的評點形態,如"評林"和"集評";二是小説評點形態中分解出來的個體形式,如"讀法"和"圈點"。

"評林"作爲一種小説評點形態僅見於明代余象斗的小説刊本中,在小説評點史上是一特例,現存小説評點本三種:

《音釋補遺按鑒演義全像批評三國志》(萬曆二十年雙峰堂刊本)

《水滸志傳評林》(萬曆二十二年雙峰堂刊本)

《新刊京本春秋五霸七雄全像列國志傳》(萬曆三十四年三台館刊本)

以上三種刊本除《水滸志傳評林》直書"評林"二字外,餘二種均於封面標出,前者題"按鑒批點演義全像三國評林",後者題"按鑒演義全像列國評林"。此三種刊本在形態上均爲"上評、中圖、下文",這也是古代小説刊本中僅見的體例,而其評語相當於後來小説評點之眉批。余氏"評林"本就小説評點角度而言,沒有太高的理論價值,評語頗爲簡略,每則評語均有標題,如"評詩詞"、"評李逵"等。但這種將評點與圖、文相配的刊本形態却在通俗小説的傳播中有一定的價值。余氏是一個集小説作者、評者、出版者於一身的通俗文學家,現知由其刊刻的小説有 20 種[①],其形態除評林本外,均爲"上圖下文",因此這是一種旨在普及的通俗文學讀本,而評點的加入也正是爲小

[①] 詳見肖東發:《明代小説家、刻書家余象斗》,《明清小説論叢》第四輯,春風文藝出版社 1986 年版。

説的普及所服務的。

案"評林"一辭在明萬曆年間的書籍刊本中較爲常見,但其涵義與余氏刊本有明顯的不同。一般地説,所謂"評林"乃集評之意,如萬曆初年凌稚隆輯《史記評林》即然,徐中行《史記評林序》曰:

> 凌以棟之爲評林何爲哉?……推本乎世業,凌氏以史學顯著,自季默有概矣,加以伯子稚哲所録,殊致而未同歸,以棟按其義以成先志,集之若林而附于司馬之後。①

因此所謂"評林"是將評語"集之若林"之意。據凌氏《史記評林凡例》稱,該書所集評語有"古今已刻者"如倪文節《史漢異同》、楊升庵《史記題評》、唐荆川《史記批選》等,有"抄録流傳者",如"何燕泉、王槐野、董潯陽、茅鹿門數家","更閲百氏之書,如《史通》、《史要》……之類,凡有發明《史記》者,各視本文標揭其上"。② 同時,輯者還將《史記》流傳中的一些重要評注本如司馬貞《史記索隱》、張守節《史記正義》、裴駰《史記集解》的内容一并分解闌入相應的正文之中,又在眉批中不時加上自己的按語,因而這是一種集古今評語於一書的評點形態。萬曆二十二年(1594)刊行的《新鐫詳訂注釋捷録評林》也明確標出由"修撰李九我集評"和"翰林李廷機集評"。由此可見,所謂"評林"者,集評之所謂也。那余氏"評林"是否也是如此呢? 否,觀余氏"評林"之眉批,未有標出其他評者,相反在扉頁題署和"識語"中均署上"書林文台余象斗評釋"或"今余子改正增評"等字樣,可見評點出自余氏之手乃無疑義。他在書名中標出"評林"這一在書籍流通中較有影響的詞語,或許是余氏用以招徠讀者的一種手段,而這種在刊刻時的弄虛作假又是余氏刊本的常見現象。

小説評點中的"集評"是在清代出現的,"集評"是古代經注、史注評和文學選評的常見體例,在古代文獻的傳播和研究中有很高的地位。"集評"一

---

① (明)徐中行:《史記評林序》,(明)凌稚隆輯校,(明)李光縉增補:《史記評林》,天津古籍出版社1998年版,第30—31頁。
② (明)凌稚隆:《史記評林凡例》,(明)凌稚隆輯校,(明)李光縉增補:《史記評林》,天津古籍出版社1998年版,第119頁。

辭在小說評點史没有出現，但有集評意味的小說評點却屢見不鮮，這大致有兩種基本方式：

一是同時敦請諸家評點，以擴大小說之影響。此舉較早見於清順治年間刊刻的《女才子書》，該書由煙水散人徐震所作，共十二卷，卷各記一才女故事，卷末均有總評，評者有釣鼈叟、月鄰主人、幻庵三人，并時有作者自評，署"自記"，每卷評語二、三、四條不等。在康熙年間刊刻的《女仙外史》中，這種形式則可謂登峰造極了，該書評語由正文前序、評和回末總評組成，而參加此書評點的竟有 67 人之多。且其中不乏高官顯宦、文壇名流，如劉廷璣、陳奕禧（江西南安郡守）、葉南田（廣州府太守）、八大山人等，雖其中較多依托者，但如此龐大的評點陣容在小說評點史上却是罕見的。嘉慶年間的《鏡花緣》評點也是一次集體創作活動，該書評點者有許祥齡、蕭榮修、孫吉昌、喧之、萌如、合成、冶成數人。許氏在一百回回末總評中云：

此集甫讀兩卷，余適有他役，及返而開雕已過半矣。惟就所讀數本，附管見所及，盲瞽數語於各篇之首，未識有當萬一否？第回憶數年前捧讀是書中間十餘卷，其中細針密綫、筆飛墨舞之處，猶宛然在目，而竟不獲爲之一一指出，實爲恨事。然竊喜諸同志爲之標題，諒有先得我心者矣，又何恨焉！①

可見，這些評點者還是一批相得之友朋，構成了一個賞鑒、評判《鏡花緣》的"沙龍"式的批評群體。

"集評"的第二種方式表現爲小說評點的不斷累積，這一方式主要表現在明清兩代的小說名著評點之中。較早采用這一方式的是清初的《三國演義》刊本，如清初遺香堂刊本《繪像三國志》，其評語有無名氏旁批，其中也較多襲自李卓吾評本。清初兩衡堂刊本《李笠翁批閱三國志》之評點則或同毛本《三國》之夾批，或同遺香堂本之旁批。當然，這些刊本還無明確的集評意識，而只是書坊的一種伎倆。在清代，有明確集評意識的評點本是《儒林外史》、《紅樓夢》、《聊齋志異》三組評本系列。如《儒林外史》評本現存臥評本、

---

① 《鏡花緣》，清道光十二年刻本。

齊省堂評本和天目山樵評本,後兩種評本均以臥評本爲底本,悉數闌入臥評本的全部評語,故是一個評點不斷累積的刊刻過程。《聊齋志異》有王士禛、何守奇、但明倫、馮鎮巒四家評,其刊本情況如下:

《批點聊齋志異》(道光三年,題"新城王士正貽上評,南海何守奇體正批點")

《聊齋志異新評》(道光二十二年,題"新城王士正貽上評,廣順但明倫新評")

《聊齋志異合評》(光緒十七年,題"新城王士正貽上、涪陵馮鎮巒遠村、南海何守奇體正、廣順但明倫雲湖合評")

其評點的累積性也十分明顯。《紅樓夢》評點亦然,在《紅樓夢》稿本階段,所謂"脂批"本身就是一次集體評點活動。而自乾隆五十六年(1791)程偉元、高鶚木活字本行世後,嘉慶以後評本紛出,而集評性質的刊本也不時出現。如光緒年間的《增評補圖石頭記》署"王希廉、姚燮評",但所闌入的評語還有太平閑人的《讀法》、《補遺》、《訂誤》,明齋主人的《總評》等。光緒十年的《增評補像全圖金玉緣》亦署"王希廉、張新之、姚燮評",但實際評語并不止此。這種小説評點的集評活動在清代尤其是清晚期已成一時風氣,而這一評點形態的出現正標誌了小説評點在社會上受到重視。另外,小説評點史上還出現了一種對於評點本的評點,如黃小田對《儒林外史》臥評本的評點,文龍對《金瓶梅》張竹坡本的評點,這些評本雖未刊出,但這一現象却是值得注意的。

當然,"集評"作爲中國古代文學傳播史上的一種重要形態,小説評點中的集評遠沒有詩文批評那麼突出,真正意義上的集評其實并沒出現。這一工作一直到 20 世紀 50 年代以後才真正得以重視,古典小説名著的"會評本"層出不窮,給研究者和讀者提供了很大便利。

四、小説評點形態之分解:"讀法"與"圈點"

"讀法"是小説評點的一個組成部分,人們在論及小説評點形態時常常將"讀法"視爲小説評點的一個重要形式。但其實,"讀法"并非小説評點的常規形式,在筆者所寓目的兩百餘種小説評本中,有"讀法"的僅有十多種。主要爲:《東度記》(崇禎八年金閶萬卷樓刊本,九九老人評)、《貫華堂第五才子書水滸傳》(崇禎十四年貫華堂刊本,金聖歎評)、《四大奇書第一種三國演義》(康熙十八年醉耕堂刊本,毛氏父子評)、《皋鶴堂批評第一奇書金瓶梅》(康熙三十四年刊本,張竹坡評)、《繡像西遊證道書》(乾隆十五年文盛堂刊本,蔡元放評)、《東周列國志》(乾隆十七年刊本,蔡元放評)、《水滸後傳》(乾隆三十五年刊本,蔡元放評)、《雪月梅》(乾隆四十年得華堂刊本,董孟汾評)、《妙復軒評紅樓夢》(道光三十年刊本,張新之評)、《新譯紅樓夢》(道光二十七年刊本,哈斯寶評),所占比例極小。可見,視"讀法"爲小說評點不可或缺之形式乃是一種誤解。

"讀法"這一形式較早見於南宋的古文選評,呂祖謙《文章關鍵》於卷首就標列《看古文要法》一文,其中又分"總論看文字法"和"看韓文法"、"看柳文法"、"看蘇文法"、"看諸家文法"、"論作文法"、"論文字病"數款。其"總論看文字法"云:

> 第一看大概主張;第二看文勢規模;第三看綱目關鍵:如何是主意首尾相應,如何是一篇鋪叙次第,如何是抑揚開合處;第四看警策句法:如何是一篇警策,如何是下句下字有力處,如何是起頭換頭佳處,如何是繳結有力處,如何是融化屈折剪截有力處,如何是實體貼題目處。①

這一"總論"與衆多"分論"、作文法等構成了呂氏"讀法"的全部內容。這種格局也是後世小說評點"讀法"的基本內容,只是由於文體的不同其論述重心有所變更而已。

在小說評點史上,最早標列"讀法"的是刊於崇禎八年(1635)的《東遊記》,該書卷首有《閱東遊記八法》,以六字對句形式加以表現:

> 不厭倫理正道,便是忠孝傳家。
> 任其鋪叙錯綜,只顧本來題目。
> 莫云僧道玄言,實關綱常正理。
> 雖說荒唐不經,却有禪家宗旨。
> 尊者教本無言,暫借師徒發奧。

---

① (宋)呂祖謙:《古文關鍵》(《叢書集成初編》),中華書局1985年版,第1—2頁。

中間妖魔邪魅，不過裝飾鬧觀。
總來直關風化，不避高明指摘。
若能提警善心，便遂作記鄙意。①

　　越六年，金聖歎批本《水滸傳》刊出，"讀法"的形式趨於固定。由於金批在清代的廣泛影響，清代小說評點之"讀法"便循此而發展，基本上沒有越出金聖歎之格局。而模仿之迹更是昭然，且不論毛、張的有意仿效，在乾隆年間的《雪月梅》"讀法"中，評者更是照本抄錄。如："此書看他寫豪杰是豪杰身分，寫道學是道學身分，寫儒生是儒生身分，寫强盜是强盜身分，各極其妙"，"是他心閑無事，適遇筆精墨良，信手拈出古人一二事，綴成一部奇書"。② 其中因襲抄錄之色彩頗重。在張竹坡《金瓶梅》批本中，"讀法"之篇幅大增，但瑣碎繁雜之弊愈益突出。乾隆時期，蔡元放評本均有"讀法"，而篇幅則明顯減少，以後的小說"讀法"便基本上趨於簡約。
　　小說評點之"讀法"是以條目式的文字、發散式的視角和自由的叙述方式來表達評者對於整部小說的看法和向讀者指明閱讀之門徑。其内容大致包括四個方面：
　　一是闡明小說之主旨，如毛批《三國》之"讀法"一開始就以"正統"、"僭國"分屬蜀漢與吳魏，點明了毛本《三國》以蜀漢爲正統的基本特性。二是分析小說之人物（尤以爲人物定品爲特色），這以金批《水滸》最爲出色，金氏以將近三分之一的篇幅從總體人物塑造、人物個體品評和人物定品三方面全面分析了《水滸傳》的藝術特性，對後來的"讀法"影響頗大，尤以爲人物定品已成"讀法"之慣例。三是揭示小說之文法（主要是小說的叙事法則），這亦以金批爲開端，以後綿延不絕，成爲小說評點"讀法"之大宗。但這一部分也最爲後世所詬病，解弢謂："金、毛二子批小說，乃論文耳，非論小說也。"③所譏評確也頗中要害。四是指點閱讀之方法，這一内容金批《水滸》較少論及，但其評點之《西廂》"讀法"則有大量篇幅，故小說評點中的這一部分或許來自金批《西廂》的影響。相對而言，這一部分的内容價值較小，有的純屬無稽

---

①　（明）方汝浩：《關東遊記八法》，《東遊記》，浙江古籍出版社1988年版。
②　（清）董月岩：《雪月梅讀法》，（清）陳朗：《雪月梅》，上海古籍出版社1987年版，第465頁。
③　解弢：《小説話》，中華書局1924年版，第91頁。

之談,如張批《金瓶梅》"讀法"連置七個"讀《金瓶》",要求"不可呆看",必須"置唾壺於側,列寶劍於右,懸明鏡於前,置大白於左,置名香於几,置香茗於案"①。當然,也有一些觀點值得重視,如《紅樓夢》孫崧甫鈔評本提出的"靜讀、共讀、急讀、緩讀"四種法則:

  讀《紅樓》宜一人靜讀。合觀全書不下八十萬言,若非息心靜氣,何由得其三昧?……
  讀《紅樓》宜衆人共讀。他書一覽而盡,至《紅樓》一書,有我之所棄未必非人之所取,有人之所棄未必非我之所取,必須擇二三知己,置酒圍坐,一篇一段,一字一句,逐層細究,方能曲盡其妙。
  讀《紅樓》宜急讀。必須盡數日之力,從首至尾,暢讀一遍,然後知其何處是起,何處是結,何處是正文,何處是閑筆,不似他書,偶拈一本,便可作故事讀也。
  讀《紅樓》宜緩讀。未開卷時,先要有一寶玉在意中,既開卷後,又要有一我在書中。必須盡數月之功,看到纏綿旖旎之處,便要想出我若當此境地更復如何,如此方能我即是書,書即是我。②

這種"讀法"對讀者欣賞《紅樓夢》確有一定好處。
  小說評點中的"圈點"今人少有研究,它在古代小說刊本中雖較爲普遍,但并不太爲重要。因爲"圈點"在宋以來的文學選本中主要是針對詩文的局部藝術特性而加以標識,如"警語"、"要語"、"字眼"、"綱領"等,然小說之成功與否不在於局部字句之警策,更重要的乃在於全部規模之完善,故而"圈點"對小說傳播的影響并不大,而古人對此也絶少論及。
  "圈點"源於句讀,在唐代已較爲普遍。唐天臺沙門湛然曰:"凡經文語絶之處,謂之句;語未絶而點之以便誦咏,謂之讀。"③清代袁枚也認爲"圈點"始於唐代:"古人文無圈點,方望溪先生以爲有之則筋節處易於省覽。按唐

---

① (清)張竹坡:《批評第一奇書〈金瓶梅〉讀法》,《張竹坡批評金瓶梅》,齊魯書社1991年版,第49頁。
② 轉引自梁左《孫崧甫評本〈紅樓夢〉記略》,《紅樓夢學刊》1983年第1期。
③ (唐)湛然:《法華文句記》,引自趙樸初主編:《永樂北藏》第一五九册,北京綫裝書局2005年版。

人劉守愚《文塚銘》云有'朱墨圍'者,疑即圈點之濫觴。"①但這種"圈點"還屬一般意義上的斷句,與文學評點中的"圈點"不同,前者屬語法層面,後者爲欣賞層面,而前後之延續關係則明白顯豁。文學評點中的"圈點"較早見於南宋的古文選評,一般有"朱抹、朱點、墨抹、墨點",其標識之義涵爲:"朱抹者,綱領、大旨;朱點者,要語、警語也;墨抹者,考訂、制度;墨點者,事之始末及言外意也。"②謝枋得"圈點"則更爲複雜,他將圈點符號增至"截、抹、圈、點"四種,又依不同的色彩如"黑紅黃青"對各種符號再作分解,如"截":"大段意盡,黑畫截;大段內小段,紅畫截;小段、細節目及換易句法,黃半畫截。"③這種圈點法在後世有一定影響,被人稱爲"廣疊山法"。

古文圈點自宋以來廣爲盛行,它對讀者的賞讀起過一定的作用。姚鼐謂:"圈點啓發人意,有愈於解説者矣。"④尤其是有的評點者將圈點與夾批、旁批等形式相結合,使圈點之意更爲醒目。如謝枋得《文章軌範》在對文中字句警語作圈點的同時,又在字句旁標上"承上接下不斷"、"文婉曲有味"、"好句法"等批語,使讀者對文章的體會更爲深入。當然,由於圈點之法沒有形成相應的定規,各家圈點因人而異,具有一定的神秘色彩,故也較難對讀者產生強烈的效果。

小説評點中的"圈點"在功能上與古文選評的"圈點"無大的差異,即一是標出文中警拔之處,二是句讀作用。爲小説作圈點,這在通俗小説史上是一以貫之的:明萬曆十九年萬卷樓本《三國志通俗演義》就在"識語"中明確其"句讀有圈點";明天啓崇禎年間建陽鄭以楨《三國》刊本,其書名更明確標爲《新鍥校正京本大字音釋圈點三國志演義》,這種在書名中標出"圈點"字樣在小説評點史上頗爲罕見,清以後幾乎沒有看到這一現象。可見在明代,"圈點"也是作爲小説傳播中的一個重要組成部分而進入小説刊本中的,以後便習以爲常,故沒必要再特爲標出。

明清小説評點中的圈點形式多樣,如點、單圈、雙圈、套圈、連圈、三角、

---

① (清)袁枚:《小倉山房文集·古文凡例》,(清)袁枚著,周本淳標校:《小倉山房詩文集》,上海古籍出版社1988年版,第1152頁。
② (清)錢泰吉:《曝書雜記》《叢書集成初編》,中華書局1985年版,第56頁。
③ (元)程瑞禮撰,姜漢椿校注:《程氏家塾讀書分年日程》卷二,黃山書社1992年版,第76頁。
④ (清)姚鼐:《答徐季雅》,《惜抱軒尺牘》,安徽大學出版社2014年版,第35頁。

直綫和五色標識等,且用法因人而異,故難以對其作出總體性的描述。而對於小説圈點的理論説明文字又極爲罕見,這一類文字一般見於該小説的《凡例》之中,現據筆者僅見的幾例作一説明。較早對小説圈點作出説明的是九華山士潘鏡若爲《三教開迷歸正演義》(明萬曆白門萬卷樓刊本)所作的《凡例》,其曰:

> 本傳圈點,非爲飾觀者目,乃警拔真切處則加以圈,而其次用點。①

明天啓年間刊刻的《禪真逸史》,首有夏履先撰的《凡例》,其中對書中圈點作了如下説明:

> 史中圈點,豈曰飾觀,特爲闡奧。其關目照應、血脈聯絡、過接印證、典核要害之處則用"、";或清新俊逸、秀雅透露、菁華奇幻,摹寫有趣之處則用"○";或明醒警拔、恰適條妥,有致動人處則用"。"。②

以上説明指出了該書圈點在於文中警拔之處,評者將小説的藝術特性劃歸爲三類,并以三種不同的符號加以標識,看似頗爲醒目,但這三種藝術特性其實本身缺少内在的邏輯區別,故而這種圈點實難產生實際效用。

關於圈點句讀作用的説明以清乾隆年間《粧鈿鏟傳》中的《圈點辨異》一文最爲詳備,兹引錄如下:

> 凡傳中用紅連點、紅連圈者,或因意加之,或因法加之,或因詞加之,皆非漫然。
> 凡傳中旁邊用紅點者,則系一句;中間用紅點者,或系一頓或系一讀,皆非漫然。
> 凡傳中用黑圓圈者,皆系地名,用黑尖圈者,皆系人名,皆非漫然。

---

① (明)朱之蕃:《三教開迷演義凡例》,(明)潘鏡若:《三教開迷歸正演義》《古本小説集成》),上海古籍出版社1994年版。
② (明)爽閣主人:《禪真逸史·凡例》,(明)清溪道人:《禪真逸史》,上海古籍出版社1990年版,第2頁。

凡傳中"粧鈿鏟"三字,用紅圈套黑圈者,以其爲題也,皆非漫然。①

《粧鈿鏟》是一抄本,題"昆侖褦襶道人著,松月道士批點",《圈點辨異》一文署"松月道士",可見書中圈點由評點者所爲。

以上我們對小說評點的形態發展和其中的幾種主要形態作了簡略的清理,從中也可看出小說評點形態所隱含的合理內涵和對後世文學批評的影響。小說評點是中國古代一個獨特的文化現象,是一種融理論批評性與商業傳播性爲一體的批評體式。小說評點形態正是在這一背景下形成了自身的形態特性,這種形態特性大致表現爲兩個層面:一是評點形態的多元化。小說評點形態在漫長的發展歷史中并非固定劃一,而是據以不同的批評旨趣和批評對象采用不同的評點方式。批評對象內涵豐贍且以表現自身情感爲主的小說評點在形態上就形式完備、論辯色彩濃烈,如金批《水滸》、毛批《三國》等。而旨在推動小說商業傳播的評點則在形態上以簡約的形式和感悟式的行文方式爲主。這種多元化的評點形態使得小說評點既合轍於通俗小說的審美格局又適合於多層次的小說鑒賞主體,從而在小說傳播中確立了自身的重要地位。二是評點形態的實用性和通俗性。小說評點依附於小說作品,其眉批、夾批、總批等形式都與作品本身密切相關,而讀法類文字更是對作品鑒賞的實用性和通俗性指導,這種與作品融爲一體并以讀者接受爲歸趨的批評形態是小說評點在中國古代盛行不衰的一個重要因素。小說評點形式已成爲一個歷史的陳迹,它在當今的文學批評中已不占重要位置,但這種獨特的批評形態應該說還有其生命和價值,尤其是這種批評形態所體現的那種多層次多元化的批評格局和以接受爲歸、以讀者爲本的批評精神無疑是一個值得借鑒的批評傳統,亦可以此爲鑒療救當今文學批評中某些蹈虛不實且與讀者較少關涉的批評弊端。

(原文載《文藝理論研究》1998年第2期)

---

① (清)松月道士:《粧鈿鏟傳·圈點辨異》《古本小說集成》,上海古籍出版社1994年版,第4頁。

「四大奇書」研究

「四大奇書」：明代小說經典之生成

論明人對「四大奇書」的文本闡釋

"四大奇書"：明代小説經典之生成

在文學領域,"經典"一詞主要表現爲作品在接受空間上的"廣泛性"和傳播時間上的"持續性"。明代小説無疑以《三國演義》、《水滸傳》、《西遊記》和《金瓶梅》四部作品最爲出色。晚明以來,這四部作品被稱爲"四大奇書",成爲明代小説之經典,在中國小説史上影響深遠。"四大奇書"之名較早見於李漁在康熙十八年(1679)爲《三國志演義》所作的序言之中：

> 昔弇州先生有宇宙四大奇書之目,曰《史記》也,《南華》也,《水滸》與《西廂》也。馮猶龍亦有四大奇書之目,曰《三國》也,《水滸》也,《西遊》與《金瓶梅》也。兩人之論各異。愚謂書之奇當從其類,《水滸》在小説家,與經史不類,《西廂》系詞曲,與小説又不類。今將從其類以配其奇,則馮説爲近是。①

其實,在被冠於"四大奇書"名稱之同時,這四部作品在小説傳播史上已逐步確立了自己的地位,成爲通俗小説評價體系中四個標誌性的作品。顧起鶴撰《三教開迷傳引》謂："顧世之演義傳記頗多,如《三國》之智、《水滸》之俠、《西遊》之幻,皆足以省睡魔而廣智慮。"②天許齋《古今小説題辭》亦謂："小説如《三國志》、《水滸傳》稱巨觀矣。"③幔亭過客《西遊記題辭》則稱："《西

---

① （清）李漁：《〈三国演义〉序》,（清）李漁：《李漁全集》第18册《补遗》,浙江古籍出版社1991年版,第538頁。
② （明）顧起鶴：《三教開迷傳引》,（明）潘鏡若：《三教開迷歸正演義》（《古本小説集成》）,上海古籍出版社1994年版,第2頁。
③ （明）天許齋：《古今小説題辭》,引自黄霖、韓同文選注：《中國歷代小説論著選》,江西人民出版社1982年版,第228頁。

遊》、《水滸》實并馳中原。"①峥霄主人《魏忠賢小説斥奸書凡例》還將這四部作品的題材與藝術特性作爲通俗小説的四種代表性的流派特色加以看待，認爲《魏忠賢小説斥奸書》"動關政務，事系章疏，故不學《水滸》之組織世態，不效《西遊》之布置幻景，不習《金瓶梅》之閨情，不祖《三國》諸志之機詐"②。可見無論是褒是貶，這四部作品確乎已成爲一個比照的對象和評價的標準。張無咎的《批評北宋三遂新平妖傳叙》對此最有代表性，這是一篇帶有整體評判意味的明代通俗小説史料，在對衆多作品的評價中，"四大奇書"的歷史地位與藝術特色已昭然若揭：

  小説家以真爲正，以幻爲奇。然語有之："畫鬼易，畫人難。"《西遊》幻極矣，所以不逮《水滸》者，人鬼之分也。鬼而不人，第可資齒牙，不可動肝肺。《三國志》，人矣，描寫亦工；所不足者幻耳。然勢不得幻，非才不能幻，其季孟之間乎？嘗辟諸傳奇：《水滸》，《西廂》也；《三國志》，《琵琶記》也；《西遊》，則近日《牡丹亭》之類矣。他如《玉嬌梨》、《金瓶梅》，另辟幽蹊，曲終奏雅，然一方之言，一家之政，可謂奇書，無當巨覽，其《水滸》之亞乎。他如《七國》、《兩漢》、《兩唐宋》，如弋陽劣戲，一味鑼鼓了事，效《三國志》而卑者也。《西洋記》如王巷金家神説謊乞布施，效《西遊》而愚者也；至於《續三國志》、《封神演義》等，如病人囈語，一味胡談。《浪史》、《野史》等，如老淫吐招，見之欲嘔，又出諸雜刻之下矣。③

由此可見，馮夢龍拈出"四大奇書"一語指稱《三國演義》、《水滸傳》、《西遊記》和《金瓶梅》實則代表了當時人的普遍認識。在李漁《古本三國志序》正式標出"四大奇書"之前，還曾有"三大奇書"之目。西湖釣叟作於順治庚子(1660)的《續金瓶梅集序》即謂："今天下小説如林，獨推三大奇書，曰《水滸》、《西遊》、《金瓶梅》，何以稱夫？《西遊》闡心而證道於魔，《水滸》戒俠而

---

  ① （明）袁于令：《西遊記題辭》，（明）吴承恩：《西遊記》(李卓吾評本)，上海古籍出版社1994年版，第1頁。
  ② （明）峥霄主人：《魏忠賢小説斥奸書凡例》，明崇禎元年刻本，引自黄霖、韓同文《中國歷代小説論著選》(上)，江西人民出版社1982年版，第232頁。
  ③ （明）張譽：《平妖傳叙》，引自黄霖編《中國歷代小説批評史料彙編校釋》，百花洲文藝出版社2009年版，第273頁。

崇義於盜,《金瓶梅》懲淫而炫情於色。此皆顯言之,誇言之,放言之,而其旨則在以隱、以刺、以止之間。"①而在李漁之後,"四大奇書"之名則在小説界逐步通行了,劉廷璣《在園雜誌》在梳理中國小説發展史時即以"四大奇書"之名指稱《三國演義》、《水滸傳》、《西遊記》和《金瓶梅》,并以此概言明代通俗小説的創作成就。而坊間亦以"四大奇書"之名刊刻這四部作品。② 以後,所謂"四大奇書"就成了這四部小説的專稱了。碧圃老人《歧路燈·原序》(據乾隆四十五年傳抄本)謂:"古有'四大奇書'之目,曰盲左,曰屈騷,曰漆莊,曰腐遷。迨於後世,則坊傭襲'四大奇書'之名,而以《三國志》、《水滸》、《西遊》、《金瓶梅》冒之。"③閑齋老人《儒林外史序》亦謂:"古今稗官野史不下數百千種,而《三國志》、《西遊記》、《水滸傳》及《金瓶梅演義》,世稱四大奇書,人人樂得而觀之。"④可見以"四大奇書"來概言明代通俗小説中這四部優秀作品已成傳統。"四大奇書"之所以能成爲明代小説之經典,大致經歷了兩個層面的鼓吹和改造。

上篇：評價體系之轉化與小説經典之生成

在中國古代,以"小道可觀"一辭看待小説由來已久,"小道"指稱小説的非正統性,"可觀"則有限度地承認小説的價值功能,可謂一語而成定評,深深地制約了小説的發展進程與價值定位,中國古代小説始終處於一個尷尬的位置和可憐的地位正與此相關。這一評判小説文體的基本術語經數千年而不變,可以看成是中國古代小説評價體系中的核心内涵。至明代,小説創作與傳播空前風行,"小道可觀"這一小説評價體系中的核心内涵雖然没能徹底改變,但具體到對於《三國演義》、《水滸傳》、《西遊記》和《金瓶梅》的評

---

① （清）西湖釣叟：《續金瓶梅集序》,（清）丁耀亢：《續金瓶梅》,齊魯書社 2006 年版,第 3 頁。
② 據稱"四大奇書"有芥子園刊本,惜已不見,而有李漁序之《三國演義》醉畊堂刊本則冠以"四大奇書第一種"名目刊行,可知"四大奇書"之叢書或曾刊行。黄摩西《小説小話》卷四："曾見芥子園四大奇書原刻本,紙墨精良,尚其餘事。卷首每回作一圖,人物如生,細入毫髪,遠出近時點石齋石印畫報上。而服飾器具,尚見漢家制度,可作博古圖觀,可作彼都人士視讀。"（《小説林》1907 年第 1 期）
③ （清）碧圃老人：《歧路燈·原序》,（清）李海觀：《歧路燈》(《古本小説集成》),上海古籍出版社 1994 年版,第 33 頁。
④ （清）閑齋老人：《〈儒林外史〉序》,（清）吴敬梓著,李漢秋輯校：《〈儒林外史〉會校會評本》,上海古籍出版社 1984 年版,第 763 頁。

判,評價體系已開始有所轉化,這一轉化直接促成了明代小説經典之生成。

明中後期以來,隨著通俗小説的盛行,文人士大夫以其敏鋭的藝術眼光和獨特的藝術鑒賞力對通俗小説加以評判,他們閱讀、鑒賞、遴選,并將通俗小説置於中國文學史的發展長河中予以考察。而在這種考察中,《三國演義》、《水滸傳》、《西遊記》和《金瓶梅》脱穎而出,成了文學史上不可多得的佳作,也爲後世小説的發展提供了範本。且看史料:

周暉《金陵瑣事》卷一《五大部文章》謂:

> 太守李贄,字宏甫,號卓吾,閩人。在刑部時,已好爲奇論,尚未甚怪僻。常云:"宇宙内有五大部文章:漢有司馬子長《史記》,唐有《杜子美集》,宋有《蘇子瞻集》,元有施耐庵《水滸傳》,明有《李獻吉集》。"①

李卓吾將《水滸傳》與《史記》、《杜子美集》、《蘇子瞻集》和《李獻吉集》并稱,實則改變了以往以文體限定作品的傳統,將其與所謂的雅文學一視同仁。

袁中郎《觴政·十之掌故》謂:

> 凡《六經》、《語》、《孟》所言飲式,皆酒經也。其下則汝陽王《甘露經》、《酒譜》,王績《酒經》,劉炫《酒孝經》、《貞元飲略》,竇子野《酒譜》,朱翼中《酒經》,李保續《北山酒經》,胡氏《醉鄉小略》,皇甫崧《醉鄉日月》,侯白《酒律》,諸飲流所著記傳賦誦等爲內典。《蒙莊》、《離騷》、《史》、《漢》、《南北史》、《古今逸史》、《世說》、《顏氏家訓》,陶靖節、李、杜、白香山、蘇玉局、陸放翁諸集爲外典。詩餘則柳舍人、辛稼軒等,樂府則董解元、王實甫、馬東籬、高則誠等,傳奇則《水滸傳》、《金瓶梅》等爲逸典。不熟此典者,保面甕腸,非飲徒也。②

---

① 李卓吾任職刑部在明隆慶四年至萬曆二年(1570—1574)。(明)周暉:《金陵瑣事》,南京出版社 2007 年版,第 52 頁。

② (明)袁宏道:《觴政·十之掌故》,(明)袁宏道著,錢伯城箋校:《袁宏道集箋校》卷四十八,上海古籍出版社 2008 年版,第 1419 頁。

袁氏所云"內典"、"外典"爲佛教用語,佛教徒稱佛教典籍爲"內典",佛教以外的典籍爲"外典"。袁氏在此乃化用佛教語彙,言所謂"飲徒"的三類必讀之書,即"諸飲流所著記傳賦誦等爲內典",《莊》、《騷》、《史》、《漢》等爲"外典",而詞曲、小說之佳者則爲"逸典"。所謂"飲徒"者,非"保面甕腸"之酒肉之徒,而是詩酒風流的文人雅士,在他看來,區分酒肉之徒與文人雅士之標準就在於是否熟讀"逸典",其對通俗詞曲、小說的褒揚之心昭然若揭。

這種將通俗小說置於中國文學長河中予以考察,并突破以往雅俗文體界綫的做法在當時較爲普遍:

> 晉王季重謂古今文人,取左丘明、司馬遷、劉義慶、歐陽永叔、蘇子瞻、王實甫、羅貫中、徐文長、湯若士,以其文皆寫生者也。袁中郎謂案頭不可少之書,《葩經》、《左》、《國》、《南華》、《離騷》、《史記》、《世說》、《杜詩》,韓、柳、歐、蘇文,《西廂記》、《牡丹亭》、《水滸傳》、《金瓶梅》,豈非以其皆寫生之文哉?①

金聖歎亦然,金氏擇取歷史上各體文學之精粹,名爲"六才子書",曰《莊子》、《離騷》、《史記》、《杜詩》、《水滸》、《西廂》。在這裏,所謂托體卑微的通俗小說贏得了與《莊子》、《離騷》、《左傳》、《史記》、杜詩、韓柳歐蘇文等文學史上影響深遠的作品同等的待遇和評價,這是通俗小說評價體系的一次新的轉化。在此,文體的界綫已不復存在,唯有思想與藝術品味的高下成爲他們品評文學作品的標準。這一評價體系的轉化是通俗小說得以發展的一個重要契機,也是"四大奇書"成爲明代文學經典的一個重要因素。

在上述評價體系的轉化中,"奇書"與"才子書"是其中最爲重要的思想觀念。人們將四部小說之文本稱爲"奇書"、四部小說之作者稱爲"才子"是對這四部優秀通俗小說的極高褒揚。從小說史角度言之,這一評價體系的轉化至少是在三個方面爲上述四部作品成爲小說之經典在觀念上奠定了基礎:

---

① (清)吳道新:《文論》,(清)李雅、何永紹:《龍眠古文一集》附,引自《明清小說資料選編》,齊魯書社 1990 年版,第 87 頁。

一是强化了作爲經典小説的作家獨創性。明中後期持續刊行的《三國演義》《水滸傳》《西遊記》和《金瓶梅》確乎是中國小説發展中的一大奇觀。在人們看來，這些作品雖然托體於卑微的小説文體，但從思想的超拔和藝術的成熟而言，他們都傾向於認爲這是文人的獨創之作。施耐庵、羅貫中爲《三國演義》和《水滸傳》的作者已是明中後期文人的共識，如高儒《百川書志》卷六"史部·野史"著録《水滸傳》題"錢塘施耐庵的本，羅貫中編次"①，明嘉靖刊本《忠義水滸傳》亦題"施耐庵集撰，羅貫中纂修"，明雙峰堂刊本題"中原貫中羅道本卿父編輯"，王圻《續文獻通考》卷一百七十七"經籍考·傳記類"、田汝成《西湖遊覽志餘》卷二十五"委巷叢談"、雉衡山人《東西晉演義序》等亦持此種看法；而明雄飛館《英雄譜·水滸傳》、金聖歎《第五才子書水滸傳》則題"錢塘施耐庵編輯"和"東都施耐庵撰"。可見其中雖看法不一，但在文人獨創這一點上却没有異議。《金瓶梅》署爲不知何人的"蘭陵笑笑生"，但這部被文人評爲"極佳"的作品人們大多傾向於認爲出自於文人之手。屠本畯謂："相傳嘉靖時，有人爲陸都督炳誣奏，朝廷籍其家。其人沉冤，托之《金瓶梅》。"②謝肇淛謂："相傳永陵中有金吾戚里，憑怙奢汰，淫縱無度，而其門客病之，采摭日逐行事，彙以成編，而托之西門慶也。"③沈德符謂："聞此爲嘉靖間大名士手筆，指斥時事，如蔡京父子則指分宜，林靈素則指陶仲文、朱勔則指陸炳，其他各有所屬云。"④而金聖歎將施耐庵評爲才子，與屈原、莊子、司馬遷、杜甫等并稱，也是強化了作品的作家獨創意識。強化作家獨創實際上是承認文人對這種卑微文體的介入，而文人的介入正是通俗小説走向經典的一個重要内涵。

　　二是強化了作爲經典小説的情感寄寓性。李卓吾《忠義水滸傳叙》即以司馬遷"發憤著書"説爲理論基礎，評價《水滸傳》爲"發憤"之作："太史公曰：'《説難》、《孤憤》，賢聖發憤之所作也。'由此觀之，古之聖賢，不憤則不作矣。不憤而作，譬如不寒而顫，不病而呻吟也。雖作何觀乎？《水滸傳》者，發憤之所作也。蓋自宋室不競，冠屨倒施，大賢處下，不肖處上。馴致夷狄處上，

---

① （明）高儒：《百川書志》卷六"史部·野史"，上海古籍出版社2005年版，第82頁。
② （明）屠本畯：《山林經濟籍》，引自黄霖編：《金瓶梅資料彙編》，中華書局1987年版，第231頁。
③ （明）謝肇淛：《金瓶梅跋》，（明）謝肇淛撰，江中柱點校：《小草齋集》卷二十四，福建人民出版社2009年版，第517頁。
④ （明）沈德符：《萬曆野獲編》卷二十五《詞曲·金瓶梅》，上海古籍出版社2012年版，第549頁。

中原處下。一時君相,猶然處堂燕雀,納幣稱臣,甘心屈膝於犬羊已矣。施、羅二公身在元,心在宋;雖生元日,實憤宋事。是故憤二帝之北狩,則稱大破遼以泄其憤;憤南渡之苟安,則稱滅方臘以泄其憤。敢問泄憤者誰乎?則前日嘯聚水滸之強人也。欲不謂之忠義不可也。是故施、羅二公傳水滸,而復以忠義名其傳焉。"①吳從先《小窗自紀》卷一《雜著》評曰:"《西遊記》,一部定性書;《水滸傳》,一部定情書。勘透方有分曉。"②亦旨在強化作品的情感寄寓意識。謝肇淛《五雜俎》卷十五《事部》評曰"《西遊記》曼衍虛誕,而其縱橫變化,以猿爲心之神,以豬爲意之馳,其始之放縱,上天下地,莫能禁制,而歸於緊箍一咒,能使心猿馴伏,至死靡他,蓋亦求放心之喻,非浪作也。"③突出的也是作品的寄寓性。而在推測《金瓶梅》之創作主旨時,明人一般認爲作品是別有寄托、筆含譏刺的。如東吳弄珠客《金瓶梅序》和欣欣子《金瓶梅詞話序》均明確認定《金瓶梅》乃"有意"、"有謂"而作:

《金瓶梅》,穢書也。袁石公亟稱之,亦自寄其牢騷耳,非有取于《金瓶梅》也。然作者亦自有意,蓋爲世戒,非爲世勸也。如諸婦多矣,而獨以潘金蓮、李瓶兒、春梅命名者,亦楚《檮杌》之意也。蓋金蓮以奸死,瓶兒以孽死,春梅以淫死,較諸婦爲更慘耳。借西門慶以描畫世之大净,應伯爵以描畫世之小丑,諸淫婦以描畫世之丑婆净婆,令人讀之汗下。蓋爲世戒,非爲世勸也。余嘗曰:讀《金瓶梅》而生憐憫心者,菩薩也;生畏懼心者,君子也;生歡喜心者,小人也;生效法心者,乃禽獸耳。(《金瓶梅序》)④

竊謂蘭陵笑笑生作《金瓶梅傳》,寄意于時俗,蓋有謂也。人有七情,憂鬱爲甚。上智之士,與化俱生,霧散而冰裂,是故不必言矣。次焉者,亦知以理自排,不使爲累。惟下焉者,既不出了于心胸,又無詩書道腴可以撥遣。然則,不致于坐病者幾希!吾友笑笑生爲此,爰罄平日所

---

① (明)李卓吾:《忠義水滸傳叙》,(明)施耐庵、羅貫中:《容與堂本水滸傳》,上海古籍出版社1988年版,第1488頁。
② (明)吳從先:《小窗自紀》,上海古籍出版社2016年版,第196頁。
③ (明)謝肇淛:《五雜俎》卷十五《事部》,《明代筆記小説大觀》(第二册),上海古籍出版社2005年版,第1829頁。
④ (明)東吳弄珠客:《金瓶梅序》,引自黃霖編:《金瓶梅資料彙編》,中華書局1987年版,第2頁。

蕴者，著斯傳，凡一百回。其中語句新奇，膾炙人口，無非明人倫，戒淫奔，分淑慝，化善惡，知盛衰消長之機，取報應輪回之事，如在目前，始終如脈絡貫通，如萬系迎風而不亂也，使觀者庶幾可以一哂而忘憂也。（《金瓶梅詞話序》）①

三是強化了作爲經典小説的文學性。且看金聖歎對所謂"才子"之"才"的分析：

才之爲言材也。凌雲蔽日之姿，其初本於破荄分莢；於破荄分莢之時，具有凌雲蔽日之勢；於凌雲蔽日之時，不出破荄分莢之勢，此所謂材之説也。又才之爲言裁也。有全錦在手，無全錦在目；無全衣在目，有全衣在心；見其領，知其袖，見其襟，知其裾也。夫領則非袖，而襟則非裾，然左右相就，前後相合，離然各異，而宛然共成者，此所謂裁之説也。②

金氏將"才"分解爲"材"與"裁"兩端，一爲"材質"之"材"，一爲"剪裁"之"裁"，其用意已不言自明，他所要強化的正是作爲一個通俗小説家所必備的情感素質和表現才能。他進而分析了真正的"才子"在文學創作中的表現：

故依世人之所謂才，則是文成於易者，才子也；依古人之所謂才，則必文成於難者，才子也。依文成於易之説，則是迅疾揮掃，神氣揚揚者，才子也；依文成於難之説，則必心絶氣盡，面猶死人者，才子也。故若莊周、屈平、馬遷、杜甫，以及施耐庵、董解元之書，是皆所謂心絶氣盡，面猶死人，然後其才前後繚繞，得成一書者也。③

金聖歎將施耐庵列爲"才子"，將《水滸傳》的創作評爲"文成於難者"，實

---

① （明）欣欣子：《金瓶梅詞話序》，引自黄霖編：《金瓶梅資料彙編》，中華書局1987年版，第1頁。
② （清）金聖歎：《第五才子書水滸傳・序一》，（明）施耐庵：《第五才子書水滸傳》（《古本小説集成》），上海古籍出版社1994年版，第18—19頁。
③ （清）金聖歎：《第五才子書水滸傳・序一》，（明）施耐庵：《第五才子書水滸傳》（《古本小説集成》），上海古籍出版社1994年版，第22—23頁。

則肯定了《水滸傳》也是作家嘔心瀝血之作,進而肯定了通俗小說創作是一種可以藏之名山的文學事業。清初李漁評曰:"施耐庵之《水滸》、王實甫之《西廂》,世人盡作戲文、小說看,金聖歎特標其名曰'五才子書'、'六才子書'者,其意何居? 蓋憤天下之小視其道,不知爲古今來絕大文章,故作此等驚人語以標其目。"①可謂知言。由此可見,以"奇書"和"才子書"爲代表的思想觀念促成了對於通俗小說評價體系的轉化,揭示了"四大奇書"之成爲小說經典的主要内涵。而總其要者,一在於思想的"突異",一關乎作家的"才情",而思想超拔,才情迸發,正是通俗小說能夠成爲經典的重要前提。

下篇:文人之改訂與小說品位之提升

明中葉以來的文人士大夫對"四大奇書"的關注并非停留在觀念形態上,還落實到具體的操作層面,即對於"四大奇書"的文本改訂和修正,這種改訂與修正也是"四大奇書"成爲小說經典的重要因素。

在"四大奇書"的傳播史上,對於小說文本的修訂已成傳統。如《三國演義》,刊行《三國志通俗演義》的書坊主周曰校就"購求古本,敦請名士,按鑒參考,再三讎校"②。雖著重於文字考訂,但畢竟已表現出了對文本的修訂。毛氏父子評點《三國志通俗演義》則有感於作品"被村學究改壞",故假托"悉依古本"對"俗本"進行校正刪改。在毛氏父子看來,"俗本"在文字、情節、回目、詩詞等方面均有不少問題,故其"悉依古本改正"。毛氏的所謂"古本"其實是僞托,其刪改純然是獨立的改寫,有著較高的文本價值,體現了他們的思想情感和藝術趣味。而《水滸傳》,從余象斗《水滸志傳評林》開始就明確表現了對小說文本内容的修訂,其《水滸辨》云:"今雙峰堂余子改正增評,有不便覽者芟之,有漏者刪之,内有失韻詩詞欲削去,恐觀者言其省漏,皆記上層。"③尤其是容與堂本《水滸傳》,該書之評者在對文本作賞評的同時,對作品情節作了較多的改定,但在正文中不直接刪去,而是標出刪節符號,再加

---

① (清)李漁:《閑情偶寄·詞曲部·詞采第二》,《中國古典戲曲論著集成》(七),中國戲劇出版社1959年版,第28頁。
② 《三國志通俗演義》(萬卷樓本)封面"識語",明萬曆十九年(1591)刊本。
③ (明)余象斗:《水滸辨》,《水滸志傳評林》(《古本小說集成》),上海古籍出版社1994年版,第2—3頁。

上適當的評語。其所作的主要工作有：一、對作品中一些與小説情節無關的詩詞建議删去，并標上"要他何用"、"無謂"、"這樣詩也罷"、"極俗，可删"等字樣。二、對作品中過繁的情節和顯屬不必要的贅語作删改，使叙述流暢，文字潔凈。三、對作品中一些不符合人物身份、性格的行爲和言語作修改。四、對作品中顯有評話痕迹的內容作删節。而金聖歎對《水滸傳》的全面修訂使作品在藝術上更進一層，在思想上也體現了獨特的內涵。就小説文本而言，一般認爲刊於明崇禎年間的《新刻繡像批評金瓶梅》對《金瓶梅詞話》作了一次較爲全面的修改和删削，其改定工作主要有：一、改變詞話本的説唱特色，大量（約三分之一）刊落了原作中的可唱韻文。二、改變小説結構，不從景陽岡武松打虎起始，而以西門慶熱結十兄弟發端，從而變依傍《水滸》而獨立成篇，也使小説主人公提早出場，情節相對比較緊湊。三、對回目、引首等作加工整理，使之更工整，增强了藝術性。四、對小説行文、情節叙述等作了一定潤飾。總之，與《詞話》本相比，此書更符合小説的體裁特性，從而成了後世的通行文本，張竹坡評本即由此而出。在《西遊記》的傳播史上，《西遊證道書》的首要價值即表現在對小説文本的增删改訂上，如情節疏漏的修補、詩詞的改訂和删却、叙述的局部清理等都表現了對小説文本的修正。尤其是其合并明刊本第九、十、十一回爲第十、十一兩回，增補玄奘出身一節爲第九回，從而成爲《西遊記》之最後定本，更在《西遊記》傳播史上有重要地位。總之，明末清初對"四大奇書"的修訂體現了文人對小説文本的"介入"，并在對文本的修訂中突出地表現了修訂者自身的思想、意趣和個性風貌。綜合起來，這主要體現在三個方面：

首先是對小説作品的表現內容作了具有强烈文人主體特性的修正。這突出地表現在金聖歎對《水滸傳》的改定和毛氏父子對《三國演義》的評改之中。

金聖歎批改《水滸傳》體現了三層情感內涵：一是憂天下紛亂、揭竿斬木者此起彼伏的現實情結；二是辨明作品中人物忠奸的政治分析；三是區分人物真假性情的道德判斷。由此，他腰斬《水滸》，并妄撰盧俊義"驚惡夢"一節，以表現其對現實的憂慮；突出亂自上作，指斥奸臣貪虐、禍國殃民的罪惡；又"獨惡宋江"，突出其虛僞不實，并以李逵等爲"天人"。這三者明顯地構成了金氏批改《水滸》的主體特性，并在衆多的《水滸》刊本中獨樹一幟，表现出了獨特的思想與藝術個性。毛氏批改《三國演義》最爲明顯的特性是進一步強化"擁劉反曹"的正統觀念,其《讀法》開首即云:"讀《三國志》者,當知有正統、閏運、僭國之别。正統者何?蜀漢是也;僭國者何?吴魏是也;閏運者何?晉是也。……陳壽之志,未及辨此,余故折衷于紫陽《綱目》,而特於演義中附正之。"①本著這種觀念,毛氏對《三國演義》作了較多的增删,從情節的設置、史料的運用、人物的塑造乃至個别用詞(如原作稱曹操爲"曹公"處即大多改去),毛氏都循著這一觀念和精神加以改造。最爲典型的例子是第一回中有關劉備和曹操形象的改寫,如劉備:

> 那人平生不甚樂讀書,喜犬馬,愛音樂,美衣服,少言語,禮於下人,喜怒不形於色。(李評本)
> 那人不甚好讀書,性寬和,寡言語,喜怒不形於色,素有大志,專好結交天下豪杰。(毛批本)②

再如曹操:

> 爲首閃出一個好英雄,身長七尺,細眼長髯,膽量過人,機謀出衆,笑齊桓、晉文無匡扶之才,論趙高、王莽少縱橫之策。用兵仿佛孫、吴,胸内熟諳韜略。(李評本)
> 爲首閃出一將,身長七尺,細眼長髯。(毛批本)③

修改中評者的主觀意圖已十分明顯,但作者猶不滿足,於回前批語中再加申説:

> 百忙中忽入劉、曹二小傳,一則自幼便大,一則自幼便奸;一則中山靖王之後,一則中常侍之養孫。低昂已判矣。④

---

① (清)毛宗崗:《讀三國志法》,(明)羅貫中著,(清)毛綸、毛宗崗評:《三國志演義》,中華書局1995年版,第15—16頁。
② (明)羅貫中著,(清)毛綸、毛宗崗評:《三國志演義》,中華書局1995年版,第6頁。
③ (明)羅貫中著,(清)毛綸、毛宗崗評:《三國志演義》,中華書局1995年版,第10頁。
④ (明)羅貫中著,(清)毛綸、毛宗崗評:《三國志演義》,中華書局1995年版,第3頁。

此種評改在毛批本《三國志演義》中比較普遍。對於這一問題，學界長期以來頗多爭執，或從毛氏維護清王朝正統地位的角度指責其表現出的思想傾向，或從"華夷之別"的角度認爲其乃爲南明爭正統地位，所說角度不一，但均以爲毛氏批本有著明確的政治傾向和民族意識。這兩種觀點其實都過於強化其政治色彩，其實，毛批本中的政治傾向固然十分明顯，但也不必過多地從明清易代角度立論。其"擁劉反曹"的正統觀念實際體現的還是傳統的儒家思想，更表現出了作者對於一種理想政治和政治人物理想人格的認同，即贊美以劉備爲代表的仁愛和批判以曹操爲典型的殘暴，故其評改體現了政治與人格的雙重標準。從而使毛本《三國》成了《三國演義》文本中最重正統、最富文人色彩的版本。

其次是對小說文本的形式體制作了整體的加工和清理，使"四大奇書"在藝術形式上趨於固定和完善。古代通俗小說源於宋元話本，因此在從話本到小說讀本的進化中，其形式體制必定要經由一個逐漸變化的過程，"四大奇書"也不例外。明末清初的文人選取在通俗小說發展中具有典範意義的"四大奇書"爲對象，故他們對作品形式的修訂在某種程度上即可視爲完善和固定了通俗小說的形式體制，并對後世的小說創作起了示範作用。如崇禎本《金瓶梅》刪去了"詞話本"中的大量詞曲，使帶有明顯"說話"性質的《金瓶梅》由"說唱本"演爲"說散本"。再如《西遊證道書》對百回本《西遊記》中人物"自報家門式"的大量詩句也作了刪改，從而使作品從話本的形式漸變爲讀本的格局。對回目的修訂也是此時期小說評改的一個重要方面，如毛氏批本《三國演義》"悉體作者之意而聯貫之，每回必以二語對偶爲題，務取精工"（《凡例》）。回目對句，語言求精，富於文采，遂成章回小說之一大特色，而至《紅樓夢》達峰巔狀態。

第三是對小說文本在藝術上作了較多的增飾和加工，使小說文本愈益精緻。這主要包括三個方面，一是補正小說情節之疏漏，通俗小說由於其民間性的特色，其情節之疏漏可謂比比皆是，人們基於對作品的仔細批讀，將其一一指出，并逐一補正。二是對小說情節框架的整體調整。如金聖歎腰斬《水滸》而保留其精華部分，雖有思想觀念的制約，但也包含藝術上的考慮；再如崇禎本《金瓶梅》將原本首回"景陽崗武松打虎"改爲"西門慶熱結十兄弟"，讓主人公提早出場，從而使情節相對地比較緊湊。又如《西遊證道書》補寫唐僧出身一節而成《西遊記》足本等，都對小說文本在整體上有所增飾和調整。三是對人物形象和語言藝術的加工，此種例證俯拾皆是，此不贅述。

　　"四大奇書"在其自身的傳播過程中獲得文人的廣泛修訂，確乎是推動了"四大奇書"向"經典"的演化進程。這是中國文學史上一個頗為獨特的現象，因為文本一經獨立問世，世人本無對其加以修飾增訂的職能，然而，這一現象在中國古代小說史上的出現却有其特殊的原因。在中國古代文學發展史上，通俗小說歷來是一種地位卑下的文體，雖然數百年間其創作極為繁盛且影響深遠，但這一文體始終處在中國古代各體文學之邊緣。通俗小說的流傳基本是民間性的，其創作隊伍也是下層性的。流傳的民間性使得通俗小說在刊刻過程中被人增飾修訂成為可能，而創作者地位的下層性又使這種行為趨於公開和近乎合法。古代通俗小說有大量的創作者湮沒無聞，而其作品在很大程度上也就成了書坊能任意翻刻和更改的對象。"四大奇書"亦然。可以說，這是通俗小說在其外部社會文化環境影響下所形成的一種并不正常的現象。同時，"四大奇書"得以廣泛修訂與其編創方式也相關，中國古代通俗小說在其發展進程中體現了一條由"世代累積型"向"個人獨創型"發展的演化軌跡。而所謂"世代累積型"的編創方式是指有很大一部分通俗小說的創作在故事題材和藝術形式兩方面都體現了一個不斷累積、逐步完善的過程，因此這種小說文本并非是一次成型、獨立完成的。在明清通俗小說發展史上，這種編創方式曾是有明一代最為主要的創作方式，進入清代以後，通俗小說的編創方式雖然逐步向"個人獨創型"發展，但前者仍未斷絕。"四大奇書"的編創方式也包含了濃重的"累積型"的特色。這種在民間流傳基礎上逐步成書的編創方式使得小說文本往往處於一種"流動"狀態，正因是在"流動"中逐步成書的，故其成書也并非最終定型，仍為後代的增訂留有較多餘地；同時，正因其本身始終處於流動狀態，故人們對其作出新的增訂就較少有觀念上的障礙。故在"四大奇書"的傳播修訂過程中，雖然人們常常以得"古本"而為其增飾作遮眼，如金聖歎云得"貫華堂古本"并妄撰施耐庵原序，如毛氏父子云"悉依古本改正"等，但這種狡獪其實是盡人皆知的，修訂者對此其實也并不太為在意。正因為上述兩層因素，故"四大奇書"在其傳播刊刻過程中得到了廣泛的增飾修訂，人們也常常把這種增飾修訂視爲一次藝術再創造活動。金聖歎就明確宣稱:"聖歎批《西廂》是聖歎文字,不是《西廂記》文字。"①他批《水滸》雖無類似宣言,然旨趣却是同一的。他腰斬、改編《水滸》并使之自成面目,正强烈地體現了這種精神。

怎樣看待這一現象?我們要將其放在中國小說歷史的發展長河中加以考察。而從歷史的發展角度看,我們可以得出這樣的結論:文人批評家對"四大奇書"的修訂加快了通俗小說的"文人化"進程,而通俗小說的"文人化"是中國小說得以發展的一個重要因素。所謂"文人化"本文擬作這樣界定:"文人化"原則并不僅僅指小說文辭的典雅,它的第一要義是小說創作中文人主體性的張揚,即作家在創作過程中體現出明確的文人本位性,突出其通過小說之創作來實現作爲文人所固有的價值。具體而言,是指在創作過程中體現出作者對現實、歷史、人生的思考,表現他們的憂患意識和責任感。"文人化"的第二要義是在藝術形式上追求一種相對完美、穩定的藝術格局和在語言風格上實現一種與文人自身身份相合的雅化原則。

綜觀通俗小說的發展歷史,其文人化進程還是有迹可尋的,尤其是它的兩端:元末明初的《三國演義》、《水滸傳》和清康乾時期的《紅樓夢》、《儒林外史》,通俗小說的文人化可說是有一個良好的開端和完滿的收束,但在這兩端之間,通俗小說的文人化却經歷了一段漫長且緩慢的進程。明代嘉靖以後,隨著《三國演義》和《水滸傳》的刊行,通俗小說的創作在明中後期形成了一股熱潮,然而《三國演義》和《水滸傳》所引發的這一股創作熱潮并未完全循著這兩部作品所體現的"文人化"的創作路向發展。相反地,倒是激起了一股"通俗"的小說創作思潮,無論是歷史演義還是英雄傳奇,也無論是神魔小說還是初起的言情小說,世俗性、民間性都是其共同的追求。故通俗小說真正的"文人化"進程是從晚明開始的,且不直接來自創作者,而更主要的緣於文人批評者,我們完全可以這樣認爲,影響通俗小說發展進程的除了小說家自身外,文人批評家起到了至關重要的作用,充當著一個重要的角色,他們與小說作家一起共同完成了通俗小說藝術審美特性的轉型。在文人批評家的參與下,通俗小說通過批評家的改編和批評,其思想和藝術價值均有了

---

① (清)金聖歎:《貫華堂第六才子書西廂記·讀法》,見曹方人、周錫山標點:《金聖歎全集》(三),江蘇古籍出版社 1985 年版,第 19 頁。

明顯的提高,在此,自李卓吾以還的文人小説評點家如金聖歎、黄周星、毛氏父子等對小説的評改提高了通俗小説的歷史地位,也使通俗小説提高了文人化的程度。明代"四大奇書"即最後定於文人評點家之手,而成了古代小説的範本,對小説的發展起到了積極的作用,使得長期缺乏高品味文人參與的中國通俗小説終於在清代中葉迎來文人化的高潮,這就是《紅樓夢》和《儒林外史》的出現。至此,小説的文人化才最終成型。由此可見,"四大奇書"的文化品位是在不斷累積中逐步形成的,通過文人們不斷地修訂,"四大奇書"的思想和藝術品位在不斷提升,故文人不斷修訂的過程正是"四大奇書"逐步走向"經典化"的過程。

綜上所述,"四大奇書"成爲明代小説之經典,實關乎多方面因素。文人以新的視角和評價體系觀照"四大奇書"是這四部作品成爲中國文學史上之經典作品的外部條件,這種突破文體之限制、超越通俗小説文體卑下之觀念無疑是"四大奇書"乃至通俗小説作品能成爲文學經典的必不可少之因素;而文人對"四大奇書"的廣泛增飾修訂又使這四部作品在文本内涵上逐步趨於完善,其思想性、藝術性的提升是"四大奇書"成爲文學經典的内在條件。就整體而言,對"四大奇書"評價體系的轉化和文本的增飾修訂體現了一條將通俗小説逐步推向"文人化"的道路。這一"文人化"進程實際上是中國通俗小説發展史上的一大轉折,而在這一過程中,"四大奇書"有著特殊的意義,這是一組具有典範性的小説作品,在小説史上影響深遠。

(原文載王瓊玲、胡曉真編:《經典轉化與明清叙事文學》,臺灣·聯經出版公司 2009 年)

論明人對"四大奇書"的文本闡釋

　　由於受中國文學批評史研究格局的影響,長久以來我們的小說理論批評研究一直以"理論思想"爲主要對象,於是對各種"學說"的闡釋及其史的鋪叙成了小說理論批評研究的首務。原本古人對於小說的豐富多樣的研究被主觀分割成一個個理性的"學說",一部中國小說理論批評史也就成了一個個理論學說的演化史。而在這種研究格局中,中國小說學史上最富色彩、對小說傳播最具影響的"文本批評"却被忽略了。這無疑是 20 世紀中國小說理論批評研究中的一大缺憾。所謂"文本批評"是指在中國小說批評史上對單個作品的品評和分析,它著重闡釋的是單個作品的情感內涵和藝術形式,這在中國小說批評尤其是明清通俗小說批評中是占主流地位的批評方式。故一部中國小說批評史,其實主要就是對單個小說文本闡釋的歷史。本文以明人對"四大奇書"的文本闡釋爲研究對象,選取明人最具代表性的四個視角加以梳理,以期凸現明人對"四大奇書"的文本批評在中國古代通俗小說發展進程中的地位和價值。

一、"庶幾乎史":《三國演義》的文本闡釋

　　《三國演義》的問世,標誌了中國古代通俗小說的成熟,同時也昭示了一種新的小說類型——歷史演義小說的成熟,并引發了一個創作歷史演義小說的熱潮。而明人對《三國演義》的文本闡釋亦主要從歷史演義小說這一獨特小說類型的創作特色入手。明人對《三國演義》的文本闡釋以庸愚子於"弘治甲寅"(1494)爲《三國志通俗演義》(嘉靖元年刊本)所作的序爲起始。這是《三國演義》刊行後第一篇評論作品的專文,在明代《三國演義》的文本

闡釋中具有奠基作用,奠定了明人評《三國演義》的基本思路。即以正史爲參照,確認《三國演義》的基本特色和價值功能,并由此爲歷史演義小説的創作提供典則。這大致包括兩方面的内涵:

一是認爲《三國演義》秉承正史"勸善懲惡"之傳統,寓褒貶於叙事之中,"有義存焉",它與正史一樣有著同樣的價值。故讀《三國演義》,"則三國之盛衰治亂,人物之出處臧否,一開卷,千百載之事,豁然於心胸矣。其間亦未免一二過與不及,俯而就之,欲觀者有所進益焉"①。具體而言,則表現爲《三國演義》在叙述中所顯現的歷史懲戒和對人物忠奸之褒貶,其中尤爲注目的就是所謂的"擁劉反曹"傾向:

> 曹瞞雖有遠圖,而志不在社稷,假忠欺世,卒爲身謀,雖得之,必失之,萬古奸賊,僅能逃其不殺而已,固不足論。孫權父子虎視江東,固有取天下之志,而所用得人,又非老瞞可議。惟昭烈,漢室之胄,結義桃園,三顧草廬,君臣契合,輔成大業,亦理所當然。其最尚者,孔明之忠,昭如日星,古今仰之;而關、張之義,尤宜尚也。其他得失,彰彰可考,遺芳遺臭,在人賢與不賢。君子小人,義與利之間而已。②

庸愚子的這一評判思路對以後《三國演義》的文本闡釋影響甚大,明人評《三國演義》幾乎都是從這一角度入手的。如修髯子認爲,《三國演義》的創作是"欲天下之人,入耳而通其事,因事而悟其義,因義而興乎感,不待研精覃思,知正統必當扶,竊位必當誅,忠孝節義必當師,奸貪諛佞必當去,是是非非,了然於心目之下"。他并"原作者之意,綴俚語四十韻於卷端"。其中有云:"今古興亡數本天,就中人事亦堪憐。欲知三國蒼生苦,請聽《通俗演義》篇。忠烈赤心扶正統,奸回白首弄威權,須知善惡當師戒,遺臭流芳億萬年。"③署爲"李卓吾撰"的《三國志叙》則謂:"外傳多矣,人獨愛《三國》者

---

① (明)蔣大器:《三國志通俗演義序》,(明)羅貫中:《三國志通俗演義》,上海古籍出版社1980年版,第1—2頁。
② (明)蔣大器:《三國志通俗演義序》,(明)羅貫中:《三國志通俗演義》,上海古籍出版社1980年版,第2頁。
③ (明)修髯子:《三國志通俗演義引》,(明)羅貫中:《三國志通俗演義》,上海古籍出版社1980年版,第3頁。該文文末有"關西張子詞翰之記"、"尚德"等印記,知修髯子即張尚德,生平不詳。

何？意昭烈帝崛起孤窮，能以信義結民，延纜天下第一流，托以魚水，卒能維鼎西隅，少留炎漢之祚，殊足邑快人意。"①而無名氏《重刻杭州考證三國志傳序》則更是在梳理"擁劉反曹"傾向的歷史沿革中突出了《三國演義》的價值，其云：

《三國志》一書，創自陳壽，厥後司馬文正公修《通鑑》，以曹魏嗣漢爲正統，以蜀、吳爲僭國，是非頗謬。迨紫陽朱夫子出，作《通鑑綱目》，繼《春秋》絕筆，始進蜀漢爲正統，吳、魏爲僭國，於人心正而大道明，則昭烈紹漢之意，始暴白於天下矣。然因之有志不可泯没，羅貫中氏又編爲通俗演義，使之明白易曉。而愚夫俗士，亦庶幾知所講讀焉。②

相對而言，刊於萬曆年間的《三國志傳評林》③在"擁劉反曹"傾向上還不是太爲明顯，但對劉備、曹操品行之評價也已有高下之分，兹引録部分資料如下：

"評玄德初功"：斬寇之功，英雄至此而名具矣。（"劉玄德斬寇立功"節）

"評玄德推辭"：陶謙置酒大會，再三讓位，而糜竺、陳登、文舉翊贊益堅，此誠天交與之時也，而玄德乃欲自刎，願守小沛，此誠信義大明之人也。（"呂温侯濮陽大戰"節）

"評荆州付玄德"：劉表以荆州付玄德，此殆天賜基業也，顧乃不忍，正所謂不乘人之危者。宜其三分有二光漢烈哉。（"諸葛遺計救劉琦"節）

"評操結衛弘"：曹操往尋陳留，義結衛弘，用助家資，矯詔招兵以誅

---

① （明）李贄：《三國志叙》，《新鍥京本校正按鑑演義全像三國志傳》卷首，明書林熊成冶種德堂刻本。引自朱一玄編：《明清小説資料選編》，南開大學出版社 2006 年版，第 63 頁。
② （明）無名氏：《重刊杭州考證三國志傳序》，引自朱一玄編：《明清小説資料選編》，南開大學出版社 2006 年版，第 64 頁。
③ 《三國志傳評林》二十卷，殘存八卷，署"晉平陽陳壽史傳"（一至七卷）、"晉平陽侯陳壽史傳"（卷八），"閩文台余象斗校梓"。書分三欄，上評、中圖、下文。評論部分無署名，觀余氏所刊其他小説刊本，其"評林"體式均相似，故可定爲余氏評本。此書不署刊刻末代，考余氏刊刻的小説評本現存有四種：《三國志傳》刊於萬曆二十年（1592）、《水滸志傳評林》刊於萬曆二十二年（1594）、《列國志傳評林》刊於萬曆三十四年（1606），則此書之刊刻年代亦應與其相近。

董卓,乃忠義之舉也。("曹操起兵殺董卓"節)

"評操得臣將":曹操在山東謀臣武將,吾知人心之一時歸順矣。("曹操興兵報父仇"節)

"評曹操截髮":截髮當首,以申軍令,老瞞之用心何其詭也。("曹操會兵擊袁術"節)

"評操送金袍":既不追其去,又贈金袍,即此可見操有寬人大〇(度)之心,可作中原之主。("關雲長千里獨行"節)

由此可見,突出《三國演義》具有與正史同樣的價值,揭示《三國演義》"擁劉反曹"的正統特色是明人評價《三國演義》思想價值之主流。這對以後《三國演義》的文本闡釋尤其是清初毛氏父子評點《三國演義》有較大影響。

二是在揭示《三國演義》有著與正史同等價值的同時,指出了作為歷史演義小說的《三國演義》所顯現的獨特性質。這也包括兩個層面的內涵:

首先,《三國演義》雖"考諸國史"、"事紀其實",以陳壽《三國志》為"範本",但亦不是簡單的照搬。庸愚子云:"東原羅貫中以平陽陳壽傳,考諸國史,自漢靈帝中平元年,終於晉太康元年之事,留心損益,目之曰《三國志通俗演義》。"①其中"留心損益"一語概括了《三國演義》在處理小說與史實關係上的特色,即在"事紀其實"的大前提下,對歷史事件作必要的增補、刪潤和藝術創造。庸愚子的這一概括基本符合《三國演義》的總體特色,以後評價《三國演義》在處理小說與史實的關係上基本沒有越出這一原則。如修髯子以"羽翼信史而不違"一語總結《三國演義》之特色,稱《三國演義》作者在對於史實的處理方法上是將"史氏所志""隱括成編"。"隱括",一作"檃栝",原指矯正曲木之工具。《鹽鐵論·申韓》云:"故設明法,陳嚴刑,防非矯邪,若檃栝輔檠之正孤刺也。"②也可指對曲木的矯正加工,引申之,則可喻為對文章的修改和加工。修髯子以"隱括成篇"一語評價《三國演義》實則是指稱《三國演義》在對歷史史實處理上的特色。高儒《百川書志》卷六《史部·野

---

① (明)蔣大器:《三國志通俗演義序》,(明)羅貫中:《三國志通俗演義》,上海古籍出版社1980年版,第1頁。
② (漢)桓寬撰集,王利器校注:《鹽鐵論校注》卷第十《申韓第五十六》,中華書局1992年版,第580頁。

史》亦以"據正史,采小説,證文辭,通好尚,非俗非虚,易觀易入,非史氏蒼古之文,去瞽傳詼諧之氣,陳叙百年,該括萬事"①來評價《三國演義》的特性,其中"據正史,采小説"是指作品在材料選擇上的特色,而"陳叙百年,該括萬事"則又揭示了作品在叙述百年史事中的處理特性。其實,所謂"據正史,采小説"正可看成爲《三國演義》"留心損益"的兩個側面,"損"者,是對正史的有意删潤,"益"者是將正史之外的野史傳聞融入作品之中,以增强作品的感染力和藝術性,如夢藏道人《三國志演義序》所云:"羅貫中氏取其書演之,更六十五篇爲百二十回。合則連珠,分則辨物,實有意旨,不發躍如。其必雜以街巷之譚者,正欲愚夫愚婦共曉共暢人與是非之公。"②

明人對《三國演義》在處理小説與史實關係上特色的上述探討還引發了一場關於歷史演義小説創作原則的争執,基本形成了兩種不同的看法,并在當時的歷史演義小説創作中成爲兩種不同的創作潮流。而就《三國演義》自身評價而言,還有兩位理論家的觀點不容忽視,一是胡應麟,一是謝肇淛,評論史料如下:

古今傳聞謬誤,率不足欺有識,惟關壯繆明燭一端則大可笑,乃讀書之士,亦十九信之,何也?蓋緣勝國末村學究編魏、吴、蜀演義,因傳有羽守邳見執曹氏之文,撰爲斯説,而俚儒潘氏又不考而贊其大節,遂致談者紛紛。案《三國志》羽傳及裴松之注,及《通鑑》、《綱目》,并無其文,演義何所據哉?③

《三國演義》與《錢唐記》、《宣和遺事》、《楊六郎》等書,俚而無味矣。何者?事太實則近腐,可以悦里巷小兒,而不足爲士君子道也。④

胡應麟從小説於史實無所憑據的角度指責《三國演義》在情節上的"失實";謝肇淛則從小説過於依憑史實的角度指出《三國演義》的缺陷。兩者在

---

① (明)高儒:《百川書志》卷六"史部·野史",上海古籍出版社 2005 年版,第 82 頁。
② (明)夢藏道人:《三國志演義序》,引自丁錫根編:《中國歷代小説序跋集》,人民文學出版社 1996 年版,第 896 頁。
③ (明)胡應麟:《少室山房筆叢·莊岳委談》下,中華書局 1958 年版,第 565 頁。
④ (明)謝肇淛:《五雜俎》卷十五《事部》,《明代筆記小説大觀》(第二册),上海古籍出版社 2005 年版,第 1828—1829 頁。

對於小説"虛實"關係的認識上可謂大相徑庭,但由此引出的對《三國演義》的評價却異常一致。胡應麟認爲《三國演義》"絶淺鄙可嗤",其與《水滸傳》相比,"二書淺深工拙若霄壤之懸"。① 其評價之低簡直使人瞠目。而謝肇淛則因小説"事太實則近腐"而認爲小説"俚而無味"。其實,兩者之評價都有偏頗,《三國演義》在處理小説與史實的關係上乃"實中有虛"、"虛中有實",兩者均未準確抓住《三國演義》在處理"虛實"關係上的特色,故其結論反不如庸愚子、修髯子他們來得準確到位。

其次,庸愚子認爲,作爲歷史演義小説的《三國演義》是以獨特的語言風格來叙述歷史現象的,故就"通俗"而言,《三國演義》與正史相比有著更廣闊的普及性;同時,《三國演義》與"言辭鄙謬"的評話相比又具有相對意義上的文學性,而爲士君子所接受。庸愚子云:

> 然史之文,理微義奥,不如此,烏可以昭後世? 語云:"質勝文則野,文勝質則史。"此則史家秉筆之法,其於衆人觀之,亦嘗病焉。故往往捨而不之顧者,由其不通乎衆人。而歷代之事愈久愈失其傳。前代嘗以野史作爲評話,令瞽者演説,其間言辭鄙謬,又失之於野,士君子多厭之。②

在作者看來,《三國演義》之語言正處於"正史"與"評話"之間,它在"文質"之間達到了某種平衡,而這正是歷史演義小説所應有的語言風格,即"文不甚深,言不甚俗"。

"文不甚深,言不甚俗"是庸愚子爲《三國演義》的語言風格所作出的概括,符合作品以淺近之文言叙述歷史現象、刻畫人物形象之特色。它突破"史之文"過於"古奥"的特性,又避免了評話"言辭鄙謬"的不足,爲歷史演義小説乃至通俗小説的創作提供了一個典範。關於這一特點,庸愚子以後的評者没能就此對《三國演義》的評價及其他通俗小説的創作作出準確的評判,而過多强調了"俗"的一面。如修髯子在説明"史氏所志,事詳而文古,義

---

① (明)胡應麟:《少室山房筆叢·莊岳委談》下,中華書局1958年版,第571、573頁。
② (明)蔣大器:《三國志通俗演義序》,(明)羅貫中:《三國志通俗演義》,上海古籍出版社1980年版,第1頁。

微而旨深,非通儒夙學,展卷間,鮮不便思困睡"①之後,就以"俗近語"概括《三國演義》的語言特色。無名氏《重刻杭州考證三國志傳序》也以"羅貫中氏又編爲通俗演義,使之明白易曉。而愚夫俗士亦庶幾知所講讀焉"②來確認《三國演義》在"通俗性"方面的特性。無名氏《新刻續編三國志序》則認爲《三國演義》是"顯淺其詞,形容妝點",從而完成對民衆的歷史普及工作。相對而言,倒是高儒在《百川書志》中對《三國演義》語言風格的評價與庸愚子頗爲一致,稱作品是"非史氏蒼古之文,去瞽傳詼諧之氣"③。但這種評價在晚明的《三國演義》文本闡釋中顯然不占主流地位。形成這一現象的原因,或許與《三國演義》以後的歷史演義小説受書坊主把持之影響有關。晚明的歷史演義小説,創作雖然十分繁盛,但總體成就不高,其創作隊伍以書坊主及其周圍的下層文人爲主,其創作也以商業傳播爲目的。故語言之通俗乃至淺陋是當時歷史演義小説創作中的普遍現象。庸愚子以後對《三國演義》語言特色的評判以"通俗"爲標幟或與這一背景相關,而《三國演義》"文不甚深,言不甚俗"的傳統没能得到很好的延續。可觀道人對此就作出了非常尖鋭的批評,他在分析《三國演義》影響下,歷史演義小説的創作"其浩瀚幾與正史分籤并架"以後,指出這些作品"悉出村學究杜撰","識者欲嘔",并舉《列國志》爲例,譏刺道:"此等囈語,但可坐三家村田塍上,指手畫脚,醒鋤犁瞌睡,未可爲稍通文理者道也。……其他鋪叙之疏漏、人物之顛倒、制度之失考、詞句之惡劣,有不可勝言者矣。"這一評述雖言辭比較過激,然也基本反映當時的創作狀況。故馮夢龍創作《新列國志》有意繼承《三國演義》之傳統,可視爲對上述創作現象的一次有意識的反撥,使讀者"披而覽之,能令村夫俗子與縉紳學問相參",從而"與《三國志》匯成一家言,稱歷代之全書,爲雅俗之巨覽,即與《二十一史》并列鄴架,亦復何愧"④,可見其是有意與《三國演義》相呼應的。

---

① (明)修髯子:《三國志通俗演義引》,(明)羅貫中:《三國志通俗演義》,上海古籍出版社1980年版,第3頁。
② (明)無名氏:《重刊杭州考證三國志傳序》,引自朱一玄編:《明清小説資料選編》,南開大學出版社2006年版,第63頁。
③ (明)高儒:《百川書志》卷六"史部·野史",上海古籍出版社2005年版,第82頁。
④ (明)可觀道人:《新列國志叙》,(明)馮夢龍:《新列國志》,上海古籍出版社1987年版,第2—3頁。

綜上所述，明人對《三國演義》的文本闡釋主要是突出了作品與正史的同等價值、在小説與史實關係上的"留心損益"和"文不甚深，言不甚俗"的語言風格三個方面，而綜合這三方面的特色，即就是庸愚子所謂的《三國演義》"庶幾乎史"的特性和價值。

二、"忠義"之辨：《水滸傳》的文本闡釋

明人對《水滸傳》的文本闡釋，集中之處約在於"忠義"二字，而將《水滸傳》稱之爲《忠義水滸傳》是明代《水滸》刊本十分普遍的現象。無論是《水滸》簡本系統還是《水滸》繁本系統，除了金聖歎《第五才子書水滸傳》有意對"忠義"作出辨難之外，大部分的刊本均於《水滸傳》之上冠以"忠義"二字。簡本如萬曆二十二年(1594)余氏雙峰堂"評林"本，署《京本增補校正全像忠義水滸志傳評林》、明寶翰堂刊本署《文杏堂批評忠義水滸全傳》等；繁本如明嘉靖刊本署《京本忠義傳》、明萬曆十七年天都外臣序新安刊本署《忠義水滸傳》、明萬曆年間"容與堂"刊本署《李卓吾先生批評忠義水滸傳》、明末四知館刊本署《鍾伯敬先生批評水滸忠義傳》等。

明人以"忠義"許《水滸》英雄較早見於李卓吾的觀點。在《忠義水滸傳序》一文中，李氏對此作了闡發，在他看來，所謂"忠義"實則包含兩個内涵：一是作品中人物及故事所顯示的"忠義"内涵，即所謂的"忠於君，義於友"；二是作者創作動機所藴含的"忠義"思想，所謂要使"忠義""在於君側"、"在於朝廷"，而不在"水滸"。這一評判《水滸傳》思想内涵的價值標尺在當時是較爲普遍的。天海藏《題水滸傳叙》云：

> 先儒謂盡心之謂忠，心制事宜之謂義。愚因曰：盡心於爲國之謂忠，事宜在濟民之謂義。若宋江等其諸忠者乎？其諸義者乎？當是時，宋德衰微，乾綱不攬，官箴失措，下民咨咨，山谷嗷嗷。英雄豪傑，憤國治之不平，憫民庶之失所，乃崛起山東，烏合雲從，據水滸之險以爲依，泱汗大號，其勢吞天浴日，奔鯨駭駕，可謂泱奔其机，泱有丘矣。不知者曰：此民之賊也，國之蠹也。噫！不然也，彼蓋强者鋤之，弱者扶之，富者削之，貧者周之，冤屈者起而伸之，囚困者斧而出之，原其心雖未必爲

仁者博施濟衆，按其行事之迹，可謂桓文仗義，并軌君子。……昔人謂《春秋》者，史外傳心之要典；愚則謂此傳者，紀外敘事之要覽也。豈可曰此非聖經，此非賢傳，而可藐之哉！①

袁無涯《忠義水滸全書發凡》亦云：

忠義者，事君處友之善物也。不忠不義，其人雖生已朽，而其言雖美弗傳。此一百八人者，忠義之聚於山林者也；此百廿回者，忠義之見於筆墨者也。失之於正史，求之於稗官；失之於衣冠，求之於草野。蓋欲以勤君子，而使小人亦不得借以行其私，故李氏復加"忠義"二字，有以也夫。②

五湖老人在《忠義水滸全傳序》中則以飽含情感的筆墨贊美了《水滸》英雄的"忠義"，且認爲《水滸》英雄之"忠義"源於其人内在之"血性"，故"總血性發忠義事，而其人足不朽"。③

在明代文人中，對"忠義"問題唱反調的是金聖歎，他在《第五才子書水滸傳·序二》中對嘉靖以來的《水滸》刊本以"忠義"命名頗爲不滿，從所謂"觀物者審名，論人者辨志"角度對此作了辨析：

觀物者審名，論人者辨志。施耐庵傳宋江，而題其書曰《水滸》，惡之至，迸之至，不與同中國也。而後世不知何等好亂之徒，乃謬加以"忠義"之目。嗚呼！忠義在《水滸》乎哉？忠者，事上之盛節也；義者，使下之大經也。忠以事其上，義以使其下，斯宰相之材也。忠者，與人之大道也；義者，處己之善物也。忠以與乎人，義以處乎己，則聖賢之徒也。若夫耐庵所云"水滸"也者，王土之濱則有水，又在水外則曰滸，遠之也。

---

① （明）天海藏：《題水滸傳叙》，《水滸志傳評林》(《古本小説集成》)，上海古籍出版社1994年版，第1—4頁。
② （明）袁無涯：《忠義水滸全書發凡》，引自朱一玄編：《水滸傳資料彙編》，南開大學出版社2002年版，第132—133頁。
③ （明）五湖老人：《忠義水滸全傳序》，引自朱一玄編：《水滸傳資料彙編》，南開大學出版社2002年版，第188頁。

遠之也者,天下之凶物,天下之所共擊也。天下之惡物,天下之所共棄也。若使忠義而在水滸,忠義爲天下之凶物、惡物乎哉?且水滸有忠義,國家無忠義耶?……故夫以忠義予《水滸》者,斯人必有懟其君父之心,不可以不察也。……耐庵有憂之,於是奮筆作傳,題曰《水滸》,意若以爲之一百八人,即得逃於及身之誅僇,而必不得逃於身後之放逐者,君子之志也。而又妄以忠義予之,是則將爲戒者而反將爲勸耶?……是故繇耐庵之《水滸》言之,則如史氏有《檮杌》是也,備書其外之權詐,備書其內之凶惡,所以誅前人既死之心者,所以防後人未然之心也。繇今日之《忠義水滸》言之,則直與宋江之賺入夥,吳用之説撞籌,無以異也。無惡不歸朝廷,無美不歸綠林,已爲盜者讀之而自豪,未爲盜者讀之而爲盜也。嗚呼,名者,物之表也;志者,人之表也。名之不辨,吾以疑其書也;志之不端,吾以疑其人也。削忠義而仍《水滸》者,所以存耐庵之書其事小,所以存耐庵之志其事大。雖在稗官,有當世之憂焉。①

在這一段表述中,金聖歎以頗爲激烈的語氣批駁了以"忠義"予《水滸》這一問題。其實,金聖歎對此也是有著比較明顯的矛盾的,他一方面對"盜"的行爲本身是明確反對的,在《序二》中,他就表達了他的"當世之憂",即憂天下紛亂、揭竿而起者此起彼伏,故其評改《水滸》乃是爲了"誅前人既死之心","防後人未然之心"。但在具體評述中,尤其是對《水滸》人物的評價上却并非如此。一個有趣的現象是:金聖歎在《水滸》評點中最爲贊美的人物恰恰是那些造反意識最濃烈的人物,如李逵、魯達、武松、阮小七等,而其最深惡的却是極力想招安的宋江,這一矛盾貫穿於整部金批《水滸》之中。那怎樣在這一矛盾中求得評點的思想一致性呢?金聖歎大致采用了兩種方式:在對於人物的評判中,金氏將人物行爲的政治判斷和人物個性的道德判斷分開。故從政治價值出發,金聖歎反對《水滸》人物的起義行爲,而從道德價值入手,人物的"真假"就成爲了評判人物高下的準則。前者是整體性的,後者則是具體的。故在《水滸》評點中,雖有著對於作品整體內涵的否定,但

---

① (清)金聖歎:《第五才子書水滸傳·序二》,(明)施耐庵:《第五才子書水滸傳》(《古本小説集成》),上海古籍出版社1994年版,第25—31頁。

一進入具體的評述,就可明顯的感受到一種由衷的贊美和充沛的情感貫穿在評點文字之中。在對於"爲盜"的起因上,金氏則突出"亂自上作",强化其"不得已而至於綠林",并對此作了大量的評述和闡析,突出了高俅之流對梁山英雄的迫害。歸結起來,金氏對所謂"盜"的認識持有一種矛盾的態度,他嚮往天下清明,憂世道紛亂,故其反對"造反"這種行爲本身,但他更深惡那逼迫人"爲盜"的社會環境,并以此爲其開脱。而在具體評述中,則對《水滸》英雄表現出的率直、真摯的個體性格贊美不已。

"忠義之辨"是明人評判《水滸傳》思想價值的一個中心内涵。而明人從"忠義"角度品評《水滸》實則是從作家之創作心理立論的,它已突破了當時大多以"通俗"、"教化"角度評判通俗小説之藩籬。這一評判角度向"内"轉的趨向是明人視《水滸傳》爲文人創作的一個重要前提。李卓吾《忠義水滸傳叙》謂:

> 太史公曰:"《説難》、《孤憤》,賢聖發憤之所作也。"由此觀之,古之聖賢,不憤則不作矣。不憤而作,譬如不寒而顫,不病而呻吟也。雖作何觀乎?《水滸傳》者,發憤之所作也。①

李卓吾抬出了太史公"發憤著書"的創作觀念爲《水滸傳》張目,認爲《水滸傳》之作者如"古之聖賢"一般,其創作乃"發憤之所作也",何以"發憤"?李卓吾分析道:

> 蓋自宋室不競,冠履倒施,大賢處下,不肖處上。馴致夷狄處上,中原處下。一時君相,猶然處堂燕雀,納幣稱臣,甘心屈膝於犬羊已矣。施、羅二公身在元,心在宋;雖生元日,實憤宋事。是故憤二帝之北狩,則稱大破遼以泄其憤;憤南渡之苟安,則稱滅方臘以泄其憤。敢問泄憤者誰乎?則前日嘯聚水滸之强人也。欲不謂之忠義不可也。是故施、羅二公傳《水滸》,而復以忠義名其傳焉。夫忠義何以歸於水滸也?其

---

① (明)李卓吾:《忠義水滸傳叙》,(明)施耐庵、羅貫中:《容與堂本水滸傳》,上海古籍出版社1988年版,第1488頁。

故可知也。夫水滸之衆,何以一一皆忠義也?所以致之者,可知也。今夫小德役大德,小賢役大賢,理也。若以小賢役人,而以大賢役於人,其肯甘心服役而不耻乎?是猶以小力縛人,而使大力縛於人,其肯束手就縛而不辭乎?其勢必至驅天下大力、大賢,而盡納之水滸矣。則謂水滸之衆,皆大力、大賢、有忠、有義之人可也。①

故在明人的觀念中,《水滸傳》是一部文人獨創之作,而將通俗小説明確指爲文人獨創之作,其用意已非常明晰,文人之創作自有文人的追求而不應因文體的卑陋而藐視之,而明人正是由此來解讀《水滸傳》的。

三、"求放心":《西遊記》的文本闡釋

明人對《西遊記》的評論以萬曆二十年(1592)南京書坊世德堂首次刊出《西遊記》爲起始。而對《西遊記》的文本闡釋一開始就有了一個較高的定位,將其視爲有著獨特思想内涵又以特殊藝術手法加以表現的"寓言式"的優秀小説作品。陳元之《西遊記序》謂:

> 太史公曰:"天道恢恢,豈不大哉!譚言微中,亦可以解紛。"莊子曰:"道在屎溺。"善乎立言。是故"道惡乎往而不存,言惡乎存而不可"。若必以莊雅之言求之,則幾乎遺《西遊》一書。②

在陳元之看來,立言之道是多元的,不必非得以"莊雅之言"出之,就如太史公評價先秦優人那樣,"譚言微中,亦可以解紛",又如《莊子》一書,寓"至理"於寓言巵言之中。而《西遊記》正是繼承了這一傳統,"余維太史、漆園之意,道之所存,不欲盡廢,况中虑者哉?故聊爲綴其軼叙叙之,不欲其志

---

① (明)李卓吾:《忠義水滸傳叙》,(明)施耐庵、羅貫中:《容與堂本水滸傳》,上海古籍出版社1988年版,第1488頁。
② (明)陳元之:《西遊記序》,引自朱一玄、劉毓忱編:《西遊記資料彙編》,南開大學2012年版,第225頁。

之盡堙，而使後之人有覽，得其意忘其言也"。① 故以"莊雅之言"衡量《西遊記》，就不能揭示出《西遊記》的真實價值。對於《西遊記》的特色和價值，陳元之進而分析道：

> 彼以爲濁世不可以莊語也，故委蛇以浮世。委蛇不可以爲教也，故微言以中道理。道之言不可以入俗也，故浪謔笑虐以恣肆。笑謔不可以見世也，故流連比類以明意。於是其言始參差而俶詭可觀；謬悠荒唐，無端崖涘，而譚言微中，有作者之心傲世之意，夫不可没也。②

陳元之化用《莊子》之語評價《西遊記》之特色，由此爲《西遊記》的文本闡釋確立了一個準則。由於世德堂本《西遊記》在《西遊記》版本史上的影響，後代對於《西遊記》的評論幾乎都以陳元之序爲標尺，而以闡釋《西遊記》所藴涵的哲理内涵爲其基本特色。《西遊記》"亦有至理存焉"③，"《西遊記》作者極有深意"④，"《西遊記》，一部定性書，《水滸傳》，一部定情書，勘透方有分曉"⑤，《西遊記》"遊戲之中，暗傳審諦"⑥。這種表述在《西遊記》的評論中不絕如縷，構成了明代《西遊記》文本闡釋的一個中心内涵。

關於《西遊記》所藴涵的哲理内涵，明人的闡釋基本一致，都認爲《西遊記》所藴涵的是有關心性修養的哲理。此説最早也出自於陳元之的《西遊記序》，陳氏引《西遊記》原序謂：

> 其叙以爲孫，猻也，以爲心之神；馬，馬也，以爲意之馳；八戒，其所戒八也，以爲肝氣之木；沙，流沙，以爲腎氣之水；三藏，藏神藏聲藏氣之

---

① （明）陳元之：《西遊記序》，引自朱一玄、劉毓忱編：《西遊記資料彙編》，南開大學 2012 年版，第 225 頁。
② （明）陳元之：《西遊記序》，引自朱一玄、劉毓忱編：《西遊記資料彙編》，南開大學 2012 年版，第 225 頁。
③ （明）謝肇淛：《五雜俎》卷十五《事部》，《明代筆記小説大觀》（第二册），上海古籍出版社 2005 年版，第 1828—1829 頁。
④ （明）盛於斯：《休庵影語·西遊記誤》，引自朱一玄、劉毓忱編：《西遊記資料彙編》，南開大學 2012 年版，第 316 頁。
⑤ （明）吴從先：《小窗自紀》，上海古籍出版社 2016 年版，第 196 頁。
⑥ （明）吴承恩著，（明）李贄評：《西遊記》（李卓吾評本），上海古籍出版社 1994 年版，第 252 頁。

藏,以爲郭郭之主;魔,魔,以爲口耳鼻舌身意恐怖顛倒幻想之障。故魔以心生,亦以心攝。是故攝心以攝魔,攝魔以還理。還理以歸之太初,即心無可攝。……此其以爲道之成耳。此其書直寓言者哉!①

從序文的語氣來看,陳元之顯然同意原序的思想,也把表現心性修養的哲理看成爲《西遊記》的中心内涵。故在陳氏看來,《西遊記》的人物及其行爲正暗喻著人的心性修煉的過程。這一觀點在明代的《西遊記》評論中頗爲流行,謝肇淛謂:

《西遊記》曼衍虛誕,而其縱橫變化,以猿爲心之神,以豬爲意之馳,其始之放縱,上天下地,莫能禁制,而歸於緊箍一咒,能使心猿馴伏,至死靡他,蓋亦求放心之喻,非浪作也。②

袁于令亦謂:

文不幻不文,幻不極不幻。是知天下極幻之事,乃極真之事;極幻之理,乃極真之理。故言真不如言幻,言佛不如言魔。魔非他,即我也。我化爲佛,未佛皆魔。魔與佛力齊而位逼,絲髮之微,關頭匪細。摧挫之極,心性不驚。此《西遊》之所以作也。說者以爲寓五行生尅之理,玄門修煉之道。余謂三教已括於一部,能讀是書者,於其變化橫生之處引而伸之,何境不通,何道不洽?而必問玄機於玉匱,探禪蘊於龍藏,乃始有得於心也哉?③

而《李卓吾先生批評西遊記》一書可謂通篇均以此爲宗旨來闡釋《西遊記》之内涵。評者開首即謂:"讀《西遊記》者,不知作者宗旨,定作戲論。余

---

① (明)陳元之:《西遊記序》,引自朱一玄、劉毓忱編:《西遊記資料彙編》,南開大學出版社2012年版,第225頁。
② (明)謝肇淛:《五雜俎》卷十五《事部》,《明代筆記小説大觀》(第二册),上海古籍出版社2005年版,第1829頁。
③ (明)袁于令:《西遊記題辭》,(明)吳承恩著,(明)李贄評:《西遊記》(李卓吾評本),上海古籍出版社1994年版,第1頁。

爲一一拈出,庶幾不埋没了作者之意。……篇中云'釋厄傳',見此書讀之可釋厄也。若讀了《西遊》厄仍不釋,却不辜負了《西遊記》麽?何以言釋厄?只是能解脱便是。"而何以解脱?只在一"心",""心生種種魔生,心滅種種魔滅。'一部《西遊記》,只是如此,别無些子剩却矣"。認爲此一語乃整部《西遊記》之"宗旨"。在第一回"靈台方寸山"和"斜月三星洞"二語旁,評者加批曰:"靈台方寸,心也。""斜月象一勾,三星象三點,也是心。言學仙不必在遠,只在此心。"①明確認定《西遊記》之宗旨乃在於人的心性修養。而在具體評述中,評者更是不斷申述這一觀點,如:

  齊天筋斗,只在如來掌上,見出不得如來手也。如來非他,此心之常便是。妖猴非他,此心之變便是。饒他千怪萬變,到底不離本來面目。
  此回極有微意。吾人怒是大病,乃心之奴也,非心之主也。一怒此心便要走漏懲忿,不遷怒,此聖學之所拳拳也。讀者著眼。
  誰爲火焰山?本身煩熱者是。誰爲芭蕉扇,本身清涼者是。作者特爲此煩熱世界下一帖清涼散耳。讀者若作實事理會,便是癡人說夢。②

綜合以上論述,我們不能看出,明人對《西遊記》的文本闡釋均落脚於《西遊記》所蘊涵的心性修養這一哲理層面,并以此來解讀《西遊記》的思想内涵與思想價值。認爲《西遊記》正是通過降妖伏魔的情節變化來説明人的心性修煉過程,即通過修煉自己的心性而達到無心無攝的太初境界。所謂"求放心"即是這一哲理内涵的明確注脚。案"求放心"一語最早出自《孟子·告子上》:

  孟子曰:"仁,人心也。義,人路也。舍其路而弗由,放其心而不知

---

 ① (明)吴承恩著,(明)李贄評:《西遊記》(李卓吾評本)第一回總評,上海古籍出版社1994年版,第14、168、11頁。
 ② (明)吴承恩著,(明)李贄評:《西遊記》(李卓吾評本)第七回總評,上海古籍出版社1994年版,第89、760、826頁。

求,哀哉!人有雞犬放,則知求之,有放心而不知求,學問之道無他,求其放心而已矣。"①

要理解孟子的"求放心",必先說明孟子關於"心"的内涵。"心"是《孟子》中的一個重要概念,《孟子》一書,"心"字紛出,其使用時的涵義有所差異,但主要是指人的主體道德心,如良心、本心等。在孟子看來,人的"道德心"是本然的、天成的,非由外鑠。"孟子曰:'人皆有不忍人之心。先王有不忍人之心,斯有不忍人之政矣;以不忍人之心,行不忍人之政,治天下可運之掌上。所以謂人皆有不忍人之心者,今人乍見孺子將入於井,皆有怵惕惻隱之心,非所以内交於孺子之父母也,非所以要譽於鄉黨朋友也,非惡其聲而然也。由是觀之,無惻隱之心,非人也;無羞惡之心,非人也;無辭讓之心,非人也;無是非之心,非人也。'"而人的"仁義禮智"的所謂道德規範正是來源於"道德心",其云:"惻隱之心,仁之端也;羞惡之心,義之端也;辭讓之心,禮之端也;是非之心,智之端也。人之有是四端也,猶其有四體也。"②即所謂的"仁義禮智根於心"③。明白了孟子關於"心"的涵義,我們就可對孟子的"求放心"作出解釋了。其實,孟子"求放心"之"心"即爲"道德心",所謂"放心"即是孟子所言的"放其良心"和"失其本心",而"求放心"就是把迷失的本性即"道德心"找回來。需要指出的是,孟子認爲,人人都有善端,"道德心"是人所固有的,所以"求放心"在於向内做文章,也就是"存性"、"養心"。而"養心莫善於寡欲,其爲人也寡欲,雖有不存焉者,寡矣;其爲人也多欲,雖有存焉者,寡矣"④。在孟子看來,具有善端的人,如果不保養善性,而放縱自己的私心所欲,擴張這種欲望,那便成了惡。因此寡欲對於養心、存性至爲重要。

由此可見,明人以"求放心"之理論評價《西遊記》,從心性修養角度解讀《西遊記》之宗旨及其蘊涵的哲理是較爲普遍的,且已成爲傳統。這一現象的出現并不是偶然的,它一方面與《西遊記》自身的思想内涵有關,同時,也

---

① (清)焦循撰,沈文倬點校:《孟子正義》卷二十三《告子章句上》,中華書局1987年版,第786頁。
② (清)焦循撰,沈文倬點校:《孟子正義》卷七《公孫丑章句上》,中華書局1987年版,第232—235頁。
③ (清)焦循撰,沈文倬點校:《孟子正義》卷二十六《盡心章句上》,中華書局1987年版,第906頁。
④ (清)焦循撰,沈文倬點校:《孟子正義》卷二十九《盡心章句下》,中華書局1987年版,第1017—1018頁。

與明中葉以來思想文化所形成的獨特風潮密切相關。自《西遊記》自身而言，作爲一部神話小說，《西遊記》所表現的西天取經故事，確是在虛幻的神話表像下，蘊涵著人對自身的信仰、意志、心性的挑戰和昇華，因而西天取經的艱難歷程何嘗不可看成爲是對人的信仰、意志和心性的考驗、挑戰和升華呢！這一"隱喻"在作品中的存在可以說是顯見的，不言而喻的；而明人對這一現象的揭示確實與作品的自身特色相吻合，因爲所謂"宗旨"、"深意"、"至理"、"密諦"者就是指作品在情節表象之外所蘊涵的深層次的哲理和思想。明人透過《西遊記》"鬧熱"的神話故事之表象，而直取其精髓和精神是別具隻眼的。當然，明人在對於《西遊記》的文本闡釋中，對作品所蘊涵的心性修養情有獨鍾還與當時的時代風潮密切相關，因爲任何一部優秀文學作品的內涵都是豐富多彩的，而文本闡釋則難以避免時代的印記和烙印，《西遊記》在明代的文本闡釋所形成的上述特色正是當時時代風潮影響下的獨特產物。宋元以來，尤其是明中葉以後，儒釋道三教在思想上的逐步融合和互借是一個十分顯明的現象，所謂"三教歸一"。而所謂"歸一"在當時最爲明顯的趨向是"三教"在"互借"、"互滲"中都講求性命之學，都在"心"字上作文章，認爲"心性之學"是"三教"的"共同之源"。禪宗講究"即心是佛"，陽明"心學"以"致良知"爲其精髓，而道教也以"心性修煉"爲其主要功課。這種"三教"歸於"心性"的現象乃當時的時代風潮，其借助發掘自我生命去體悟天地本根真諦的思路深深地影響著當時的文學創作和文學批評。對此，《西遊記》的創作是如此，《西遊記》的文本闡釋同樣也是如此。我們甚至可以說，正是在《西遊記》這部以宗教爲外殼的神話小說中，明人看到了時代風潮對《西遊記》的影響，同時，又借助《西遊記》這一文本來闡明這一風行於當時的時代主題。①

　　明人對《西遊記》文本闡釋的這一特色在後世影響很大，可以說，它開啓了一個傳統，一個從哲理層面揭示《西遊記》"隱喻"內涵的傳統。清人對《西遊記》的文本闡釋在內容上雖有所變化，但思路是同一的，一以貫之的。

----

　　① 本段內容參考了楊義《中國古典小說史論》（中國社會科學出版社 1995 年）第十三章《西遊記：中國神話文化的大器晚成》的相關內容，文中對上述問題有比較詳細的論述，可參閱。

四、"逸典":《金瓶梅》的文本闡釋

明人讀《金瓶梅》大約經歷了兩個階段:抄本流傳階段和刊本傳播階段,刊本還可分爲"詞話本"的《金瓶梅詞話》和"説散本"的《新刻繡像批評金瓶梅》兩種版本。① 從現存資料而言,《金瓶梅》的最早刊本是刻於萬曆四十五年(1617)的《新刻金瓶梅詞話》,在這之前,抄本《金瓶梅》已在文人中傳閱,并留下了較多評論文字。而在刻本刊行之後,《金瓶梅》的題跋和評點對作品作出了不少有價值的評判。

在明代,現存最早的評論文字出自袁宏道之手,而在當時影響最大的也是袁宏道的評論。袁氏評論《金瓶梅》總共留下三段文字,其一是寫給董其昌的一封信,信中表達了他對《金瓶梅》的欣賞之意:

> 《金瓶梅》從何得來? 伏枕略觀,雲霞滿紙,勝於枚生《七發》多矣。後段在何處? 抄竟當於何處倒換? 幸一的示。②

此信寫於萬曆二十四年(1596),時袁宏道僅從董其昌處借得《金瓶梅》半部,然讀來已讓袁氏頗爲心醉。其二是寫給謝肇淛的一封信,催討他借與謝肇淛的《金瓶梅》抄本。③ 袁宏道何時得讀《金瓶梅》全本已不得而知,但他把《金瓶梅》評爲"逸典"在當時影響很大,袁氏評論《金瓶梅》的第三段文字見於《觴政·十之掌故》:

> 凡《六經》、《語》、《孟》所言飲式,皆酒經也,其下則汝陽王《甘露經》、《酒譜》,王績《酒經》,劉炫《酒孝經》、《貞元飲略》,竇子野《酒譜》,朱翼中《酒經》,李保續《北山酒經》,胡氏《醉鄉小略》,皇甫崧《醉鄉日

---

① "詞話本"和"説散本"是《金瓶梅》的兩個版本系統,前者保留著濃重的説唱痕迹,後者是文人作家對"詞話本"的增删寫定本。《新刻繡像批評金瓶梅》一般認爲刻於崇禎年間,故也稱之爲"崇禎本"。
② (明)袁宏道:《與董思白書》,(明)袁宏道著,錢伯城箋校:《袁宏道集箋校》卷六,上海古籍出版社2008年版,第289頁。
③ (明)袁宏道:《与谢在杭书》:"仁兄近况何似?《金瓶梅》料已成诵,何久不见还也? 弟山中差乐,今不得已,亦当出,不知佳晤何时? 葡萄社光景,便已八年,歡場数人如雲逐海風,倏爾天末,亦有化爲異物者,可感也。"(明)袁宏道著,錢伯城箋校:《袁宏道集箋校》卷五十五,上海古籍出版社2008年版,第1596—1597頁。

月》、侯白《酒律》，諸飲流所著記傳賦誦等爲內典。《蒙莊》、《離騷》、《史》、《漢》、《南北史》、《古今逸史》、《世說》、《顏氏家訓》、陶靖節、李、杜、白香山、蘇玉局、陸放翁諸集爲外典。詩餘則柳舍人、辛稼軒等，樂府則董解元、王實甫、馬東籬、高則誠等，傳奇則《水滸傳》、《金瓶梅》等爲逸典，不熟此典者，保面甕腸，非飲徒也。①

　　袁氏所云"內典"、"外典"爲佛教用語，佛教徒稱佛教典籍爲"內典"，佛教以外的典籍爲"外典"，袁氏在此乃化用佛教語彙，言所謂"飲徒"的三類必讀之書，即"諸飲流所著記傳賦誦等爲內典"，《莊》、《騷》、《史》、《漢》等爲"外典"，而詞曲、小說之佳者則爲"逸典"。所謂"飲徒"者，非"保面甕腸"之酒肉之徒，而是詩酒風流的文人雅士，在他看來，區分酒肉之徒與文人雅士之標準則就在於是否熟讀"逸典"，其對通俗詞曲、小說的褒揚之心昭然若揭。

　　按"逸典"一辭在古代文獻中一般是指散逸的典籍。此辭較早見於梁湘東王"訪酉陽之逸典"一語，"酉陽"即小酉山，山上石穴中有書千卷，相傳秦人於此而學。② 唐人段成式撰《酉陽雜俎》，《新唐書·段成式傳》稱其"博學強記，多奇篇秘笈"，故以家藏秘笈與酉陽逸典相比。元人湯舜民以"逸典"與"奇書"相比并，其《題梧月堂·隨煞尾》云："休言五柳誇幽勝，未羨三槐播令名。自是高人樂意繁，衿帶仙家白玉京。無竹無絲亂視聽，逸典奇書自幽咏。料得無因駐清景，棲息盤桓不暫停，不由人踏破瓊瑤半階影。"③清人趙翼亦有詩云："逸典能抄四百篇，不煩十吏校丹鉛。誰知書籍歸王粲，翻賴流離一女傳。"④可見"逸典"一辭均指散逸之典籍。將"逸典"一辭用以對文學作品的價值評判在古代文獻中則比較少見，然與此相近之"逸品"却是古代文藝批評中頗爲常見的術語，在古代書品、畫品、詞品、曲品中屢屢出現，成爲文藝批評中一種獨特的品第和審美標準，袁宏道以"逸典"一辭評判《金瓶

---

①　（明）袁宏道：《觴政·十之掌故》，（明）袁宏道著，錢伯城箋校：《袁宏道集箋校》卷四十八，上海古籍出版社 2008 年版，第 1419 頁。
②　參見《太平御覽》卷四十九。
③　（元）湯舜民：《題梧月堂·隨煞尾》，引自隋樹森編：《全元散曲》，中華書局 1964 年版，第 1488 頁。
④　（清）趙翼：《題吟薌所譜蔡文姬歸漢傳奇》，（清）趙翼著，李學穎、曹光甫校點：《甌北集》，上海古籍出版社 1997 年版，第 196 頁。

梅》或與此相關。我們且以曲品爲例作一分析,晚明祁彪佳撰《遠山堂曲品劇品》分"妙、雅、逸、艷、能、具"六品評判傳奇、雜劇,"逸品"在六品中位列第三。那何謂"逸品"? 祁彪佳未作文字解釋,但在其具體評判中可約略窺見一二。觀祁氏之所謂"逸品",其作品的整體特色約有三個方面:一曰"逸韻",所謂"遊戲詞壇"又有所寄托。如評呂天成《二淫》:"不知者謂呂君作此,實以導淫,非也。暴二媱之私,乃以使人恥,恥則思懲矣。……此郁藍生遊戲之筆。"(《曲品·逸品》)評董玄《文長問天》:"牢騷怒駡,不減《漁陽三弄》,此是天孫一腔磈礧,借文長舒寫耳。吾當以斗酒澆之。"(《劇品·逸品》)二曰"逸筆",所謂"刻露之極"、"摹擬入神"。如評馮惟敏《僧尼共犯》:"本俗境而以雅調寫之,字句皆獨創者,故刻畫之極,漸近自然。此與風情二劇,并可作詞人諧謔之資。"(《劇品·逸品》)評呂天成《纏夜帳》:"以俊僕狎小鬟,生出許多情致。寫至刻露之極,無乃傷雅! 然境不刻不現,詞不刻不爽,難與俗筆道也。"(《劇品·逸品》)三曰"逸趣",所謂"啼笑紙上,字字解頤"。如評汪廷訥《獅吼》:"初止一劇,繼乃雜引妒婦諸傳,證以內典,而且曲肖以兒女子絮語口角,遂無境不入趣矣。"(《曲品·逸品》)評白鳳詞人《秦宮鏡》:"傳崔、魏者,詳核易耳,獨此與《廣爱書》得避實擊虛之法,偏于真人前說假話。内如《儒穢》、《祠沸》數折,尤爲趣絕。"①(《曲品·逸品》)故綜合上述内涵,所謂"逸品"在祁氏的心目中是指那種別有寄托、描寫細膩、趣味獨絕的文學作品。袁宏道以"逸典"評價《金瓶梅》或與"逸品"這一文藝批評傳統相關,他所要突出的或許正是《金瓶梅》所表現出的那種蘊含譏刺寄托、描寫細膩刻露的藝術特色,而其評價《金瓶梅》"勝於枚生《七發》多矣"亦可作爲一個旁證。②

袁氏評《金瓶梅》爲"逸典"在當時頗有影響,現存的明代《金瓶梅》評論史料大多提及袁氏的這一說法。如屠本畯云:"不審古今名飲者,曾見石公所稱逸典否?"③謝肇淛謂:"《溱洧》之音,聖人不删,則亦中郎帳中必

---

① (明)祁彪佳著,黄裳校錄:《遠山堂明曲品劇品校錄》,古典文學出版社1957年版,第9、195、187、188、14、17頁。
② 枚乘《七發》鋪張揚厲、刻露細膩和"勸百諷一"的特色實與《金瓶梅》之筆法、宗旨有相近之處。
③ (明)屠本畯:《山林經濟籍》,引自黄霖編:《金瓶梅資料彙編》,中華書局1987年版,第231頁。

不可無之物也。"①沈德符亦謂："袁中郎《觴政》以《金瓶梅》配《水滸傳》爲外典。"②可見袁氏的所謂"逸典"已成爲明人批評《金瓶梅》的一個重要品第和準則,這一品第和準則深深影響了明人批評《金瓶梅》的思路和内涵。

如在推測《金瓶梅》之作者及其創作主旨時,明人一般傾向於《金瓶梅》出自於文人之手,是別有寄托、筆含譏刺的。屠本畯謂："相傳嘉靖時,有人爲陸都督炳誣奏,朝廷籍其家,其人沉冤,托之《金瓶梅》。"③謝肇淛謂："相傳永陵中有金吾戚里,憑怙奢汰,淫縱無度,而其門客病之,采摭日逐行事,彙以成編,而托之西門慶也。"④沈德符謂："聞此爲嘉靖間大名士手筆,指斥時事,如蔡京父子則指分宜,林靈素則指陶仲文,朱勔則指陸炳,其他各有所屬云。"⑤而東吳弄珠客《金瓶梅序》和欣欣子《金瓶梅詞話序》則明確認定《金瓶梅》乃"有意"、"有謂"而作。在對於《金瓶梅》藝術特性的評價中,明人均突出了作品"窮極境象"、"賦意快心"的特色。其中以謝肇淛《金瓶梅跋》一文的概括最爲精彩,謝氏云:

> 書凡數百萬言,爲卷二十,始末不過數年事耳。其中朝野之政務、官私之晉接、閨闥之媟語、市里之猥談,與夫勢交利合之態、心輸背笑之局、桑中濮上之期、尊罍枕席之語、駔儈之機械、意智粉黛之自媚争妍、狎客之從臾逢迎,奴伲之稽唇淬語,窮極境象,駴意快心。譬之範工摶泥,妍媸老少人鬼萬殊,不徒肖其貌,且并其神傳之,信稗官之上乘,鑪錘之妙手也。其不及《水滸傳》者,以其猥瑣淫媟,無關名理。而或以爲過之者。彼猶機軸相放,而此之面目各別,聚有自來,散有自去,讀者意想不到,唯恐易盡。此豈可與褒儒俗士見哉?⑥

---

① (明)謝肇淛:《金瓶梅跋》,(明)謝肇淛撰,江中柱點校:《小草齋文集》卷二十四,福建人民出版社 2009 年版,第 517 頁。
② (明)沈德符:《萬曆野獲編》卷二十五《詞曲·金瓶梅》,上海古籍出版社 2012 年版,第 549 頁。
③ (明)屠本畯:《山林經濟籍》,引自黃霖編:《金瓶梅資料彙編》,中華書局 1987 年版,第 231 頁。
④ (明)謝肇淛:《金瓶梅跋》,(明)謝肇淛撰,江中柱點校:《小草齋文集》卷二十四,福建人民出版社 2009 年版,第 517 頁。
⑤ (明)沈德符:《萬曆野獲編》卷二十五《詞曲·金瓶梅》,上海古籍出版社 2012 年版,第 549 頁。
⑥ (明)謝肇淛:《金瓶梅跋》,(明)謝肇淛撰,江中柱點校:《小草齋文集》卷二十四,福建人民出版社 2009 年版,第 517 頁。

這一段評述高度概括了《金瓶梅》刻露細膩的藝術特性，指出了作者的筆觸廣泛涉及了社會的各個層面，并作出了細緻真實的描繪。《金瓶梅》的這一特色確乎在中國小説的發展史上獨樹一幟，對後世的小説創作，尤其是人情小説一脈産生了深遠的影響。這一小説史上的新創之舉因其"瑣碎"、"繁雜"而曾遭人詬病，如署爲"隴西張譽無咎父題"的《天許齋批點北宋三遂平妖傳序》即評其"如慧婢作夫人，只會記日用帳簿，全不曾學得處分家政"①。其所譏刺的正是作品寫實細膩的創作特色。但更多的評論者則對此予以贊美，肯定了作品的藝術創新，袁中道謂其"瑣碎中有無限煙波，亦非慧人不能"②。宋起鳳則認爲："《金瓶梅》全出一手，始終無懈氣浪筆與牽强補湊之迹，行所當行，止所當止。奇巧幻變，媸妍、善惡、邪正、炎涼情態，至矣！盡矣！"故其作者"謂之一代才子，洵然"！③ 而《新刻繡像批評金瓶梅》的評者更認爲認爲《金瓶梅》是一部"世情書"，"此書只一味要打破世情，故不論事之大小冷熱，但世情所有，便一筆刺入"，其"寫世態炎涼，使人欲涕欲笑"；"摹寫輾轉處，正是人情之所必至，此作者之精神所在也"，故"若訛其繁而欲損一字者，不善讀書者也"。④

　　總之，袁宏道拈出"逸典"一辭評論《金瓶梅》，實則爲《金瓶梅》的藝術創新和獨特的表現方式予以了充分的肯定，同時也爲《金瓶梅》的傳播廓清了觀念上的障礙。這一對《金瓶梅》獨特的文本闡釋和價值定位在中國小説史上産生了積極的影響。

（原文載《復旦大學中國文論國際學術會議論文集》，中國文聯出版公司2006年）

---

① （明）張譽：《平妖傳叙》，引自丁錫根編：《中國歷代小説序跋集》，人民文學出版社1996年版，第1347頁。
② （明）袁中道：《游居柿録》卷之九，(明)袁中道著，錢伯城點校：《珂雪齋集》（下），上海古籍出版社1989年版，第1316頁。
③ （清）宋起鳳：《王弇洲著作》，引自黃霖編：《金瓶梅資料彙編》，中華書局1987年版，第237頁。
④ （清）李漁評點：《新刻繡像批評金瓶梅》，(清)李漁著，蕭欣橋、黃霖等整理：《李漁全集》（第十四册），浙江古籍出版社2014年版，第621、419、37頁。

附錄

在小說戲曲研究領域的堅守與開拓
——譚帆教授訪談（劉曉軍）

收錄論文發表情況

在小説戲曲研究領域的堅守與開拓
——譚帆教授訪談

●譚　帆　○劉曉軍

○譚老師：您是1979年考入華東師範大學中文系的,作爲"新三届",你們這一代都有比較豐富的閲歷,您的境況如何？對以後從事古代文學研究有無影響？

●我在"新三届"這一群體中,年齡是相對偏小的,故而經歷也比較簡單。我1976年高中畢業,只短期在一家小廠做過化驗員工作,毫無成績,只是"糊口"而已。但與選擇中文專業,尤其是以後從事古代文學研究倒是有一點關係。我1966年入學,1976年畢業,就學的十年正好是"文革"的十年,基本没讀什麽書,所以恢復"高考"後,考理工科基本没希望。但自小家裏還有些書,讀了不少古代文學的書籍,培養了對古代文學尤其是古代小説的興趣,以後選擇這一領域作爲研究方向,倒也并不偶然。但現在回過頭來看,的確先天不足,根底打得不實。

○我梳理了一下您的學術經歷,發現其中有一條比較清晰的脈絡,您的研究領域與關注對象一直在不斷轉移,然而前後之間却存在某種必然的聯繫,甚至可以説是一種比較嚴密的邏輯關係。比如説您最先關注的是古代文論,接下來却研究古代戲曲與戲曲批評,後來又關注古代小説與小説理論,再後來又研究以古代戲曲與小説爲代表的俗文學。這樣的研究道路是預先就設計好了的嗎？或者僅僅是某種巧合？

●從古代文論到古代戲曲與戲曲批評、古代小説與小説理論,再到俗文學研究,我倒覺得其中談不上"先見之明",也不全是"機緣巧合",說是"水到渠成"也許比較恰當。我 1979 年考入華東師範大學中文系,1983 年本科畢業後師從徐中玉教授和齊森華教授攻讀碩士學位,專業是中國文學批評史。在當時的語境下,中國文學批評基本上等同於詩文批評,戲曲與小說批評還不怎麽引人注目,至少沒能像詩文批評那樣成爲主流。因此剛開始時我對古代文論比較有興趣,寫了一組有關古代文論整體思考的文章,如《對古代文論研究思維的思索》、《劉勰和鍾嶸文學批評方法的比較》、《中國古代文論的兩種情感觀》等。攻讀碩士學位的後期,我選定了中國戲曲理論批評史作爲研究方向,在齊森華教授指導下,以金聖歎研究爲碩士論文選題,完成了《金聖歎與中國戲曲批評》,1993 年由華東師範大學出版社出版。同時與陸煒合作,於 90 年代初完成了《中國古典戲劇理論史》,1993 年由中國社會科學出版社出版。1994 年,爲了拓寬研究領域,我師從郭豫適教授在職攻讀博士學位,研究方向是中國小說史,博士論文是《中國小說評點研究》,2001 年由華東師範大學出版社出版。2000 年,我受聘復旦大學中國古代文學研究中心,在黃霖教授主持下撰寫《中國分體文學學史》中的"小說學卷",發表了多篇研究小說理論的論文,該書已於今年(2013)7 月由山西教育出版社出版。大約從 2003 年開始,我試圖將小說、戲曲結合起來研究,以"俗文學"爲觀照視角,探究中國俗文學的發展脈絡及其理論思想,這一工作現在仍在進行之中。

○除了研究思維、研究方法等宏觀的問題,我還注意到您較早關注古代文論的理論術語等微觀的問題,這讓我想起了您近十年以來對古代小說理論術語的研究。當時爲什麽對古代文論的理論術語產生興趣? 您後來研究古代小說的理論術語,是不是與這個話題有相當的關係?

●確實像你說的那樣,我在 20 世紀 80 年代便開始關注古代文論的理論術語,到本世紀初又開始關注古代小說的理論術語,兩者之間應該說存在有意識的轉移或者銜接。我爲什麽要關注古代文論的理論術語呢? 這與當時的研究背景和我本人對理論術語的認識有關。當時人們往往把古代文論納入到古代文化思想的範疇,在這總的背景下對古代文論的民族特徵作整體的端詳。這種高屋建瓴式的宏觀把握能使人們在整個民族歷史的遺迹中考察古代文論的理論形態。但研究的深入還有待於把研究視綫投向古代文論的微觀領域，并以此作爲輔翼。而我認爲，概念、範疇、術語三者是構成任何一種理論最基本也最核心的要素，要想對古代文論研究做進一步的深化，就必須重視構成古代文論的這些基本要素，對理論術語的認識偏差往往會導致對某種理論問題的錯誤看法，如能對理論術語的構造特徵作一點考察，將有利於認清古代文論術語的真實面目，從而把握古代文論的民族特徵。我們研究古代文論的理論術語，面對的是延續了兩千餘年文論發展的悠長歷史。在這漫長的歷史進程中，我們不難發現，某些形式相對恒定的理論術語在其歷史的延續綫上匯聚了越來越多的理論家的思想精英，使理論術語本身的適用範圍逐步得到擴張，這種情況直接取决於理論術語形式的相對穩定和文藝思想不斷發展之間的矛盾。文藝思想是社會生活和文學創作實際的理論反映，它是隨著反映對象的發展而不斷變化發展的，而把發展了的文藝思想納入理論術語的固有框架，必須使術語的意蘊逐步增加，而術語本身的運用範圍也不斷地擴大，比如"氣"，這就形成了古代文論理論術語的民族特徵之一：内在意蘊的多義性。

○很長時間裏，詩文才是文學正宗，戲曲與小説只是"君子不爲"的"小道"，因此早期的文學批評史著述裏，戲曲批評與小説批評基本上沒有立足之地。您既然已對古代文論表現出濃厚的研究興趣，爲何後來又要轉向戲曲批評？您在20世紀80年代提出中國古代戲曲理論存在三大體系，即"曲學體系"、"劇學體系"與"叙事理論體系"，這個觀點在當時是很有影響的，您能具體談談嗎？

●從古代文論轉到戲曲批評，其實也很自然。古代戲曲的核心要素"曲"在本質上還是屬於"詩"的範疇，因此古代戲曲的很多理論範疇與詩歌有著千絲萬縷的聯繫。當然我在碩士階段後期選擇古代戲曲作爲碩士論文選題，與我的碩士導師之一的齊森華教授有著直接關係。齊森華教授專門研究古代戲曲與戲曲批評，寫過《曲論探勝》等專著，主編過《中國曲學大辭典》等工具書，在他指導下從事戲曲批評研究也是順理成章的事。你剛才提到的"中國古代戲曲理論的三大體系"這個觀點，最早是我在《中國古代編劇理論的宏觀體系》一文中提出來的。我們認爲，中國古代戲曲理論形成了

"曲學體系"、"敘事理論體系"和"劇學體系"三個理論系統,對中國古代戲曲理論史的研究可以遵循這三大體系的格局來加以展開。首先是中國古代戲曲理論的"曲學體系",在這一系統中,可以歸納爲五大問題,一是戲曲源流論,二是音律論,三是文辭論,四是文辭與音律的關係,五是戲曲演出論。在曲學體系中,核心問題是"曲"的作法和唱法。在"敘事理論體系"中,我們可以從四個方面來認識,首先是戲曲人物論,其次是戲曲的情節結構論,因爲"敘事理論"把戲曲視爲敘事文學,故情節結構論必然地成爲其理論重心,再次是戲曲語言論,這是"敘事理論體系"的一個重要方面,這個理論系統對於戲曲語言的認識和"曲學體系"中的"詞采論"有著很大差異;最後,在"敘事理論體系"中,關於戲曲藝術的"抒情性"與"敘事性"的關係有著極高的理論價值。"劇學理論體系"是中國古代曲論中最爲重要的一個理論系統。我們所以稱它爲"劇學體系",是因爲它的戲曲觀念乃是一種綜合藝術的觀念。因此在這個理論系統中,它的戲曲史論有悖於傳統的戲曲淵流論,它是從"歌舞演"的戲曲形態入手來追溯戲曲的發展流向的。戲曲表演理論無疑是"劇學體系的"的中心所在,在此可以分成"演員論"(包括演員天賦、修養、演員和角色的關係、表演技巧等)和"導演論"(包括戲曲的案頭處理和場上教習)兩個主要方面。

○您在古代戲曲與戲曲批評研究中關注的大多是像剛才談到的理論體系之類的宏觀話題,微觀的或者個案的研究比較少見。但我發現也有例外,您對《西廂記》的評點給與了足夠的關注,這是否説明《西廂記》的評點在古代戲曲與戲曲批評領域裏有"一葉而知秋"的標誌性意義?另外,您後來從事古代小説評點研究,是不是也因爲"食髓知味"的緣故?

●研究古代戲曲與戲曲批評,《西廂記》及其評點確實是一個不可多得的案例,這裏邊蘊涵著太多的信息。後來從事古代小説評點研究,當然與之有密切關係。考察《西廂記》的評點史,我們不難發現,從明代萬曆年間的"徐士範本"發端,到清代康熙年間以後的漸趨消亡,其間大致形成了三個系統:一是以"徐士範本"、"毛奇齡本"等爲代表的"學術性"評點系統,二是以"徐文長批本"、"金聖歎本"等爲代表的"鑒賞性"評點系統,三是以《西廂記演劇》爲代表的"演劇性"評點系統,明清兩代的《西廂記》評點基本上蘊含於這三個系統中。"學術性"的評點系統在於恢復和挖掘《西廂記》的"原生之美","演劇性"的評點系統從戲曲演出的實用出發,旨在重建《西廂記》的"再生能力",而"鑒賞性"的評點系統則是憑藉《西廂記》的審美内核和藝術魅力來總結創作規律和建構戲曲理論批評。從元代到明代中葉,中國古代的戲曲觀乃是一種"曲"的觀念,他們把戲曲視爲"詩歌"的一種,因而在戲曲批評以及對於戲曲源流的認識上,便明顯地帶上了傳統詩學的意味。"文辭與音律"成了戲曲批評的主要對象,而詩歌史也便取代了戲曲史的發展。到了明代中葉,戲曲觀念出現了向多層次展開的趨向,一方面是"曲"的觀念進一步深化,同時"叙事性"和"演劇性"的觀念也不同程度地進入了戲曲理論家的批評思維。明中葉到清初,這是中國古代戲曲批評在多層歡的戲曲觀念制約下的理論紛呈時代,而《西廂記》評點史正是與之相始終的。因而《西廂記》評點作爲中國古代戲曲批評史上的一個分支,它同樣也涵蘊著戲曲理論批評的發展規律。在這個評點系統中,"曲"的觀念已基本消失,"叙事性"的觀念已成了"鑒賞性"評點系統的中心觀念,其批評視角已突破了傳統的詩學框架,而以戲曲人物和戲曲情節結構爲評判中心。"劇"的觀念,即綜合藝術的觀念在"演劇性"的評點系統中也佔據了主導性的地位。可見,《西廂記》評點是與中國古代戲曲觀的演進呈同一趨向的,而在這個演進中,《西廂記》以其杰出的藝術典範性起到了不可低估的媒介作用。

○古代戲曲理論研究在上個世紀曾有過輝煌的成就,近年來似乎有些停滯不前。您認爲接下來該怎樣推進這一領域的研究?

●我認爲,古代戲曲理論下一階段的研究應注意兩點。一是應從以往純理論批評形態的研究逐步轉向理論批評與戲曲藝術相結合的研究格局。這一研究格局不僅是指理論批評史的研究,更重要的是把這種研究理念融入到斷代、專題和批評家的個案研究。比如斷代研究,我們以往對元代曲論的研究一般集中在《錄鬼簿》、《中原音韻》、《青樓集》等曲論著作的分析,但如果我們能把這些曲論著作和元代獨特的雜劇、散曲和演出藝術結合起來,那我們的元代曲論研究將會更豐滿和真切。對於曲論家的個案研究同樣也是如此,如李漁,李漁是一個理論批評與創作兼擅的曲家,如果把兩者割裂開來研究,往往對李漁曲論評價過高而對《十種曲》評價過低。之所以得出如此結論,關鍵在於對李漁缺少綜合研究,而把他的曲論和曲作置於不同的參照系之中,即以湯顯祖到"南洪北孔"這一系列來觀照李漁的戲曲創作,而從古代曲論缺乏體系性、完整性這一背景來評價李漁的戲曲理論。這兩種評價實際都不完全準確,如果從綜合角度研究李漁,其實李漁的創作(甚至包括小說)與其理論是處於同一層面的,即李漁的戲曲是一種追求輕鬆、圓通、規整的通俗劇,而其曲論則是實現這種創作追求的實踐技法理論。因此把李漁的曲論和曲作綜合起來研究,或許更能擺正李漁在中國曲論史和戲曲史上的地位。二是古代戲曲理論研究應從狹隘的曲論史自身的研究中解放出來,把古代曲論置於更為廣闊的文化背景中加以審視,如將古代曲論融入到廣義的"詩學"背景之中,在中國古代"詩學"的發展歷史中探討古代曲論的獨特內涵。個案研究也可作適當的比較,如王世貞曲論與其詩論的關係、李漁曲論與詞論的關係等。而所謂"曲"也不必固守一隅,像李昌集先生的《中國古代曲學史》將"戲曲學"與"散曲學"融為一體,其實還可擴展;齊森華先生等主編的《中國曲學大辭典》就包括戲曲、散曲、曲藝和小曲,惜其受辭典體制的限制,不能充分展開,但以後的戲曲理論研究無疑可以借鑒這種思路。從審美品格而言,古代戲曲理論研究還有一個領域有待開拓,這就是從俗文學和俗文化的角度對古代戲曲理論作綜合研究。將古代戲曲理論與小說理論批評和其他俗文學批評結合起來,以"俗文學思想"為總體觀照視角,探討包括古代戲曲理論在內的古代俗文學思想的發展歷史、演進邏輯和思想體系,這是中國文學思想史研究中一個重要的但研究又十分薄弱的領域。

○大概從20世紀90年代後期開始,您的研究領域似乎就轉換了陣地,成果基本上都集中在古代小說這一塊。從古代戲曲到古代小說,根據您前面的解釋,這個轉換應當是您的自覺選擇,對吧?您進入古代小說研究領域,就是從評點研究開始的。您能談談對小說評點的理解嗎?

●從古代戲曲轉入古代小說研究,確實是一個自覺的選擇,出發點就是想打通以戲曲與小說為代表的俗文學研究。1994年我師從郭豫適教授攻讀博士學位,可算是正式進入古代小說研究領域。《中國小說評點研究》是我的博士論文,後來由華東師範大學出版社出版。這裏簡單談談我對小說評點的理解吧。在我看來,中國古代小說評點是一個獨特的文化現象,而非單一的文學批評。評點在中國小說史上雖然是以"批評"的面貌出現的,但其實際所表現的内涵遠非文學批評就可涵蓋。小說評點在中國小說史、尤其是明末清初的小說創作中所起到的作用遠遠超出了"批評"的範圍,形成了"批評鑒賞"、"文本改訂"和"理論闡釋"等多種格局。由此,我們對於小說評點的研究也應以一種多元的方式加以把握。具體而言,大致可以從三種"關係"中梳理和研究古代小說評點。一是從評點與中國古代小說創作史的關係中來揭示小說評點的價值。小說評點融"評""改"爲一體幾乎貫串於中國小說評點史,"評"與"改"是小說評點最重要而又最基本的功能,比如金聖歎對《水滸》的修訂就體現了他獨特的主體特性。二是從評點與中國古代小說傳播史的關係中研究小說評點的獨特内涵。在中國古代文學批評的諸種形式中,評點是一種在最大程度上以"讀者"爲本位的批評形態,其中小說評點所體現的這一特色更爲明顯。小說評點的發生與興盛,根本原因就在於小說評點所顯現的強烈的傳播價值,它在一定程度上成爲小說傳播的一種促銷手段,比如很多小說都喜歡打"李卓吾評點"的旗號。三是從評點與小說理論批評史的關係中評判其得失。小說評點深深影響了中國小說理論史的發展進程,小說評點中藴含的理論思想還是中國古代叙事文學理論的主體。古代叙事文學理論又以戲曲理論和小說理論爲主體,但戲曲理論由於其自身藝術形態的限制,叙事理論的發展并不充分,正是在這一背景下,小說評點的理論思想便在古代叙事文學理論中佔據了突出的地位。

〇除了小說評點研究,小說文體研究是您近年來在古代小說研究領域的另一個著力點。不但您自己産生了大量的研究成果,您的弟子們在這個領域也有不少創獲。爲什麽要關注古代小說文體?您能談談在這片領域的發現嗎?

●我關注古代小說文體研究,大概是本世紀初的事情。2004 年,我申請到了國家社科基金一般項目"中國古代小說文體流變研究";2006 年,我申請到了上海市社科基金一般項目"中國古代小說文體術語考釋";2011 年,我又申請到了國家社科基金重大項目"中國小說文體發展史"。近十年來,我的研究基本上集中在古代小說文體這一塊,我指導的博士研究生論文選題也大多集中在這一塊。對古代小說文體的持續關注，使我們形成了一個較好的研究團隊，也產生了不少有一定影響的研究成果。光是專著就有好幾部，比如《傳奇小說文體研究》、《話本小說文體研究》、《章回小說文體研究》、《中國古代小說文體文法術語考釋》、《中國古代小說文法論研究》等等。20世紀90年代，在學界反思以往研究格局并試圖有所突破的學術背景下，古代小說文體研究重新成爲大家比較關注的重要課題，湧現出一批專門研究古代小說文體的論文和專著。這些論文、專著將小說史的研究從題材引向文體，開闊了中國古代小說研究的視野，開創之功，自不可沒。但總的說來，對各文體類型的一般性特徵介紹較多，流變情況論述較少，更缺乏對中國古代小說文體整體發展的綜合融通研究。而且這些研究有相當一部分是在西方近現代小說理論和敘事學的視野下展開的，其理論概念體系與根植於中國傳統文化土壤中的小說文體和文體觀念之間存在著一定的間隔和錯位。因此，中國古代小說文體研究的進一步深化和發展或許需要確立以下思路：以回歸還原中國古代小說文體和文體觀念的本體存在爲出發點，對古代小說文體的整體形態及各文體類型的起源、發展演變進行全面、系統的梳理，勾勒出古代小說文體的體制規範和藝術構造方式、形態的淵源流變，同時從小說文體理論、創作與傳播、雅俗文化與文學、社會歷史文化等多角度對小說文體流變進行全面的綜合融通研究，揭示文體發生、發展流變的原因與規律。

○剛才您提到了一本專著：《中國古代小說文體文法術語考釋》，這應該是您近年來對古代小說理論術語研究的一個總結，此書入選了2012年"國家哲學社會科學成果文庫"，在學術界引起了廣泛關注。我們前面談到了您對古代文論理論術語的研究，您能再具體談談對古代小說理論術語的思考嗎？

●要回答你這個問題，先得回顧一下我們研究古代小說理論術語的學術背景。20世紀以來的中國古代小說研究基本上是在西方小說理論的觀照下展開的，"小說"觀念的西化給中國小說研究和創作帶來了不少"負面"影響，主要表現在兩個方面：一是小說研究的"古今"差異所引起的研究格局的"偏仄"。最爲明顯的是對研究對象重視程度的差異：由"重文輕白"變爲"重白輕文"，從"重筆記輕傳奇"變爲"重傳奇輕筆記"。二是小說內涵的"更新"

所引起的傳統小說文體的"流失"。隨著小說觀念的西化,人們在研究思路上由"古今"比較轉變爲"中外"比較,并逐步確立了以西學爲根基的小說創作理論。在這一"中外"小說及小說觀念的衝撞中,傳統小說文體被無限地"邊緣化"。對傳統小說文體的"抑制"和在西學背景下現代小說的"一支獨秀",已從根本上顛覆了中國古代小說的傳統。中國現有的小說史實際上已成爲西方小說觀念視野下的"小說史",喪失了中國小說的本性。近年來,對中國小說研究的反思不絕於耳,出路究竟在哪裏?在這種背景下,我們認爲,梳理中國小說的"譜系"或者是一種有效的途徑,而術語正是中國小說"譜系"的外在呈現。所謂"術語"是指歷代指稱小說這一文體或文類的名詞稱謂,這些名詞稱謂歷史悠久,涵蓋面廣,對其作綜合研究,在某種程度上可以考知中國小說的特性,進而揭示中國小說的獨特"譜系",是小說史研究的一種特殊理路。在研究思路上,我們回歸中國小說史發展的本土語境,以小說文體術語的解讀爲切入點,盡可能地還原中國小說的獨特譜系。在理論上采取原始要終、追本溯源的方式,力圖完整呈現每個術語演變過程中的原貌;在史料上試圖涸澤而漁、一網打盡,既爲術語的解讀提供盡可能完備的佐證,也爲後來者提供可資參考的綫索。

談到這裏,不妨再多說幾句,聊聊我們目前正在進行的國家社科基金重大項目"中國小說文體發展史"。20世紀的中國小說研究基本是在西方近現代小說理論觀念的視域下展開的,其研究對象的選擇、研究的理論框架、分析模式、觀念體系等,與根植於中國傳統文化及文類體系中的中國小說文體和文體觀念之間存在著相當的誤讀、間隔、錯位。如何突破西方近現代小說理論觀念視域下的中國小說研究格局,探索出一條回歸還原中國小說文體和文體觀念之本體存在的研究思路、理論框架、分析模式,撰寫出一部迥異於已有中國小說史的中國小說文體發展史,無疑是非常富有挑戰性,而且對整個中國文學乃至文化研究都具有啓示意義的學術難題。我們願意對此做出有益的嘗試。我們將努力結合中國小說文體學研究,建立一套切合中國小說文體固有的民族、本土特徵的理論框架和分析模式,以還原的思路充分揭示中國小說文體的整體形態及各文體類型的起源、發展演變,更加貼近中國小說文體發展演化的本然狀態和邏輯綫索,從而對中國小說文體做出新的審視和評價。一般的中國小說理論批評研究容易受現當代小說文體理論的影響，其研究範疇、命題在某種程度上常常成爲西方小説理論的注脚或翻版。我們試圖以還原古人對小説文體的認識爲出發點，通過以全面系統地挖掘整理中國小説文體學史料、深入考釋古代小説文體相關概念術語，避免現當代小説理論的遮蔽，從多方面還原古代以及近現代對小説文體的認知、理論建構及其流變過程。

〇除了在古代文論、古代戲曲理論與小説理論等領域的研究，您還有另外一塊田地的耕耘，那就是語文教育領域，我知道您目前兼任全國大學語文研究會會長與華東師大語文教育研究中心主任。關注大學語文容易理解，華東師大是全國大學語文教育的重鎮，您這是繼承了徐中玉先生的衣鉢。難以理解的是，您爲何對中學語文教育那麼關心？據我所知，全國知名學者中介入中學語文教育的并不多見，更不必説擁有一個重要的平臺了。您能否從一個中文系教授的角度談談中學語文教育？

●語文教育研究是我近年來比較關注的一個領域，這當然與我擔任的一些行政工作有關。在大學語文這一塊，除了擔任全國大學語文研究會會長，我還主編《大學語文》（人文社科版）教材，主持的《大學語文》課程還獲得了"國家精品課程"稱號。在中學語文這一塊，我們華東師大中文系有一個很好的團隊，我們長期主持上海市高考語文閲卷，每年召開上海市高考評估會，向相關政府機構提交研究報告，我們的《中文自修》雜誌在中學生中有很大的影響，而我們的研究工作也取得了很好的成績。中學語文教育是一個與國計民生關係非常緊密的研究領域，值得花大力氣加以研究。但就目前的境况看，與中學相關的學科如中學語文教育、中學歷史教育等在高校的學科分布中已明顯"邊緣化"，就是以教育爲主體的師範大學同樣也是如此。因此，我們應該改變觀念，解放思想，突破視中學教育研究爲"小兒科"的傳統觀念，將中學語文教育研究納入高校哲學社會科學研究的有機整體之中，并將其作爲重要一環加以關注，從而解決高校與中學語文學科之間的嚴重脱節。這或許是我們高校尤其是人文學科理應做出更大貢獻的一個領域。

（原文載《學術月刊》2013年第11期）

收録論文發表情況

（以發表時間爲序）

1. 中國古代小説評點的價值系統
   （《文學評論》1998 年第 1 期）

2. 中國古代小説評點形態論
   （《文藝理論研究》1998 年第 2 期）

3. 論中國古代小説評點之類型
   （《文學遺産》1999 年第 4 期）

4. 小説評點的解讀
   （《文藝理論研究》2000 年第 1 期）

5. "小説學"論綱——兼談 20 世紀中國古代小説理論批評研究
   （《中國社會科學》2001 年第 4 期）

6. "演義"考
   （《文學遺産》2002 年第 2 期）

7. 小説學的萌興——先唐時期小説學發覆
   （《文學評論》2004 年第 6 期）

8. 稗戲相異論——古典小説戲曲"叙事性"與"通俗性"辨析
    (《文學遺産》2006 年第 4 期)

 9. 論明人對"四大奇書"的文本闡釋
    (《復旦大學中國文論國際學術會議論文集》,中國文聯出版公司 2006 年)

10. 論明代小説學的基礎觀念
    (《中山大學學報》2008 年第 2 期)

11. "四大奇書":明代小説經典之生成
    (王璦玲、胡曉真編:《經典轉化與明清叙事文學》,臺灣・聯經出版公司 2009 年)

12. 中國古典小説文法術語考論
    (《文學遺産》2011 年第 3 期,與楊志平合作)

13. 術語的解讀:中國小説史研究的特殊理路
    (《文藝研究》2011 年第 11 期)

14. "小説"考
    (《文學評論》2011 年第 6 期,與王慶華合作)

15. 論中國古代小説文體研究的四種關係
    (《學術月刊》2013 年第 11 期)

16. "叙事"語義源流考——兼論中國古代小説的叙事傳統
    (《文學遺産》2018 年第 3 期)